知是派 | 回归常识 重新想象
ZHISHIPAI COMMON SENSE & IMAGINATION

怪医笔记

狼医生 著

北京联合出版公司
Beijing United Publishing Co.,Ltd.

图书在版编目（CIP）数据

怪医笔记 / 狼医生著. — 北京 ：北京联合出版公司，2020.12

ISBN 978-7-5596-4409-1

Ⅰ. ①怪… Ⅱ. ①狼… Ⅲ. ①长篇小说—中国—当代 Ⅳ. ①I 247.5

中国版本图书馆CIP数据核字（2020）第121363号

怪医笔记
作　　者：狼医生
出 品 人：赵红仕
选题策划：知　是
责任编辑：高霁月
产品经理：齐文静
特约编辑：王经云　刘　颖
封面设计：门乃婷工作室

北京联合出版公司出版
（北京市西城区德外大街 83 号楼 9 层　100088）
三河市冀华印务有限公司　　新华书店经销
字数 444 千字　　700 毫米 × 980 毫米　　1/16　　印张 25
2020 年 12 月第 1 版　　2020 年 12 月第 1 次印刷
ISBN 978-7-5596-4409-1
定价：46.00 元

本书若有质量问题，请与本公司图书销售中心联系调换。电话：010-82069336

序言 我们能完全抛弃过去吗？

01

刚学医的时候，我经常在夜晚时悄悄走进病房，找到一个病人，胆怯地问："我能问问您的病史，给您查一下身体吗？"

那时的我，对书本上的医学知识有着无穷的好奇，总想在现实中印证所有学过的东西，求知欲爆棚。

但我慢慢发现，医学这门学科充满不确定性。

比如，两个病情完全一样的病人，为什么会用两种成分基本一致但是品牌不同的药物？

同一个手术术式，用在患有同样疾病的病人身上，为什么效果完全不同？

渐渐地，我又发现，决定病情走向的常常不只是科学本身。

例如，为什么两个类似的病人，一个会选择保守治疗，一个会选择手术？

为什么两个急诊病人，一个立刻被收入医院，另一个却怎么也住不进来，而明明另一个病情更重？

一位我很喜欢的老师说过，在中国，只有平衡好人性和科学，才有资格成为一名伟大的医生。

我曾经对这句话嗤之以鼻，觉得医学明明是科学，非黑即白，分毫不差，事情该怎么做就怎么做，和医生自己是怎样的人、处于怎样的状态和心情不应该有关系。

摸爬滚打这么多年，我发现，是当时的自己肤浅了。

手术顺利的时候，我觉得自己是外科神手，天赋异禀，若自己不干外科将是业界的巨大损失。

术中出血、术后并发症等意外发生的时候，我会陷入一种非常自责的情绪，反复思考自己操作不当的地方；看着病人血色素降低，反复发烧，我又觉得是自己的粗心、傲慢，导致病人这样痛苦；如果换一个更加优秀的医生来做，病人可能就会顺利地出院，与家人团聚。

再上手术时，我就会犹豫，甚至很多次想给病人道歉，即便可能引起更大的医患矛盾。

一念地狱，一念天堂，这两种状态都是真实的作为医生的我。

因此，在病人想要拥有自主选择医生的权利时，作为医生的我，也反复问过自己，究竟想要成为一名怎样的医生?

02

有的医生，更多时候眼里只有技术。

有的医生，眼里看到的是人。

记得有位做近视手术的老师，是医院出了名的“恶霸”，走在路上跟什么人都不打招呼，经常在手术室里大呼小叫，医生、护士没有一个喜欢他，而他的患者是全院眼科最多的。

有一次，我在走廊里听到两个患者聊天。其中一个说，听说这个大夫脾气特别不好，但是技术好。我不管那么多，只要给我做得稳稳当当的，他骂死我我也高兴啊，要是碰上那种表面特别客气但是技术不行的，才惨呢。

没毛病，技术应当是医学的根本，可有些患者好像不这么认为。

我在普外科轮转的时候，是人见人爱的抢救小能手，老大夫和护士都十分信任我，我也自诩是名“有技术”的医生。

有一天，我查房之后一个患者叫住了我，很抱歉地和我说，想换一名主管大夫，把我换成一个刚进入临床的小姑娘。

她看出我的诧异，便解释说，曾经看到我全力抢救一名和她一样的晚期肝癌患者，让那位患者多活了几个月。但是她一点都不想重复那个患者的最后一段路，她想让这个刚进入临床的小姑娘负责自己。

我说：“可那个小姑娘还不太懂临床呀。”

她笑着说：“没关系，我知道自己的病治不好了，能缓解症状，少一点痛苦就很好。

我特别喜欢那个爱笑的小姑娘，她和我聊上几句话，开几句玩笑，我就会暂时忘记自己还是个病人。”

可见，关怀同样是医学的根本。

其实，更多的医生介于这两种之间。他们平凡而真实，他们既希望用技术拯救患者，又希望感受到来自患者的信任。

随着成长，医生的眼里除了技术和人，开始出现利益。

“利益”这两个字是最伤害医学本源的字眼，但却是人立足于社会的“根本”。作为一名医生，他也需要满足基本的生存；他可能为人父母、子女、丈夫或妻子……也可能正面临家庭的剧变，和其他人一样需要钱，那么他又该如何选择？

技术、人、利益，在不同的医生眼里，有不同的占比；在同一个医生眼里，会因为面对的病人不同，占比发生变化。在同样的医疗技术和医疗指南的大前提下，医生和患者之间可能会产生很多种结局，正是因为这一切的科学，都建立在人性的基础之上。

没错，这就是医生，医学也是由人构成的职业。短短一把柳叶刀，拿起是神仙，放下皆凡人。

03

现代的年轻医生，大多一直在迷茫，我们到底要成为什么样的医生？作为年轻人，我们又能否被这个世界充分认同？

医生行业本身只属于那些坚持某种精神的高尚的人类，只是我们缺乏了保持高尚的理由。不只是我们，整个社会都把医生行业看成一个平凡的工作，用法律去评判，用道德去约束，用体制去管理。我总觉得，我们这个时代，似乎有些东西正在快速地消逝。

大四的时候，我刚进入医院成为一名见习医生，有幸跟着院里去采访了北大医院的一名老教授，她是中国儿科神经学学科的创始人左启华。她先生是北大的教授，已经去世，于是她的晚年就一直独居在燕园湖畔的房子里。

刚见面的时候，我根本不敢相信这位鹤发童颜、健步如飞的老人已经九十多岁高龄。她的房间里全是藏书，据说每天早晨还定期查收 e-mail，看看世界上各个领域的最新进展。她也会一个人去百年讲堂看《山楂树之恋》，并且对旁边的孩子说，你别笑啊，我们当时就是那个样子的，当时握个手简直太难为情了。

教授和我们聊起那个黄金时代。

有个最严厉的老师一上课就让所有学生背下病人的各项指标，背不出来就训斥，但那位老师是她毕生最服气的老师。他博学到全院没有人能问倒他。他上课的时候从来不带讲义，直接徒手在黑板上画下人体大脑各个部位的解剖图，并且标记上拉丁文，每节课都是好几黑板的图画和板书。

她还讲到她的老师诸福棠教授，曾经历过麻疹暴发时没有免疫球蛋白可以用于治疗。于是诸福棠教授用自己的血尝试治疗了一个患儿，危重的患儿奇迹般地恢复了。看着满病房无助的患儿和家属，所有在场的医生无一例外地献出了自己的血。说到这里，她眼角泛起泪光。

那该是怎样的一个黄金时代啊！穿着白大褂的人多么神圣，光是这个举动就足以让我们内心充盈、阳光，无所畏惧，充满希望。

她也讲到晦暗的岁月，讲到战争，讲到自己每个星期只有半天的时间可以回家换洗、休息，甚至在做住院医师期间都不能结婚生子，等等。她从来没抱怨过任何一个时代，没抱怨过任何一个人。提及个人对中国医学的贡献，她没有夸奖自己任何一个字，但是我能感受到，那些孩子的疾病就是她的痛，孩子的幸福就是她的使命。

她拿出自己的一本笔记本，上面全是手绘的解剖图和生理示意图，每一张图都像教材上的印刷图，精准、规范。上面不只有拉丁文的注解，还用英文记录着自己不同时间段的心得和感悟。

这就是这本小说中“笔记”的雏形。

04

我并没有拿走这本笔记，因为我知道这是左老一生最珍贵的回忆。

然而，那天下午，那些混着阳光温度和泥土清新的感动，至今我都清晰地记得。甚至也会在一个同样的阴雨季节，偶然想起那本泛黄的笔记本。有时候我也会不断反思，那也是我们曾经决心要一生呵护的誓言啊，如今它们又去哪里了？

如今任何疾病一直梦寐以求的治愈率都远高于过去。我们有了先进的治疗手段和器械，就连过往的那些治疗理念，我们有些都嗤之以鼻。

我们真的能够完全抛弃过去吗？

一次，一名年轻医生险些犯了一个致命的错误。那是一个胸腔积液的患者，他来医院想做个胸腔的穿刺，把积液放出来。这要是在过去，可能直接在病房通过查体判断积液后就穿刺了，用的是叩诊的方法，就是用左手中指贴在患者后背上，用右手的中指敲击左手中指的第二指节。如果下面是肺组织的话，会发出清脆的“砰砰”声，如果下面是积液，就会发出沉闷的“咚咚”声，就像我们拍西瓜看生熟一样。

现在我们有更先进的手段了，年轻医生让患者去 B 超室做了个定位。B 超会在这个患者的后背上画一个叉，意思是从这里穿刺最好。但是这个患者不明就里，以为只是个标记而已。他看大夫还没来，就去洗了个澡，把标记也洗掉了。

他担心大夫回来说自己，就找护士要了根记号笔，想自己照着皮肤上的印子描。可幺蛾子就出在了这里——他看不清后背的印子，就用一只手把后背的皮肤往下拽了拽，这才看到了那个印子，标记上了。

穿刺的时候，年轻医生看见后背的叉号，想都没想就开始准备穿刺，消完毒，碰巧这个时候他的师兄走了进来，看到他要穿刺的部位，皱了皱眉头，问他：你有没有叩诊，这是第几肋间（肋骨中间进针）？

年轻医生挠了挠头，在师兄的呵斥下重新定了一下位置，惊讶地发现这个地方已经是第十肋间了。他在消毒的时候也觉得位置很低，但是没有多想就要操作。如果针真的扎下去了，扎的可就不一定是胸腔了，很有可能是肝脏或者腹膜后的其他器官，会造成严重的大出血，至少是不必要的创伤。

这个教训让这个年轻医生明白了，在临床上，任何事情都有可能发生。虽然很罕见，但每一个意外都可能导致血的代价，这不只关乎患者的健康与生命，也关乎一个医生的职业生涯。

过往手术中的基本操作不应该因为技术发展就被完全抛弃。作为临床医生，还要了解仪器数据的采集、运输、分析的整个过程，这样才有可能校对机器和流程所产生的致命误差。

因此，我选择了笔记这样一种形式。它真实地存在过，也曾经以各种形态出现在我们每个医生的生命当中。那些来自老大夫的忠告、警示，甚至怒骂，都是一笔笔珍贵的记录。

“笔记”就像一座桥梁，让过去和现在的医生得以对话，过去的医生会羡慕当下的技术，而当下的医生会羡慕过去的环境和初心。我一直在想，假如我可以回到那个时代，看到那个时候无法突破的局限，看到那个时候宝贵的初心，也许我会更加敬畏和警惕科学的进步，也更加了解我们作为医生的边界。

不管怎么说，我们的主人公是个幸运儿，这种我一直梦寐以求的狗屎运恰好发生在了他身上。每次看到他的彷徨、困惑、欣喜、和解，我就会越发坚定地认为，自己所从事的行业，永无止境。

于是，当主角最后说出“给我刀”的时候，我就在想，无论当下或者前路多么坎坷，我也很难再放下这把手术刀了。

最后，感谢那些以各种形式出现在故事当中的真实角色，感谢曾经在我医学生涯学习中出现的老师们，以及比老师更关键的病人们。感谢我的爱人 D.L. 老师和小宝一直的陪伴和信任。

2019 年 9 月 7 日于巴塞罗那

目录

男人要成就事业，就一定不能心软。

“你知道如果孕妇出了问题，我们要付出什么样的代价吗？”

“老师，我不知道是什么代价。但我觉得，如果我们总是本着省事、不惹事的心态做医生，那这个医生做得也……挺没意思的。”

统计学上只有 p 值小于 0.05 才算两组之间有统计学上的差异，假如一个人发现了一个结论，用统计软件计算之后，发现 p 值是 0.07，刚好离统计学差异差那么一点点，那么，这个人有可能稍微改动一下数据，让死的病人变成活的，哪怕稍改几个病人，最终结果就会变得非常漂亮。

“李有才，我最后一次警告你，远离你不该接触的人，也不要放弃你做医生的底线，否则别怪我不念咱们同门一场。”

如果你有 1% 的机会救病人，你甚至可能会害死他，你愿意做吗？

《怪医笔记》中一句话说得有些道理：西医是伴随着传教活动进入中国的，在传播的过程中，首先是宗教，然后才是科学，但是在中国本土化的过程中，宗教不断地被排外清除，只有科学最终扎根生存下来。

像方鸿铭这样，能用这种危险的方式去治疗孩子的，放到现在，恐怕又是一场农夫与蛇的故事。

很多时候，医生甚至有掌控生死、施行“正义”惩罚的机会。

如果真的是人命关天需要拯救，哪怕是坏人，作为医生，也义不容辞，至少可以救回来再让他接受法律的严惩。

但这次要做的是镇痛，而且是存在“安乐死”风险的镇痛。家属告我怎么办？被医院通报批评怎么办？若是为自己的至亲或者挚友来一支吗啡也就罢了，为一个贩卖小孩的罪犯这样做值得吗？

病历如果没有涉及纠纷，99.9% 的可能没有任何人会看。

“他针刚打完，我爱人马上气都不怎么喘了，这不是医疗事故是什么？”

小茉皱了皱眉：“如果您不知道爱人用了吗啡会出事，为什么又会在夜里 2 点 40 分打电话给她远方的父母，让他们准备好衣服过来呢？我看过时间，那个时候医嘱还没有执行，也就是针还没有打。”

有些事情，比死更可怕。

“你就跟他们说，我得的是癌！手术我自己签字，你必须帮我！谁敢说出去我就跳楼！”

“梅毒……阳性？而且还是正在感染？”他脑海中出现了那个软弱的男人的模样，怎么也不能把他和梅毒联系到一起。

做大夫不要做得那么累，做个好人就行了。

“唉，我不是和龙大夫都说了吗，你们医院的人太烦了，每三个月就往家里来个电话，问我们老头死没死。我开始一直忍着，结果今年过年前几天，又打电话问死没死！他才死了呢，他全家都死了！哦抱歉，我不是针对你啊姑娘，你们医院的大夫还是很认真负责的……特别是龙大夫。哦对了，龙大夫有没有对象了啊，我小姑家姥姥的外孙女今年……”

“原来是重新核实过的数据啊，那不能算造假，这才是真的啊。”

真理如细菌，细菌自古长存。

赵步理看着越来越低的血压，心脏仿佛要冲破胸腔。这可怎么办？如果现在不进胸腔，病人马上就要失血而死，但是不麻醉又进不去。如果只用面罩来麻醉，手术中就无法暂时让肺瘪下去。况且，这里就一个麻醉师，如果麻醉师要一直扣着面罩，那就无法输血或者给药。

引子　白日梦

“开灯。”

“酒精给我。”

“刀。”

手术室里安静得只听得见“啪啪”的响声，那是器械打在手套上的声音。吸引器持续发出蛇芯子一般的“咝咝”声，和麻醉机的嘀嗒声融合成一曲背景交响乐。

手术台上，赵步理熟练地逐层打开胸部的肌肉，电刀“噗”的一声进入病人的胸腔。口罩上方的双眼发散出锐利的光芒。他看向自己的双手，每只手上都拿着不止一种器械，把暂时不需要的钳子用小拇指和无名指扣在手心，动作俨然像个魔术师。同时，另外三根手指还在稳稳地操作手术。两只手至少拿着四把器械，就像猫爪一样灵活地弹出，收起。

台下有三五个实习同学和住院医师，交头接耳地议论着。

“看，无影手使出来了！据说，赵师兄最多的时候能双手同时使用七把器械！”

“你看旁边那个器械护士，可以每天看赵师兄做手术，而且基本什么都不用做，我也想当这样的器械护士……”

“做梦吧你，想看赵师兄做手术的人都要把手术室的门挤烂了，连孙主任都没有赵师兄厉害！”

“嘘——别乱说……据说孙主任的脾气不好，惹恼了主任，你小心吃不了兜着走！”

赵步理似乎对耳旁的溢美之词毫不动容。他拨弄着胸腔里面的肺，仿佛那就是他的孩子，正在他的手下乖巧地变换姿势。赵步理习惯不用助手，仅凭自己的一双手不但能够把肺摆成他需要的形状，还能同时灵活地摆弄着吸引器和电刀。

在他的操作下，组织之间的张力刚刚好，就像一团蜘蛛网：团在一起时，蛛网很难用刀割断，而且会越缠越紧；只要把蜘蛛网彻底抻开，每一根蛛丝就会像绷紧的琴弦，在电刀面前不堪一击。

赵步理的电刀灵活地游走在那些蛛丝般的组织表面。每电击一下，一条纤维条索，或者血管、神经就会应声而断，滴血不出。赵步理此时仿佛把这张蛛网般的组织条索当作琵琶来弹奏，电刀激发时产生的电子音形成了一首悦耳动听的歌曲。

“看！赵师兄的超能力！魔瞳！据说赵师兄的眼睛能够看到组织之间最薄弱的点，手术时能用最少的动作完成最有效的切割！”

“魔瞳赵步理，名不虚传啊！我要是有这个能力，也不至于每次切个皮就出 20 毫升血了……”

“别碰我！”

赵步理突然感到器械护士在用什么东西戳他，手上的电刀猛地打到血管上。好在只是烫了一下，没有烫破。

他继续操作，刚动电刀，旁边的护士又戳了他一下。这回，他碰破了一根血管。

赵步理大怒，转过头：“说了别碰我！”

旁边的护士却表情僵硬，像个机器人一样呆呆地看着他笑，接着冷不丁摘下了口罩。赵步理赫然发现，这不是手术室里的护士，这是？

护士皮笑肉不笑地盯着他，用手指头使劲戳他，一下，又一下……

“赵步理，你可真厉害啊你！”

护士突然咧开血盆大口，哈哈大笑起来。赵步理陷入了惊恐中，大喊出声。

“啊！怎么回事？”

第1章 # 值夜班

废柴赵步理中了头彩

赵步理突然惊醒，发现病房的护士小云正瞪着他，脸上的笑容让人心里发毛。赵步理赶紧擦了擦嘴角的口水，意识到自己趴在桌子上睡着了，还做了个不错的梦。

“又做白日梦呢吧，我们的住院总大人？”小云对这位全院著名的“废柴医生”毫不客气，“你赶紧去看看 18 号床病人！她昨天刚做完手术，心率稍微有点快也正常，可她非说自己憋气难受！”

听了小云的话，赵步理一个激灵，方才的白日梦烟消云散，他仍然只是个小小住院总医师。“引流多不多？”

“引流多我还不会看？人家家属找我十几趟了，非要找大夫，我叫你半天了，你倒是睡得香！”

赵步理赶忙点头赔不是，尴尬地使劲儿挤了挤眼睛。站起身，他发现自己的左腿麻了，但是看看小云的表情，还是拖着腿走出了值班室。

“按理说不会啊，这个病人刚做完手术，还是大师兄和主任上的，过程很顺利才对……”

赵步理想着就走到了 18 号床前。病人正表情痛苦地躺在床上，眼睛紧闭着，看上去半睡半醒，眉目之间有些烦躁。隔着被子也能看出，她的胸廓正剧烈地起伏着。

赵步理看向一旁的监护仪，上面绿色的大字闪着“130”，意味着病人的心率大约 130 次每分钟。他打开床头灯，在昏暗的灯光下仔细检查了病人胸腔和腹腔的每一根引流管：胸腔的引流只有 80 多毫升，未见多少红色；腹腔的引流管里则几乎一点血都看不到。

他拍醒病人，病人迷离地睁开眼，又困倦地闭上了。

赵步理挠挠头，又仔细检查了几遍病人，走出了病房。

“看起来没事啊，我和家属说一下吧。”

小云没好气地抬了抬眼皮，向一边挪了挪，示意家属在门口，然后继续低头看手机。

赵步理转身向门口走去，突然若有所思，又停了下来。

“哦对，帮我给她查一个血常规吧，我……我还是想再看一下。”

“啧！”虽然小云的一张圆脸被口罩遮住了一半，但还是能从她冷冷的眼神中感受到不情愿。

赵步理赶忙搓着手，堆出他觉得最讨好的笑容。

“这家伙，大半夜的净给我找事儿！”小云嘟囔了几句，端着托盘过去了。

和家属简单聊过之后，赵步理发现自己不费吹灰之力就让他们更焦虑了，差点要打电话把孙主任叫来。最后，赵步理答应家属每半个小时去检查一次，家属才放过他。

赵步理摇摇晃晃地走回值班室，已经是半夜十二点。

院子里的黑猫又冲他叫了好几声，赵步理越发觉得有些异样。每逢黑猫叫，夜班总会出点事儿，赵步理情不自禁地打了个寒战。

反正被吵醒了，不如顺便看看书吧，赵步理心想。往常遇到不明原因的术后心率过快，只要给点倍他乐克控制一下，就没太大问题。赵步理也习惯在看病人吃过药后就去睡觉。但今晚，他就是觉得哪里不对劲儿。

赵步理想起自己的书在值班室角落的书柜顶层，便随手抓了把带滚轮的椅子踩了上去。

最上面的那排书已经落了灰。不是这本，也不是这本……咦，这本是？

赵步理轻轻往前探了探身，不料脚下的椅子向后一滑，他失去了平衡。

“啊！”

“喀喀——”赵步理从厚厚的书堆里爬出来，满身灰尘，头上还被倒下的柜子砸了一个大包。他哼哼着直起身子，摸了摸额头，赫然发现还沾了一条血迹。

真是灵验的黑猫预警啊……

这本书……

赵步理眼前是一本厚厚的泛黄的宣纸册子，这是他在古玩市场花三千块钱买来的一本旧书，书名叫《怪医笔记》。

当时就觉得这书名好玩，他想，自己也算是一个怪人，正好和这书趣味相投，就买下了。然而赵步理高估了自己的文学素养，打开后发现书中大部分是文言文，而且前言不搭后语，根本看不懂。所以打那之后这本书便被束之高阁了。

这会儿，他也不知哪儿来的瘾，怀着好奇心拿起书翻开了第一页，上面写着一句话：

不为怪医，宁不为医。

这句话也是让他当年冲动买下书的原因。

他还记得，这本书当时花掉了他大半个月的生活费。书中文言文和英文穿插的叙述方式让人十分费解，其中有一些解剖手绘图，精细地描绘了肌肉、血管和很多古老器械，从中能看出作者多年来积累的深厚绘画功力。图上还有些密密麻麻的标记，似乎是数字，混杂着英文字母。虽然看不懂，但笔记的主人应该下了不少功夫。

赵步理信手又翻开几页，咦，这写的好像是……民国的手术室?！他好像能读懂一点了。

赵步理突然觉得一阵恍惚，好像一头栽进了冰冷的湖水中，原本昏昏沉沉的脑子瞬间清醒。之前那些看起来十分费解的符号和文言文，重新排列成一段段浅显易懂的文字，从眼前划过。他疯狂地读取着这些信息。

这是一个神奇的世界，由不同的画面拼凑出一个手术室。笔记中记录了器械台上每一把钳子的型号和作用，这些文字轻而易举地就在他脑中形成图像，投映在视网膜上。手术台和古老的麻醉机如同一面面镜子围绕着他。

这是……1934年……

果真是民国的手术室！

原来民国时期的手术台这么原始，但居然已经有电刀了？我还以为几十年前才开始用电刀的。等等，那电刀怎么像电烙铁？原来不是刀啊，就是个尖头烙铁。那岂不是开个胸就得出400毫升的血？而且刀口居然有三十厘米这么长，要是做个右肺的手术，从前到后划拉开一半，人都快被撅断了吧！

电刀旁边的是什么钳子？看起来像文物，真的能在肚子里用？

赵步理内心涌出一连串的问题。他从来没有想过，原来过去的手术如此原始，却又有这么强大的冲击力，让他发现手术居然还可以这么做，或者从前的人居然用这么原始、直观的方式在自己眼前做手术。此刻，他仿佛就置身于手术室当中，亲眼见到那些老教授聊天时偶尔提到的画面。

突然，他似乎看到一个清瘦的身影在手术台上飞速地进行着手术，一旁是配合默契的助手。

随着笔记里进一步详细的描述，赵步理仿佛又走近了一些——这个眉目清秀的人居然还是中年人模样。黄色宣纸上冰冷的文字描摹出此人冷峻的眼神和干净利落的操作。

中年人正在处理腹腔出血。这恰恰是赵步理眼下关心的。于是他集中注意力，发现自己能越来越轻松地从文字中读出画面。话说回来，这个家伙的记录实在太形象了。

中年人和助手的动作都极其熟练。赵步理边看边扭着身子，学着中年人的姿势比画起来。但他们的操作和现代的完全不同，这对赵步理来说很陌生。

他们很少用灵巧的镊子，而是用止血钳这样被很多当代医生诟病的“粗糙”器械来处理腹腔。赵步理一时间看得心惊胆战。中年人甚至用剪刀在腹腔的大血管旁边剪来剪去，一旦操作失误，哪怕是一瞬间，就会让病人的身体失去四分之一甚至更多的血液。

中年人似乎在不停地摇头。

“阿衡，你的废动作太多。”

对面名为阿衡的少年小心翼翼地点着头。

“抱歉，老师。”

“你确实应该抱歉，可你最应该抱歉的是你当时就应该看出这个问题。”

“是，我要是多捏捏管道就好了。”

赵步理目前无法从文字中找到更多的信息来判断这两个人的身份，但这本笔记如果记录的是真实存在的人，那他们势必在医学史上有着举足轻重的地位。

* * *

“砰”的一声响打破了平静。赵步理猛地回过神来，发现小云正一脸惊慌地站在值班室门口。

“赵……赵大夫……病人更不好了，而且刚才抽的血出结果了，血色素只有 7 克了！”

赵步理“腾”地从座位上蹦了起来。

病人正沉睡着。赵步理看向一旁的监护仪，心率很快，大约 150 次每分钟，超出了手术后病人的正常心率。他打开灯，在昏暗的灯光下看到腹腔的引流管还是什么都没有。

赵步理耳边突然回响起一个声音。

“如果我当时多捏捏管道就好了……”

多捏捏，对！

赵步理立刻蹲下，两只手各用食指、中指和大拇指疯狂地挤压乳胶引流管。

“赵步理，你干啥呢？”

“挤管儿啊！我担心是出血量太大，里面有血块了，血块很容易把引流管堵住。这样挤压把空气排掉，可以形成一定的负压。我刚才就觉得奇怪，这刚手术完，腹腔引流不应该一点儿都没有啊！”

小云也慌了神。如果真的如赵步理所说，那她没能早点发现，也难辞其咎。

赵步理两只手轮流挤压，能感觉到巨大的阻力，松开手时，管道会瘪很久才恢复弹性，这些迹象都说明，侧孔肯定被堵住了。

赵步理想起笔记中那个叫“阿衡”的人，最后好像是这么说的……

赵步理松开双手，把引流管原地旋转了一百八十度，他突然觉得手上一空，似乎被一个人拽住，又突然松开。

引流管里立刻灌满了鲜红色的浓稠血液，涌进了空空如也的引流袋。液面越来越高，引流袋甚至开始鼓胀。

600毫升了！还在流！

赵步理连忙试着唤醒病人，但病人挣扎着抬起眼皮，很快又陷入昏睡。

“把一线值班大夫，哦对，陈彦豪叫起来，再给抽个血，赶紧挂上一袋盐水，输液速度再快点！联系血库取血！我联系手术室！”赵步理发号施令，小云吐了吐舌头，立刻默契地照做。

赵步理正准备拨通手术室的电话，突然犹豫了一下，他拨通了另一个号码，屏息听着对方经久不息的彩铃声，终于，那头传来一个声音。

“喂，主任，那个……这个……您睡得还好吧？”

“废话，这大半夜两点的，快说！”电话另一边传来怒气冲冲的声音。

“哦对对，就是18号床啊，刚做完食管的那个病人，腹腔引流突然变红了……一个小时快600毫升了，我觉得可能有出血，您看是不是……”

“联系手术室，我马上过去，你先上手术处理着，别耽误了。”

赵步理刚想答应，发现对方已经挂了电话。

孙慧主任马上就要来了，只要稳住情况就问题不大，赵步理心想。

他默默叹了口气，这个衰命，每次值班都没让自己“失望”过。

突然，电话又响了，赵步理赶紧接起来。

“护士在边上吗？”传来孙慧冷冰冰的声音。

赵步理赶忙按下免提键。

“在，在孙主任，就在我旁边。”

“发现出血多长时间了？”孙慧问道。

小云赶忙支支吾吾地解释道：“才……才发现……刚刚就是心率有点快……”

“心率快多长时间了？”

“三个小时了孙主任……”小云一五一十地回答，似乎知道编瞎话也掩盖不了事实。

“三个小时了，你们就不会看看引流吗?!”孙慧火了。小云不说话，希望孙慧能就此打住，毕竟这位主任训斥起人来从不留情面。

赵步理看小云不出声，内心生出一股正义感。“孙主任，不怪小云！是那个病人的管子堵了，我给转了转才出来这些血凝块的。”

小云瞪大了眼睛：“赵步理，你……”

赵步理笑着拍了拍胸脯，意思让她不要客气。

“张小云，你来我们科这么长时间，不知道看管道的时候捏捏管吗?！以后再出现这种情况，你哪儿来的给我回哪儿去！”

赵步理和小云同时感受到电话要爆炸了。赵步理赶忙关掉免提拿起电话，见小云正咬牙切齿地瞪着自己，只能一边赔着笑，一边继续听电话那边的孙慧炸锅。

“没有，孙主任，真的不怪小云，她刚好今天来大姨妈……她……喂，喂，主任？主任？”

孙慧已经挂断了电话。赵步理抬起头，只见小云阴沉的脸已然有些发青，正用一双要吃人的眼睛瞪着自己。

“呃……我……我碰巧知道……”

小云一句话也没说，扭头去配输液了。

赵步理知道自己又惹祸了。

不过他琢磨了一下主任的话，心想：“难道，主任是让我亲自来处理这个出血？”

赵步理想起，无论是大师兄还是二师兄，在住院总阶段都有过独立处理出血的经历。看来，这次主任是要给自己表现的机会。

他猛地燃起了斗志，似乎看到自己找到出血的血管，用一个漂亮的外科结把血止住，第二天被所有人赞美，被师妹崇拜，从而走上人生巅峰的画面。他麻利地联系了手术室，全然不顾手术室的护士和麻醉师的嫌弃。

他轻轻闭上了眼睛，刚刚笔记中的画面又浮现在眼前。

如果 18 号床的出血和那个真的一样……

想到这儿，赵步理一路小跑钻进自己的休息室，把笔记翻到刚刚看的那一页。

上面有一幅人体腹腔血管解剖图，其中着重标注了“胃左动脉”这根血管，旁边记录着一行小字。

吾云游西方诸国，见手术医死之病家，盖多数因此血管结扎欠牢靠，若不幸出血，不可随意钳夹，可能会形成无可弥补之孔洞，瞬间毙命。一次吾以手指伸入破损之孔洞以止血，达成。然病家最终死于感染，盖因吾急于救同行病人，未戴手套。

赵步理扑哧笑出声来，这个坑货，看到别人出血，不戴副手套就直接把手指头伸进去了。这货不是怪医，是有点傻吧……

赵步理看着看着入了神，冥冥之中好像有人在手把手教他，以前那些血管的解剖关系在他的脑子里面就像一锅粥，看了多少教材也毫无帮助，此刻这本笔记上的总结和绘图，竟将赵步理积压多年的疑问一扫而空。

原来是这样！

“砰”的一声，门又被撞开了。

“大主任啊！手术都接了，你还不赶紧去！小豪都已经跟着过去了！”小云冲进来没好气地吼，明显气还没消。

赵步理赶忙答应着，随手收起了笔记。他的心里莫名多了一丝担忧——下次再看的时候，还能不能进入这奇特的状态？

等下了手术，明天一定好好研读一下。赵步理一边想，一边快速走向手术室，去迎接第一台由自己来救场的手术。

我必须救她！

我可以的……吧！

第2章 大出血

龙师兄竟然会输？

走在手术室的通道里，赵步理有时会生出一种恍若隔世的感觉。这边是生，那边是死，两边的屋子是人类在以一种奇妙的形式与死神对抗，或是妥协。有些人在这些屋子里新生；有些人活着进去，更好地活着出来；还有一些不幸的人，会从另一侧离开。

而医生对病人来说，有时是神一样的存在，有时是代表痛苦的魔鬼。赵步理从来没有做过魔鬼，也从来没有成为过神，他一直习惯当一个旁观者，似乎这样的位置对他来说才是最舒适的。但这一刻，他没有退路了，他是手术室里级别最高的大夫。这样想着，赵步理走起路来不由得都脚下生风。

不过他还没硬气几秒钟，就看到迎面走来一个矮矮胖胖的女人，手里拿着一筐器械，戴着口罩，歪着脖子，眯起眼睛瞪着他，没错，是瞪着。

赵步理不由自主地摸了摸后脑勺，红着脸说："秦姐姐，抱……抱歉……这个是主任让开的……打扰您休息了……"

秦红艳护士四十多岁，尽管半夜起来，头发蓬乱着，也能依稀看到描得不甚整齐的眉毛。

"谁是你秦姐姐！你别老跟我们提主任，这大早上不到四点说开就开，你能开得了吗？就不能等主任来了再弄？你给我一边儿去！别招我烦！"

赵步理想了想"一线小豪"经常教自己的小技巧，赶忙补了一句："是的是的，很快就完。欸，秦姐姐，您好像瘦了不少！"

"不好意思，我这周不减肥，刚胖了五斤。"

秦护士说完翻着白眼走了。

作为住院总医师，每天都要和手术室各级人员打交道，但是赵步理这个自建院以来史上最弱的住院总医师，在这些老护士的眼里却毫无发言权。每一代的医生都有自己同时代的手术室护士，至于那些和主任亲密无间合作了几十年的老护士，他们说的话连主任都得听。所以，主任以下的医生都得乖乖尊称老护士们一句“老师”。

5号手术间在手术室走廊尽头左拐的地方，是胸外科最常用的手术间，里面的空间最大，适合进行胸腔镜的微创手术。而那些较小的手术间，胸腔镜都没有地方摆放，有的时候只能摆在麻醉机的旁边，让麻醉师一肚子怨言。

赵步理刚走到门口，迎面走来一个高挑的女人，对他轻声说：“在外面等下。”

韩冰，麻醉科的头号美女。然而人如其名，总是一副冷冰冰的样子。她匆匆撂下这句话便转身去忙，留下像中了定身咒一样的赵步理。

手术室里，那位老年女性病人已经被脱光了衣服，能看到一个腹腔引流管还在汩汩地向外流着鲜红的血液，甚至从引流管周围就能看到有血溢出。病人似乎非常焦虑，脸色煞白，浑身不由自主地颤抖着。

秦红艳见状赶忙走上前，一把夺过护工拿走的被子，重新盖在了病人身上，掖好两侧的被角。病人的嘴皮动了动，说了声“谢谢”，秦红艳拍了拍病人以示安慰，又去核对器械了。

韩冰又快步走了出来，赵步理呆呆地站着，等着训话。

“你告诉我，你判断‘二进宫’（手术后第二次开刀）的理由是什么？”

“师姐，这个病人两个小时内每小时的引流量都超过600毫升，而且生命体征越发不平稳，我觉得……得进去。”

“这个病人七十五岁了，以前得过脑梗，光是第二次麻醉的风险就非常大。你要是确定自己的判断没问题，我可以进行麻醉。但是，我只能给你两个小时，再长可能会出问题。你确定你能行吗，还是等孙主任来了再开？你得想好，这可没有回头路。”

赵步理突然有些心慌，一时间不知道怎么回答。

韩冰没有说话，只是看着他的眼睛。她眼神中的坚定突然让赵步理想起了笔记中的人，他的态度坚定起来。

“师姐，我可以的。而且主任就在来的路上，我们真的等不了了，起码我可以找到出血点，先压住，把病人的情况稳定住。师姐，我不知道该怎么让你相信我，我……”

“行。”韩冰点了点头，“秦老师，准备开始诱导。舒芬两毫克小壶[1]推，爱可松一支静推，依托咪酯准备。”

[1] 小壶，医学惯用语，指从输液器当中的小壶注射，等同于静脉注射。

听到手术准备开始，手术台上的老太太突然挣扎起来，似乎压抑已久的焦虑终于爆发了。“大夫们，救救我，我还不想死……我家孙子刚出生还得我带……你们行行好救救我……”说着两行眼泪流下来。

秦红艳见状，一边推着药，一边像哄小孩子一样和老太太念叨：“您别害怕，没问题的！赵大夫是我们这儿最年轻有为的大夫，有他在就没有拿不下的手术。您这个手术我估计也就十分钟，然后您就能回家看孙子啦！”说着转身白了赵步理一眼，赵步理不好意思地笑了笑。

秦红艳一只手轻轻拍着老人的手心，另一只手缓慢地把乳白色的依托咪酯推进老人的静脉。老人念叨着“谢谢”，慢慢失去了意识。

韩冰紧张地关注着监护的情况，见老人失去意识，立刻将面罩扣在她的口鼻处，面罩上瞬间蒙上了一团水汽。随着韩冰右手有节奏地捏动球囊，老人的胸廓开始上下起伏，这具身体中残存的生命，仿佛就掌控在韩冰的手中。

韩冰等了两分钟，判断老人的肌力完全消失后，用喉镜挑起声门，顺滑地把气管插管送进气道，动作流畅得没有一丝停滞。

插管完毕，韩冰长长地出了口气，对赵步理坚定地点了点头。

“开始吧。”

赵步理明白，留给他的时间，只有两个小时，他抬头看了眼对面墙上的电子时钟。

消毒、铺手术单完毕，赵步理站在代表主刀位置的病人右侧，小豪站在对面。

赵步理看了一眼还有些困倦的小豪，那才是自己熟悉的位置，只要配合好主刀医生就行，不用对手术负责，做得好或者不好，虽然会影响主刀医生的发挥，但通常不会起到决定性的作用，有些时候在这个位置甚至看不到主刀医生在操作什么，所以赵步理以前经常在这个位置发呆，甚至犯困，被孙慧骂过好多次。可当下，手术台上的生命已经进入了倒计时，他要对其负责。

赵步理努力回想刚刚在笔记中看到的“怪医”的动作，就在秦红艳要踹他的时候，他飞快地拿起钳子，开始拆伤口的线，拆到肌肉层的时候，已经看到鲜血从伤口处不断喷涌而出。

“冰姐，再取些血吧。出血太多了！”

“收到。”韩冰清脆地允诺了一声，抄起电话联系血库。

秦红艳见状也赶紧填起了取血单。

“库存不够了？我是麻醉科韩冰，我这个病人在手术台上随时都可能不行，您这边一定帮我们再至少取四个单位来，然后尽快从中心血站调，一定努力，拜托了。”韩冰没有给对方反驳的机会，直接撂了电话。这家医院还没有哪个科室敢不给韩冰面子。

赵步理终于拆完了肌肉层的线。他用止血钳把肌肉撑开，进入了腹腔。血一下子涌了出来，洇湿了两侧的手术单。病人的腹腔被撑得鼓鼓的，似乎装满了大小不等的血豆腐块。

“再加一个吸引器！给我个盆！”

器械护士赶紧拿来一个盆放在切口旁，赵步理和小豪疯狂地用手往外捧血块。只有把血块尽快捞干净，吸引器才能发挥作用，不然只能一个劲儿地被堵住。

放眼望去，满眼全是令人惊恐的红色，连肠子都看不清楚，更看不到任何出血点。但是赵步理认为，选择急诊手术是正确的。如果他没有查血，或者去捏捏管子，就不会想到这种可能性。再过两个小时，病人可能就会因为出血过多导致死亡。

两人终于清理干净了大部分血块，接着便争分夺秒地用吸引器吸除剩下的血液。只有把血液清干净，才能看到那根所谓的“肇事血管”。这些血液关乎性命，但现在只能舍弃——毕竟病人是食管癌，局部的血液很可能也含有肿瘤细胞，这样的血液是无法经过处理，通过血液回吸收装置重新输回静脉的。

“用不用我叫主任来？你到底行不行？你们科的李有才和龙森浩可没你这么肉（性子慢，做事不利落），他俩都像你们主任，麻利着呢。”秦红艳不停地嘟囔。

赵步理顾不上这些质疑，全身心投入手术中。他向器械护士的方向伸出手，护士默契地把镊子放在他的手里。

赵步理的视线没有离开病人的腹腔，他感受了一下手中的镊子，摇了摇头。“止血钳给我。”他命令道。器械护士不解地把钳子递给了他，理论上，腹腔外科医生很少用钳子直接操作。因为钳子太短，上面的锯齿也容易划伤肠管。

“你在干什么？”这时，门口传来一个严厉的声音。

* * *

在场的人都抬起头来，看到门口站着一个已经刷过手[1]的医生。他个子很高，身材修长，十分健壮，两条胳膊把短袖的刷手服撑得紧绷。口罩下的面庞十分硬朗，一双眼睛不怒自威，正直直地看向赵步理。

“大……大，大师兄，您怎么来了？”

[1] 手术前需要刷手，通常可以采用毛刷蘸消毒液来刷，有非常规范的动作。

“我自己的病人我能不来吗，主任打电话通知我了。你去我对面吧，那个小大夫，你往边上站一点，给他腾个地方。”

龙森浩，胸外科主治医师，科主任的大弟子，也就是赵步理的大师兄了。他今年三十一岁，单身，是主任的得力干将。

赵步理“哦”了一声，乖乖低头去了对面。

龙森浩对着韩冰的方向点头示意了一下。韩冰没有回应，只是低头工作。龙森浩叹了口气，站在了赵步理对面。

“镊子。我们抓紧时间。”

虽然赵步理心里有一些小失落，但是不得不承认，龙森浩能来，他的放心远远大于失落。一条人命握在自己的手里，让他浑身不自在。

“步理，你帮我暴露好视野。这点事情都做不好，以后怎么主刀手术?!”龙森浩对他毫不客气。赵步理连连点头，耳后根都红了。

“我在你这么大的时候，这些小事情都能自己处理了。谁教你乱用钳子的，是老师，还是我？”

“对不起，大师兄……”赵步理越来越心虚，手上的动作也笨拙起来，几次让肠子坠到了视野中间，又惹来了龙森浩的几番训斥。

韩冰突然开口了:“行了，赵步理起码在第一时间发现了问题，也及时开了进去（开进去就是指开刀开进去，医生土话）。他没做错什么，手术室里别嚷嚷。”

龙森浩没有看她，只是不再说话。

赵步理感激地望向韩冰，又偷瞄了眼低头做手术的大师兄。

这两个人，还是没放下啊……

“是这里出血。”龙森浩低沉地说道。经过赵步理的暴露和吸引器吸血之后，已经可以看到病人体内那道小小的血喷泉，可龙森浩似乎并不觉得这是个致命的问题。“我明白了，这是胃左动脉。应该是我的疏忽，我之前用两个血管夹夹住了这根血管，估计是脱开了。不应该只夹两道的，三道才更稳妥。”

站在一旁一直默不作声的小豪见状，赶忙说道:“龙老师，这不是您的问题，这个血管夹本身夹两道是可以的，但是从概率上来讲，它肯定有脱开的风险，只是碰巧发生罢了！”

龙森浩没有搭理他。

“哦对，龙老师，我叫陈彦豪！”

“哦。”

小豪看龙森浩没有继续交谈的意思，也并没有显出不悦，大家都知道龙森浩谁的面子都没给过，他就是这么一个人。

此时，赵步理盯着出血的地方，若有所思。果真是胃左动脉啊，这是从腹腔动脉发出来的腹腔干当中比较粗大的一支动脉,他突然想起“怪医”在止血时的一些动作来。

“你吸好出血的地方，我自己再上两个夹子，手术结束！”说着，龙森浩一只手用镊子提起出血的胃左动脉，另一只手就要上夹子。

可就在这时，病人腹腔的出血点似乎从一个小泉眼，突然爆发成一个深深的血窟窿，血液决堤般从窟窿里涌出来。旁边的韩冰和秦红艳也看出不妙，不由自主地欠过身去。所有人的视野猛然都被红色的暴雨遮盖了。

龙森浩的脸上露出从未有过的紧张表情。他像寻找救命稻草一样，伸手用镊子去夹那根可能被自己碰破的血管。一次夹不住，又试一次，这次的出血量似乎小了一些，然而鲜血的平面还在不停地上涨。

危急中，对面的赵步理突然安静地抓起刚刚的那把钳子，笔直地扎进血泊的漩涡中。赵步理本身就不大的眼睛微微眯起来，耳朵不由自主地颤了颤。

“你干什么?!”龙森浩一下子急了。

赵步理好像没有听到，轻轻地把钳子捏紧，没有听到上扣的清脆响声。这说明，他的钳子只是含住了某一处组织。

只见血液在即将涌出切口位置时止住了。随着两个吸引器加大马力抽吸，血平面开始逐渐下降。

“你乱夹什么！主动脉会撕裂的（主动脉可能会在暴力下撕裂，造成难以收拾的大出血）！”龙森浩对赵步理大吼，没有松开手里的镊子。

赵步理一下子如梦初醒，才发现自己刚才又进入了奇怪的恍惚状态。他连忙道歉：“对不起，对不起大师兄，我……我要不松开试试？”

龙森浩正要说话，却听到一声暴喝。

“你们两个，谁都别给我松开！”

二人向门口望去，只见一个瘦削的女人气喘吁吁，眼睛里似乎要冒出火来。

“主……主任！”二人异口同声道。

* * *

“你们都保持住别动，我这就上来。”女人说完转身出去刷手。

这正是胸外科的大主任——孙慧。五十岁的年纪，走起路来却没有几个小伙子跟得上。和前夫离婚之后一直独居，没有孩子。

两个人闻言自然是手底下一动也不敢动。龙森浩瞪了一眼赵步理，显然大为不悦。

秦红艳观察着龙森浩的表情，又开始挖苦起赵步理来："赵大夫您可真行，那钳子都敢随便往血管上夹。我干了这么多年，见过不少毛手毛脚的小大夫了，你这胆儿我可真是头一回见。"

赵步理被奚落得脖子都快缩进去了。他刚才脑子一热便下意识地夹了下去，没想到犯了大忌。他仿佛能感到主任的火气正在酝酿中。

韩冰也一脸紧张，盯着腹腔里面，小声问："你钳子没上扣吧？"

赵步理轻轻摇了摇头。

"没……没有。"

这时孙慧走了过来，面无表情地穿上了手术衣，站在龙森浩的身旁。

"目前总共出多少血了？"

"进手术室之后，一共出了 1500 毫升，输了 800 毫升，其他的血还在路上。病人生命体征还算平稳。"韩冰有条不紊地汇报着。

"很好，输液速度可以再快些，病人有些凉，注意一下保温。"

韩冰吃了一惊。刚才太紧张，她竟一时间也忘了，明明是自己应该注意的细节，居然让外科大夫来提醒，有些惭愧的同时，不禁暗自感叹孙主任观察细腻。她点了点头，赶忙准备加温器。

"我先看看你们鼓捣得怎么样了。"说着孙慧用吸引器轻轻地吸着出血血管周围的血。可以看到出血确实止住了，关键就在于两人手底下的这两个器械夹住了出血的部位。"看，这个区域是腹腔干的部分，那么，假设森浩你刚刚没有夹住出血的部位，你会怎么做？"

"那说明这个出血是我没夹好，这种情况可能是血管撕裂了，我自己应该是止不住的。我会用纱布按压住，尽快请您过来。"龙森浩摇摇头说道。

"很好，你一直都让我最放心。等你掌握了控制腹腔动脉干的方法，其实还可以再试试做接下来的一步，但是找我过来是绝对没错的。"孙慧点了点头。她轻轻用吸引器把两个人夹住的部位的出血吸干净，这时，她的眼睛微微眯了一下，猛地抬起头，看了一眼战战兢兢的赵步理，又看了眼赵步理手上的钳子。

"赵步理，你别哆嗦！"

“是！”赵步理努力让自己镇定下来。

他是怎么办到的？

孙慧又仔细看了看。没错，龙森浩之前确实夹住了出血的那根胃左动脉，可是他用力过猛，以致在胃左动脉和腹腔动脉干连接的地方撕裂出了一个不大不小的口子，这个口子才是大出血的元凶。

不可思议的是，赵步理居然在全是血的腹腔里，直接插入钳子，刚好夹住了撕开的裂缝。他夹的地方是龙森浩夹住位置的上游，也就是血管的根部。

孙慧诧异地抬起头来，发现这个被大家戏称为“废柴医生”的赵步理，正聚精会神地看着自己的钳子。

孙慧没有时间思考了。“prolene 线（聚丙烯材质的线，主要特点是将针和线用工艺融在一起，一般的针穿线之后都会有个大“屁股”，也就是针屁股比线大，这样缝合血管会出现漏血的问题，针线融在一起，就可以使针屁股和线一样粗细，缝合血管更加安全可靠）缝合！步理，你轻轻把钳子递给我。”

赵步理有些吃惊。理论上，一般术者会首先缝合真正引起出血的部位，然后才是其他地方。所以，主任不是应该先缝合大师兄镊子的位置吗？他把钳子轻轻地移交到孙慧的手上。

孙慧熟练地进行着连续缝合，最后姿势优雅地打了个结。她缝合的针距不近不远，拉线和打结的力度也恰到好处，没有丝毫多余动作，看起来一气呵成。

“步理，你夹的位置不错啊，瞎蒙的？你看森浩都不敢随便夹，你怎么敢夹的？”

赵步理支吾了一下：“我是觉得刚刚吸血之后，我已经看得很清楚，就是这个裂缝出血。我知道，如果盲目乱夹会导致更大的问题，可我真的看清楚了……”

“好了，我也没怪你。但是这个操作很大胆，如果有下次的话……”

赵步理马上低头承认起错误来：“对不起主任，绝对不会有下次了。我一定是脑子刚刚被驴踢了才……”

孙慧打完最后一个结：“我是说，如果有下次的话，你记得用这个无创的血管钳，不要用止血钳，可以吗？止血钳虽然叫这个名字，但它是很久以前采用的止血工具。现在既然有更安全的办法，就不要冒险了，明白吗？”

赵步理呆住了，主任这是在……肯定我？主任不再理会他，转而轻轻拍了拍龙森浩一直用镊子夹住血管的那只手。龙森浩犹豫了一下，还是咬着牙点了点头，小心翼翼地放开。

龙森浩夹的地方，并没有出血。

龙森浩终于明白，原来自己夹的是出血部位的远端，没有任何意义，自己才是那个没有看清楚的人。

“森浩你要记得，自己不自信的地方，一定要用线打结。血管夹虽然先进，但未必会让你睡个好觉。好了，血都止完了，你们关吧。我下去了，大家辛苦了。”孙慧说着把手术衣扔进桶里，留下了一个有些疲惫的背影。

“我每次都跟你们说，看病人一定要临床、临床，千万不能听护士说一句就什么事都不管了。你看，我总算没白说吧，赵步理，你干得不错。”

“嘿嘿……孙主任其实我是看了一本书，书上是这么说的……”

话音刚落，赵步理发现屋里的人都诧异地看着他。他意识到这话太荒谬，连忙闭上嘴低头干活。

背对着众人的孙慧突然身形一僵，但终究没说出话来，只是原地呆立了几秒，摇摇头便走了。

赵步理吐着舌头，不好意思地偷看了一眼龙森浩。后者仍是一副不可思议的神情。

所有人都没有料到，这一场出血波折，竟然以这样奇特的方式结束了。

秦红艳“啪”地拍了一下赵步理的屁股：“臭小子，你刚刚说脑子被什么踢了？我不就敲了你脑袋一下，你记仇啊你，谁是驴？谁是驴？”

“不不不，我错了秦姐姐……我错了……”赵步理赶忙求饶。这场波折平息之后，所有人都慢慢放松下来。

韩冰也对赵步理微微笑了一下，又偷偷看了一眼正在发呆的龙森浩。她太了解这个男人了，他这样骄傲的人，被全院闻名的“废柴医生”当面抢了风头，一定下不来台吧。

“小豪，你来这边跟你赵师兄关切口吧。步理，下次你可未必会有这么好的运气。”龙森浩说着把手里的镊子一扔，脱了衣服便走。

秦红艳看着龙森浩远去的身影，冲韩冰使了个眼神，小声嘀咕：“这心眼儿啊……”

赵步理还在回味刚才手术中发生的事——那一刻，似乎那个来自民国的奇怪医生，穿越了层层时空的阻隔，稳稳地把住他的手，插进了深不见底的血泊当中，轻轻地捏起一根小小的血管。

就是这一下连蚂蚁都捏不死的动作，拯救了一条宝贵的生命。

第3章 红包

好医生李有才的第一次

李有才坐在诊室里，一只手撑着圆滚滚的下巴，另一只手用笔在桌上烦躁地敲着，一条腿还跷在另一条腿上，山寨的名牌黑色皮鞋下面露出了有些泛黄的白袜子。

他又看了一眼表。才不到上午十点，就已经没有病人了。整整一个上午，总共也就来了十多个病人。要不是门诊部规定十点之前不许离开诊室，李有才早就走了。

李有才是梁城滦县人，刚满三十岁，家里务农，上有一个哥哥、一个姐姐。大学没毕业就和家里介绍的对象结了婚，现在闺女已经五岁多了。

他长着一副讨喜的面容，脸圆圆的，两只眼睛也圆滚滚的，鼻子不算高挺，下巴宽厚，给人一种憨厚朴实的印象。他的声音十分好听，高中的时候曾经在学校担任过广播台的播音员。

从小到大，李有才都是大人口中的“别人家的孩子”，但凡是个滦县人，都知道县里有个老李家的小孩成绩特别突出。

李有才正琢磨怎么打发时间，手机突然响了，是一首有些过时的民谣。

“喂，妈，俺出门诊呢。”李有才用方言和家里人聊着，不时“嗯嗯”地应声，面容却越来越凝重，“俺这个月的钱还没下来，上个月的都给俺姐装修房子用了，哪还有钱给俺哥的娃看病啊！俺哥平时就在家里打游戏，也不知道出去找份活儿干。”

李有才越说越烦躁。比起家里的一堆事儿，门诊没几个病人的惨淡都算不得什么。

“妈，俺不是摇钱树，也是挣辛苦钱，你以为医生能挣几个钱！而且曦曦还要用……妈，你哪能这么说，这和曦曦是女娃有啥关系！俺还在门诊，俺手头就一万块钱，先借给俺哥，但是你别再帮他找俺要钱了！”

说着李有才重重地按下了终止对话键，把手机“啪”的一声摔在桌上。

他突然想起来什么，又抄起手机，给哥哥转账一万块钱，然后在微信的对话框内敲下一大串字，大意是这是最后一次，让他别再游手好闲不干活了。但是打完字，他咬了咬牙又删掉了。

对面的哥哥麻利地收了钱，打了一堆“谢谢”之类的字眼，让李有才觉得无趣，也懒得再纠缠什么。

这时突然传来一阵清脆的敲门声。

探进头来的，是一个穿着花哨连衣裙的漂亮姑娘。她虽然穿着艳丽，妆容也精致得体，却掩盖不住眼角的鱼尾纹。这是一个三十多岁的女人。

李有才一看就明白了来者的意图。他早已习惯了这类人的存在，虽然做不到和他们打成一片，但也不想和他们交恶。

“李老师，我是恒瑞公司的小黄，我能坐下和您聊一分钟吗？就一分钟。”姑娘温柔有礼地对李有才说道。见李有才点了点头，就用手捋了捋裙子，坐在他面前的凳子上。

“李老师啊，之前我们公司那个小崔离职了，以后我来做咱们科的产品。咱们有一款止血材料特别好使，直接喷撒在创面就可以，很多老师用过都反映效果非常好，手术后渗出特别少，您要不要试一下？现在我们公司有政策支持，您用一支的话我们这边大概有……”

漂亮姑娘没有再说话，用手比画了一下“1”，然后不出声地噘着嘴比了个“千”字的口型。

李有才一如既往地面无表情，好与这些“医药代表”拉开距离。

“我知道了，我看情况，看情况，谢谢。”李有才企图礼貌地终结话题。

姑娘听了嫣然一笑，似乎早已熟悉这些医生的反应：“李老师，您有什么需要随时联系我，这是我的名片。”见李有才收下了名片，姑娘又露出一排整齐洁白的牙齿，说了句“不打扰了”就要离开。刚起身，她又扭过纤细的腰身，“对了李老师，您科里的龙老师，也在用我们的产品，上个月他也报了七八支止血产品呢。您放心用就是了！”说着比画了一个 OK 的手势，转身离开了。

李有才暗暗算了算每个月七八支止血材料的收入。他不是没有想过碰这些利益，但始终过不去心里这道坎儿。更何况，他也不希望一步步拼到今天的事业，会因为追求这些蝇头小利而毁于一旦。

但身为主治医师，他每个月的薪水只有万把块钱，在老同学里毫无竞争力，甚至还没有高中毕业就在家做生意的同学挣得多。虽然对外声称房子是自己买的，其实每个月的房租刚交完，家里的存款便一夜回到解放前。唯一令人欣慰的是，有个善解人意的妻子，很少因为他接济兄姐而埋怨什么。

看时间差不多了，李有才准备回病房处理点事情。刚走出诊室，就看到分诊台有几个女人在冲护士尖叫。

“什么破大夫啊！两句话就把我们打发出来了，我就问了几个问题怎么了！什么叫解释过了不重复，他算老几啊！我要投诉他！”

“就是！我跟他说了好多遍了，别跟老人说得什么病，他非跟我爸说得了癌，还说病人得知道情况。我是家属我有权利不让我爸知道，他有什么权利随便说啊！”

分诊台的护士早已见怪不怪，一个老护士甚至给了他们一个医患协调办公室的联系方式，两个女人才骂骂咧咧地离开。

“哟，这么早走啊，有才！”老护士看到李有才那张喜庆的脸，一扫方才的愁云，打了个招呼。

“这……又是因为我们那位？”李有才指了指那些女人远去的身影说。

老护士摆了个苦脸：“除了你们那位龙大帅哥还有谁这么有能耐啊，和病人三两句就能吵起来，还说让她们随便去告。龙少爷虽说在院里吃香，也不能这么三天两头地给自己惹麻烦啊。”

李有才摇摇头无奈地笑了笑，说：“他今天又是四五十个病人？”

“可不是，而且好多都是首诊的病人，没挂上主任的号就直接挂了他的。一上午拿着住院条的病人就七八个，很少有来复查开药的。你说他技术好归技术好，但是这个态度就不能改改？”老护士挑了挑眉毛，“要是都和你似的，和和气气，病人得多开心啊。你说你的病人怎么就那么少啊，而且还都是开检查的，要不……”老护士往后瞄了瞄，用一只手掩着嘴轻声说，“要不以后我和挂号室的小姑娘说说，让她偷偷给你多分点病人？”

李有才憨厚地笑了笑：“您看情况，您看情况。”

老护士见他不置可否，暧昧地笑了笑，挥了挥手让他赶紧回去：“放心吧，我心里有数。”

穿过门诊与住院部之间的空中走廊，李有才觉得心里发闷。他总觉得他一直都清楚自己追求的是什么，也清楚自己的虚荣和贫穷，但是仍无法跨越内心那一道巨大的鸿沟。似乎他跨越过去了，他就不是他自己了。

手机响了一声，收到了一条微信，是一段视频。

一个小姑娘穿着明显有些小的蓝紫色裙子，双手向上高举着，不停地旋转，然后双手展开，做了个优雅的谢幕动作。

看到了自己的女儿，李有才一上午烦闷憋屈的心情终于一扫而空，他穿越空中走廊的阳光，笑了笑，随即飞快地在微信上和老婆打起字来。

“我们家曦曦跳舞真漂亮。我这两天忙，周末带曦曦去动物园。”

“老公，你多注意休息。这是昨天晚上我带曦曦去舞蹈班门口，曦曦趴在窗户上偷看小朋友跳舞，自己学会的。”

李有才的心突然被拉扯了一下，他能听出老婆话里的意思。这样的对话他们之前也有过很多次，有时候甚至以吵架终结。但是每个月一万多的学费，不是李有才能负担得起的。

“你别多想，我不是那个意思。我是说曦曦真的很聪明，别的小朋友学一下午，她看一遍就学会了。你记得多夸夸她，毕竟她也没机会跳给别的小朋友看，就只有给你我看了。”

李有才报之以长长的沉默。透过四楼空中走廊的玻璃，可以看到下面的病人们，无神的视线漫无目的地游荡着。

这身白大褂给人以体面和尊严，但那又怎样呢？它真能让我过上自己想要的生活吗？

“给曦曦报上舞蹈班吧，钱的事儿，我想想办法。最近我哥、我姐没再找我要钱，应该问题不大。”

李有才关掉手机，深深吐了一口浊气，但还是觉得有什么东西堵在胸口。

所有的光鲜、荣耀背后，只是一个无能的父亲。为什么要夜以继日地奋斗，为什么要委曲求全让所有人满意？

今天可能真的要再找找哥哥，试试把钱要回来了。不能再只顾着面子，李有才暗暗下定了决心。

* * *

赵步理盯着那本《怪医笔记》已经两个多小时了，他不停地把眼镜取下来，狠狠揉揉眼睛又戴上，甚至试过斗鸡眼，然而，眼前仍然只是一堆文言文和数字。他略微能够明白写的是一些高深的操作技巧和稀奇古怪的装置，但是再也无法像那个夜晚一样，仿佛穿过幽暗的湖底，真真切切地看到那些人的操作。

单纯从字里行间来看，那天看到的中年人姓方，民国生人，似乎是一代外科的传奇人物。但他到底在哪个医院、什么科室，则完全看不出来。似乎这个人什么手术都能做，也待过好几家医院。

赵步理在心里默默称这个人为“方老”。在医院里，都会管老大夫叫“× 老”以示尊重，“×”一般取自大夫的名字当中的一个字。只有地位极高的大夫，人们才会用“姓 + 老”去称呼，来突出他的独一无二。在赵步理心中，方老就是这样的人物。

可惜，从那天之后他就没法参透那些文字了，就好像不识字的人拿到了《九阴真经》，秘籍在手也无法修炼。

他仿效那天的经历：从椅子上摔下来，喝咖啡让大脑兴奋，可无论做什么都不奏效。书上的字还是那些字，再也没有变成过图像还原在他的脑海中。

今晚值班室里只有他一个人。忙完手头的事情之后，趁住院医师们在护士站那边干活，他又煮了一杯超浓的咖啡，躲在值班室里继续他的实验。

他试着喝了一口，苦到无法下咽，但还是捏着鼻子灌了下去。等了十几分钟，一阵一阵的心慌袭来，大脑里面的血管似乎都在微微胀痛。他目不转睛地盯住文字，仿佛感受到丹田的内力在发作。

毫无动静。

赵步理瘫倒在椅子上，像泄了气的皮球。

* * *

李有才走进病房的餐厅。看守病房的方姨走了进来，打开冰箱门拿了一瓶绿茶塞给他。

“今天又是馒头就咸菜？方姨这里还有点昨天家里剩的牛肉，你要是不嫌弃就热热吃了吧。”

“方姨，您别忙了，我减肥呢。”

“减什么肥啊！还有你那身衣服我看着难受，一会儿你脱下来方姨给你洗洗。你有一套新的手术服我给你放在休息室了，一会儿去换下来！对了，有个病人说要做手术，在病房门口等你呢，你吃完去看看吧。”

手术？

李有才放下手里的馒头，走到大门口。一个眼睛细长的人看到他立刻迎上来。

“您是李大夫吧？我是侯广发病人的家属。在门诊的时候您说可以做手术，我这次过来是把片子交给您。”

李有才明白了，点了点头：“那您把资料给我们住院部赵大夫拿过去吧，都齐了的话，后天就可以查房讨论了，应该能做手术，回去等通知就好。”

“查房？需要我们参加吗？”

“不需要，查房是我们所有医生在一起讨论病历，没问题才安排手术，您放心吧。”

细长眼睛的家属狡黠地看了一眼李有才，上前递过装着片子的塑料袋，小声说道：“大夫，我爸的病就拜托您了，您尽快安排手术吧。这病实在等不起了，我们不懂规矩，这点小意思您笑纳。”

李有才条件反射地想把袋子还回去，但是病人家属转身就走了。

“李大夫，您争取下周给安排上吧，不然我还得找您。有需要您就说。”家属走远时，还举起手比画了个钱的动作。

李有才拿着片子呆呆地站在原地。他环顾了一圈，似乎没人注意到。他回到病房，来到一个没人的角落，伸手往袋子里探了一下，果然摸到一个信封。这时，一名护士从远处走来，他连忙把信封塞进兜里，若无其事地同护士打了个招呼。

李有才的心扑通扑通跳着，这还是他第一次收这种“货”。他两只手插在兜里，径直走进科室厕所，锁上门，把钱拿出来。再把信封皮撕碎，一片一片地扔进厕所，再冲得一干二净，然后才数起钱来。

一千、两千、三千、四千……八千！

曦曦的舞蹈班学费将够了，我就当是先用着，回头等发了工资，再打到病人的账户上，李有才心中暗暗安慰着自己。

他把钱塞回兜里，像攥着一颗滚烫的铁球，浑身不自在。刚走出厕所，就跟灰头土脸的赵步理撞了个满怀，他吓得心脏差点停跳，仿佛被当场捉了奸。

“步，步理啊……对了，有个叫侯广发的病人说把资料给过你了？”

“二师兄，我正想找你呢！”赵步理端正地站好，向李有才汇报，“你说的那个病人肺功能不是很好，一秒量才 1.0 升，做肺叶切除手术的话有点吃力，我觉得主任肯定会把这个手术毙掉。”

李有才脑子一炸。原来，他手里的不是个铁球，而是个炸弹！

“可……那个病人看起来状态挺好呀？步理啊，这是我老家的一个亲戚，要不再复查一次？”

赵步理有点尴尬：“我已经让他复查了一次，还是不太好。反正我能帮就帮，到时随机应变。但是二师兄你要做好准备，主任那关可不好过。主任最近越来越保守了，对这种肺功能稍微有点不好的例子，都倾向于毙掉，我觉得大概很悬。”

李有才完全没了心情，点点头走了。

“二师兄，我再给你想想办法！”身后传来了赵步理的声音，但李有才没理睬。他找到病人家属的电话号码，拨了过去。看来这块烫手山芋不好啃。

“喂，是侯广发家属吗？我是李大夫。您父亲可能不适合做手术，您赶紧回来一趟，我这边不需要这些。”

对面沉默了几秒钟，再说话时语气很不客气。

“李大夫啊，你可不能这样，好处都拿了，还不抓紧办事。是嫌少吧？我们不差那点钱，但是你总得先给我们安排住院吧，回头我再找你。”

对方说完挂掉了电话，傲慢的态度把李有才气得直哆嗦。他无力地靠在墙边，感觉哪怕一上午的门诊，甚至一整天的手术，都不如这一中午的波折更消耗心力。他突然想起自己还没吃午饭，好在还有一个馒头在等着他。只有这个馒头才是最简单实在的，至少它是自己的。肉虽然好吃，但那是别人给的，你吃了别人的肉，就总有什么东西在别人手里，让你难受、恶心。

李有才不想再管这个病人的事。

可女儿跳舞的身姿又浮现在脑海中，接着是哥哥孩子生病的样子。

* * *

胸外科的大查房是每周一次，一般在周三下午。这时所有医生都不出门诊，一起进行讨论。一方面讨论病房里出现并发症病人的后续处理措施，另一方面是下一周手术病人的术前讨论。

这在手术科室早已成了惯例，特别是术前讨论尤其重要。科室主任要提前了解手术病人是否存在手术的禁忌症，以及病人的情况是否能够耐受手术。通常这种查房都是由住院总医师，也就是赵步理来进行总结和汇报，由其他人进行补充。

其余的小住院医师坐在后面的一排凳子上交头接耳，谈论的重点并不是即将讨论的病人，而是今天大查房之后吃什么，去哪里休息。

但赵步理就没有这份心情了，他要保证查房的病人资料齐全，并在孙主任提问时对答如流。他架好投影仪，把做了一个晚上的PPT打开。他每次不是忘了这就是忘了那，孙主任经常大发雷霆。

龙森浩踩着一阵风进来，坐在自己习惯坐的位置上，也就是主任的旁边。他解开白大褂的扣子，露出里面熨烫得体的黑衬衫，下面是卡其色休闲裤和一双Vans鞋，随即面无表情地玩弄着手机，偶尔看看手表。

李有才静悄悄地走了进来，和住院医师们打了一圈招呼，也和赵步理招了招手，又四下环顾了一圈，发现没有漏下谁，也没有谁再搭理他，便坐在主任座位的另一侧。见龙森浩抬头，便冲他友好地笑了笑，龙森浩面无表情地点了点头，垂下眼皮继续玩手机。

李有才也习惯了用热脸贴龙森浩的冷屁股。他习惯性想跷起二郎腿，但是刚抬起腿又赶紧放下，努力往下拽了拽裤腿，好遮住那洗得泛白的袜子。

这时传来了主任办公室开门的声音，关门声还未落，就看到孙慧瘦削的身影飞速地穿过会议间，坐在屋子正中的椅子上。

孙主任转头看了看表，双手叠放在桌子上支着下巴。

“前几天晚上有一例出血，发现得挺及时，而且住院总医师判断十分准确，联系手术室也很麻利。我是想说啊，咱们以后大夫关腹之前，一定再好好检查一下。”说着便转头瞪了一眼龙森浩。龙森浩感受到主任的视线，立刻低下头，小声说了声“是”。

孙慧满意地点点头，继续说:“现在赵步理上台也能干点事了，这就是努力的结果。其实我觉得赵步理吧……”

电脑突然“咚”一声，墙面上巨大的投影弹出了一个QQ对话框，发信人是“母后”。

“儿子啊！你是不是又要开会了，你们那个更年期主任最近没刁难你吧？别跟她一般见识，女人啊，岁数大了，身边又没有男人，就是容易脾气古怪！”

赵步理手忙脚乱地退出QQ，恨不得立刻钻进地洞里。他啃着手指甲，没敢回头看孙慧。只要再给他五秒钟，哪怕只有五秒钟，赵步理就能听到自己憧憬很久的来自主任的夸奖了。

所有的住院医生都在后面努力憋着笑。大家都知道，这个时候谁笑出声，谁就给赵步理陪葬吧。

孙慧沉默半晌，咬着牙挤出一句：“开始！”

“是！”赵步理如蒙大赦，趁孙慧改变主意前赶紧汇报起了病历。

赵步理一边讲解着，孙慧和龙森浩一边聚精会神地听着，偶尔这两人还会做一些补充，给一些指导意见。李有才很少发言，但是碰到龙森浩收治的病人，李有才会靠近孙主任附和几句。

“大师兄最近收的病人质量越来越高了。

“判断也准。什么病人应该先手术，什么病人应该先化疗，一丁点儿错都没有。”

孙慧双手交叉抱在胸前，慈祥地点点头。龙森浩依然好像没听到一样，只是偶尔打断赵步理。无论是自己还是主任收治的病人，龙森浩都会指出病例当中不充分的地方，丝毫不会碍于孙慧是主任就不敢说，而孙慧也很尊重龙森浩的意见。

一个多小时后，终于轮到了汇报病人侯广发的情况。李有才如坐针毡：如果汇报没有通过，怎么和家属交代？他该不该退回这笔钱？好像怎么做都不妥。更重要的是，他现在真的很需要这笔钱。

赵步理对李有才此刻的窘境一无所知，继续如实汇报。介绍到关键处时，李有才抬头偷瞄了一眼，发现孙慧正低头看手机，并未留意到自己最担心的那个点，龙森浩却一直看得很认真，一脸若有所思的表情。

病历介绍完毕，现场沉默了几秒，孙慧和龙森浩都没有说话。依照惯例，几位老师都没有表态，这个病例就算是通过了。赵步理正准备切到下一页，突然感受到李有才正投来殷切的视线，还轻轻朝右边晃了晃脑袋，眨着眼睛，似乎急于向他示意什么。

赵步理一愣，哎呀，差点忘了！

"孙主任，您看这个病人的肺功能稍微差一些，但是一般情况还行，李有才师兄可能想请示下您，会不会有问题？"

李有才一下子瞪大了眼睛，差点拍着桌子站起来。他明明是让赵步理赶紧跳到下一个，这个傻子！李有才心里咒骂着，急忙回过头和孙慧解释："这个病人我看过，一般情况很好，就是肺功能检查他配合得不太好。没事，赵步理，你继续下一个吧！"说着又赶紧挥手让赵步理继续。赵步理这才会意，赶紧点击鼠标。

"等等！"

龙森浩一只手遮在嘴前，看不出他脸上的表情。李有才心中咯噔一下：坏了。

"你之前就有一个病人说肺功能检查配合得不好，最后我们做完了肺手术，病人在监护室躺了快一个月。这样的病人我建议还是要慎重，可以再观察一段时间，顺便练练肺活量，别着急做手术。"

孙慧也抬起头，眯着眼看了一眼病人的数据，点了点头："我们不要赶手术。找我们做手术的病人不少，没必要给自己挖坑。这个是有才的病人？你这么着急做手术是为什么？"

李有才脸上一阵红一阵紫。他难受的并不是做不了手术，而是他和龙森浩都身为孙主任的学生，为什么孙主任心里永远只有大师兄？

更让他难受的，是不知该怎么和老师们解释：如果不做这个手术，家属很可能会找他的麻烦！他突然感到一阵不忿，自己总是帮龙森浩说话，这个家伙却在关键时刻翻脸不认人！

这时候赵步理突然举起手想说什么，但是被李有才打断了。

“那个 ICU 的病人是有其他问题，不只是肺功能的问题，而且我们请了外院的医生来会诊，他们也说那是一种特殊的肺间质疾病，本身就很罕见，换成谁来治都是一样棘手，而且……”李有才冷哼一声，“就算是有点问题，至少没有大出血吧。”

龙森浩放下了遮住嘴的手，目光直直地盯向李有才。两个人一时间剑拔弩张。赵步理又挥了挥手示意要说话，又被打断了。

“这个病人先不收！”孙慧轻轻敲了敲桌子，“锻炼肺功能，复查肺功能，好了再收！”

李有才和龙森浩彼此移开了视线，住院医师们也都噤若寒蝉，气氛一时间凝固了。赵步理左看看，右看看，发现没有人再说话，开始小声提议：“老师们，我补充一点，这个病人呢……我去问了下病史，他以前做过声带息肉切除的手术，所以声门关不全，肺功能检查时的确没有办法吹气配合。”

李有才如醍醐灌顶。

“所以，我又给他补查了一个血气分析，发现这个病人的血液当中氧气分压有 85 毫米汞柱，二氧化碳分压也正常，而且他以前也没有肺病，爬楼能爬十几层。应该说，没有绝对的手术禁忌。”

李有才手心全是汗，脸上有愧色。他一直号称是最会和病人打交道的医生，和病人的沟通向来充分，这次居然犯了这样的错误。他把心思全都放在如何让手术通过上，竟然没有去仔细地了解病人的情况。

看来这个红包真是让自己方寸大乱。不管结果如何，以后绝不会再沾手这些了，李有才暗暗决定。不过话说回来，赵步理这个坑货居然能想到这个细节，真不知道他平时是真傻还是装傻。听说这人当年入学的时候还是学校的尖子生呢……李有才想出了神。

此时，孙慧也紧紧皱着眉头，又打量了一下赵步理，后者正紧张地啃着手指。孙慧突然觉得赵步理和从前不一样了，但又说不上来哪里不一样，一时间被这个小徒弟搞得一头雾水。

“行，那就先按手术准备，进来之后我再看一眼病人。还有别的吗？”孙慧说。

赵步理敲了下键盘，发现已经是最后一页了，转身说道：“没有了，主任。”

“散会。”

李有才的一颗心终于放进了肚子里，他在桌子上找到一瓶水，咕咚咕咚喝了起来。

龙森浩看了李有才一眼，上下打量了一番，笑了笑，走了。

李有才觉得火气一下子蹿上了头。难道在龙森浩的眼中，自己就是个笑话，是个土包子，是个乡下人？自己平时不争不抢，凡事都捧着这个大师兄，他凭什么目中无人？他以为他是谁？

李有才越想越气愤，不由自主地捏瘪了塑料水瓶。

他看着墙上的投影，眼睛眯成了一条缝。李有才你一定要努力，只有自己硬气了，才能不一直被大师兄这么压着。

* * *

赵步理此时异常兴奋。在查房前的半个小时，他抱着笔记翻了半天，想着怎么让二师兄的病人通过查房。结果，没花多少力气就看懂了那些文字。原来，笔记中的有些语句并不是什么奇怪的文法，而是作者在写笔记的时候，故意打乱了文字的顺序。只要按照一定的方式重新阅读，就能读懂了。至于有些地方赵步理看起来比较费劲，就不能怨那个姓方的怪人了，只能怪自己的文言文阅读水平太差。

赵步理静下心来，那些奇怪的文字再次汇成一条河流，在他的眼前展开一幅画卷。

一个青年模样的身影——他知道那就是方老年轻的时候——正跪在地上，不知道在做着什么。

青年前面站着他称为老师的人，居然和他差不多年纪，读着他手写的病历，气急败坏地把病历从窗户扔了出去。

“你太让我失望了！你写的病人：双乳对称，乳头居中！你到底有没有看过病人，病人已经切了一侧的乳房，你哪里看出的双乳？！”

青年似乎有些不服地撇嘴：“病人太多，手写抄重复了也很正常。”

那个老师模样的人摇了摇头：“何谓临床？没有紧紧围绕着你的病人，你终究会失去他们。他们不来找你医病倒是幸事，只怕有些人因你丧命，你该如何是好？”

青年低着头。

赵步理看到笔记上最后记录了一句话：

所患病证，病者自将告汝。如若未闻，则当一再聆之。

他突然明白了，这些检查背后掺杂着多少因素。一个病人从医生给开检查，到约检查，再到去做检查的早晨有没有喝水吃东西，有没有心情不好，有没有在公交车上遗失了钱包，有没有担心钱不够，有没有听懂检查医生的话，有没有好好配合，有没有自暴自弃？这些，自己作为医生全都没有了解过。

他在意的，只是那些常规检查报告上的数字。病人终究是人，是用同样的人类特质才能定义的，而不是用简单粗暴的数字。

于是赵步理拨通了病人的电话。听到来自对面的沙哑声音，他一下子全明白了。正是这声音，带给了他最直接的答案——声门关闭障碍。

赵步理合上笔记，抬起头看着即将日落的寒城街景。他不再执着于看懂笔记了。貌似在他真正需要的时候，笔记自然会跳出来帮他，这种奇妙的缘分，让赵步理觉得自己并不孤单。每当他难过、失落、踟蹰不前的时候，也许有一个民国的老家伙正站在他的身后。也许他能够做的，不仅是当一个大家眼里的废柴。

他打开电脑，在浏览器上找到了某个中文网的收藏链接，打开一个文集，名字叫作《大哥别杀我》。

今天写一段什么好呢？赵步理陷入了沉思……

* * *

李有才躺在床上，努力把工作带来的戾气消除掉。他拨通了爱人的视频通话，不一会儿，屏幕上出现了孩子的身影。

“爸爸、爸爸，今天我去上舞蹈课了！老师特别特别喜欢我，说我是她教过的最好的学生！爸爸、爸爸，你是我的大英雄！”

李有才欣慰地笑了，只有在孩子面前，他的笑才是最真实的，也是最发自内心的快乐。

“爸爸，我开始存钱了！妈妈说你上班太辛苦，一直没钱买衣服，等我存够了钱，给爸爸买新衣服！”

李有才把视频的摄像头转向别处，匆匆叮嘱了几句，就草草挂断了电话。然后他独自在租住的职工宿舍里，坐在行军床上，放下刚刚泡好的方便面，放声痛哭起来。

这间狭小的，只有一张床、一张书桌的宿舍，好像是一个茧。此时，李有才正在自己的茧里等待变身成蝴蝶，这个过程可能是痛苦的，但他不会四处言说，只需竭尽全力，等待绽放美丽的那一刻。

第4章 手术切口

到底谁是对的？

黄昏下，一群男生正在跑步。操场不大，目测一圈只有二百米左右，被男孩们踏得尘土飞扬。一个高个儿男生迈着矫健的步伐，追赶上了前面一个略微清瘦的矮个儿男生，拍了拍他的肩膀。

清瘦男生回过头看了一眼，似乎放弃了跑步，手叉腰、喘着粗气走了起来。

“鸿铭，你这个体力还是差点意思啊，我都超了你三圈了！”高个儿男生笑着说。

“你以为谁都跟你一样？会做手术不就行了，谁规定外科大夫一定要跑步？”清瘦男生似乎有一些不悦，但看起来两人交情非常好。

“还不是那个老魔头洋鬼子！但是不得不说，有了这么多年的锻炼，咱们体格确实强了不少。”高个儿男生说着，比画了一下胳膊上的肌肉。

方鸿铭不屑地看了他一眼：“今年协和医院建院，我们普胸外科的人里，就数你汪道贤是个另类了，精力那么旺盛，你怎么不去搞革命？”

那个名叫汪道贤的男孩没有作声，方鸿铭也意识到自己失言，没再继续说下去。

两个人沉默地走了两圈，汪道贤再度开口：“对了，今年建院，据说全院外科有两个出国进修的名额，要通过手术新发明比赛来决定，怎么样，你是不是有什么鬼点子了？”

方鸿铭嘿嘿一笑：“你先说你的。”

汪道贤无奈地摊了摊手：“别这么见外呀……这不是今年我的偶像过世了吗，Kocher 大师，所以我想仿照他那个钳子的样子，做一个咱们胸外科专用的钳子，叫作血管游离钳，比直角钳要长一点。这样咱们以后就可以不用开那么大的切口了，让病人的创伤越小越好！”

方鸿铭眼睛里有了光彩："是Kocher切口的那个Kocher，还是Kocher钳的那个Kocher，还是前几年发明了洗手法的那个Kocher？"

汪道贤大叫："废话，当然是一个人！所以才是我的偶像啊！只可惜今年去世了……他可是第一个因为外科学获得诺贝尔奖的人！我想像他一样，让外科医生成为这个世界上最受尊敬的人，让我们国家再也不要因为切口大或者死亡率高而恐惧手术。鸿铭，你呢？"

方鸿铭看了看天："咱们想到一块儿去了。不过我和你想的方向不一样，我在想，如果咱们在手术中就能知道肺里的肿瘤到底是不是癌，该有多好。如果不是癌，我们就不用切那么大的切口，病人也不用住那么多天医院了。"

汪道贤摇了摇头："这也太异想天开了。做病理需要很复杂的过程，难道你要让病人在手术台上睡一个多礼拜吗？我劝你别浪费时间，还是跟我一样做器械吧，就像以前咱们考外科系一样，这两个名额就是给咱们准备的，咱们'协和双雄'出国做个伴！"

方鸿铭想了想当时两人初遇时的场景，一时间心潮澎湃，但还是努力争辩道："美国已经有那种东西了，是个冰冻切片机，就像是切肉片一样，先把病人的组织冷冻，等冻成冰块之后，就能切成只有一个细胞层的薄片了。再说，我的想法是可以实现的！"

"那么它的准确度有多高？"

"我看文献报道，现在只有50%，不过……"

"50%?！那不就和抛硬币一样？如果你在手术中判断错了呢？"

方鸿铭一时没有说话，他讨厌理想被戳破的感觉，但他不会轻易放弃："你在意的是面子，我在意的是里子。其实我们在意的是同一件事。等着瞧吧，我会把这个东西做出来的。"方鸿铭说着，又向前跑去，留下一个不停摇头的汪道贤。

"这个家伙，脑子永远和别人不一样……"

* * *

"冰冻切片机""血管游离钳"……原来，这些东西是这么来的……

赵步理放下笔记，捏了捏两眼之间。最近他终于发现，在他全身心思考临床问题时，就能看懂这本笔记。但大脑处理这些组合信息很费精力，所以每看一会儿就不得不停下来休息。

"方鸿铭"和"汪道贤"在搜索引擎上统统找不到痕迹，就像是小说中杜撰出来的。后来细想，这些名字应该是作者起的"笔名"，刻意不希望有人发现他们的真实身份。赵步理不禁陷入了沉思。

在协和历史上浓墨重彩地留下一笔的人，却又不想留下任何痕迹，不希望被后人记住或者瞻仰，这是怎样一个矛盾的奇葩？

不管了。今天要来几个新的实习生，还等着自己分配呢。听说还有个女生，但愿不要太漂亮，不然底下的那些住院医师又要打起来了……

医院里很少有加班的概念，因为每天都在加班。例如，所有科室几乎都会在早八点进行交班，但在交班之前，医生们都要提前至少半个小时来到医院，把自己负责的所有病人看一圈，掌握病人的情况。只有这样，才不至于在交班的时候被主任训斥。

交班的时候，通常是所有医生和护士分开站两排，由科主任或者护士长主持交班。谁没来、谁迟到都一目了然。夜班的医生和护士把前一天晚上的情况进行全面、简洁的交代，让每一位病人的主管医生清楚自己负责的病人晚上发生了什么。

而今天比以往特殊的地方在于，又有一批学生结束了临床知识的书本学习，要分散到各个科室去参观和学习临床技能了。这种实习在很多地方也被称为“见习”，也就是最初级的小医生。除了书本上那点微薄的知识以外，他们甚至连血压计都不会用。

用护士小云的话说，又要来一批连赵步理都不如的小屁孩了。

早交班之前的闲散时间，几个住院医师小伙子坐在办公室里一边抢着早饭吃，一边闲聊。

“你们听说今天来小同学了吗？”陈彦豪扶了扶黑框眼镜，一脸白净，今天还特地换上了衬衫，明显是精心收拾了一番。

“听说来了一个特别漂亮的师妹，论资排辈的话就我年资高，赵总肯定得给我吧。”

“你们知道那个姑娘什么背景吗？我听说是他们这一级的校花，她爹还是一个大公司的老板，经常有个大叔开着豪车送她上课。”

聊得正欢时，只见主任和护士们如潮水一般地涌进了办公室，几个小哥赶紧把早饭收拾好，站成一排。只是他们平时都一个劲儿地往后排躲，而今天，个个穿得十分精神，腰板都挺得笔直。

孙慧环顾了一圈。

“护士长呢？”

“主任，护士长去护理部开会了，说是今天有个先进奖要领。”小云一边捧着交班本，一边乖巧地说。

孙慧似乎想起来了，点了点头：“交班吧。”

小云像念绕口令一样清楚又快速地念着重点病人的情况，孙慧皱着眉头仔细听着。

她看起来好像在发呆，但如果有病人的尿量或者引流超过了她觉得“正常”的范畴，她都能第一时间发现并且问清楚原因。

正在小云念交班时，门口突然挤进来一个人影。来者是个个子很高，下面穿着短裤和球鞋，外面套着白大褂的男生。紧接着，他身后又跟进来一个矮矮的满脸痘痘的男生。两人一进屋就背着手贴墙站好，颇像是上学迟到被抓住的学生。他们的脸上洋溢着一种让成年人厌烦的青涩，因为上面写满了“我不会”和“不靠谱”。

交班完毕，李有才笑着说：“这是咱们科新来的实习小同学，你们做个自我介绍。”

“大家好，我叫姜超，要来外科实习三个月，请多关照。”高个子穿短裤的男生微微低着头说。

“大家好，我叫王强，也是来外科实习三个月，很高兴认识大家，大家可以叫我小强。”矮个子的痘痘男自我介绍道。

陈彦豪等几个住院医师有些纳闷，不是说还有个女生吗？

正想着，猛地门被推开了，站在门口的赵步理被扇个正着。赵步理嘴里藏着的半个包子喷了出去，一记狗吃屎趴在了地上，惹得护士们哄堂大笑。

“对不起、对不起，我也是来实习的，刚刚没找到地方。大家好，我叫林小棠，是临床四年级的学生，准备在外科实习三个月，请多多指教！”来者一口气说完，深深地鞠了一躬。

等林小棠把头抬起来，陈彦豪的嘴巴成了大大的“O”形，发出一声自己都没有意识到的赞叹。另外几个住院医师也睁大了眼睛，看着那个姑娘从鞠躬到起立时，自然向两侧扬起的短发和白皙得透着光的皮肤。她松垮的白大褂下可以隐约看到纤细又凸凹有致的身材，短裙下两条笔直洁白的长腿踩着一双系带的凉鞋，看上去价格不菲。

连小云都被这长着两个酒窝的小美女吸引得看呆了。

林小棠用手撩了一下刘海，手臂伸直，双手轻轻搭在一起放在身前，身体微微向前倾斜，似乎还在为自己的迟到表示歉意。

“赵步理，你把这几个学生分配一下，看看哪个住院医师病人多一些，帮着分担分担工作。你们也别老使唤人家干活，该讲的给人家多讲讲。”孙慧看着从地上刚刚爬起来的赵步理说，“另外，男生不许穿短裤，有条件的打领带，没条件的至少也穿件带领子的衣服，要不让病人怎么信任你们？散会！”

高个子的姜超红着脸点了点头，错开身子让主任和护士们从身边走过。小云还有其他几个小护士走过的时候，偷偷瞄了瞄这个高大的男生，交头接耳互相推搡着走了。

这间办公室里的荷尔蒙张力此刻都爆了棚，只剩一个人还呆呆傻傻地整理着衣服，那就是赵步理。病房里只剩下一众住院医师和三个即将被指派的实习生。

他回头看了一眼三人。见那个美丽的姑娘正用一双会说话的大眼睛望着自己，赵步理心里一慌。

这么好看的女孩……完蛋了。

这下分配不均肯定会得罪人了！赵步理看着几个住院医师一个劲儿地指自己，再指指林小棠，开始犯嘀咕。

“我要姜超吧，走走走！”一个住院医师推着姜超的后背就走了，其他人似乎也没什么怨言。

“我跟着这位学长吧，我和他是一个高中的！”王强很主动地要求，那个住院医师一愣，只得尴尬地放弃了。

医生办公室里只剩下林小棠、赵步理、陈彦豪，还有两个长相帅气的住院医师。

突然，林小棠双手交叉抱在胸前，俏皮地探头眯起了眼睛。她似乎在打量赵步理。

赵步理一边习惯性地咬着手指头，一边尴尬地看着观察自己的这个女神经，像一只小奶猫在他身上嗅着什么。

“你是……我知道了！你是那个谁！那个大哥别杀我！”

赵步理慌了神，下意识地挠起头来：“你说啥？什么别杀我别杀我的……”林小棠仍然盯住他，像是发现了多年的仇家，连连向前，逼得赵步理后退了两步，贴在了身后的墙上。

“你，你，还有你，出去，我要这个人了！”林小棠凶巴巴地指了指自己，又指了指赵步理。看来这个像吉娃娃一样的小姑娘，并没有看起来那么乖巧。

陈彦豪和另外两个住院医师一惊，心想，莫非赵步理以前欺负过这个女生，结了不小的梁子？几人脚底抹油迅速消失了，走时还轻轻关上了门。

“你一思考的时候就咬手指头，一紧张还会挠头，这是《大哥别杀我》里面云冥的经典动作！你就是《大哥别杀我》的作者云冥，对不对？”她继续朝赵步理逼近，“你戴眼镜，中等身材，头上有两个旋儿，下巴还有颗痣！不会错！你写的就是自己！”

赵步理恨不得钻到墙里。林小棠已经快贴到他脸上了，他甚至能闻到林小棠身上飘来的特殊香气。这让他一时间脸烧得滚烫。

“林同学，你真的认错人了……我不是什么作者，我就是个小大夫……”

“不会的，我追你的小说追了三年，每一个章节我都不会错过！这两天你刚刚更新，云冥居然还穿越到民国去了。你倒是快点给我更新啊！”

说着，林小棠双手拍向赵步理脑袋两侧的墙面，发出清脆的响声。两张脸的距离不到十厘米。

一张脸𡽶到了尘埃里，另一张脸有些愤怒，又有些兴奋，嘴角挂着一丝坏笑。

“可让我找到你了，云冥同学！你可把我害得好惨！你说停更就停更，有没有考虑过我的感受？”林小棠全然不知道，门口的几个住院医师并没有走远。他们虽然听不清里面确切在说什么，但隐约能够抓取“赵步理把林小棠害得很惨，没有考虑过她的感受”这样的信息。没想到，赵总看上去吊儿郎当，竟然和这么个大美女还有一段情债……于是纷纷灰心丧气地离开了。

“同学，你说的是个网文吧，我真的不会写什么东西，我就是个不值一提的小大夫。这样吧同学，马上要做手术了，既然你要跟着我，要不我们先去手术室？”赵步理极力岔开话题。

“赵总啊，我说笑的，其实我特别喜欢看你写的东西。要不这样，你就照着我写写呗，给我安排个角色，我也想出镜啊！”林小棠收敛了凶残的样子，又变回了青春少女的模样。

赵步理假装没有听到，赶紧打开门向手术室走去。

“喂！你听到没有啊?!写我啊，你写我，算我求你了！多少钱都行啊，你站住！”林小棠一边叫喊着一边追了出去。

* * *

赵步理活了二十八年，从病房到手术室这一条路也走了五年多，全部加起来也没有今天获得的注目礼多。

“你快看、你快看，那个漂亮的姑娘跟着胸外科的那个废柴院总呢！”

“可不是！那个姑娘据说很有背景，肯定是被那个院总拉去干杂活的！”

赵步理听到这些声音恨不得低下头走，越发不想搭理旁边这个一直纠缠他的姑娘。林小棠给他讲了一路他作品当中的逻辑漏洞，有些明明就是抬杠，显然想激赵步理承认自己是作者。但是赵步理怎么可能上当，小说里写了太多医院的事，这要是被发现了，扣一个影射领导的罪名，他就吃不了兜着走了。

为了让林小棠放过自己，赵步理允诺带她去看手术。果然林小棠没有再提小说的事情，眼睛里闪烁着星星。林小棠说，自从迷上各种美剧之后，她一直幻想着有一天能够穿着刷手服，英姿飒爽地走进手术室。

“冯师傅，您通融通融，这是实习生第一天来手术室参观，而且我们确实需要个拉钩的！”

手术室更衣室看门的冯师傅后台很硬，她是前任院长孙子的月嫂，在院长家里干了三四年，最终捞到了这么个肥差。医院里的老大夫都是她从小大夫眼看着一步步当上主任的，尚且给她几分面子，因此全院的小大夫都不敢招惹她。

当然，敢招惹她的小大夫也不是没有。结果她直接冲进手术室找主任告了状，小大夫被臭骂了一顿。从那以后，冯师傅的腰杆挺得更直了。而那个小大夫不是别人，就是陈彦豪。

冯师傅很不乐意地给了林小棠一套大码的衣服，说小码的没有了，柜子里也没有了。

“手术室人太多了！手术条上没写的实习同学，都不应该进！”她说着白了赵步理一眼。

“没事的，谢谢阿姨！”林小棠倒是毫不介意，拿着衣服开开心心地进了更衣室。赵步理见状也赶紧去换了衣服，在进手术室二次换鞋的地方等着林小棠。

不一会儿，林小棠走了出来，帽子和口罩都戴得歪歪扭扭，大码的衣服袖管里露出两条白皙细长的胳膊。

赵步理见状，脸一下子涨红到了脖子根儿，赶忙从边上找了条胶布，胡乱撕下一条，递给林小棠。

“你的……这里……最好……贴……贴一下……”赵步理把眼神转向别处，用手指了指她的胸口。

原来衣服号码太大，林小棠只要稍微一弯腰，里面的风光就能一览无余。

“哦，谢谢冥哥！”

“你就叫我步理吧，或者步理师兄，怎么叫都行，我真的不知道你说的那个，别……别再提了。”

“哼，不提就不提。但我肯定会让你写我的，走着瞧吧！”林小棠说着便大摇大摆地走进手术室。

这个不让人省心的家伙……赵步理叹了口气，追了上去。

* * *

今天胸外科有两个手术间，刚好一间安排的是龙森浩的病人，另一间是李有才的病人。两个人现在都已经能胜任大部分手术操作，所以孙慧常常在手术进行到一半时，才根据情况选择先上哪边——这是她多年来一直保持的习惯，无论手术做得多顺利，她也要上一下。赵步理记得，有一次大师兄的手术已经全部做完了，孙慧上去，用线剪把一段剪得比较长的线头又剪短了一点，拍拍手就下去了。

大家都明白，这是孙慧在告诉大家“这台手术我上了”，故而手术记录上也要写她的名字。这样的举动并不是为了钱，而是一名老大夫的担当。如果术后出问题了，孙慧作为科室主任是要负责任的，不只是罚钱，如果情况严重还有可能撤职。

赵步理走进手术室，发现龙森浩和李有才已经到了。两人站在片子前，似乎正激烈地争论着什么。

“你没必要那么折腾，直接做肺叶切除术不就完了，她这个百分之百是肺癌！”李有才情绪十分激动。

“这个手术怎么做由我决定，查房讨论时孙主任也是这么定的，你去忙你自己的病人吧。”龙森浩没有表情，平淡地下了逐客令。

李有才摇了摇头，快步走了出去，愤怒地甩下一句“爱听不听”。

赵步理暗自感慨，大师兄和二师兄最近关系很紧张啊，经常因为一些小事就争吵。他看到林小棠正贴墙站着，便走过去给她讲解起来。

“你看，这是麻醉师的区域，他们主要负责手术中的麻醉。一般麻醉机就放在病人的头侧,这样呼吸机的面罩离病人比较近,便于操作。麻醉医生的区域你最好不要靠近，这边的线和管道特别多，碰到东西会造成很多麻烦。”

林小棠一边听一边不住地点头，努力地对比真实的手术室和自己想象中的样子——也就是电视剧中的样子。

“这个区域你就更不要靠近了。这是巡回护士配液输液、取麻药、准备和储存手术器械的地方。巡回护士一般都是年资比较高的护士，他们负责把东西用无菌的方式拿到手术台上、核对病人情况，还负责所有台上穿着手术衣的医生和护士在无菌状态下干不了的事情，甚至是挠挠痒、擦擦汗这些。所以，他们是手术中最重要的一群人。”

说着，赵步理扭头看了眼正在忙的秦红艳，后者翻了个白眼，显然不买账。赵步理吃了个瘪，只好继续介绍。

“这就是手术区域了，你最好离这里也远一些。但凡是铺着绿色手术单的地方，都是无菌区域，手术的时候手术人员可以随便碰，但是非手术人员一点都不能碰。无菌观念是你在手术室里最需要知道的事情，哪怕你穿刷手服的时候，偷偷用手摸了摸脑袋，就会立刻被贴上‘不懂无菌’的标签赶出手术室。因为你要保证你的操作让人百分之百地放心，因为戴着口罩，我们不认识你是谁，但是你的操作反映了你是否经过充分的训练，对于手术这样要求绝对无菌的事情，我们不能接受一丁点儿危险出现。”

林小棠指了指绿色的布单问：“我一直不明白，为什么手术室都要用绿色的单子呢？白色的单子看得多清楚。”

“这……”赵步理又习惯性地挠了挠头，这个动作又被林小棠看在眼里，赵步理赶忙尴尬地把手放下。

“是因为人眼睛的问题，”远处正在看片子的龙森浩回过头来，“假设白色的布单沾上了红色的血液，这个时候如果医生长时间看着白单子上的红点，视野中就会一直残留一个红色的残影。再看到手术视野的时候，就会影响手术操作。而绿色和蓝色是红色的补色，就不会产生类似的影响。所以无论是手术衣还是手术单，都是这两种颜色。”

林小棠“哇”的一声，惹得旁边的秦红艳皮笑肉不笑地看了她一眼，台上的护士萌萌也笑出声来。

“哪里来的小同学，太可爱了。赵步理，她是跟你的？”

“算是吧……”赵步理有点不好意思。自从当上住院医师开始，没有实习生愿意跟着他。他也觉得自己没什么东西可以教给新人。

“哟，那小姑娘你得跟你们赵师兄好好学学了，你们赵师兄前阵子还表演过钳子盲夹止血呢，让手术室里的人传得可神了。”

“果然，你穿越到民国和一个大师学会了那个‘魔瞳’技能！”林小棠指着赵步理喊了出来。

龙森浩、赵步理、萌萌、秦红艳还有麻醉师，全都哑口无言。除了赵步理以外的四个人估计都觉得，这姑娘的脑子有点问题。

林小棠也意识到自己的话有多么奇怪，捂住了嘴，但是眼睛仍往赵步理身上瞄。赵步理不知该怎么解释，索性溜出去刷好了手，小跑进来准备消毒。

“步理，这个手术，咱们就按照查房时说的做吧。”龙森浩指了指病人的身上。赵步理看到，龙森浩在那里画了一个十厘米多一点的切口，这虽然也是小切口，但比现在胸腔镜的六厘米切口还是大了不少。

赵步理点了点头，双手悬空，一边等待护士准备消毒纱布，一边对旁边的林小棠解释：“这是一个女病人，白领，今年四十五岁，最近体检时发现的病变。本身这个病变可以再观察观察，但是病人本人和她的丈夫都很紧张，所以主任决定给她做手术。因为肿瘤实在太小，所以手术的方式是先采用手探查的方法去摸瘤子，摸到了之后像切比萨饼一样切下来一牙儿，送冰冻病理[1]。如果是癌，我们再做更大范围的切除，并清扫一些淋巴结。”

林小棠似懂非懂。这听起来似乎是一个挺简单的手术，她之前在学校里学习过，这种手术方式叫楔形切除术，只需要切包括病变在内的三角形样的一部分肺组织，就像楔子一样，不需要分离每一根血管和气管。

“好了，你帮我把裤子脱一下。”赵步理举着消毒液的碗说道。病人的裤子太高，盖住了需要消毒的区域。

林小棠突然面露难色，赵步理莫名其妙地看了看她，又看看病人。

“动作要快，准备消毒，咱们开始手术了！”

林小棠鼓起勇气走上前，告诉自己终于能做一点事情了，眼一闭心一横，把裤子使劲往下一拽。

赵步理突然觉得下面一阵凉飕飕的，萌萌在远处瞪大了眼睛。只见赵步理蓝白格子的平角小裤头露在外面，两条小细腿在手术室里格外耀眼，绿色的刷手服裤子被脱到了脚踝处。

妈呀，这姑娘比赵步理还蠢，萌萌暗暗笑出了内伤。

赵步理一脸生无可恋地回头看向林小棠。

“我是说，病人的裤子……”

* * *

林小棠靠着墙站在一边，看着台上的手术。赵步理红着脸一言不发。经过今天这一出，他算是在手术室里“扬名”了。不用想也知道，等他下了手术，这件糗事估计就传遍了。

手术室不大，仰仗各位爱嚼舌根的护士和麻醉师，一点点小事的传播效率比朋友圈发声明还要高。

赵步理站在龙森浩的对面，给龙森浩做助手。陈彦豪在下面扶着胸腔镜，这样台下的人可以通过胸腔镜清晰地看到手术视野中发生的所有事情。

胸腔镜手术并不是一成不变的。有些人，例如隔壁的李有才，可以用纯胸腔镜的方式进行手术，也就是术者和助手都看着电视屏幕进行操作。而另一些人会选择胸腔镜作为辅助手段，把胸腔镜用作手电，提供手术无影灯无法提供的光线，然后直视切

[1] 术中快速病理，通常三十分钟能够给出病理结果，例如是不是恶性肿瘤等。

口中的视野进行操作。龙森浩就属于后一种。

他们开了一个十厘米左右的切口。

“病人的病变只有不到一厘米，所以咱们最关键的就是要摸到这个病变。来，水！”龙森浩对萌萌招呼，萌萌立马端来一盆水，龙森浩伸手在里面蘸了一下，便通过十厘米的切口，把手艰难地伸进病人的胸腔。

从胸腔镜的视野中，可以看到正中的红色部分是病人的肺。病人是女性，从不吸烟，所以肺呈嫩粉色，表面有一些黑色的碳素沉着，是空气当中的尘土等物质常年沉积的结果。而那些老烟民的肺，大部分都像黑炭一样。

病人左侧的胸腔比较小，左肺分为上下两个肺叶。从CT片子上看，病变就位于病人的左肺下叶，所以龙森浩不停地在下叶上摸索，眼睛看着天花板，似乎在专心感受指尖的触感。

“嗯。”“这里。”“不对。”龙森浩不停地摇着头。

打开了病人的胸腔却找不到病人的病变，这属于最麻烦的情况。必须把病变切下来，否则没法跟病人和家属交代。

隔壁手术室，李有才熟练地进行着胸腔镜的操作。胸腔镜在他手中就像一双筷子，他的手悬空着控制电钩和吸引器，从一个四五厘米的小孔伸进去。从高清屏幕中，可以清晰地看到那些组织像蛛网般不断地被李有才的钩子牵拉开、烫断，肺的静脉和动脉在不断的分离中显得越发清晰。

这时候，门口出现一个人。

李有才回头，立刻恭敬地点了点头。

“韩院长。”

“没事，有才你接着做，我随便溜达溜达。”韩雨，医院医疗副院长，五十五岁，眼神中透出一种让人猜不透的世故。

“上次你们孙主任不在，多亏你帮着给我们的病人开胸，现在病人恢复得特别好，已经出院了。”韩雨在后面轻轻拍了下李有才的后背。

李有才受宠若惊地点了点头，但没有停下手中的工作，反而加快了分离和处理血管的速度，像是在刻意表演着什么。韩雨眯着眼睛，默不作声地看着显示屏。

“有才，你的手术做得很漂亮嘛，有你老师的风范。哦对了，孙主任不做微创，对吧？”

李有才有些不知所措，刚想说什么，只见韩雨做了一个噤声的动作。

“我知道，你们科现在就数你微创做得好。微创是趋势，这有什么好说的，年轻人就是应该有闯劲儿，不能畏首畏尾的，你好好做，我支持你。”

李有才对韩雨连连道谢。

“你们对面我看是龙森浩正做手术呢，那个手都伸进胸腔里面了，术后恢复肯定比你这个慢多了吧！”

李有才叹气：“没办法，他那个是个小结节，理念不太一样。要我说就直接做一个肺叶切除，省得摸半天，最后还不一定摸得着。”

韩雨不置可否地笑了笑，看李有才终于打开了话匣子，便继续攀谈起来。

“就是说嘛，你这么大个瘤子做微创，他那么小个瘤子还做那么大切口？这不是胡闹嘛。你们主任也允许他这么弄？这怎么行！”

李有才看主任也被卷了进来，赶忙解释道：“不是的，韩院长，确实主任也主张这么做，能摸到瘤子的话，就能比直接做肺叶切除少切一部分肺组织，术后病人的肺功能可以更好一些。”

韩雨背过手去，没有说话，从鼻子里哼出笑声。

“如果摸不到呢……”

听到韩雨提出的这个问题，李有才会心一笑，没有回答。

时间一分一秒地过去，龙森浩的脑门儿上也沁出了豆大的汗珠。他让巡回护士秦红艳帮他擦了几次汗，秦红艳也很乐意干这样的差事。她心里再清楚不过，龙森浩不仅仅是主任的红人，更是大院长的红人。

孙慧这时也来到手术室。她先到李有才屋子里巡视了一番，见李有才正在做微创，皱了皱眉。但又看他做得顺利，便叮嘱了几句，接着走进了龙森浩的手术室。

“怎么样，森浩，能摸到吗？”孙慧已经刷好了手，一边穿着手术衣一边问。她发现墙角还站着个林小棠，打量了她一下。林小棠正想打招呼，见孙慧并无此意，只得继续在墙角乖乖站好。

龙森浩换到了赵步理的助手位置上，赵步理则接过了陈彦豪手中的腔镜，陈彦豪在萌萌对面站着，他们顺利地完成了手术术者的交替，病人向右躺着。术者一般会站在病人的前面，助手会站在后背这一侧。

“我来摸摸，来，给我水！”孙慧伸出手蘸了点水就在肺里摸了起来。

孙慧一边摸，一边给小大夫们讲解如何摸才最有效。她仔细看着阅片灯上的CT片子，试图寻找肿瘤正确的位置。从胸腔镜下，可以看到孙慧的手非常纤细，动作仿佛比龙森浩多了几分轻柔。

“你们听过豌豆公主的故事吧。从前有一个王子，想寻找一个真正的公主做他的妻子。有一天，一个姑娘自称是真正的公主，王子没法判断，但是他知道，真正的公主皮肤非常娇嫩，所以他准备了十层厚厚的垫子，下面放了一颗豌豆，让公主就寝。第二天早晨，王子问公主，你昨晚睡得怎么样？公主说，哎呀昨晚睡得好糟糕，好像总有什么东西在硌我的后背，这下王子终于放心了。咱们外科大夫手底下的感觉，也必须像豌豆公主这样细腻才行。”

又是二十分钟过去了，仍然一无所获。孙慧也急躁起来，一边的赵步理等人都不敢作声。

“不行我们就直接切下肺叶！”孙慧把手从胸腔当中拔出来，等待龙森浩的回应。

“还是再找找吧主任，应该就在肺的边上，切肺叶会让病人白白损失很多肺功能。”

孙慧也不甘心，又准备伸手进去摸，她突然停了一下，转过头来。

“赵步理，你试试看，换换手气。”

“啊？”扶着镜子的赵步理一惊，但是主任下了命令，只得硬着头皮和主任交换了位置。他也学着主任的样子蘸了下水，伸手进了胸腔。

缩在墙角的林小棠两只手攥着拳头，暗暗为他加油，一双美目闪耀着光芒，赵步理见了，突然心头一暖。他放松下来，用手轻轻揉捏着病人的肺。肺在不通气的时候，像极了一块海绵，轻轻捏上去，就像冬天的雪攥在手心一样，似乎能从手指端传来“沙沙”的响声。赵步理轻轻闭上眼，突然想起《怪医笔记》上记录的方鸿铭摸结节的方法。那个时候肿瘤通常很大，因为到医院看病的大多数是病程已到中晚期的病人，但是方鸿铭偶尔也会碰上非常小的肿瘤。赵步理不理会孙慧在他耳朵边叨叨的方法，手底下突然变换了姿势，把肺组织夹在大拇指和中指当中轻轻摩挲。

他手下似乎是一个浩瀚的宇宙，宇宙当中孕育着生命。他不断地寻找，寻找，寻找那一处最邪恶的生命。

就是这里！

赵步理睁开了眼睛，有些胆怯地转过头，向孙慧示意了一下。孙慧看了一眼赵步理摸的位置，示意赵步理挪开，又下手亲自感受了一下。她惊讶地看着赵步理。

“赵步理，你可真是个豌豆王子啊！准备钉子！裁肺！”

赵步理退回到扶镜手的位置上，暗暗自喜。龙森浩也冲他露出笑容，比了个大拇指。他回头看了一眼墙角的林小棠，林小棠也比画了个胜利的姿势，接着又笑眯眯地指了指眼睛。只有赵步理明白，林小棠的意思是“魔瞳”技能开启。

赵步理摇摇头。他哪有什么“魔瞳”，无非是按方鸿铭的样子照葫芦画瓢罢了。回头真应该烧香祭拜一下这位祖宗，赵步理心想。

龙森浩和孙慧麻利地把这块肺组织裁剪下来，交给秦红艳送去病理科做快速的冰冻病理检测。

孙慧笑了笑：“要不是你，我们估计就得做肺叶切除了。现在，就看这个小家伙是不是癌吧，不是癌我们就关胸了。多亏你了，步理！还有多亏了我们的冰冻病理，也不知道是谁给我们的病人带来了这么好的技术。”

“是一百多年前美国发明的，我们国内大概……是在1917年开始逐渐引进的。”赵步理脱口而出，见屋里众人纷纷惊讶地看着他，又连忙低下了头。

孙慧皱了皱眉，若有所思。

过了三十多分钟，秦红艳拿着单子冲进来，高兴地嚷嚷：

“不是癌，主任！”

“好，关胸。”

手术室洋溢着一片喜悦，对护士和麻醉师来说，这喜悦源自很快就会结束的手术；对病人家属来说，这喜悦源自警报解除之后的虚惊一场；对孙慧和龙森浩等医生来说，则是切口虽然稍大一些，却帮助病人保住了更多肺组织和肺功能的成就感。

而赵步理感受到的，是来自一百年前的那份沉甸甸的喜悦。方鸿铭引进了一项冰冻病理切片技术，也许这并不能让他获得出国留学的机会，也打败不了老对手汪道贤，但他不在意，他在意的应该是尽量减少病人肺组织的损失，让病人在手术后过上正常的生活。

此刻，赵步理脑子里涌出一堆问题：所谓的微创到底是什么？是切口小，还是切得少？

方鸿铭的冰冻切片机后来引进得顺利吗？他有没有和汪道贤一起出国？他又为什么不留下自己的真实姓名呢？

赵步理越想越觉得，《怪医笔记》不只是一本医生的日常笔记，它可能记录了一个伟大的医学史上的黄金时代。

第5章 误诊

病理切片的锅，病理科不背

新建的协和礼堂显得尤为敞亮气派，穿着光鲜亮丽的年轻人坐在其中。旧式的辫子早已割去，大部分人都系上了西式的领结。

汪道贤和方鸿铭就坐在他们中间。这两个年轻人才二十多岁，却已成为这个领域的中流砥柱。不过，方鸿铭目前还保持着普胸外科手术最多、手术难度最大的纪录，甚至在手术方面已经全面碾压了他的老师，比排名第二的汪道贤领先了一倍之多。

因此，医院给出通过手术创新来评选出国名额的方法，堪称为这两个最优秀的学生量身定做的。因而大部分参加比赛的其他医生都抱着“参与第一”的心态，来凑凑协和建院的热闹。毕竟自己在医学院学习了多年，终于可以凭借外科医师的身份在社会中立足了。

在那个时代，外科医生并不像如今这般受尊重。在很多人的心目中，甚至把从事这个职业的人看作疯子或者屠夫。人们认为这些人的工作有悖伦常，手上沾满鲜血。然而，仍然有很多有识之士顶着社会和家庭的双重压力，艰难地选择了这个行当，并把它当成毕生的事业去坚持。

按照规定，每个医生都有十分钟的时间，来阐述自己的发明能够改善当下外科手术过程的哪些方面。随着比赛持续进行，角逐的态势越发白热化。在座的各位校董惊喜地发现，只要给这些年轻人舞台，他们的想象力就能给这个时代带来无法估量的财富。

有个年轻人展示了高频电刀的使用方法。他把电刀的刀头弯成一个钩子，用猪肉组织来演示，果然钩子能轻易挑起深部的组织，让术者安全地进行烧灼。相比之下，传统电刀简直是一只粗糙的电烙铁。

但是电刀在那个时代仍然十分落后。就算用电钩操作，仍然不可避免地会把局部烧成黑炭，几个校董摇了摇头。

又有一个年轻人抱来了一个模型，说这叫移动“爱克斯光机”，可以随时随地给病人进行透视检查,包括胸片等,引起校董的一致好评。但这个设备仍然停留在文献层面，医院没有资金引进，只能暂时搁置。

这个时候，汪道贤整了整衣领，走上台去。他没有长篇大论，只是做了一个演示。他在黑板上画了一张图，是目前手术的情景——把人拉开半扇的切口，再伸手进去，用镊子分离每根大血管的后方，以此把血管切断。校董对他的绘画技术深表赞叹。

紧接着，他又在旁边的黑板上画了另一幅图，是一个比之前小一半多的切口，用一个很长的器械来游离大血管的后方。

画完之后，他从兜里掏出之前方鸿铭看到过的那个钳子，钳子的前面呈一个直角。

“通过这个直角钳，我们可以轻松地游离血管后方的结构，这样做肺部手术时，不需要开那么大的切口也能完成。这个钳子是我烧软了之后掰成的，不花任何成本，却可以把我们病人的切口缩短到二十厘米！”

台下立刻响起了雷鸣般的掌声，二十厘米做肺手术，简直不可思议！

汪道贤得意地向台下的方鸿铭扬了扬眉毛，在一群医生的喝彩当中走下了台。

最后一个，就是传说中的协和第一刀、种子选手方鸿铭了。

他抱着一个巨大的盒子走上了讲台。台下鸦雀无声，大家都想知道这个怪才会给当代的医学带来怎样的惊喜。

“我今天带来的，是一个冰冻切片机。它可以在手术过程中，用一个小时的时间，就告诉你肺里的病变到底是不是癌。”方鸿铭一板一眼地说道。看得出来，在公开场合发言他还是有些紧张，比起汪道贤的游刃有余要差得远。

台下传来一阵交头接耳的质疑声。

“虽然它需要花费一些时间，但是它能让那些得了肺结核的良性疾病的病人免去进行那么大手术的过程！”

台下似乎并没有传来方鸿铭期待中的赞叹声。校董向方鸿铭抛出了一个问题：“这个切片机，准确度有多少？如果手术中判断错了会怎样？”

方鸿铭低头想了想，他看到远处的汪道贤在使劲对他使眼色，用手比画着：“80%！80%！”

但是方鸿铭思考了一下说：

“50%，校长。”

台下传来一片哄堂大笑。

“如果判断错的话，最差的情况是，在手术结束的两周后，我们再开刀做第二次手术。”

台下已经炸了锅，几个校董立刻站起来维持秩序。包括方鸿铭的老师在内的所有校董，都皱起了眉头。

“这小子在做什么？”

“这么好的机会，他随便做点什么不行？”

方鸿铭在一片嘘声中走下台，仍然把切片机当宝贝一样抱着。他的内心非常坚定，他坚信他所做的事情是对的。

* * *

赵步理从阅读中醒来。

“方老啊方老，你到底是谁，现在还活着吗？你是1890年生人，那个时候的你应该二十七岁，如果活到现在，应该有一百多岁了……”他嘀咕着把笔记轻轻合了起来，用手不停地摩挲着。

赵步理最近一直坚持把这本笔记当故事来读，而且他越来越相信宿命：因为他看到的内容，常常恰好能帮到他的忙。他已经做了太久的废柴，直到如今才发现，自己的人生似乎还有一种全新的可能。而这种微小的可能，就来自这本神奇的笔记。

“赵步理师兄，外面有人找！”

一个清脆的声音突然响起，让赵步理的精神为之一振。不过他还是等了一会儿才走出去，生怕被声音的主人追着写成角色。“说来也奇怪，怎么就被发现了呢？难道我和自己笔下的人真的那么像？”赵步理从来没有想过这个问题。

他伸了个懒腰，走到护士站，发现门口站着一个人，和他远远地挥手打招呼。他赶忙整了整衣服赶上去。

来者是一位鹤发童颜的老奶奶，上身穿着彩色的短袖上衣，下身穿着粉色短裤，脚上是短丝袜和凉鞋，手里还拿着一把遮阳伞。她戴着一顶有猫咪耳朵的帽子，眼镜后面的双眼眯成了两条缝，慈祥地看着他微笑。

“李老师！”

“步理啊，我又来麻烦你啦！”老奶奶像对自己的孩子说话一样，句尾最后一个字还俏皮地拉长了音。

“没问题，李老师，我这就帮您开药。今天您家人没陪您过来啊？”赵步理往她身后探了探，没有看到别人。

老奶奶指了指自己胸前的牌子：“没有，他们太忙了。我最近脑子还行，你看我这里戴了个牌子，上面电话什么的都有，不会再跑丢的。”说着有些抱歉地笑了。

这时候，赵步理感觉背后有人走来，转头发现是林小棠。

“小棠，这是李老师。我的高中班主任，也是我的语文老师。李老师，这是我带的实习医生。李老师，您的医保卡给我，我去里面帮您开药。”

赵步理拿了卡，带着林小棠来到护士站的电脑前。

“李老师看起来好可爱啊，穿得这么卡通，像动画片里童话般的老奶奶。”林小棠兴致勃勃。

“其实她也得了肺癌，看不出来吧。不过好在用了靶向药，现在她每两个月会过来开一次药。”

林小棠“哦”了一声，没再出声。

“也不知是不幸还是万幸，她又得了阿尔茨海默病。之前走丢过一次，现在也记不住自己得病这件事了。”

“因祸得福吗……”林小棠精灵一般的眼睛转了转。

“算是吧。咦，孙主任来电。”赵步理手忙脚乱地接起电话，“我知道了孙主任，我马上……”赵步理丢下电话，麻利地开好药，把医保卡交给林小棠，“我先去处理点急事，你帮我把卡交给李老师，谢谢！”说完便一溜烟儿跑了。

林小棠握着卡走出门口：“李老师，赵大夫有点急事，他让我把这个卡给您。您可以去交费取药了。”听了刚才赵步理的一番话，林小棠看向老奶奶的眼神有些闪躲。

老奶奶歪着头看着林小棠：“小姑娘，是不是听说我得肺癌了？”老奶奶笑着戳戳林小棠的胸口说着。

“啊？您怎么会……”林小棠以为自己说漏了嘴。

老奶奶拍了拍林小棠的肩膀：“放心，我早就知道啦。只不过一直没告诉我那几个孩子，也没告诉赵大夫而已。小姑娘，你也得帮奶奶我保守秘密哦，不然说开了，就不好玩了嘛！”

林小棠心里一紧，笑着对老奶奶点点头。

“他们都心疼我，我知道。不过，要瞒着他们也很辛苦的。”

“其实……我明白。”林小棠点点头，苦涩地笑了笑。

老奶奶看她的目光仿佛洞察一切："看来也是个有故事的孩子啊。"

"对了李老师，赵大夫上学的时候也是这样吗？"

李老师努力地点了点头："是啊，这个孩子上学的时候一直都是班里最优秀的孩子。"

"优秀？"林小棠"扑哧"笑出声来。这位奇怪的师兄干出来的糊涂事，她也听过无数次了。

"怎么，难道你不是这个意思吗？他上学的时候，成绩一直都是班里第一名，虽然这孩子老对着窗外发呆，不知道在想什么，也没怎么好好做题，但是每次一考试，他总是第一名。"

"第一?!"林小棠觉得她们可能说的不是一个人。

"是啊，这个孩子其实高中的时候特别开朗活泼，很爱笑，只可惜啊……他高二的时候出国去了一个夏令营之后，回来整个人就变了……"

"变废柴了？"林小棠脱口而出。

"废柴？不会啊，你为啥这么问？"

林小棠支支吾吾。

"我的意思是，他从高三开始变得更努力、更用功了，但是也变得沉默寡言了。作为班主任，我永远走不到他心里去，他好像有一个心结一直没有打开。"

林小棠陷入了深思。认识赵步理以来，她似乎从没在这个人身上感受到一丝丝的悲伤和脾气。他就像个皮球，任人再怎么肆无忌惮地捏，也只会露出人畜无害的微笑。

他……到底经历过什么……

"那他上大学之后呢，成绩也很优秀吗？"

老奶奶用力地点点头："虽然他回母校的次数没有别人多，但是我听很多同学都说，他在学校每年都拿奖学金，真是个优秀的孩子。你看他现在在这么好的医院工作，感觉大家也都很喜欢他啊，真好，真好啊！"

赵步理，在学校里是最靓的仔？

林小棠努力把这个形象和一直以来的废柴形象糅合在一起，但还是失败了。

"小姑娘，谢谢你了，我先走啦！"老奶奶拿起伞，礼貌地轻轻鞠了一躬，眯着眼睛笑了笑，转过身去。

"小姑娘，你真漂亮，希望我还能活到两个月后，到时咱们再聊。"

赵步理作为“豌豆王子”的荣耀在一周后的某天，被一个电话无情地击碎了。

“病理科，汇报危急值了！咱们上周手术的病人胡焕云，石蜡病理[1]回报了，里面还有腺癌的成分！”

赵步理冲到会议室的时候，发现中间坐着的孙慧大为恼火，而且她把病理科的张秀主任也叫过来开这个会，李有才、龙森浩也参加了讨论。

林小棠不知道从哪里也偷偷钻了进来，搬个凳子在一边坐好。

气氛异常凝重，赵步理的眼睛在几个人沉默的表情上跳了几下，发现没有人愿意先开口说话。他能够明显地感受到，孙慧主任在等着张主任主动承认错误，而张主任也是一副理直气壮的样子，两个中年女人似乎在斗气。

这时，突然响起一阵敲门声。林小棠赶忙站起来，从门口接过来一袋子饮品，和门口一个叫作“钱叔叔”的人连连道谢，然后给各位医生挨个儿递了过去。

“喝点水说，喝点水说！”林小棠乖巧礼貌地对孙慧等人说。

林小棠刻意把一个杯子交到赵步理的手中。赵步理一看，是一杯叫作“民国风情”的红茶饮品，由红茶加上柠檬、百香果、薄荷叶做成。赵步理抬头看了下回到角落乖乖坐好的林小棠。他发现，这个姑娘在分发饮料和吸管的过程中显得特别接地气，完全没有那种美女高冷的架子，像一个邻家小妹。

此时她正坐得笔直，似乎和昨天的又不太一样。她用右手小指轻轻撩了一下遮住眼睛的刘海，眼睛看向投影仪。趁着没人注视她，偷偷看了眼赵步理，发现赵步理也在看她，便用食指指了指自己，用唇语说着“写……我……”，然后眨了眨眼，继续装成好学生的样子看向投影仪。

这个妮子……真是……贫穷限制了赵步理的想象力。他下意识地觉得，这个白富美和他一定不是一路人，一定要保持好距离。

孙慧一脸不悦道：“张主任，我们不是要追究什么，只是想知道这个问题是怎么出现的，是取材的问题呢，还是你们看片子的人手不够？要不我配合你们，和医院申请招点人？”

张秀看孙慧一点也没客气，便清了下嗓子，不卑不亢地说：

“我又仔细看了眼当时术中送来的冰冻病理切片，的确没有进行免疫组化染色，没法定性成癌。”张秀不动声色地避开了所有指责。

[1] 把手术切除的固定组织用石蜡包埋，之后逐层切片进行病理检测。

“张主任，我就想知道，术中病理的准确度到底有多少，为什么我没听说过其他医院出现过类似的问题？你这让我们和病人家属很难交代！”

张主任一看就是早有准备，不动声色地在电脑上打开了一个幻灯片，讲解起来。

“您看，孙主任，这是我们目前切片机的国际进展。在国际上，对这种早期的、实性成分很少的肺癌来说，就是有5%的错误率，一方面是由于取材的问题，仅仅用术中的三十分钟时间，即使我们取再多病变，这么小的病变我们可能也只取到了外围，而不是癌变的正中心，是有可能造成误诊的。”

张秀顿了顿，继续换了一张幻灯片。

“还有一点，就是这种病变如果没有进行特殊染色的话，和早期的良性增生没有办法鉴别开。我想请问下您，如果我们判断一个结节有50%的概率是癌，50%的概率不是癌，到底我们是把癌报错成良性的损失大，还是把良性报错成癌的损失大？”

“50%”的字眼敲打在赵步理的心上，显得尤为沉重，他想起了方鸿铭当年的技术困境。现在看来，虽然跨越了一百年，虽然技术进步了无数倍，这个困境仍然坚挺地存在着。

如果一个医生在技术达到极限的情况下，面临一个抉择，而这种抉择的正确与否，会让患者面临生命和健康遭受巨大损失的话，作为医生，你如何进行最恰当的选择？

张秀抛出了这个问题，孙慧似乎有些为难，沉默了半晌说：

“的确，如果你在手术中报的是癌，我们切除了肺叶，可如果手术后报的不是癌，我们就再也没有退路了。”

张秀看到孙慧的语气从刚刚的尖锐变得越来越平和，也逐渐褪下了强行穿上的铠甲，用温柔的声音说：

“孙主任，我说句老实话，为什么就咱们医院最容易出现这种问题，主要就是您的手太准了。您总是能摸出来特别小的结节，这种结节在别的单位都很少能在术中摸出来，所以，并不是咱们病理科水平不行，而是您的技术太高超了！”

赵步理心里暗爽：“这说的岂不是在下?!”

没想到一下子不小心笑出了声，寂静的房间角落里传出一个人“嘿嘿嘿”猥琐的笑声。孙慧一个杀人的眼神甩过来，赵步理被“民国风情”呛到了自己，转过头一阵咳嗽。

李有才也帮腔道：“咱们医院就是太在意病人的生活质量才会出现这样的情况，大部分单位肯定直接做肺叶切除，管他良性、恶性。甚至有的单位还出现这样的事，病变从片子上看是在上叶，医生没有摸，就把上叶给切了，做完手术再照CT。欸，病变还在那儿呢，结果手术买一赠一，又把下叶给切了。”

孙主任连连点头，这也是她这么多年强调用手探查结节的关键，这种医生的失误在她看来是巨大的失职，于是也补充了一句：

“那次的病变就是太靠近上叶了，从片子上看有一些假象，最后那个医生辞职了，和我差不多年资，早就不当医生了。”

张秀听到李有才的话，露出了吃惊的表情，如果真的发生“买一赠一”的事故，那对医生和病人来说确实是极大的灾难。

张秀想了想说：“孙主任，咱们这虽然是报错了，但是理论上您已经把病变切了，切缘也没有癌残留，也算是能勉强给病人一个交代了。您看咱是不是就这样了，我看其他医院很多也都是这么做的。”

孙慧没有说话，赵步理看着孙慧的表情，难道说孙主任的意思是……“但是淋巴结还没有活检，我们做手术必须规范！”赵步理一拍脑门儿便插了句嘴。

李有才眼珠转了转说：“其实咱们这样切确实可以了，不然和病人解释起来真的很麻烦，病人还可能不理解您的良苦用心，万一再告我们就太不值当了。我觉得让森浩和病人家属解释一下，这手术做完已经算是治愈了，没必要追求所谓完美的手术。”

孙慧没有表态，但眼神变得温柔了一些。

“不行！”

讨论了这么久，这是龙森浩第一次发声。

“主任，这是我的病人，我不能接受这样的结果，我去和家属解释，手术还是得做。咱们要把肺再扩大切除一部分，淋巴结还要做一下活检。”

场面沉默了下来。

李有才抱着胳膊摇摇头笑了笑，明显在嘲笑龙森浩的固执。孙慧也是一脸难堪，这毕竟是孙慧主要负责的手术，龙森浩看上去把责任自己扛了，但是她一定脱不开干系。

不得不承认，医疗这件事情确实存在道德制高点，一旦选择了对病人公开、透明、仁心、负责，任何人都无法再反驳。

“森浩啊森浩……你……好吧，你先处理这件事，有问题叫我，手术我和你一起上。”

“是。”龙森浩毕恭毕敬地点了点头。

一行人纷纷离开了办公室，只剩下龙森浩坐在桌前思索着什么。

李有才经过他的身边时，拍了拍他的肩膀。

“大师兄啊，你有时候做大夫就是太轴了。你不觉得你用了一个这么大的切口，切了这么小一个瘤子，还没给人家切干净，实在太说不过去了吗？”

* * *

医生办公室里，一边坐着的是一排穿便装的家属，一边是龙森浩、赵步理和林小棠。

“我就不明白了，医生，人家旁边床的病人那么小一个微创就把手术做了，为什么你给我爱人切这么大的口子之后，还来告诉我没切干净，还要再开？你当我爱人这刀口是拉锁啊，一会儿拉开，一会儿拉上？”

说话的是病人的丈夫，一个五大三粗的壮汉，似乎从冬城那个方向来的。满口大黄牙，看样子没少抽烟，口气中也传来一股令人作呕的臭味。脖子上戴条金链子，看上去也是当地的土财主。他的爱人刚刚拔除了引流管，本来正准备出院了。听闻这个消息后，也坐在一边，有些焦虑地冒着汗，没有说话。

后面有个瘦猴一样眼角高高吊起的男人，应该是他们的亲戚。打开手机，画面就冲着龙森浩等人，不知道是在录像还是在直播。这举动对龙森浩和赵步理来说已经习惯了，但是惹得林小棠一阵不快，睁大了眼睛瞪着那个男人，像一只发火的小猫，似乎是在刻意地告诉对方，她很不开心。

赵步理一直在听龙森浩发言，他对于这种场合一向掌控无能。他经常在想，如果以后自己也做了主治医师，面临这样的阵仗，吓都吓软了，怎么可能像龙森浩一样有勇气去交涉。

“我刚刚已经说了，从病理的角度来说确实存在一定的概率。虽然是小概率事件，但偶尔也会发生。”

“你得了吧！肯定就是我们没给红包，你不给我们好好做！我问了，旁边床的病人给塞了钱的就是用微创，我们没给钱的就不用微创，但也不是我们不给啊，当时是你自己不要的！”一个尖酸的女人用食指指着龙森浩嚷嚷道。

赵步理从这个女人的话里似乎听出来一些端倪，原来二师兄他……

“我们没给红包，手术肯定也不是主任做的，是你做的吧！”说着，一旁七八个家属点头附和着。病人仍然低着头一言不发，似乎刀口有些疼，抑或是心理上有些不舒服。

她是公司白领，看上去非常受老公疼爱，但是老公的这些亲戚都是从乡下来的，是被叫来撑排场壮声势的。其实她自己是从事法律工作的人，赵步理之前也接触过，非常善良温和。手术前，她的老公也非常温和，出事之后，似乎一下子就变得非常暴戾，对医生和护士都带着敌意。

奇怪的是，龙森浩平时的脾气很急，现在却没有丝毫不耐烦。他依然不紧不慢地解释着。

赵步理没忍住，试着解释了一下。

“其实，你老婆是我摸的，我当时……”

“你摸谁?！你小子嘴巴给我放干净点！”病人的老公一下子火气就蹿上来了，拍着桌子就指着赵步理吐脏字，赵步理赶忙赔不是。

“抱歉抱歉，我的意思是，她的结节是我摸到的，非常小，就是因为病变太小了，所以才可能会出这样的问题……”

赵步理缩在一边，不敢再说话，龙森浩赶忙接过话来。

“术中和术后病理不符合不是我们一家医院的问题，是世界性的难题，换作一百年前，那个时候没有这项技术，是个人来了就要切整个肺叶。您想，做肺叶切除术很简单，我们之所以这么费劲儿地做手术，就是希望帮病人……”

“那你第二次手术什么时候做？是不是得给我们免费做?！”一个家属叫嚷着，又引得其他家属的一致赞同。赵步理顿时觉得对面是一个菜市场，众人七嘴八舌。而龙森浩是一只骄傲的孔雀，在一群鸡鸭中被啄来啄去。

“我们会尽快安排，如果可以的话我们明天准备手术，但免费是没有办法的。如果你们有意见，可以去医院的医务处投诉。如果判定我们有责任的话，由医院来减免这部分费用，但我这边是没有资格的。”

“你们医院肯定都互相护着，别以为我们不知道！”

“对！都不是什么好鸟！”

“够了！”

赵步理吓得一哆嗦，坐在凳子上的他差点被旁边拍桌子的声音震飞。

只见林小棠满脸愤怒，眼睛冒着火，从左看到右。家属没想到这个美丽的姑娘居然爆发出这么有战斗力的嘶吼，立刻就像一群看到了老虎的鸟儿，一时间被唬住，不敢作声了。

“你们在这里七嘴八舌地提这些那些要求，我们都可以好好商量，好好解释。但是你们有没有考虑过阿姨现在的感受，她才是最担心、最焦虑的那个人？你们说这些话，她会好受吗？”

说着她便指了指在角落里坐着的，脸色发白又很为难的病人。只见病人点点头，摸了摸旁边老公的胳膊，低声说了句："别说了，别说了，就听大夫的。"她的老公垂着眼皮，温柔地看了她一眼，没有表态，但仍是一副不满意的姿态。

"我是一个刚刚进临床的学生，我旁观了全部过程，我可以告诉你们手术中都发生了什么！孙主任、龙大夫，还有赵大夫，他们每个人轮流摸肿瘤，生生摸了两个小时的瘤子，什么也没干，为的是什么，是为了挣钱吗？他们不知道切一个肺叶时间更短、操作更轻松吗？"

林小棠用力说着，声音也微微出现一丝沙哑。赵步理不由自主地向她望过去，只见她的脖子上青筋暴起，原本洁白的脸颊被染成红色，可见真是怒气上了头。他也不知道为什么，自己总是不经意地想看她，她说的每一个字，赵步理都觉得那么真实地拨动着自己的心。

"还有，你们知道吗，我们还举办了一次会诊，专门讨论阿姨的这个病例。很多专家都说，这个病例可以结束了，不需要和你们说，只需要告诉你们，手术做得很成功，同时还保留了肺功能，恭喜你们啊！"

说着，林小棠看着病人的眼睛，指着龙森浩继续说：

"但是龙大夫觉得，你有必要知道这一切。你有这个权利知道自己的治疗是不是最完美的，而治疗得不完美，并不是医生所希望的，而恰恰是他最不希望的！我问问在座的各位，你们谁有这样的担当，敢于承担治疗上失败的部分，敢于向病人讲出实情，敢于去解决问题?!"

几个家属面面相觑，他们是病人的老公请过来撑场子的，也都是各家能起哄的人，但是他们不得不信林小棠说的，她说得那么真诚，令他们很难把这样美丽清纯的小姑娘理解成一个推卸责任的医生。

"老公，相信大夫吧，我能感受到，孙主任和龙大夫都是特别好的人。我还记得在麻醉之前，我特别紧张，特别想哭，特别害怕。那个时候龙大夫握着我的手说别怕，有他在，有孙主任在……医生不会害我们的，他们也都是为了我好，那病理有错也不是他们的责任啊，是我瘤子长得太小了，是我太焦虑非要做手术的……"

戴金链子的男人叹了口气，服气地点了点头。

"是，小姑娘说得挺对，我也知道，大夫确实该做的都尽力了……我这不是一听你还要开刀就急眼了嘛。我自己挨多少刀都不怪大夫，一想你要再挨刀，哎呀妈呀，我这心里就可不是滋味儿了……"

说着，戴金链子的男人，居然吧嗒吧嗒掉起眼泪来。而几个家属也都附和着说，就这样、就这样吧。

赵步理偷偷歪过头看林小棠，发现她的眼睛也有些泛红，她目不转睛地看着病人，表情有些异样。病人感受到林小棠的眼神，感激地点点头，脸上也露出了久违的笑容，一只手挽着老公粗壮的手，慢悠悠地走了。临走的时候又对龙森浩轻轻鞠了一躬。

“龙大夫，那就拜托你们了，不好意思，我们家给您添麻烦了。”

龙森浩深深吸了一口气，然后缓缓吐出一口浊气，接着回头和赵步理说了一句：

“按明天手术准备吧，”说着又突然想起来什么，“对了，这个小姑娘也给她排上手术吧！”然后离开了。

林小棠听到之后，激动地拍了拍自己的胸脯，又转过头去，轻轻抹了下眼睛，然后回过头来，看着赵步理，双手比画了一个“耶”的姿势，赵步理也是微笑着比出一个大拇指。

林小棠高高地仰起头，对赵步理说：“要不是我，你估计会因为乱说话被那个金链子手撕了吧！”

赵步理连连点头：“是是是，娘娘，您说得极是！”

林小棠看赵步理这副模样，满意地背过手去，歪着脑袋，看向门口，眼睛笑成了一道弯弯的月牙。

“跪安跪安！”

说着，便背着手蹦蹦跳跳地走了，不过刚出门就撞上了路过门口的孙慧，她赶忙把手摆正，低头吐了吐舌头，让孙慧先走。孙慧面无表情地看了她一眼，径直走了。

林小棠回过头，发现赵步理正笑着看她出糗的全过程，就冲他吐了吐舌头，“哼”了一声就走了。

* * *

赵步理手把手地带林小棠从刷手到穿手术衣，走了一个全套。之前在上学的时候已经在动物房进行过类似的外科技能的培训，因此林小棠上手非常快。这次她的帽子和口罩都戴得十分端正，两只大眼睛透露出喜悦，两只尖尖的耳朵似乎会随着说话的时候微微抖动，她的一颦一笑都像是一只机灵的狐狸。

赵步理和龙森浩一起打开切口，赵步理准备给林小棠演示怎么捅开腔镜孔的切口，刚想用食指探进去，只见龙森浩一把抓住了他的手。

“用小拇指，不然病人术后会疼。”龙森浩温柔到令赵步理和林小棠突然不认识他了。

“大师兄……嗯，我知道了！”赵步理笑着点点头，他很喜欢这样温暖的大师兄，也很喜欢同样勤劳又谦和的二师兄。

孙慧不一会儿也上了手术，赵步理把手中的胸腔镜交给林小棠。林小棠按照赵步理指示的动作，为孙慧和龙森浩提供着视野和光亮，孙慧和龙森浩配合多年，彼此之间已经不需要任何语言，他们默契地进行着手术操作，连从来没有看过现场手术的林小棠都暗暗赞叹。

赵步理记得《怪医笔记》上方鸿铭曾经说过一句话：

> 手术之美，何由而生，至令不知医者亦觉乎美哉？无他，但动作之精且准尔。无左右顾眄，无思前想后，无纤毫参差，则一体流畅，美妙顿生。此方臻手术之极致也。

完美的手术，主刀和助手两个人应如双剑合璧，彼此都知道对方的招式，你推我挡，你砍我刺，在手术台上游刃有余。

龙森浩总是恰到好处地帮助孙慧提起组织，和孙慧的镊子一起把组织牵拉成一片非常纤薄的膜，好让孙慧的电刀轻轻点在上面，就像是对着组织吹了一口气，组织自己就从正确的间隙打开了。

整个视野里没有一丝出血，两个人就把病人的肺叶取了下来，之后便是进行淋巴结的清扫。

林小棠在口罩底下张大了嘴巴，她从来没有见过如此美妙的事情。这些淋巴结好像是一颗颗黑色的手雷一样，通过一些非常细小的血管埋在人体的黄色脂肪内。只见孙慧此时变身成一个拆弹专家，她用镊子夹起那些细小的血管，轻轻提起来，似乎稍一用力就会撕断，引起难以处理的出血，之后用电刀的尖段烧灼在镊子上，随着电刀清脆的“嘀”声，镊子的尖段被烧灼成了一团，一根小血管就这样被凝住了。

赵步理低声向林小棠解释：“很多医生都不注意这些细节，电刀一下就烧过去了。这样一旦出血，那些小血管就会回缩到很深的地方，你再想找到它们进行烧灼就很难了，反而耽误时间。你看孙主任做手术，从来都不会回头去找补。”

林小棠钦佩地点点头，双手有些僵硬地扶着胸腔镜，看着这个自己从未接触过的世界。孙慧听着赵步理难得有情商的一句赞美，也默不作声地欣然接受了。这时她突然想起来什么，向对面一直没有说话的龙森浩开口道：

“森浩啊，事情已经过去五年了，你也该走出来了。”

龙森浩没有作声。

“你是时候该把腔镜重新捡起来了，唉，我不说你了，你自己决定吧……”孙慧的语气似乎有些心痛。

不到一个小时，手术就全部结束了。

赵步理十分得意：“现在病人总算是接受了一个完美的手术，她应该是早期肺癌，治愈的可能性在 90% 左右。”

“治愈……”林小棠沉默了一下，“治愈就是真的治好吗？是一辈子也不会再犯了吗？”

赵步理被这个奇怪的问题逗笑了：“你们上学的时候没学过吗？癌症是能够治愈的，换句话说，就是病人不会再因为这个病去世，能好好地活一辈子。”

林小棠沉思了一会儿，深深地点了点头。

“怎么样，第一次上手术，还好吗？”龙森浩突然问。

“感觉非常好！谢谢师兄！”林小棠见孙主任已经离开手术室，稍微放松了一些。

“小姑娘，你缝过皮吗？”龙森浩一边缝合着肌肉组织，一边看了一眼林小棠。

林小棠的眼睛一时间瞪得圆溜溜的：“我，我缝过猪皮……人……还……”

“你来我这边缝皮，赵步理，你教她。”龙森浩说着打完最后一个肌肉组织的线结，潇洒地摘掉手套，把手术衣脱掉，站在一边看着。

林小棠颤颤巍巍地接过持针器，看了看赵步理：“师兄，要不还是你缝吧，我怕缝不好……”

赵步理笑了笑，觉得面前这个姑娘真是像极了当初的自己。“没事，你慢慢缝，我看着你。”

林小棠深吸了一口气，左手拿起牙镊夹住皮肤，右手灵活地旋转。针在皮肤上不断地穿进穿出，虽然看得出她的手法还有些笨拙，但是针距合适且匀称。

“不错嘛，你平时练习过？”赵步理一边打结一边问。

林小棠被夸得脖子都红了，小声说：“上学的时候天天缝猪皮，没想到真的有机会上手术，给真正的病人缝合。”

龙森浩看了一眼，也点了点头：“不错，有干外科的潜质。”说完便扬长而去。

林小棠不由自主地笑眯了眼。赵步理看着林小棠笑，一时间看得失了神，突然感到屁股被生生拧了一下，只见秦红艳正叉着腰看他。

“你俩玩儿呢！还不麻溜儿的，后边还有好多手术呢！”

赵步理和林小棠两人连忙“是是是”地求饶，笑着对视了一下，继续缝起来。

* * *

太阳刚刚落山，天还微微亮着，天上的云朵散发出红色的边缘，似乎在燃烧最后一丝热量。

李有才站在医院的大厅，漫不经心地看着大厅水池里的鱼儿游动，似乎在思考什么。

突然有人喊他，李有才回过头，看到韩雨正一脸笑容地看着他。

“韩院长？”

韩雨点了点头，和李有才一起沉默地看了一会儿鱼池：“这个世界总会变化的。有才啊，你是个聪明人。我准备最近办一个全院的腔镜技术比赛，你好好准备，可不要让我失望。能不能顺着风飞起来，就看你自己的本事了。”

李有才惊喜地看着韩雨。

“年轻人好，未来咱们医院的胸外科才能好，咱们的医院才能好，不是吗？”韩雨意味深长地轻声说道。

李有才点了点头，他没法主动选择自己的阵营，但是他很庆幸，至少自己有价值被别人选中。他不知道韩雨在打什么算盘，但是他心里清楚，离医院领导的换届不会太久了，他看着韩雨，似乎看到了自己唯一的未来。

“哟，今天又来了啊！”一个工作人员对龙森浩说。

“嗯，打扰了。我先进去了。”龙森浩微笑着说道。

“没事，不要紧。”工作人员显然言不由衷。龙森浩没有在意，提着包走进了更衣室。他刚一进去，一个中年人就慢慢踱到了工作人员身旁。

“老大，他也不用咱们家的器械，还老来练腔镜，你说咱图什么啊，他也真好意思。”工作人员抱怨道。

中年人笑了笑：“这家伙的腔镜技术，迟早有一天会崭露头角。小李啊，年轻人，眼光要放得长远一些。我走了，遛鸟去了。”说着便晃晃悠悠地走了，留下了一脸莫名其妙的工作人员。

一辆兰博基尼停在医院的门口，林小棠蹦蹦跳跳地上了副驾驶座。

“钱叔叔，我今天不但上了手术，还缝了个皮呢！”

“小姐真厉害！回头我告诉董事长，让他也高兴高兴。”

“他才不会呢，他巴不得我每天都不要出门才好。”林小棠噘起了嘴，“对了钱叔叔，您到时候帮我给一个病人的账号里打点钱，行吗？别告诉我爸爸。”

中年男人笑着点了点头。

* * *

黄昏的操场上，汪道贤追上了刚跑完好几圈满头大汗的方鸿铭。

“你也不用这么泄愤吧。我只去美国一年，这一年，你要好好抓紧，别被我甩下了。”

方鸿铭没好气地看了他一眼，无奈地“嗯”了一声。

“你到底为什么这么执着于这个东西？”

方鸿铭叹了口气：“我知道技术永远有它的局限性，不用说50%的准确度，就算是99%，又能怎样呢？这世上总有一些人是我们无法帮到的，但是，如果技术真的进步到那一天，我们就至少帮助了九十九个人，不是吗？”

汪道贤憧憬地点了点头：“希望有一天，人们能够用我的钳子把病人的口子减小，再用你的技术把病人真正需要切除的肺部减少。等我回来，我们协和双雄，把‘微创’的理念发扬光大。”

“一言为定！”方鸿铭眼中也难得露出激动的神采。

“对了，今年到处都是军阀在划地盘打仗，孙先生也成立了军政府。世道不太平，我走了以后，你这个呆子可一定要保护好自己，不该出头的别乱出头，听到没有？我不想你和我父亲一样成为革命的牺牲品……”汪道贤嘱咐道。

“别婆婆妈妈的，该怎么做我自己知道。不管是谁，只要是我的病人，我都不会放弃的。特别是革命党人，他们有我们在，才会更安心，才能给咱老百姓谋幸福的出路。另外纠正你一下，汪叔叔不是政治的牺牲品，他是我的偶像。”说着，方鸿铭笑了笑，向远方跑去。

赵步理透过泛黄的纸张，似乎终于看到，一个伟大的时代正乘着滚滚冒烟的快车，向他缓缓驶来。一个小医生，一个不起眼的小人物，却带给他最大的感动。

第6章 决策

治不好的病和故意开错的药

“喂，院长，您好您好！”李有才身材越发圆润了，走路的时候还会不由自主地晃着身子，显得屁股非常突出。

“有才啊，没别的事，我就是再嘱咐嘱咐你，咱们下个礼拜进行腔镜基本功大赛，你可别让我失望啊！”电话对面传来一阵洪亮的笑声。

“是的，韩院长，多谢您提携，我一定努力。”李有才恭敬地回答。

“有才啊，你们科不能总是停滞不前，微创是大趋势，不能因为科室领导的喜好和顾虑就影响医院的发展，你说是不是？”

“嗯，您说的是，您说的是。”李有才担心隔墙有耳，不敢明确表态，只是顺从地附和。

“有才啊，和你说个消息，医院打算专门派擅长微创的专家来做主任。这次比赛他们也很重视，比赛的结果，很可能影响医院的决定。如果你能赢，我可以顺势说，咱们也有微创方面的人才，只是被耽误了，这样我在医院层面也更好争取一些，你懂的。所以这次微创的比赛我给你创造机会，你可以给龙森浩也报上名，好好挫挫你那个大师兄的锐气！”

“这……”李有才有些为难，他内心一直有道迈不过去的坎儿，而现在似乎有人拿着刀子，推着他往前跨。

“这有什么好顾虑的，正经的比赛，技不如人有什么可说的？不能因为领导喜欢就吃香，自己的技术也必须过硬，你说是不是？你一定得努力，千万别掉链子！如果换个新主任，我和你保证，一定都是咱们自己人，你未来的日子，一定会比现在好得多！”韩雨又叮嘱了几句，挂断了电话。

看着手中的报名表，李有才终于意识到自己已经上了船，没有回头路了。

韩副院长要想在换届的时候更进一步，就必须有更多人的支持。但是从自己所了解的消息来看，副院长韩雨和孙慧一直不和。据传言说，当年韩雨和现任院长竞争得正激烈时，是孙慧把决定性的一票投给了现任院长。从那之后，韩雨多年来只能屈居副院长之位，处处受制约。

而下一届竞选，韩雨仍然少了孙慧这一票。至于孙慧能不能影响其他人的意见，就更是未知数了。这次院里如果空降主任，获益最大的是韩雨，而自己则再也不会被大师兄压一头了。

他想着想着，突然看到赵步理迎面走来。李有才顺势笑着迎了上去。

“步理啊，我去出门诊，你帮我个忙，咱们那个微创的比赛，要求主治医师以上参加。你帮我填个表报名吧，多谢。”

赵步理嘴里还塞着个包子，半晌说不出话来，只是一个劲儿地点头。接着他忽然想起什么，努力把包子咽下去，问：“那大师兄报吗？”

李有才想起刚才韩雨的叮嘱，咬了咬嘴唇，还是下不了决心：“要不还是别报了，我怕他没时间，大师兄也不用腔镜做手术。我去凑个数就行，也不是什么要紧的比赛。”说完他把表格塞给赵步理，低着头走了。

赵步理看着李有才落寞的背影，又看了看微创比赛的申请表。

大师兄明明有时间啊。二师兄也太实诚了，科室有什么活儿都往上顶。不如给大师兄也报上，毕竟是给科里争荣誉呢。

赵步理一股脑儿地把龙森浩和李有才两个名字都填了上去，上交了表格。他哪里知道，如此随意的一个动作，改变了所有人的生活轨迹。

* * *

内科，赵步理带着实习生王强和林小棠在护士站翻阅病人的病历。这是一个十七岁的小男孩，高三，在准备高考期间突然胸闷，经诊断，他患上了一种叫作神经外胚层肿瘤的疾病。这个瘤子就生在他心脏的正前方，因此引起了严重的症状。父母第一时间带他就诊，却被告知瘤子侵犯了心脏的几根大血管，已经完全丧失了手术的机会。

王强和林小棠也踮起脚和赵步理一起看病历，病人的 CT 报告让两人一起吸了口凉气。

天底下怎么会有这么可怕残忍的东西？

从 PET-CT[1] 的彩图上可以清楚地看到，这个瘤子邪恶地盘踞在男孩的心脏上，张牙舞爪地向外伸出触手，其中两根触手紧紧地掐住了男孩的上腔静脉，使得上腔静脉增粗增宽。不用看也知道，男孩的脸应该已经肿了。

赵步理跟随病人的主管大夫走进病房。这是一个三人间，属于最普通的病房。男孩的名字叫陈木乙，在最内侧靠窗的床上。上午的阳光正好，透过窗户洒进来，照在这个皮肤有些发黑、面容憔悴的男孩脸上。奇怪的是，他的脸并没有赵步理想象的那样水肿。男孩垂着眼皮，戴着口罩，耳朵里塞着耳机，手里拿着一个很破旧的随身听。

他的眼神虽然失去了神采，但赵步理觉得他看自己时的目光依然很温柔。这和很多疾病晚期的病人不一样，很多被疾病折磨到最后的病人，会散发出一种绝望的冰冷。

“这是病人陈木乙。”男孩的主管大夫向他们介绍道，“小陈，这是咱们胸外科的大夫，过来看看你。他们想试试能不能放一个小细管，帮你缓解一下憋气的症状。”

“医生好，医生好，医生好。”男孩把口罩摘了下来，恭敬地和赵步理等三人分别打了招呼，眼神中透露出一丝顽皮，就像个马上走进大学的小伙子。

他身边有个脸色很差的女人，蜡黄的脸上满是焦虑的皱纹，头发几乎全白了，手掌上也全是茧子。女人很瘦，不高，衣着朴素。她表情淡漠地点了点头，似乎心事重重。

赵步理不解：“他的脸似乎不是很肿，和片子上看到的不太一样。”

主管大夫面露难色：“是，他头两个周期的治疗效果不错，肿物缩小了 50%，可是……”她又看了看病人家属，叹了口气，“您先看看能不能放管吧，我回头和您说。”说着便摇了摇头离开了。

女人低着头看看孩子，抬头问赵步理：“医生，这个放管会很疼吗？”

赵步理摇摇头：“放心吧阿姨，这个管非常细，放在后背也不会影响睡觉，而且我们会打足量的麻药，不会让孩子遭罪的。”

女人挤出一丝微笑，放心地点了点头。她配合赵步理把男孩送进了处置室，独自在外面等待。

赵步理让男孩脱掉上衣，注意到他身上没有一丝脂肪，皮肤几乎贴在了骨头上，仿佛能看到底下扑通跳动的心脏。男孩比赵步理还要高出一头，非常听话地顺着赵步理的指令反坐在凳子上，胳膊抱住凳子背，向前趴着，能够感受到他很紧张。

赵步理麻利地做完穿刺准备，用手叩了叩病人的后背，确定好穿刺的点，再用记

[1] 属于较高端的影像学检查之一，将 PET 与 CT 技术融为一体，可以评估病变糖代谢率高低、鉴别肿瘤性病变。

号笔打了一个叉。他选择在病人肩胛骨下面的第八肋间进针。

他正准备做下一步，手被轻轻碰了一下，只见林小棠戴上了口罩和帽子，小声说了句“我来吧”。见赵步理瞪大的眼和王强诧异的表情，她又平静地补充道：“放心，我做过很多次了。”

赵步理正犹豫时，男孩突然开口了：“要不就让姐姐来吧。这样我不会太害怕。”

难不成，在这个小孩的心目中，自己还不如小师妹靠谱？赵步理暗叹了口气，心一软，把无菌手套递给了林小棠。林小棠熟练地戴上手套，赵步理戴上另一副，协助林小棠整理好穿刺的所有器械。王强则按照赵步理的指示，扶住了男孩的身体。

林小棠深吸一口气，眼眸微微垂下，拿着消毒的棉球说：“我要开始了，从现在开始不要动，先给你消毒，会稍微有点凉。”说完便用标准的手法，从穿刺点开始向外画着圈圈进行消毒。这里毕竟是一家教学医院，实习生在上级医师的指导下完成这些基本操作也不在话下。赵步理本打算见她做得不靠谱了就接过来，但是林小棠的消毒前提示和消毒范围做得非常充分。

林小棠抽好麻药，提示道：“这里会疼一下，基本最疼的就是这里了。”说完把针插入皮下。男孩咬住了嘴唇，却一声未出。林小棠回抽了一下注射器，见没有血，就把麻药推了进去，在男孩皮肤上的标记点周围打出了一个山丘一样的小包，然后与男孩的胸壁垂直，表情严肃地看着注射器向内进针，把麻药打得十足充分。

“现在，我要沿着病人第九肋的上缘进针。”林小棠边做边说。这句话让赵步理立刻放下心来。胸腔穿刺最危险的地方，一个是进针穿到肺，造成气胸——这次的病人倒不必担心，因为他有大量胸腔积液，胸腔里全是水，很难穿到肺。另一个风险，就是穿刺到肋间的动脉，这会造成难以收拾的大出血，有时甚至要去急诊开胸止血。肋间动脉一般都在肋骨的下缘走行，因此，只要针贴着下面一根肋骨的上缘爬过去，就很少会出现问题。林小棠这么说，明显是告诉赵步理：“放心，我是行家。”

这时，注射器突然出现落空感，里面引出大量暗红色的液体，这便是病人胸腔里残存的积液了。林小棠见状，点了点头，把这支用来上麻药的小注射器放在一边，熟练地拿起穿刺的套筒针，重复穿刺的步骤。穿刺成功，放进导丝，拔出针头，然后从导丝顺进一根胸腔引流管。

赵步理见引流管已经顺了进去，而后面的步骤林小棠不太熟练，便连忙走过去稳住她的手，帮她把贴膜贴好。林小棠没有抗拒，任由赵步理把着自己的手操作。

随着深红色的血性引流慢慢出来，赵步理等人心中一沉。男孩可能出现了胸腔播散转移的情况，情况很不乐观。

“姐姐都穿完了吗？真的一点都不疼。”小男孩放松地站起来，对着几个医生笑了，接着慢慢地穿上衣服走出门去，在妈妈的搀扶下向病房走去。

“你可以啊，什么时候学会穿刺的？”王强见病人走远，惊讶地问林小棠。

赵步理也赞赏地点点头：“这比我刚进临床的时候，强得可不是一星半点啊。”

林小棠骄傲地扬起头笑：“怎么，就许你一个人是天才？”

一旁的王强愣了。赵步理是天才？不都说这个师兄很菜吗？但是林小棠望向赵步理的眼神，分明就是崇拜。

眼神不好吧？王强心里默念。

赵步理习惯性地挠了挠头，不好意思地在林小棠的注视下溜走了。

* * *

“什么，他们家不治疗了？”赵步理听到主管大夫的话，嘴巴张得老大，“可治疗效果不是非常好吗？”

“可不是嘛，不管我怎么做工作，这孩子的妈妈就是不听，一口咬定家里没钱了。”主管大夫也很无奈。

“怎么会这样……”林小棠一脸心痛，王强遍布痘痘的脸上也写满伤感。

“孩子妈妈说头两个周期的化疗效果好，但家里实在是没钱了，而且孩子看病据说还要完全自费。这不第三个周期了吗，头两个周期要加的一个抗血管的靶向药，他妈妈也坚决不同意，结果就用了最基础的化疗药。确实便宜不少，但是我也真担心效果不好……

“听说他爸爸也有残疾，一直没法工作，家里就靠他妈妈卖窗帘维持生计。前阵子好像还……”

主管大夫话还没说完，林小棠就径直向病房走去。不一会儿，楼道里就传来她和病人妈妈的争吵声，赵步理一行人急忙赶过去。

“姑娘啊，我念你是好心，奉劝你一句：好好做你的大夫，别人的家事不要多管，就当阿姨求你了。”

林小棠反驳：“可是他还这么年轻，有什么东西比一个年轻的生命更重要呢？阿姨，他有权利知道自己的病，有权利选择自己的人生，有权利接受最好的治疗！”

“够了！”病人的妈妈火了，但还不忘关上病房的门，拽住林小棠的白大褂就走。林小棠没有抗拒，但也不理会赵步理的劝阻，小碎步跟着走到楼道的角落。

女人愤怒地看着林小棠："听着，我不许你再出现在我们的病房，否则别怪我到院长那里投诉你。"

林小棠不为所动："阿姨，这个孩子真的很懂事，我实在看不下去。要不我先借您点钱，您到时候宽裕了再还我，行吗？"

女人苦笑了一下，两行泪再也克制不住地流了下来。

"你还小，没有孩子吧？"女人看着林小棠，林小棠摇了摇头。

"你只知道钱的问题。等到你有了孩子，也许就不会这么想了。你既然当了医生，至少不是我们这种穷苦人家出身，你什么都不懂。"女人哽咽了，"你只是看了他几分钟，就觉得心疼。可你知道每天夜里看到他疼得睡不着的样子，作为母亲的我是怎样的心情？你愿意借给我钱，阿姨谢谢你，但是你能救他一辈子吗？能保证他一直活下去吗？他能找到工作？能找到对象？能养活自己吗？我要是死了，他怎么办？你想过没有？"

林小棠刚要说话，又被女人打断了："姑娘你是好心，阿姨知道。阿姨希望你别再给我们希望了，我们认命了，知足了。等娃这次输完液，我就带他回老家。在外面万一出个好歹，那我真是死都不能给他们家老祖宗上坟了。"

说完，女人便像一只提线木偶，拖着脚一步步挪回了病房。相比那个生命进入了倒计时却还在努力生存的男孩，这位母亲仿佛才是将死之人。

"你没事吧，小棠？"王强上前安慰道。

主管大夫看到这个激动的小姑娘，轻轻拍了拍她的背，慢慢讲了起来。

"其实啊，这家不是一开始就这样的。刚开始，他们也努力筹钱治疗，但这病实在太棘手，他们在治疗上走了不少弯路，先是找了一家机构做细胞生物治疗，前前后后花了二十多万元，也没有治好。

"于是他们变卖了家里的房子和地，带孩子到正经大医院治疗。可钱还是不够，那时有人给他们出了个主意，到互联网上众筹。确实筹到了五万块钱，本身是件好事，但这家人平时从来不上网，根本不知道网络可能会给他们带来什么样的影响。

"收集到善款之后，有一伙人，自称是志愿者协会的，上门主动要求提供医疗帮助。他们很高兴地跟着志愿者到了一家医院。但是后来发现，他们每天都要配合志愿者拍照、做宣传。孩子妈妈很不高兴，但也只能勉强配合。结果有一天，志愿者突然消失了，再联系的时候，他们的领导说素材已经拍够了，后续治疗只能由病人自己解决了。

"但是他们已经开始了治疗，后期的费用更多。再也没有志愿者愿意提供更多帮助，孩子刚看到的希望，因为钱不够而硬生生飞走了。

“孩子妈妈当时还没死心，又继续去网上筹钱。突然有一个自称志愿者的人跳出来，晒出了男孩养狗、玩狗的照片，说他们用善款养狗。这件事在网上招来一大波诋毁谩骂，其实那小狗是他们从邻居家要来的。

“就因为这些评论，妈妈狠下心把小狗送走了，关闭了网上所有筹款窗口。但是来自网络的责骂一直没有断。打那之后，就连生活在消息闭塞的县城里，邻居们也一个劲儿地戳他们的脊梁骨……”

主管大夫讲到这里，叹了一口气。

“所以小姑娘，你刚刚开始做医生，以后要走的路还长。我们做医生的，是不能用自己的价值观去要求病人的。他妈妈说的也不是没有道理，你关心的只是现在的治疗，你有没有想过孩子治疗时会受多少苦？有没有想过他的一生要怎么过？这些都是很现实的问题。你跟我来，我再带你看看。”

说着，主管大夫带着林小棠来到输液大厅。病人们坐在各自的座位上，护士在中间往来穿梭，忙着更换输液袋。

“你看这里，全部都是输化疗药的病人。他们大部分人的家境都不富裕，你又希望捐钱给谁？难道你能接济他们每个人？更重要的是，化疗药物只对大约一半的病人有效，对另一部分病人是无效的。作为一名医生，你要用你的所学，尽量去救更多的人。但也要记住，你永远救不了所有人。”

这一连串的话如一把重锤，狠狠砸在林小棠的心上。她无助地摇摇头，看着赵步理，似乎希望从她最信任的人口中听到一些不同的答案。赵步理却只能心痛地看着林小棠，他也不知道心痛从哪里来，只觉得这个像璞玉一样的小女孩，正被雕琢成赵步理不喜欢的形状。他避开林小棠期待的眼神，轻轻点了点头。

他能够感受到，林小棠像一只泄了气的皮球，似乎内心深处有什么东西被残忍地敲碎。他不知道这该叫作“成长”，还是“失去”。

* * *

李有才漫不经心地浏览着自己门诊系统上的名单。还有一个病人，号叫了很多遍，人却一直没有来。这是李有才的一个老病人了，不久前刚做完手术，这次来应该是复查，并决定手术后是否继续进行化疗等辅助治疗。

敲门声响起。

进来了一个二十岁出头的小伙子，利索的短发，单眼皮，手掌上满是与年龄不相符的粗糙老茧，一看就知道常干体力活。他提着一个麻袋，从手臂上隆起的肌肉可以看出麻袋分量不轻。

"李大夫，您好，我带我爸爸来复查了。我爸在外面，我先进来问问情况。"随即对方压低声音，"我没敢让老爷子知道。"

李有才笑着点点头。虽然他只是习惯性地对每个病人都露出一视同仁的笑容，但是没有哪个病人不喜欢一个爱笑的医生。

单眼皮小伙子见李有才笑了，便不顾他的推却，把麻袋往他身边一放："这是我们家枣树结的青枣，我爸一个个亲手挑出来的。李大夫，这玩意儿挺沉，您看是放在办公室还是病房？我直接给您拿办公室去也行。"望着小伙子憨厚的笑容，李有才没有再拒绝，他觉得这个年轻人眼中的清澈、透亮，像极了当年的自己。

李有才示意小伙子坐下："您父亲的情况我看了，分期还不是特别早，手术后可能还需要做一些治疗。"李有才停顿了一下，看到小伙子正襟危坐，鸡啄米般地点头。

"李大夫，您就怎么好怎么来，我们没钱凑钱也得给我爸爸治病。手术都做了，手术后的治疗费用还能比手术费用贵吗？"小伙子眼神中透露出坚决。

李有才想了想，突然话锋一转："你家现在还剩多少钱？你每个月能挣多少钱？"

小伙子明显被问得一蒙，心里也开始打鼓，颤颤巍巍地说："卖了牛的话，我家还能有四五万块。我每个月去工地打工，能给两三千块钱。我妈、我姐她们都不挣钱，但是基本也不怎么花钱，吃的东西都是自个儿地里种的。"

李有才的微笑更热烈了些，拍了拍小伙子的肩膀："那没问题。"他暗暗下了决心。

小伙子僵硬的表情瞬间消失了，他拍拍胸口顺了口气儿说："吓死我了，李大夫，我还真怕我这能力不够呢。现在工地缺人手，我申请干双份工，一个月还能多挣一千来块钱，再给我爸买点补品啥的。"奇怪的是，他黝黑的面庞上，一点也看不出生活的沉重。

李有才没有再说什么，开了一张住院条交给他，想了想，又拿了回来，在上面工整地写了几句话。

"你一会儿把这个住院条拿去病房，交给管住院的赵大夫。我在上面已经交代好了，今天争取个床位。咱们直接用药吧，可能得化疗四个周期。放心吧，不会花太多钱的。"说着又拍了拍小伙子的肩膀，两只眼睛在圆圆的脸上笑得眯成了缝，看上去像一尊佛。

小伙子双手接过住院单，立马站起身鞠了几个躬："谢谢李大夫。能再耽误您两分钟吗？我把老爷子弄进来，您跟他随便说两句。他就听您的话，您可别跟他说……"

李有才笑着挥了挥手："我当然知道，让他进来吧。"

一个瘦瘦小小的老人家步履蹒跚地走了进来，同样端正地在李有才前面的椅子上坐好，恭敬地向李有才问了好。

李有才又笑了笑：“老先生，恢复得不错。您这个病已经算是治好了，但是我们还得输输消炎药，还有一些加强免疫力的药，让您以后别再长这些东西，您说行不行？”

老人连忙点头，小声问：“大夫，这个贵不贵啊？”

小伙子在一旁拍了拍父亲的肩：“您管贵不贵呢，我都知道了，一点都不贵，况且您儿子能挣钱，您甭老操心这些！”

李有才又耐心地回答着老人手术后咳嗽和疼痛的一些问题，这时候小伙子的手机响了，他打了个激灵，说了句“坏了，工头！”，赶紧出去接电话。

老人看孩子走了，这才看着李有才说：“李大夫啊，其实我知道我得的是什么病，那天我把您写的诊断证明翻出来看了。癌症就癌症嘛，有什么好瞒的，我看得开，能多活一年是一年，您说是不是？”老人说话声音很小，语速也很慢，“我其实就想知道，这个病到底是不是很严重，要不要花很多钱？”

李有才摇了摇头：“您的病是早期的，能治好。咱们就用一些基本的药物再巩固巩固，不会花太多钱的。您看看，儿子那么孝顺，您千万得配合啊！”

“您的意思，就是化疗，对吧？”老先生问。

李有才惊讶了一下，认真地点了点头。没想到老人知道的，远比自己和他的儿子想到的要多得多。

老人有些失落地笑了笑：“一般要化疗的就是没什么救了，这个我清楚，行，李大夫谢谢你，您就别和他说我知道了，我装糊涂就行了。”

这时候小伙子走了进来。

“爸，咱别耽误李大夫时间了，中午吃饭去，我们工头给我下午也放了假……”

两人走后，李有才看着脚底下这一麻袋青枣，似乎想起了自己童年快乐的时光。那个时候，他的父亲也在夏天带着他去打枣、打鸟，然后把这些收获定期送给那些衙门里的人，好和那些衙门里的干部搞好关系。但是那些最好的，永远是一个一个挑出来，用布擦得干干净净的，留给曾经帮助过他们的、他们最感激的那些人。

* * *

配餐间，方姨正勤劳地清扫水池和擦拭座椅，见赵步理和林小棠、王强等人走进来，连忙闪开身，帮着赵步理把椅子放好。

“这大热天的，小糊涂你又渴了吧，方姨昨晚煮了绿豆汤，给你盛点儿啊！我知道你爱加糖，森浩和有才两人都不要糖，主任最麻烦，要加一勺糖和一勺蜂蜜才喝得香，你们一个个事儿太多了，我这脑子都快记不住了。”方姨一边嗔怪着一边干得起劲儿。

“不用了方姨，我订了一些喝的，放在冰箱里了，您也拿一杯吧。”林小棠从刚刚的打击当中平复了心情，准备慢慢去消化这一堂生动的课。她又订了那家网红饮品，当然，又给赵步理选了一杯“民国风情”。

方姨停下手中的活儿，看着赵步理手中花花绿绿的杯子，想起了各个科室对这姑娘的流言蜚语，翻了个白眼：“哟，大夏天的喝这些饮料可不好，还是绿豆汤最养胃，我不管了，你们自己看着办吧。”说完扬长而去。

“方姨！”林小棠试图挽留着，可对方不为所动。

“怎么样，是不是开始觉得自己不再是大小姐了？你一片真心，别人可不一定领情。”王强歪在一边说风凉话。

这时，李有才也走了进来，从冰箱里舀了点绿豆汤就着碗喝。

赵步理见到他，突然想起报名的事儿：“二师兄，那个微创比赛，我把大师兄也报上了，你们一定要加油啊。”

李有才皱起了眉头：“我不是说让你……算了。”

我也不想让韩雨看你的笑话，既然天意如此，大师兄，希望到时候你能争点气，不要输得太难看。李有才心想。

赵步理接着又报告道：“师兄，我刚刚收到一个病人送的住院条，说是要做化疗。人我已经收了，但是这个病人得的是腺癌，你开的是鳞癌的化疗方案，没有弄错吧？”

李有才笑了笑：“病人穷啊，真是治不起了。我就干脆给他用了这个便宜的方案，省得他为难。”

王强和林小棠对视了一眼。王强没敢说什么，林小棠却是没有憋住：“李老师，我们昨天刚刚上过一堂医患沟通的课，我们老师说过，医生要给病人提供最全面的治疗选择，然后让病人自己决定。您这样做，不算是侵犯了病人的知情权吗？”

赵步理暗中拉了拉林小棠，但是林小棠仍然质疑地望向李有才。

李有才一愣，接着大笑：“小姑娘，你说得非常对，从逻辑上毫无瑕疵，我非常赞同。那么我们要不要做一个实验，你自己来亲自感受一下？”

李有才打开配餐间的门，指着远处的一个身影：“师兄给你上一课。你看到那个蹲在电梯口吃凉皮的小伙子了吗？他是病人的儿子。”

一旁的赵步理已经明白了李有才要做什么，他感到无比心痛。

“你现在去和他解释一下，就说还有一种更好的方案。师兄教你，你就说，有效率大概能提高 5%，但是每个周期的花费会从五千块变成两万块。”

他看着林小棠有些犹豫的神情，从后背推了她一把。

“去吧，我是认真的。你说得对，病人家属有权利知道这些，然后做出符合他们自己身份和能力的选择。”

林小棠不明就里，尴尬地向小伙子走过去。

赵步理呆呆地看着这一切。

在不远处的电梯门口，小伙子见一个漂亮姑娘向自己走过来，还以为是自己在这里吃凉皮碍到了别人的事，赶忙不好意思地站起身来，收起手里的凉皮。听着林小棠的解释，小伙子点点头，眼睛都放出了光芒。接下来慢慢地，他眼中的光彩黯淡下去。最后，他努力地挤出一丝笑容，和林小棠郑重地道谢。林小棠刚转身离去，他的后背就重重地靠在墙上。林小棠回过头，正看见他苦笑着流下泪来，然后转过身去，头顶在墙上，身子不停地颤抖。

林小棠低着头，像一只打了败仗的小狗。她回去拍了拍男孩的肩膀，而男孩把头深深地埋在墙上，轻轻摆了摆手。

林小棠为难地转过身，像做了错事一样，缓缓走回了配餐间。她抬起头，看向李有才，李有才也平静地看着她。

“师兄……他……他说想想再给您回复……我……”林小棠结结巴巴地说道。

“小姑娘，我告诉你他会怎么回复我，他会想很久之后告诉我，还是按目前便宜的方法治疗。但是他的这份绝望，我想你已经感受到了。我猜，你可能从来没有穷过，你不知道如果你每个月拼死拼活挣的那些骄傲的金钱，连一个周期化疗的零头都不够，是怎样一种感受。你真的给了他最好的选择，但同样也是最残忍的选择。”

“二师兄……”赵步理想起曾经在二师兄身上发生过的那些传闻，想起他的奋斗和坚持，也沉默了。

李有才走出门去，又回过头来。

“小姑娘，你做得没有错，但是作为医生，有很多事情，你无能为力，大部分时候，你只能选择做好自己。”

李有才走了，留下一个年轻的林小棠，坐在角落里，一言不发。

李有才交完了房租，脑子里不停盘算着下个月的开销，又想起妈妈最近在催他给生活费，不由得开始同情起自己来。

但他还是走到缴费的窗口。

“您好，我想给我们病区的一个病人续点费用。”李有才平静地说。

医院的工作人员疑惑地看了眼他身上的白大褂，拿出一个本子，让他写好自己的科室、续费金额，然后签字。

李有才掏出大衣兜里的信封，点了两千块钱。他抬头瞟了眼工作人员，咬了咬牙，又从两千块里点出了一千块，将另外一千块装回兜里，然后在本子上写上：“一千元，胸外，李有才。”

他看着工作人员有些尴尬的表情，无奈地笑了笑，放下笔，转身离去。

* * *

这个时代的夏天格外炎热，而且尤其聒噪，院子里有各种记不住名字的昆虫胡乱叫着，还有赵步理叫不上名字的各种鸟儿在院子里飞来飞去。

一位穿着长衫的中年男人出现在赵步理脑海中，对面站着一位穿着破旧衣服、车夫模样的男子。两人朝对方深深鞠了一躬，车夫连连道谢。从中年男子旁边的妇人手中取过一袋草药，又连鞠了几个躬，离开了。

妇人挽住了中年男子的手臂，男子点点头，回头看了看在一旁玩耍的方鸿铭。此时方鸿铭年仅八岁，每天最不喜欢做的事情就是去书屋跟随先生念书，最喜欢的事情就是看父亲诊病。

他不但已经熟知了家中所有草药的名字，还偷偷看过父亲的医书，给家里的猫狗鸡鸭都诊了一遍脉，惹得公鸡不打鸣，母鸡不下蛋，猫狗见到这个混世小魔王都夹起尾巴跑。父亲每次看到也不阻拦，母亲却每每担忧，如此顽劣，未来可怎生是好。

这时，家中的书童又引来一位客人，是一位在方鸿铭笔记里记录为“穿着奢侈，举止不雅，目中无人”的盐商，因房事不顺来寻四代名医方家调理肾脏。

少年方鸿铭躲在角落里偷偷看着，父亲一如既往地恭谦有礼，先询问病情，接着给盐商大官人把过脉，最后大笔一挥开好了方子。这个方子方鸿铭闭着眼睛都能背出来，有山药、牡蛎粉、蟋蟀、韭叶等二十几味药材，都算不上什么昂贵的药材。

他看到父亲朝着在不远处抓药的母亲使了个熟悉的眼色。母亲会心一笑，转过身，麻利地从那些草药的格子中抓取药材。方鸿铭一个个数着，果然药材、药量都和自己心中想的分毫不差，除了一味……

母亲没有从蟋蟀的格子当中取药，而是从旁边的一个箱子里捞出两只活蟋蟀。这不正是自己昨晚贪玩抓的那两只吗？

方鸿铭走近一看，红纸黑字写着几个大字：“原配蟋蟀——一只四两。”

母亲朝远处的方鸿铭不动声色地眨了眨眼睛。多年之后，他才终于理解了父母那时的做法，也明白了为何家中有许多江湖侠士的故事书。

古人云“不为良相，便为良医”。方鸿铭的父亲没有去考取功名为官做宰，而是默默继承了祖上的医馆。医馆的牌匾上面写着“悬壶济世”，后面还有几个小小的字：

“劫富济贫，行侠仗义。”

第7章 诊断

听诊器打败了B超机

月黑风高，医院太平间。

赵步理感觉自己站在角落里，静静地看着那个有些瘦削的年轻身影一步步向太平间走去，轻轻推开了太平间的门。

“鸿铭。”

方鸿铭猛然回头，只见师父正在台阶下冷冷地注视着他。

“师……师父。”一道雷劈下，电光照在师父冷峻的脸上，方鸿铭紧张得结巴起来。

“你是来寻那个女娃的？”

“是的，师父，徒儿心有不甘。”

师父怒气冲冲地上前几步：“我只当你好奇心重，没想到你竟敢做出如此伤风败俗之事！你可知袁大总统刚刚下令尊孔复古，你难道还想步六君子的后尘吗？你可是忘了你的好友汪道贤之父?!”

赵步理似乎能感受到方鸿铭眼中闪过的悲伤。

“师父，徒儿知错，但徒儿仍不能不探寻真相。徒儿知道开棺验尸是大不敬，但秦姑娘花季凋零，此事若不了了之，往后便会有更多的秦姑娘。徒儿心中难过此关，还请师父网开一面。”说着便跪下身去。

雷声越来越大，豆大的雨滴砸下来，将二人淋得通透，一场大雨如约而至。

只见方鸿铭师父甩手扔下一串系了红绳的佛珠，转过身去：“此乃桃木珠，辟邪之物，你可不要被邪气上了身！”说着便抖抖衣袖，扬长而去，留下了在雨中发呆的方鸿铭。他拾起佛珠，转过身去，坚定地推开了太平间的黑色大门。

赵步理发现，最近他的阅读能力发生了微妙的变化。这本笔记已经被他翻得差不多了，有些故事已经读得滚瓜烂熟，还有些却始终没法参透。看来作者为了不让后人看懂，煞费苦心。

更重要的是，他把这些故事也安排在了自己的小说《大哥别杀我》的主人公云冥身上。林小棠发现之后喜欢得不得了，不但给自己设计了一个人物形象的脚本，还花钱找人给自己画了个漫画形象，甚至以众筹为赵步理出版小说、拍电影为诱饵，让赵步理把她写进故事里，要求也从女主角变成女配角再变成群演，姿态要多低有多低。

赵步理始终油盐不进，一口咬定自己不知道她在说什么，气得林小棠几天没有搭理他。

这一天，赵步理照常来到医院，见办公室里有很多护士，都围着他平常查收会诊单的小黑板。

“天哪，才二十一岁，我同学说已经快不行了，人都不认识了。”

“据说还是大学的校花，现在水肿得都认不出来了。”

“太惨了，什么病这么邪乎？咱们呼吸内科也算是全国数一数二的了，查了快一个月愣是没查明白。”

护士们看到赵步理来了，提醒他：“主任让你今天替她去参加会诊。”说完便纷纷叹着气离开了。

赵步理定睛一看，傻眼了：全院会诊！今天！今天不是他们微创比赛的日子吗？主任、大师兄、二师兄都不在啊，难道要我单枪匹马一个人去？

赵步理吓得赶紧把会诊单从小黑板上拿下来看。正巧林小棠也进来，便凑过来看。

“女，二十一岁，拔牙后出现高热二十余天，近期出现持续高热，意识模糊，心功能不全等症状，特请贵科参与下午两点于呼吸内科医生办公室举办的全院会诊，谢谢。”

赵步理看着会诊单，分析其背后的意思。一个女大学生，拔牙后出现感染，生命危在旦夕，这对任何一个家庭来说都是不小的打击。但是这种症状一般和胸外科没有什么关系，现在发动全院会诊，莫非呼吸内科也没辙了？

“哟，师兄这是要去参加全院会诊啊？好厉害！”林小棠一脸的幸灾乐祸。

“别闹，这些都是各科的大主任。我这啥也不会，丢人要丢到全院去了……”赵步理愁眉苦脸。

林小棠撇撇嘴：“你怎么就确定你会丢人？说不定你发现了了不起的线索，救了这个姑娘呢。你在我眼里可是天才。”

赵步理看着林小棠，不知她这会儿又在想什么鬼点子了。

“看我的，我有办法。”林小棠露出了令人发毛的笑容，接着又像突然想起什么，让他等一下，一溜烟儿跑没影了。

半个小时后，正在换输液的护士小云看见林小棠一只手提着大包，另一只手把一脸不情愿的赵步理拽进了换药室，嘴里还念叨着“坐在床上，把眼镜摘了，把衣服脱了”。

小云手中的换药盘差点掉到地上。

* * *

呼吸内科，龙姑娘一边整理投影仪，一边有些伤感地检查自己写的病情摘要。她清丽的面容有些憔悴，似乎在为什么事情发愁。她捋了捋长发，顺手从一旁拿起一支铅笔利索地盘在头顶，心无旁骛地看着病历。

从上学起，龙姑娘就是班里的尖子生，特别是过目不忘的能力让她在内科如鱼得水。复杂的公式和数字对她来说全然不是问题。久而久之，就给人留下一种骄傲的印象。她戴着度数很高的眼镜，常常被同学嘲笑是书呆子。曾有人问她：“你画重点的时候，能不能把不是重点的也画上？书都被你画干净了！”

会诊的病人叫小雪，说起来还算是龙姑娘的街坊，就住在她家隔壁楼。刚得病时，他们以为是拔牙之后引起的感染，但口腔科用过药，说局部已经没有感染灶了。可之后小雪仍持续 40℃高烧，父母带着她寻遍寒城的大部分知名医院和专家，都没看出个所以然。他们得知龙姑娘所在医院的呼吸内科不错，赶忙找了来，此时正在龙姑娘所在的科室输液。

但是快一个月了，小雪的病情非但没有好，还呈急转直下的趋势。她来的时候除了发烧没有别的不适，现在却连睁眼都费劲，也无法正常交流，连爸妈都认不出来了。

呼吸内科组织了几轮讨论，也没有确定病因。龙姑娘实在耐不住了，背着上级医师向医务处申请了一次全院会诊，让各个科都来看看，给点意见。

这时候，门口进来了两个人。其中那个标致的小姑娘龙姑娘认识，听说是一个很有名的实习小同学，但是后面那个走路别扭的人，却和自己认识的各科主任都对不上号。

话虽如此，但这家伙的模样倒还说得过去。一头乌黑的头发梳得锃亮，修长锋利的眉毛下，白皙的面庞上戴着考究的金边眼镜。极短的络腮胡似乎精心修剪过，不显得邋遢，反而散发出几分成熟气息。

他身着衬衫领带、西服皮鞋，外面套着白大褂。虽然这个男人的个头儿不是很高，但给人一种稳重儒雅的感觉。

龙姑娘眨了眨眼睛，又仔细多看了两眼。“赵步理？”龙姑娘惊呼出声。

赵步理不好意思地挠起了头，却被林小棠一把抓住手，恶狠狠地瞪了一眼。

“你来干什么？这不是普通会诊，而是全院会诊，要求主任，至少主治级别以上的医生参加！”龙姑娘的不屑立刻挂在了脸上，“你快走吧，趁大主任们还没过来。省得待会儿难堪。”虽然她不得不承认，这个赵步理打扮了一下之后，还真是顺眼了不少。

赵步理还没有说话，旁边的林小棠先不乐意了：“大姐姐，我觉得一切都得靠实力说话吧，又不是大主任就一定最牛。”

龙姑娘被噎得哑口无言，其实她内心明白，自己请来的这些大专家，很多是来走过场的，未必真帮得了自己。但是赵步理这个废柴，就更帮不上什么忙了吧？算了，反正应该也没有胸外科什么事，希望赵步理不要出洋相就好。

这时，门口又走进来一个人，看上去是个刚毕业的小姑娘，戴着一副红色框架眼镜，扎着两条马尾辫，身材有些矮胖，眼睛小小的。她像一只猫咪一样向三人靠过来，林小棠注意到，如果把她的脚印连成线，那一定是条直线。这是个处女座吧？而且她头上的发卡都是动漫主题的，看来还是个二次元的小妹妹。

小姑娘走到几人面前，用尖锐细嫩的娃娃音说：“请问，等下是在这里开全院会诊吗？”见龙姑娘点点头，她便轻轻欠了下身子，静悄悄地搬了把椅子在一旁坐好，掏出手机低头看起来。

林小棠看着她，笑着对赵步理耳语：“她好像《大哥别杀我》里面的那个杀手小妹啊。”

只见马尾辫小姑娘腾地站起身来，声音比刚才高了一百个分贝。

“你也看《大哥别杀我》？”

林小棠点点头。

“太好了，我也超爱看！而且我觉得，里面的女二号写的就是我，因为我从小就爱这么走路！我走路的时候，如果踩错了格子，会特别难受！”

林小棠没想到竟然遇到了书友，也激动地拉起小姑娘的手：“我也超喜欢！你知道我之前做梦都在想云冥到底是用什么手段惩罚那些坏人的，到最后真的是意想不到的爽啊！”

小姑娘也笑起来：“我是云冥的头号粉丝，从刚开始更新时我就在追了，一直追到现在！我觉得女一号铁定要死，云冥会和女二在一起！”

林小棠一听有人和她抢第一粉丝的称号，脸上立刻掠过了阴云，拉住对方的手也松开了："那不一定吧，云冥和女二只是萍水相逢，和女一才是换命的交情。女二估计就是随便写写玩玩的。"林小棠说着，瞟了赵步理一眼。

"你说什么？你到底有没有好好看后面？"

"你才没好好看，你看当时云冥……"

眼看两人就要互殴起来，赵步理赶忙上去扯住林小棠："小棠啊，你快去那边坐好。小茉老师您先歇着，这是刚来的实习生，不懂事，您多包涵！"说着便拉着不明就里的林小棠到角落坐好。

"你不想混啦？这是医务处小茉处长！"赵步理给林小棠使了个眼色。

"医务处……处长？"林小棠忍不住又看了一眼不远处的少女，后者似乎已经忘了刚才的不悦，沉浸在手机的世界里。"这个二次元的小迷妹也能当处长？"林小棠悄悄指了指她。

赵步理赶紧把她伸出去的手指头按下："坐好吧你，医务处处长可不是咱们能随便得罪的，小心人家天天查你病历扣你的钱，扣到你生活不能自理……"

林小棠噘着嘴"哼"了一声，没再作声。

* * *

全院会诊的时间到了，专家们在前排落座，后面成堆的椅子则留给各科室的年轻医生，一个小小的办公室里瞬间塞满了人。老专家们互相客套着问好，交换院里和学委里的各类动向，许久不见的住院医师们也叽叽喳喳攀谈起来。

"听说这次好多退了休的老专家也过来了。"

"可不是嘛，哈哈，还有那个著名的结核老专家，对，就是那个老太太。你看着吧，她什么病都一句话——'我觉得结核不能除外'！"

"我觉得还是神经内科的专家含金量高，拿个小锤子在病人身上敲敲打打就能诊断了，一会儿咱也开开眼。"

"你说这个小姑娘到底得的是啥病啊，我看过病历，难道不是肺炎吗？"

"你就吹吧，在肾内科待得都不知道自己姓啥了是吗？要真是肺炎，在呼吸内科那么多大主任眼皮子底下，还能治不好？"

龙姑娘示意了一下，会诊马上开始。赵步理注意到，一位穿便装的白发老爷爷静静地走进了办公室，他没有去前排，而是在角落里默默坐下了。一位老专家看到他，伸出手遥远地打了个招呼。赵步理从来没有在医院见过这个人，却觉得他身上的气质绝不是无名之辈。

龙姑娘打开幻灯片，开始简明干练地介绍起病人的情况来。从影像学的片子，到化验指标的曲线变化，介绍得十分有条理。

一般来说，医师在汇报病历时，会根据自己的判断主观地突出一些病人的疾病特点，好让上级医师了解自己判断的倾向性，并给出下一步的意见。但这次龙姑娘的汇报非常实际客观，不带任何倾向，以至于老专家们频频皱眉，一会儿觉得像这个病，一会儿又觉得像那个病。

这种复杂的疑难病例，没有指向性百分之百明确的指标，因此诊断时不仅需要经验，同样还需要运气。有时候诊断的方向不同，治疗的路子甚至有可能完全相反。

龙姑娘花了十分钟介绍完病例，只见老专家们一言不发，似乎谁都不想第一个发言。他们心里清楚，自己提出的那些，人家呼吸内科主任肯定早就考虑过了。

“要不，我先带大家看看病人？”

老专家们点点头，纷纷起立，一群人浩浩荡荡地走向病房。当然，这几个老专家里面，还夹着一个冒牌“老专家”赵步理。

病床前，只见小雪脸上全无血色，眼睛紧闭着，对外界的声音刺激全然没有反应。隐约能看出她在生病前是个美女，现在却完全和美貌扯不上关系。

心内科的信教授主动上前，把手指头按在小雪的脚踝上，再松开时，可以清晰地看见凹陷的手指印，这说明下肢的水肿非常厉害。病人的脸也浮肿着，外观看上去像胖了几圈。

信教授用听诊器在小雪身上象征性地听了几下，摇摇头，似乎没有更多的发现。他若有所思地翻起小雪的眼睑，又摇了摇头。

接着上去的是神经内科的张教授。她拿着小锤子，在小雪身上东敲西打，做了全套神经体格检查，测试四肢的肌力和反射，接着又把叩诊锤的反面在小雪的肚皮和脚上划了几下，测试一些病理性的体征。这些赵步理都只在实习的时候学过，现在早就不记得了。

张教授敲打一遍之后，问：“片子呢？我要看头颅的片子。”

旁边的龙姑娘马上把头颅核磁的片子恭恭敬敬递了过去。张教授把片子对着窗户细细地浏览了一遍，翻页时还发出哗哗的响声，看完片子又问：“报告呢？”

龙姑娘有些无可奈何地再把报告递上去。她心里一直觉得这位神经内科的教授太能演了，此人能成为神经内科的大主任，并不是凭借过人的医术，而是因为发表了不少高质量的论文，结果轻而易举地把原先技术高超的宋主任排挤到了门诊。这位教授虽然文章写得好，业务水平却实在令人忧虑。

张教授样子做足也没能看出个所以然，黑着脸把片子和报告甩给龙姑娘，走了出去。

风湿免疫科的万教授也走上前，仔细端详小雪的手，看着手指甲缝和皮肤的变化。然后把小雪的嘴巴打开，观察里面舌头和口腔黏膜的状态。他似乎发现了一些什么，但是没有说话，胸有成竹地退开了。

几位专家都已经离开，赵步理这才敢偷偷上去做个样子。龙姑娘在一旁冷眼看着，也只能配合赵步理把戏演全套。

赵步理掏出兜里的听诊器，赫然发现自己已经很久没有用过这个听诊器了，上面的贴膜都已脱落，于是只好在龙姑娘无奈的注视下，努力把贴膜贴回金属外壳上，撩开小雪的上衣，把听诊器放在了小雪心尖的部位。

耳边传来隆隆的声音，像是火车驶过的轰鸣声。声音很响，赵步理的耳膜几乎要被震破了。他闭上眼睛，突然闪回到了那个神奇的世界。

* * *

外面雷声轰鸣，下着瓢泼大雨。

方鸿铭打开了手提箱，里面摆放着各种式样的手术器械。他对着尸体鞠了三个躬，拿出一把柳叶刀握在手里。刀子在姑娘的身体上方悬停片刻，艰难地划了下去。

暗黑色的血液流了出来。

方鸿铭强忍着内心的痛楚，似乎每一刀都划在自己的心口上。他熟练地剖开姑娘的腹腔和胸腔。除了肺里有一些实变的区域之外，没有发现更多的信息。

姑娘长期发热，常见的发热部位首先是肺、肠和膀胱、尿道，其次是胆囊、肝脏。奇怪的是，没有一处存在脓腔一样的结构，这让方鸿铭更加迷茫。

还能是什么地方的感染呢?

方鸿铭查看了姑娘的手掌，全是一些散在各处的出血点，像是手掌被扎了无数针眼。她的脚指头也有一些结节样的隆起，没有裹足的脚本来很是细腻，此时却肿胀成锤子的形状。

方鸿铭突然想到了什么，看向姑娘的心脏。

在那个时代，无论是方鸿铭孩提时期父母的教导，还是百姓通常的认知，都认为心脏是人的灵魂所在，是储存所有记忆的地方。随着科学技术的进步，方鸿铭这代年轻人已经逐步接受了人的记忆存于大脑的事实。但是对于心脏，他们仍然抱着敬畏之心。

方鸿铭把师父给的佛珠盘在手上，说了句“得罪了”，便照着解剖图的样子，打开姑娘的心包。

这是？

突然又是一记雷鸣，赵步理豁然惊醒，发现自己正一只手扶着听诊器的耳朵，另一只手把听诊器的头放在小雪的胸口上。一边的龙姑娘正不耐烦地看着他。

“好了没有？教授们还等着讨论呢。”龙姑娘催促道。

赵步理赶忙收敛心神。他刚刚看到方鸿铭发现了什么？一时想不起来了，似乎是非常重要的东西。他抱歉地点点头，把听诊器收好。

* * *

医生办公室。

“各位老师，哪位可以给我们一点建议，看看下一步查点什么或者做点什么？”

神经内科的张教授看了看周围，傲气地仰起脖子：“你们治了一个月，有没有查过脑脊液？这个病人的核磁明显报了有轻微的脑梗死，我怀疑不排除细菌性脑炎的可能性。”

龙姑娘在纸上飞快地做着记录。

“而且你们这么久了也没有给病人做过肌力和肌张力的实验，我还是想在这里和各科的主任说一说——也不算打广告吧，就我们科做的这个测试在国内都是有名的，说不准就能发现什么疑难疾病的端倪。”张教授说着便四处看着，似乎在等待赞美。

一位眯着眼睛的老教授捋了下花白的短发说：“我觉得神经系统的疾病不能除外，同时，结核也不能除外。”

座位中似乎传出了几声没有憋住的偷笑。

心内科的信教授说：“心脏稍微有杂音，可能和感染中毒的症状较重、病人的心脏功能开始衰竭有关系。之前的超声心动提示没有任何结构上的问题，所以心内科这边还是建议维持现状，在呼吸内科寻找感染原因，加强抗感染治疗的同时，注意好心脏的负荷情况，量出为入，别一下子给心脏太大的负荷。另外，可以适当用一些强心扩血管的药物。”

所谓“量出为入”，赵步理向旁边一头雾水的林小棠解释，是指人体需要维持水的平衡，如果每天输液过多，没几天就会因为心脏负荷太重出问题。所以每天都要保证病人排出的水量——如尿量、汗液挥发量——和输入的液体总量持平。

心内科的信教授是全国知名的心内科专家，他的发言让旁人都赞同地点头，这让之前发表了一番雄辩的张教授很不满，于是又开了腔："这个病例就应该早点请我们神经内科会诊。病人早就出现了神经症状，必须尽快处理，否则脑炎的情况会进一步加剧。"

风湿科的万教授摇了摇头："我倒觉得不是感染性的问题。我仔细观察了一下病人的手指，有 Osler 结节[1]的出现，所以系统性红斑狼疮也是完全有可能的。我觉得应该在抗感染的同时，尽快用激素。"

张教授冷笑了一声："现在风湿科的教授就是牛，上来就用激素，什么都觉得是风湿免疫病。那万一要是感染，你这激素一上，把免疫功能完全打没，病人岂不是危在旦夕？"

万教授面临质问不甘示弱："那你有证据证明是感染吗？这么多天了也没有一个培养结果？"

张教授不依不饶地回答："所以我让他们去做脑脊液的细菌培养啊，这么多天也没做，不知道是在干什么。"

场面一度陷入了尴尬。

这时候，赵步理颤颤巍巍地举起了手。

"老师们好，我是胸外科的，我有一个不成熟的小建议……这个，我觉得这个病人手掌上有一些出血点，而且刚刚万教授也提到了，这个病人脚指头上有 Osler 结节，所……所以我听了一下病人的心脏，考虑她会不会是 SIE……"

SIE，学名叫作亚急性感染性心内膜炎，是心脏的瓣膜上因为破损，之后产生细菌定植，又由于细菌不断生长，以及菌团不断播散，最终导致出现一系列症状。

所有人都狐疑地看着赵步理。谁都没听说过胸外科有这么一个教授。信教授在张教授耳边嘀咕了一句，张教授恍然大悟，原来韩院长安排的那个空降的主任，这么快就参加工作了。

几个年轻的医生没有见过这位"专家"，也交头接耳起来。

"不是 SIE。"龙姑娘担心他被教授们拆穿，连忙打断他，"我们做过超声心动检查，没有看到任何栓子。"说着便示意他赶快坐下。

[1] 多见于手指和脚趾的一种痛性结节，主要高发于感染性心内膜炎，少数情况下见于系统性红斑狼疮、伤寒等疾病。

提议被否决，赵步理立刻就要坐下，但脑海中好像有一个声音在呐喊，急迫地让他把民国时期死亡的那个姑娘和当下的小雪对比起来。他似乎看到方鸿铭哭红的双眸，以及紧紧抠着棺木的指甲。

“可是，”赵步理心中突然有了一团火，让他重新站起身，让他不再像废柴一样随随便便地放弃，“可是我明明听到了很响的二尖瓣杂音，至少 4/6 级，所以，心脏超声，会不会也存在错误？”

赵步理扔出来一个炸弹，立刻在教授当中引爆了。

信主任马上跳起来：“你是胸外科哪个大夫？”

赵步理慌了神，旁边的林小棠连忙帮腔：“这是胸外科刚引进的专家。”

坐在角落里的小茉放下手机，扶了扶眼镜，看着赵步理。几位教授没有再提异议，除了信主任。

“这个姑娘的心脏超声是我亲自做的，瓣膜没有任何问题。你这听诊拿什么听的？难不成比我们超声还厉害？”说着便带着几个教授笑了起来。

赵步理实诚地以为信主任真的在提问，于是急忙从大衣兜里掏出自己的听诊器。他一紧张，听诊器的听筒被甩了出去，叮当作响地掉在不远处的地上，滚了几圈。

一时间鸦雀无声，只有赵步理拿着一个听诊器耳管僵在原地。突然不知道谁忍不住笑了一声，接着引爆了全场的大笑。

“听诊器头都没有！”

“你们看那个头！”有好事者竟然捡起了听筒，“头上连个膜都没有！听个啥？”

赵步理一摸兜里，听诊器听筒上传导震动的薄膜果然还在兜里。他又尴尬地挠起头来。

林小棠见赵步理挠头，在旁边使劲地扯他。

信主任看出了一丝端倪，因为赵步理的头发……要掉下来了。

赵步理也觉得奇怪，怎么越挠头越痒？这才发现，假头套彻底被自己薅了下来，只剩下一头短发，难怪头顶凉飕飕的。

信主任越来越觉得不对劲，上前看着赵步理飞起的一撮胡子，一把扯了下来。

“你是……”信主任皱了皱眉头，“胸外科那个二货？”

* * *

全场爆发出了医院史上最响亮的笑声。龙姑娘黑着脸关上了门，以免影响到住院的病人。

林小棠抱着头在一边坐好，赵步理一只手拿着假发套，另一只手胡噜着脑袋壳子，一脸讪笑。

“你是胸外科的赵步理吧，你没事冒充什么专家？医务处的人在吧，给他记上，回头跟院长反映！”信主任气得胡子都飘了起来，他干了这么多年主任，还是头一次被这么小的大夫当众质疑。

小茉缓缓站起身，用娃娃音说：“信主任，科里有特殊情况，赵步理是我请过来的。请你们先继续讨论吧。”

“怎么，你们医务处也不管管？”信主任依然不依不饶。

小茉突然粗着嗓子喊：“我说他可以就可以！”

又是一片死寂。住院医师们难得看到自己的主任被一个小姑娘熊。信主任脸色更是难看到极点。碍于医务处处长的职位不低，只得勉强别过头。小茉乖巧地朝赵步理点了点头，继续安静地坐好。

“信主任，我真的求您再做一次B超吧。也许是刚开始的时候，二尖瓣的栓子没有呈现出来。”赵步理仍然没有放弃，他也不知道是被方鸿铭附了体，还是有些东西正在自己的内心生根发芽。

“你！”信主任火冒三丈。

“信主任，要不就再做一次B超吧，不然我心里也有疑问……”旁边的龙姑娘看了一眼赵步理，突然觉得，在这间屋子里，也许赵步理才是唯一把小雪的生命看得比个人面子还重要的人。

“要不你俩赌一个？”林小棠转了转眼珠，“就赌当时的B超有没有错？”

信主任气得忘了前辈尊严：“好你个臭小子，我今天就给你好好瞧瞧。给我推B超机过来！如果B超啥事没有，你就给我去B超室打扫两个月卫生！”

赵步理连忙低头赔笑，可小魔女林小棠并没有罢休。

“那要是您输了呢，信主任？要不……您管赵步理叫声师父？”

信主任的眼睛都要冒出火来：“赌就赌！”说完便撸起袖子，带着一群人走出办公室，向小雪的病房出发。他们一离开办公室，赵步理的笑容立刻消失了，换成一张生无可恋的脸转向林小棠。

“看我干什么，我可是救了你啊。”林小棠像没事人一样理理衣服。

赵步理翻了个白眼就跟了过去。出门的时候，他突然注意到，之前墙角里的老人没有等着看他们这场“赌局”的结果，只是背着手，佝偻着背，摇摇晃晃地走了。老人的手腕上，隐约戴着一串佛珠，系着红绳。

赵步理揉揉眼睛，觉得那个桃木色的珠子，好像是……算了，那玩意儿又不是什么稀罕东西，眼下诊断结果最要紧。

小雪的病房里，赵步理钻过层层看热闹的人群挤上前，在瞠目结舌的信主任面前，看到了B超机屏幕上显示出心脏瓣膜上有一团邪恶的东西——细菌赘生物！

他的脑子“嗡”了一下，这画面让他想起来了——对！当时方鸿铭忍痛剖开姑娘的心脏，正是看到心脏瓣膜上的这一团东西，接着便抱着姑娘的心脏痛哭流涕。

如果，他能再早一点听诊一下心脏，而不是把这个姑娘的发热当成普通的肺炎；如果，他能抽出一点时间，去看看姑娘的手掌心和脚趾，仔细去查体，而不是偷懒，照着病历模板抄了一遍就草草交差；如果，他能多听一听姑娘的诉求，而不是把她当作一个矫情的小姑娘……

但是，病人的生命，从来就没有“如果”二字。医生只能选择将这生命的轨迹彻底扭转，或者像方鸿铭一样，眼看着她离去却束手无策。

赵步理觉得心里一痛，他发现所有教授都沉默了，龙姑娘也有些难过，不知道是自责，还是遗憾。

一个花季少女，因为拔牙造成细菌入血。一个偶然的机会让心脏瓣膜有些破损，于是这细菌邪恶地在上面定植下来，发展成一团细菌，把心脏瓣膜当成大本营，不断地向外散播着子民。

这些子民有些跑到大脑当中造成血栓，有些跑到手掌和脚趾的地方，造成血栓或者小的出血点。正是这些全身播散的细菌引起了剧烈的高热症状，一般程度的抗生素根本压不住，因此造成了最强的抗生素都无效的局面。如果这个时候再用激素进行抑制免疫的治疗，这个姑娘就会立刻死去。

信主任脸上一阵青一阵紫。他叹了口气，小声说了句：

“赵师傅。”

赵步理忍不住要笑，突然愣了一下。

不对啊，不是叫“师父”吗？为什么突然觉得被叫成了打扫卫生的“赵师傅”了！信主任，你要赖？

龙姑娘也轻松下来，毕竟问题已经找到了，接下来只要让心外科修复瓣膜，应该就能祛除病根了。至于小雪能不能从感染中恢复过来，就要看她的运气了。

“喂！赵步理同学。”远处的小茉走来，恢复了娃娃音，“干得漂亮！不愧是云冥第一死敌的装扮，果然有智力加成效果。”她说着打量了一眼赵步理。

赵步理这才发现，原来自己这一身装扮，从发型、胡子到眼镜和西装的款式，完完全全都和自己笔下的云冥死敌——“怪医方一刀”一模一样。他刚才光顾着发窘了，竟也没好好照照镜子。他看了看角落里的女孩，正暖洋洋地冲自己笑。

小茉对林小棠又招了招手。

“你给他的这身打扮不错，果然也是死忠粉。我们之前的讨论还没分出胜负呢，接下来，就看云冥到底在两个女主人公里选择谁吧。你不是愿意赌吗，我们也赌一把。输了的人，只要答应对方做一件事就可以，敢赌吗？”

林小棠骄傲地扬起了修长洁白的脖子：“赌就赌。我反正是不会输的，我有撒手锏。”说着斜了赵步理一眼，吓得赵步理赶忙扭头装没看见。

小茉也笑了：“不光你有，我也有。我早就隐约觉得，作者就在我们医院，”说着还向空气中嗅了嗅，赵步理浑身一哆嗦，“因为有一次我公布了一个医务处的病历书写通知，很快，云冥的小说里就吐槽了同样的事，而且吐槽的正是我的安排。所以最好别让我抓到他，不然一定绑起来，每天让他写十章。”

林小棠比了个大拇指：“赞同！”说着两人便邪恶地笑起来。赵步理突然想离这两个人远一些，以免被抓了活剥。

他不知道的是，在离他们不远的学术报告厅里，一场角逐正准备上演。

* * *

方鸿铭一脸死寂地从太平间里走出来。他刚刚花了两个小时，细细地把姑娘的伤口缝合起来，不仔细看，甚至看不到明显的切口。

外面的大雨渐渐停息，天边亮起了鱼肚白。他抬头，看见屋檐下还站着一个人。方鸿铭跪了下去：“师父！”

师父缓缓转过头，问：“都明了了？”

方鸿铭哭了：“明了了，师父。谢师父大恩，谢师父成全！”

他如何不知道，这是师父怕他出事，站在这里帮他放风。如果事情败露，也有师父帮他顶着。

“走吧，今日还有手术。”

这是方鸿铭在笔记中，对“师父”的最后一段描述。

第8章 微创

狮心、鹰眼、妇人手大赛

学术报告厅。

一条巨大的红色横幅挂在硕大的讲台上，上面写着“寒城市人民医院第一届腔镜技术基本功大赛”。主席台一侧，坐着一名打扮精致的解说员。

大院长卓启智坐在下面嘉宾席的正中央。他双肘架在桌子上撑着下巴，无论喜怒，眉头都是一副能夹住钢笔的样子。

讲台中央摆放着三套腔镜的设备，分别由操作端和一个屏幕组成。操作端是一个黑色的盒子，上面有三个孔洞，而黑盒子的两边是能够使用到的腔镜器械，黑盒子里面摆放着各种各样的操作模型。

台下坐着的几百个人，都是看到通知闻风而来的，根本不需要院里用命令和考勤来强制拉人，而且来的大部分是护士和年轻的女大夫。

这次比赛是韩雨一手策划的。正院长和副院长悉数出席，为的就是要把寒城市人民医院做出一个微创的品牌来。正院长卓启智是胃肠专业的，副院长韩雨则是微创胃肠专业的，当年卓启智因为年纪稍长几岁坐上了院长的宝座，韩雨只能甘居其后，一直颇有怨言。这些年，两个人时常在背地里较劲，但少有正面冲突。

主持人开场白完毕，卓启智应邀上台致辞。他很有技巧地把在场观众的热情煽动起来，也表示了医院即将大力发展微创技术的决心，在场的医生无不拍手称赞。卓启智的演讲水平远远强于自身的业务水平，也正因如此，他能够拉来投资、拉来政府的支持、拉来大学的科研团队和科研经费，这是其他人无法企及的。

“感谢卓院长，下面我来介绍一下赛制。”解说的不是别人，正是住院医师陈彦豪，“每位选手上台，需要面临三关考验。三关分别独立计算时间，完成所有任务之后，以时间总和计算总成绩。但是，如果在验收时评委认为任务完成得不合格，那么选手成绩无效。”

“第一关是最简单的——夹豆子。选手的面前有一个腔镜的盒子，上面有两个孔可以放置器械，另一个孔是腔镜的观察孔。选手要用器械通过这两个操作孔，把豆子从一个碗里夹到另一个碗里，比的是手速和手下的力度。这些黄豆非常滑，很难夹起来。因此，必须找到豆子两端最佳的着力点。”他说着自己拿起一把钳子演示了一下，果然，如果豆子稍有夹偏，就会从钳子的尖端滑出去。

“第二关呢，就有些难度了——是剥葡萄皮，要把三颗葡萄的皮完整地剥下来，不能伤及葡萄的果肉。这一关考核的是选手手眼配合的能力，而且手下的力道要刚刚好。好比这些都是人体的组织，用力过大或者过小，都将失败被淘汰。

“而第三关就是咱们的基本功了——腔镜下的缝合。选手需要在模型上缝合两针并且打结。这一项是最体现功力的，也是这次比赛能够拉开选手分值的环节。请问台下的各位选手，准备好了吗？”

陈彦豪极具感染力的话让台下的选手和观众都沸腾起来。各个选手科室的护士早已组成了啦啦队和后援团，甚至有人举起了自制的应援手牌。

“好，下面，我们有请第一位上场比赛的选手——”陈彦豪非常专业地停顿了一下，“来自胃肠专业病区的陈晓明！”

一片掌声响起，只有卓启智不动声色地配合鼓掌，心里不知在想着什么。

陈晓明平静了一下紧张的心情，但是能看出，他的拳头已经握得微微发白。他选好器械，悬空放好。裁判一声哨响，陈晓明立刻把钳子朝孔洞里伸去，但他的手还在抖，钳子戳了几下才成功。台下响起了一片很有默契的细碎笑声，让陈晓明更加紧张了。规则要求夹进二十颗豆子，但是他每夹两次，就会有一次失败。没过多久，两个碗中间就全是撒落的豆子。只见陈晓明越来越着急，短袖衬衫背后已经湿透了，肥硕的肉粉色清晰可见。豆大的汗珠从他脸颊上滴下来。

韩雨看在眼里，笑了一声。

“卓院长，您这个学生去年都提副主任了吧，他……”他没有继续说下去，而是看着卓启智的反应。

卓启智也轻轻“嗯”了一声，一副事不关己的样子。他知道，自己多解释一句，都可能成为韩雨借题发挥的梯子。

完成了三关，陈晓明的总成绩是 2 分 45 秒。他在后面的关卡中也表现平平，好歹全部完成了任务。

陈彦豪赶忙上来打圆场，礼貌地赞美了陈晓明的技术，然后不等领导和台下观众反馈，就示意第二位选手准备。

第二位选手眼神非常凌厉，嘴角挂着一丝高傲的笑。这个医生名叫程鹰，和陈晓明年资相仿。他是韩雨的大徒弟，每天做的就是微创手术。李有才远远地看到这位选手，知道是他这次比赛的劲敌。但是李有才并不在意，能不能赢他并不重要，打败龙森浩就可以了。

如果打败了龙森浩，又刚好输给韩雨的徒弟，那才是最好的结果。

裁判一声令下，程鹰熟练地把两只手的器械同时伸进黑盒子，看向屏幕，就像一个双手扣住扳机准备开枪的士兵。他熟练地用左手的钳子夹起豆子，传递给右手，然后放进右边的碗里，动作一气呵成。

韩雨在台下看着，眼神不经意地向旁边一瞥，发现卓启智仍是毫不动容，又转头看了看坐在另一边的孙慧。孙慧此时也是面无表情。

很快，程鹰完成了第一环节，第二环节也很顺利。然而在第三环节缝合最后一针时，程鹰持针器夹针的角度出了些偏差，导致他试了几次都没有成功。程鹰沉下脸，嘴里小声骂了一句。这一切都被台下的观众清清楚楚地观察到了。

“这个程大夫脾气可臭了，在台上经常冲我们发脾气。”一个手术室护士说。

旁边人轻声附和：“也不看看是谁的徒弟。”

程鹰完成了。各环节的完成时间分别为：35 秒、30 秒、44 秒，总成绩 1 分 49 秒！陈彦豪激昂地宣布成绩，台下响起了更加热烈的掌声。

“果然是微创科室啊，我们医院的微创担当！”

“没办法，人家天天干这个。大院长的科室都是做开刀的手术，很少碰腔镜，这下可得吃瘪了。”

“但腔镜毕竟是趋势嘛，这么下去，这大院长的面子会不会……”

这些议论也逃不过卓启智和韩雨的耳朵，但是他们谁也没说什么，好像这场比赛只是小孩子的游戏，大人不能急，谁急谁就输了。

大家都知道，不论谁家的孩子赢了，大人都会更有面子。

* * *

接着又有十几个人轮番上去比赛，成绩都和陈晓明大致相当，没有特别出彩的选手。但是能够感受出来，观众们对这种赛事是非常喜闻乐见的。若是平常开大会或者举办学习班，到这个时候人早走光了。这回，即使偶尔有几个人悄悄离开，也会很快带着更多的人涌进报告厅。成群的人离开座位，簇拥到台前观看比赛，时不时地为选手的漂亮操作喝彩。

李有才似乎丝毫不紧张，还淡定地拍了张现场照片。他把照片发了出去，不一会儿，就收到了一张可爱小姑娘的自拍。看到女儿，李有才整个人都柔软了，完全不像个马上就要上场比赛的选手。

对面发来了一句语音，李有才笑着把听筒贴到自己的耳朵上。

“爸爸加油！爸爸是第一名！”

李有才发去一个“胜利”的表情，然后把手机收好，等待上场。

陈彦豪叫了两遍龙森浩的名字，都没有回应。李有才向四周望了望，似乎也没有看到龙森浩的身影。

这家伙，不会是不来了吧？

孙慧也有些焦急地四处寻觅，显然她也不知情。陈彦豪有些为难地看向台下，不知道该怎么办。

“先叫他们科其他大夫吧。”韩雨给陈彦豪使了个眼色，陈彦豪马上会了意。

“下面有请，胸外科的李有才选手准备！”陈彦豪大声宣布。

李有才听到自己的名字，站起身，整了整衣服，郑重地向讲台走去。他算不上医院里的红人，但由于工作认真，性格谦和，仍然有着不错的人缘。几个不认识的小护士也笑着给他加油。

李有才向主席台下鞠了一躬，从容地走到第一个盒子面前，拿起钳子，示意了一下裁判。

比赛开始！

李有才微眯起眼睛，就像是站在平常的手术台上一样一丝不乱。他呼吸均匀，手下迅速交换豆子，每一次都能夹住豆子最平整的两端，毫无失手。

第一关，34 秒。

第二关，李有才一只手固定好葡萄，另一只手握着钳子。只见钳子尖端夹住了葡萄皮的一个破口，向两侧轻轻撕扯。每颗葡萄最多只撕扯了五次，李有才就完整地把皮剥了下来。完成，28 秒。

李有才抬头看了一眼成绩，自己比目前排名第一位的程鹰还要快三秒，于是更加放松了。第三关，他只要比程鹰稍微慢一些就好。

他把线迅速拉近黑盒子，两手配合夹持好针，用非常熟练的姿势穿过模型上伤口的两端，右手的持针器和左手的弯钳完美地打了三个结，然后迅速抽出右手的持针器，换成剪刀把线剪断。还剩一个结，顶多用 15 秒，但是距离程鹰的时间还剩下 20 多秒，这样下去，肯定是能超过了。

台下的程鹰狠狠地咬了咬牙，注视着台上，本来的好心情荡然无存。

李有才叹了口气，故意把持针器夹在针上，然后试图往盒子的孔洞里放。这样很难把针放进去，卡了七八秒左右，李有才把持针器挪了下位置，夹在线上，终于顺利地放进了针。

台下响起了一片遗憾的声音。

“李有才怎么搞的，本来有希望赢的！”

“可能是紧张了吧。”

“可惜了，这次本来觉得胸外科能夺冠的，看来还是程鹰厉害啊，毕竟是副主任医师，年资在那儿摆着呢。”

孙慧看着李有才的动作也皱紧了眉头。她用眼睛的余光扫到韩雨得意的笑容，这才突然明白了。孙慧有些难过地闭上眼睛，深深叹了口气。

“李有才选手的成绩是，34 秒，28 秒，47 秒，总成绩 1 分 49 秒，恭喜他，目前和程鹰选手并列第一位！”陈彦豪带领大家鼓掌。李有才抬起头来，脸上没有喜悦，也没有因为差一点就能超过程鹰而遗憾，似乎很平静地接受了这个结果。

韩雨点了点头，笑着对旁边的卓启智说道：“卓院长，你看这些年轻人的技术多好。胸腔镜不但能给医院带来巨大的经济利益，还能给病人带来切实的健康利益，我们是时候推进一下了吧。”

旁边的几个副院长也纷纷表示赞同，胸外科引进新主任这个议案已经被讨论了不下十次，每次都被卓院长一手压下来。但是他也能感受到，院里对他的意见很大。毕竟胸外科是大科室，最能替医院创收。而且胸腔镜手术本身利润率也高，如果医生操作熟练，这一技术将成为医院的重要经济支柱。

但是孙慧一直压着胸腔镜的手术，还经常放手让底下的医生自己做。别的科主任一天能做四五台手术，她一天只做两三台，这就导致手术速度和病人周转也慢下来。院里对此一直颇有微词。

卓院长无奈地点点头：“下次开会我们讨论一下，该推进就推进。”

韩雨没有再说话。

旁边的主任也纷纷向孙慧道贺。

“你们科李有才不简单啊，这技术，自己练的吗？”

“这苗子真是不错，得好好看住了，别给老韩他们抢过去了。”

孙慧脸上保持微笑，心里却有些不是滋味。

李有才这时也感到尴尬。他看向孙慧，却发现孙慧直勾勾地盯着屏幕，有意回避自己的眼神。

为什么？自己的优秀，就不能成为她心中的骄傲吗？难道只有大师兄做的才是对的？

这时候，陈彦豪宣布中场茶歇休息。

主任们纷纷起身，到茶歇处取水果和咖啡，互相攀谈着，内容大部分还是刚刚的比赛。

“这比赛办得真不错，年轻医生也不能老闷在自己的手术室里。该让大家伙都瞧瞧，也能让大家见贤思齐，踏踏实实把手上功夫练好了。”

“可不是，胸外科和微创外科这两个小伙子的技术可真不一般。孙主任，我觉得您都可以退休了。”

说着，外科的一群老男人哄堂大笑起来。孙慧维持着微笑，没有附和他们。

韩雨默默走了过来，在孙慧旁边取水果。他眼睛盯着水果，嘴上说道：“孙主任，您这学生可真厉害。我听说您一直最喜欢的是那个叫什么来着，龙……龙森浩，对。”韩雨装作失忆的样子，“但是人嘛，还是要向前看。如果孩子们优秀，就得给他们创造机会，总不能耽误了孩子，要不……”韩雨转过头，看着孙慧，“你把李有才‘过继’给我得了，我肯定好好待他。反正，你和龙森浩也不做微创。”

孙慧眨了眨眼，不卑不亢地答道：“韩院长，不劳您费心了，我的学生我自己教，还能教得动。”

韩雨就等着孙慧说话：“不，微创还是要有专业的路子，不能总靠自己挖掘。这不是有个别家医院的胸外科主任一直想来咱们医院吗，我也和院长说了，如果有才这孩子真的很出色，就试试引进来一个微创小专家，起码也是带我们自己的队伍，壮大咱们的胸外科嘛。您说是不是？”

孙慧想发作，又努力克制住了：“韩院长，您先别太着急下结论。我能不能带好这个团队，是我的事。倒是您，最近是不是和器械商走得过近了些？”

孙慧说完便离开了。韩雨看着孙慧的身影，心中紧了一下，想起自己年轻的时候，每天都把心思花在这个高傲的女人身上。几十年过去了，她还是那么不可一世，眼里从来都没有自己，连自己当年最需要她的时候，她都宁可把票投给那个从外面来的、和她一点关系都没有的土包子，也不肯投给自己。

韩雨狠狠地攥紧了拳头。

茶歇时间很快结束了，在陈彦豪的指挥和解说下，比赛即将进行到尾声。奇怪的是，下半场的选手成绩都远远低于上半场的。

陈彦豪又呼唤了几个没来比赛的医生名字，这时，一个高大的身影穿着蓝色的短袖刷手衣，从后门悄悄进来，一阵风似的走到讲台前，和孙慧欠了欠身子。

“抱歉主任，临时处理了一个外伤的病人，来迟了些。”

* * *

孙慧欣慰地点点头，示意了一下台上的陈彦豪。

陈彦豪有些慌张地看了看韩雨，韩雨笑着对他点了点头，陈彦豪心中发毛，赶忙叫龙森浩准备比赛。

龙森浩宽厚的肩膀背对着主席台，合身的刷手服勾勒出他完美的身材，台下的女生们，无论是不是胸外科的，都爆发出尖叫。

和李有才不同，龙森浩的眼神当中似乎只有兴奋。没错，就是闪着光的兴奋。龙森浩拿起器械时，眼中的光芒让他看不到任何人和任何事，他的世界里只有他自己和面前的“手术”。

比赛开始。

龙森浩左手夹起一颗黄豆，他没有像其他选手那样去寻找黄豆的角度，就像是用手捡起那样简单。

然后他把左手的黄豆交到右手的钳子上，不料右手突然打滑，豆子蹦出好远。

龙森浩眉头微皱，左手再度熟练地捡起豆子，用右手的抓钳抓过，豆子又应声落地。十秒过去，竟是没有一次成功。

台下响起了一片嘘声。

“据说他们胸外科除了李有才以外，主任都不让做微创的。”

“据说李有才做微创，主任还老皱眉头，说他火候不到，不安全什么的。”

“看来大师兄，也不过就是入门早了点，也不是技术最牛的。”

孙慧手攥得紧紧的。她一生都对名利看得很淡，这次却格外希望龙森浩帮她挽回一些场面。

李有才也紧张地看着台上。他并不清楚大师兄的腔镜技术究竟如何，只知道大师兄曾经很喜欢腔镜，可自从出过那次事故之后，就再也没用了，但是一上来就犯这种失误，似乎也不是大师兄真正的实力。

他仔细看屏幕上大师兄右手的钳子，突然发现这钳子的齿有些奇怪，好像有些钝，和上半场的不太一样，这也能解释为什么下半场的选手普遍在第一环节时间延长了。

李有才转过头去。韩雨感受到他的眼神，看了他一眼，又定定地看着讲台上的龙森浩。

李有才没想到，这么一个破比赛，韩雨居然会为了得胜，剥夺了所有下半场选手获胜的机会。他的内心丝毫没有取得第一名的兴奋，只觉得一阵阵恶心，而这种恶心，很可能将伴随他未来的职业生涯。一想到自己可能要和这个人为伍，他就觉得胸口发闷。

台上的龙森浩心中也有了答案，他不慌不忙，只是站直身子，微微一笑，然后把左右两手的钳子对调了一下。

“要诈？有意思。”

钳子的齿很难夹住光滑的豆子，但是只要找到确切的位置，加上足够的力量……

果然，对调之后龙森浩左手的钳子轻易地抓起了一颗豆子，快速地把左手的钳子向右手靠近，然而豆子在半路上就飞了出去，引起台下一片惊呼。

但龙森浩毫不意外，他右手的钳子早已等在了那里，张开嘴，像条鳄鱼一样一口咬住豆子，轻松地把它放进右边的碗里。

台下爆发出一阵响彻报告厅的叫好声。

很快，龙森浩就像杂技演员般完成了所有豆子的夹取，耗时 54 秒，很难超越排名靠前的选手，但是已足够证明他高超的技术。

第二关，剥皮。

龙森浩没有像李有才那样去撕扯葡萄皮，而是一只手固定住葡萄的上缘，另一只手用钳子夹在葡萄皮的边缘，然后左手的钳子灵活地旋转。在钳子的引导下，葡萄居然像地球一样自转起来，随着葡萄的旋转，葡萄皮居然完完整整地被剥离下来，丝毫没有被扯断。

虽然比赛并不要求葡萄皮不能断，但是这样优雅而完美的操作，又一次点燃了观众的兴趣。

“他这个哪里是腔镜啊，假的吧！”

“是啊，比我的手还灵活，龙森浩是不是用腔镜吃小龙虾和螃蟹也是一流的啊？”

“好帅啊……”

龙森浩沉着地剥完了葡萄皮，时间，18 秒。

李有才看着龙森浩的动作，也惊讶了半晌，原来大师兄还藏着这么一手。他不得不佩服韩雨。姜还是老的辣，对待这种职业上的竞争伙伴，真是一刻也不能掉以轻心。要不是因为第一环节的钳子，他可能真的已经输给这个一直压着自己的大师兄了。

龙森浩丝毫没有受前两关成绩的影响，而是满脸兴奋地站在第三个盒子前面。他用持针器把线夹好，左手举着弯钳，等待着裁判一声令下，便迅速塞了进去。

龙森浩在里面用钳子把针夹好，看了一眼模型的切口位置，左手夹住切口的某个点进行固定，右手的针以完美的弧度穿了过去，然后右手的持针器又从前方把针取出。

陈彦豪正在解说，突然瞪大了眼睛，甚至忘记了说话。观众只能看到陈彦豪的反应，却不知发生了什么。

此时，陈彦豪正看见龙森浩轻轻闭上了眼睛，左手和右手灵活地旋转，开合，穿梭，瞬间打成了一个牢固的方结。然后他睁开眼睛，飞速地剪线。

如果台下人看到龙森浩是闭着眼睛完成整套动作的，场面或许会更加难以控制。

10 秒，从缝合，到剪线，第一针结束！

台下的人全都站了起来，韩雨也不可思议地拍着桌子站起身。旁边的卓启智笑了笑：“老韩，看来人家科室虽然主任不做微创，但底下大夫的微创做得都比你们科的好啊。这说明，孙主任对于微创的鼓励和教学还是到位的。”

韩雨咬了咬嘴唇，无奈地看着台上的时间，心中感到大事不妙。

台上的龙森浩已经进入了忘我的境界，他继续放针、夹针、缝合、打结、剪线、完成。

陈彦豪结巴地宣布着成绩。

“龙森浩选手居然……在最后一刻……真是奇迹啊，他各环节的成绩分别是 54 秒，18 秒，21 秒，总成绩是 1 分 33 秒……目前位列第一位……”

全场爆发出经久不息的呐喊声和掌声。

李有才硬生生挤出一丝笑容，艰难地一下一下鼓着掌。

怎么会……怎么可能……

他后悔莫及，如果自己不放水让程鹰一马，可能不会输给龙森浩。但是他又想起龙森浩第一关被器械耽误的时间，登时陷入了绝望。难道自己和龙森浩的差距，居然如此之大？龙森浩不做腔镜，但是他的腔镜技术出神入化，而自己呢……

想到这儿，李有才忍不住用手紧紧抓住自己的裤子，眼睛通红。

剩下几名选手相继弃权，比赛很快结束，然后进入了简单的颁奖仪式。本来韩雨安排了获奖选手发言环节，却在这时示意陈彦豪临时取消。然而，卓启智突然抢过话筒，请龙森浩讲两句心得体会，眼中全是温暖的爱意。

龙森浩接过话筒。

“我在这里主要想感谢我们的科主任孙慧。她在工作中一直给我们年轻医生机会，特别是一直鼓励和帮助我们锻炼腔镜技术，没有她，就没有我们的今天，谢谢。”说着便对着孙慧的方向深深鞠了一躬。旁边的韩雨看在眼里，气得嘴都歪了。

孙慧欣慰地点点头，一言不发。旁边的主任拍拍她称赞道：“你怎么带的徒弟啊，一个比一个厉害。话说，你们科也就那个小的还不太行吧？”

孙慧严肃地摇摇头，仍然直视着前方：“我的学生，没有一个是不行的，等着瞧吧。”说完笑了笑，用手梳理了一下花白斑驳的短发，站起身，潇洒地离开了。

程鹰拿到写着“第二名”的奖状，不屑地笑了笑，走出门去，把奖状撕了个粉碎，扔在旁边的垃圾桶里。

李有才把奖状叠了又叠，塞在兜里，正准备出门，韩雨气冲冲地走过来，站定身子又想了想：“有才啊，你怎么没告诉我，你大师兄这么有本事呢？”

韩雨的语气很平淡，却更让人害怕。李有才低着头，一言不发。

“咱们医院最近要支援冬城一个贫困县，可能要抽调一名主治医生过去支援。我本来觉得，你们科龙森浩挺合适的。但是我又想啊，你不是从农村来的吗？你回农村去支援，岂不是更适合？”

李有才努力回避他直勾勾的眼神，低着头小声说：“我明白韩院长，我会再想办法。您相信我……”

韩雨不再纠缠，甩手离开了。

李有才摇摇晃晃地走到墙边，一拳重重地捶在墙上，甚至忘记了疼痛。

“赵步理，你个浑蛋竟然敢玩儿我，要不是你把龙森浩报上……”

* * *

这时候远处走来两个人，有说有笑的。其中一个是名叫林小棠的实习生，另一个穿着西装打着领带的，可不就是那个废柴赵步理吗？

“阿嚏！”赵步理打了个喷嚏。两人刚从全院会诊出来，准备来报告厅参观比赛，没想到比赛已经结束了。只见孙慧满面春风地走来，想来是两位师兄成绩不错，赵步理赶忙上去打招呼。

“主任，全院会诊一结束我就赶过来了，成绩怎么样？”

孙慧看了他一眼，心中有了个主意：“你还说呢，你在全院会诊都干啥了？肯定又给我找了一堆麻烦吧！”

赵步理惊讶道：“没有啊孙主任，其实我还……”

“行了，少啰唆，明天第一台手术你给我早点上。我有点事要处理，你别来吵我，自己想办法，听见没？”孙慧说完便转身走了。

赵步理挠头，为难地对孙主任的背影喊：“可孙主任，不叫你……那我叫谁啊……”

林小棠手揪着赵步理的领子一把抓过来：“你这个呆子，你老师是想让你独立做手术！你脑子是木头做的吗？”

赵步理听了一愣，半天才反应过来：“我要独立做手术了！”他忘乎所以地拉住了林小棠的手。

林小棠红了脸，正准备抽回手，赵步理突然意识到自己的失态，赶紧把林小棠欲拒还迎的手推开，结果推得林小棠一个跟头坐在地上。

林小棠站起身，甩了赵步理一个大大的白眼，“哼”了一声走了。

赵步理无辜地皱起眉头：“女人怎么都这么复杂？按说医院的群里不都应该公布全院会诊的结果了吗，我没有功劳，也有苦劳吧……”

他哪知道，孙慧已经收到了很多人给她实况转播的全院会诊的精彩故事和赌局。

龙森浩晚上又来到腔镜培训中心，看到看门的工作人员，他友好地打了个招呼。

“您好，下次的训练，我想申请做动物实验。”

工作人员瞥了他一眼，不情愿地推过来一个本子：“先登记上吧，现在前面还排着不少人，有消息我通知你。”

龙森浩礼貌地点点头，工工整整地写下自己的名字和联系方式。

“哟，森浩啊！”

一个胖胖的戴着手串的身影出现了，右手还盘着两个核桃。

“经理。”龙森浩对他微笑了一下。

“不用登记了，你明天晚上过来吧，我再找两个工作人员给你做助手，你好好练就是了。”

“谢谢，我进去了。”龙森浩点点头。

“森浩啊，差不多该走出来了。所有没能毁灭掉你的失败，势必能够成就你。”胖男人说。

“谢谢。”龙森浩停顿了一下，拉开帘子走了进去。

等龙森浩离开，工作人员小声地嘀咕：“经理啊，一只狗的动物实验成本真的很高的，他……”

胖男人没好气地白了他一眼，命令他收声，然后微眯着眼睛离开了。

龙森浩像往常那样开始练习。他的脑海中回响着孙慧的话、经理的话。他想起曾经那个可爱的、全心全意信任他，却被他伤害过的女孩，更加坚定了决心。只要没练到自己满意的状态，他绝不使用腔镜给任何人做手术。

今天的第一名丝毫没有让他开心。他的脑海里出现了一个身影，那个身影仿佛已经成为他心目中唯一的对手，甚至连他自己也不敢相信。

这个人，居然会是赵步理的模样。

李有才刚在单位冲方姨发了一顿无名火，原因是方姨好心把他的衣服拿去洗却没有告诉他。他一顿吼之后，方姨哭着和他道歉，他才肯作罢。

离开医院后他觉得有些自责，给方姨发了一条微信道歉，却没有收到回复。他拖着疲惫的身躯一步一步走回家里。

他的家很小，除了一家三口，还有帮着带孩子的老母亲，几个人挤在一个小小的两居室里面。这是租来的房子，还时常要看房东的脸色。

曦曦看到爸爸回来，扑了上去。

“爸爸，你是第一名吗？”

李有才不知怎么就红了眼睛，他蹲下来摸曦曦的脸。

“爸爸不是第一名，爸爸是第二名……”李有才低声说道。远处的爱人赶忙过来，接过李有才手中的公文包。她了解自己的丈夫，没再说话，把包放在一边就继续去厨房忙了。

“爸爸不是第一名没关系，第二名也很棒！”曦曦笑着捏着李有才的脸，把鼻子挤成一个猪八戒的样子。

“曦曦，你要知道，在大人的世界里，不是第一名，就什么都没了。没有人会记得第二名是谁。”李有才喃喃道，但是曦曦马上打断了他。

“但是我记得啊，你是我的好爸爸！”

李有才轻轻地抱起女儿扛在肩上，不让女儿看到自己流下的眼泪。

而此时的赵步理，正在家里，发疯一样把所有关于手术的书整理了出来。

“第一台由我主刀的手术！嘿嘿！我要当主刀了！”

第9章 独立手术

第一次主刀，成功！

“今天，本少侠是主刀！”

赵步理没有听到闹钟，因为他不到五点就自己醒了。他从床上一跃而起，光着身子对着镜子比画了几下拳脚功夫，想了想《怪医笔记》上的记录，开始认认真真地准备起来。

一顿翻箱倒柜，他终于找到了一条红色内裤，印象中还是本命年的时候老妈买给他的。他从来没有穿过，今天才郑重地换上。然后从抽屉里找出一个护身符，煞有介事地挂在脖子上。

“方老竟然还说，初次手术，师父教他亲自杀鸡，用鸡血抹身子。这都什么封建迷信？我杀鸡，不吓死自己才怪。反正时代变了，这个讲究也得变通变通嘛……”赵步理看着眼前这个昨晚准备好的麦辣鸡腿堡，郑重地默哀了几秒钟，然后几口吃下。

赵步理昨晚把手术学和解剖学的相关章节从头到尾看了一遍。自打上学，他就从来没有如此认认真真地看过这些。这次临阵磨枪，他觉得好像也不是那么难以理解。

“今天要做一个标准的肺叶切除术，等这次成功拿下，再也没有人会说胸外科的赵步理不如那两个师兄了吧！”他攥了攥拳头，抄起书包，摸了摸还在熟睡的加菲猫，大步出门。

昨晚似乎下过雨，空气中混合着泥土的气息，赵步理知道那是放线菌[1]的味道，但还是肆意地呼吸着清晨的空气。缕缕阳光从树叶中穿梭而过，洒在骑着单车的赵步理脸上。

赵步理把车放好，三步并作两步跳上刚好到站的公交车。车上人不多，他蹦跶着来到一个座位上坐好，左右手凭空比画起打线结的动作。

[1] 原核生物中一类能形成分枝菌丝和分生孢子的特殊类群，存在于土壤、空气和水中。

赵步理忘我地沉浸在自己想象的手术台上，他分离好一根血管的左右两端，然后用一个直角钳从血管的下面掏过去，没有一丝停顿。

赵步理微微闭上了眼睛。

好美丽的阳光！

* * *

还记得那年，也是这样美丽的阳光，只不过那是在遥远的大洋彼岸。因为成绩突出，他和阿鸿一起获得了去美国参加夏令营的名额。阿鸿是和他从小玩到大的好朋友，一直在同一所学校读书。两人常常互相嫌弃，总盼着上大学，说终于能分开了。

“步理，你上大学准备学什么？”

“不知道啊，大概是那种毕业之后不会太累的工作吧……”

“你还是这么懒。”

“说得好像你很有抱负一样。那你以后想干啥？”

“我想去当记者。据说有很多记者去做卧底，能体验很丰富的人生！”

“我看你是警匪片看多了。当卧底就可以随心所欲干坏事了吧，你个淫贼。”

两人白天在一起打打闹闹，晚上住在学校帮忙联系的一个美国华人家里。美国的一切在他们眼里都很新鲜，他们甚至趁主人不在家的时候，像侦探一样研究个没完。

直到有一天，阿鸿不知道从哪里翻出一盘光碟。两个小男孩把光碟放到DVD影碟机里，映入眼帘的，是他们从未接触过的东西。

那是赵步理第一次见到战争、贫穷、灾难以及死亡。当然，还有其中那些努力让人活下去的神圣天使。他们穿梭在子弹之间，身上的白衣被鲜血浸透。他们建立的医院只要插上了红色十字旗，无论是战争的哪一方都肃然起敬。

“步理，我……我改主意了，我知道我以后想做什么了。”

“我也知道了。”

阿鸿：“战地记者！”

步理：“战地医生！”

两个男孩惊讶地转过头，看着对方的眼神都在放射着灼热的光芒。他们伸出手，牢牢地握在了一起。

“一言为定！”

当晚，这家主人回来，看到两个孩子正沉迷于故事中，便笑着又帮他们找出了很多光碟。

“这是我父亲的工作。他现在还在外面，虽然我很想念他，但我知道他正在做的是一件非常有价值的事情。”华人男子用并不十分流利的中文说道。

青春的梦想总是带有阳光的味道，但是赵步理怎么都想不到，两个人的约定，会在回去的飞机上戛然而止。

阿鸿不知道吃了什么东西，在回程的飞机上突然发作严重的哮喘。赵步理傻了，拼命回想自己那一个月看的视频中有什么方法可以救他。可惜没有，他只能眼睁睁地看着阿鸿在自己面前求救，看着周围的人帮忙，自己只会哭，却什么也做不了。他突然想起阿鸿说过，包里有他爸爸准备的药，于是赶忙把药拿出来，发疯一样地给阿鸿吃下去。

可是无济于事，阿鸿最终也没有活下来。

十多年后，赵步理才明白那个药是什么。那是一种骗小孩子和老人的保健药，说是能提高记忆力。

赵步理停止了回忆，他不敢再去触碰那一家人最伤痛的过往。对他来说，那段记忆就像创可贴下面的伤疤，任谁都触碰不着。但是他清楚地记着，这块创可贴所封锁的，是一个十几岁少年的郑重承诺。

“我要做一名最优秀的医生，我不会再让任何朋友和家人因为我的无能受到伤害。”

赵步理每次想到这句话，都觉得无论学医多苦多累，他都可以坚持下去。

“那个小伙子你下不下车？”售票员显然不是第一次见他，而且这次好像也不是他第一次差点坐过站。

赵步理深深地呼了一口气，按了按自己的胸口，轻轻说了几个只有自己能听懂的字，赶忙跳下车去。

* * *

赵步理正要走进科室，听见办公室有病人在吵嚷，便凑了过去。

“你当时就没跟我说清楚，我问你一遍瞧你那不乐意的样子！李大夫第一次讲我就听明白了，这才是大夫应该有的样子，你牛气什么啊？你们主任都没你这么牛气！”

一名打扮得体但怒火冲天的女家属正指着座位上的龙森浩大骂。龙森浩面无表情地看着病历，一副视若无睹的样子。

李有才在一旁劝她：“消消气，龙大夫也确实忙……”

女家属的火气立刻更大了：“忙就是理由吗？对病人一点同情心都没有，算什么大夫！我说话他都不看我一眼！我要投诉你！”说着又恶狠狠地指了一下龙森浩，摔门走了。

赵步理走过去重新拉开门，看到李有才摊手无奈地笑了笑。

龙森浩签好字，把钢笔放回大衣兜里别好："我说你也不用这么煽风点火吧。"

李有才没有生气，只是笑着说："师兄，您这话可说得严重了，我是帮您和病人解释两句，怎么还埋怨上我了？怎么，得了第一名，就瞧不上我们了呗。"说着便走过来搂住了赵步理的肩膀。

赵步理有些不知所措地看着两个人，只见龙森浩冷笑一声就离开了。

李有才回头看看赵步理，摇了摇头："咱们这个大师兄就是脾气太冲，老把人往坏处想。你看看他，把我这好心当成驴肝肺了。"他憨笑着，"哦对了，今天的手术怎么排的？我看第一台没排我，也没排大师兄？"

赵步理突然不好意思起来："嗯，主任让我先做着。"

李有才眼中闪过一丝亮光："哟，我们步理也要开始做主刀了啊。对对，这样好，不做你就永远看不懂手术。加油，你上手肯定快。"说完也离开了。

赵步理听得心里一阵暖，赶忙换上白大褂去看自己的病人。来到护士站，值班护士见了他便说："你那个实习生让我转告你，她今天上午家里有事来不了了，可能晚上才会过来。"

赵步理皱了皱眉，他从没见过林小棠缺席过，今天是怎么了？

"对了，还有个事儿你得知道一下。你那个第一台手术的病人，早上血压还挺高的，160/100毫米汞柱，你看用处理吗？"

"用啊！"赵步理险些跳起来，"我开片硝苯地平，你让他赶紧用一小口水服下去。哦对，先含一会儿也行！"

赵步理匆匆忙忙开了药，径直飞奔到病房。这是个六十岁的大爷，赵步理费了无数口舌劝大爷不要紧张，好好配合手术，但收效甚微。最后，他看到大爷床上有一个棋盘，干脆拿出毕生所学和大爷下起了象棋，结果在十分钟内被大爷杀得落花流水。

大爷吃了药，又下了盘棋，心电监护仪上的血压明显下来不少。看着手术车把病人接走，赵步理这才放下心来——这将是他的第一台主刀手术，万一因为血压高被停了，岂不是要憋屈死。

赵步理交完班便奔向手术室，出门又碰上了主任。主任淡淡地看了他一眼："你先去做，我一会儿就到。有问题叫我。"似乎也没有等他回复的意思，主任说完就闪进了办公室，"咣"地一声关上了门。

赵步理像只快乐的鸟儿飘进了手术室。

“姐姐们早上好！”

秦红艳防备地往他身后瞅了瞅：“今天跟谁做啊？”

赵步理立刻没了底气：“就我……和主任……”

虽然他们科室的手术记录上都是写主任主刀，但主任并不会做全程。通常是龙森浩或者李有才过来先做，赵步理担任助手。等他们做得差不多了，主任才会过来收收尾。可以说，对于简单的手术，龙森浩和李有才才是真正意义上的主刀。这也和胸外科主任的放手有关，很多科的主任到了五十多岁仍独霸手术台，导致下面的人怨声载道。

因此，今天只看到赵步理，秦红艳就明白了——看来主任是要这小子自己做了。

陈彦豪不一会儿也赶到了，他看了看赵步理，也问：“这台谁上啊，师兄？”

赵步理尴尬地指了指病人的耳朵，然后小声说：“我……还有主任。”

陈彦豪狐疑地“哦”了一声，然后看看表，摇了摇头。赵步理毕竟是个新手，估计今天的午饭是没法准点儿吃了。

韩冰是这台手术的麻醉师。她见赵步理和秦红艳已经核对过病人，便立刻开始麻醉。片刻后，麻醉完毕，赵步理和秦红艳等人训练有素地把病人摆成了侧卧位。这次病人要做的是右肺下叶的手术，所以要向左侧躺卧，把右侧的后背暴露出来。

赵步理示意陈彦豪去刷手，自己拿起笔，准备在病人身上画切口。他小心翼翼地数到病人第七肋骨的下缘，画了一个标记——那是用来放胸腔镜的位置。接着又数到第五肋骨的下缘，用手比画着切口的大小。

要不口子稍微大一些吧，十厘米多一点，这样我也好操作。赵步理暗想着，准备画切口。就在这时，手术室的门被打开了。

一个微胖的身影进来，黑袜子下的拖鞋踩得手术室地板啪啪作响。来者把自己的钥匙包放在巡回护士的写字台上，憨厚地对赵步理笑了笑：“步理啊，你第一次自己做，我想了想还是不放心，所以过来给你打打下手。你放心大胆做！”

赵步理悬着的心立刻放下了，赶忙道谢：“太好了二师兄，有你在我心里也有底了。”说着便继续低头画切口。

李有才看了一眼，赶忙走过来：“这么大的切口哪行？你去刷手吧，我给你画切口。”

赵步理感觉像吃了颗定心丸。有了二师兄坐镇，自己好歹不用担心断错血管和气管了。这就好比在驾校练车，只要有教练在旁边随时准备踩刹车，无论你再怎么笨，也不至于造成多严重的事故。

赵步理刷完手出来，看陈彦豪正在消毒，转头看了一眼切口。

咦，怎么会？

“二师兄啊，这……怎么是腔镜的切口？我不会做腔镜啊……”赵步理为难道。

李有才潇洒地一摆手：“没关系，你不一定非要从开刀开始做起，开始就做腔镜也有优势。”

赵步理看着切口面露难色。他知道，孙慧敢放自己单独手术，多半因为他的胆子是所有人里最小的。但凡有一点点风险，赵步理都会直接放弃。确实，他也曾经在孙慧的带领下，用电刀在病人的胸腔里做过一些操作。虽然当时被孙慧骂得很惨，但至少也能勉强做一些。但胸腔镜和开放手术到底还是有很大不同，胸腔镜不但切口只有六厘米，而且助手的暴露也不那么开放清晰。

“二师兄，你也太看得起我了吧，要不下次我再试试腔镜吧，这次我先……”

“哎，你怎么这么小看自己？没事，你先上，不行的话我来！”李有才说完便转身去刷手了。

赵步理咽了口口水，和护士一起铺好了手术单，然后站在了病人前方。不管怎么样，这是他第一台主刀的手术啊。

“我们准备开始，开手术灯。核对病人。齐建辉，男性，六十岁，术前诊断右肺下叶癌，拟行右肺下叶切除术，手术时间预计三个小时。酒精。刀。”

赵步理熟练地划开了腔镜的切口，用电刀打出一个孔，把胸腔镜放了进去。可以看到病人的胸腔不是很粘连，肺裂（上叶、中叶和下叶之间的缝隙）发育得也很好。透过叶间裂，他还能隐约看到其中搏动的动脉。

这手术，简直是天助我也！病人的解剖结构长得和教科书上一模一样，所有血管都清晰可见，堪称是所有初学者的梦幻病人。

赵步理心里嘿嘿直笑，他看了一眼旁边的韩冰，后者鼓励地对他点了点头。

接下来，赵步理准备偷偷开一个稍大一些的口。可这时李有才走了过来，连忙喊：“快开快开！不用太大，我画线的长度就可以！”说着穿起了手术服。

赵步理只得硬着头皮开了一个腔镜的切口。这本身对赵步理来说是不在话下的。他把皮肤、前锯肌和肋间肌打开，随后按照李有才的指示拿起长长的电钩和钳子。他一时有些迷茫，闭上眼睛回想昨天已经反复记下的操作流程，定了定神，开始准备松解病人的下肺韧带。

下肺韧带是把肺的下叶固定在后下纵隔的韧带，十分坚韧，通常松解了下肺韧带之后，就能顺势看到下肺的静脉。

这是赵步理第一次用腔镜下的电钩。电钩实际上是一个黑色的像筷子一样细长的柄，三四十厘米，前端是一个小小的金属钩子。他笨拙地试了试电凝的脚踏板，听到悦耳的“嘀”声后，才有些颤抖地把电钩放进胸腔。

他尝试着像老师们那样用电钩熟练地挑起组织，但是试了几次，发现这个钩子就是不能顺利地把组织提起来。

李有才皱皱眉，笑了：“要不师兄给你做个示范。你先扶镜子看看，等看熟了你再来。”说着，他便接过电钩，口罩下的表情看不清楚。

赵步理如释重负。此时，他已然有些慌了神，如果因为自己操作生疏而对病人造成伤害，那真是追悔莫及。

赵步理退到扶镜手的位置上，瞪大眼睛看着李有才先轻轻地踩着电凝的踏板，电钩在触碰到胸膜时烫出了一个小小的孔洞，然后让电钩的尖段插入孔洞中，旋转电钩的角度，让电钩的钩子朝上，轻轻挑起。于是，这一层胸膜就像是桌布一样被提了起来。

李有才轻轻摆动着电钩的前端，采用钝性分离方法，让挑起的组织尽可能变薄，直到赵步理也能从腔镜下透过这层组织隐约看到电钩，李有才这才踩下电凝的开关。

这就是电钩最大的好处，它可以挑起组织之后再进行电凝，尽可能减少被电钩烧灼的组织，也尽可能远离胸腔重要的大血管。相比之下，普通的电刀就只是一把刀，没有挑起组织的作用。

赵步理看得赏心悦目。

“师兄你做得真漂亮，我要什么时候能有你的技术就好了。”赵步理说着偷偷瞄了瞄李有才的手，希望李有才能明白自己的示意。但李有才的注意力全集中在手术上，很快就把下肺静脉都游离好了，顺便把下肺的静脉左右两端也游离了出来。

到了这步，赵步理就能用直角钳来游离这个静脉的下缘了，于是他小声地问：“师兄啊，这里要不要我来……”

李有才如梦初醒：“哎呀，我这一做都给忘了。没事，等师兄给你游离出来这根血管，你再接手。”

赵步理都要流口水了，他一边崇敬地看着李有才做手术，一边在脑中演练腔镜下切割闭合器的使用方法。

直到他看到，李有才直接拿过切割闭合器，顺着下肺静脉的左右间隙，从左边进去，从右边出来，熟练地把血管稳稳地夹闭，然后激发切割闭合器，把血管先缝合再切断，一气呵成。

赵步理像一只可怜的小狗一样看着李有才，似乎在说，这是我的，这是我的！

李有才完全没顾及赵步理的想法，继续一边做一边给赵步理讲解注意事项。

“师兄给你讲啊，这个地方是很危险的，你必须……

“以后如果你自己做的时候，这个地方一定要注意……

“你看，这个地方师兄先帮你完成，但是你心里一定要清楚前后左右都有什么结构。”

赵步理默默地听着，这些内容他已经看了一个晚上，此刻他更希望能亲手体验一次。他屡次想鼓起勇气和李有才明说，又觉得自己确实不够格。为什么要让病人好端端地给自己当小白鼠呢？不如就看师兄做吧，自己慢慢来就好。

秦红艳和陈彦豪都松了一口气。本以为今天要陪初学者赵步理恶战一番，没想到结果如此轻松。

只有韩冰看着两人欲言又止。

“步理啊，做外科千万不要操之过急，要多看，只有看多了，才能自然延伸到手上去，你还记不记得你很久以前上手那次出血？还是太急了。”

赵步理垂头丧气。他整夜的激动、脑海中无数次的幻想，似乎都在此刻变得如此滑稽可笑。看到李有才把最后一根支气管也切断，把肺组织像砍断的树一样拿了出来，他知道手术已经基本做完了，甚至没出息地红了眼圈。

这时，孙慧走进了手术间，看到了眼前的场景，仿佛明白了什么。她想了想，说：“有才，你今天是不是还有个手术？要不带着步理上吧，让他先学着处理静脉、动脉。”

李有才顿了顿，毫无感情地说：“主任，那个病人是我一亲戚，我怕……要不下次吧。”

孙慧听到之后似乎有些不悦，但是没再说什么，只是摇摇头：“步理，你下吧，我和李有才把这台做完。旁边是森浩的手术，让森浩带着你上，就说是我说的。”

一旁的陈彦豪看在眼里，他清楚地听到孙慧的称呼从“有才”变成了“李有才”。但是李有才毫无反应，似乎完全不为所动。

赵步理则没有参透其中深意，只是感激地点点头，又和李有才说了声“谢谢师兄”，便脱了衣服离开了。他的心多少也有些受伤，毕竟盼了一个晚上的事情泡了汤。

赵步理离开后，孙慧淡淡地说：“口子开大一些，我要清淋巴结。”接着便去刷手了。

李有才叹了口气，说了声“好”，把切口又延长了几厘米。

你心里只有龙森浩，现在又多了个烂泥糊不上墙的赵步理。你心里为什么就容不下我？李有才咬着牙，心中默念。

赵步理灰溜溜地走进龙森浩的手术间。病人还没有麻醉，看样子是一个二十多岁的姑娘，正睁大眼睛看着手术室的天花板，睫毛上似乎还挂着几滴晶莹的泪珠。她洁白修长的左臂展开放在一个托板上，护士正扎着输液。

龙森浩见赵步理过来，皱了皱眉头："主任不是让你做那边第一台手术吗，你怎么跑这边来了？"

听到师兄冷峻的语气，赵步理立刻没了底气。他指着对面的手术间解释："那个……是孙主任让我过来的……说我……然后让……您……"赵步理在大师兄面前总是像老鼠看到了猫。

龙森浩显然很不高兴："李有才不是后面还有一台手术吗，为什么要你上我这个？你先准备着病人，我出去一趟。"说着便快步离开了，赵步理乖乖地站在一边。

二师兄为人随和，好好商量的话说不定还会让自己来做。这大师兄眼睛里可揉不得沙子。看来此番休矣，这红内裤真是屁用没有。赵步理这么想着，走上前看了看病历。病人女性，二十五岁，肺里长了东西，从片子上来看有很大可能是良性的，应该是一个错构瘤。但是病人的手术意愿很强烈，再加上结节的位置很靠边，孙慧还是收进来安排了手术。

手术的切除范围不会太大，只要沿着肿物的边缘切下来就好。

"核对一下病人切口，赵步理！"器械护士萌萌一边码着台子上的器械，一边提醒。赵步理"哦"了一声，赶忙走过去，习惯性地把病人身上的被子一掀，就要看她右侧胸部上的标记。

"你！"姑娘气急地用右手捂住胸前那一抹雪白，瞪着赵步理。

赵步理也很少碰到这样年轻的女病人，连忙一边挠着头一边道歉："对不起……你别怕……我来看看切口……"

姑娘似乎也觉得自己失态，难为情地把右手放下，闭上眼睛，从脸红到了脖子根。赵步理见状，也用右手捂住自己的眼睛，从手指缝中看了看女孩的画线，然后点点头。

姑娘微睁开眼，看了一眼这个认真又可爱的男大夫，"扑哧"一声笑了。她抿抿嘴唇，又闭上了眼睛，显然放松了许多。

"你放心吧，给你做手术的是我们主任，还有我大师兄，不会有问题的。你就睡一觉，睡醒了，病就治好了。"

姑娘又睁开眼，打量这个男生："医生，会很疼吗？"几绺长发从手术帽中散落出来，搭在白里透红的脸颊上，眼睛忽闪忽闪的，像极了一只受惊的小鹿。

“放心吧。”赵步理轻轻拉了拉她伸出来的左手，“还有我在呢，不会让你疼着的。”

这时麻醉师上来，给姑娘扣上了面罩。她慢慢闭上了眼睛，面罩上有节奏地浮现出水汽，能看得出她因为紧张而短频的呼吸。

最后，小姑娘再度努力睁开眼，又问了一句：“你叫什么名字？”话音刚落就已经没了气力，赵步理刚想回答，只见姑娘的眼皮慢慢垂下来，睡了过去。

赵步理帮着摆好体位，刷手。这时大师兄也刚好刷手回来，赵步理恭敬地点点头，走到了自己熟悉的助手位置上。

“你站前面去。”

赵步理心里一个激灵：“我？站前面？”

“你不过去那我过去了。”龙森浩冷淡地看他一眼。

赵步理借坡下驴，小声说：“好吧，大师兄那您过去吧……”

龙森浩觉得真是碰到了克星。自己明明发出了一个友好的信号，结果这个囊货……

“你给我过去！”

只见赵步理小心地贴墙走了过去，默默地拿起了吸引器。

龙森浩歪着脖子看着赵步理。

“赶紧开啊！”

赵步理吓得一哆嗦，赶忙核对病人，拿起刀按照龙森浩设计的切口划开，顺利地进入了病人的胸腔。“师兄，我开好了，您来吧。”

“继续。”龙森浩头都没抬，拿着吸引器扒开肺，把视野暴露好。

赵步理抬头看了一眼大师兄，不再说什么。“电刀调到45，谢谢。”他开始集中精力进入状态。

他仍然是先松解下肺韧带，这样更有利于进行楔形切除术，也就是像切比萨饼一样，把肺组织切下一小块。切口不大，赵步理努力欠了欠身子，发现还是不方便做那么深部的操作。

“大师兄，要不这块您来吧，一会儿我再试试。”

“把床向他那边摇一摇。”接着，龙森浩又把阻碍赵步理视野的组织都挡开，让他的电刀能够长驱直入，伸入病人胸腔的最深处。

赵步理学着刚刚李有才的样子，轻轻烫了一个洞，用镊子伸进那个洞，把胸膜提了起来，慢慢地用电凝进行切割。每切一下，就学着孙慧的样子，把电刀当作擀面杖一样，把不需要的组织推向两边。一些非常纤细的组织就这样被推断了，这就叫作钝性分离。

接下来，剩下一小条非常坚韧的组织，赵步理便用电刀切断。很快，下肺韧带就游离彻底了，能够看到有些泛蓝的静脉壁。看到静脉壁的那一刻，赵步理似乎有些激动。自己的手，终于也在这些大血管周围操作了。胸外科的手术就像拆弹一样，每一根血管都是一根电线，碰错了一根，就会爆炸式出血。

赵步理感激地看了一眼龙森浩，想了想，说："师兄，我做得差不多了，谢谢大师兄，下面您来吧。"

"继续。"

赵步理愣了愣，又硬着头皮继续做了下去。他用手探查了一下肿瘤的部位，用两把长弯钳在肿瘤的底部轻轻夹了一下，让这部分肺中所含的残气尽量少一些，这样肺组织可以尽量薄。然后在龙森浩的指导下，他拿起了腔镜下的切割缝合器，放在刚刚夹过的痕迹上，轻轻夹闭。

赵步理抬起头，小心地看了看龙森浩的反应。

"师兄，这里行吗？"

"可以。"

赵步理心里踏实了，他激发了缝合器，又摸了摸瘤子的位置，紧接着上了第二把枪、第三把枪，这部分肺组织就被切了下来。剩余的肺组织上留着三排钉子，非常牢靠。

病变送去病理科做检测了，大概三十分钟会出结果。

赵步理又在龙森浩的指点下，在几把枪交界的部位进行了八字缝合。缝合得不难看，但也没好看到哪里去。

"你再把下肺韧带上刚刚出血的地方止一下，咱们准备先关了，不等病理了。"

赵步理点点头，咽了口口水，又回到最开始的位置，确实有一根小血管在出血的样子。赵步理轻轻夹住，刚准备烫，发现自己的镊子夹得太猛，血出得比刚才更多了。

"师兄，这里您来吧。我别给这病人弄坏了。"

"继续，这点儿出血怕什么。"

赵步理又继续夹了几下，但是都没有成功，出血的创面越来越大。

"师兄，说真的，您来吧，病人要紧！"赵步理有些急了。

龙森浩只管用吸引器吸，对赵步理的话充耳不闻，口罩把他宽厚下巴的轮廓勾勒了出来。

"这里，继续，你别再废话了。"

赵步理横下了心。他努力多夹持了一些组织，轻轻提起来，确认没有夹到下面的组织，放心地烫了烫镊子的背。电经过镊子传导到尖端夹持的组织上，只见尖端的组织随着一声烤肉的“嗞”声，被烫得一团漆黑。龙森浩用吸引器轻轻吸了吸，似乎没有再出血了。他放松地叹了口气：“你和小大夫关吧，我下了。”说着便开始脱衣服，“记得病人躺平了之后，再让麻醉师帮我们膨一下肺。”然后头也不回地走了。

这……难不成是我第一台主刀的手术？！

等大师兄离开，赵步理两手还没放下器械就得意地扭起了屁股，全然没注意趁着自动门开启时走进来的孙慧。

“你在干吗？”

赵步理赶忙规规矩矩站好，看着孙慧刚刷好手，穿上衣服，走到病人的切口前，用吸引器到处检查。她时而皱皱眉，时而点点头，看得赵步理一阵心惊、一阵欢喜。

“嗯，可以。”孙慧面无表情地说，“来给我剪刀。”

萌萌也不知道她要做什么，递过来一把组织剪。

“不是，线剪。”

孙慧接过线剪，用镊子提起赵步理缝合过的线头，“咔嚓”一下，剪短了一厘米。然后扔下剪子，脱了衣服就走了。

赵步理呆呆地看着他们远去的背影，心里知道，虽说自己主刀了一台手术，但是那种担当和传承，他还差得太远。

他认认真真地给姑娘“绣了一下皮”，也就是进行了皮内缝合。尽管麻醉师和巡回护士对他百般催促、埋怨、嘲笑，他仍摆出一副死猪不怕开水烫的架势，安安静静地像在完成一件艺术品。

最后缝合完毕，忽略那些残存的血迹，皮肤对合得十分完美，口子也只有七八厘米。

* * *

远处，孙慧正遇上妇产科的主任。

“你说同是女人，你怎么就那么命好啊。我手底下那些女兵，说两句就能吵吵起来。不像你，这几个大小伙子多和睦。你看啊，有藏獒，有金毛，还有哈士奇……”说着坏笑起来。

“你以为男大夫心眼儿不多？”孙慧叹了口气，“这帮小子当面不说，架不住背后事儿多。”说着便摇摇头。

“那还不是怪你？你放手放得那么早，他们谁出个事儿，最后不还得你担着。最重要的是，你让他们早独立，他们反而不领情，翅膀一硬就不把你放在眼里了！哎，你眼睛怎么了，我看你最近经常眯着，是不是有什么问题？”

孙慧赶忙摇摇头，岔开了话题：“没什么。你话说得没错，但是孩子们也得成长，没有人想让年轻大夫做手术，但是年轻大夫不做，等我老了，难道自己给自己做？他们能领情最好，不领情……就这样吧。”

孙慧突然想起了赵步理，觉得这个屃屃的徒弟也挺可爱，而且还能时不时让自己惊艳一下。最重要的是，和两个师兄不一样，赵步理眼里看到的，首先是人，而不是病，也不是利益。

她不由自主地露出了微笑，这时手机振动了一下，她看到一条新消息。

“我独立主刀手术啦！！！”

孙慧又板起了脸。

此时，赵步理正在捶胸顿足：天杀的，我发错人了！我要点的是撤回啊！不是删除啊！怎么办?!

突然，他收到一条信息。

“下班来我办公室一趟。”——孙慧。

“是，主任……”赵步理蹲在地上画起了圈圈。

快下班的时候，赵步理想去看看那个病人，毕竟是自己第一次主刀，还是有些不放心。他悄悄走到护士站，小云突然拉住他：“哎哎哎赵步理，上午做完手术的那个病人，刚才到处找一个‘眼睛长得很漂亮的小哥哥’。我们和她比画了一下龙森浩和李有才，她都说不是，也不是陈彦豪。我们都在猜，不会说的是你吧！”说着便坏笑起来。

“呃，还真有可能。”赵步理挠挠头说。

“你眼睛漂亮不漂亮我是没看出来，这个姑娘眼瞎我倒是看出来了。对了，你那个实习女同学也到处找你呢。”小云八卦地拿胳膊肘捅他。

赵步理咧咧嘴，摆摆手，悄悄走进了姑娘的病房。

这是一个单间病房，里面的姑娘看起来还很虚弱，微微皱着眉头。

“我来看看你，怎么样，还好吗？”赵步理小声打了个招呼。没想到姑娘居然醒着，挣扎着坐了起来。

“真的是你。”姑娘咧开嘴艰难地笑了笑。赵步理不由得上前扶了她一把。

“嗯……手术挺顺利的，从明天开始就能自己吃饭了。多下地，多活动，如果伤口疼记得按止疼泵……记得……”

“我的手术是你做的，对不对？”姑娘睁着水汪汪的眼睛看他，赵步理却像是看到了一潭平静深邃的湖水。

“呃……这……其实……”

姑娘捂着嘴轻轻笑了一声，双手撑着两边的床，闭上眼睛，眼眉都弯成了纤细又好看的弧度。黄昏的阳光洒进来，照在她有些凌乱的披肩长发上。

赵步理觉得心中有某个地方，被这个画面深深打动了。

“谢谢你，我真的很开心。而且你确实没骗我，一点都不疼。”

赵步理一时间不知道该说什么，又很不甘心就这样离开。

说点什么，说点什么赵步理！赵步理紧张得手心直发汗。

“你好，请问你对象呢？”

姑娘愣了一下，赵步理也追悔莫及。这刚手术完，见面就关心人家对象干什么？

“我……还没有对象……”说着，姑娘羞涩地低下头。然后又直视赵步理的眼睛，好像能一眼看穿他，“医生，我感觉……你应该也没有对象吧？”

* * *

此时，林小棠刚又找了一圈赵步理未果，来到了护士站。小云赶忙招呼她：“喂喂小林，你那个师兄赵步理，现在在一个小姑娘的房间里面！”

林小棠瞪大了眼睛。

“就是今天上午刚做完手术的那个姑娘，长得可好看了。而且你猜怎的，那个小姑娘一醒来就问赵步理在哪儿，还说他是眼睛长得很好看的小哥哥！”

林小棠眉头皱得更紧了，拔腿就走向那个病房。小云在后面抻着脖子看，没一会儿就把护士姐妹们都叫来凑热闹。

林小棠还没走进房间，就听到了一句话，重重地砸在她心上。

“我……我现在确实还没有喜欢的人……”那是赵步理的声音。

林小棠克制住想要踹门的冲动，她紧咬牙关，面无表情地进了屋，看了一眼赵步理，又看了看床上的病人。绷紧的脸突然露出夸张的笑容，歪着脖子对赵步理说：“人家刚做完手术，需要休息。赵医生，那边还有个病人需要您看一眼。”说着，脑袋便向门口摆，示意赵步理出去。

姑娘看看林小棠，又看看赵步理，好像明白了什么，捂嘴笑了。

赵步理不明就里，只得对姑娘说：“那我明天再来看你，你好好休息，如果不舒服记得叫值班医生，还有……”

林小棠越听越生气，眼睛瞪得圆圆的：“赵大夫！”

赵步理对姑娘摆了摆手就出去了，等着林小棠也走出来之后，轻轻关上了门。

“怎么小棠，哪个病人需要我看一下？”赵步理一脸无辜地问林小棠。她看起来好像不太高兴，难道有病人欺负她了？

“那个病人又没事了。师兄啊，这是你的病人？你为啥要来看她？她和你什么关系？下班的时候查房是不是应该带着我一起？”

林小棠像机关枪一样问了一连串问题。护士站的护士们看似都趴在台子上埋头办公，其实耳朵早就高高地立了起来。

“我……我这不是来看看……”赵步理不知道林小棠发什么脾气，挠了挠头。

这个时候，一个六七岁光景的小男孩走来，从两人之间穿过，还回头疑惑地看了他们一眼，然后推开姑娘病房的门。

“妈妈！”

林小棠和赵步理面面相觑。

“赵步理，人家都当妈了！”

赵步理看着房间里，心想，这个美好的姑娘就应该有一个美好得不像话的家庭。但是心里有一个地方，好像轻轻地痛了一下。

第10章　癌症

保孩子还是保大人？

龙森浩正在签出院病历。他一张张地检查着，在需要签字的地方签字，把病例按要求从前到后理得一丝不乱。这时，一个身影垂头丧气地进来了，是赵步理。

“大师兄，我去说了几趟了，病人还是不同意引产……”赵步理低着头，试探龙森浩的反应。

龙森浩甚至看都没看赵步理一眼：“只有这一条路可以走。如果想治，就只能引产。要不就劝她出院吧。”他说话时甚至没有停下手中的工作，把自己的印章在首页工工整整地盖上，套上笔帽，整齐地插进胸前口袋，又把病历在桌上敲得整整齐齐，沿着桌子的边码好。然后转身推门离开了。

没人看到，他推开门时，冷峻的脸上流露出一丝无奈的笑。他摇了摇头，径直走到护士站，全然不顾护士花痴的眼神，坐在护士台上望着鱼发呆。这时手机振动了一下，他掏出手机，灵活地用两根修长的手指输入手机密码，看见一条短信。

“龙医生，您好，我是王友良病人的家属。我收到一条匿名短信，说我爸爸的手术不是孙主任主刀的，而是您做的。我发来这条短信没有别的意思，我甚至很欣慰我爸爸的手术由您这样年轻有为的医生来做，太感谢您了。我只是想提醒您，您的科室，有小人。请多多照顾自己，打扰了。”

龙森浩关掉屏幕，攥紧了手机。他的目光落在鱼缸里的两条小鱼上，一条小红鱼占据了一个小亭子，另一条小蓝鱼也挤了过来。但是小红鱼似乎不满小蓝鱼的行为，在亭子里快速游动着不肯离开。

龙森浩冷笑了一声，透过鱼缸看了一眼正和和气气地和病人鞠躬打招呼的李有才。李有才从病房出来，也看到了龙森浩，远远地笑了笑，摆摆手，眼神有些闪烁地移开，转身走进另一间病房。

龙森浩继续玩味地看着两条小鱼，若有所思。突然他想起了什么，看护士站四处无人，就拨出了一个电话，眼神却没有离开两条小鱼。

“喂，经理，有一件事情我想通了，我近期可能会开始使用您家的东西。对……我想明白了，但是有一件事情需要您帮忙。我想知道，我们科室的那个人和我们医院的那个大领导，他们用的器械……”

对面似乎传来了一阵很长时间的沉默，龙森浩也不着急，静静地等待着。

过了一会儿，对面叹了口气，小声说了句什么。龙森浩瞪大了眼睛，然后笑了笑，礼貌地说了句：“谢谢您，我知道该怎么做。我一直把您当老大哥，也感谢您一直以来的照顾，我给您的保证一定作数，请放心。”

说完，他挂断了电话，给孙慧编辑了一条微信，正准备发送，又想了想，一个字一个字地删掉了，看着李有才的方向，闭上眼睛，陷入了沉思。

* * *

病房是一个环形设计的结构，环绕着护士站。在病房的另一角，赵步理没有再去和那个孕妇沟通。他把这根硬骨头放在最后啃，先看一圈自己的其他病人。

赵步理一直想再去看看那个有些莫名吸引他的女病人，不知不觉间，人已经站在了她的单间病房前。他整理了一下衣领，今天特地换下了一年三百六十五天都穿着的蓝色刷手服，穿上了昨晚刚刚熨好的衬衫——这还是上次林小棠为了让自己装老专家帮着买的，衣服非常合身，据说还是哪个牌子的定制款，他又笨拙地系了条领带——确切地说，是上次林小棠帮他系的，那条领带他后来干脆没拆下来，直接解松拿了下来，这次又直接套了上去。赵步理用水润了润头发，把短发的刘海也摆弄得整齐利索了一些。

他刚准备敲门，房门自己打开了，眼前居然没人。他低下头，发现是上次那个叫病人“妈妈”的小鬼头。

小鬼头没好气地瞪了他一眼，自己走了出来，轻轻把门带上了，然后站在门口，双手抱着胸，仰着脖子盯着赵步理。

“呃，小朋友，我去看看……你妈妈……哦不，柳晴川这个病人。”赵步理居然觉得这个小鬼头的气场比他都强。

“我妈妈睡了，你走吧。”小鬼头奶里奶气地“哼”了一声，也不知道是在上幼儿园，还是已经上小学了。他的衣服有些破旧，不像是城市里的孩子。

“呃……小鬼头……我是你妈妈的主治医师，我要去看她，才能知道她什么时候能出院和你回家呀。”赵步理一边挠着后脑勺一边赔笑。

小鬼头想了想，又坚定地说："我知道，你别惦记她了。你一天看她三回，我偷偷看过你，别的病人，你一天就看一回。我告诉你，我妈是不会喜欢你的，你死了心吧。"见赵步理尴尬的样子，小鬼头眼睛骨碌碌一转，又说，"喂，要不你帮我个忙，我就放你进去看我妈。"

赵步理喜出望外地猛点头。只见小鬼头放下背上的书包，从里面掏出一个本子，看样子是个练习册。

"我有道题不会，你帮我看看怎么做。如果你能做对，我就放你进去。怎么样？"

赵步理定睛一看，是道小学一年级的数学题，心中大喜。"包在我身上！"赵步理拍拍胸脯。只见小鬼头不怀好意地一笑，翻开一页，赵步理不屑地凑上去看了一眼。

"一个钟表敲击两下需要两秒，请问敲击八下需要几秒？"

题目周围还有一些幼稚的漫画，让赵步理不禁莞尔。他摸了摸小鬼头的脑袋，小鬼头嫌弃地把他的手拍掉，气呼呼地看着他，但是想了想，又摆出一副央求的姿势，期待地看着他。

"小朋友啊，你的数学是语文老师教的吧？你看，敲两下不是需要两秒吗，一下就是一秒，那么八下是多少秒呢？"赵步理开始掰手指，"一秒、两秒、三秒……对，就是八秒！"

小鬼头脸上立刻做出惊喜和崇拜的表情，接着转瞬即逝，随即变成鄙夷："猪头，答案是十四秒，我看你的数学和语文都是体育老师教的才对！"

赵步理脸上青一阵红一阵，不可思议地抢过册子，翻到答案的那一页，上面赫然写着"十四秒"。他百思不得其解，便一口咬定答案错了。

"敲两下是两点，敲八下是八点，你个猪头！我妈妈才不会喜欢你这种笨蛋，你走吧！"小男孩说着便用手把住了门，一副要拒赵步理于门外的样子。

这时候，门自己打开了，门里面站着的真是那位姑娘。她的神色还有些萎靡，肩膀也因为疼痛而有些蜷缩。她穿着宽大的病号服，推着输液的架子，有一些虚弱，眼睛却很明亮，脸上带着温柔的笑容，长发从脸颊边自然地垂下，看起来仍是让人非常舒服，就像邻居家偶尔会来做客的妹妹一样。

她温柔地摸了摸小男孩的脑袋，小鬼头也依恋地抱住她，然后像一只小猴子从柳晴川的怀里转过头来，露出贼溜溜的眼睛，带着敌意地看着赵步理，似乎在宣示主权。

"海狸，你先去写作业吧，明天不用过来了。我也快出院了，到时候再带你去玩儿，你快回去吧。"

柳晴川抬抬下巴示意了一下，小鬼头噘着嘴，但还是听话地拖着书包准备走。

“把书包背好。”柳晴川艰难地弯下腰，赵步理见状赶忙一个箭步上去，毕恭毕敬地帮小鬼头把书包背好。只见小鬼头白了他一眼，和柳晴川喊了声“再见”就走了。赵步理笑着看他离开，趁柳晴川不注意也吐吐舌头做了个鬼脸。

“那个……赵医生……”柳晴川歪着脑袋喊赵步理。

“啊到！”赵步理收拾好表情，摆出自己觉得最帅的笑容，看着柳晴川，“哦，那个……我……我是来看看你。引流量好像不多了，要不我今天把你的引流管拔了，明天应该就可以出院了！”

柳晴川笑着点了点头，赵步理觉得连她的头发丝都如此动人。

“怎么了，赵医生，赵医生？”柳晴川微笑着皱了皱眉。

“哦，我是说……一会儿就拔。我想再和你说下手术后的注意事项，手术是良性的，所以后期只要按时间拆线，多活动活动促进肺功能的恢复就可以了。还有，这段时间伤口可能会有轻微疼痛，还有可能有一些憋气的症状，都是正常现象。”

“谢谢赵医生，”柳晴川礼貌地鞠了个躬，轻轻歪着脑袋问，“赵医生，您平时紧张的时候都喜欢挠脑袋吗？”

赵步理看了看自己挠后脑勺的手，赶忙收了回来：“要不……咱们现在去换药室拔管？”赵步理指了指换药室的方向，用商量的语气问道。

柳晴川有些莫名其妙：“嗯，您说了算。就您一个人给我拔吗？”

赵步理突然有些脸红，赶忙解释：“不，如果你需要其他女性在场，我可以叫个护士。”

柳晴川脸上也有些泛红：“我不是这个意思。您是医生我是病人，没什么可避讳的。我只是说，需要帮手的话，我可以把护工叫回来……”

“哦不用不用！我自己就可以！”赵步理赶忙表态。

柳晴川点了点头，刚想说什么，突然看到远处有一个医生，正大步流星气冲冲地走过来。

“赵步理，你个浑蛋！你！给！我！过！来！”

* * *

赵步理本来正兀自心悸，猝不及防地被这个声音吓得险些心跳骤停。来的可不正是林小棠吗！

林小棠见神色慌乱的赵步理，还有门内清清冷冷的柳晴川，火气立刻更大了。但她还是挤出一丝笑，向柳晴川打了招呼，随后用小小的食指勾了勾赵步理。

“赵医生，我在，办公室，等你哦。”林小棠笑了笑便转身离开，这笑容让赵步理冷到了骨子里。他咽了咽口水,转身和柳晴川尴尬地打了声招呼,用手指了指林小棠的方向。

柳晴川笑着摇了摇头:“先去吧,赵医生。这位林医生对您很好,可不要辜负哦。”

“哦不!不是的!她其实是……”赵步理想解释,但转头看了眼生气离开的林小棠,叹了口气,拔腿追了过去。

林小棠转过头来恶狠狠地盯着他。她一步步走近赵步理,用食指在他胸口一下一下地戳起来:“我好说歹说磨了你一个多月,你就是不写我。现在可好,刚认识两三天,你的小说里面怎么就出现一个长头发、肤白貌美大长腿的妹子?她是谁?啊?”

赵步理冷汗直冒,举起双手投降。

“而且这个妹子,一来就帮着云冥破了一个内科的疑难杂症,还抓到了杀手!云冥是猪吗?他需要一个傻白甜来帮忙吗?这个傻白甜还叫什么念川!念你个头啊念!”

林小棠说着转过身去,呼呼地双手抱着胸生气,赵步理从她身后能看到她的锁骨上窝气得凹陷了下去。他抓抓头,为什么今天碰上的所有人都在生气,却又像小孩子一样?

“我真不是那个小说的作者,你误会了。其实……你不用太在意那个小说啦,我觉得你……你挺好看的,就行了呗。那个作者,你就不用和他一般见识了吧。”

林小棠背对着他,还在翻白眼,听到这话心已经软了,但还是努力绷着,不想这么轻易放过赵步理。

“师兄,这只是你的一个病人,你犯不着对她这么好吧?而且人家都有孩子了,就算你想发生点什么,是不是也有点晚啊……”

被林小棠这么一说,赵步理的眼神有一丝黯淡。林小棠见赵步理居然动了真心,更是气不打一处来。她刚要发作,突然听见病房里传来激烈的争吵声。

“你这个疯女人,就只想着自己。”这是一个男人克制又冷酷的声音。

“你个浑蛋,渣男!渣男!你滚!你给我滚出去!”这是一个女人歇斯底里的吼声,夹杂着哀号式的哭声。

赵步理一听,这不正是那个孕妇吗?

他和林小棠赶忙过去,只见病房里,一个女人挺着大肚子站着,佝偻着背,一只手扶着肚子,另一只手指着男人破口大骂,脖子上的青筋暴露,眼睛充满了血丝。男人始终冷着脸,看起来在极力克制,但见引来了人,他显得更加不自在起来。

几个护士还在护士站指指点点,看向男人的眼神里充满了鄙夷。男人感觉得到,脸上一阵青白交替,但仍旧毫不让步。

“你要孩子的时候怎么说的?你现在说的是人话吗?”

男人摆摆手，竭力讲道理："你现在的情况适合要孩子吗？你不能这么自私。"

女人把手边的杯子摔了个粉碎，引得病房里的病人们也纷纷探头过来凑热闹。

"自私？我自私？你个王八蛋！你就是怕到时候孩子拖累你！到时候你没法找下家，对不对?!"

"你！"男人想吼，又把后面的话生生咽了下去，"我不和你一般见识。你要生就生吧，早点出院还少花几个钱。"说完便头也不回地走了。

女人追出门去，一边口中不住地骂"渣男"，一边扶着墙蹲了下来。护士们赶忙上前搀扶，把她挪到床上，想给她吸些氧。赵步理连忙制止。

"她现在呼吸频率过快，小心呼吸性碱中毒。平静一下呼吸就好，或者你用手轻轻捂住嘴巴和鼻子呼吸，别太着急了，孩子……"赵步理说到一半，连忙吞下最后那个词。

林小棠看得莫名其妙。她转过头，又瞧见不远处也来看热闹的柳晴川，于是冷着脸走上前。赵步理紧张起来，赶忙喊："小棠、小棠，你别管她了，和她没关系！"

林小棠听了更生气了，径直走到柳晴川面前。柳晴川个头儿比林小棠稍高，一只手扶着输液架子，有些戒备地看着这个经自己判断，应该正醋意大发的姑娘。

赵步理手扶着孕妇，紧张地看着二人，生怕擦出什么火来。

"你这都输完了，快回血了！"只见林小棠伸出手去，把柳晴川已经快输完的液体用夹子夹上。

"回头找护士给你换吧。"林小棠说完转过身去。柳晴川一愣，笑着说了声"谢谢"。

"回你自己的病房去，这里没你的事。"林小棠又甩下一句毫无温度的话。柳晴川似乎也不意外，还是习惯性地微笑着，扶着输液架子，缓缓地绕开这个"事故"中心，找护士去封了输液。

赵步理和林小棠一边努力安抚孕妇，一边试图和她沟通。

"姐姐，你别着急，生这么大气干什么呢，孩子最重要啊。"林小棠蹲下来和孕妇说。赵步理见状，赶忙给她使了个眼色。林小棠虽然有些莫名其妙，也没再说什么。

孕妇终于平息了怒火，随即失声大哭。

"他以前挺好的。刚怀孕的时候他比我还兴奋，现在我一病，他就好像碰到个雷一样，恨不得赶紧把我甩了……"孕妇哭着自言自语。

赵步理看林小棠一头雾水，于是轻声解释："这位孕妇在孕 20 周的时候发现自己咳嗽时有血丝，而且越来越严重。孙主任建议她做了一次气管镜，虽然有风险，但是好在过程顺利，通过气管镜看到左肺上叶开口的地方有一个瘤子。瘤子不大，但是长的位置非常不好，就卡在上叶和下叶之间，病理……”赵步理看了一眼病人，她应当也知道自己的病情了，“病理是个鳞状细胞癌……”

于是林小棠明白了：怀孕的时候发现肿瘤，而且这位姐姐看上去才三十岁上下，这无论对于她，还是对于整个家庭，无疑是一场灾难性的打击。她不由自主地搂紧了孕妇，对方也感觉到了温暖，用手握住了林小棠的手。但她发现林小棠的手很凉，眼神也有些低落。

“孙主任和大师兄都认为现在是做手术的最佳时机。肿瘤不大，手术切除的效果会很好，但是……”赵步理叹了一口气，“孕妇还是想保孩子，拒绝引产。”

孕妇拼命忍着眼泪说：“赵医生，我知道您和孙主任都是为了我好，但是这个孩子，我真的想努力生下来。这是……这是我们……”她又是一阵抽泣，“这是我们努力了五年都不行，最后花了很多钱做的试管婴儿。而且第一次没成功，第二次好不容易成功了，我兴奋得几夜都没睡着。其实孩子他爸一开始也很开心……但是我现在得了这病……要是引产，我这个岁数和身体，可能再也没有机会要孩子了……”

赵步理想说什么，但孕妇剧烈地咳嗽了几声，平静下来之后又继续说：“我知道我这病，如果要孩子的话，可能肿瘤就耽误了，也治不好。但我一想到您说要用化疗减慢它的发展，我就实在是心疼。化疗药不是毒药吗？万一影响到孩子，将来出生后有个三长两短，我死也对不起他呀！”

林小棠情不自禁地站起身，坐在孕妇的床上，把孕妇环抱住。孕妇哭着把头靠在她的身上。

“姐姐，我觉得，你做得对……”林小棠歪着头看着墙，默默地说着，孕妇听到之后，心中一阵暖意。

“可是，小棠啊，这不能啊……这孩子出来，也要……”赵步理不敢再说下去。

孕妇用手努力按着胸口，哭得更凶了。

“我本来就特别苦恼这件事，”孕妇抽泣着，断断续续地说，“我是自私，我太喜欢孩子……我想看到他出生，也算了了一桩心愿，那是我生命的延续，我能安安心心地走……本以为孩子他爸能理解我，没想到现在我病了，他居然变得这么浑蛋！我也真是不想要这个孩子了，我不想让他失去了妈妈，又没有爸爸爱他……万一还有恶毒的后妈……”

孕妇又痛哭起来，赵步理看到，林小棠的脸颊居然滑过了一滴泪。他抬起头，看到远处有个熟悉的身影，正慢慢扶着墙走向刚才男人离开的通道。那是一个通往病房楼之间天台花园的通道。

柳晴川？她去那里做什么？赵步理心中又多了一个问号。这些女孩到底在想些什么？

林小棠抹了一下眼睛，站起身，拉着赵步理的手腕，头也不回地走了出去。

赵步理被她拽到墙角，看她转过身来，眼圈通红。

“一个女人，她经过努力终于成功怀孕，又突然患肺癌。她本想保全孩子，牺牲自己，老公突然变心让自己无法信任。她要么放弃孩子，接受治疗，这样做仍然有可能在失去孩子之后因为肺癌很快去世，此生满是遗憾。她要么生下孩子，把孩子留在一个没有爱的世界，然后在自责和无奈中离开。”林小棠一板一眼地说道，“我问你，如果你是她，你怎么选择？”

赵步理挠着脑袋：“但是小棠啊，我们是医生，我们必须为眼下活着的病人着想。我们也没有办法啊，如果我们接受她的选择，那么她只能出院，而且我们需要在病历当中明确记录是她主动放弃治疗，并且还要签字。”

“这些我都知道，我们做医生是要给她正确和规范的治疗方法，但是病人就没有话语权了吗？我们是他们的父母吗，我们有权为他们做所有决定吗？”

* * *

“我们当然有权利决定。”

龙森浩双手插着裤兜从这边走过，声音冷静而低沉。

“只有医生最清楚不同的选择会带来怎样的后果，这些病人不可能知道。他们也没有见过医疗上那些好心酿成恶果的例子。你因为好心顺了他们的意，但结局未必是他们能够预料的，甚至是无法接受的。你觉得正确的事情，你就该建议他们做。你觉得不正确的事情，你就应该建议他们放弃。”

林小棠不卑不亢地说：“可我们的老师总说，我们是给病人选择，但是决定权在他们手里。”

龙森浩“哼”了一声：“如果病人选择的是错误的，你就眼睁睁看着他们去死？等他们出问题，回来反问你的时候，你就知道了。他们永远会说的一句话是：‘你是医生还是我是医生，听你的还是听我的，我又不懂。’这个孕妇自私，也糊涂。可你是医生，你不能这么糊涂。”

林小棠被问住了，但她依然坚持：“我觉得孕妇可以选择离开，并且生下孩子。至于她如何选择自己和孩子的生命，是她自己的权利。人难道没有权利选择活在当下吗？”

“你这样，不也是在根据自己的想法，帮助病人做选择？你和我相比，又能开明到哪里去？”龙森浩也毫不退让。

“至少我能够听到病人心里的真实想法，而不是狂妄地用自己的想法去评判别人。”

“那你怎么能确定，她未来就不会后悔？”

赵步理发现，两个人已经较上了劲，自己根本插不进去话。龙森浩眼中有些烦躁，林小棠闪烁的眼睛当中，却满是坚决。

“至少我能肯定，她的孩子即使没有妈妈，也一样可能过得很好。她的妈妈留给他的，也许不是陪伴，但是有可能比陪伴更重要。”

“好了好了你们……”赵步理看林小棠眼圈都红了，也了解大师兄是个从不服软的人，赶忙打圆场。龙森浩没有再纠缠，径自走了。

林小棠站着发呆，眼睛融化成了一潭深邃的湖水，看得赵步理不知如何去安慰。

“步理，就真的没有别的办法了吗？”林小棠突然转头看向赵步理，充满期待的眼神击打在赵步理的心上。他看着林小棠，她是这么美丽、这么单纯，做医生这个行当对她来说，真的是一个好的选择吗？

赵步理突然想起了什么，他甩下正可怜巴巴看着他的林小棠。

“你等一下，我这就去查查看！”

赵步理突然想起来，自己曾经在《怪医笔记》中看到过类似的内容。怀孕得癌，方老写过，他确实写过！

* * *

天台花园，男人正双手撑在栏杆上，嘴里叼着烟，满脸愁容，呆呆地看着楼下。男人穿着蓝色的休闲西装和黑色皮鞋，不胖不瘦，看起来年轻时应该很是帅气，但是鬓角开始有些斑白，脸上也爬上了不少皱纹。

男人身边的垃圾桶上已经摆了四五个烟头，他吸掉最后一点烟屁股，在垃圾桶上戳灭，又掏出兜里的香烟放进嘴里，熟练地点上。

“先生，您的烟抽得有点凶，而且抽烟，也并不能解决问题。”

男人循声转头，只见柳晴川双手插在松松垮垮的上衣兜里，出现在花园的入口处，笑眯眯地看着男人。烟飘了过去，柳晴川被呛得剧烈地咳嗽了几声。男人见状，很不好意思地把烟掐灭在垃圾桶上。

“你是？”男人有些不解地看着这个谜一样的穿着病号服的美丽姑娘。

“我也是胸外科的一个病人，看到您和您的爱人争吵，就过来了。”柳晴川见男人把烟掐了，走上前去，和男人并着肩撑在栏杆上看着远方。

“哦，那你应该去陪她才对，她……还好吧？”

“您也会关心她好不好吗？”

男人苦笑了一声：“也是，我也不太关心。她是活是死和我都快没什么关系了。”

柳晴川笑了笑说：“先生，您说话的时候，眼神一直向右下角闪烁，可见说的不是心里话。要不要我来猜一猜您到底是怎么想的？”

男人有些不解地看着她，不置可否地看了看天。

柳晴川一只胳膊肘撑在栏杆上，一只手支着下巴，慢条斯理地说：“我大概听了个来龙去脉，您夫妇二人难得怀上了孩子，却因为您爱人患癌，面临要不要引产的问题。其实您最希望的是大人平安，孩子可以不要。但是您怎么劝都没有用，对不对？一个母亲在怀上孩子之后，注意力就全部放在了孩子身上，她甚至可以为了孩子牺牲一切。”

柳晴川顿了一下，转过头看着男人。

“所以你就把自己扮演成一个渣男，让您妻子死心，让她对孩子的父亲失望，让她引产之后尽快接受治疗，这比好好和她讲道理要实用得多，我说得没错吧？您看向妻子的眼神那么温柔，和嘴上说出的话完全不一致。

这些天我观察到，您总是在病房和您的爱人争吵，但出来之后就一直吸烟。如果您真的不爱您的爱人，想趁着她去世、孩子引产之后就过上逍遥自在的生活，您就不可能每天在这里吸十根烟。我曾经观察过，大部分烟屁股都被攥得变了形。更重要的是，每次来这里之后，您的眼圈是肿的，想必流过泪。如此认真的男人，我认定他不是个渣男。”

男人攥紧了栏杆的扶手。

“也许您真正爱的还是妻子多一些，孩子只是锦上添花，永远无法和妻子相比。”

男人终于出声了：“姑娘，你猜对了很多，但仍然改变不了我是渣男的现实。如果不是我常年吸烟，她就不会吸到二手烟，更不会得这个病……而且，有一点，你说错了。”

男人从怀里掏出一张照片，看得出是一张 B 超单子，上面有一个小小的胎芽。

“我怎么可能不爱自己的孩子……”男人哽咽起来，“那天我刚刚出差回来，晚上十二点才到家，第二天早晨六点又要出差。突然她告诉我，她怀孕了，我们成功了……当时我高兴地把她抱了起来，又怕伤到她，轻轻地把她放下……”

柳晴川默默地听着，感受着这个男人低沉的悲伤。

“我当然爱这个小家伙了，他那么可爱……知道她怀孕那天晚上我做了个梦，梦见孩子长大后被人偷走了。我去抢孩子的时候，坏人要挟我要伤害他。我宁愿付出生命，也要换孩子的平安，但坏人还是残忍地伤害了他。打那之后，我又经常梦见孩子病了，梦见我找不到他了……无数个晚上我都被噩梦煎熬着，但醒来之后，看到老婆安安静静地睡在身边，又有一种失而复得的喜悦。那段日子我每天都过得可充实了……我没有想到……”

男人说到这里，蹲下来，把头埋在自己的怀里，失声痛哭起来。

柳晴川没有说话，只是静静地陪在他的旁边，眼中光影闪烁，就像装着整个世界。

过了许久，男人逐渐平复下来，柳晴川递上了一包纸巾：“其实，你不必这样。现在即使你这样做，你的爱人也仍然没有放弃。你知道为什么吗？如果你相信我的话，我可以告诉你，那是因为在她内心深处，还坚定地信任着你。你们之间这么多年的感情，不是短暂的表演就能够改变的。她知道你会照顾好孩子，所以你不需要逼迫她放弃什么，你可以和她一起去争取哪怕一丝一毫的机会，万一……拼赢了呢？”

男人深深地吸了一口气，吐了出去。

“这是她生命的延续，也是她爱你最重要的一种方式。这对孩子未必是公平的，对你们彼此也都是一件残忍的事情，但结局并不一定是悲剧，那也可以是幸福的开始，如果你希望的话。”

柳晴川自顾自地说着，她也不确定男人是否能够理解她的意思。

男人用手擦了一把脸，站起身，朝病房走去：“外面风大，你也早点回去休息吧。我觉得，我欠她太多了。既然我改变不了她的想法，那就陪她一起任性一回吧。另外，”男人顿了一下说，“谢谢你。”

柳晴川苦涩地笑了一下，摇了摇头。

男人啊……

* * *

赵步理疯狂地翻阅着《怪医笔记》，情急之下，他根本没法顺利地找到想要的东西。他只是依稀记得自己之前读笔记的时候，无意中扫到过一些“孕期癌症”的词条，于是他从头到尾一个字一个字地检查着。

不行啊，这样太慢了。不如随缘吧。

赵步理闭上眼，猛地翻开一页，大约是在笔记的结尾部分。赵步理一眼望过去，发现这里没有太多生涩的文言文和符号，更像是方老在晚年时候给自己写的回忆录。

昔有官家少妇，患妊娠恶阻，延家父诊治。孕妇病状颇急，不耐所苦，央告速治。家父不忍，乃动用祖传艾灸之方。吾十五岁前，曾目见家父以此方助人无数。然岂料孕妇灸后，突发小产。

时众凶毕至，破门入户，不分皂白，将家父殴至重伤，并设灵堂于门前。更有甚者，其管事恶仆逼迫家父饮粪！家父一生行医，颇得爱敬，且自重名节，此番屈辱，出离忍耐，竟致悬梁自尽！吾与家母颠沛流离，至冬城寻谋生计，方涉真正之医学——真实不虚、治病救人之科学。

什么？

赵步理倒吸了一口冷气。

第11章 袖切术

明知不可为而为之，孙慧给韩雨递了把刀子

方老的爹死于医闹？

那个时候就有医闹了？

方老居然还选择当了大夫！

赵步理继续翻看笔记，这部分笔记似乎是方鸿铭在晚年时所写。

> 孕妇患病，每每险象环生。一孕妇患肺癌，孕期将足六月。众医皆曰留母弃子，独吾一意孤行，行尽除左肺之手术。手术历时半个时辰，极为平顺。然而时呼吸机方得面世，吾国未有，未能行人工给氧于病人，且囿于见识，不知术后应限制补液，以致孕妇肺部水肿，两日后亡。惜乎时不吾待，若假以五载，亦可救而存之。

赵步理回味了一下，也就是说，方老也给一个孕妇进行了左全肺切除的手术，但是当时没有呼吸机……

赵步理飞快地敲击着键盘，查到第一台呼吸机是在1935年诞生的。既然方老大是1890年生人，而当时应该是1930年，方老刚好四十岁。一般来说，这个年龄正是一个外科大夫最为激进的时候。

但是一尸两命，对他来说，想必也是一次不小的打击吧。在自己的父亲因为这件事丧命之后，他还能这么选择，也真是像罗兰所说的，是一位在认清生活的真相之后依然热爱生活的英雄主义大师。

这段笔记的后面没有了文字。不过赵步理随手向后一翻，有两页纸被胶水粘上了。

他小心地把两页纸分开，发现这是方鸿铭对自己生平的描述，但是由于时间久了，墨迹已经因为纸张的粘连看不清大半。他在能够看到的只言片语中，想象了一幅方鸿铭的个人画像。

他在1890年前后生于一个中医世家，自小耳濡目染。父亲在他年幼的时候因医闹去世，从此家道中落。他漂泊到冬城，机缘巧合地被一名医生看中，领入了西医的领域，并且迅速成长，进入了冬城的中央医院，很快成为医院的核心外科医生。之后好像发生了一件非常可怕的事情，也就是笔记中连续写了三个“后悔不已”的这件事情，导致他辞职之后，一直在……寒城任职。

赵步理猛地一拍桌子，寒城?！那不就是自己家门口吗?

方老啊方老，你没有成功的事情，要不小的就代您完成吧。不过，您可千万不要坑我啊……

赵步理心中默念着，合上笔记，把它放在一边的小柜子里，然后直接出门去找林小棠。护士见他四下寻找，便指了指孕妇的房间。赵步理走到门口，发现病房里面除了孕妇，还有她的爱人，以及林小棠。林小棠此时正坐在旁边的椅子上，而夫妇两人正紧紧抱在一起。

看到赵步理来了，林小棠赶忙招呼他进来，向一脸蒙的赵步理解释:“两人和好了。这先生莫名其妙地就想通了，明天就带爱人出院，并且约好了咱们医院的妇产科，等孕30多周的时候尽快剖了，再来咱们这里手术。”

这么快就想通了？……赵步理有些奇怪，他想起那个跟着男人一起走向天台的身影，若有所思。

男人也向赵步理点了点头，一只手扶着孕妇的后背轻轻摩挲着。

“赵医生，我们想再等三个多月就去做剖腹手术，所以这段时间也不用化疗了，随缘吧。小家伙如果真的出点什么事，她心里也过不去。”

孕妇脸上全然没有阴影，非常平和地微笑着。赵步理觉得她比自己见过的任何一个癌症病人都要坦然。

“我就这一个愿望了，尽管有点自私，但是我好期待能看到他出世的样子。”孕妇凝望着自己的丈夫，享受在此时的甜蜜当中，“一定要像你多一些，这样你就甩不掉他了。”

男人温柔地低下额头，抵着孕妇的脑袋。

林小棠无奈地叹气:“唉，好可惜，要是能有什么办法控制控制就好了，真希望这几个月能让孩子快快长大，但肿瘤可千万别长太快！”

“那，要是，能直接手术呢？”

“什么?!”男人道。

“什么?!”女人道。

“你说什么?!”林小棠道。

赵步理看到几个人瞪住自己，也一个激灵。

“什么……什么？”

林小棠凑近赵步理：“你说能手术是什么意思？不是一直都说孕妇不能耐受这个手术吗？”

赵步理看到林小棠的脸离自己只有几厘米，感受到她头发上面传来的洗发水的香味，赶忙回道：“不是……其实手术也不是完全不能做……这个瘤子长的位置虽然不太好，但还是属于早期的肺癌，只是，手术需要冒很大的风险。”

男人紧张地问：“什么风险？”

一旁的孕妇拉拉他的手，摇头说不做手术。但男人还是期待地看着赵步理。

“确实是有胎儿死亡的风险。我之前查过文献，发生率10%左右，不算很高。风险最高的，其实是孕妇会和胎儿一起死亡。因为这个时候孕妇的循环血量相当于一个半人的，那么，如果少了一部分肺组织，剩余的肺组织就要能够承受这些血容量，好比把原本两个游泳池的水放进一个游泳池当中，就有可能出现肺水肿、肺瘀血，造成呼吸衰竭，最终让孕妇有生命危险。”

孕妇的眼睛突然亮了一下：“那也就是说，孩子出问题的概率相对小一些，而且很大的概率是我和孩子能一起活，只要我能扛得过去，孩子也可以，是吗？”

赵步理没想到她会这么问，思考了一下，点点头，但又有些犯难地说：“但这只是理论上。我们医院，还有我们主任，未必会同意做这个手术。这个手术很有可能要切除你左边整个肺组织，以后你只能靠右边的肺呼吸。手术的死亡率很高，而且孕妇的死亡是一件大事，非常棘手，很少有医生会愿意冒这个险。所以说，这个手术方案，我一直没和你提过，因为就算你同意，领导也未必同意……”

孕妇眼神不停地闪烁着，她艰难地看了看丈夫，又看向赵步理。

“赵医生，其实现在我最信任的是您，因为我觉得您一直愿意听我说话。我有个请求，您能不能帮我？无论结果如何我都很感激您。”

赵步理点点头。

“我其实也一直觉得自己这个选择太自私了，孩子如果真的失去妈妈，对他来说太残忍。谁不想活下去呢？我当然更希望能和孩子一起活下去，陪着他一起长大。您能不能帮我好好和孙主任说说，如果她同意手术，我愿意自己承担全部后果。我可以签同意书，绝对不会影响到你们，也绝对不会赖上你们。”

听着孕妇情真意切的话，看着林小棠投来的殷切的无法拒绝的目光，赵步理又点了点头。不过他内心知道，搞定主任，可是一件再麻烦不过的事情。

* * *

办公室里，坐着孙慧和师兄弟三人，几人都冷着脸没有说话。孙慧坐在桌子的一角，似乎在等其他人先表态。林小棠也主动凑了进来，乖巧地坐在办公室的一边。

龙森浩毫不客气地开了腔。

“你这是把咱们科往火坑里推！亏你想得出来，孕妇死亡可是会上全寒城的新闻的，所有的热搜榜第一就是咱们了，你还怕不够出名？咱们科本来就很少接收孕妇，每接收一个，都巴不得像送佛一样给请走，你还往咱们手里招，疯了吧你！”

李有才见龙森浩这么说，又看孙慧的表情比刚刚稍微轻松了一下，便顺势说道：“师弟啊，师兄理解你的想法，本意肯定是好的，就是这个孕妇做肺癌手术的死亡率你查过没有？如果说孕妇不做手术就马上要死，比如外伤，那咱们肯定该做也得做。但是这个肺癌手术，又不是急诊，做了手术万一出事，是要被人骂死的。你龙师兄做倒可能没问题，但是万一出了问题，打起官司来，咱们科的奖金可是得一起扣的呀。”

龙森浩听到自己被提到，眼神都没有舍得瞥过去，只是看着赵步理，希望他赶紧把讨论终结了。

“赶紧给孕妇办出院吧。她不想治疗咱们不拦着，病历里写清楚家属自己放弃引产，并且建议她再去妇产科门诊看，就这样吧。”

赵步理正想退缩，转头发现林小棠正殷切地看着他，小声催促：“呆子，你倒是说话啊！”

赵步理咽了下口水，挠了挠头：“老师、师兄们，我刚刚查过文献，做手术的案例还是有的，成活率还不低。我知道那都是说的肺叶切除术，咱们这个至少要做左全肺切除术。但是病人的肿瘤很小，手术治疗的效果会很好。而且我相信，即使手术结果不理想，孕妇和她的爱人也一定不会告我们。”

李有才笑了笑：“师弟啊，你真是善良，但是善良也要注意保护自己。你知不知道，上个月你急诊的那一台出血的病人，是你大师兄的病人。最后病人要求我们赔偿不少钱呢，要不是孙主任出面摆平这件事，估计你上个月都要喝西北风呢。”

“这话说的，”龙森浩直起了身子，“也不知道是谁和病人家属偷偷讲的出血原因？”

“师兄，你有什么证据，别诬陷人啊，我是和师弟讲道理，就事论事，没有针对任何人的意思。”李有才一副委屈的样子。

“行了。”孙慧打断了两人的争论。最近这段时间，她觉得李有才总是话里带刺，一股酸味儿。孙慧面子薄，最听不得外人说自己偏心，也时时自省要一碗水端平。但最近，院里的这种闲话似乎越来越多。

“赵步理，你知道如果孕妇出了问题，我们要付出什么样的代价吗？”孙慧说。

赵步理想了想，摇了摇头：“老师，我不知道是什么代价。但我觉得，如果我们总是本着省事、不惹事的心态做医生，那这个医生做得也……挺没意思的。”说着便低下了头。

孙慧看向赵步理的眼神逐渐变得温柔。

“其实，我听说很久以前，在协和医院，就有人曾经尝试过给孕妇进行左全肺切除手术。”赵步理低声说。

“你说的是……后来呢？”孙慧微微皱了下眉。

“后来……那个孕妇死了。”龙森浩闻言，笑着摇摇头。赵步理着急起来，“那是因为当时没有呼吸机！如果有呼吸机的话……”

龙森浩忍不住了：“赵步理，你说的都是什么年代的故事了，那个年代有医闹吗？那个年代医生说什么就是什么，而且在你说的没有呼吸机的时代，人命哪有现在值钱？说句不好听的话，就跟现在乡下人的风气一样，女人、孩子死了就是死了，能埋在祖坟里都算是福气！”

最后一句话戳到了李有才的痛处，他正要发作，被孙慧打断了。“等等，你说的这个人，我好像也听陈老大夫说过……”李有才暗瞪了龙森浩一眼，龙森浩也毫不相让，高傲地用目光回敬。

“陈老大夫？”赵步理耳朵一下子立了起来。

孙慧摇了摇头：“没事，你不认识。但是步理啊，左全肺是一定不能做的。”

赵步理灰心地垂下了肩膀。他也料到是这个结果。医院的人都知道，孙主任再过两年就要退休了，她现在的手术非常保守，能不做的手术尽量不做，能小做的就小做，全然没有了昔日那般知难而上的劲头。眼下这种风险，她是没必要去冒的。她更在意的，应该是一个完美的晚节吧。

赵步理深深地低下了头。怎么办，怎么才能说服领导？如果自己为病人拼一把，对方会不会感激他？如果出事，又会不会真的赖上他？

算了，管不了那么多了。

“领导，如果孕妇出现任何问题，我愿意立下军令状，科室所有的赔偿我一人承担！而且我可以在赔偿之后主动辞职！”赵步理其实心里没什么底气。他不知道要赔偿多少，甚至也不知道自己辞职之后能做什么。但是他说出这句话之后，他看见林小棠露出了鼓励的笑容，心里立刻温暖起来。

孙慧无奈地叹了一口气：“我是说，左全肺确实不能做的，但是……”

赵步理不解地看着她。

“但是，袖式切除术倒是可以试一下。”

赵步理惊呆了，龙森浩也瞪大了眼睛，李有才一脸不可置信。

“主任，那更不行了吧，这个手术比切左全肺要复杂得多，耗时也更长，孕妇根本没法耐受。一旦不顺利，孕妇甚至有可能就撂（死）在台上了。”龙森浩毫不客气地指了出来。

李有才心中也是同样的观点。既然龙森浩说了，他便不再作声。

“袖切？我知道，是那个很厉害的手术吧！”好久没有说话的林小棠突然发声了，她咧嘴一笑，露出一排整齐的牙齿。见到这熟悉的笑脸，赵步理知道，这个家伙又要开始使坏了。

“不过，听说这个手术做起来特别慢，而且只有非常厉害的人才能做好。”

赵步理急忙对她比画“嘘”的手势，但林小棠一脸天真，好像真是在认真思索。孙慧知道这是激将之计，淡淡地笑了：“咱们这可是让人家小同学都瞧不起了。步理，按手术准备吧，记得一定要和家属谈好了。森浩，你去发一份会诊单，然后联系妇产科、监护室、心内科、呼吸内科做好准备。这些科室的主任除了呼吸科比较麻烦，剩下的应该还会给我点面子，咱们可好久没做过这种大手术了。”

孙慧显得兴奋起来，眼神像被点亮的烟火。她又转头看李有才。

“有才，你去医务处备个案，这算是重大手术，需要医疗副院长签字的。”

李有才为难地说：“主任，这……副院长未必会批准吧，风险太高了……”

孙慧语气也有些无奈：“你放心吧，那位副院长……不可能不批的。他估计高兴还来不及呢。”孙慧着重强调了“那位”两个字。

李有才微微低下头，有些为难地擦了擦额头上冒的汗。龙森浩一直在摇头，最后还是鼓足勇气小声说：“主任，这个特殊时期，您……这犯不上啊……这……”

赵步理看着孙慧，发现她正在对自己温柔地笑着，边笑边叹气。这个笑让他觉得很熟悉，他甚至觉得，这个笑在刚刚的孕妇脸上也出现过。他本以为那是一种视死如归的悲壮，但又不完全是。

“赵步理，你总得对你自己的老师有点信心，她当年叱咤风云的时候，你可还没出生呢！”

说着，孙慧便站起身，走到林小棠的面前。

“小姑娘，到时候来看手术。”说着翻了一个白眼，手插着兜走了。

林小棠扮了个鬼脸，赵步理却心潮澎湃。他看到了孙慧下定决心时眼底的光彩。赵步理知道，她是做过袖式切除术的，但要在极短时间内完成这台高难度的手术，且不出现丝毫偏差，就像高手对决般你死我活。这样的挑战，让她止水一般的心境再次掀起波澜，仿佛年轻了二十岁。

* * *

看似一个小小的决定，却让医院各科室炸开了锅。

妇产科。

“哎，你听说了吗，胸外科那个孕妇，孕中期得了肺癌，他们居然要做手术切肺癌？”

“那必须听说了啊，就凭咱主任和他们主任那个关系，咱到时候肯定得在手术室候着。一旦有任何问题，就准备直接剖了把孩子给新生儿科吧。”

“孙主任是疯了吗？听说她要用袖切，我都忘了袖切是啥了，就记得上学的时候，一个主任做了六七个小时都没做完。”

“势必是一场血战！引产了以后再怀不就得了，这孕妇傻呀，非要跟自己过不去。关键大夫还跟病人一块儿犯傻。我说啊，这主任俩熟归熟，到时候不管你们谁跟台，都得把会诊意见写清楚，我们不建议手术，建议引产，他们科后果自负！”

麻醉科。

“今天召集大家开会，是要说个事，你们看谁有兴趣谁接。我们收到胸外科龙森浩大夫的会诊单，他们要给一个孕中期的肺癌病人做手术，而且是袖式切除，还可能会做左全肺切除。风险确实比较大，但胸外科执意要做，你们谁有兴趣？”

主任环顾了一圈，大家纷纷窃窃私语，但谁都不表态。

这时，角落里传来一个冷冰冰的声音。

“主任，让我来吧。”

“韩冰，你这……我是说你年资还稍微差一些，这次属于全院高度重视的重大手术，副院长特别交代要副主任医师以上才行，我觉得他的意思应该是……”

“没事，就安排我吧，到时候把您排成我的二线就行了。您放心，出问题了我不来麻烦您。”韩冰毫不客气。

“我不是这个意思，你看你……”主任又看了一圈，发现所有人都在回避他的眼神，特别是副主任和主任医师们。他索性也不再问下去，点了点头，让大家散了。

韩冰拿起那张会诊单，上面清晰地签着龙森浩的名字，那个刚劲有力的签名，她再熟悉不过了。这还是当初，她在上课的时候开小差给他设计的签名，满心欢喜地送给他，结果他看了一眼就毫无表示地扔下了，让韩冰好一阵失落。

后来她才发现，龙森浩的所有签名，全是她设计的那一款。

韩冰握着会诊单，心中暗自欢喜。这时，来了一个电话，屏幕上显示“爸爸”两个字，她的心情立刻坠落到了谷底。

呼吸内科。

“主任，这胸外科要做手术，让咱们也准备好，咱们有啥好准备的呀？”

“你个猪脑子，咱们走个形式不就完了。你去象征性地写个会诊意见。这胸外科也是，化疗本来应该是咱们内科的事，他们也抢。现在有雷了才想起我们，我们内科算什么，就负责给他们擦屁股吗？”

“那主任，到时候他们如果说要转来咱们科监护室上呼吸机怎么办？我是说如果。”

“就说咱们科床满了，让他们自己去ICU找床去！你等会儿，我接个电话。哎，韩院长，韩院长您说，不忙不忙，哦，哦……行……那就按您说的办。”

“怎么？韩院长有啥吩咐？”

“嗯，那个，你一会儿过去写会诊意见的时候，就写建议术后转到我们的监护室来。”

“可是主任，您刚才不是还说我们……没床？”

“你个猪脑子！让你办就去办，哪儿那么多废话！”

* * *

李有才也接到了一个很不喜欢但又必须接的电话。

“韩院长，您说。”

“有才，这次可就得靠你了。你不是最近在互联网上做科普做得比较好吗？也算是小有名气了吧，你把咱们医院做这个手术的消息散播出去，让社会也关注关注。你们主任说得没错，我肯定会批准的，这人想往高处飞，就得清楚自己的斤两！”

“院长……您让我把龙森浩弄脏，我可以接受，是他欺人太甚在先。但是……孙主任毕竟是我的老师……”

“你听我说，男人要成就事业，就一定不能心软。你们主任还有你大师兄干的工作，既不利于病人，也不利于医院。换你在这个位置上，一定会有更大的建树。做人要不拘小节，你看，韩冰非要接这个手术，我骂她她还敢跟我顶嘴。倒也好，这手术要是出问题，我正好把她从临床撤下来，给我好好相亲嫁人去！”

李有才听明白了。虎毒况且不食子，现在韩雨连自己的女儿也往浑水里扔，或许在他看来，女儿在麻醉科的事业也是件微不足道的小事。

“到时候，你就建议你们主任把病人转到呼吸科监护室去。那边我都安排好了，不用你真的做什么，到时候病人如果有什么不适，你就睁一只眼闭一只眼。另外，手术你也千万别上，小心这些人使坏把锅扔给你，他们可不是什么善茬儿。”

李有才呆住了，他本能地想用手机录音，又怕韩雨有什么手段能够发现。韩雨的所作所为，已经越发超越了自己的底线。

“你别多想，这都是为了医院能够长远发展。我知道你最近手头紧，已经派人去你家，给弟妹送了点东西。这么大人了，给孩子置办点好的，穷养儿子富养女才对，别让小姑娘从小就看着寒碜，长大了心理有问题。”

说完，韩雨便挂断了电话。

这段时间，韩雨没少和他家里人走动。不得不说，韩雨确实帮了他们不少忙，尤其是解决了小孩的学区问题，一所特别好的小学校长甚至主动发来邀请，让孩子去上学。这是他们连做梦都不敢想的事情，李有才没有任何力量去拒绝。他不得不承认，除了那些看起来很肮脏的手段，韩雨确实是一个对自己人好到极致的老大哥。

只是，要突破这层底线，李有才仍然有些颤抖。他知道自己这次不用做任何违背良心的事情。可是，未来呢？病人去到呼吸科，到底会怎么样？老师和师兄弟们的不懈努力，孕妇和家属的期待，难道都已经坐上了一列死亡列车，驶向一个黑色的终点？

他努力让自己不去想这些。他只是一个局外人，连手术都不会上的局外人。

* * *

“老公，准备好了吗？”

“孩子，这是妈妈给你录的第一段视频，未来还会有第二段、第三段。妈妈可能永远都会活在这部手机里，而且永远都年轻貌美。等你长到妈妈这个年纪，不知道你会不会喜欢妈妈这样的女生，希望你不会和爸爸一样瞎才好。

“孩子，妈妈要去做个手术，这个手术不只是为了你，也是为了尽量能让妈妈在你的生命中多陪伴你一些日子。妈妈胆子一直很小，但是有了你之后，妈妈一点也不怕死，可是妈妈怕让你一个人孤独地活，害怕你被别的小朋友说没有妈妈。妈妈又怕伤害到你，怕你未来一生都活得痛苦。妈妈真的好纠结。

“他们都说妈妈自私，但是妈妈活了三十多年，认识了你爸爸，认识了这些好医生、好护士，认识了这个美丽的世界，妈妈也好希望你能睁开眼看一看这个世界。

“孩子，妈妈真的要走了，你放心，妈妈会尽全力保护你的。等你长大了，你也来保护妈妈，好不好？”

看着已经泣不成声的老公，孕妇的声音也有些沙哑和哽咽，但依然坚持着没有流下泪来。

“拍完了吗？关上吧，快关上，我要进手术室了。你别哭了，你哭得我都想哭了。”

手术室的门渐渐关闭，男人被拦在手术室门口，拼命向里张望，想最后再看妻子一眼。

门就快关上的时候，孕妇突然大哭起来，像个因为怕黑而大哭的婴儿。

“老头儿，我不怕，我不怕！要是出了问题，你要保孩子！别保我！你要是不保孩子，我和你拼命！

“老头儿，一定要再找一个老伴儿！一定要找一个对孩子好的，哪怕带孩子的也行，能让孩子吃母乳最好！你一定要再找一个！

“……”

手术室自动门紧紧地关上了，男人默默蹲在地上，双手时而攥着拳，时而合十，像是不知该向上帝祷告，还是该求菩萨保佑。

* * *

手术室里此刻人头攒动。病人已经麻醉，赵步理刚刚和护士把病人摆成胸科手术的体位。

一般情况下，病人都要折“胸桥”，就是从正对病人肋弓下方的位置，把手术床折叠起来。目的是把病人“掰弯”，从而让病人手术的一侧尽可能伸展开，这样能够让肋骨和肋骨之间的缝隙增大，而手术正是要从肋骨之间进入。

但这次还需要考虑到胎儿，因此他们只是将病人侧卧过来固定好，没有大幅度地折叠手术床。

手术室里，不但孙慧第一时间来坐镇，她手下的三个徒弟也都已站在一旁。除此之外，还有麻醉师韩冰和麻醉科主任、妇产科小医生和主任、几个手术室的护士和护士长等人。林小棠则藏在一个不会妨碍任何人的角落里。

这是医院最大的手术间，在塞进这么多人之后，还是显得有些拥挤，但现场十分有序。当已经刷好手的人要经过狭小的地方时，秦红艳会提前帮他们清除前面的障碍，让他们时刻保持无菌状态。

此时，门口进来了一个人，戴着金边眼镜，帽子和口罩武装了他的大部分面庞，这人正是韩雨。

韩雨看到孙慧，打了声招呼，孙慧也随意地挥了挥手。

“孙主任，这真是大阵仗啊。电视台也听说您这大工程了，特地来采访咱们，一会儿他们就来拍摄您做手术的样子。您太厉害了，巾帼不让须眉啊！”

孙慧面无表情，韩雨讨了个没趣，转而看向三兄弟：“真棒啊，这三个小伙子。我知道，这是龙森浩，腔镜技术不错，真不错！这是，李什么来着？”韩雨故作思考状。

“韩院长，我叫李有才。”李有才赶忙接下韩雨这场戏。

“哦对对，你看我这脑子。李有才，就是最近在网上科普特别厉害的那个。用现在的时髦话来说，你是我们的‘网红’啊，是不是？”

李有才没有说话，谦虚地低着头。

韩雨又看了眼旁边的赵步理，直接忽略了他，把赵步理刚憋出来的一句自我介绍生生噎了回去。

“孙主任，你加油，我就不打扰了。有任何要求随时和我提，咱们要尽一切努力，保证孕妇和孩子的安全，让寒城人民也知道咱们寒城市人民医院的办院宗旨！”

秦红艳赶忙过去：“韩院长，您真是我们的主心骨，韩冰在我们手术室也是人人都喜欢，技术好，人也漂亮，也不知道是遗传的谁！”说着便咯咯笑起来，然而韩雨沉下了脸，看了一眼正在忙碌连头都不抬的韩冰，对秦红艳笑了一下，转头便走了。

他刚一出门，孙慧便下令：“妇产科，帮我们确认下胎心。麻醉科，帮我们把肌松药给到位，我们会开得很快。赵步理、龙森浩，你们两个跟我上台。”

孙慧如同出征的将领，全心投入了手术。赵步理知道，在这样的状态下，她甚至可以十五个小时不吃不喝不上厕所。但是这次他们要打的，是一场闪电战。妇产科的医生曾经警示过他们，手术的时间每延长一分钟，风险就会增加一分。

支气管袖式切除手术，平时怎么也要做四五个小时，而这次妇产科给他们的时间是绝对不能超过两个小时，不然麻醉药物的增加，可能会造成胎儿宫内窘迫，甚至导致发育畸形。

两个小时，连开胸加关胸都要耗掉不少时间，这就意味着手术中每一个动作都要一次成功。否则，即使手术成功做下来，病人也可能熬不过手术后的过程，胎儿也难以存活。

孙慧突然冲秦红艳喊：“来点给劲儿的吧，老伙计！”

秦红艳默契地回应：“没问题啊！”

只见孙慧从兜里扔过去一样东西，然后头也不回地去刷手了。秦红艳此时竟也像换了个人，意气风发，全然没了平时碎嘴大妈的模样。她精准无误地把孙慧扔来的东西夹在指间，那是个 U 盘。

她熟练地把 U 盘插进身后的小音箱，手术室里立刻响起一首汪峰的老歌《飞得更高》。

以前的赵步理完全不理解这种习惯，只猜测手术时听听歌能够缓解疲劳，也不至于太闷。昨天晚上，他偶然看到《怪医笔记》当中，方老也一直有这个习惯。

那个时候，方老的手术间也常备一台留声机。他会在手术的不同环节指示护士放不同的音乐，而放音乐的目的，其实是为了节奏。

什么地方要舒缓，什么地方要激昂，什么地方要律动，手术医师操作的是一种节奏。音乐有其自身的节奏，当两种节奏完美契合的时候，就交织成一曲绝美的乐章。

赵步理终于理解，为什么只有在最重大的手术上，孙慧才会这样做。她的 U 盘里的每一首歌都是自己精心挑选过的，什么环节该放什么音乐，她都有自己的设计和考量。

这是赵步理第一次看到，传说中孙慧主任火力全开的状态。他的内心止不住感叹：“真帅啊！”

李有才此时却在咬牙切齿。

我的确不会上这台手术，而且我也准备了好几个不上手术的借口。但是为什么，为什么你直接跳过了我？韩雨说得对，既然你怎么也不会看上我，不如就赶紧让位吧。

他觉得心里不像之前那么难受了。就算韩雨可能对病人做一点点手脚，那又和他有什么关系呢？他只是一个旁观者而已。

李有才随手搬了一个高脚凳，有些失落地坐在一边，静静地注视着孙慧的背影，那是自己曾如此仰望的身影。

* * *

铺单完毕，无影灯打开，赵步理郑重地又核对了一下病人，深吸一口气。

他手里握着大刀，知道倒计时已经开始了，开胸关胸的部分，要由他和大师兄来完成。他不能耽误一分一毫的时间。

大刀迅速划开一道二十多厘米的切口，皮下的血呼地冒了出来。孕妇的血容量和血压都会比正常状态要高，因此出血量多也是一定的。孙慧直接选择了最大的切口，为了追求胸腔里最快的操作速度。

赵步理似乎也被热血的音乐所鼓舞，全神贯注地投入其中。他拿起电刀，从大刀划开的地方，把皮下组织切开。龙森浩努力帮他把血洗干净，他发现，赵步理只是眯着眼睛看了一眼，似乎就把视野当中的七八个出血点全记在了脑海里，几下麻利的电凝动作，闪电般地就把血凝住了。

“这家伙……”龙森浩心中感叹。

林小棠在台下看得惊心动魄。赵步理的电刀经常离自己的手只有区区几毫米，只见他把手指头垫在肌肉组织下，电刀划开肌肉，精准无误地停留在手指头上。

林小棠不由自主地惊呼出声。赵步理抬头看了她一眼，笑了：“这是高频电刀，本质是电啊，小同学。我的手套是橡胶做的，烫不坏的！”

林小棠手捂着眼睛，从手指缝里确认赵步理的手指头完好无损，抚了抚胸。

孙慧已经穿好了衣服，看着赵步理利索地开胸，忍不住开口道：“赵步理，你这些动作，总让我觉得你不是这个时代的人，特别像……老爷爷做手术的样子。”

赵步理吐了吐舌头，那可不是嘛，这些握钳子的姿势，还有对钳子这种器械的依赖和执着，可不就是方老教的，毕竟那个时候最好使的就是钳子啊。而且那个年代也没有电刀，例如肌肉的出血，现在的医生会用电刀把肌肉烫煳来止血，而赵步理总是麻利地缝合一针，虽然不简洁，但是十分有效。这些在孙慧看来，显然不都是自己教的。

赵步理突然想起，就在刚刚上手术前，也有另一个人和他这么说过。

“喂，那个孕妇的爱人突然态度变了，是不是你捣的鬼？”赵步理早上查房的时候，试探地问柳晴川。

柳晴川笑了笑，没有回答，只是说：“喂，一会儿手术要加油哦！”

“我就是个打杂的……不过，会加油的。你今天就要出院了吧，那你，出院之后……好好照顾自己……”

柳晴川歪着头看了他一会儿：“不知道为什么，我觉得你不像这个时代的医生。这个时代的医生浮躁、焦虑、功利、高傲，这些你一样都没有，你有着这个时代所不具备的一些品质，比如说……”

赵步理期待地睁大眼睛看着柳晴川，不知道为什么，他太在意她对自己的评价了。

“比如说什么？”

柳晴川捂着嘴笑：“比如说，我觉得你很废柴啊。”

赵步理感觉被十万伏特打到了地上，只能尴尬地傻笑。

柳晴川把双手在身后藏好，向前探着身子一脸坏笑。赵步理发现，她居然有一颗非常可爱的小虎牙。

“你没有医生的那种高傲，你很平和，就像病人身边的朋友一样，让人觉得舒服。我觉得你比任何一个医生都让人觉得可靠，加油吧！我的主刀医生。”

那个挥着手向自己微笑打气的女孩在赵步理脑海中挥之不去，他体内仿佛多出了使不完的力气，在龙森浩的配合下，只用了七八分钟就把胸完全开好了，但是……

当赵步理打开肋骨之间的肌肉，进入胸腔的瞬间，孙慧破口大骂：“该死，居然，全肺粘连！”说着立刻走上前去，站在赵步理的位置上，赵步理连忙退到第二助手的位置。

韩冰脸上也阴云密布。她回头看了一眼计时器：“全肺粘连，那手术时间……”

林小棠站在赵步理身后，有些不明所以。赵步理见状，和她小声解释。

“全肺粘连的情况很罕见。正常人的肺和胸腔是不挨着的。这一侧肺停止通气之后，肺和胸腔就分开了，肺就像是一棵树，而胸腔就像外面的一个罩子。胸腔粘连相当于这棵树的枝丫钻进了罩子里，我们先得花好多时间把这个罩子和树分开才行……这样手术时间将大大延长。”

“孙主任，要不直接关上吧？虽然看起来没有做什么，但病人风险小一些。”妇产科的主任赶忙提醒孙慧。作为孙慧的老友，这次她一直没有停止过劝孙慧收手。

“我们继续。”孙慧头也不抬地回答道。

孙慧拿起电刀迅速地分离粘连，龙森浩也尽全力帮她提供张力，把粘连的纤维丝绷紧，好让孙慧一刀斩断。他们分离粘连的速度很快，肺以肉眼可见的速度和胸壁分离开来，但是越往深处，操作就越困难。

李有才在台下看着，也不由得着急。他心里非常清楚，对于处理深处的操作，胸腔镜是最佳的手段。虽然龙森浩在之前的腔镜比赛中得了第一名，但论实操技术，还是自己更胜一筹。

李有才落寞地玩着手指头，叹了口气，毕竟自己有力也使不出来。

粘连分离了将近一半，孙慧实在够不着最里面的粘连了。她猛地一摔钳子，冲一边大吼。

“有才，你还想坐到什么时候?！非得我下去请你，你才上来吗?！快帮我把粘连分开！”

听到主任的吼声，李有才不知道为何热泪盈眶。他赶忙喊了声“是”，出去刷了手进来，把韩雨警告他不要上手术的话忘得一干二净。

原来，老师心里还是有我的。

他穿好手术衣，看到龙森浩自觉地向病人的头侧闪了下身子，自动给他让出一个位置来。他双手拿好腔镜用的电刀和吸引器，轻松地把长长的器械深入到了粘连最深的部位，挑起、切断，挑起、切断……

此时，台上没有一个人说话。孙慧分离较浅部位的粘连，而李有才用电钩伸进另一个小孔洞去分离深处的粘连，龙森浩则一心两用，左右开弓，帮着两人暴露好组织，提供组织的张力，赵步理则用胸腔镜帮李有才提供视野。几个人一起在一个不大的切口里工作，谁都没有说话，但是彼此间配合得非常默契。

李有才突然心中感慨：他们三个人已经多少年没有这么配合过了？那时候的每一台手术，无论时间多长，也都让人备感兴奋。那个时候手术做得很大，多难的手术，孙慧也带着他们两个往前冲，而现在他们都能独立手术了，就好像多年配合的乐队解散分飞了一样，每个人心中都留下了太多的落寞。

李有才突然想起，自己当年从一个医学院毕业之后，没有后台关系，也身无分文，碰巧来投奔孙慧。孙慧没有在意那时的他多笨、多愣，而是在第一天就带他去商场买了一套衣服，还带他去家里吃饭。

“男孩子，长大了一定要注意自己的着装。”他还记得这是孙慧和他说的第一句话。

所有的这些，他都未曾忘却过。

* * *

“帮我打[1]一个可吸收夹子，这个地方的血管我夹一下。”李有才的工作已经基本完成了。

“好的，打哪个夹子？”秦红艳问道。

龙森浩这时接过话来：“就打有才平时用的那个，快打上来。”他等着看李有才的反应，但李有才正专注手术，没有回应。

“好，就是李大夫平时用的那个国产的，叫派森的牌子是吧，那我打台上了啊！”

[1] 把手术中需要用的器械，用无菌的方式打开放在手术台上。

秦红艳说。

“嗯。”李有才也没有多想就应了一声，突然想起不对，赶忙改口，“不对！打那个进……进口的！”李有才有些气急地说道。他没有注意到一旁龙森浩犀利的眼神。

孙慧视线没有离开病人的胸腔，貌似不经意地问：“怎么，你就用你平时用的呗。”

李有才有些尴尬地解释：“呃，我其实平时也不怎么用这些东西，还是用进口的好些吧……”

孙慧意味深长地“哦”了一声。龙森浩没有再说什么，李有才心里却一阵打鼓。

他们是不是知道了什么？李有才赶紧让自己打消这个念头。不可能的，韩院长说过为了确保这件事情万无一失，除了那个公司的代表和他们两个人知道以外，不可能有第四个人知道。

李有才看了看这两个人，发现他们都在面无表情地工作，一点没有让他觉得奇怪的地方。

应该是我想多了吧，李有才心想。他心中此刻更多的是感激，他只要一想到主任心里还有他的位置，想到自己居然还有这么不可替代的价值，就觉得激动不已。

左全肺切除术是最简单的手术。就像砍树一样，从树的主干砍，是最无所顾忌的。与此相比，袖式切除术是最复杂的手术，相当于截袖子一样，从中间把含有肿瘤的一段气管和肿瘤所在的上叶切掉，然后还要把健康的下叶重新缝回气管的主干去。

而这一缝，全是技术。缝得紧了，气管会狭窄，肺这个气球就瘪了；缝得松了，则会漏气。而且这个缝合进针基本只有一次机会，否则，针进错了再拔出来，就多了一个漏气的针眼。

孙慧和龙森浩以常人不可想象的速度，用了二十分钟就把所有连接左肺上叶的血管都断掉了，两个人的器械来回穿梭，配合着汪峰的音乐，称得上近乎神技的操作。

现在，左肺上叶就只剩下气管和人体连接着了，这才是手术最难的部分。因为瘤子就卡在上叶的根部，马上就要长到主气管，也就是上叶和下叶交界的部位了。

孙慧用小刀把气管切开，把左肺上叶含有肿瘤的标本从伤口当中拿出来，像是一团深红色的海绵。

林小棠能够看到，在胸腔当中，一个环状的管道敞开着。这个管道是主气管，也就意味着，左肺下叶现在也已经完全没有任何功能了。下叶能不能接回去，就决定了这台手术的成败。

林小棠顺着赵步理的腔镜视角看过去，全是一根一根纵横交错的缝合线，根本分不清楚，但是龙森浩和孙慧不用说话便能知道。两个人把缝合的几根线分开打结，换成别人，以这么快的速度，也许早就成了一团乱麻。

只见线逐渐收紧，下叶的气管环和上叶严丝合缝地对接在一起。龙森浩飞速地打上线结，孙慧把水倒进去，韩冰很有默契地让病人左侧的肺重新膨胀起来。

几个人屏住呼吸看着胸腔里的水面。

没有一个气泡。不漏气。成功！

“迅速关胸！”

“是！”赵步理和龙森浩齐声回答，手下丝毫没有停顿，迅速把胸腔关好了。

妇产科的医生这个时候赶忙跑了过来，从无菌单的下面伸进去一个探头，探测了下。

秦红艳也配合地把音乐的声音调小。除了关胸的两个人以外，所有人都屏息凝神，努力倾听。

妇产科医生把探头轻轻放在肚脐下方。

“咚——咚——咚——咚——咚——咚——”

随之而来的，是手术间所有人的欢呼。胎心正常！孕妇一切正常！手术进行了一小时十五分钟就完成了，加上麻醉苏醒的时间，有希望在一小时三十分钟内全部结束！

孙慧深深地呼了一口气，虽然胸腔的粘连始料未及，但好在有惊无险。她看了看李有才，露出一个温和的笑容。

“有才，好样的。”

李有才讪讪地笑了笑，内心不知什么滋味儿。

龙森浩没有说话，但是也冲李有才点了点头。

这时电话响起，秦红艳接听了片刻就匆匆挂断了。

“主任，呼吸监护室说有床，问你们要不要过去那边。”

孙慧皱了皱眉：“呼吸科是怎么回事，平时对我们恨得不得了，总说我们抢他们生意，现在怎么倒赶着帮忙了？”

龙森浩也疑惑地摇摇头：“但是呼监确实离妇产科更近一些，有什么问题妇产科倒是能尽快处理。也许是呼吸科主任想通了呢，毕竟孕妇生命是大事。”

孙慧点了点头：“那就去呼监吧。”

“不能去！”

这时候，李有才突然大喊。

第12章 学术

你我皆凡人，谁比谁干净？

“不能去！”李有才腾地站了起来。

孙慧一脸狐疑地看着李有才，皱着眉头，几根银白色的发丝从两颊散乱地垂下。可以看出，她刚刚确实全身心投入了这场手术。

“呼监不是挺好吗，呼吸机设置得也专业，哪里都比我们的ICU好。而且主要是离妇产科近，为什么不去呼监？”孙慧觉得李有才的反应莫名其妙。

“呼监……它……”李有才支支吾吾道。

龙森浩表情有些怪异，他一边帮韩冰整理孕妇身上连接的各种数据线，一边不屑地说：“这是我的病人，你要是想放在自己科里开那些小神药，也不能开在我的病人身上。”

孙慧拍了拍龙森浩，示意他不要说下去。

“你……”李有才想发作，又不知从何开口。难道他要说，去了呼监病人就完蛋了？他替孕妇感到有些悲哀，自己不惜把韩雨的话抛诸脑后救了她一命，现在又要亲手把她送进地狱？

但是呼吸科自己打电话过来，那就说明……韩雨早就料到他李有才下不了这个狠心，所以预先安排了呼吸科的人主动找上门来。看来这件事可能真如韩雨所说，是一件非同小可，甚至恐怖的事情。

他到底还是不愿眼看着孕妇走进韩雨的圈套，于是又忍不住恳求孙慧：“我是觉得呼监对术后排痰的护理太不到位了。很多病人过去之后，总是不让他们下地活动，导致痰咳得都不好。我是一片好心，偏偏有些人狗咬吕洞宾。”

“好了，别争了，就去呼监吧。明天没事儿早点接回来不就好了。有才，你快去忙吧。”孙慧看上去有些疲惫，摆了摆手。

“可是……”李有才看孙慧已经有些不耐烦了，没敢再说下去。他无奈地看了龙森浩一眼，又看了一眼台上的孕妇，悻悻地准备离去。

这时，龙森浩突然想起来什么，对巡回的秦红艳说道：“秦姐，帮我拿一个袋子，把刚刚用剩下的这些国产的夹子装起来，一会儿我带走。”

李有才心中咯噔一下。难道刚刚在手术台上，龙森浩说的话并不是一时兴起，莫非他真的知道些什么？

他看着龙森浩，似乎觉得他正和孙慧使了一个眼色，孙慧也不动声色地点了点头。

李有才心中一阵惊恐，他不相信龙森浩真的知道他和韩雨之间的这点秘密。也许龙森浩心里有怀疑，但绝不可能拿到证据。但如果自己此时问龙森浩留夹子的目的，一定会引起警觉。他不敢冒险，只得带着满腹疑问先离开。走出手术间，他不禁回头从门上的玻璃向里张望，可龙森浩和孙慧并没有更多的动作。

刚出门，李有才就接到了韩雨的电话。

“怎么搞的?！你怎么还上手术了?！”

李有才发现自己在这位副院长面前真是无所遁形，不知道该解释什么。

“算了，你能成功让他们去呼监，也算是没跳出咱们的计划。”

听到韩雨说“咱们”，李有才一阵恶心。况且去呼监根本也不是李有才建议的，韩雨心里应该十分清楚，但他还是这么说，显然是有意要把自己拉下水。

“等到了呼监，你就什么都别管了。有才，你做得很好，干大事，就是要这样。”

“但是……”李有才突然想起龙森浩私下留夹子的事情，又想了想，“没事，我知道了，韩院长……”

对方挂断了电话。

只要以后再也不用那种国产的夹子就行，等东窗事发，让韩雨自己承担后果吧。李有才想到自己刚落实好的学区房，剩下的事情，他不想再和韩雨这种人掺和在一起了。

* * *

“怎么样，那个孕妇的手术成功吗？”柳晴川见赵步理意气风发地走来，似乎已经看到了答案。

“有主任和师兄们在，手术太顺利了，太漂亮了！”赵步理不由自主地咧开了嘴。

“那……比你给我做的手术，还成功吗？”柳晴川笑着问。

赵步理一窘：“这个嘛……你的手术也是主任做的，我只是打打酱油。哦对，你不是出院了吗，怎么还没走？”

柳晴川穿着宽松的T恤，长发随意地束了起来，辫子从左肩垂下。她的面容还有些憔悴，但眼神仍然闪着温暖的光泽。

“我等那个小鬼呢，他好像在找你。我马上就要走了，赵医生，我们……有缘再见吧……”

赵步理曾经反复练习过很多次要嘱咐她的那些话，但是这些在出院通知单上已经写得非常清楚了，而且严格意义上，自己也不是她的主管医生，说太多似乎也不合适。

他也知道，在住院信息上就可以查到柳晴川的一切资料，地址、电话等一切信息应有尽有，但内心还是期待柳晴川主动留给他一个联系方式。

不过知道这些又有什么用呢？她再怎么符合自己对“心上人”的一切标准，她都已经有孩子了……

然而他不知道的是，柳晴川此时的内心也正煎熬着，只是她的心情恰恰和赵步理相反。她眨了眨明亮的眸子，欲言又止。

两个人僵持了一会儿，谁也没有说话。

柳晴川终于叹了一口气，从口袋里轻轻掏出一样东西，是个用三种不同颜色的麻绳编织成的手串。她用手轻轻攥了攥，把它轻轻提了起来。

“感谢你，我的大医生。我自己做了个小东西，想把它送给你，不值什么钱，但在其他地方应该都买不到。不知道，你愿意不愿意要……”

“要要要！”赵步理赶忙伸手接过来，放在手里把玩着。他发现这个手串很精致，上面有一个奇怪的符号，似乎在哪里看到过，好像是一团小小的火焰，又像是一棵树苗的样子。

柳晴川见赵步理收下了自己的礼物，也是心花怒放。她终于鼓起勇气和赵步理说话：“其实，赵医生，我现在……”这时，她的视线里出现了一个人，于是赶忙和赵步理说，“快快收起来，收起来……”说完便做了个收声的动作。

赵步理不明就里地照做，脸上的傻笑还没来得及收起来，就看到林小棠兴高采烈地扑了过来。

“狗不理、狗不理！你太棒了！”

奔着奔着，林小棠没注意到脚下，被一根不知道谁放在那里的电线绊到，整个人像只飞翔的鼯鼠一样笔直地摔了出去，保持着飞行的姿势滑到两人的脚下。

林小棠尴尬地站起身，眼珠子左右转了转，威慑性地看两人是不是在笑自己。排除敌情之后，才噘着嘴拍了拍衣服。接着又见两人一脸错愕，低头看了看自己才发现，白大褂上全是一摊摊的深红，鼻子当中的液体正在不停地向下滴。

糟糕！

林小棠赶忙一边用手堵住鼻孔，一边仰起头，然后走到柳晴川身旁，指着自己的鼻子，没有说话，发出“嗯嗯”的声音。

柳晴川也反应过来，马上点点头，从身上找出一包纸巾递给她。

林小棠把纸巾做成两个卷，塞进鼻孔里面。只见深红色的血液洇透了纸巾，血似乎暂时止住了，林小棠松了一口气，看两个人正憋着笑，于是叉起腰。

“我说你也太幸灾乐祸了吧！昨天咱们怎么也算是战友啊，能帮那个孕妇做手术，怎么也有我一份功劳吧，你现在怎么，见色忘义啊你！”

赵步理赶忙憋着笑解释：“其实，那个孕妇的老公之所以没有再坚持，也有柳晴川的功劳。”

林小棠脸上的表情突然凝滞了一下。她看看柳晴川，又看了看赵步理，似乎想确认什么，然后做出一脸豁达的样子说：“我不管，反正这事儿没我办不成！既然现在孕妇平安无事，你是不是该报答我？”

赵步理刚想说话，只见柳晴川低下了头，和赵步理小声说了句“再见”，便提着箱子慢慢向门口走去。赵步理的脑袋像是被线拽着，也慢慢转向了门口。

林小棠看着赵步理那恋恋不舍的眼神：“怎么，这就喜欢上啦？你要想清楚，这可是咱们的病人。”

“不是，我只是觉得她身上有种……”赵步理试图想出一个让林小棠不会太生气的词，虽然他也不知道林小棠为什么要生气，“有种神秘的感觉。我觉得我似乎见过她，至少见过一些和她有关的事情，只是我想不起来。”

林小棠看着赵步理认真的样子，心里很是不平衡，小声嘀咕：“要是你对我也能这么认真该多好……”

赵步理没有听清：“什么？”

“没什么！我只是觉得她不适合你，你那么废柴，人家跟天仙似的，凭什么看得上你啊！”

赵步理挠了挠头，笑着点了点头。林小棠原来一直觉得，赵步理是只癞皮狗转世，没皮没脸的，拳头打上去总像打在棉花上，所以她才给赵步理起了个外号“狗不理”，而且只准她自己叫，别人叫她还生气。但是此时此刻，她似乎觉得，赵步理真的有些失落了。她从来没在赵步理脸上看到过这种表情，认真得让她有些心疼。他一直以来都是吊儿郎当的模样，让林小棠差点忘记，这是个真实的男生，也会真诚地喜欢一个人，哪怕那个人不是自己。

林小棠思索得有些失神，低下了头。

赵步理这时发现，林小棠的鼻血正越流越厉害，赶忙又拿了张纸给她："你再好好压一下，怎么平路也能摔着……"

林小棠被他的话气得跺了下脚，但是接过纸，心里突然又温暖起来。她看着眼前这一大摊血迹，心情突然冰到了极点。

"喂，狗不理。"

"啊？"

"如果，我是说如果，我也和那个孕妇一样，可能不久之后就会死，你会和我在一起吗？"

赵步理下巴差点掉到地上去，这样的大姐大他哪敢招惹。

"不敢不敢，我哪儿配得上你……"

林小棠难得认真地看着他："如果呢？或者说，你如果知道一段感情是没有结果的，你会怎么办？"

赵步理看着林小棠，心想，今天这两个女生怎么都怪怪的。他沉思了一会儿，抬起头说："那我会给你买一万根你喜欢吃的棒棒糖，每天给你吃一根。如果你只活了一千天，剩下的九千根，我就替你吃，吃成一个大胖子，谁也看不上的那种。怎么样？"说完便咧着嘴傻乎乎地笑。

林小棠听了若有所思，好像在算一千天是多少年，九千天又是多少年。等她想明白了，突然就笑了："你不怕得糖尿病啊，弱智！鬼才会喜欢你。"

赵步理也只是憨笑。林小棠损他的时候，他反而觉得最自在。

林小棠转过头揉了揉有些泛红的眼睛，鼻子上的血还在不停地顺着纸巾往下淌。她转过身去，又忍不住回头说："谢谢你，狗不理。其实，我妈妈也是明知道自己活不了太久，还是坚持生下了我。这么多年，我一点也没有怪过她，而且我也从来没有觉得我比别人少了什么。我反而觉得，妈妈留给我最重要的，就是勇气。我比别人更明白，活在当下是件多么重要的事情。我经常觉得，妈妈还在这里，就在我身边。"

林小棠有些哽咽，于是笑了笑："真的，谢谢你。"

接着，在赵步理惊讶的眼神中，林小棠捂着鼻子蹦蹦跳跳地离开了。赵步理觉得她像只小刺猬，用看似刚直实际上软绵绵的尖刺来保护自己，却对他露出了最柔软的肚皮。

* * *

韩冰在楼梯上叫住了龙森浩，眼神充满了无奈和失落。

“那个女孩还是没有收你的钱？”

“没有，我每个月都打一千块钱，但是她一分钱也没有取过。”

“再等等吧，她慢慢会明白的。事情已经过去这么久了，你还要惩罚自己到什么时候？”

龙森浩不说话，韩冰咬咬牙，转头看向别处：“森浩，你不愿意像以前那样，也不愿意再搭理我，到底是不是因为我爸爸？”

龙森浩看了她一眼，决绝地转过头，留下一个棱角分明的侧脸：“没有，你想多了。”他用手扶着栏杆，望着窗外。这段楼梯直通手术室，楼梯另一侧是贯通两层的大落地窗。太阳刚刚从正午天空的顶点向下滑落，却被厚厚的黑色云层遮住。天气预报刚刚发布了雷电红色预警，看样子，天空正酝酿一场久违的大雨。

韩冰有些不情愿地解释：“我爸爸不是你们想象的那样。他只是身居其位，有太多无奈。我相信他不会针对你的……”

“他最好别有什么过分的行为。如果逾越了我的底线，我一定不会放过他的。”龙森浩说得很用力，每一个字都像重锤一样敲打在韩冰的心上。她站在比龙森浩低一级的台阶上，仰望着那个光芒照耀下的坚毅身影。

“如果真的有一天，他做错了什么事情，而你手里有选择的权利，你能不能放他一马？他真的没有害过人，他和你们主任只不过是立场不同。”

龙森浩摇了摇头，转身靠在扶手上，面对着韩冰：“我们和他之间，只能剩下一个队伍。该来的总会来的，很多事情，我说了也不算。”他说话时，有意回避了一下韩冰的眼神。

韩冰心里的最后一丝幻想破灭了，她苦笑着说：“你们的眼里永远只看见这些毫无意义的东西。不过，我还是会等你，等你彻底走出来的那一天。”

龙森浩转身：“别等我了，不值得。我已经不是曾经的我了。”说完便迈开步子向楼下走去，经过韩冰时闪了闪身，没有看她一眼。

“所以说，你心里也从没有把我当过你的女朋友，或者别的什么，对不对？”韩冰突然问。龙森浩站住了，喉结艰难地动了动，却没有发出声音。

于是她冷笑一声："那么，我喜欢谁，愿意等谁，和你没半点关系。"

韩冰说完大踏步走上楼去，大力推开了通往手术室的门。她没有流泪，没有笑，没有不安。她反而格外安心，因为知道自己真正喜欢谁，想和谁在一起，想过怎样的生活，这种期待反而让她觉得踏实。

她突然又想起过去的龙森浩，一起上学的时候，他总能第一个说出那些拗口的解剖名词的拉丁文；见习的时候，他总是在晚上去病房里找病人练习问病史、查体；做住院医师的时候，他总是抢着管别人躲都躲不及的病情和最复杂的病人。

他家境富足，本来能接替父亲的家族企业去做高管，偏偏选择了做医生，常常一边吃着几块钱的凉面一边看文献。韩冰长这么大，没少见过来拜访韩雨的达官贵人，很多也带着自己的孩子。但是韩冰从来没看过一个有钱人的孩子像龙森浩一样正直、上进，毫无纨绔子弟的架子和俗气。

龙森浩曾经意气风发地和她说："韩冰，以后我们成立一个组合吧，叫冰龙组，你麻醉，我开刀。我们可以去最贫穷的地方开一刀，再去战乱的地方开一刀，再去北极圈开一刀，你说怎么样？"

"好啊，顺便再看个极光！"韩冰附和道。

"对，还可以看企鹅。"

"企鹅是南极的！"

"……"

韩冰记得当时的他在讲述这些未来的时候，眼睛里流转着夺目的光芒。她被那种全身心的投入深深吸引，曾暗下决心，他若不离不弃，自己必当生死相随。

他曾经那么执着、乐观，虽然外表冷淡，但是内心对任何人都友好热情。

可是，就在那一次，他初生牛犊不怕虎，没有听孙慧的劝诫。在用腔镜完成了几台漂亮的手术之后，终于轮到了那个他一生都无法忘记的女孩。

那场手术，也恰好是韩冰麻醉的。手术过程原本非常顺利，然而快要结束时，韩冰注意到龙森浩眼神游离，不停地用吸引器在一个地方反复吸、反复检查。从腔镜的屏幕上看去，那里既没有出血，也没有损伤。可龙森浩就是迟迟不关胸。

她到后来才知道发生了什么。一个小得不能再小的失误，却彻底改变了两个无辜者的生命轨迹。

出来吧，森浩，不要再为难自己了。也不要再……让我等了。求求你。

傍晚，办公室。

这样的暴雨天，小大夫们见病人没事，便早早把事情做完，找个理由开溜了。办公室里的电脑前面，只剩下一个身影，正把头紧紧地埋在闪烁的电脑屏幕前面，有些笨拙地敲着字。

这个人正是李有才。他的桌子左边放着一台破旧的笔记本电脑，笔记本电脑的风扇噪声很大，反应迟缓，型号堪称古老；右边则是办公室的电脑，只能连接内网，用来开具医嘱和写病历。

他疯狂地翻阅了十几篇文献，这些文献题目下的作者栏里，最开始的位置无一例外都写着“Senhao Long”。也就是说，这些文章的第一作者都是龙森浩。

正因为龙森浩在做主治医师期间就发表了如此多高质量的文章，才在各个学会里都混得风生水起。他几乎每个月都会被各地的学会拉去演讲，在肺癌青年委员会已经崭露头角，很多大佬都对他青睐有加，还有些非常有名的单位甚至不惜和孙慧撕破脸也要偷偷伸出橄榄枝，但丝毫没有打动这位龙少爷的心。也因此，这家医院的正院长更加努力扶持他，将所有的资源都向他倾斜，甚至不惜伤害副院长科室一些年轻人的利益。

但是这些优待完全和李有才无缘。在这些发表的文章当中，李有才的名字往往都在龙森浩的后面一位，也就是第二作者。然而，就是这几毫米位置的差别，决定了这篇文章是龙森浩的，并非他李有才的。龙森浩有的一切荣誉，都与他毫无关系。

李有才飞快地阅读着这些文章，同时调出科室的公共数据库，用统计软件重新测算龙森浩文章中的数据。没错，短短几年发表这么多文章，要说没有造假的成分，实在太让人难以置信了。李有才要做的就是调查自己科室的文章，设法找出龙森浩造假的证据，从学术上把他拉下神坛。

原本，李有才的算盘是把龙森浩拉下去，孙慧也跟着下去，自己便终得出头之日。然而现在，他满脑子只有一个想法：只要能查到龙森浩造假，他就能够劝说韩雨赶紧收手，放过那个他们千辛万苦救回来的孕妇。

有这一个把柄就够了，别造孽了，韩雨。李有才内心默念。然而他越努力调查，越绝望地发现一个事实。

他测算了整整十篇文章的数据，都准确无误地得出了文章中的结果。有几次李有才好不容易发现文章的结论对不上，然而在反复检查之后，发现是自己测算失误而已。

而龙森浩，就是利用他李有才也能随意使用的这些数据，发表了这么多他无法企及的文章。这一切似乎就是在告诉李有才：无论是学术，还是手术，他一样也比不过。

李有才咬了咬牙，突然想到了什么，于是用鼠标点开了一篇他最开始看的，也是验证完全无误的文章。

如果说，这些录入的原始数据，是错的呢……

李有才打开随访系统，这是寒城市人民医院专门建立的，作用就是随访所有病人的术后情况，例如是否还存活、是否有复发和转移等。医院专门聘用了一个小组来负责此事，他们每天的工作就是按照时间给所有手术后的病人打电话，并把结果反馈给临床医生。

这些宝贵的资料，正是需要孙慧的签字才能够拿到的。

李有才用孙慧的账号进入系统，用他觉得最笨也是最直接的方法，重新核查了一遍随访数据。他把随访的日期设置在龙森浩文章中记录的时间，保证万无一失。毕竟，自己正要把一个屎盆子扣在龙森浩的脑袋上，一旦扣歪了，自己就得背起这口锅，届时韩雨是看都不会多看他一眼的。

他一条一条地核查随访系统和科室录入系统的 Excel 表格。

"一样，一样，一样，这个也一样……这个……"

李有才突然惊喜地挺直了腰板。在随访系统当中，赫然有一个名叫孙二强的病人写着"死亡"，但是在自己科室的系统当中，写着"存活"！

不只是孙二强，李有才又继续往下数，总共 700 多份病例，居然有 30 个是错的。

不对，是假的！造假！

一定是龙森浩在计算之后发现结果不好，就把这些原始数据做了改动，然后又把动过手脚的原始数据发给了孙慧，让别人在查阅时也发现不了。毕竟，不是所有人都像李有才一样，会一条一条地去核对。

在科研圈里，这样的事情太正常不过了。统计学上只有 p 值小于 0.05 才算两组之间有统计学上的差异，假如一个人发现了一个结论，用统计软件计算之后，发现 p 值是 0.07，刚好离统计学差异差那么一点点，那么，这个人有可能稍微改动一下数据，让死的病人变成活的，哪怕稍改几个病人，最终结果就会变得非常漂亮。

所以，这是赤裸裸的造假！

李有才心扑通扑通直跳。他似乎发现了一条可怕的铁证，能让龙森浩在未来，永远，都翻不了身。无论他在哪家医院，都要一辈子背负"造假者"的名声。任何期刊都不会再接收他的文章，也就意味着任何医院都不会再接收这样的医生。

龙森浩，在这个体制内，你算是完了。

李有才看了一眼门口，一直没人进来打扰他。于是他把随访系统上的资料分别拍照、打印好，在两份表格不一样的地方用笔做了标记，还把分析出来的结果和文章中的结果做了一个对比，也把这些内容打印出来。一共二十多页纸，上面没有一处字是自己手写的，最多有些圈圈画画。这样一来，就没人认得出他了。

李有才干完这些，欣慰地叹了口气，把这些资料整齐地放进医院统一规格的牛皮纸袋里。这样便能体现出是医院内部人发现的，就算是匿名举报，也更有说服力，另外，自己在其中一个地方还偷偷仿照一个人的笔迹，做了一些批改的痕迹。

这个人，自然就是赵步理同学了。

李有才也有些不忍，毕竟赵步理与他无冤无仇，但是他实在找不到第二个更好的人来栽赃了。这个举报人需要离龙森浩距离够近，还要像自己一样能拿到科室的核心数据。即使从动机上大家再怀疑他李有才，有了笔迹这个筹码，至少赵步理也会有和他同等的嫌疑。无论如何怀疑，龙森浩都会出局。而别人捕风捉影的闲话，有赵步理和他一起背负，压力也要小得多。

李有才把牛皮袋捆好，锁在自己的柜子里。接着匆忙穿好白大褂，向呼监走去。他这次去呼监，为的就是让韩雨早点收手。即使韩雨怪罪他扰乱了“计划”，他也可以拿龙森浩的事向韩雨邀功，让韩雨顺势放弃那个可怕的安排。韩雨毕竟是个医生，李有才相信只要有别的选择，韩雨应该还不会丧心病狂到那种地步。

这么想着，李有才登时觉得内心充实起来，好像自己变身成了一个正义的使者。

呼监离胸外科非常远，需要穿过空中长廊，再走到地下二层。他下到底，发现光线非常昏暗，毕竟已经是下班时间，为了省电，所有的灯都处于声控关闭的状态。

李有才没有把灯光唤醒，悄悄走在这条晦暗空旷的长廊上，这种感觉反而让他更踏实。这里的病人和家属都很少，因为监护室不允许家属陪护。一方面为了防止交叉感染，一方面为了避免抢救时，其他家属在场会导致潜在的医疗风险。他们一般会选择在附近的旅馆住下，如果病人发生紧急情况，医生会打电话通知病人家属尽快过来完善签字等手续。

李有才在走廊的尽头看到了呼吸监护室的牌子，而门口正坐着的，是那个孕妇的爱人。

男人的眼窝深深陷了进去，似乎一整天都没有休息了，看到李有才来了，知道是胸外科的医生，于是弯着腰直起身子，轻轻鞠了个躬。

“谢谢医生，您是来看她的？里面的医生不让我进去，您能帮我把这张纸条交给她吗？她特别胆小，又怕黑……”

李有才接过纸条，朝他温和地笑了笑，扶着他坐下后刷门禁走了进去。他在换鞋处戴上口罩、帽子和鞋套，走进了呼监的病房。

孕妇的病房在最里面，是由一面玻璃围成的小病房。这算是最高规格了，只有最危重的病人才会在这间病房接受治疗。

然而，李有才发现好像哪里不对劲。

理论上，这间病房会配备最细心的护理，通常有两个护士看着，但现在一个护士都没有。其他床位边都坐着一个护士，在记录病人的体征，查看病人的情况，偏偏这个病人身边空空如也。

好在孕妇已经拔掉了气管插管，不需要呼吸机帮助呼吸，因此，大大降低了呼吸机相关肺炎的风险。孕妇虽然戴着面罩，但能看出她正非常吃力地呼吸着。除了肚皮一直鼓着，胸廓也在用力地起伏。

这是呼吸衰竭的表现。虽然监护仪孕妇的血氧还能维持在96%，但是在高流量的吸氧状态下，她还需要这么努力地呼吸，说明病人很快就会处于呼吸肌疲劳的状态，这将导致二氧化碳潴留，出现严重问题。

李有才对孕妇笑了笑，孕妇也艰难地挤出一个微笑，表示谢意。

李有才走过去握了握她的手，发现她的手冰凉，而且全是汗，心中有些惴惴不安。

他看了看输液情况，输液泵正在以80毫升每小时的速度滴注。这个速度对孕妇这样的体重而言应该非常安全。只有当输液速度过快，才会导致严重的肺水肿，造成呼吸衰竭。

韩雨到底做了什么手脚？

李有才又看了看孕妇的尿量，颜色很黄，似乎只有500毫升，比他预想的要少一些，但考虑到这么慢的输液速度，这种尿量也算合理。

这么看来，孕妇的呼吸困难似乎并不是常见的原因所致。那只能理解为孕妇接受肺手术之后的应有状态？毕竟在这方面，他们谁都没有经验。

只要没有大的问题，就先继续观察吧。看来韩雨只是嘴上硬，不会真做出什么事。何况就算他想做，要想指挥一个与此事毫不相干的人去伤害病人，呼吸科的主任也做不出来吧？

李有才稍稍放心，又看了看孕妇的各项指标似乎没有什么大问题，便把手里的纸条交到孕妇的手中。

孕妇疑惑着接过纸条打开，挣扎着看了一眼便笑了，眼中噙满了泪水。

李有才凑过去，发现纸条上画着一只猫，画得十分幼稚，应该是男人和孕妇共有的故事。李有才也为之动容。曾几何时，他的梦想也是成为这样的男人，为爱人和孩子撑起一片天。但是他和那个等候在监护室外的男人从来都没有想过，这条路会如此艰难。

李有才又检查了一遍孕妇的各项指标，均未发现异常，便松了口气。他拍了拍孕妇的肩膀，叮嘱她平静均匀地呼吸，便准备离去，刚一抬头，看到龙森浩正站在呼监的门口，用鹰一样的眼神锋利地盯着他。

李有才堆起笑，装作漫不经心的样子走上前："哟，大师兄也来看病人？"

"李有才，你跟我过来。"龙森浩瞥了一眼孕妇的监护仪，发现确实没有异常，便头也不回地来到换鞋的走廊，靠墙站住。

李有才只好跟过去："怎么了，谁又惹您生气了？"

龙森浩冷冷地看着李有才："李有才，我最后一次警告你，远离你不该接触的人，也不要放弃你做医生的底线，否则别怪我不念咱们同门一场。"

李有才见龙森浩撂了狠话，想到自己刚刚发现他造假的证据，也挺起腰板："我不知道你在说什么。咱们大家都不是什么干净的好人，就别在这儿装菩萨了！"

龙森浩伸了伸大拇指："你有种。不过这个孕妇是咱们一起玩儿了命救回来的，你再怎么见利忘义，也不能害人，我劝你早点收手吧。"

自己真心实意要救病人，却蒙受这种侮辱，李有才终于收起一直堆在脸上的假笑"你大爷的龙森浩！就许你来看病人，不许我来是不是？你是狗吗？到处乱咬人！我来看看病人关你屁事！"

看到李有才动怒，龙森浩也丝毫没有示弱。他上前几步，站在李有才面前，冷着脸，一字一句地小声说："我知道，那批夹子有问题，夹血管根本就夹、不、牢！"

李有才拼命平复自己狂跳的心脏，让自己看上去不要像个气急败坏的小丑。龙森浩的话声声入耳："那家公司早就知道了这个问题，已经下令召回。但是那个代表瞒着公司，在公司的账本上做了点手脚，所以名义上那批夹子已经被销毁了。实际上，这个人负责的几家医院还在偷偷使用产品，对不对？"龙森浩的脸离李有才越来越近，李有才的眼神已经开始有些飘忽。他的喉结不由自主地动了动。

"也因此，这批夹子的收入，没有进入公司，而是完完全全进入了这个医药代表和使用夹子的医生的腰包。真是应了那句老话，如果有 100%的利润，资本家们会铤而走险；如果有200%的利润，资本家们会藐视法律；如果有300%的利润，那么资本家们便会践踏世间的一切！

“不过很可惜，有人告诉我，这个代表已经被抓起来了，现在在医务部门正在严查他所负责的几家医院。据我所知，最近咱们医院还在用这个夹子的，似乎只有……”

李有才后退了一步，他的心脏此时似乎要跳出来了。

“没错，只有你和韩雨两个人。”

龙森浩闭上了眼睛，转过身：“收手吧有才，主任也知道这件事了，让我把你尽量择出来，就说我们科使用时不知情。主任会说，是她让你和我一起用的。但是……”龙森浩顿了顿，终于一拳砸在墙上，“有才，你倒是给我争点气啊！”

李有才一哆嗦，不知道是为龙森浩的手感到疼，还是因为自己正惶恐得如一只惊弓之鸟。

龙森浩慢慢走远了，李有才软着身子走出监护室，看到孕妇的爱人颤颤巍巍地站起来，带着期待的眼神看着李有才。

李有才眼神里全是悲伤，但还是艰难地摆出微笑，对男人点了点头。

“我给她了。她……挺好的，也睡了，你放心吧。”

男人的两行热泪滑下脸颊，无力地坐在凳子上，把头埋进了手掌。

* * *

李有才不记得自己是怎么回到家里的。他随手解开领带，脱下鞋扔在一边，歪在有些发黄的沙发上，思绪万千。

丈母娘走过来一顿数落：“这么大人了，袜子也不洗，鞋也乱扔，真当我是你保姆啊？你快去看看那个水龙头，都漏水好几天了。还有楼上天天晚上跺脚，白天又装修，烦死人了，我说话你听没听见啊？！”

李有才漫不经心地应承着，努力迫使自己从沙发上站起来。这时，妻子也从房里出来，轻轻关上了房门。

“老公，你前两天给曦曦剪的头发怎么跟狗啃的一样，太寒碜了，还把头皮划伤了。还有啊，曦曦这两天有点发烧，你别老说没事，你也不是这个科室的，要不找你儿科的同学帮忙看看？”

李有才越听越烦，终于把空调遥控器狠狠砸在地上：“我一个外科大夫！我天天在大血管边上动刀子的人！我能剪不了一个破头发？还有，一个破水龙头也要我弄？楼上吵，你们不会去说一声？！我算什么？！你们吃的、喝的、用的、住的，哪一样不是靠我！”

李有才破口大骂，脸涨得通红，两个女人见状吓呆了。

这时，屋里传来孩子的哭声，李有才终于清醒过来。他看着红了眼圈的老婆和一旁冷眼看着自己的丈母娘，听着女儿刺耳的哭声，内心就像有一万只蚂蚁在疯狂地撕咬。

他觉得自己好像做错了什么。但是无论自己说什么，做什么；无论是在单位还是在家里，他不都是被嫌弃的吗？他开始怪罪自己的一切，怪罪自己为什么小时候从来都只能玩垃圾桶里捡来的玩具，为什么一定要考第一才能被别人瞧得起，为什么如此努力却只能蜗居在城市边缘的一个角落，为什么要处处受制于人，为什么要被逼做出无奈的选择？这些都是为什么？

李有才摇了摇头，拿上手机，夺门而出。

* * *

此时的护士站。

“来小棠，这边坐，你怎么又请我们喝东西，多不好意思啊！听说你今天流了不少鼻血，还不好好休息休息，非陪那个废柴值夜班！”小云和林小棠套着近乎。

林小棠乖巧地坐在小云旁边，脸上发白，气色有些差。

“我跟你说啊，赵步理那个黑（倒霉）命真是不服不行，他经常一个班上走（去世）好几个病人！有时候班值得好好的，他一出现，立马躺下一个要抢救。还有的病房，病人马上就要出院了，他非去和人聊天。结果他刚走，病人就肺栓塞了，又在监护室住了好几天！最可怕的是他去给人家会诊，人家好好的病房房顶突然掉下来了，直接把人家老太太吓出了心梗！”

林小棠听小云添油加醋地讲，听得十分入神，不停地捂嘴笑。

这时小云突然若有所思：“不过，最近那个废柴好像和以前不太一样了，感觉比以前踏实了点，还经常干出点让人刮目相看的事情来。比如前阵子，我们抢救的时候抽不出血急得要死，这货拿着注射器，直接从病人股动脉里面抽出了好几管血来。我干了这么多年护士，还是第一次见大夫这么抽血的。也不知道他从哪儿学的。而且……”小云又看了看天花板，“最近他好像经常一个人在屋里，也不知道在干啥……”说着便和林小棠耳语，林小棠闻言也红着脸笑了起来。

但就在值班室里，赵步理正发出一声撕心裂肺的惨叫。

“我的笔记去哪儿了?!”

第13章 药理

笔记丢了

“完了……”

笔记不只让他不再是曾经那个临床废柴，还经常能提供一些临床上失传已久却十分奏效的方式，帮他扭转乾坤。最近，甚至有些人给他起了个“段誉”的外号，就因为他那一手技术像“六脉神剑”般时有时无，有时像个白痴，有时又像开了挂。光是孙慧就已经不下四五次问他“你这都是跟谁学的”，每次赵步理都只能点头哈腰装傻充愣，孙慧懒得和他较真儿，也就听之任之了。

笔记没了，虽然他已经看了很多。他发现，每次翻看这本笔记，哪怕是同样的内容，他也能够获得新的体会和感悟。这是任何一本教材都不可能带给他的，毕竟那是一个老医生毕生经验的总结。

不能学习新技能，不能成为临床的大牛，这些对赵步理都构不成困扰。他之所以这么着急，是因为笔记已经成了他最温暖的依靠。每当他被误解、被嘲笑、被奚落的时候，都能来到这个角落，听一位老先生给他讲过去发生的那些快乐或悲伤的故事。这些故事让他深深着迷，越发喜爱上医生这个复杂的职业。

但现在笔记没了，这些也都不复存在。他又重新回到了一个人、一个废柴、一个没有任何光明的人的处境。

赵步理发了疯一样地在休息室翻箱倒柜。不光是自己的，其他人的柜子他也没有放过。他在里面找到了小豪四五盒各式各样的、开了包装没用完的避孕套，发现了其他住院医师标注着“火影忍者特别学习资料”的硬盘，也发现了曾经以为被自己弄丢的五把伞、四把牙刷和十个水杯。

会去哪里呢?

他通常把笔记放在休息室座位最下面的柜子里。虽说这两天为了孕妇的事经常去妇产科和呼吸科交涉床位问题，有时匆忙中会顺手带上笔记，但他明明记得拿回来了呀……

他瞥向手边的一张传单，上面写着“游泳健身”字样，突然脑中闪过一个片段。

“早上我正吃着饭，路过妇产科那栋楼前时有人给我塞了这张小广告。我左手拿着煎饼，右胳膊夹着笔记，然后我用右手接过了广告，还和那人说了声谢谢……我吃完了之后，扔掉了煎饼的纸……”

赵步理的目光移向“游泳健身”旁边，那里赫然躺着一张煎饼纸。

我把笔记扔了！拿回了煎饼纸！

垃圾桶，对了，赶紧去翻垃圾桶！可那是早晨的事了，这都晚上了……

赵步理刚要出门，迎面就撞上了小云。小云从赵步理有些瘦削的身旁扫过去，发现男休息室里散落一地的美女杂志和红色、绿色、蓝色的套套包装盒，脸颊立刻飞起了一团绯红：“那个……有个病人也不知道今天怎么了，有点发烧，还有……脖子上都红了，陈彦豪说请你过去看看。”

赵步理心不在焉地答应了一声，赶忙错过身走过去，想着赶在处理完工作之后，抱着渺茫的希望去垃圾桶那儿翻一翻。

这时候正是晚上九点，赵步理着急地挨个儿病房寻找陈彦豪的身影，终于在拐角处的病房发现了正和病人家属说话的他。陈彦豪见他来了，和他汇报起病情来：“这是个肺术后的病人，老人脖子上红了一片，而且体温稍微有些高，37.8℃。我看着没什么事，觉得不太像是感染，你帮我看一下吧。”

自从发现赵步理的手术技巧经常令人出乎意料之后，陈彦豪对赵步理越来越尊敬了。

赵步理点点头，下意识地想在仔细观察之后回去偷偷翻笔记，但突然想起笔记丢了，只能叹口气对陈彦豪说：“要么就是今天输什么液过敏了，要么就是……感染？”

陈彦豪对赵步理说的这句废话有些摸不着头脑，赵步理只好继续瞎编：“嗯，今天有没有输什么特殊的液？”

一旁的小云摇了摇头：“今天就是常规的那些抗生素、化痰药。顶多是今天病人尿少，主管大夫临走的时候给加过半支利尿剂。”她又想了想，突然说，“还有，今天病人说伤口又疼了，还加过一次口服的止疼药！”

赵步理像是抓到了救命稻草一样，对陈彦豪说：“那就是了，给点抗过敏药吧！我先参加个会诊，回头再说。”说完便脚底抹油消失了。他怕再多待下去，小豪或病人会问起更深的问题。没有笔记的他，现在就像丢了魂，心虚得手心都冒汗。

赵步理匆匆忙忙冲向门口，发现外面电闪雷鸣，正下着瓢泼大雨。趁着电光闪起，他的眼睛飞快锁定了离门口不远的那个垃圾桶，立刻就要往瀑布一般的雨水里冲。

“狗不理，我正要来陪你值班呢，你在干吗？”林小棠刚好打着伞经过，一脸蒙地看着他。

赵步理含糊其词地说了声“没事”，之后把手机交给她，让她帮忙拿上楼，自己冲到了雨里。大雨像瀑布似的倾泻下来，赵步理觉得呼吸都变得困难。他奋力地蹚过地上河流一般积满雨水的小路，艰难地走到垃圾桶前。

他甚至连手套都没有戴，就伸手掏起来。垃圾桶里全是被雨水泡烂的杂物和烟头，别提有多恶心了。但他仍然努力翻着底部，期待着奇迹出现。

这时候，眼前出现了一个单薄的身影，对方身上的蓝白细条纹连衣裙已经被雨水完全打湿了。

“你来干什么？”赵步理挣扎着睁开眼睛，摆了摆手示意她赶快回去。

林小棠脸上也全是雨水，她抹了一把脸，在暴雨声中大喊：“你找什么啊?！我帮你找！”说着也把手伸进垃圾桶。

“赶紧回去，雨太大了！”赵步理把刚刚翻过垃圾的手在身上蹭了两蹭，用力推林小棠。

“你快说找什么！我找东西可牛了！”林小棠不为所动，手继续在垃圾桶里翻，“这里面什么东西啊，好黏！”

“估计是病人的痰！你还不赶紧回去！”

林小棠立刻露出极其嫌弃的表情，顺势把手往赵步理的衣服上蹭。赵步理下意识地要躲,但还是没动,硬生生看着林小棠在自己衣服上擦手。两个人突然相视大笑起来。

“是一本褐色封皮的书，找一下，没有就算了！”

“是很重要的东西吗？”林小棠一边往外掏垃圾,一边大声问。见赵步理没有回答，只是郑重地点了点脑袋，她心中便有了答案，明眸被闪电映得更加亮晶晶，嘴角却挂着笑。

她歪着脖子偷偷看着这个被大雨浇得通透的男孩。不知道为什么，她已经慢慢习惯了这个废柴经常在她眼前晃悠，习惯他讲临床上有趣的故事，习惯在他试图讲知识但是讲不出来的时候帮他圆场。

但是他认真起来的时候，让她觉得他那么自信。他的眼睛不大，但是他看任何人的样子，坚定而温暖。

在几个过往行人惊诧的眼神中，两个人把垃圾桶翻了个底朝天，仍是没有找到那本“褐色封皮的书”。赵步理挺直腰喘了口气，在大雨当中又环顾了一圈，最终放弃了希望。

从今以后，他又会变回那个废柴赵步理、别人眼中的狗不理。更重要的是，他再也看不到那些传奇的故事和那个传奇的偶像了。

他就着雨水洗了洗手，拉起还没放弃寻找的林小棠，头也不回地朝病房大楼走去。林小棠被牵着手，暗自窃喜。她正要顺势攥紧赵步理的手心，赵步理却毫无征兆地松开了她。他垂头丧气地说道：“快跟我去手术室洗个澡换套手术衣吧，别着凉了。”说完便晃悠着脑袋，迈着有些沉重的步子向楼梯走去。

* * *

赵步理一边冲澡，一边想起自己最后一次看笔记的光景。那是在前几天的一个夜晚。

1940 年的那一天，似乎也是个夜晚，方鸿铭抱着一个婴孩。孩子只有半岁的样子，嗷嗷大哭着，脸上、身上全是红色的疹子，大片大片的很是瘆人。一群医生围着他，在方鸿铭的记录中，这些人“各怀鬼胎，不安好心”。

汝不但自寻烦扰，更为医院招致祸患！
汝之孽债，岂清偿乎？梁家苦主已恕之乎？岂可再造罪孽！
婴童夭亡，乃是天意，汝医致死，则为罪愆！

方鸿铭应该是在晚年写下的这段回忆，因此他的视角应该在 1960 年左右。能够明显感受到，方鸿铭在两个完全不同的时期，始终保持着一份平淡的心境。

他对所有人说：“吾决意救治此儿。吾救之，则为寻死；不救之，则为等死。汝等皆知，吾辈别无上选！抗体已无，此战难为，然吾辈自身即为抗体！”

他抱着婴孩，将一管红色的液体注入婴孩的输液里。那是血液，方鸿铭自己的血液。

在那个时代，他没有考虑更多，甚至不清楚血型不同到底会不会产生严重的过敏反应和肾损害，也没有考虑这样做会不会再次惹来官司，他就是这样做了。

然而几天后的结果告诉所有人，这个方法奏效！

麻疹的免疫球蛋白虽然没有了，但是成人的血液当中，都有麻疹的抗体。于是方鸿铭问了所有人一个问题。

如果你有1%的机会救病人，你甚至可能会害死他，你愿意做吗？

这个问题穿越了数十年，来到了赵步理的面前。

赵步理在温暖的水流下回味着这句话。方鸿铭曾经有一句话说得很对：西医是伴随着传教活动进入中国的，在传播的过程中，首先是宗教，然后才是科学，但是在中国本土化的过程中，宗教不断地被排外清除，只有科学最终扎根生存下来。

赵步理也发现自己在临床上正不由自主地变得和许多医生一样，更加小心和世故。例如，每种药都有副作用。久而久之，赵步理难免会遇到棘手的并发症。所以很多时候，他宁可让病人忍着疼和不适，也小心谨慎地用药。

而像方鸿铭这样，能用这种危险的方式去治疗孩子的，如今恐怕再也没有哪个医生会这么做吧？遇到临床无法救治的情况，大家宁可选择不去积极处理，也不想碰这种烂摊子。

用自己的血救别人，放到现在，恐怕又是一场农夫与蛇的故事。

不过他们说的“梁家”是什么？笔记中似乎很多次提到“林小姐”，难不成方鸿铭和林徽因、梁思成还有什么瓜葛？

赵步理猛地捶了捶脑袋，泄气般关掉了水龙头。

如果能找回那本书，我一定把它放在枕头底下，或用绳子拴在脖子上！

赵步理走出门，稍微等了一下，直到林小棠也走出来。她的头发还有些湿，见赵步理在等她，很乖巧地把头发理顺，小跑过来。

“你没事吧……那本书很重要吗？是不是很难买到？要不要我找人给你问问？”林小棠看赵步理今天心情有些低落，也收起了自己一贯的玩笑姿态，说罢紧接着打了个喷嚏。

“没事，不管它了，多谢你。”赵步理勉强对林小棠笑了笑，心中生出一丝暖意，“走，你都换上刷手服了，咱们去看看那个孕妇怎么样了？”

林小棠连连点头。她发现自己只要努力地笑，就会带动赵步理也不由自主地咧开嘴。这让她心中满是欢喜。

赵步理敞着白大褂，双手插兜，穿着拖鞋一言不发地向前走。林小棠在一边唠唠叨叨地说着最近上课发生的趣事，以及那些学生之间流传的医院老师们的八卦。赵步理不置可否地听着，时而配合地笑笑，但大部分时间眼睛仍然看向地面，沉默得简直不像他。林小棠不管这些，仍是自顾自地努力逗赵步理笑。说话间，呼监已经到了。

他们和门口的男人打了招呼，走了进去。来到孕妇的床前，赵步理紧张起来，林小棠的笑容也凝滞了。

孕妇的状态太糟糕了。她已经不似白天看到的那样平静呼吸了，只能歪着身子，双手撑着床，像不小心跳到岸上的鱼一样大口大口地吸入明明很充足的氧气。她戴着储氧面罩，调到了最高的 10 升每分钟的流量，但还是不够，监护仪上的氧饱和度只有 90%。

赵步理通过《怪医笔记》教给他的那些小技巧粗略地计算，病人现在一定处于呼吸衰竭的状态。结合病人目前端坐呼吸的状态，他很有可能遇到了和当初方鸿铭的孕妇病人一样的问题——肺水肿。

从理论上来讲，袖式肺叶切除术的本质还是肺叶切除术。在有一个肺叶剩余的情况下，不应该出现严重的肺水肿啊！赵步理听了听孕妇的肺，里面全是大小不等的湿啰音，也叫作水泡音，应当是肺里含水很多，导致肺泡的血液交换能力大大下降。

这样下去不行。赵步理找到了值班医生，发现值班医生正漫不经心地用手机看漫画。赵步理连续叫了几声对方都没有抬头，气得猛拍了一下桌子。值班医生吓得赶紧四处张望，发现赵步理正怒气冲冲地看着他。

“扩血管、利尿的药物给了吗？病人尿量怎么样？”赵步理阴沉着脸，努力平静地问。连林小棠也觉得今天的赵步理有些吓人，不知道他究竟怎么了。

值班医生有些愣神儿，赶忙去翻医嘱：“开了，都开了！”他有些没底气地答道，接着又似乎想起什么，抬头问赵步理，“对了，你们那个病人，如果出了问题，到底揣（心外按压）不揣？”

赵步理皱了皱眉，没有说话，只是没好气地伸了伸手。值班医生会意，拿起一张单子，轻轻拍在案台上推了过来。赵步理抓起单子走出门去，定了定心神，轻轻招呼了一下门口的男子。林小棠在一旁安静地看着。

* * *

男人走了进来，脸上挂满了急切和悲伤。

“您好，我得先和您签一下这份同意书。签这个的意思不是要放弃抢救，而是说，我们如果遇到紧急情况，要第一时间上去做心外按压，但是这个需要您签字，算是个程序。您就签‘同意有创抢救’就行。”

“赵大夫，我放弃。”

赵步理惊讶地睁大了眼睛，不可思议地看着他，林小棠也张大了嘴巴。

“您……为什么要放弃？只有那些没有治愈机会的病人家属才会选择放弃，您的爱人，远远不到那个时候啊。”

男人似乎用了全部力气才做出这个决定，他用苦涩的声音说：“妇产科的医生下班时来找过我，说孩子他妈妈状态很不好，孩子可能有危险。如果大人确定不行了要做那个气管插管的话，我要选择是否剖腹取出胎儿。”

“取胎儿的事情，我本来是同意的。但我刚刚在妇产科门口转了一圈，看到了那种早产儿，还是二十四周的，嘴里插着根管子，他还那么小，就要在监护室里面待几个月。实在是太可怜了。”男人顿了一下，“我们的孩子比那个还小，就算真的出现奇迹，他能活下来，也不能保证今后一生不留下什么可怕的后遗症。我实在不敢想象，所以拒绝取出他。我不要孩子，我宁可让他和妈妈一起去另一个世界，也不想让他一生下来就受苦，像他妈妈一样躺在只有机器的监护室里面。”

赵步理听着，心里一阵痛。这种选择，妇产科也难以做出。他们只是履行义务，把选择摊给家属看，让家属来决定。

“另外，”男人看了一眼赵步理，“我爱人，我也放弃。我不想让她再受苦了，刚刚我看大夫的意思，似乎真的扛不过今天晚上了……赵大夫，你放心吧，我肯定不会怪你。这是我们自己选的，我认命了……认命了……”

“只是，能不能让她出来？不要在这个什么监护室了，她身边都是那些管子和机器，没有我陪她，她一个人不行的。就隔着这么一面墙，我是她的丈夫，我连抱抱她都不行！”

男人突然一把抢过赵步理手中的单子和笔，没等赵步理再说什么，就在同意书上“放弃有创抢救”的前面打了钩，签了字。随后，他缓缓转身走出去，坐在门口的走廊上，拨了个电话。

“对，妈，挺好的，她挺好的。别担心，医生说问题不大，您放心吧，早点休息，明天咱们再说。”

赵步理叹了口气，带着林小棠回到监护室。他又看了一眼孕妇，护士正在给她加各种刚配好的药物。她的心率、血压都暂时稳定住了，赵步理只能暗暗祈祷她平安无事。

“师兄，咱们就这么……放弃啦？”林小棠问。

赵步理摇摇头，比画了一个“嘘”的动作：“不会的。他的签字只表示放弃有创抢救，又不是不用药物抢救。我们只要争取别让她走到那一步就好了，病人家属很多时候并不知道真实的情况，也不知道病人真正能救回来的可能性。但是，如果我们心里知道她还有希望，是不能轻易放弃的。我们先等病人稍好一些，等家属平复一下再进来看，到时候争取再让他重新选择吧。”

林小棠看着赵步理，觉得他今天确实有些不一样，但又说不上来是为什么。

“所以现在的情况就是肺水肿诊断比较明确。咱们就用一些药物，比如利尿剂，让水排出去，然后用扩血管的药物让血液留在外周的静脉，不要都回流到心脏里面来。心脏的血少一些，肺里的血才能少一些。必要的时候，咱们还得给一些强心剂，让心脏强壮一点，这样肺部的水能更好地排出去。当然，输液速度也要控制，现在输液泵上写着 80，意思就是 80 毫升每小时，这个速度还是挺合适的。”

林小棠又准备继续追问补液的知识，就在这时候，赵步理的手机突然响了。

“啊？好，好，我知道了，我马上回去。”

赵步理脸上显出一丝慌张。他和呼监的值班医生交代了一下注意病人的情况，赶忙带着林小棠往回走。

“怎么了，出什么事了？”

赵步理也有些疑惑：“楼上刚刚有个考虑过敏的病人，13 号床，护士刚告诉我，她突然……怎么叫也叫不醒了……”

* * *

两个人从楼梯一路小跑上来。赵步理本来让林小棠自己慢慢等电梯，结果发现爬起楼梯来，自己才是废柴的那一个，还要林小棠经常停下来等他，于是只好狡辩：“这鞋真是不舒服，以后一定要换一双！”

林小棠翻了个白眼，这才是她认识的废柴师兄。

走进病房，已经是晚上 11 点了。他发现 13 号床围着不少家属，挤过去一看，他们正努力叫着病人的名字，但是病人就是没有反应。赵步理看了一眼监护仪，上面的血压、心率、血氧的生命体征都非常平稳。

睡死过去了？

赵步理赶忙挤到前面，用力拍了拍病人的脸。这个动作在外行看来就像给了病人一个巴掌，一个看着像病人儿子模样的中年男人立刻吼道：“喂喂喂，你干吗呢你?!”

护士小云正努力劝解家属，赵步理这才意识到家属还在场，赶忙赔不是，请家属先出去。几个家属看样子是寒城当地人，都像是市井混混儿，骂骂咧咧地出去了。

赵步理赶忙问一旁的陈彦豪发生了什么，陈彦豪也一脸迷茫地看着小云，小云便解释：“我也是刚刚10点来转病房的时候才发现，这个老太太叫了好几声都没反应，所以我就把小豪找来了，小豪又把家属叫来了，正准备下去做急诊CT呢。”

看到陈彦豪表情有些不自然，赵步理便顺势问道：“你刚刚都给过什么处理？”

陈彦豪连忙撇清：“啥也没有啊，咱们不是考虑过敏吗？我就给了一支非那根，然后病人说睡不着，我又给了一片安眠药。从理论上来讲，安眠药也不至于叫不醒啊。这个老人说以前得过脑梗，我觉得最好推下去做个CT。”

小云也点点头，等着赵步理发号施令，毕竟现在这间病房里，赵步理是二线，虽然是让所有护士闻风丧胆的黑命二线，也是大家心知肚明的废柴二线，但级别上仍是最高的。

在临床当中，一线医师通常是指住院医师或者实习医师，一旦有情况，一线医师会首先去病床旁看病人，了解情况之后和二线医师汇报，也就是住院总医师或者主治医师这个级别。通常一线处理不了的问题，才会轮到二线处理。一线、二线是根据年资和职称来划分的，并不代表绝对的能力。

赵步理有些为难。他经常觉得，论经验和能力，他甚至还比不过陈彦豪，只是比人家虚长了几岁罢了。他尴尬地点点头，让陈彦豪去安排，自己走出了病房。

门口的家属叽叽喳喳地议论着。

“我就说不该做手术吧，你看这不手术挺好的，一手术就中风，回头谁伺候老太太？我孩子太小了我管不了，谁签的字谁管。”

“哎，你这做儿子的怎么这么说话啊，就算当时我签的字，你没同意啊？不能说出了点钱，别的你就什么都不管了吧。生儿子就是这德行，小心你家儿子以后也这么对你！”

“你们吵什么吵，医生不是还在弄着的吗？要是真有什么大问题，我看也就这么着吧，别费劲巴拉地抢救了。电视上说这抢救得断好几根肋骨呢，还不一定活，太遭罪了，咱就跟医生说差不多得了，别一下子又进监护室了，那一天几万块钱咱可出不起。”

赵步理心中顿生嫌弃，但还是只能装作没听到一样走过去说：“老人的情况，确实不能排除脑梗的可能性，咱们可能要先做个检查，看看老人有没有……”

这时候，他突然睁大了眼睛，他看到远处有一个孩子，抱着一个让他激动不已的东西。

那个褐色的有些褶皱的封皮，上面龙飞凤舞写着几个大字，那不正是他丢失的那本《怪医笔记》吗？

赵步理眼睛直勾勾地看着孩子走进病房，立刻像一只看到骨头的狗一样飞奔过去，跪在小孩子的面前，指着他手里的笔记问："小鬼，你怎么来了！这个……这个……你从哪里搞到的？"

来者可不正是柳晴川的"儿子"，那个讨人嫌的小鬼吗？

他内心突然生出一个邪恶的想法：难不成不是自己蠢，而是这小鬼把它偷走的？如果真是这样，管他是不是柳晴川的儿子，非要揍他一顿出出气不可。

小鬼一脸嫌弃地看着他："你懂什么？我在垃圾桶里看到有本这么好看的画画书就捡回去了，我妈说这肯定是谁不小心丢的东西，让我四处问问，找找失物认领处。我找了一天都累死了。这个医院，我也就认识你吧，虽然你看上去不像什么有脑子的人，但是我也没办法了，东西交给你，太晚了我要回家了！"

说着便把笔记往前一推，赵步理的心都快蹦出来了。

笔记啊！可让我一顿好找啊！

他忍不住抱着笔记一顿亲，却发现笔记上沾了些黏稠的东西，大概是垃圾桶里带来的，顿时又一阵恶心。小鬼看着他，翻了个白眼，对他摆摆手说："既然是你的，那正好。果然除了你也没有人会傻到把它扔进垃圾桶。"

赵步理脸僵了，想努力找个理由让自己看起来不那么白痴。

"呃，是我……其实……"

"好了，知道你蠢，说再见吧。"小孩说着便转过身，留下一个表情凝固的赵步理，"对了，你叫赵步理，对吧？我叫海狸。再见。"说着，便背着大书包，像个大人一样昂首挺胸地走了。

"再……再见……啊谢谢！"赵步理抱着笔记挥着手，海狸背对着他不屑地挥了挥手。

啧，这熊孩子！不过，我的笔记终于回来了。赵步理内心狂喜，完全忘记了自己还在和病人家属谈话，也忘记了……

"赵步理！"

身后传来一个愤怒的声音。

"原来你心心念念要找的东西，是那个女……那个病人给你的东西！是什么啊？很值钱吗？"林小棠气急败坏地跑过来，见那些家属还在偷看他们，只能勉强克制住。

看她的样子，眼泪都要气出来了。

原来林小棠误会了，以为她在雨里陪他找了这么久的东西是柳晴川送的。赵步理赶忙解释："不是，这不是她的，你听我解释……"

林小棠转身就走，在远处护士站气呼呼地一屁股坐下，呼哧呼哧地喘着粗气。赵步理看了看她，决定还是以病人家属为先，于是上前解释："那一会儿就先由陈大夫带你们去做……哎等等！"赵步理突然想起来什么，"你们等一下我，小豪，你等一下我！"说着便在几个人惊讶的眼神中飞奔离开了。

家属中不知道谁说了一句："咱妈看样子是不行了，这大夫都疯了……"

赵步理飞快地奔进休息室坐定，翻开笔记。迎面扑来一股酸臭味，不过赵步理全然没有在意。他飞速地翻阅着，翻到一个章节，上面用毛笔工整地写着两个字：

"药章。"

洋地黄，别名毛地黄、毒药草、紫花毛地黄、吊钟花，二年生或多年生草本，全体密被短毛。洋地黄类药物，如西地兰，可引发心肌兴奋与收缩，并施效于心脏之传入神经。心病病人之缺血者，用洋地黄可致运动性心绞痛，长此以往易致心律失常。患病窦综合征者应慎用洋地黄。

呋塞米，又名呋喃苯胺酸、速尿，为袢利尿药，于充血性心力衰竭及水肿症所用甚广。亦用于防止赛马鼻出血。

非那根，学名异丙嗪，抗组胺药。异丙嗪能竞争性阻断组胺H1受体而产生抗组胺作用，能对抗组胺所致之毛细血管扩张，降低其通透性，缓解支气管平滑肌收缩所致的喘息，较盐酸苯海拉明作用强而持久。

这些文字很长，却被赵步理像鲸鱼饮水一般吞入脑海。大脑似乎微微有些胀痛，但是他毫无停下来的意思，如饥似渴地寻找一切能和眼前场景匹配的文字。

赵步理突然在非那根的描述下面看到一行小字：

某年制备冬眠合剂，因缺乏氯丙嗪，而以非那根代替，效果尚可。

冬眠合剂……赵步理用手托着下巴陷入了沉思。突然他一拍桌子。"不好！坏了！"他冲到护士站，看到小云和陈彦豪正在收拾去楼下做急诊头颅CT的氧气枕头、吸氧装备和监护仪。他示意两个人去护士配液室，抬起头，看见林小棠还坐在护士站的角落里生闷气，便没有作声，也悄悄地走了进去，侧着身子轻轻关上了门。

他努力把一颗紧张的心按进胸腔，眼睛在陈彦豪和小云之间打量了一下，小声地问："你们……非那根……怎么给的？"

"肌注啊。"

"小壶啊！"

两人瞬间面面相觑。

"我开的不是肌注？"陈彦豪自己也没了底气。

"你哪里开肌注了，你开的不是……"小云赶紧去找输液条，一边找一边不停地念叨，"不可能出错，我明明亲眼看到的……啊！"

小云拿起那张输液条，捂住了嘴，浑身僵硬地转过头看赵步理："这……没关系吧……我以前也见别人小壶过，没事啊……"

赵步理尴尬地歪着脖子笑了一下，摊了摊手说："你们知道以前有一种东西叫冬眠合剂吗？"

陈彦豪看了看小云，又看了看天花板："好像听说过，很久以前用的。现在应该没人再用了，说是通过一些药物的配合，再加上低温控制，可能使机体进入一种类似变温动物'冬眠'的深睡状态。人工冬眠可以降低人体对各种刺激的反应，在病情危重的时候，能够提高各组织对缺氧的耐受力。如果我记得没错的话，用的应该是异丙嗪吧？"

赵步理点了点头，又继续问："那你知道，非那根，也可以是冬眠合剂的配方之一吗？"见两人干瞪眼，赵步理叹了口气，"我们去看看病人吧，我大概有办法判断，她到底是晕过去了，还是睡过去了。"

赵步理带着陈彦豪，以及因为做错事而惶恐不已的小云一起走进病房。林小棠伸着修长的脖子看了看，又赌气地转过头去，但是没挺过十秒，就悄悄地跟了进去。

不知怎的，她发现赵步理突然又变得自信了，和刚才判若两人。

赵步理从兜里拿出一个叩诊锤，在病人左手和右手、左脚和右脚上敲打、划拉着。做完之后，他说了几个字："双侧对称，没有病理征。"

林小棠知道，这是在进行神经查体。如果病人出现了脑梗或者脑出血，一般情况下都是单侧出现病理征。因为无论是出血还是脑梗，通常都是单一的病灶，不会造成双侧的问题。所以没有病理征，就更证实了病人没有脑血管意外的推测。

陈彦豪看呆了，赵步理一个胸外科的医生，什么时候会这些套路的?

病人的家属也一个个看得入神，觉着这个发疯的医生似乎有点门道。

赵步理把叩诊锤放进兜里，张开双手，在病人的眼眶下用力按压了一下。

之前一直紧闭双眼的病人，突然咧了下嘴，发出了轻微的“啊”的声音。

赵步理心中大喜，转头对着发愣的陈彦豪说:“把 CT 取消了吧。”

陈彦豪连连点头答应。

赵步理走出门口，看着家属忧心忡忡的样子，又看了看做错事、低头不语的小云，微笑着和家属说:“没事的，术后常有的反应，体力还是差一些。让她……多睡一会儿吧。”

几个家属似乎忘记了刚才的争吵，笑着互相安慰起来。表面上看，他们又成了和和睦睦的一家人，说着带有标准寒城口音的客套话，病房的角落热闹得如同菜市场。

林小棠吃惊地看着眼前这个风轻云淡的男人，看得出了神，但是想起他居然让自己在大雨中帮他找那个女人的东西，还是气不打一处来。

不过，人家也没让自己找啊，是自己心甘情愿的……林小棠啊林小棠，能不能有点出息?

林小棠暗骂自己，但是赵步理全然不知道。此时，他正帮着陈彦豪和小云收拾着刚刚准备出来的器械。

只见小云非常郑重地对赵步理鞠了一躬:“那个，赵步理……哦不，赵大夫……多谢你，不然我这次肯定要惹大麻烦了。明天我还是和护士长说一下吧，这个肯定要罚，不然我真是……”

赵步理心不在焉地看着灯泡:“啊，你说什么?刚刚发生什么了吗?”

小云感激地看着赵步理，心中怎能不知道，赵步理这是要替她掩下这件事，又低着头和赵步理连着说了几声“谢谢”，就出去干活了。

如果小云真的知道赵步理在想什么，估计会气死。此时，赵步理正看着灯泡里的一只苍蝇，苦苦思考这只苍蝇是如何进入灯泡的，居然在里面那么久还没有死。

“好奇怪，真的不知道女人每天都在说啥……”赵步理心中疑惑，接着又沉浸在笔记失而复得的喜悦当中。

这时，一个骨瘦如柴、脸上有一块刀疤的男人走到护士站。

“护士，帮我找下医生，给我爱人打一支吗啡吧，她疼得实在受不了了……”

“好，我去找大夫。”小云应了一声。

男人看小云真的去找大夫了，便在地上吐了口痰，转身走回病房。

赵步理这时准备过去和林小棠解释，却结结实实挨了她一记没好气的白眼。正尴尬时，刚刚走远的小云又折了回来："赵步理，那个20号床，晚期肺癌的，想要打吗啡……"

赵步理心中一紧，他知道，这种情况意味着这个病人可能命不久矣。今天晚上果然命够黑，事情一件接一件，按下葫芦浮起瓢。真该去庙里再拜拜了。

小云咬了咬嘴唇，还是转过身来小声凑在赵步理和林小棠身边说道："我跟你说，赵大夫，你别管她了。我们所有人都知道这女的，这辈子都在拐卖小孩儿，是公安送过来的。我觉得，她疼死也活该！她老公看样子也不是什么好人！"

第14章　安乐死

人贩子也配用吗啡？

“送他们来的公安说，这女的贩卖一辈子儿童了，她老公说是不知情，但是谁信啊！也就是还没找到证据而已！”小云解释，“她刚被抓到，判刑前发现这女的岁数不大，但是肺癌晚期了，全身到处都在转移，这才送过来的。真是报应！”

赵步理不由得想起了地铁上的那些残疾孩子。他突然有了印象，自己确实收过一个保外就医的病人，但当时不知道病人具体犯的是什么事。

“早知道就不收她了，”赵步理自言自语，“不过我还是去看一眼吧。”

赵步理来到病房，看到那个男人一脸悲苦的神情，顺着他的眼神，看到床上躺着一个骨瘦如柴的女人，女人的喉咙像破风箱一样呼啦呼啦地喘着粗气，站得很远都能听到。她每一次呼吸都拖着长长的尾音，应该是因为疼痛发出的呻吟。

女人的皮肤紧紧地绷在骨头上。她没有穿衣服，可以看到髋骨部分的皮肤都被磨破了，就像是骨头把皮肤扎破的一样。她的手不由自主地颤抖，看样子不像是怕冷，也许是疼痛导致的抽搐。

她蓬头垢面，长头发已经打了绺，上面还有很多食物凝结的疙瘩。眼睛直勾勾地看着几个人，艰难地从一个人挪到另一个人身上，看到穿着白大褂的赵步理，她嘴唇嚅动了几下，却说不出话，不停地点着头，眼睛里的泪水汇成了一条小河。

赵步理能够感受到她的诉求，也知道这是弥留之际的表现。她的眼睛向外突出，由于长期缺氧，大脑颅压增高，在躁动之后就会逐渐出现这样相对平静但是淡漠的状态。病人的意识应该还存在，但是各方面的表达能力都会越来越弱。

“嗯……啊……嗯……”女人不停用最后一丝丝气力，从喉咙深处挤出一声声叹息，叫得林小棠心如刀绞。她不由自主地走上前，摸了摸病人的手，试探了一下，发现这只手是那么冰冷，像一根枯萎的树枝，随时可能会被折断。

赵步理看了一眼病人的心电监护，血压已经开始降低了，血氧也只有80%多，心中有了数，带着林小棠走出门去。

“你？”赵步理看着林小棠的脸色煞白，以为她又病了。

“狗不理，我好怕……”林小棠双手抱着自己。

“这有啥好怕的，就是临终病人而已，第一次见？”赵步理打趣。

“当然是第一次……以前只见过解剖的尸体，那个不可怕。我是觉得，女人在死之前，真的会变得这么丑、这么不体面、这么没有尊严吗？”林小棠摇着头，她似乎不敢相信这一切。

“呃……大部分时候确实，不太会像电视里面看到的那样，表情安详，还能笑着离开。”赵步理滑稽地表演了一下，“大部分人都会因为各种各样的问题去世，我们医生总结，要不憋死，要不疼死，要不心脏不跳了，哦对，那还是算憋死……”

赵步理没有发现，自己的每一个“死”字，都像锤子一样让林小棠的身子震一下。

“原来死之前这么难看……”林小棠摇了摇头，不由自主地咬了下嘴唇。

陈彦豪这时候凑过来说：“赵总啊，现在的情况，是不是不太适合给吗啡类的止疼药？给了之后可能会出现呼吸抑制吧……”

小云也在旁边帮腔：“就是就是，这人就是活该。她这点疼，和那些丢了孩子的父母比算得了什么？要是有一天我自己的孩子没了，我真是想死的心都有了……”

赵步理突然觉得这种感觉他刚刚才经历过，而他只是丢了一本珍贵的笔记。如果是自己的孩子……他甚至很难想象那些孩子的父母看到这个女人，会不会遏制不住冲动要杀死她。

但是她现在，就是一个将死之人，要被自己的疾病活活疼死。

赵步理摇了摇头，和小云说：“算了，就这样吧，没法打针。”

林小棠在一旁沉默。

“赵步理，干得漂亮！”小云比着大拇指。

赵步理有些尴尬地挥了挥手，准备再下去看孕妇。

这个时候，男人突然从房间里跑了出来，直接来到赵步理面前，吓了赵步理一跳。他“扑通”一下跪在地上，疯狂地给赵步理磕头。

赵步理赶忙拦着他让他起来，但是男人五大三粗，完全不管赵步理，就是一个劲儿地磕头，直到额头上出现血痕。他一边磕一边哭着央求赵步理。

“大夫我求求您了，她这样我实在受不了了……您想怎么对我都行，您让她舒服一点吧，我求求您了！”

赵步理无所适从，努力想拽起男人。但是男人跪着抬起了头，满脸胡楂儿，眼睛深深地陷了进去，眼睛下边有一道很长的刀疤，看起来阴森可怕。他眼圈通红着说：“您是不是怕打针有风险？您别怕，我签字，出任何问题我都责任自负。或者您开价，多少钱我都愿意给，我只想让她最后这几个小时，不活活难受死就行……”

赵步理想了想，还是无法原谅这些人曾经做的事情。他没有再去扶男人，慌张地转身离开，任凭那个男人在身后把地板磕得咚咚响。

他把自己藏在办公室那个幽深的走廊里，背靠着墙，突然想起方鸿铭曾经问的那个问题。

此时，赵步理更想问的是：“如果你的做法会害死一个人，但也让他解脱，你会愿意做吗？”

赵步理本来觉得自己是有答案的，但是当他想到，自己要冒着违规操作的风险，去解脱一个穷凶极恶、本就该受重刑的歹人，心里似乎又犹豫了。

如果真的是人命关天需要拯救，哪怕是坏人，作为医生，也义不容辞，至少可以救回来再让他接受法律的严惩。

但这次要做的是镇痛，而且是存在“安乐死”风险的镇痛。家属告我怎么办？被医院通报批评怎么办？若是为自己的至亲或者挚友来一支吗啡也就罢了，为一个贩卖小孩的罪犯这样做值得吗？

赵步理走进男休息室，疲惫地瘫在椅子上，闭着眼睛告诫自己不要再去想这件事情，努力让自己入梦，寻找让孕妇转危为安的方法。时间一分一秒地过去，他却丝毫不能走入那本笔记，大脑的细胞完全不能被调动。

他有些困乏，想躺在床上眯一会儿，尽管困意阵阵袭来，他就是无法入睡，完全不是以前沾枕头三秒就能入睡的状态。赵步理在床上辗转反侧了一会儿，还是跳起来，披上了白大褂。

赵步理径直走到了护士站，看到林小棠还乖巧地趴在那里发呆，没有去休息室睡觉。他找出了一张单子，自己写了一句话，走到病房叫男人出来。

“签字吧。”赵步理冷淡地对他说。

这是一张放弃有创抢救的单子，赵步理又写了一句话：“放弃一切抢救，家属要求进行镇痛治疗，并知晓呼吸抑制等可能导致病人死亡的副作用。”

男人仔细读了一遍，又看了眼赵步理，点点头。但是他没有立刻签字，而是眯了眯眼，说自己视力不好，要回去戴眼镜，于是拿着单子走回了病房。

不一会儿，男人又拿着单子出来了。赵步理看了一眼，上面写了个“同意”，也签了字，于是让男人先回去，把单子夹在病历里面，开了一条医嘱。

“赵步理，你……”小云看到一条吗啡注射的医嘱，有些不可思议地看着他。

“执行就是了。”赵步理面无表情地回答。

林小棠凑了过来，虽然已经夜里两点了，她困得眼皮都耷拉下来了，但还是好奇地看着赵步理。赵步理只是尴尬地摊开手，苦笑着说:“还是过不了自己这一关啊……”

* * *

真的是太不应该了，太不应该了……该死啊该死……

赵步理看着病人打完吗啡平静下来之后，盯着病人的点滴。

看着看着，似乎一道电光划过黑暗的脑海，把阻碍自己思路的巨石“轰”地炸开。他瞬间觉得耳清目明，《怪医笔记》里“药章”中的一段话直接击穿了他的大脑。

原来是这样……

他转头对旁边的林小棠说:“我知道孕妇是怎么回事了。咱们走！”

林小棠刚要迈步，又转头看了看正在捯气的女病人，摇了摇头:“我和小豪师兄看着她吧。你去吧,一定要加油哦！”林小棠攥着拳头,勉强笑了一下,很快就沉下了眼眸，在护士站找了个安静的角落乖乖地趴在桌子上。赵步理心中觉得这妮子今天有些反常，必有妖，但还是独自向呼监走去。

走的时候，还没忘把笔记带上。

赵步理走到监护室门口，发现孕妇的男人已经站了起来，正疯狂地拍监护室的门。

“您好，这是怎么了？”赵步理收起斗志昂扬的笑容，走上前问道。

“赵大夫！我们不治了！不治了！刚才我问护士，说我爱人情况越来越不好了，不行，我得带她回老家，她要是真有什么好歹，一尸两命就撂在这里了，我跟家里人都没法交代啊！”

男人捶胸顿足，赵步理无语感慨，都什么时候了，还在讲这种落叶归根的传统。

“没事，您放心，我先进去看下。”说着便要进去，但是被男人一把抓住了。

“我说了我们不治了！”男人看样子是真急了，“不治了都不行吗?！我们要求现在出院！我自己联系救护车拉回老家，怎么也得回老家！赵大夫，我不会告你们的！你就答应我这最后一个要求，我求求你了！”

赵步理使劲拍了一下男人的肩膀，拍得男人一阵子恍惚："你冷静点，你听我说，她能活！"

赵步理坚定的眼神像火焰一样燃烧着男人冰冷的内心，但他仍然摇着头，垂着肩。

"赵大夫，如果真的不行了，可就回不去家了啊……"男人哽咽起来。

赵步理点点头说："你选择放弃可以，但是你先给我一两个小时行不行？相信我！"

男人突然觉得，再也没有比医生说出的"相信我"更鼓舞人心的了。这三个字有着无穷的魔力，让人无法拒绝。他颤抖着看着赵步理走了进去。

赵步理来到孕妇的床前，他发现，面前站着一个人。

居然，是……韩雨？

"果然啊，这输液泵坏了。"韩雨一边调整着输液的速度，背着赵步理自言自语道。

"韩院长？"

韩雨闻声转过身来。

"哟，这不是胸外科那个小家伙吗？是啊，正常一小时 80 毫升的话，每分钟应该是 30~40 滴就好，但是你看，刚刚输液速度明显都有 200 滴了，他们这个输液泵怎么坏得这么离谱？"

也正是在刚才，赵步理看到楼上病人输液的时候，突然想起笔记中的药章内容。药章记录了在没有输液泵的年代，医生和护士都是用破旧的秒表来判断输液速度的。

而现在，有了输液泵控制速度，所有人只会看上面的数字、看心电监护的显示器。这就导致年轻医生很少想到，如果这些东西真的坏了或者发生错误，人工的校正是至关重要的。

"以后这种东西坏了就不要用了，赶紧报修。咱们医院可不能出这种问题。"韩雨的声音非常低沉，吓得护士和值班医生一阵心悸。他们也感受到了副院长的怒火。

"谢谢韩院长！"赵步理赶忙点头示意。

韩雨微眯了一下眼睛，看了看赵步理，抬头想了片刻，快速踱步离开了。

值班医生示意护士赶紧换上一个新输液泵。赵步理看了一下，速度很准确，放心地点了点头。

他看韩雨已走远，在角落里打开笔记。

面前是孕妇，手中则是《怪医笔记》中所记载的近百年前的那个死亡的孕妇。他不停地做着对比，虽然二人的用药有很多不同，但抢救的原则没有任何差别。毕竟现代医学的药物总比当时要强得多，因此他对救活孕妇更有信心了。

他逐条核对了医嘱，又看了看表，此时已经三点了，再有一两个小时，如果孕妇再没有好转，可能家属砸了门也要把孕妇带走吧。这个时候，孙慧应该已经休息了，韩院长居然来了，真是好领导啊，赵步理顿时感到一阵心安。

他紧紧地盯着孕妇的监护仪，看着上面的血压、心率、血氧的数字。连血氧的数值从 89 涨到 90，都会让他兴奋不已，但数字仍在波动：88、89、88、87、89……

涨啊涨啊涨啊……求你了……快好起来吧！

赵步理突然想起自己曾经看的那段笔记没有看完，赶忙翻到那一页。不知道是因为夜最深时，还是此时心情无比激动，他立刻进入了最佳的阅读状态。

* * *

方鸿铭用自己的血救了麻疹婴孩儿的故事立刻传遍了整个协和医院。刚开始还是有很多人说风凉话，很快，随着治愈的孩子越来越多，全城的人听到消息后，都纷纷抱着孩子来医院就诊。

方鸿铭的一管血可以给五个麻疹的孩子使用，发挥了很好的作用。他一而再，再而三地自己抽血，对他人的风凉话置若罔闻。随着治愈的患儿越来越多，方鸿铭开始觉得有些乏力。

为什么方鸿铭没有用家长的血？赵步理刚在脑海里有了这个问题，方鸿铭就立刻给出了解释。

因为他担心孩子的父母如果知道孩子在接受这种非正规的治疗的话，一旦出现任何问题，会直接影响家长对医院的信任。然而在方鸿铭所谓“好事之徒”的传播下，这个小道消息仍旧快速传遍了省城。

方鸿铭本以为自己会被医院驱逐，事实上医院也正有此意——他们不能接受一个总是用非常规方法救人的“怪医”。正当医院发布消息，要把方鸿铭开除转院的时候，医院的信箱里开始陆陆续续收到一些联名信，旗帜鲜明地支持方鸿铭的做法，从一封，变成五封、十封，最后变成三百多封！最后医院的领导不得不关闭信箱来终止这场可怕的“闹剧”。

不但患儿家长如此，就连协和的小医生们也不顾领导们的呵斥，纷纷抽自己的血给患儿治病。一些家长知道之后，也主动让医生用自己的血治疗自己的孩子。

赵步理顺着方鸿铭的思路，在脑袋中打开了一封信。

国家危难，物资匮乏，当世良医以己身之血液拯救万千患儿，吾辈岂可背信弃义，趁火打劫！可愈之，则感恩终生；若不可愈之，亦当为医者尽力之果，非但吾辈永生感念，亦愿孩童永念方师大恩于极乐世界！

越来越多的人被治好，一场战争带来的麻疹危机，就终止在协和的一场“闹剧”当中。方鸿铭讲道，医院的领导很快便重新发文，表示医院经过慎重考虑，决定使用此方法拯救患儿。方鸿铭主动执行医院方针，提出表扬！

一天，第一个被方鸿铭医治成功的孩子被抱着来找方鸿铭谢恩。父母指着孩子说：“方师，感谢大恩，无以为报，而今日来，有要事请您不吝赐教，孩子刚满两岁，姓陈，名飞漱，但孩子的生命乃您所延续，特来此请您赐他个乳名，让他终生念您大恩，他日必以为报！”

方鸿铭看了一眼孩子，捋了捋胡子随口说道：“此子既然名‘非竖’，那不如，就叫……‘阿衡（横）’吧！”

据方鸿铭所描述，孩子的父母当时激动不已，立刻接受了这个名字。虽然赵步理心中的场景是这样的：孩子的父母瞠目结舌，本是来谢恩的，又觉得这位老医生宅心仁厚，又是当世名医，必定学富五车，文学造诣深厚，怎知他不按常理出牌，起了这么个破名字……

赐名之后，孩子不停地拽着方鸿铭手腕上的串珠要玩，被父母喝止。方鸿铭却蹲下身和孩子说：“你想要？长大做我的徒弟，我把衣钵悉数传你，包括这个，如何？”

孩子似懂非懂地点了点头。

* * *

赵步理恍然惊醒，想起阿衡就是方鸿铭的关门弟子，原来是这样来的！那个串珠是方鸿铭的恩师传给他的，方鸿铭也有可能把串珠传给了那个叫阿衡的人！

从年份算起来，这个孩子是1940年左右生人，到现在的话，应该是七十多岁……那会不会还活着？

能“入梦”真是好啊，很多文字看不懂的细节，似乎一下子全部理顺了。赵步理离开了梦境，但还是看了一眼故事的结局。

“什么？方鸿铭三个月后还是被开除了！去了……西南联大！”

赵步理看了眼表，居然迷迷糊糊地就到了四点，这夜班真是一如既往地黑，而且再创新高。三个需要抢救的病人此起彼伏，也打破了自己的纪录。

坏了，不知道孕妇的爱人在外面怎么样了，不会已经急了吧，他下意识地看了一眼孕妇的心电监护。

血氧96%！心率也在好转，病人的呼吸功能在改善！

这大概是今天晚上病人监护上最好的状态了。他“腾”的一下子站起身，小跑到孕妇的面前。他看到孕妇似乎能微微睁开眼睛了，对赵步理微微眨了眨眼，挤出了一丝微笑。

“怎么样，你好些了吗？”赵步理急忙问道。

孕妇点点头：“好像……比刚才舒服多了……感觉刚才真是快憋死过去了……跟淹了水一样……这会儿觉得……起码喘气能喘到头了……好多了……”

孕妇还是端坐着，但是脸色已经从刚才的发紫变得红润了一些，这是氧合明显改善的征兆。而且喉咙中不再像刚刚那样传出“呼噜噜”的水泡声，肺水肿的状态明显在减轻！

赵步理看着血氧持续保持在93、94的状态，越来越放心了。他赶忙跑到门口，打开门。孕妇的爱人正焦急地来回踱步，看到赵步理慌张的样子，立刻更紧张了。

“您……您……您爱人！”

“怎么了?！她怎么了?！”

“她……她好了！”赵步理大舌头终于捋顺了，他带着孕妇的爱人很快穿上鞋套，套上隔离衣，走到孕妇的面前。

“阿离……你……”男人看到孕妇均匀地喘着气，看到她有些激动得要哭的样子，就知道没事了。刚刚的她还一副马上就要失去意识的样子。

“会哭就是没事了……加油……我在呢……我在呢……”

赵步理咳嗽了一声。

“呃……你来了孕妇容易激动，你看一下，没事的话先回去休息吧，她应该已经度过最危险的时候了。你回去好好休息，也让她放心睡一觉。”

孕妇男人看着赵步理，有些话好像已经到了嘴边，但是生生地咽了回去，他激动地鞠了几个躬，又握了握孕妇的手，一步一回头地走了出去。

赵步理悬着的一颗心终于放下了，他走到自己的座位，瘫在了凳子上，他突然想起什么，掏出了手机。

“那个孕妇她……”

“她怎么样？不会出事了吧？”林小棠很快就回复了。

“嘿嘿，孕妇好啦！”赵步理发过去一组心电监护的数值，各项指标都非常平稳，“有本少爷在，还能有搞不定的事情吗？”

“哦。”

赵步理觉得，这不是林小棠平时的风格啊，自己本想开个玩笑，但感觉自讨没趣的样子。

“哦对了！楼上那个老奶奶也醒过来了，醒了之后第一句话说她饿了，一群家属这回都放心了，都回去了。”

“太好了！你也早点睡觉吧，这一晚上太充实了，好在有惊无险。这个孕妇能活，主任和师兄们一天没白干。也多亏有你，不然主任可能都不会做这个手术。”

“对了，那个男人不是之前要放弃吗，你没有告诉孕妇，她差点因为被放弃而死掉？”

“当然没有……很多时候家属很可悲的。他们在危急的时候，并不能理解到底能不能救活病人，他们就是因为太害怕病人遭罪。所以只有医生有这个权利，有时候也有这个义务，帮助他们做选择，而不是单纯地让他们自己选择。”

“喂……狗不理……”

“啊？”

“人真的不能安详地死去吗，就是闭上眼睛的时候，还能笑着想起自己一生当中最美好的那些瞬间？”

“应该不会吧，除了麻醉之后‘安乐死’，否则都会有一个急性的窒息过程。肿瘤病人晚期确实很受折磨，那种疼太难忍了。所以……我内心本来是抗拒给她打针的，但是我自己心里……唉，我也是贱。”

“狗不理，我和你都送对方一支吗啡，好不好？你的吗啡写上你的名字，我的吗啡写上我的名字，到时候谁死了，对方就给他一支，来个痛快，能行吗？”

“呸呸呸，你今天是来体验死亡教育的吗？好好活着不好吗？”

“狗不理，人为什么一定要死在医院里？就不能死在家里，或者死在一个特别美丽的地方吗？”

“很多时候，人都是到了医院才发现不行了。一开始可能还抱着抢救的希望，如果真的到了楼上人贩子那种地步，可能连转走的机会都没有了。”

“现代人真可悲，本来死亡和出生一样，是个很有仪式感的事情，但每个人都要在医院里走一遭，体验一遍全套的酷刑，有疼痛，有尿管，有输液，有胃管，有气管插管，还有生不如死，还有想放弃却不能喊出放弃……”

“是的。所以，医院就是这样，我们不能杀死病人，只能眼看着病人离去，我们唯一能做的，就是在他们没有治愈机会的时候，让他们尽量有尊严、安静地离去。”

“和你聊天真好，我就是突然好怕死亡，不是怕死亡本身，而是怕死的时候，身边没有爱我的人和我爱的人，只剩下医院里冰冷的器械。我怕我变得好丑，我希望自己哪怕死的时候，也不要在别人的记忆里留下一点点不好的印象。”

“你不会的，你还得为病人努力工作五十年呢。”

“哼！你这种废柴才要工作，有钱如我才不要呢！对了，我看你们病房最近总有个人穿着白色的制服，跟海军似的，超级帅，那个五官，那个鬈发，极致美男啊！”

“不认识，谁？”

“一个有些阴柔的美男子，但是放在古代真的是美型男啊。说了你也不懂，不知道他有没有对象，要不你帮我问问？”

“哦，好啊。”赵步理随意答道。林小棠的转变好像有点太快了。穿白衣服的制服男，他怎么没见过？

林小棠的短信停了几分钟，赵步理一度以为她睡过去了，突然又收到一条短信，上面只有几个字：

“呵呵，谢谢。”

接下来，聊天沉默了将近三十分钟。这个姑娘怎么说沉默就沉默了？赵步理正纳闷的时候，突然收到林小棠的一段语音：

“呆子，快上来！那个人贩子不行了！”

* * *

赵步理急忙奔了上去，看到陈彦豪正把那个病房里的其他病人转出来，小云也正往病房里推抢救车。赵步理奔进病房，第一眼看到的是病人，她正直勾勾地看着天花板，眼珠子像是要挤出来一样。旁边的监护仪上，心率已经降到了 30，血氧已经测不出来，血压只有 50/30 毫米汞柱。

果然自己值班，就是容易送病人，而且自己同意注射这支吗啡，很有可能真的推了她一把……

赵步理叹了口气，他转头看了看病人的家属。那个男人正一手捂着嘴巴，一手抱着胸，呆呆地看着这一切，他似乎戴着一个厚重的面具，让人看不出他脸上的任何表情，也猜不到他心中在想什么。

赵步理和男人示意了一下。

“那我们就按照之前说的，放弃有创抢救，对不对？”

男人没有作声，点了点头。也许他在病人最后的这几个月里已经见过太多，早就预料到了这个结局。

赵步理和小云说：“不注射肾上腺素了，也不打升压药了，我们等一等吧。”

几个人和家属一起在病人的床边看着。林小棠躲到了赵步理身后，一只手紧紧攥着赵步理的白大褂，另一只手捂着嘴巴。

此时已经是早晨五点了，很多老年病人都已起来，闻风来看这边的情况。那个刚刚从病房里挪出去的病人，正绘声绘色地给他们讲这个女人当初贩卖儿童的事情，以及她生病的一些故事，一群人议论纷纷。

但是这个女人完全听不到这些，也看不到谁在自己的身边。她只是盯着天花板，确切地说，现在已经完全没有了意识。每一口气之后，要隔很久才会有下一口气，就像一条离开水的鱼，让人揪心。只有这一声声的喘息还在提醒别人，她还活着。

一分钟喘气 10 下，心率 30 次。

一分钟喘气 6 下，心率 25 次。

一分钟喘气 5 下，心率 23 次。

嘀——

心电监护仪上的心电图拉成了一条直线，没有一丝波动。女人一动不动地看着天，眼角流下了两行泪水，喘气的动作彻底停止了。

她死了。

赵步理转头和林小棠示意了一下。

“小棠，这次……你来宣布吧。”

林小棠咽了下口水，她难以抑制内心的伤感和复杂的情绪，走上前去。

“病人林如燕，宣布临床死亡。死亡时间，2017 年 6 月 5 日 5 点 04 分。”

赵步理叹了口气。

“小豪，给拉一张心电图，放进病历里面。家属先回避一下吧，我们先料理一下病人，然后我们会联系人来把您爱人转运到太平间，去办后面的手续。您可以去准备下衣服，另外请您……”

赵步理生生咽下了“请您节哀”几个字。在他眼里，他对这两个人，都是深深地憎恨着。他知道，自己为病人进行“安乐死”，其实，并不是为了他们。

小云已经准备好了料理尸体的托盘，冷眼看了看死者，摇了摇头。

医生也是人，脱下了白大褂，他们也会真实地爱，更会真实地恨。很多时候，医生甚至有掌控生死的能力，更有着施行“正义”惩罚的机会，至于是对是错，是否行走在法律的灰色边界，每个医生都有选择的权利。赵步理认为，他自己无权对其他人进行道德审判。

只是他内心还有一个小小的期待，期待这个男人能因为这件事，感受到这个世界的善意，甚至能够良心发现，回心转意，向警方提供更多贩卖儿童的线索，让更多无辜的孩子回到爸爸妈妈的身边。

赵步理决定，等今晚结束，要和那个男人好好谈一谈。他想，人心毕竟是肉长的。

赵步理刚准备带林小棠出去休息，却发现她跟着小云走了过去。

“狗不理，你去歇着吧，我想跟着看看。”林小棠固执地甩开了赵步理拉她的手，有些胆怯地站到很远的地方，看着小云熟练地料理病人。

赵步理来到她身边:“怎么,怕呀？又不会闹鬼。瞧你这胆儿……”赵步理指着小云，“你看，尸体料理呢，主要是把病人身上所有和病人无关的东西全部取下来，例如静脉的输液、插入的尿管，甚至是缝的线，等等，让病人回到刚刚出生的状态。什么也没有带来，什么也没有带走。”

林小棠看着一丝不挂、骨瘦如柴的女人，心想，她生前应当也是个风姿绰约的女人，但死了之后，浑身发黑，表情狰狞，像地狱的恶鬼一样可怕。她甚至害怕女人的脑袋向她猛地转过来，那双因为鼓出而闭不上的眼睛在她脑中久久徘徊，好像在瞪着自己一样。

“还有，古人说，人死了之后会七窍流血。其实这本质上是凝血功能完全丧失，导致人的鼻孔、耳朵、牙齿、阴道等都有可能出血，而且还是那种暗黑色的血液。因此呢，我们的护士就会用棉球,分别把这些孔洞塞得严严实实的。这些棉球从外面是看不到的，就是防止尸体到处流血,吓到家属。等穿上了寿衣,至少从外表看上去能相对安详一些。”

林小棠探着脑袋，小云每往病人的鼻孔里使劲塞进一个棉球，林小棠就表情夸张地挤一下眉头，像是能感受到死者的疼痛一样。

“人已经死了,不会觉得疼呀。等塞完棉球之后,把血迹擦干净,护士就会按照要求，给病人盖上尸单，盖住病人的头部和双脚，两端向里塞，包好整个尸体。当然，这个时候最好是问清病人的一些风俗习惯。不过……”赵步理看了看一脸嫌弃的小云，“我觉得小云对这个病人可能不会问……就这样吧。”

如此疾恶如仇的小云，能耐着性子，本着职业精神把工作做好，在赵步理看来已经很难得了。不过也可能是因为今天早些时候的事情，给了赵步理几分面子吧。

林小棠仔细地看着，眼睛都不眨一下，似乎生怕错过一个细节。她看着一个人就这样从能够说话哭喊，成为一团动也不能动的肉体，内心一阵恍惚。

尸体料理完毕了。赵步理走出病房，伸了一个懒腰："这一宿，说话间就六点多了，天都快亮了……"

林小棠却是一点不困的样子，她出神地看着外面微微亮的天，若有所思。

这时候，赵步理看到病人家属朝他走了过来，一脸严肃。心想，他大概是来感谢的吧，正好趁机会和他说说，看有没有机会做点事情，让自己内心也好受一些。

"赵大夫是吧？"

"嗯，怎么了？"

"我要求封存病历，走医疗诉讼，没问题吧？"

"什么?!"赵步理和林小棠异口同声道。赵步理惊讶地张开了嘴："为什么？"

男人冷笑了一声说：

"你在明知我爱人已经呼吸不顺畅的情况下，还是给她打了吗啡，我怀疑你的吗啡造成她的直接死亡，你和医院要负全部责任。"男人的语气非常平淡，说话间也毫无停顿，似乎这段台词已经演习过无数遍。

林小棠立刻恢复了往日的斗志，上前一步说："你神经病啊！你爱人已经没有治愈的机会了，而且当初是你自己放弃治疗的。"

男人扬起了头："姑娘，注意你的措辞。你可是个医生。我爱人的爸妈本来要过来看她最后一面，就是因为你们，直接打了一针吗啡就把她打死了，我从来没有同意你们这么干！"

赵步理指着他："你自己签的字，当时和你说好的，你这个人怎么说变就变！"

林小棠也气呼呼地从病历车里掏出病历，"咣"的一声拍在护士台上。赵步理有一种被狗咬了的感觉，恶心到浑身都在颤抖。他等着林小棠找着签字单，看着面前这个阴森的男人，他发现，这个男人的眼神中全是嘲笑。

林小棠在后面惊讶地喊了一声，赵步理闻声回过头。

"怎么会……浑蛋！"

林小棠又难以置信地翻了几遍，赵步理也赶忙凑过去。他赫然发现，签字单上，有自己写的一行字迹，但是在病人家属之前签着"同意"和姓名的地方，干干净净，没有一个字。

他看着男人玩味的笑容，咬牙攥紧了拳头。

第15章 病历

医术管用的话，
要医务处干嘛？

一个女孩身穿黑色制服，踩着高跟鞋，戴着黑框眼镜，行色匆匆地走在病房楼当中，脸色难看至极。路过的护士和小医生纷纷立正和她打招呼。

“处长。”

“处长好。”

“处长，您这一大早就来啦。”

方姨此时歪坐在门口，一只脚脱了鞋踩着凳子，和家属闲聊。一看到这个女孩，吓得马上把脚放下站起来，恭敬地点头。

“哟，您怎么来了？”

来者正是医务处处长小茉。她一脸愠色地四处张望着。

“你们科那个叫赵步理的呢？让他给我出来。”

方姨赶忙一脚蹬上穿了半截的鞋，拖着就往后跑，不一会儿就把刚睡死过去的赵步理拖了过来，后者的脸上还有几个醒目的红手印子。方姨冲着小茉指了指赵步理。

小茉看都没看他，径自走进了医生办公室：“把那个病人所有的资料全给我拿过来。现在！马上！立刻！”

赵步理还沉浸在昨晚此起彼伏的事件中没有清醒过来，便问：“哪个？”

小茉回过头来瞪着他：“那个死了的，现在家属找我们要一百万的！你还需要我再说一遍吗？”她说的每个字都像是用牙齿咬出来的。

“懂了懂了！马上！”赵步理一溜烟儿跑了，不一会儿就拿着病人的全部资料走进了办公室。林小棠也醒了过来，见状，眼珠子转了转，趁着门没关，像泥鳅一样钻了进去，发现孙慧也进来了。

小茉快速翻阅起病历，时不时抛出几个问题。

“孙主任，你们科昨天威风大了，都上新闻头条了。而且听说那个孕妇早上状态还不错，真是一次救了两条命啊。”小茉眼皮都没有抬，一目十行地看着，偶尔在自己的笔记本上写写画画。

“不敢不敢，就是个常规的手术。”孙慧谦和地笑了笑。

小茉继续用冰冷的声音说：“不过您来这一下子，我们医院两个部门都随时待命呢。一个是党院办，已经连夜准备好了发言稿，准备对您进行一系列正面典型的塑造和推广。另一个就是我们医务处，准备随时进行危机公关，处理后续的赔偿和诉讼事宜。”

孙慧也听出话里的味道，仍然不动声色地微笑。

“这份病历，已经封存了，不能进行修改。不过当时应该算作抢救，因此抢救的病历和医嘱，理论上是允许后期再补的。那我倒要问问，你们补了吗？”小茉说着看了一眼赵步理，孙慧也望向他。赵步理挠了挠脑袋，低下了头：“昨天真是太忙了，我和护士封存病历之后，真是昏睡过去了，我……”

“就是说官司都打到家门口了，你们还做梦呢？你当时怎么入的职，怎么通过的医师资格考核？要不要重新回炉培训培训？”

林小棠发现这个二次元妹子又来了，之前总自诩什么“医务处处长”，其实也就是个副处长而已，于是她小声替赵步理辩解了一句：“昨晚抢救完这个抢救那个的，赵师兄真的已经很尽力了……”

“尽力？尽力管用的话，要病历做什么？你实习几年了？你不知道病历对我们有多重要吗？”

孙慧看了一眼赵步理：“你还愣着干什么？快去把病历补了！小茉啊，现在你们医务处也辛苦……”

“你补，你知道要补什么？坐下！”小茉一眼就看出孙慧的意图，命令赵步理坐下，“护理单上的时间和你给吗啡的时间对不上。护士是 2 点 45 分执行的医嘱，你是 2 点 46 分开的医嘱，怎么，先执行的口头医嘱？你们科也太随意了吧！”她见赵步理吐了吐舌头，又指着另一页，“还有，你说病人疼痛剧烈，家属要求打针。有疼痛评分吗？为什么要选择一个呼吸抑制最明显的药？为什么没有从低级往高级去试？”

赵步理努力辩解：“这个病人前两天用过其他的，但是效果不太好……”

“不好在哪里，我看不见，写了吗？我就问你病历上写了吗？还有这一堆一堆的错别字，左肺写成右肺，诊断连疼痛都没有，病人病史就三行，你们想干什么？！”说着，小茉把病历摞在一起，“啪”地往赵步理面前一摔。孙慧的脸色也非常不好，但是默不作声地看着病历，等着小茉宣布后面的解决方案。

毕竟封存病历之后，除了抢救时候的病历可以后补，其他的病历是改不了的。这份病历不是赵步理写的，但是赵步理是值班的二线医生，也是下决定的那个人。因此在法律上，他肯定要负主要责任。孙慧是科室负责人，如果要进行法庭辩论的话，她也需要全程出席。

林小棠撇了撇嘴，“哼”了一声。

小茉火气更旺了，拍着桌子嚷嚷：“你哼什么?!”

林小棠不屑地冷笑一声：“我哪儿敢啊，你们医务处多牛，谁敢惹。可你现在说得轻松，当时谁知道这个病人家属是个人渣啊，真是人善被人欺、好心被狗咬！要知道结果是这样，病历肯定好好写！但是每天那么多病人、那么多病历，临床根本就忙不过来！”

赵步理赶忙央求这个姑奶奶消停一会儿。万一惹恼了医务处，就像林小棠所说的，真的会罚钱的。他们每个月都会被抽查病历，查到了错误就要扣写病历人的钱，还要扣主任的钱。曾经有一个月，赵步理的奖金差点被扣成负数。

虽然大家明知道病历对外科来说很重要，但是每天上手术、值夜班就要累个半死，现在又要和普外科一起分担急诊工作，时间更被挤压得所剩无几。写的病历如果没有涉及纠纷，99.9% 的可能没有任何人会看，但是要写好一本病历，可真是太烦琐了。

“没错，你说得太对了。写病历，就是要先想到这本病历如果去打官司能不能给你自己解释清楚，要不这病历就是白写！你以为我们天天查病历看不出你们科小大夫经常糊弄事？我们平时睁一只眼闭一只眼也就罢了，这种关键的病人你们也糊弄，胆儿可真肥！”

孙慧点了点头：“小茉说得没错，你们年轻人不能老怕麻烦。以前我们那会儿都是手写病历，写一份病历手都要断了，不照样写了几十年。你们现在干什么都能拷贝，人家医务处对你们够客气的了……要我说，你们谁写的病历不合格，自己主动降级，从写病历开始重新培训！”

小茉点了点头：“孙主任说得好，我看也是！”

林小棠看小茉越来越不顺眼，“腾”地站起来扭头就走。赵步理搓了搓手，咧着嘴等候小茉下一步发落。

小茉拿起赵步理和病人签的那张同意书，端详了很久，又拿起来放在灯光下看了看，皱了皱眉头："你给我比画一下，病人家属把字签在了哪里，当时都写了什么。"

赵步理莫名其妙地看着她，拿过纸指着上面说："他当时就在这里写了'同意'，后面签上了他的名字，朱凯旋。"

小茉翻了一个大白眼："你给我说得再具体一点，哪里到哪里写了同意，哪里到哪里写了名字！"

赵步理又努力回忆了一下，虽然当时没有仔细看，不过他发现自己小说写多了，观察力和记忆力还是非常强大的，能很容易地把某些场景用画面的形式牢牢记住。他又和小茉比画了一下。

小茉想了想，点点头，在自己的笔记本上飞快地写了一些东西，然后把病历重新整理好，离开了。临走前她还交代，让赵步理今天不要走，时刻保持联系，赵步理赶忙答应下来，立正站直，目送小茉离开。

孙慧叹了口气摇了摇头，走过去拍拍赵步理的肩膀："你啊你……这个病人……唉，何必跟自己过不去呢。放心吧，有我在。"孙慧看了一眼赵步理，没有再说什么，双手插着白大褂兜回了办公室。

* * *

赵步理也不知道是感动还是困了，眼睛滚烫滚烫的。他刚刚睡了两个小时，早上还忍不住吐了一回，不知道是吃坏了东西还是别的什么，只是觉得心里一阵阵地烦躁。听到孙慧这句话，心里顿时觉得平静下来。

孙慧刚走，龙森浩一如既往地穿着黑衬衫，敞着白大褂就走进了办公室，向外看了一眼，然后一把关上门，从怀里掏出一个牛皮纸袋，扔在赵步理面前。

"这个，你今天帮我给院长办公室送过去吧，我和卓院长的秘书已经说过了，他到时候会收下的。"

龙森浩刚想转身离开，想了想，还是用手指轻轻敲了敲桌子："没有必要的事情，不要随便掺和。你是医生，你的技术要么留着救人，要么留着赚钱，不要用在这种做好了没用、做不好被骂的地方。"

赵步理当然知道龙森浩说的是什么，他低下了头，若有所思，但没有回应。龙森浩奇怪地看了他一眼，等了等，发现赵步理还是像个闷油瓶一样抱着牛皮纸袋，便撂下一句"把袋子收好，别拆开看，别掺和进来"，转身走了。

赵步理心里很是苦闷。不知道为什么，此时他脑海里突然浮现出一张面孔，是那个美丽的女孩。虽然她只是个病人，但总是能理解他的想法，懂得他的每一个选择，不像其他人，做任何事情似乎都要有个目的。

赵步理看看牛皮纸袋，上面什么也没有写，里面鼓鼓的装着很多东西，也不知道是什么。他把纸袋折好，放进自己的抽屉里，上了锁。

这时，突然又进来一个人，憨憨胖胖的可不就是李有才嘛！他看上去有些疲惫，头发乱糟糟的，褪了色的衬衫上全是褶子，和方才的龙森浩形成鲜明对比。

他笑眯眯地走过来，拍着赵步理的肩膀说："步理，听说你昨晚大显神通啊！"

赵步理吐了吐舌头："师兄，您就别埋汰我了，我都满头包了……"

李有才眨了眨眼睛，想到了什么："哦，你说的是那个人贩子她老公告你的事儿啊，我以为你说的是那个孕妇！放心吧，那个人贩子她老公不会有大事的，这种晚期病人终究要死的，不会有什么太麻烦的纠纷。"

"嗯，多亏今天凌晨韩院长亲自来了。"

李有才身躯一震。

而赵步理看到李有才，顿觉安心多了，他轻轻地抓住李有才的衣角："谢谢师兄，还是你好。我以后再也不敢随便打吗啡了，这回真是要完蛋了……"

李有才眯了眯眼，轻轻拍了拍赵步理："多大的人了，你都已经是住院总医师了，没准儿明年就跟我一样升主治医师了，还跟个小孩子一样，我们家曦曦都快比你成熟了！"说着便哈哈笑了起来。赵步理也一扫阴霾的心情："曦曦和嫂子还好吧？"

李有才脸上阴沉的表情转瞬即逝，笑着说："挺好挺好，嗐，糟糠，糟糠之妻！哈哈哈！但是架不住咱也是老腊肉，凑合过呗！你老大不小了，赶紧划拉一个呗！找个有房的、有钱的、有关系的，有啥的都行！省得干一辈子穷医生也混不出个名堂！"

赵步理犹豫了一下："其实，混不出来就混不出来吧……现在这样也挺好的……"

李有才摇摇头说："你觉得挺好，那是你还没到时候。等你再大一点，惹到某些人的利益，他们可就得像整我一样开始整你了。呵呵，你看着吧。"

赵步理懵懂地眨眨眼睛："某些人……师兄，你是在说谁呀？"

李有才开始装糊涂："没事，没事，你啥都不知道更好。好好干，师兄以后不会亏待你。"他想了想韩雨对自己的承诺，"对了，你把这个，帮我给韩院长送过去吧。"说着便掏出了一个牛皮纸袋。

赵步理接过来，刚想问这是什么，只见李有才比画了个"嘘"的动作："可千万别让人知道。"

赵步理用力地"嗯"了一声，接了过来。接着李有才从兜里掏出一张红色的卡片，不由分说地塞进了赵步理口袋。

“收好了！好好给自己买点吃的。越来越瘦了！”

“师兄，这我不能……我……”

李有才大步走开了，走前还冲赵步理挤了挤眼睛。赵步理看着自己的手里，怎么又是一个牛皮纸袋?

赵步理把李有才的牛皮纸袋也锁进抽屉里。

大师兄的，给院长……二师兄的给副院长……大师兄院长，二师兄副院长……好的!

* * *

李有才一边走一边笑。孕妇安全了，他也抓到了龙森浩的小辫子。而且，原来韩雨还是有点底线的。李有才想到这儿，不由得松了一口气。

“根本不用要那个女人的命，有了这份材料，这伙人也完蛋了！”

李有才拨了一个电话:“韩院长，我给您准备了一份材料，下午我让我们科一个小大夫送过去。没事，尽管放心，那个小大夫挺傻的……”

对面沉默了一会儿，问了他一个问题，让他面露难色:“我……我之所以没有给院长而是先给您看，是……如果那样做，好像就没有回旋余地了吧。先给您看，您的谈判空间能大一点？我不懂，哈哈我还太嫩，我想不明白。”

对面没有说话，直接挂断了手机。

李有才的笑容立刻收住了。

* * *

赵步理接到小茉处长的电话,赶紧跑到医患办公室。一进门,便看到了那个刀疤男。刀疤男苦大仇深地看着自己，仿佛他真的是受害者。赵步理看得气不打一处来，但也只能默默地坐在角落里。

林小棠也跟着坐在角落处，这样的事情她哪能不凑个热闹？小茉坐在门口的位置，唯独给刀疤男倒了一杯水。刀疤男礼貌地说了声“谢谢”，然而这声“谢谢”在赵步理和林小棠听来格外别扭。

“您好，今天请您来呢，是来解决问题的。我也请了我们胸外科的医生，胸外科孙主任今天有事没有到场。另外，陪伴您爱人来的两位警察同志也会在场旁听，帮您做个见证，保证给您满意的答复。”

林小棠不由自主地撇着嘴。小茉眼睛的余光看在眼里，没有丝毫搭理她的意思。

刀疤男先开了腔："我相信法律，这两位警察同志也都清楚，我老婆犯法是我自己送她去自首的，我也是守法公民，所以我也犯不着特意来难为医生。但是如果医生真的犯了错，那也得依法办事，对不对？不能说人快不行了，你们就让小大夫乱来。"

两位警察相视一笑。

"我当时都和你说得很清楚了，是你自己放弃的！警察同志，这人渣一点诚信都没有！"赵步理急了。

"你说谁是人渣？还大夫呢，屁都不懂，就这素质！"

"好了好了，还要不要解决问题了?!"小茉举手示意两人冷静。她的声音也不高，但是两个人都安静下来。赵步理不错眼珠地盯着刀疤男，鼻孔恨不得喷出粗气。

"我就是来帮您解决问题的。您先别急，我们大夫说话不周到的地方，也请您多包涵。"小茉轻风细雨般说道，全然不顾林小棠和赵步理的眼色。

"我看了下您这边的所有资料。从病历来看呢，我们的确有做得不足的地方。比如说，我们没有记录您爱人当时疼痛的等级，用药也确实没有明确的指征。如果您坚持走医疗诉讼程序，那么会有医疗事故鉴定委员会的专家来鉴定，但是如果……"

刀疤男摆摆手："专家之间都互相帮衬，我再清楚不过了！"

小茉没有发作，脸不红心不跳地继续顺着刚刚的话说："要是您想走调节程序呢，咱们就需要再和您确认一下当时的流程，以便我们讨论之后提供给您一个赔偿的额度。"

"别说那些，你们自己也肯定是官官相护！"

"这个额度呢,大概是十万元,或者二十万元。更多的话,您可能就得走诉讼程序了。那样的话，您就得委托律师来做，律师可不管您赢不赢，都要收一大笔律师费。而且，您还得操心爱人的后事，是不是也挺麻烦的？"

小茉说得慢条斯理，全然不理会刀疤男的埋怨，这样的效果却很明显，她的话仿佛止住了刀疤男的抱怨。对方思索着什么，然后点点头。

小茉非常灿烂地一笑："嗯，我看了下病历，整理了几个问题。您之前说，您爱人的父母正在赶来看她，那他们现在人来了吗？"

刀疤男摇摇头："这不人没了吗，我怕他们老两口犯病，又让他们回去了。"

小茉长长地"哦"了一声："您真是位好先生，我老公就没这么贴心，"接着又继续问道，"我听赵大夫说，当时你们讨论过这个问题，是您先让打的止疼针，对吗？"

刀疤男冷哼了一声，指着赵步理说："我和这个穿白大褂的说了。我说爱人疼，这当男人的看着，心里实在不是滋味，但是根本不知道止疼针打了还能打死人啊，要是我知道，我死都不能让他打啊！”

赵步理想起小茉已提前私下告诉他，控制自己的情绪，一切让她来做主。于是眼看自己被构陷到如此地步，也只能艰难地抠着裤子，脸上的咬肌都清晰可见。

“我明白了，也就是说，您不知道吗啡有这些副作用，对吧？但是您知道您爱人之前用过的很多止疼药，都已经不管用了吗？”

“这个我知道，但是我以为这小子给用点吗啡，人就不疼了呢。他也没告诉我会喘不过来气！他针刚打完，我爱人马上气都不怎么喘了，这不是医疗事故是什么？”

小茉皱了皱眉：“如果您不知道爱人用了吗啡会出事，为什么又会在夜里2点40分打电话给她远方的父母，让他们准备好衣服过来呢？我看过时间，那个时候医嘱还没有执行，也就是针还没有打。”

刀疤男瞪大了眼睛。他开始觉得，这个看似温柔的女人一点都不好对付。那副黑框眼镜的背后，好像不再是一双善意的眼睛，而是和自己一样的一双盯着猎物的眼睛。

小茉突然又笑了：“哦，您别介意啊，我这是例行公事，找您爱人的父母随便问了问。我甚至连您爱人去世的事情都没有提，您自己和他们说就好。我这边也是要把问题问清楚，才能还您一个公道。不过呢……”小茉的眼镜片被反光挡住，看不到后面的神态，“您说过，您没有看到过这张同意书，对不对？”

刀疤男坚决摇头：“我从没见过那东西。如果我签了，上面应该会有我的指纹，不信你让警察同志去查。”说着便轻蔑地瞥了眼两位警察的方向。

小茉点了点头：“没错，确实可以请警察同志帮我们。不过我非常相信您，不需要查的。只是还有件更重要的事情。”

刀疤男心中一紧，他没有说话，紧紧地盯着小茉。

小茉打开一个黑色的盒子，盒子里一面能看到一些黄色的粉尘，另一面是个黑色的平面。

“嗯，这个东西是我们最近常规会用的。赵大夫说您当时签字了，您说没签，那为了给您一个公道，我们也正好当着您和警察同志的面，帮您见证一下。”

说着，小茉便把同意书平整地放了进去，扣上了盒子的盖子，使劲按了按。她看刀疤男一直盯着盒子，便玩味地笑了笑：“没事，您别紧张，这就是个测试可消除笔迹的东西。现在有的人用这种笔签字，签完字就消失了，但笔迹还是可以用这种荧光示踪的方法显现的。咱们就看看，也算给您做个证明。”

刀疤男“腾”地站起来，指着小茉说：“你不是帮我的吗？你怎么护着他们了？果然蛇鼠一窝！”

小茉仍然笑眯眯地看着他：“您没签字，着什么急啊。我这也是帮您洗脱嫌疑，这样咱们就能尽快走赔偿程序呀。”

一听到赔偿，男人呆呆地坐下，盯着小茉以防她要花样。

只见过了五分钟，小茉郑重地打开盒子，认真地拿起那张同意书，放在阳光底下看了看。刀疤男也把身子前倾过去，睁大了眼睛看着。

“哎哟，怎么……”

“还真有您的名字啊……”

刀疤男眼睛睁得溜圆，纸上的确用黄色的荧光写着：“同意，朱凯旋。”

“不可能啊！”

他一屁股坐在凳子上，眼睛不停地转着。

一个警察见状，立刻摸出手机走了出去，从屋子里面就听得到他说话。

“庞局，这边出了点小问题，那女拐卖贩子的案子可能还得加点东西一起判……对……”

男人听到警察的话，脸色越来越难看。最后他站了起来，摆摆手说：“算了算了，你们都是一伙的，我看出来了，就这么着吧。警察同志，您等我两天，让我把老婆丧事儿办完行吗？”

那个警察站在外面一言不发。

男人叹了口气，走出门口，但没走几步，就听到后面一声暴喝。

“你给我站住！”

吼声来自赵步理。他的头发根根向上，脸色通红，眼睛冒着火一样。

赵步理一步步走到离男人两米远的地方，脑海中闪过一行话。

“气定神闲，以腰发力，左拳移至胸部中线，尾指向下，向前直线冲出，至手臂伸尽时，左拳摊开向前穿，掌心向天，切记，不要停顿。”

赵步理心中闪过《怪医笔记》中的一个场景，方鸿铭曾经面对一群想围殴自己的不讲理的“病家”，却一点也没有慌张，因为方鸿铭家不但是中医世家，更是……咏春拳世家！

“骗了人就想走，没那么容易吧。”赵步理冷笑了一声。

刀疤男不屑地看了看赵步理。

“我不和你较劲儿，你也别自己来劲儿。”说着便攥起了拳头，肌肉虬结的胳膊隐约能看到类似“过肩龙”的文身。

林小棠追过去，看了眼架势，惊讶地张着嘴巴。小茉也从后面跟了上来，见状就明白，大声呵斥道：“赵步理，你冷静点，这是医院，你是大夫，别跟他一般见识！”

刀疤男也冷笑一声说：“还大夫呢，大夫还会打人？你以为你穿个白大褂就是大夫了！有本事你来啊。”说着便冷哼一声，朝赵步理做了个挑衅的姿势。

赵步理看着他，眼眉低垂，一字一句地说：

“我劝你最好把你之前干的那些坏事，一五一十地和警察同志说清楚，别再造孽了！”

“你个小瘪三给我闭嘴！”刀疤男伸出手指着赵步理，歪着下巴微扬着头，指尖距离赵步理只有三五厘米的样子。

赵步理几下解开扣子，把白大褂一把扔在面前的地上：“穿着白大褂我不能揍你，那就脱了揍你！”

赵步理身体微微向右下沉蜷曲，右手抱拳含在右腰间，左脚轻轻向左迈一小步，右脚上前一小步，似乎像一根弹簧一般，把所有能量都压缩在右侧腰间的拳头上。

“以脚为轴，以腰发动！”

刀疤男似乎能感受到来自赵步理右侧蓄力的威胁，后撤了一步。林小棠两只手捂着嘴，吓得闭上了眼睛。

赵步理动了，他右腿像弹簧一样将整个人向刀疤男弹射出去！刀疤男赶忙向后闪身。

赵步理一脚踩在自己的白大褂上，一屁股坐在了地上。

“哎哟——痛痛痛——”

赵步理一只手撑着身子，另一只手揉着自己的屁股，而且老腰好像也闪到了，一摸后脑勺，还有一团血迹，头皮也磕破了。刀疤男捂着肚子大笑起来。

林小棠低下了头，刚想替赵步理加油助威，连回去怎么帮他和别人吹牛的台词都想好了，这个赵步理还真是……

正在此时，一个白色的身影出现在楼梯口，几个箭步冲到赵步理和刀疤男中间，重重地一拳砸在刀疤男的脸上。刀疤男横飞出去，撞到墙上，躺在地上不停地呻吟。

小茉和林小棠看得瞠目结舌，赵步理也瞪圆了眼睛。刀疤男翻过身来，看着眼前的人。这个人穿着洁白的上衣和裤子，鬈发，白皙的面庞下是修长匀称的身体。

“护士长！”

“美男子！”

赵步理和林小棠不约而同地惊呼出声。林小棠听到赵步理的话，下巴差点掉下来。

“这个美……哦不……他是护士长?!”

赵步理尴尬地点点头，这个林小棠心仪的男人，是他们胸外科的护士长，少有的男护士长，邢墨。

林小棠话都说不利索了，小茉却没有什么反应，转头看了看旁边的两位警察。两位警察对视了一眼。

“哦对了，局里还有点什么事来着？”

“不知道，刚刚领导打了个电话，得赶紧回去一下。”

“对对对，咱俩一块儿过去……”

两个人低着头一边打着电话一边走到了远处。

赵步理赶忙站起身，对着邢墨鞠了个躬。

“谢……谢谢护士长……”

邢墨没好气地看了他一眼，在赵步理等人的注视下，一步一步朝着刀疤男走过去。刀疤男眼中全是惊恐，躺在地上不停向后挪。

“别过来！别！别过来！别……”

邢墨提起他的衣领就是一顿揍。赵步理等人看得直咧嘴，似乎能感受到拳拳到肉的痛。

林小棠只敢从指缝中看这个白衣“美男”的身影。

“这护士长……可有点……猛啊……”

* * *

已经是下午了，几个人走在回病房的路上。赵步理从后脑勺到前额都被纱布包了一圈，低着头灰溜溜走在后面。

“哟，看我们小英雄多帅气！”小茉打趣道。

赵步理红着脸赶忙摆手：“别，别提这事了，你们都帮我瞒好，封口费我出！谁也不许到处说啊！”

小茉和林小棠都扑哧一笑。夕阳的余晖洒下来，每个人的脸上都泛着绯红。

“我说狗不理，你也是真胆大啊！你就不怕那个男的揍你？我看你开始那两下子还行，后面怎么……”林小棠拍了一下他的脑袋。

赵步理吃痛，哼了一声："别打头啊，疼着呢。谁还没个失误的时候……"说着翻了个白眼。

小茉面带微笑，拿着病人封存病历的资料，准备交还给科室："据警察说，这个男的涉嫌拐卖儿童，本来就要重判。这次的事情我回头会去做笔录，可能还要增加一条诈骗罪，数罪并罚，估计这男的是出不来了。另外警察还和我说，他们这种拐卖儿童的，在看守所里面是最下等公民，估计过得不会太舒服……"

林小棠点点头，攥起拳头："太好了，这种人就不应该有好下场！还利用我们狗不理的同情心，人渣！"说完她突然眨眨眼睛看着小茉，"那个，小茉处长……之前……我冒犯你，别跟我一般见识啊，我起初以为你只一味地帮病人挑医生的错……"

小茉看了看天，平淡地说："这都是我们分内的工作，放心吧，我不会为这点小事就为难你的。倒是你赵步理，以后你们科的病历都给我好好写，听见没有?!"

赵步理赶忙立正，疯狂地点头。

林小棠突然想起什么，问道："对了，您那个盒子真厉害啊，连这种可消除的笔迹都能复原？"

小茉一脸无奈地看着她："我之前让他又给我写了一张一模一样的单子，然后我看了下病人的委托书上面，有这个男人的签字，也有'同意'两个字，所以就……模仿一下咯。那个盒子里有夹层，只是放进去的单子和拿出来的单子不一样而已。"

"模仿？"林小棠一脸惊讶。

"怎么，模仿一下也犯法？你们临床经常忘这忘那的，当我真有空给你们记下来扣钱？有时候我实在看不过去，都给你们补上了。"小茉推了推黑框眼镜，一副天不怕地不怕的样子。林小棠和赵步理头一次发现还有这样理直气壮造假的领导，居然靠蒙骗就把刀疤男拿下了。

小茉坏笑："我们医务处有句祖训，就是老祖宗定下的规矩，叫作'没事管大夫，有事帮大夫，没事不添事，有事不怕事'！"说着便骄傲地向前走去。

赵步理突然像被雷劈中一样，愣在原地，眉头深锁。

这是方老当时定的啊，怎么成她的祖训了？

1920年以前，全国并没有成熟的医务处部门，医生还是会到病人家中诊病。随着医院的逐渐普及，"医院"这个空间的概念越来越深入人心，但是相应的问题也逐渐出现。为了保证人民的安全和医生的合理执业，方鸿铭曾经提出设置一套医务管理制度。

最开始的时候，由于方鸿铭正在协和的中央医院，他建议中央医院从警察体系分出一个部门来，让全省人民无论贫富均得以享受科学救济的机会。

当时的警察体系是管理者，然而方鸿铭对他们提出了一个要求，让他们平时也参与管理医生，让医生的执业更加规范。但是，一旦出现无理取闹的病家，除了自己的一些三脚猫功夫用于自保以外，还希望“警察”能帮医生一把，至少让医生能得到公平合理的处置，而不是像他自己的父亲一样，被殴打、羞辱以致自尽。

当时，方鸿铭设置的正是这一条不成文的规定，一字不差。

“无事管顾大夫，有事帮扶大夫。无事不添事，有事不怕事！”

赵步理突然感觉到，《怪医笔记》正以一种越来越诡异的方式，和他产生着微妙的联系。方老到底是不是真的来过他所在的这家寒城市人民医院？方老又为什么要去西南联大？

* * *

龙森浩从孙慧的办公室里面气冲冲地走出来，使劲摔上门。

办公室门突然又打开了，孙慧敞着白大褂走出来，龙森浩转身又是一顿怒吼：“我是为你好啊！你怎么就不明白！”

孙慧也指着龙森浩：“这事不通过我就是不成！你可以弄别人，但不能弄自己人！”

龙森浩转身回去，无奈地说：“我跟您解释过多少遍了，我会给他找条路走！但他自己不争气，谁也帮不了他！反正资料已经送了，您就当不知道吧！”

“我凭什么不知道！我都知道！你怎么就这么一根筋！这是我的学生，我说了算！”

龙森浩点点头，没有说话，拂袖而去。孙慧进屋狠狠地把门摔上。

旁边的护士都看傻了，纷纷议论着，到底什么事能让龙森浩和孙慧吵得这么凶。李有才这时候经过护士站，看到护士们纷纷都转过头去窃窃私语，偶尔还看他一眼，也看不懂发生了什么。

此时，突然一个电话打了过来。

“韩院长，您看到我送过去的东西了？啊，您说什么?!”

李有才吓得一个激灵，摸着微微有些脱发的后脑勺，陷入沉思。

“我之前没和您说夹子的事，不是想刻意瞒着您。我以为龙森浩也就是说说，没想到他干得这么绝……那份资料都说啥了？”

李有才认认真真地听着对面韩雨狂风暴雨般破口大骂，听到龙森浩整理出来一套缜密的能置他们于死地的材料，从夹子的质检报告，到医院内使用夹子的医生名单和使用数量，再到夹子出事的厂家代表做出的口供和供货网络，整个寒城市的大医院看样子都要被这件事撼动得摇摇欲坠。而自己就像一只小蚂蚁，也许没有死是因为不起眼，也可能因为不起眼而随随便便就能被捏死。

“韩院长，我不是这个意思……我当然知道感激您，我真的不敢啊……我怎么会，过河拆桥，瞧您话说的，这哪儿能……”

李有才脸上的冷汗涔涔地往外冒。对面不知道是挂了电话，还是砸碎了手机，断了线。

李有才咽了咽口水，他想起韩雨给他下的最后通牒。

“把手术室夹子的库存全部销毁掉，否则拉着你李有才一起死，而且你家里也别想过得好，我能让你女儿上好学校，也能让她什么学都上不了。”

李有才眼中不知道是悔恨，还是单纯的恨，他把手机捏得嘎嘎作响，离开了病房。

今天的手术安排得很密集。李有才的手术被安排在了夜晚时分，他正准备去上自己的手术，此刻却被一个电话弄得心情全无。他路过库房时，看到上面有一个蓝色的密码锁。进出的护士都行色匆匆，走时仍不忘把门关紧锁上。

李有才知道，库房很大，要想把夹子一个不落地全取出来还不留痕迹，并非一件容易的事情。库房的密码只有个别护士知道，也只有她们才知道如何不留下证据，但是……

李有才经过龙森浩的手术间，突然听到里面在争吵什么，他不用看就能听出龙森浩洪亮愤怒的声音，于是凑了过去。

“我说不在里面就不在，反正我们关胸了，你们自个儿爱怎么找怎么找去！”龙森浩指着台上的萌萌吼。萌萌没有回头看他，正在自己的台子上一点一点地找，眼睛看样子已经哭肿了，但是没办法用手揉眼睛，只能用鼻子一下下地吸溜鼻涕。不管龙森浩说什么，她都不说话。

秦红艳也沉着脸不吭声。她戴着手套，拿着钳子，在垃圾桶里一块纱布一块纱布地翻。每翻出一块纱布，就展开，翻面，眯着小眼睛细细搜寻。

“我们走了，你们慢慢找吧。每次都是你们找一大圈，最后自己发现针掉在哪儿了。哪次是大夫真落在里面的？每次找都不找就让我们等，我们能等，病人也在这儿敞着切口等吗？”

龙森浩滔滔不绝地怒斥着，秦红艳也低着头没有看他。

“我们找了四五遍，真的没有啊。”萌萌带着哭腔，拉长着声音委屈地说。

“那就找第六遍。”龙森浩留下一句话，扬长而去。看到李有才在门口，招呼都没打就错身过去了。

李有才进来：“怎么了，萌萌，找不到针了？”李有才笑着问。

萌萌哭了出来：“我们找了好几遍就是没找到，实在不行就推C臂机看一下嘛，这样大家都放心，他冲我熊什么嘛！我以前还挺喜欢他的，他怎么是这么个人呀！”

秦红艳没有说话，叉着腰继续翻纱布。

李有才一下子就明白了。丢针这种事对于手术室来说是大忌，如果没有找到的话，护士很难交代。有的时候，找一天都未必能有发现。这时候最简单的方法就是给病人做个透视——只要针没落在身体里，就算手术室里找不到也没有大问题。

李有才点点头：“放心吧，萌萌，我帮你找。”说着，李有才便趴在地上，笨拙地撅着屁股向前爬着，一寸一寸地摸索。他的裤子被抻得很紧，甚至露出了内裤边儿。

萌萌看着李有才这样帮忙找针，有些不好意思：“李大夫，没事，你去忙吧，我们自己慢慢找，别耽误您的时间……”

“没关系，病人的事要紧。告诉你，我找针可牛了。我小时候出去抓蛐蛐儿，别人抓两只的时候我能抓十只。别看我眼睛小，但是它聚光啊。”

秦红艳难得地笑了笑，停下来喘了口气。她已经找了一个多小时，上了岁数，也真是累了，腰都直不起来。平时牙尖嘴利的，此时连话都说不出来。

李有才就这么趴在地上摸着，一直摸到了墙角。

“李大夫，针不可能跑那么远的，您不用那么费劲儿！我再看看是不是夹在手术单里了吧。”

李有才却没有管。他知道针这种金属颜色是最难找的，掉到地上，地面是带着斑点花纹的绿色地砖，哪怕就在眼皮底下也看不出来，必须非常近距离才能……

“找到了！”

萌萌和秦红艳立刻抬起头。

“你们也太巧了吧，从手术台，这针能蹦到麻醉师这边的垃圾桶里。这么小的孔你们也蹦得进去，国足需要你们这些人才。”李有才笑眯眯的，手中那一根细小的针，刚好就是丢的那一款型号。只见萌萌一屁股坐在地上，喊了一嗓子。

“呜！谢天谢地，哦不，谢谢李大夫！”

李有才把针放在萌萌的台子上，他看到萌萌甚至没有脱衣服，把头埋在怀里哭了起来。他没有再说什么，安静地走开，去自己的手术间了。

* * *

晚上十点，李有才终于结束了手术。他换好自己的衬衫和皮鞋，走到楼下。夜风徐徐，似乎还带着白天的暖意，他心里仍然装着那些沉重的东西，站在病房的楼下，有些不知所措。

他看了一眼微信，老婆发来了无数条信息。

“昨天你去哪儿了，怎么还不回家？你不回来，明天我就带曦曦回老家了。你没事耍什么脾气？老公，以后你有情绪能不能不要带回家，曦曦今天哭了一整天，说你不要她了。我希望你赶紧回家，给她道个歉。”

“你怎么还不回家，你去哪里了？”

“一有脾气就不回微信？你现在怎么成这个样子了？挣点钱了不起？”

“你赶紧回家，有问题必须解决，你还要当多长时间的缩头乌龟？”

“我不会原谅你的。”

“……”

李有才心里更是堵得发闷。他已经多年没有抽过烟了，但此时特别想找根烟嘬两口。他静静地盯着夜灯看得出神，无数小飞虫围着这光明舞蹈，似乎并不知道这些路灯会把它们烫伤。

自己不也是这种像垃圾一样的虫子吗？

“李大夫？”

李有才愣了下，回过头去。

“萌萌？”

此时，萌萌一身清凉的打扮、穿着超短裙、帆布鞋，上身只有件彩色的背心。虽然个子不高，也很瘦，但是该有的地方都非常饱满。她的五官每一样单看都很普通，但组合起来非常舒服，而且鼻子高挑，还有些混血儿的感觉。

“李大夫，怎么这么晚还没回家啊？”

李有才支吾了一下，萌萌笑了笑，心中有了答案，没有再追问下去：“今天，实在是太太太太太感谢您了！要不是您，我真是……”萌萌在脖子上比画了一下，叹了口气。

李有才笑了笑：“没事，都是战友，应该的。”

“要是你们科某位眼睛长在脑门儿上的大夫也能这么想就好了，不知道他牛气什么劲儿，哼！”

李有才笑而不语。

萌萌眼睛突然闪动了一下。

“李大夫，这么晚了您还没吃饭吧？要不，我们去……喝两杯？”

李有才刚准备摆手说不去，但是猛地想到了什么，他琢磨了一下。

“好啊，我正好也渴得要命，走吧，你指挥，我埋单！”

昏暗的夜色中，一男一女走进一条霓虹闪烁的街道。女人熟门熟路地走进一家叫作“前海时间”的地方。门口的酒保热情地招呼上来，看样子女人是这里的常客。

他们先要了两杯酒，又要了两杯酒，然后又是两杯酒。男人每次看到酒上来都一脸好奇，女人笑着给他讲解。慢慢地，男人也放开了。工作的事、家庭的事，仿佛找到了一个宣泄口，一股脑儿地倾泻出来。

女人开始捂着脑袋趴在台子上，男人拍了拍她，发现她没什么反应，于是用她的食指迅速解锁了手机，查看里面的信息。果不其然，他发现了自己想要的东西。

第16章　隐私

鸭骨头、酒瓶子惹出的祸

还不到早上七点，学术报道厅便人头攒动。

王强忍不住打了个哈欠，接着往嘴里猛灌咖啡。

“哟，你也来了？”来了一个个子很高的男生，示意王强让地方，自己坐在边上。

“我哪儿敢不来，不得在主任们面前晃悠晃悠嘛。”王强没好气地说。来人正是姜超，不过这次他完全不是篮球少年的模样了，一身领带、衬衫、皮鞋，看起来再也不像个学生了。

“听说你在副院长那个科里工作很投入啊，天天晚上住在他们科里？”姜超用玩味的语气笑着说。

王强又白了他一眼：“那可不，忙得要死，不过我听说你最近……嘿嘿……”王强用身体使劲撞了一下姜超，“谈对象啊？好像还是个护士？”

两人正说着，前面的人突然回过头来看了他们一眼。王强的心跳差点停了一拍。那是韩雨科室的大师兄程鹰。

王强赶忙低头抱歉地赔笑，程鹰的眼神当中闪过一丝阴翳，缓缓转回了头。

人陆陆续续进来，不同科室之间熟悉的朋友往往会坐在一起，反而同一个科室的人几乎很少坐在一起。

“听说今天要公布去冬城支援的人选啊。”

“可不是嘛，以前大部分地方支援都是美差，出去一圈回来正好名正言顺地高升。可是，冬城那破地方谁愿意去啊，说是支援，其实就是发配吧。”

姜超听着，压低了声音和旁边的王强嘀咕：“怎么没看见林小棠？”

“她又不用像咱们那样卖力表现。人家那么硬的后台，还不是想去哪儿就去哪儿。

好像这两天又没来，不知道干什么去了。”

“听说一直和那个废柴院总走得很近，她不会是看上那个傻子了吧？”

“别逗了，我看大概是想换换口味吧，那个傻子据说最近又惹上事儿了……”

* * *

“啊……阿嚏……”

赵步理发了会儿呆，正好早上来急诊接班。

在这家医院做住院总医师，每周要有一天在急诊值班，为的是让住院总医师了解急诊一线的情况，有需要收住院的及时收进去。

这个规矩赵步理太熟悉了，也是曾经方鸿铭提出来的。如果住院总医师只管病房，就会让急诊的同事们日子越来越难过。病房压着不收，急诊的同事们只能死顶。自从住院总医师来值班之后，就大大缓解了急诊的压力。

住院总医师的权力很大，能决定收什么样的病人入院。不过像赵步理这样的住院总医师最招同事们讨厌了，因为他常常顶不住压力。病人稍微说一下自己的困难，或者把病情说得稍重一些，他都收进病房去。他自己老好人做得舒服，和他搭班的护士都满肚子牢骚。

更重要的是，他根本分不清孙慧口中的“关系户”，到底是“真关系”，还是无足轻重的“假关系”。

“老赵，今天我家里还要装下空调，我先回了哈，普外科这边，拜托拜托了！”

“呃，好，那你赶紧回去吧！”

赵步理已经习惯了，每次普外科的住院总医师都要找理由离开，导致赵步理被迫连着普外科和胸外科的急诊一起值班。

早晨病人不多，闲来无事，赵步理打开笔记随便翻看。

他发现，方鸿铭到这家医院时应该已经五十岁了，但是路子和他二十多岁的时候一样野。他每周至少出一天门诊，那个时候门诊和急诊还未明确分离，所以他接诊的病人患的病五花八门。

病房阿衡，药房小李，皆吾朋辈，向来合作无间。吾于住院笺每书“慕名”二字，阿衡即知此病患脾性不佳，关系不厚，无须多加迁就照拂。

时人心病甚重，又知看病所费不多，辄定欲服药。因之书“秘药”二字于处方，小李见之，即取吾等“宝贝”，舀一小勺与病人。实则蜂蜜水尔。

赵步理差点一口水喷出来，方鸿铭也真是胆大，给病人喝安慰剂，放在今天，如果被曝光到网上，不被骂死才怪。

自售“秘药”，治愈良多。甚者或自服“秘药”，再求购以飨全家。“世有中医，无中兽医”，此谚诚然！乃因安慰之剂于畜类无效。家父泉下有知，望勿怪吾忘本则个。然，亦有为病家觉察责骂追打者数次，幸而吾有狡兔之三窟也。

以微量糖皮质激素掺入混匀，以之治疗皮炎效果显著，且并治哮喘，用之贫者，疗效甚佳。

原来方老也干这种营生，不过看起来不像为赚钱，更像是——侠客！

赵步理往下看，发现方鸿铭画了一张极其复杂的地图，但是字迹和线条都不甚清楚，完全看不懂。只是在图下面有一些文字，什么“台阶高半寸处”“正三圈反两圈半再正……”“灯光所在处”等之类奇怪的词语。

赵步理把那页画着地图的纸，拿到清晨的太阳光下翻来翻去，却看不出丝毫名堂。

这都什么和什么……方老大脑袋上是有包吗?

* * *

“啊疼疼疼！疼，不行，疼！”一个男人在号叫，赵步理不得不停下来。

“这不疼……大哥……这是双氧水……”赵步理无可奈何地解释。

男人张牙舞爪、龇牙咧嘴地甩着受伤的手，之后慢慢淡定下来，又看看自己的伤口。手指头被切掉了一块肉，两厘米的创面上像啤酒一样向外喷吐着泡沫，发出刺啦刺啦的声音。

“哦……我……我还以为这个像酒精，泼上去真的好吓人啊，跟化尸水一样。”男人个子很矮小，声音很细，脸吓得煞白。

“我刚实习的时候也觉得瘆得慌，但双氧水是消毒除厌氧菌用的，很好使。而且没有什么感觉，就是会起很多气泡，看上去比较吓人。您忍一忍，我马上给您缝。”

赵步理用眼睛的余光看了眼他旁边的女人。她比男人的个子高大得多，正双手抱着胸，一脸怒其不争的样子：“连切菜都能切破手指头，我真是服了你了，你说你还能干什么？没用的东西，上班挣不了几个钱，孩子也不会管。上班、做饭、看孩子都指望我一个人吗？你和你那个老妈一样，啥忙也帮不上！”

男人吞着口水，紧张地看着赵步理处理伤口。赵步理把他的手指用碘伏消好毒，见他一直闭着眼睛不敢看，再看看旁边一个母老虎指着这男人鼻子骂着，觉得一阵好笑，不小心就笑出了声。

只见女人立马恶狠狠地瞪过来，赵步理赶忙噤声干活，再也不敢看她。

“我……”

“你什么你！你说你有哪一点像个男人。修洗衣机是我，开车也是我，你屁也不会，让你扫个地你摔个跟头来医院，让你切个菜你切了自己的手，我挣的那点钱都给你看病了！你自己倒是去挣钱啊！”

“不是，你别生气，我这个……啊！啊啊啊！”

男人说着又号叫起来，紧闭着眼睛，浑身颤抖。赵步理正拿着利多卡因的针头插进男人的手指皮下，一时间也停下了动作。

“疼疼疼……疼疼……啊！”男人竟然哭了，眼泪都流了出来。

女人捂脸：“没用的东西，老娘生孩子的时候哼都没哼一声，你倒好，你那会儿跑到楼下买了个被子裹着说冷！医生让你进来给我鼓鼓劲儿，你说怕血！看到孩子打针你先晕地上！我都不知道你到底是不是个男的！”

男人用尖锐细嫩的声音求饶着喊疼，边喊边让赵步理轻点。

“女士您好，您这样可能会喷到无菌区，要不您先出去……等一下？”

女人没好气地看他一眼，摔门就出去了。

赵步理轻轻打着麻药，麻药很快起效了，男人的痛苦似乎减轻了很多。

“您这是干啥弄的呀，这么一个大口子……”

男人不好意思地抬起头，用另一只手揉了揉眼睛里面的泪水。

“我边啃着鸭脖边看球呢，她非让我去切菜，我就带着平板电脑去厨房了。正切着菜，阿根廷进球了，我一激动，那鸭脖子就卡在我嗓子里了，然后这刀就切着我手了，哎哟我这个疼得……主要是一看到血我就晕在地上了……”

幸好赵步理戴着口罩，不然也得笑出声。他心里想，在蠢这条路上，自己终于碰到对手了。

“不过您老婆可真……”赵步理没忍住脱口而出，没想到男人软软地低下了头，“我是没用……也不怪人家……”

赵步理瞥了他一眼，这男人也太㞞了吧。赵步理突然想到，如果自己找个对象，会不会也是这样霸道的女人？他的脑海里不知道为什么突然跳出一个人的身影。

不，不会的，不可能！赵步理赶紧晃晃脑袋，继续缝合伤口。

不过那妮子今天去哪儿了，怎么最近都见不到人？

这时，门口似乎来了一个人，正从玻璃窗外朝里看着他的缝合。赵步理抬头看了一眼，对方立刻就溜走了。

这大清早的，是谁这么无聊，连缝合都要看？病人家属吗？

赵步理看男人垂头丧气的样子，和他打趣儿："你那鸭脖呢？"

"说的正是啊，这不还卡着呢嘛，有点疼啊，但是我也不好意思再和媳妇儿说了啊，太丢人了……"

赵步理心里顿时一紧，他赶忙拉紧手中最后一个结，麻利地剪下线。刚打开门，男人的妻子就进来了。

"行了吧你？干活儿的本事没有，到医院丢人就数你最厉害！还不快跟我回去！我一会儿还得送孩子上学呢！你妈也得等我给她做饭去，我还得上班，我真不知道上辈子是不是欠你们家的！快点啊你！"

男人打了个趔趄，赶忙跳下床。

"等等！"

两个人转头看向赵步理。

"女士，您爱人可能需要做个胸部 CT。"赵步理非常严肃，两人一时有些不知所措。

"大夫啊，我们赶时间，手划个口子，做 CT，您……没搞错吧？"

"是啊大夫，我那个鸭脖没事，自己肯定能下去，不用，真不用……"说着，男人便瞟了瞟老婆，没骨气地拉着老婆的手就要走。

"鸭脖？什么鸭脖？"

"不行，您跟我来吧，不然，真的可能会出人命。"

"出什么人命啊！他这种人早该被阎王爷领走了，能活着是老天爷想收拾我，特别派他这尊大佛下凡惩治我的！"说着便翻起了白眼。

在赵步理苦口婆心劝说了十来分钟之后，他们终于做了一个胸部的增强 CT。女人正对着赵步理破口大骂说他过度医疗时，赵步理却对着片子看呆了。

"您爱人这个鸭骨头……"赵步理把片子对着天花板上的灯，放射科的大夫也凑过来和他一起看，眼睛瞪得越来越大，"这个鸭骨头，刚好横着插在了食管上，像是在食管上搭了一座桥……这不重要，重要的是……"赵步理匆忙道，"快去查全套的抽血，准备手术吧。我去联系胃镜的医生！这个鸭骨头已经插进食管了，骨头非常尖，如果再往外戳最多两毫米，就会扎穿主动脉，他瞬间就会有生命危险……所以你现在就坐在这里，不要咳嗽，不要动，不要吃东西，连口水最好也别咽！”赵步理指着男人说，男人当下就吓得咽了一下口水，察觉之后赶忙抓紧女人的衣服。

“怎么会……大夫，你快给他做手术啊！你快点啊！你给我救救他啊！”女人发疯了一样摇晃着赵步理。

* * *

给女人解释了大概半个小时，赵步理总算让她平静下来。他搞不明白，那个女人前一秒还对自己老公嫌弃得要命，后一秒又怕得要死，怕真的失去丈夫。

不过该完善的检查还是要完善。赵步理安顿好两个人，快步走回了值班室。

“赵大夫，你去哪儿了啊？我到处找你！”来人是一个瘦小的女护士，“你这边急诊室都要炸锅了，那么多家属在那儿等你半天了！一个老大爷据说是急腹症给送过来的！”

赵步理赶忙三步并作两步走到诊室门口，发现门口围着两三个家属，正急得原地打转，看到赵步理来了，赶忙围了过来。一个花白头发、穿着和气质都很好的老奶奶抓着赵步理的手，颤抖地说：“大夫您好，您快去劝劝我们家老赵吧，他不想活了啊！”说着便哭了出来。

“什么？”赵步理说着就要推门进去，同时也纳闷为什么家属要在外面等。他看到老妇人旁边站着两个男人，也都穿着考究，身上散发着浓烈的古龙水香味，从相貌上看像是老妇人的孩子。两人都皱着眉头，搀扶着老妇人，向赵步理恭敬地问好。

“我们家老赵今天早上突然说肚子疼，问他怎么了，他非说没事。结果我出门给学生送东西的工夫就发现他不见了，我赶紧让孩子们帮着找，这才发现老赵他……他在湖边晕倒了，两个孩子赶紧给送到这里来了。在路上，他嘴里一直念叨说‘不活了、不活了……’，到底是什么病，会不会是得了癌？”

旁边三十五六岁的男人赶忙打断老妇人的话：“妈，您别老是乱想。医生您好，我爸爸叫赵浦，是咱们寒城大学的数学系教授，是知名的数学专家，享受国家津贴的。最近也不知道是怎么了，对我们越来越冷漠，他来的时候一直捂着肚子，请您帮忙看看。钱不是问题，您就给最好的治疗就可以，拜托了！”

“拜托了！”另一个男人三十岁出头，看起来像是小儿子。

腹部疼痛，难办了，果然是他们普外科的问题。

赵步理赶忙走过去，发现几个人乖乖地站在门外，一步也没往里走，只是急切地往里看。

老妇人尴尬地小声说了句："老赵他不让我们进去，我也不敢惹他不高兴……"

赵步理点了点头。刚才那个男人是"妻管严"，而这家子的老教授，看来是家里说一不二的霸主。他进了屋，把门关好，果然看到一个头发同样花白的老人家趴在桌子上，赵步理坐在他面前。

"老先生，您先躺在床上，我帮您检查一下……"

这时，老人突然抬起头来，文质彬彬的脸正痛苦地抽搐着。他见诊室里面只有他们二人，一把抓住赵步理的手："大夫，我跟你说我怎么了，您答应我一定不要告诉他们，成不成？如果您说了，我立刻就去死！"

老人下巴微微颤抖着，松弛的皮肤上布满了老年斑，但看起来身子骨很硬朗。他的眼神不停地闪烁着，赵步理只能无奈地点点头。

"我……我自己往下面塞了个瓶子，我也就是试试玩儿……没想到瓶子自己……大夫，您帮我掏出来就行。"

"啊？"赵步理惊呼出声。老人急得差点拍桌子，赶忙回头看了眼门口的方向，又对着赵步理一个劲儿恶狠狠地比画着。

"你小点声！你找个安静的地方帮我取出来，快点，就和他们说没大事，让他们都回去。"

赵步理挠挠头，有些为难："那也得拍个片子看下那个……瓶子到哪里了吧，如果已经进入了乙状结肠，那是不可能从下面原路再取出来的……"

"拍片子？不可能！"赵浦严肃地摆摆手，哭丧着脸，好像一个根本没有谈判余地的老顽固。

"可是不拍片子，我们真的没法判断。我看您这个样子，可能需要尽快处理，如果肠子扭转，出现缺血坏死，那就更麻烦了。即使现在做手术，也要把肠子切开，把……那个……瓶子取出来，再在肚皮上开一个临时的洞做造瘘。"

"造瘘，什么造瘘？"

"就是把肠子的一端接在肚皮上，粪便暂时从肚皮上的袋子排出，等过三个月再把肠管放回去接上。现在如果在不干净的情况下硬接，发生感染的概率会很高。"

赵浦叹了口气，抱着脑袋埋在自己怀里，呜呜地哭了起来。

赵步理看着老人，一时间也有些无助。他突然发现，自己已经习惯了有一个人在身边给自己出谋划策，哪怕至少是听听自己说话也好。林小棠啊林小棠，你今天到底干什么去了？

"我……我……"老人低声抽泣着。

赵步理轻轻拍拍他的肩膀。

"赶紧拍片子吧，老先生，这个没什么的，这个……"

"你就跟他们说，我得的是癌！手术我自己签字，你必须帮我！谁敢说出去我就跳楼！"

"可我们医生也没有办法……您还是和家里人说说吧……"

"说什么？"赵浦眼睛都要冒出火来，"我当了大半辈子的教授，怎么能因为这种事被别人笑掉大牙？我这一辈子好名声，就算死，也不能把它给毁了！我自己不能，你也不能！谁都不能！"

他的怒吼声还没有落地，门就一下子被推开了，进来了母子三人。赵浦立刻慌了，一只手紧紧扣住赵步理的手，低声用哭腔哀求着："大夫你帮帮我，我……我求求你了……"

赵步理舔了舔嘴唇，他看了看老妇人无辜的眼神，又看了看赵浦，艰难地做了个决定。

"您先拿着这个单子去放射科排队。"说着便背对着老妇人等人，对着赵浦挤了挤眼睛。

赵浦立刻会意，赶忙说着"谢谢"，拿着单子艰难地错开身走过去。老妇人心疼地摸了下他的手，被他一把甩开。

"你们都来干什么？都回去！我说让你们都回去！滚回去！我的事什么时候轮到你们管了！"赵浦瞪着他们，拼命摆手示意他们走开，然后捂着肚子向放射科走去。家属们想跟上前，赵步理见状便说："几位家属，老先生可能要做一些检查，几位可以先回家去等，可能要简单做一点小小的处理……"赵步理歪着头看向赵浦，后者回过头来，带着感谢的目光期待地看了他一眼，走进了放射科。

"医生，到底是什么病，不会真是我们老赵肚子里长东西了吧？"

赵步理咬了咬嘴唇："嗯，可能肚子里确实是……长……长了个东西，所以我们要做个手术把它取出来。"赵步理挠着脑袋结结巴巴地说。

老妇人腿一软就向后倒去，赵步理赶忙上去扶住，让她找个就近的凳子坐好。老妇人脸上已经渗出了汗珠，她恐惧地抓住孩子们的手。

"赵大夫，这，还能治吗？会不会是晚期？"

赵步理有些为难："应该还能……不会是晚期的，您放心，先回家去休息吧。"他不得不拼命下逐客令，同时心里有一丝疼痛，觉得自己犯了个错误，但又不知道怎样做才是对的，只是希望自己不要用更多的谎言来弥补之前的谎言了。

“医生啊，我想问您，这个病是不是会传染？”

赵步理一下被问笑了：“不会的阿姨，您放心吧！这个病不会传染的，要是真传染，那我们大夫不是早就中招了？”

但老妇人眼中的光还是暗淡了下去：“我就觉得是我害了他。大夫，实不相瞒，我得了结肠癌，而且是晚期，我怕是我传染了他……”老妇人平淡地说道。似乎“晚期”这样沉重的词也并没有沾染任何情绪。

赵步理心中咯噔一下，两个孩子也惊讶地望向母亲，看样子他们事先也并不知道这个消息。老妇人轻轻拍了拍两个人的手，不易察觉地叹了口气：“他工作那么忙，又有那么多学生要管。我一直觉得自己没用，一点忙也帮不上，还老招他烦。我总觉得自己安静地把自己的事情做好，再看着你们两个人成家立业，就很知足了。

“没想到前阵子我便血，结果查出了这个病。他最近要申报课题，我也一直没敢和他说，反正也治不好，还不如就好好陪陪他们。但是我怕传染给他，唉……

“我死了没什么关系，但他要是有个三长两短，他的学生们可怎么办？他的科研可怎么办……”

老妇人说着按了按胸脯，两个儿子轻轻抱着她的肩膀，三十多岁的男人泪流满面。赵步理呆呆地站在走廊中间，看着面前的母子三人抱作一团，心里一团乱麻。

这时，刚才的小护士气喘吁吁地向他跑过来，把一沓抽血的结果交到他的手里：“赵步理，胃镜科的秦主任问你，病人想什么时候做，他们今天手术很多，你赶紧跟他们商量商量吧。”

赵步理点点头，他发现刚刚的“母老虎”也斜挎着包，一脸气愤地朝他走了过来。他随手打开单子看，突然睁大了眼睛。

“梅毒……阳性？而且还是正在感染？”

他脑海中出现了那个软弱的男人的模样，怎么也不能把他和梅毒联系到一起。

真是人不可貌相啊。这屃货，原来在外面还这么不老实，难怪在老婆跟前这么听话。

* * *

学术报告厅外。李有才和韩雨并排站在走廊的窗户前。

“韩院长，我已经把夹子全部销毁了，总共是1623套，手术室器械库的库存就是这些，我自己数过了，一点没有少。”

“能做到这一步，还算是可以。不过我有一个疑问，为什么龙森浩的东西会送到我这里？你上次说，是你们病房的那个赵步理送的，对吧？”

“对，我也不清楚，我本来是想把……”

“那也就是说，”韩雨眼神当中露出一丝凌厉，“这一次，我们可能要投石问路碰碰运气了，呵呵。”韩雨冷笑着走了，留下一个搞不清状况的李有才。他靠在窗前的护栏上，揉搓着自己肥嘟嘟的手，似乎在这个清晨终于获得了难得的平静。

家里的烽火已经告一段落了，妻子没有再和他计较，假装没事一样继续生活。但是他清楚地知道，他们心中还拧着一个疙瘩没有解开。他心中更加挥之不去的，是与萌萌在阁楼上度过的那个夜晚。带着些许的酒气，他把萌萌抱到床上，看着萌萌均匀的呼吸，夹杂着些许酒醉的呻吟。那一夜似乎改变了什么，又似乎什么也没有改变。

他忘不了她的眼神。

这些日子，只要他在手术室碰到萌萌，都会不自然地低下头，或者刻意避开萌萌的目光。不知道是因为那一夜的事，还是因为他用萌萌手机里的密码，替韩雨做的那些事。

起码现在危机解除了，至少自己的把柄不在对手的手里，妻子也没有闹事，萌萌也没有纠缠。这对他来说，就已经是个完美的清晨了。他这样想着，也走进了那个人头攒动的报告厅。

小茉首先上了台，代表医务处发表了对近期一些事件的看法。她首先高度赞扬了胸外科的孕妇事件，从科主任到底下的医生，齐心协力让孕妇顺利渡过了手术难关，成功出院。各家电视台和报纸争相报道此事，给医院挣足了面子。

虽然没有任何物质上的奖励，孙慧还是听得笑容洋溢。几个科室的主任也纷纷对孙慧表示了祝贺。院长卓启智没有说什么，仿佛有心事。韩雨也敞着白大褂，坐得稳如泰山，似笑非笑地对院长说：“咱们医院这回可风光了，还是您领导有方啊。”

“嗯。”卓启智仍旧皱着眉头。

韩雨自然没有因为他的冷淡而尴尬：“我说卓院长，您对冬城那个医院还是很执着啊，每年投这么多钱给他们，该不会……是有什么关系在那边？”

“要是有什么关系，我们堂堂韩副院长能查不出来？”卓启智目视前方，笑着说。

韩雨也笑笑不再说话。

紧接着，小茉又对胸外科赵步理的事件做出声明，要求所有病人家属签字的时候，都要用医生提供的笔，坚决不能用病人自己的笔，主席台下面嘘声一片。

“这也太夸张了吧！”

“又因为一个个案，改变了整个流程，我们大夫每天就像狗一样被医务处的人牵着鼻子走。”

小茉的发言还没结束。她又提到，近期有一起病人入院后死亡的案例，因为没有签署授权委托书，导致最后给病人签署放弃抢救同意书的是病人的妹妹，结果病人的儿子说这个签字无效。所以医务处要求，以后入院两个小时内必须签署授权委托书，否则直接罚钱。

“我们上手术都忙得要死，病人入院，我们还得下来签个字？”

“大夫每天不用干活啊，都像医务处一样上班就是喝茶闲聊吗？”

“外科和内科不一样！”

小大夫们纷纷发起牢骚，然而主任们不这么看，他们纷纷接过医务处小茉传过来的话筒，表示赞同。

“没错，每个人都会从年轻医生做起，一定要知道，这些法律上的事情，必须遵守！”

“医务处是对的，现在年轻大夫做事太不认真。”

“这些流程一旦建立起来就成习惯了，就像你晚上要刷牙一样，进来一个病人就签，这多简单的事情！”

小大夫和老大夫似乎以某一排椅子作为分界线，成为两个对立的阵营。

卓启智点了点头，示意小茉结束发言。

“我们医务处的工作一直做得非常认真。在医疗问题上，我们一直保持全市领先，这和韩院长的工作是密不可分的。希望年轻医生一定落实好，让老前辈的班能顺利交下去！”

台下响起了一片掌声，明显是有人刻意带起来的节奏，所以大家的掌声听起来很是懒散。韩雨也附和了几句官话。两个人的对话永远没有实质的内容，却不知道谁会在某一个时刻，突然亮起杀招。

重大并发症讨论会（MMC）每个月举办一次，主要是讨论这个月的死亡病例。本意是让大家在分析和讨论的过程中吸取经验教训，好让其他医生未来少走弯路。

这个月 MMC 讨论的病例恰恰是韩雨科室的。一般来说，韩院长和卓院长的科室很少会把病例拿到 MMC 上讨论，因为医生们都不情愿公开自己治疗失败的病例。作为领导，当然更喜欢找其他科室的错误来点评，而不是让自己接受其他人的点评。

但是这个月，其他科室刚好都很安稳，只有韩雨科室有一例严重的术后出血。因此在投票环节，即使韩雨再用手段压制，也没能逃过一劫。

程鹰上去简单汇报了一下病例。一名老年女性病人在手术中发生出血，进而引发了二次手术，导致了术后的严重感染。手术后又折腾了很久，现在还在医院住着。

妇产科主任和孙慧小声耳语："这帮男的真是一个比一个小心眼儿，你看这汇报的什么玩意儿，避重就轻，就一个劲儿说自己怎么发现及时，怎么处理得当。经验呢？教训呢？"

孙慧冷笑了一声，摇摇头。她眯着眼睛，晃了晃脑袋，努力想看清 PPT 上面的字。

* * *

程鹰今天早上穿得非常正式，头发也梳得锃亮，拢到了后面。他干练地汇报完病例，就站在一边，用猎鹰般的眼神左右巡视，散发出一种来者不拒的傲气。

"各位主任有没有要发表意见的？"大外科的秘书拿着话筒，到处搜寻着，见有不少主任争相举手。妇产科的主任赶忙推孙慧："你快看看别的科怎么骂他们吧！出血没什么大问题，关键是这个态度，一点都不端正！"

"放心吧，不会的。"孙慧冷笑着又摇了摇头。

只见肝胆科的主任拿起话筒："这个出血，我们科也常见，我们科出血量比这个多多了，甚至病人最后被家属拉走了。所以这个处理可以说是相当及时，不愧是咱们韩院长的科室，雷厉风行！"

"是啊，说得没错！而且汇报病历也是重点突出，一看就是咱们韩院长培养出来的，文献阅读量很足，给我们好好上了一课。我自己对这个地方出血的感受也是不深，这次长见识了。"

"出血很正常，是外科最常见的问题，关键是'二进宫'的时机，绝对不能因为怕被人家说闲话就不开。韩院长做得太果断了！再晚真的就救不回来了！"

秘书一个个地传话筒，程鹰在台上克制着内心的自得，看着这一场精彩的表演。韩雨十分轻松，不停地打量着卓启智，卓启智一脸严肃，不知道在想些什么。

话筒传到了孙慧这里。孙慧有些为难地想推开，结果秘书硬把话筒往她手里塞，眼神不容商讨。场面一度非常尴尬，孙慧赶忙现编出一套冠冕堂皇的话，正准备发言，却见龙森浩举起了手。秘书看了看孙慧，又看了看龙森浩，不怀好意地笑了下，就把话筒传给了龙森浩。

龙森浩站起来，用低沉的声音说："程鹰，你这个出血，和你术中用的血管夹有没有关系，是不是夹子不牢靠导致的？"

龙森浩话音刚落，韩雨的瞳孔立刻收缩起来，嘴角不由自主地抽动了一下。但他仍旧岿然不动。程鹰在台上不自觉地看了看自己的主任韩雨，又赶紧去看龙森浩。

“近期我做了个研究，估计院里很快会公布。我不是针对任何人，只是从病人的角度来看，这个夹子，我认为是不安全的，请大家暂时先不要使用了。”

龙森浩的话像炸弹一样在学术报告厅引爆了。

“什么意思？”

“这是说谁用夹子拿回扣？难不成他这是在跟院长叫板？”

“不可能吧，你用那个了吗？我好像最近没怎么用。”

“我也没用，那个东西……本来就不太好用吧……”

窃窃私语连成片，零星传到前排领导竖起的耳朵当中。

韩雨这个时候居然爽朗地笑出了声，他像一只老狐狸一样眯着眼睛，转过身拿起话筒。

“谢谢龙大夫，我也觉得，还是用线打结最牢靠。我们过去管这个结叫作睡觉结，就是打上之后就能安安稳稳睡一觉。不过，我不知道我们这例病人术中到底有没有用夹子，现在年轻人用什么我倒是不太清楚。”韩雨的声音很有磁性，确切地说是很好听、低沉、舒缓，没有一个字是废话。他没有放下话筒，而是笑着看向卓启智，“卓院长，听龙大夫的意思，您是不是有什么东西要分享给我们？”

卓启智转过头和他对视了几秒，感受到来自韩雨眼中那种盛气凌人的杀气，他无奈地抓起话筒：“龙大夫，请你到主席台上面来。”

龙森浩皱了皱眉，孙慧也一脸茫然，直起身子。

龙森浩大步地走上主席台，两脚分开，双手背在身后，像一名士兵。他虽然不知道即将发生什么，但是没有一丝慌乱。韩雨此时却有些不安，在心中咒骂着李有才。

“你这个小子，你给我的消息最好是对的，不然我饶不了你。”

卓启智叹了口气。他本来努力装糊涂，但眼下韩雨紧咬着他不放，于是有些自暴自弃地垂下肩膀，艰难地开了口：“我收到咱们医院内部人员的举报，里面有充分的证据证明……”卓启智停顿了一下，龙森浩严肃地看着他，紧闭着嘴唇，孙慧一副完全搞不清状况的样子，看着台上。

“证明你的很多篇文章，涉嫌篡改数据，学术造假。”

卓启智的声音很低沉，没有太多感情。韩雨却大舒了一口气，他用眼睛的余光看了下角落里的李有才，他正趴在前面的椅子后背上，一只手捂住嘴和下巴，只露出一双小眼睛四处打量。

韩雨转了转眼睛，微笑着观看这一出年度大戏。这时候手机来了一条短信，随之而来的还有几个同一电话号码的未接来电。他眯着眼扫了一眼，“哼”了一声，没有点开就直接收起了手机。

* * *

“我告诉你，我是你们韩院长家亲戚！我已经给韩院长发信息了，你赶紧给我们安排手术！不然出了问题，我让你吃不了兜着走！”

女人咬牙切齿地指着赵步理，胸脯剧烈地震荡着，男人却在一旁连连安慰：“没事，没事，我推迟一点做没事的，别让大夫为难。”说完咧嘴看向赵步理，眼神当中满是央求之意。

赵步理欲言又止的样子，让女人更加生气。她疯狂地砸着诊室的东西，还指着自己的手机：“你们院长一会儿收拾你，可别怪我没提醒过！这是要人命的手术啊，你倒是给我一个理由，为什么非给我们安排到最后一台做？我马上还要回去接孩子！”

赵步理很想告诉她，因为这种梅毒的感染手术，必须放在后面进行，否则前面的手术结束后要进行全面消毒才能进行下一台手术，而后面的手术都要等到很晚。虽然是急症，但是胃镜科的主任一点也不肯让步，说之前的手术都排好了，他也十分为难。

他更不敢和这个“母老虎”说的，是病人的病。当他私下告诉男人病情时，男人惊讶得腿都软了，但是也坦白了近期经常出去寻花问柳的事实。赵步理心里嫌弃，却也不敢直接告诉他们家那个“母老虎”实情。

“我老公要是出问题，我把你们医院炸了！”女人指着赵步理不依不饶。

“够了！”男人突然暴喝，“大夫都忙，你在这儿闹什么闹！”

女人似乎从来没有见过男人这样对自己说话，一时间愣住了。男人趁着女人发呆，连忙朝赵步理使眼色，让他赶紧走。

赵步理会意，赶忙溜走了。

自从这个男人得知自己患了梅毒之后，似乎从怕死的恐惧中活了过来。毕竟有些事情，他认为比死更可怕。

第17章　造假

另有其人

“师兄，师兄！”

“嗯？”龙森浩一只手撑在病人的身体上，出神地思考着。

“反正主任也不在，你就说切缘没问题就好了，我给你做证明！”那时，李有才还没那么胖，圆乎乎的脸很是可爱。

“可是，这个病人切缘距离肿瘤只有一厘米，达不到要求。”龙森浩摇摇头。

“哎呀，你不说我不说谁知道呢？这个病人病期这么早，没必要这么较劲，让主任知道了肯定要骂你的！”李有才着急道。

龙森浩陷入了沉默。

“昨天主任刚骂过你，你要是再出问题，主任可能就不让你自己做了。师兄，你别多想了，听我一句，就说切缘干净，要不我给你取一个保证不会有癌残留的切缘？”说着李有才就摩拳擦掌地走向病变。

“等一等。”龙森浩冷静地说。

李有才愣了一下。

“叫主任吧，就说这个病人我打的切缘不太够。”

李有才急得直跺脚：“师兄，真的没必要！你已经很好了，算我求你了，别告诉主任了。”

“有才，我就是这个毛病，我骗不了自己的……”龙森浩笑着摇摇头。

李有才恍惚着从回忆中清醒过来。他还记得那个时候，自己多么希望成为和龙森浩一样厉害的人，多担心龙森浩挨骂。他简直觉得这个科室的每个人都是世界上最好的人。可不知道从什么时候起，这一切就变了。

“你有什么要给大家解释的吗？”

卓启智声音有些沉重，但话语里满是不容置疑的威严，报告厅里一时间骚动起来。只有台上的龙森浩皱着眉，陷入了沉思。

“我的天哪，我说他怎么发表了那么多文章呢，原来是数据造假！”

“怪不得呢，这 p 值没有小于 0.05，不怕啊，改两个数不就好了！”

议论声传入了孙慧的耳中，孙慧也是如坐针毡。这些文章虽然第一作者都是龙森浩，但责任作者都是孙慧，第一作者和责任作者本身就是一荣俱荣、一损俱损的事情。

韩雨歪着脖子，一副吃惊的样子看着卓启智。

“天哪，怎么会有这么可怕的事情。卓院长，您这个消息属实吗？可别冤枉了龙大夫这么好的苗子啊。”

卓启智没好气地瞪了他一眼，从公文包里直接掏出一个牛皮纸袋。无论是龙森浩，还是李有才，都惊讶地看到了那个袋子，心中立刻有了答案。

“好在是那个白痴送错了，不然完蛋了……”李有才舒了一口气，自己也是这两天刚刚找到机会把手术室的夹子销毁掉的，但是这个纸袋，是一两周前交给赵步理的。也就是说，如果卓启智早就拿到了他本来应该拿到的那一份，那么手术室的夹子一定会被封锁，让他再也没有机会接近，更不可能销毁。

好险……

李有才有一种死里逃生的感觉，但还是吓出一身冷汗。

“这个白痴。”龙森浩闭上眼睛摇了摇头。他突然又猛地睁开眼睛，直勾勾地看向李有才的方向，但是李有才低着头，一直回避着他的目光。他又转过头看了下前排的孙慧，后者的眼中满是疑问，他轻轻地微笑了下，没有说话。

孙慧一旁的妇产科主任凑过来：“不会吧，这事真是可大可小啊。孙慧，你千万别冲动，不该顶的锅别乱顶，不然要出大事的！”

孙慧一句话也说不出来，她觉得自己已经失去了对一切的掌控，就像大海上的一片树叶，等待着即将到来的下一道巨浪。

卓启智一边翻着那些纸，一边说：“这封匿名的举报信，功课做得十分充分，把你造假的全过程都记录了下来。我觉得很可能是你们自己科的人干的，无论是谁，我首先要表扬这位同志，敢于揭露自己身边的造假问题，这就是对学术最认真的态度。这位同志别怕，你可以勇敢地站出来，把事情交代得更清楚一些。”

韩雨赶忙拉过话筒：“卓院长，这就不必了吧，我觉得问题的重点不是谁举报的，而是您应该让大家知道到底是怎么造假的。一方面要看看情节有多严重，咱们关起门来讨论讨论，还有没有给龙大夫改正的机会，要是造假的情况太严重，那孙主任不可能不知道的，对不对？”说着，还露出了遗憾的表情，“爱才之心”一览无余。

“这份文件，我请专业的统计师也帮忙看过，计算的过程确实出现了错误，而这错误的根源就是对随访数据的肆意篡改。龙森浩发表的十四篇文章当中，有六篇文章都有几个病人的数据与统计室给出的数据不相符。这些病人明明已经死亡，但到了他这儿不但成了存活，还多活了七八年。你告诉我这是为什么，是你自己弄的？你老师知情吗？”

龙森浩听着卓启智的质问，看着他眼中的期待，已经大概明白了他话里的意思。

弃卒保帅？呵呵。

他仍然昂首挺胸地站着，但一言不发，任凭再多的问题涌来，也不开口说一个字。

韩雨抓起话筒：“我是不太懂这个统计。程鹰，你怎么看？”

程鹰马上会意：“我也做过这种分析，我当然清楚，有时候数据不好，只要把两三个人的数据从死亡改成存活，就能让两个组之间出现统计学的差异。这属于性质非常恶劣的造假！”

“哦，这样啊。陈晓明，你说呢？”

“这……”陈晓明是卓启智手下的副主任医师，冷不丁被提问，脸色一下子就白了。卓启智院长和孙慧是多年的老友，私交甚密，这可怎么回答？

“嗯，难道陈主任你也干过类似的事情？”陈晓明的迟疑丝毫没有逃过韩雨的眼睛。

陈晓明马上站了起来：“当然没有！卓院长一直教导我们，即使数据不好不能毕业，也不能篡改数据造假！”

此时，李有才在阴暗的角落里，看着韩雨像猫一样玩弄着眼前这些老鼠。

“还有谁有想说的？”

“我觉得龙大夫这件事情非同小可，会给我们医院的声誉带来很恶劣的影响，必须严肃处理！”

“龙大夫之前获得的那些荣誉、课题、奖励，都和这些文章密不可分，所以统统都要追回。他不配拥有那些，也不配做我们寒城市人民医院的医生！必须辞退！”

韩雨又看了看远处的几个人：“你们这些学生也得多参与参与讨论，毕竟你们以后也是我们医院的主人，即使龙大夫真的造了假，他至少还是一个好医生吧。王强，你怎么看？”

王强吓得满脸的痘差点炸掉，他艰难地站起身，看着台上面无表情的龙森浩说不出话来。龙师兄，你快点求饶吧，让他们放过你吧，你是个好人啊……

王强发现韩雨正紧紧地盯着他，支吾道："呃……龙大夫他……龙大夫手术经常越级，明明主任都说没法做的手术，主任下去之后他又自己硬把瘤子切了下来，让主任有时候很为难。"说着便赶忙红着脸坐下了，埋着头。他恨这样的场景，更恨这样的自己。

"龙大夫在手术台上总是骂我们护士，慢了几秒钟就对我们吼，可很多时候我们明明已经尽力了。"

"他对病人太冷漠了……有时候病人说疼，他压根儿都不处理，冷血！"

"……"

场下此起彼伏的声音，让台上的龙森浩深深地呼了一口气。强烈的聚光灯打在主席台上，他宽阔的肩膀在这些人的面前显得那么无力。

韩雨终于射出了最后一支箭，他对着孙慧做了个"请"的姿势。

孙慧右手抓着话筒，半晌说不出话，想了很久，终于在卓启智殷切的眼神中，挤出一句话：

"这些文章都是我作为通讯作者的，我会负全责，也请院里详细核查。如果真的是造假，我给院里打报告，引咎辞职。"

卓启智转过头，闭上了眼睛。

妇产科主任戳了戳她，小声骂道："你疯了吗？"

孙慧失望地摇了摇头，最后的最后，她还是败给了自己的软弱。她一直幻想着的功成身退，却成为一场天大的笑话。自己退休后的生涯，将一直被这样的阴暗笼罩，她感觉左胸一阵憋闷发紧，于是不停地用手抚摩着胸口。

李有才不敢四处张望，他埋着头，生怕被韩雨点名。

然而韩雨的视线怎么可能放过他？他看着李有才正疯狂地摇着头，拿起了话筒："好，那……"

这时候，台上的龙森浩开腔了："差不多都说完了吧？"

台下突然鸦雀无声，没想到龙森浩居然还没有放弃抵抗。

"那轮到我了。"

* * *

好不容易安抚好了两拨人分别去等手术，急诊室里终于迎来了几分钟的宁静。这宁静实在是来之不易。

又走进来两个小姑娘，刚挂了急诊号来看病。赵步理一看就知道，这种病人就是门诊排队等不及，认为急诊看病省事又方便才来的，一般没大事。

果然，一个扎着马尾辫的有些胖胖的高中生小姑娘，说自己有些憋气。身旁陪她来的同学更漂亮一些，有两个深深的酒窝，眼神却有些晦暗，似乎有些心事。

赵步理给她听诊了一下，发现双肺呼吸音没有任何问题，又让她做了个胸片，还是没有发现问题，这时候他突然想到了笔记当中方鸿铭记录的一个病例，便用试探的语气问马尾辫女孩："呃，你的憋气，是不是白天比较厉害，晚上就好了？"

女孩想了想，点点头。

"好吧，那你有没有考虑……嗯……换个文胸？"

马尾辫女孩一脸迷糊地看着赵步理，双手捂着胸口："医生，请问您是什么意思？"

"你觉得憋气，可能是因为你胖了吧，文胸比较……小。"赵步理滑稽地做了个挤压胸部的动作，旁边的酒窝女孩不好意思地别过了头。

"听您这么一说，我确实是最近胖得有点夸张，不知道怎么回事，像气球一样吹起来了。现在……唉，班里也就蓉蓉还和我玩。"马尾辫女孩憨笑着，满脸通红。她试着把文胸解开之后，感觉确实舒服了很多，放纵地喘了几口气。

赵步理一边写着病历，一边不时抬头打量这个姑娘。

满月脸，水牛背，满脸的痘痘，手臂上长着和女孩很不搭的浓密毛发……

赵步理突然严肃起来："我怀疑你可能有别的问题，你等下，我得给你开几个检查。"

马尾辫女孩有些吃惊地看着赵步理，旁边的酒窝姑娘却赶忙拽着她往门外走："走吧，走吧，别看了……走吧……"

赵步理赶忙走过去拦在门口，目光灼灼地看着酒窝姑娘。

"这可能是库欣综合征啊，不能走！我得给她查清楚！"

"我们不用查了，我们就来看看憋气而已，没事我们走还不行吗？！"蓉蓉气急败坏地喊。

"为什么不查？你知道什么？!"

蓉蓉转过头看着一脸呆滞的马尾辫姑娘，突然号啕大哭起来。

"医生，我求求你了！"

* * *

几十分钟后，赵步理疲惫地走进了护士站。

"哟，在屋里哭了半天啊，你怎么欺负人家了？"

赵步理于是把里面发生的事情原委一五一十地告诉了护士们。几个人瞠目结舌地看着赵步理，其中一个小护士过来就给了他脑袋一个弹指。

“你怎么不报警！”

赵步理挠挠脑袋：“这，我是想报警来着……可是……”赵步理欲言又止。

“这个是原则问题啊！不行，我给你报警。”

“别！”赵步理赶忙按住小护士的手，“要不要让她们自己解决？”

只见一个老护士走过来冲赵步理埋怨道：“你这个扫帚星，一上午给我们折腾得还不够啊，你那个得梅毒的病人到底什么时候能做上手术？”

赵步理刚想回答，只见门口站着一个人，正呆呆地看着他，是那个老妇人和她的儿子们。

“赵大夫，您跟我说他是得了癌，怎么还……还有梅毒？”老妇人突然两行泪水从眼角流了下来。

“应该的……应该的……我给不了他太多的东西了，我配不上他，他那么优秀，他应该的……应该的……”老妇人紧紧闭上了眼睛，也没有愤怒，只是悲伤地歪在一旁的孩子的肩膀上。

“啊不是的，不是他！他马上就做上手术了！”赵步理赶忙解释，但是另一个人突然闪了过来。

“为什么别人做上手术了，我们就做不上？你这个大夫是不是收人家红包了？我要跟你们院长告状！”是那个“母老虎”。

“不是，您听我说，您爱人那个……哎他那个手术主任说要研究下，要一会儿再做……”赵步理解释得很心虚。

“母老虎”叉起了腰：“哦！说紧急的是你，说不急的也是你！怎么，把我们当猴儿耍是不是啊？我说了我认识你们副院长，你等着，我马上就让他给你打电话，开除你！”

说着“母老虎”恶狠狠地抓住了赵步理的白大褂，老妇人也颤颤巍巍地抓住了赵步理的另一只袖子。

“大夫啊，你让我见见他，我不打扰他治病，我就想跟他说说话，让他千万别多想，没什么大不了的。我不怪他，也不会打扰他生活，他喜欢谁，让谁来家里陪他就好，我走就是了。反正我也没多少日子了……他千万不要为难自己，不要想不开……”老妇人卑微地哽咽着。

哎呀，这什么和什么啊！

“咸猪手，你给我出来！”

赵步理不知道又是哪个地方“炸”了起来，朝远处一看，一个男人正手拿着棍子径直向他走来，边走边冲两旁的病人喊着。

“这个王八蛋医生，我带女儿陪她同学来看病，两人进去了半个多小时，出来之后一直抱着哭！问她们怎么了，这两人就知道哭，啥都不说！”

走近了，才发现男人个子很高，皮肤黝黑，鬈发，一副都市白领的打扮，手上拿着一根洗车用的长棍子，指着赵步理。

“你对她俩都干什么了？你不说就别想走！我报警！我揍死你！”

说着，鬈发男人手中的棍子就往这边挥舞过来。赵步理赶忙把“母老虎”拉过来顶了过去，“母老虎”一个趔趄摔到了男人怀里，被男人一把推开。赵步理转身把老妇人轻轻扶到一旁，扶到她两个儿子的身旁，撒腿便跑。

今天到底是中了什么邪？都说急诊要穿跑步鞋，果然是对的！

赵步理回头看到“母老虎”和鬈发男人正追来，怕他们撞到病人，赶忙往人少的地方走。这条通道是通向病房楼的，人很少，只要速度够快，应该能甩掉他们。

他跑着跑着，发现前方出现了一个熟悉的人。

是方姨，她正提着一个篮子来门诊药房取药，身后有几个人围着。她看到赵步理跑过来，立刻回头对那些人说：“你们看，那位就是我们科管床位的住院总医师。”

原来那几个人正是在住院部门口等着赵步理安排手术的病人家属。这些家属仿佛看到猎物般，朝赵步理狂奔而来。

“赵大夫！我爸的手术！”

“我妈等了一个多月了，什么时候有床位？”

前有猛虎，后有追兵，三十六计，走为上策。赵步理赶忙一个急刹车，转身就向右侧的楼梯奔了上去。这怎么办？既然讲不清道理，找间屋子先躲起来。

赵步理一边气喘吁吁地爬着楼，一边听到底下无数脚步声此起彼伏。他还记得和阿鸿说过，自己的梦想就是当一名战地医生，在枪林弹雨之下抢救伤员，却从来没有想过会以这样一种奇怪的方式实现自己的愿望。

门诊总共四层，四楼是一些行政部门，估计这会儿都去吃饭了。他只能寄希望于有的门没锁，能让他暂时躲一躲，不然今天可能得跳下去。他看着最后的半层楼梯，赶忙闭上眼睛，虔诚地许了个愿。

“扑通。”

赵步理在最后一级楼梯上绊了个跟头，一个狗吃屎撞到了面前的墙上。他心中感慨屋漏偏逢连夜雨，绝望地抬起头，却发现面前站着个男人。

他定睛一看，这个男人底下还有介绍。这是……叶问？

第一次发现医院挂着武术大师，到底是医馆还是武馆啊？

他赶忙摸了摸撞晕的头，转身向左跑去。前方是一个古老的看片灯，赵步理刚入职的时候曾经听人介绍过，这是一个老古董，目前被安置在玻罩里，标示着这家医院的历史积淀。

突然，赵步理的大脑像被雷击中。

“台阶高半寸”“跪拜老匹夫”“灯光所在处”“正三圈反两圈半再正一圈”。

方鸿铭画的那张地图又浮现在脑海中，上面的每一条线如3D特效一般在脑中成像，交织成一个巨大的立体坐标系。每一层楼、每一间房的位置都清晰可见，赵步理此时仿佛成了一个高亮的绿点，就在这个巨大的坐标系当中的最高层。

原来，这最后一级台阶一直就有鬼，比正常的台阶高一点点，难怪每次上楼都要被绊一下。“老匹夫”，说的是叶问？“灯光……”这个看片灯！

赵步理惊呆了，赶忙跑到看片灯前面，还没来得及细看，便听到后面传来嘈杂的声音。

“快上去，别让他跑了！这小子跑得太快了！”

赵步理回过头，发现看片灯的对面有一个房间。房门是木质的，与周围风格不太一致，而且门上也没有任何部门的牌子，看上去像个储物间。

赵步理脑海中突然跳出那句话。

楼下的人马上要上来了，赵步理咬了咬牙，手放在门把手上。

“正三圈反两圈半再正一圈。”

他按照笔记上的话转动着把手。

“咔。”门开了。

赵步理一个闪身钻了进去，把门紧紧关上。

* * *

龙森浩站在主席台上，轻轻打了个哈欠。

“卓院长，您的意思是，有一些病人的随访数据出了问题？那您有这些病人的姓名和病案号吗？”

卓启智“嗯”了一声。

“那不如我们来做个实验。”龙森浩自信地笑了笑，李有才看到顿时觉得心中开始翻腾。

“我想问下小茉处长，如果卓院长这边给你病人的信息，你能马上查到病人的联系方式吗？”

小茉正坐在第一排，她回了句“没问题”，像变魔法一样掏出一个迷你笔记本电脑放在桌上，然后看向卓启智。后者翻阅了一下手中的文件，说出一个名字。

“李国庆，2283129。”

小茉点了点头，噼里啪啦地敲着键盘：“电话是……”

“不用说出来，你用你的手机拨过去就好。如果拨通了，请打开公放，对着话筒。”

小茉皱着眉头，有些紧张地拨通了电话。孙慧紧紧地攥住座椅把手，韩雨看似漫不经心地玩弄着手机。

“嘀——嘀——”

电话铃声一声一声地响起，对面一直没有接。

“差不多就行了龙大夫，别浪费大家的时间。回头写个报告吧，看看咱们怎么处理这个问题。卓院长，我觉得还是要给年轻人机会，最重要的是咱们医院的声誉。”

卓启智刚要说话，报告厅里响起一个声音。

“喂，您好？”那是电话那头传来的女人声音。报告厅里顿时鸦雀无声。

小茉凑到话筒前面：“您好，我是寒城市人民医院的，请问……”

“有病吧你们？我们不是都说人不在了吗！”对面的女人突然变得火气十足，整个报告厅似乎都能感受到电话那头喷过来的口水。

“不是，我们……”

“嘀嘀——”

电话已经被挂断了，随之而来的是韩雨的笑声：“龙大夫啊龙大夫，你就别自取其辱了，你自己难看也就罢了，你把你老师的面子往哪儿放？这都一把年纪了，每天帮你们擦屁股，临退休还赶上这么一个事儿，唉——”他露出一副恨铁不成钢的表情，“我看啊，这冬城，就你去支援吧！”

台下一片嘘声。

“这真是要发配了啊！”

“这么牛的大夫，去县医院，唉——”

孙慧恨得牙痒，却没法发作。旁边的妇产科主任努力悄悄地安抚她，知道以她的脾气，如果再早四五年，她可能早就站起来和韩雨对骂上了。这两人以前没少撕破脸，直到这两年才收敛些。

小茉刚要说话，发现面前突然暗了下来，是一个高大宽阔的身影。龙森浩不知道什么时候已经悄悄走下了主席台，站在她的面前。

“麻烦用我的手机再拨一次，就说你是……我的助理或者女朋友，都行。”龙森浩掏出手机打开密码锁，两根手指夹着手机，放在小茉面前。小茉低头接过手机，不知怎么有点不敢看对面的男人。

龙森浩傲然环视了一圈场下的医生，这些人正在用看笑话的表情看着他，唯有一个人遇到他的视线时默默避开了。

没错，那个眼神的主人正是韩冰，她刚刚正准备抢过话筒声援龙森浩，却被龙森浩打断了。正揪心的时候，龙森浩不紧不慢地做起了“实验”，还让小茉……韩冰立刻收起关切的表情，重新露出冷冰冰的样子。

小茉又拨了过去。

卓启智这时候发话了。

“到此为止吧，龙大夫，这件事情就……”

“喂，龙大夫吗？”电话又一次接通了，还是那个女人的声音，可这次十分平和。

“您好，还是我，我是龙大夫的……助理。”小茉差点咬到了舌头。

“您好您好！刚才不好意思啊，我以为又是医院那个什么统计的，有什么事吗？”

“很抱歉打扰您，我其实就想替龙大夫再和您确认下，您的爱人他……是……”

“我爱人好得很啊！好得很！”对面喜气洋洋，“多亏了龙大夫，现在老头上楼都不坐电梯，爬楼爬得可快了！”

小茉惊讶地看了看卓启智，继续问：“那您和医院说……”

“唉，我不是和龙大夫都说了吗，你们医院的人太烦了，每三个月就往家里来个电话，问我们老头死没死。我开始一直忍着，结果今年过年前几天，又打电话问死没死！他才死了呢，他全家都死了！哦抱歉，我不是针对你啊姑娘，你们医院的大夫还是很认真负责的……特别是龙大夫。哦对了，龙大夫有没有对象了啊，我小姑家姥姥的外孙女今年……”

“嘀嘀——”

小茉一只手还悬在半空，只见龙森浩的一只手掌盖住了半边脸，另一只手已经拿回了手机，按下了停止通话的红色按钮。

“真是麻烦……”龙森浩小声嘀咕，而台下的医生们都已经张大了嘴巴。

“原来是重新核实过的数据啊，那不能算造假，这才是真的啊。”

“原来统计室给出的数据都是这么问的？”

“难怪有那么多数据不一致，那这些数据里面，还有多少是错的？”

“用了那些错的数据写文章是不是才算造假？我的天，也就是说，除了龙大夫其他人都……”

主持的秘书不停地拍着桌子，提醒大家安静，但已经完全控制不住崩溃的局面。韩雨气极反笑，转过头看着远处的李有才。李有才像只被吓傻的鸟，瑟瑟发抖，不停地摇着头。

“不可能……不可能！”李有才惊慌失措地看着韩雨，眼中满是乞怜的神情，这时孙慧转过头来，疑惑地看了他一眼。他努力让自己镇定下来，指着屏幕，比了个大拇指，一副虚惊一场的样子。孙慧轻轻笑了笑，转过头去。

小茉不由自主地笑了。

韩冰也松了一口气。

卓启智站起来，向众人做了个手势，场面终于安静下来。

“大家先安静一下。这件事情，起源于我收到的一封匿名举报信。之所以公开，也是要给我们年轻人一个解释的机会，果然，确实是一场误会。但是误会归误会，这种自查、纠错的态度，也是我们应当认可的。对于学术，是一点都马虎不得的。龙大夫对学术的严谨真是让人敬佩。这也提醒我们，做随访工作，一定要把病人当作人来看，而不是我们电脑里那些活着还是死了的数据！”

韩雨带头鼓起掌来，眼睛微眯着，像是又有了打算。

“好，这件事情，我们下去之后还要讨论，随访部门需要整改，韩院长可能要亲自盯一下。”

那个所谓随访部门的主任正是韩雨的小姨子，韩雨自然明白卓启智话里的意思。

“没错，龙大夫这次是帮了我们大忙了，不然我们医生都还用那些错的数据去做统计、做科研，那科研能对得了吗？！我觉得龙大夫必须给我们总结总结经验，培训一下怎么给病人做随访。”韩雨说着站起来，对龙森浩用双手比了个大拇指，然后拿起话筒，“不过卓院长，咱们好像还有一个议题吧，都这个点儿了，咱们抓紧时间？”

卓启智点点头。

“经院里院长办公会再三讨论，决定接下这次冬城的志愿任务。这是省城给的任务，必须做好。对方要求必须是主治医师以上……”

孙慧没有作声，仿佛早就知道一切。

韩雨认真地看着卓启智，一字一句地说道："我觉得胸外科最近人事关系上确实有些乱，要不这次就从胸外科出人吧，还是卓院长您想从咱们胃肠两个科出人呢？我听您的安排。"

韩雨的眼睛放着锐利的光，卓启智也丝毫没有回避："孙主任，胸外科出一个人吧。"他用冰冷的声音说道。

孙慧一时陷入了沉默。

主席台上的龙森浩站在一旁，认真地看着孙慧，孙慧也看着他。龙森浩朝孙慧认真地摇了摇头，做出个"我不"的手势，骄傲地转过头，走到一边的座位坐好，低头玩起了手机。

"不行，我不能回去，我刚从农村出来，我不能回去！我还要让曦曦上最好的初中、高中，我还要过上出人头地的日子！求你了……求你了！"发现孙慧看向自己，李有才心里默默哀求，眼圈通红地看着孙慧。若不是有眼前这一报告厅的同事在，他恨不得马上给她跪下。

孙慧转过头，深深地叹了口气，觉得报告厅里的空气甚是污浊，让她喘不上气来。

"我们科去支援的是……"

* * *

"那小子人呢，哪儿去了？"随着门外嘈杂的脚步声渐渐远去，赵步理开始讶异地探索起这间屋子来。

一个四五平方米的小屋子里面，只有一张书桌和三个书柜，陈旧的家具一尘不染，一些花花草草摆放在窗台上沐浴着阳光。

他仿佛穿越了时光的隧道，走进一张老照片当中。

在房间的一处角落，各种管子、栏杆、把手上全部被打满了外科结，像长满黑色的蜘蛛网。书柜里全部是古老的医学教材，有些赵步理连见都没有见过。

这是，莫非就是笔记里所说的，方鸿铭逃走的去处？

赵步理心中似乎得到了一个非常肯定的，却让自己害怕的答案。方鸿铭很可能在晚年因为某种原因离开了协和，去了西南联大一段时间之后，最终辗转来到了这家医院，并在此度过了职业生涯的最后一段时光。

这家医院建院几十年了，居然都不曾翻修过这幢破旧的急诊楼。病人时常不得不躺在走廊里，以至于这里长期混杂着食物、粪便、尿液、汗水的味道，但医院就是拿不出一笔钱来改建。

也正因如此，这个秘密房间还能保存至今。真不知道是该感到骄傲还是该感到丢人，赵步理心中感慨。

他把笔记放在桌上，轻轻打开书柜，随便打开一本书。

“果然，这书上也有和笔记里面一模一样的画。原来这就是方老大那个时候的书房啊。”赵步理仿佛发现了新大陆一样兴奋，四处翻看着。

如果是方老大的书房，那这里能不能找到……

赵步理心中突然出现一个想法，他一本一本地翻看着那些“古籍”，眼神却慢慢从兴奋变成了失望。

这些书都是比较老的教材而已，虽然有些和笔记相似，但远远没有笔记当中那些故事精彩动人，更没有他想要的东西。赵步理轻轻叹了口气。

就在这时，“咔嚓”一声，门开了。

门口站着一个穿白色短袖衬衫的老先生，大约七十岁光景，背有些佝偻，身材瘦削，头发已然全白，眼睛不大，但是眼神很明亮。老先生看起来有些眼熟，好像曾经在哪里见过的样子。

老人同样也有些惊讶地看着眼前这个发呆的小伙子。

赵步理吓得赶忙把笔记抱在胸口：“您……您是？您怎么进来的？”

“用钥匙呀，不然呢？你又是怎么进来的？”老人晃了晃手里的钥匙。

赵步理想不出词来反驳。

“我……我看门没关就进来了。抱歉，打扰了。”赵步理说着便低着头向外走。

“等等！”老人突然眼睛瞪圆了，他几步走到赵步理面前，看了看他的脸，又看了看他手中的东西。赵步理下意识地把笔记抱得更紧了。

“小家伙，你手里这个东西，能让我看看吗？”老人的态度温和下来，用恳求的语气说。

赵步理有些摸不着头脑，不过他感受到这个老人身上没有敌意，于是虽然舍不得，但还是恭恭敬敬地把笔记递了过去。老人接过笔记的手微微颤抖，他随意翻看了几页，眼圈一下子红了，哽咽地问道：“小家伙，你姓甚名谁？”

这老家伙好怪，不会是有什么精神疾病吧？赵步理寻思着，还是回答道：“我叫赵步理。实在不好意思，打扰了，要不我先走吧，谢谢您了！”

说着，赵步理便伸出手去。老先生似乎也会意了，有些不舍地把笔记合上，轻轻放在赵步理的手中。赵步理赶忙接过来，用眼睛的余光扫到老先生的手上戴着一串桃木色的佛珠。

“这个东西，你是在哪里找到的？”老人问。

赵步理挠挠脑袋，一五一十地说了自己在旧货市场买到书的经过。

“不是那家伙的后人，便是缘分了，难怪啊难怪……”老先生自言自语。

“难怪什么？”

老人笑了笑：“难怪我之前见到你，感觉……感觉你这个孩子，不太像这个岁数的人，更不太像这个时代的人，原来如此，原来如此啊！”

赵步理觉得自己正处在谜题的中心，而面前的老人很有可能就是解开谜题的钥匙。心中有一个荒谬的想法闪过，他赶忙问道：“老先生，莫非您就是这本笔记的主人？”

老人摇摇头，眼角却有些湿润了：“如果我说，我是这本笔记的主人，你会把它还给我吗？”

赵步理想了想，坚定地说：“如果是您的，当然要还给您。这阵子多亏了这本笔记，我才明白了太多太多。感谢您，哦不对，方老师！”

老人突然大笑起来：“方老师！哈哈哈！方老师！你也有今天，哈哈！”老人笑得忘乎所以，赵步理挠着脑袋，暗自担心他笑背过气去。

老人笑了好久才停下来，眼角已经满是不知缘何而起的泪水。他平静了一下，拿出口袋里的手帕擦了擦眼睛，对赵步理说道：“在你手中即是缘，珍惜就好。我并不是你口中的那个方老师，他只是个故人而已。”

赵步理有些失落，他还想知道更多关于方鸿铭的故事。

“老先生，请问方老师为什么要离开协和呢？当时到底发生了什么事？他现在还活着吗？”

老先生仰起头，闭上了眼睛。

“那些连他都不愿示人的东西，多说无益。你其实是想问，笔记的后半部分到底去哪里了，对不对？”

赵步理张大了嘴巴。

他早就发现，笔记的后一半明显被撕掉了。从前面的描述来看，后面这部分，不只有关于方鸿铭离开协和的真相，更有方鸿铭毕生总结的一些独特的手术手法的内容，那是赵步理朝思暮想的东西。

老人伸出手去，赵步理把笔记放在老人的手上。老人迅速翻阅了一下，然后指着一个地方：“这里。”

赵步理定睛一看。

“43.52,126.33. ☆ ,10,2450。”

赵步理心里一沉。这串字符他早就研究过了，要是能看懂，又何必来问人。

老人似乎看出了他的心思，合上笔记交给他。

“我困了。今天是我最后一次来这里，明天我就回老家养老等死了。我们有缘再见吧，请。”

老人做了一个逐客的手势，赵步理虽然心中有遗憾，但还是抱着笔记，深深地对他鞠了一躬，转身出去。

“对了，小子。”

赵步理回过头。

“做大夫不要做得那么累，做个好人就行了。”

赵步理心中一凛，感觉有什么东西改变了，却又说不上来。他道了声“谢谢”，轻轻地关上了门。

老人挥了挥手，疲惫地坐在凳子上，看着面前的花草发呆。

“老伙计啊，没想到我们还能见面。不过碰到了个好苗子，长得也和你很像啊。好吧好吧，帮人帮到底，我这把老骨头啊，也是时候该活动活动了。”

赵步理抱着笔记，一步一步走下楼，心中思绪万千。他有一种特别的感觉，方鸿铭在这幢急诊楼中的过往，正一幕幕回放在眼前。他的那些选择、那些无奈、那些心事一股脑儿地涌了上来。

“你给我站住！”

赵步理仍然没能从入梦的状态中走出来，迎面而来的“母老虎”恍惚中和过去某个凶狠的女人重叠在一起，让赵步理难以辨别过去和现在，也难以辨别自己到底是大神方鸿铭，还是废柴赵步理。

“这是副院长的电话，你给我接！”“母老虎”把电话塞给赵步理。赵步理表情非常淡漠，冷静得让“母老虎”一时间以为自己认错了人。

“喂，急诊的大夫吗？为什么把我家亲戚那个急诊的手术放到最后一台？”

“韩院长，是我安排的，因为，她爱人得的是‘syphilis’。”

“哦，我知道了，你把电话还回去吧。对了，你是哪个大夫？”

“我叫赵、步、理。”

“哦，赵大夫啊，我知道了，久仰久仰。是我亲戚不懂事，你多担待。你先忙，把电话给她吧。”对面的声音突然莫名客气起来。

赵步理还了电话，头也不回地走了。女人恶狠狠地看着他，正要阻拦，没想到电话那头告诉了她一个晴天霹雳般的消息。

“这个龟孙王八蛋！”

身后仿佛炸起了雷，但赵步理没有回头。其实此时他内心很痛苦，分不清自己到底是谁，这让他更加直接地感受到几十年前方鸿铭那些看似写意的无奈。尽管时间跨越了这么久，但历史惊人地相似。

“警察同志你看，就是这个人渣！”

几个警察和鬈毛男人把赵步理围住，警察上前拦住赵步理。只见赵步理闭上的双眼缓缓睁开，对着鬈毛男人，用不容置疑的声音说道：“您自己把警察叫来，那倒是省了一番工夫。您女儿的朋友近期快速增重，原因是有人在恶意投毒，给她的食物和水里面下了太多激素。而这个人，居然是她的好朋友，因为嫉妒她才这么做的。您觉得这件事可怕不可怕？”

赵步理一步一步地走近鬈发男人，男人居然害怕地后退了一步。

“然而，当我想报警的时候，那个受害的女孩居然原谅了她的好朋友，不让我报警。但这个好朋友的父亲，自己报了警。您说这件事情，可不可笑？”

赵步理没有再说什么，留下这个惊慌失措的父亲和两个不明就里的警察，下了楼。他径直来到一间诊室，狠狠地把门关上。

半晌之后，他走了出来：“在她余下的日子里，请对她好一点。”赵步理转头看着里面那个满脸担忧的老人，“其实她说错了一句话，不是她配不上你，而是你配不上她。”

赵步理想起那个软弱的老妇人，眼前浮现出太多相似的人。在笔记当中，那些人那么可爱又可悲。一个小小的破烂的急诊室里，满是欺骗、感动和愤怒。

果然啊，什么是对，什么是错，想那么多做什么呢。还不如老老实实的，做个好人就好了。

“嘀嘀嘀——”

电话声又响起来了，赵步理掏出手机一看，居然是孙慧。他立刻从“入梦”的状态中脱离出来，感觉有些疲惫。

“你马上到手术室来一趟，现在。”

赵步理居然在孙慧的声音里，听出了一丝悲伤。

第18章 博弈

李有才升官，赵步理“发配”

转眼间三个月过去了，蚊子对人类的进攻已经到了最疯狂的时候，蝉也逐渐没了气力，空气中浮躁的热度已经慢慢退去。

孙慧站在走廊里，握着电话，皱着眉头。

后背被拍了一下，孙慧转过头来，发现是妇产科陈主任。

“怎么，看你这样，又跟孩子闹别扭呢？”

孙慧白了这个老姐妹一眼，扶着栏杆望向窗外。

“孩子大了，都有自个儿的想法，你操那么多心也没用。儿孙自有儿孙福，你就安安心心退休回家养老吧。”

孙慧摇摇头：“现在这班儿还没法交啊，一团乱。孩子也是，老不让我省心。花了那么多钱送他出国，现在回国，放着好好的工作不做，非要去搞什么艺术，真是和他那个浑蛋爹一样。而且我这个眼睛……”

“眼睛？”

“唉，没什么。”

陈主任也感同身受地叹了口气，和她一起并肩站着。自从院里一系列的雷霆行动之后，两个人已经好久没有这样聊过天了。各个科室都在整治随访问题，孙慧则在一刻不停地处理赵步理下乡的事情。从她和赵步理开诚布公地谈过之后，他就一直恍恍惚惚的。

“你们科那个赵步理过两天就要走了，怎么，最后还是同意了？用什么条件说动的？”

“唉，我也不知道。其实这孩子挺让人疼的，所以我这阵子就一个劲儿地教，把我能教的都教给他，手术也都让他自己做。而且我跟他说了，这边工资、奖金和待遇都照给。但我看他还是一直闷闷不乐的，每天脑子里也不知道在想啥，和谁都不怎么说话。”

“那也可以理解，毕竟要去至少两年，能不能有人接替，能不能回来也没个准信儿。我觉得，换谁也不乐意去，所以他愿意去你就知足吧。真是的，你怎么没把那个李有才送出去啊？他要是不乐意去，正好把他开了。他那些小动作太明显了，和韩雨走得那叫一个近乎。”

孙慧苦笑了一下：“那也没辙啊，李有才要是走了，这龙大夫……”

“哟，你还有怕管不住的人呢，我的孙大圣？”

孙慧没好气地看了她一眼：“我现在就是真心希望这孩子能开心一点。看他这么低落，我真是不忍。”

“你也别太自责了，那个孩子他……”

突然，两个人眼睛一起盯住了楼下，一个身影正蹦蹦跳跳的。

“哈哈哈哈，我知道了！我知道了！噢耶！”赵步理在楼下激动地喊着，手舞足蹈地进了外科楼。

“你不是说他抑郁吗？我怎么一点没看出来，他不会是……傻了吧？”陈主任哭笑不得。

孙慧抚着额头，她觉得自己越来越不能理解这个小徒弟了。

此时，赵步理内心乐开了花。

“原来就是冬城啊！冬城，我来了！”

刚听到这个消息时，赵步理的确有些失落。他再傻也知道，自己实际是被发配了。然而就在昨晚，他突然想起笔记的下半部分，抱着试一试的心态在网上一查，发现那串字符里包含着一个坐标，位置正是冬城！再过两天就要出发了，据说医院还要举办一个隆重的欢送仪式，其实赵步理已经一天都等不及了。

方老，我们冬城见！

* * *

欢送仪式是在医院大厅举办的。一条长长的横幅歪歪斜斜地挂在医院的墙上，上书“祝我院医师圆满完成支援任务！”，连赵步理的名字都没有写。

正是早上七点，大厅里陆陆续续有了一些排队挂号的病人。赵步理匆匆忙忙赶过去，发现了几个熟悉的身影。他先是上去恭敬地朝卓启智院长鞠了个躬，回过身又对孙慧点了点头。孙慧今天穿得很正式，还披了条紫色的披肩，慈祥地笑了笑。

科室里的龙森浩、李有才、护士长邢墨、小云也都来了。

“小赵啊，多余的话我就不说了，祝贺你啊。虽然要一个人去那么远的地方，但对你和医院来说，这是非常重要的事情。我想，孙主任应该也和你说了，医院这边一定会全力配合你，没有后顾之忧。暂时破格把你提成主治医师，去那边做院长助理，你一定要努力把医院的品牌在冬城医院打出来！”卓启智握着赵步理的手，一番话说得冠冕堂皇。

“没问题院长，我一定圆满完成任务。”赵步理脸上笑开了花，内心却打着自己的小算盘。等到了冬城，他要第一时间去方老埋宝藏的地方，先把下半本笔记挖出来再说。他一边想着，一边歪着嘴又笑了起来。

“小赵，小赵？”

“啊？”赵步理赶忙回过神来，发现院长朝一边努了努嘴。他赶忙握住院长的手，微微弯着腰，党院办的摄影师趁机拍下一张照片。

“步理啊，你这次去这么久，我也真是舍不得。没了你，总是觉得我们科少了点什么。”李有才也背着手走过来，笑得很灿烂。他从身后掏出一个U盘，“这是我自己录的片儿。孤身在外，半夜没事的时候，可以多看看。”说完就坏笑着把U盘塞进赵步理的手里。

赵步理红着脸赶忙往外推：“师兄，你看这么多人呢……你自己的片儿，你还是留着自己欣赏吧。”

李有才又笑了：“这是我整理的手术视频，你想什么呢！我看你别提主治医师了，你提主治污师得了！哈哈哈——”李有才自己先笑起来，见别人都没有配合，便讪讪地收起了表情。

龙森浩白了一眼李有才，走上前，从上衣兜里掏出一支笔，不容分说地插在赵步理的衬衫口袋里。赵步理惊讶，这不是大师兄最常用的一支笔吗？平常拿它当宝贝，这也舍得送人？

赵步理暗暗觉得，大师兄也不像外表那样凶巴巴的：“谢谢大师兄，我走了以后，您一定要多笑笑啊。”赵步理诚恳地向大师兄鞠了个躬。

龙森浩鼻翼抖动了一下，发出“哼”的一声，双手插着兜走了。

赵步理挠挠头，他当然知道大师兄最近心情不好。自从孙慧把住院总医师的职务转给了二师兄之后，二师兄就有意无意地针对大师兄。大师兄的手术总是被排到很晚，想做的手术也经常不给安排。

希望自己走了之后，这两位哥哥能和平相处吧。

“喂，步理，这个给你！”小云蹦过来，给了赵步理一个沉甸甸的包裹，里面全是赵步理爱吃的饭团，“上路之后吃点好的！”

“我呸呸呸。”赵步理赶忙嫌弃地啐了几口，“你才上路呢，我这是完成国家赋予我的光荣而重要的使命！”

小云马上嫌弃地翻了个白眼：“到了那边别忘了多发点朋友圈，让我们看点田园风光！”说着便转身走了。远处有个高大的男人似乎一直看着这边。小云过去，两个人才一起走了。

那不是姜超吗？果然这两个人……

“好了，不早了，快走吧，还得坐好久的车呢。路上一定要小心，我承诺你的都会做到。”孙慧走上前说道。

赵步理站正，郑重地点了点头，拿起行李向门口走去，但还是忍不住四处张望。最后确认想见的那个人没来，才有些失望地走出门去。刚走到大门口，那个人如约而至般以最美好的样子站在了他面前。

林小棠戴着一顶宽大的帽子，穿着浅蓝色的裙子，看着他微笑。

“走，送送你啊？”

“好。”赵步理一时间不知道该说什么。

两个人一个推着行李，另一个人背着手走着。赵步理转过头去，总能看到林小棠正在微笑着，笑容中又有些刻意。

“呆子，我想和你说……”

“哦，我会！我会写的……让你出场，让你出场……”

“不是，我是想说，你去了之后，能不能每天都给我看一看乡下的样子？我没有去过，我好想去看看小猪是怎么跑的，想去看看蜻蜓要怎么捉，也想看看人们怎么种地和收麦子。”林小棠背着手转过头，眼睛笑得弯成一条细线，可爱的睫毛微微闪动着晶莹的光芒。

“嗯，好的，我会发给你。”

“还有，这个送给你。”林小棠说着伸出手，白皙的手上有一条项链，是一个月牙样的坠饰。

赵步理轻轻伸出手去，看着林小棠期待的眼神，小声地问：“这个是……什么鬼？”

林小棠并没有像以前一样生气。她今天有些安静，安静得让赵步理心里发毛。她把月牙掰开，原来上面有一个小帽。掰开之后，里面的东西在太阳光下闪闪发光。

“这是……一个刀片。如果你不努力更新的话，这个刀片你就留着……自宫吧。”

“我，我，我，我，我会的……”赵步理结巴起来。

林小棠笑出声来，把月牙紧紧地盖好，挂在他的脖子上。这个坠饰的样式十分简洁，赵步理戴上还多了几分刚毅之气。

赵步理和林小棠安静地走到红绿灯路口，两个人没有再多说话。赵步理突然用没有提箱子的手直直地举向一边，像个交警一样，一边往前走，一边看着一辆辆车在他们面前停下。

“你看小棠，我像不像领导人检阅三军？这一辆辆车都乖乖停好了，你看你看！”说着还绷起脸来。几辆刚停下的车很不满地按起了喇叭，林小棠“扑哧”一下笑出声来：“真是个呆子……”

“人生嘛，总要给自己加点戏。哎不对，别走了小棠，那个是右转的车！它不会听我指挥的。啊！你小心！”

一辆车径直向二人开来，赵步理赶忙扔下行李，冲到林小棠面前张开双手。车子没有减速的迹象，赵步理不禁闭上了眼睛，但是没有闪开。

车在离他们还有几米的地方刹住了。

“放心吧，它不听你的指挥，但是听我的指挥，而且就你这小身板，还拦车？”林小棠嫣然一笑，走到车的一侧。从车上下来一个中年男人，恭敬地向她点了点头，从一旁打开车门。

林小棠刚要上车，突然又转身跑向赵步理，一把紧紧抱住他。赵步理呆住了，只能感受到怀里有一个温热的人，让他的心跳都快停止了。她头发上传来的香气让他不知所措，不知道要不要搂住她。他感觉到脖子上落下了几滴热乎乎的东西。

“记得你答应我的事情。”

说着，林小棠推开他，飞快地钻进了车里。中年男人叹了口气，向赵步理举手示意了一下，赵步理赶忙提起箱子，在一边呆呆地站好。马达轰鸣了一声，车扬长而去，它不只带走了林小棠，似乎也带走了他心里很重要的什么东西。

* * *

李有才刚刚在病房大厅又接待了一位病人。病人瞟了眼放下的片子袋，笑了笑，走了。

病人走了之后，李有才看了看旁边，只有方姨正一边看大门一边看电视剧，嘴里还偷偷嗑起了瓜子。

他趁方姨不注意，赶忙把片子袋里的信封掏出来，装进白大褂兜里面的暗层。刚站起身，就见远处走来一个人，他感觉对方正朝自己走过来，只好原地等待。

萌萌穿着手术室的外出衣，戴着花帽子，眼睛里带着笑："李大夫，来找你看个片子。"萌萌说着，看了看一旁的方姨。

"好的，没问题。"李有才直愣愣地回答道。

两人走到角落里的片灯处，萌萌注意到方姨正投入地看着电视剧，便悄悄问李有才："李大夫，我怎么感觉你最近都躲着我啊，是有什么问题吗？"

李有才脸上有些燥热："没有，哪有的事儿，最近不是步理下乡，我又接手了院总嘛，事儿太多了。"

"哦。"萌萌乖巧地点了点头。李有才假装认真看片子，不敢正视她的眼睛。

"有才哥。"

"嗯？"李有才咳了一下。

"你是个好人，真的。"

李有才听了，心里突然舒坦了一些。这些日子，他内心一直有个挥之不去的身影，他无数次地回忆起那一夜，只记得自己把被子轻轻盖在她的身上，然后悄悄离开了。他无数次在梦中看到萌萌指着自己的鼻子，说自己是屌鬼、乡巴佬，骂自己不行。

于是他开始非常频繁地和老婆欢愉。

然而萌萌没有看不起他，她只是淡淡的一句话，让那一夜过去了。

"好好休息，别太累。你这个片子，可能得做手术啊。"李有才话锋一转。

"嗯，那有才哥，拜托您了。这是我一个好朋友的爸爸。"

李有才憨厚地笑了笑："没问题没问题，以后你有问题，都可以找我，我现在管安排住院。"

萌萌似乎察觉了李有才语气的变化："好，那交给你啦。对了，这个送给你的孩子吧！"说着，萌萌拿出一个小东西，是最新款的Hello Kitty主题扭蛋。里面能打开很多意想不到的东西，市面上很难买到，小孩子都很喜欢。

"啊，这怎么好意思……"曦曦一定非常喜欢这个，他心想。

"萌萌，以后……你们手术室这边有病人，都可以介绍给我，我保证好好安排。"

萌萌笑了笑："那肯定的，谁不知道有才哥你都升官成运营办的小领导了呢。放心吧，我们不介绍给你，难道还介绍给那个自以为是的人吗？”

李有才赶忙摆手：“没有没有，都挺好的，都挺好。”

萌萌机敏地笑笑，没有说什么，转身走了。李有才看着她的背影发呆，感慨着自己那晚的抉择。

李有才啊李有才，你可真是个㞞包啊。

回到家中，李有才像往常一样把公文包放在桌子上，转身走进了曦曦的卧室。不一会儿，卧室里就传来一声惊喜的欢呼。李有才心满意足地走出来，哼着九十年代的小曲。

“今天怎么这么开心？”妻子端着果盘笑着走了出来，面色很是红润。

“给孩子弄个礼物，孩子正玩呢。”李有才松了松领带，坐在沙发上，跷着二郎腿。他转头看了一眼妻子，十多年了，这个十几岁就跟着他的女人，无论在他最落魄的时候，还是如今在他出人头地的时刻，似乎都没有太在意过自己的形象。她也是真的老了啊，有了白头发，身材也走样得有些夸张，如果和萌萌站在一起……

曦曦这时跑了出来，黏在李有才身上：“爸爸，这个我不把它扭开了，扭开了就报废了，我想把它卖给同学，交跳舞班的钱！”

李有才笑了笑，装作大灰狼的样子张牙舞爪地和曦曦逗趣：“曦曦啊，现在爸爸升官了，有钱了！你不用担心跳舞班的事情了，好好玩，回头爸爸还给你买！”

“可是我不会玩这个，我也不太喜欢，我跳跳舞就挺开心的，我就想要爸爸多陪陪我。”曦曦噘起了嘴。

“跳舞归跳舞，你马上要上学了，要好好学习，听见没有？好好学习以后才能有出息。”

“我不想上学，我就想跳舞。爸爸，我给你跳支舞吧！”说着曦曦便要起步，被李有才一把抓住。

“你知不知道你能上这个学，是爸爸多努力才争取到的，你说不想上就不想上？你知道我每天有多辛苦吗？”

妻子赶忙拍着他的肩膀安慰道：“你也是，和你说了工作不要太辛苦，差不多就行了，多陪陪孩子，你看我们曦曦多听……”

“你以为我天天这么跟孙子一样地干，是为我自己吗？”不知为什么，李有才的火气突然大了起来。

“你着什么急，孩子这不也是心疼你吗？”

"我陪你，谁给你挣钱?!你整天跳舞有个屁用，能挣钱吗?啊?!"李有才把扭蛋摔在地上，砸了个稀碎。曦曦吓得哆嗦，缩着脖子，小碎步往后挪了几步。

李有才怒气冲冲地还想说什么，但看到曦曦眼中的泪水，又看着自己的样子，突然想起了自己小的时候。他没有再说话，转身离开了家。

* * *

Country road, take me home!

不得不说，小云帮赵步理准备的东西简直是所有礼物中最贴心的了，一大包饭团，他在火车上吃了整整一天，竟然都快吃光了。

旁边有一个小女孩，浑身脏兮兮的，一直在角落里盯着他。赵步理拿出一个干净的饭团，用餐巾纸包着示意她过来拿。但小女孩战战兢兢的，不敢上前。她旁边有一个面相狰狞的男人，身上文着密密麻麻的文身，身高接近一米八，但是皮包骨头的样子让人觉得有些害怕，浓眉小眼，皮肤黝黑，体毛很是浓密。

赵步理心里突然闪过一个可怕的念头，这个小姑娘，该不会是这个男人……

不行，老妈说了，不能多管闲事。赵步理暗暗告诫自己。男人一把抓起女孩，放在自己里侧的凳子上坐好，小女孩不敢吱声，只是远远看着赵步理。

赵步理努力闭上了眼睛。

熬了一天，终于在下午四五点到了昆城。昆城是一个小城市，靠煤炭维持着生计，而周边的小县城经济更差，冬城就是其中之一。到冬城的公路一直在修，快十年了也没有修好。因此去冬城就只剩下一个办法，就是坐每天三四班的中巴，三四个小时能到。此时天已经快黑了，为了安全起见，赵步理准备下车就去找家旅馆住。毕竟听说去冬城的路全是崎岖的山路，还经常塌方。

下了车，方才感到昆城比寒城更冷一些。赵步理裹紧衣服，正在思考晚上该如何度过崭新的客乡生活，突然瞥到那个瘦高男人正拽着女孩往前走。看得出，瘦高男人有些跛足。女孩一只手拿着一个毛绒玩具，到处张望。两人来到汽车枢纽站等车。

那不就是去冬城方向的车站吗?难不成……

赵步理赶忙拉起行李箱，没想到行李箱在这时坏了。于是他只能吃力地抱起行李箱，向"父女"二人跑去。

跑到小女孩身后，他小心地打量着两个人。目前还没看见火车站的警察或者治安管理人员，他只能沉住气，努力听瘦高个儿男人和女孩的对话，大约是什么"等到了之后就好了，别着急""你想吃啥那里都有"，等等。

好吧，老妈你保佑我，天意如此，看来这个闲事我不管不行了！

中巴猛地发动了，吓得赵步理一个激灵。他紧紧抓着扶手，听司机大哥用听不太懂的方言和底下的人骂骂咧咧打招呼，接着一脚踩油门，载着满满一车人飞驰起来。

天气很好，微凉的空气中充溢着专属秋天的树叶香气。车子很快就进了山，太阳的温度开始逐渐退去，余晖洒在铺满黄土和沙石的山路上，赵步理一度觉得自己钻进了电影画面。

他也工作不少年了，习惯了每天起早贪黑的生活，从来没休过假，也很久没有呼吸到户外新鲜的空气了。更重要的是，他觉得无论是流放还是发配，他自由了，能够自己去做一番事业了，甚至可能会成为这家医院的主导人物。这么想着，他内心居然冒出了一股壮志豪气。

赵步理又斜眼看了看小女孩，发现她正偎在"爸爸"的怀里，"爸爸"好像注意到了赵步理的视线，两个人对视了一下，那个男人的眼神看起来有些凶狠，赵步理赶忙装作若无其事的样子。

难道自己误会了？

赵步理歪坐在凳子上，从包里抽出了笔记。

"从坐标上来看，应该就是冬城没错了。到了之后，只要再打听和"☆"这个符号相关的地方就行。看样子，不是星星就是什么重点的坐标。"

赵步理一边想，一边随意翻看着，也许是车子晃动的缘故，很快书上的文字变得立体，在他脑海里呈现出一幅奇妙的场景。

* * *

方鸿铭在这一天毅然辞了职，赶去西南联大做了一场报告。然而院方的公告上写的是开除，具体原因不清楚，也许与方鸿铭所犯的那件"大事"有关。

赵步理似乎能越过遥远的地平线看到昔日西南联大的场景，学生和老师们都在耕作、读书、畅谈理想、讴歌先哲。尽管只有黄色茅草屋顶和红色的土坯房，但是大家仍然坚定着自己求学的信念。

方鸿铭这时已经五十岁了。见他走进教室，人们纷纷议论。方鸿铭不用听，也知道他们在议论什么。

真理如细菌，细菌自古长存，然唯至今，吾辈方始见之。

他说出第一句话，课堂安静下来。

吾与一良友，缠斗一世，互不相服，然于今皆偃旗息鼓。昔，吾目中无人，目下无尘，彼心中眼里则唯革命尔。今，吾辞却职位，彼长终不返。

吾知晓汝等所思，然吾非来忏悔，纵此屋乃梁思成所建，纵此刻彼立于目前，吾依然不改吾说。同学们，于此处，为真心所爱之学问，脚踏实地，无问西东，此后将一切付诸时间，勿流连歧途，虚度光阴。

吾之良友，实非疡医（外科医生）之良才，乃因彼无力直面错误。吾可痛忘前非，扬弃前行。彼则不然，水至清则无鱼。

彼者，姓汪，名道贤。

台下一片哗然。这个名字对他们来说，远比眼前这个京城知名医院的知名教授，所谓的“京城第一刀”更让他们觉得亲切以及悲伤。

汪道贤死了，他作为空军的教官，亲自上阵，和日军的飞机同归于尽了。

自那一刻起，汪道贤的人生终结了，然而方鸿铭的人生，在五十岁的时候，因此发生了改变。他不再做一个高高在上的“京城第一刀”，转而开始背负罪责和光环。

老货，吾前半生为己而活，下半生，吾将为汝而活，汝未竟之事业，吾继之。

于是他离开京城，选择了寒城。

赵步理苏醒过来，满身是汗。

据说寒城曾经也是一个平凡的小城市，但是因为这家著名的医院，来看病的人越来越多，来工作的人也越来越多，逐渐将城市也带动得全国闻名。更重要的是，这家医院是一所全国知名的教学医院，其教学水平和严格程度，比协和有过之而无不及。

太阳已经从坡上溜了下去，最后一丝光芒把半边天映得火红。山那边的平原依稀可见。赵步理探出头去，发现车子的半个轮子经常在悬崖边打滑，吓得赶忙把身子缩回来。车内的人们照旧闲谈着。

“小兄弟，来我们这儿啊，抽烟吗？”一个佝偻的老太太探过身子，自己往嘴里塞了根烟，也递给赵步理一根。

赵步理赶忙笑着拒绝。

“哟，看样子不像本地人。”一个二十岁出头的小伙子也从后面钻了出来，长得十分清秀，浓眉大眼，身材有些矮小，但是手臂十分粗壮。

“那你来我们这穷旮旯干啥的？”后面的“爸爸”开口了。

赵步理看了看四周，大家看他的眼神中都透露着警觉。

“呃，我来这边，去你们那个卫生院出差，出差。”赵步理没好意思说自己是医生。

“哦，我还当你跟踪我们有啥歪心思呢。当时你给我孩子喂吃的，我就担心，总听说现在火车上都有给小孩子下药的。”

小姑娘躲在男人怀里，吐了吐舌头。

“呃，这会儿孩子有点饿了，你那个吃的还有吗……”男人此时的态度和缓了一些。

“有有有！”赵步理赶忙掏出最后一个饭团。男人笑起来有点丑，但是给人的感觉和气多了。

原来真是错怪了人啊，自己还被当成了坏人？赵步理心想。

小姑娘吃了一脸的米饭粒，一车人都笑了。小伙子和老大娘纷纷过来在赵步理身上又拍又捏。赵步理一开始不习惯，后来发现这个地方的人打招呼都爱动手动脚，也就逐渐适应下来。城市里人与人之间的距离感在这里荡然无存，赵步理突然喜欢上了这个地方，他喜欢上了大娘、小伙子、小姑娘，甚至是跛脚大叔的笑容。

车子在山里开得飞快，夜色越来越深。

* * *

“爸爸、爸爸，你怎么了?!”

赵步理猛然回过头去，发现跛脚男正瞪大着眼睛，手不停地向前抓着扶手，嘴巴大张，一口一口喘着粗气，像一条从水里跳上岸的鱼。

“大哥哥快开，快回家找黄大夫！我爸爸他又犯病了！”小姑娘急得大喊。

黄大夫？是那个医院的大夫吗？赵步理赶忙凑过去看，一群人已经把男人围住了，远远地看了一下，确实不对劲儿，于是赶忙冲着司机喊：“司机师傅，快去医院，不对劲儿！”

一行人转过头来，用奇怪的眼神看着他，甚至小伙子还摇摇头笑了一下。

男人倒在了地板上，大娘赶紧扑上去掐他的人中。小姑娘吓得直哭，被旁边的乡亲抱着。男人本来就憋气得厉害，一被掐人中，脸色更差了。

大娘撩起男人的衣服，在肚脐下面两寸的地方，把烟头按了下去，男人更是发出一声哀号，却被小伙子紧紧按住手动弹不得。大娘镇定自若，面无表情地按着烟头，男人的肚皮上很快被烫出了一片红印子。

“不行，你们谁有黄大仙的百病消？吃点试试！”大娘喊道。

百病消？黄大仙？这啥跟啥啊……

赵步理实在看不下去了，推开几个人，扑到前面去：“我是大夫！让我来！”

大娘转头，表情变得十分不自然，小伙子露出警惕的神色，几个人都没有让出位置。

“我是寒城的医生，来你们这边出差的！我看看！”赵步理挤上前，蹲在男人面前仔细检查。他把男人上身的衬衫解开，耳朵贴在男人的胸口上，左侧和右侧都听了一下。他静静地闭上了眼睛。笔记中的描述浮现出来，他似乎能够感受到男人皮肤和骨骼下面的一切声响。

右侧没有呼吸音，左侧呼吸音正常。

他又把食指和无名指分别放在男人胸骨和两侧锁骨的交角处，然后把中指放在男人的气管上，从喉结向下滑，他是要感受气管是否发生了偏移。

气管严重左偏。

这是气胸，自发性的气胸！

看见男人憋气越来越严重，赵步理知道不能再等了，只能搏一把。

“这是张力性气胸，你们手里有没有小刀，或者针？”

一行人摇了摇头，司机没有停车，他按照小伙子的指示，正开往冬城去找那个被他们称为“黄大夫”的人。

这种张力性气胸非常凶险，相当于肺里不但破了个洞，还形成了一个活瓣，也就是一扇只出不进的门——气体可以从肺进入胸腔，却不能回到肺。随着胸腔的压力越来越高，肺慢慢被压瘪，人很快就会窒息而死。

赵步理左顾右盼，企图在这些人身上找到哪怕是个发卡一样的东西。然而他们只是呆呆地看着自己，眼神中满是不信任。

管不了那么多了。

他从大娘的兜里抓出一个打火机，掏出自己衬衫里那支大师兄送的钢笔，拔掉笔帽，用打火机仔细烧了一下钢笔的笔尖。

他左手摸着男人的胸口，数到第二、第三肋骨的间隙，又看了看钢笔的尖端——比他平时用的注射器针头不知道粗了多少倍。

方老方老，你得保佑我啊，这阴招可是你发明的。这一笔下去，要么他活，要么我们就一起死吧……

他让司机停车，然后用全身的力气，猛地把笔扎了下去。只听“噗”的一声，仿佛一个气球被戳破了，男人发出一声惊天的惨叫。血喷了赵步理一脸，赵步理终于放下心来。他知道，这是胸腔的气体压力高，皮下和肌肉的出血直接喷出所致。他擦擦脸，往后一坐，见周围人还在紧张地看着他，赶快解释道：“没事了，就是气胸，把气放出来就好了。”

他的语气很平淡，然而众人见男人胸口上直直地扎着一支钢笔，仍然很难接受这是在救人。这难道不是在杀人吗？他们一时间不知道该报警，还是该谢谢他。

男人很快就长长地吐出一口气，接着哼哼起来：“哎哟，刚才可真憋死老子了……真够狠啊，小伙子。”

赵步理挠挠头，看着他们仍然惊讶的面容，好好给他们讲解了一下刚刚的来龙去脉。男人虽然胸口扎着一支钢笔，疼得龇牙咧嘴，模样说不出的古怪，但确实在赵步理的救治下活了过来。

“你真是神医啊，看起来和我们这儿的医生不太一样啊。”小伙子笑着对赵步理说。

“嗯，我其实就是来冬城中心医院报到的，你们知道那个地方吗？”

几个人撇撇嘴。

“让我大哥一会儿把你送到医院。那这个钢笔怎么取出来？”小伙子问道。

“为了保险起见，还是要去医院处理，最好再输点抗生素。”

“我不去医院，我自己拔出来就行！”跛脚男突然大叫，自己把笔拔了出来。赵步理正要制止，却发现大娘和小伙子都在用眼神示意他别说了。于是他默默接过了笔。笔头上已经沾满了血，毕竟是大师兄的礼物，他还是盖上笔帽收了起来。

这时赵步理才意识到，只要一说到医院，这些老乡的亲切就消失得无影无踪。他能明显感受到他们身上的敌意。

男人一直用手压着伤口，压了一会儿敞开衣服看了一眼，发现不出血了。不知道是不是因为疼痛，歪过头很快便睡了过去。

天色基本全黑了，赵步理在昏暗的车厢里听着歌，回想着刚才的一切。不管怎样，自己至少用土方法救了个人，虽然还是有些后怕。

渐渐地，他看到远方出现了一片灯火。冬城很小，只有寒城的一个区那么大。

“再有半个多小时就到了。”小伙子和赵步理小声说道。

借助偶尔从云后探头的月光，赵步理发现后面坐着的跛脚男脸色煞白。

“奔波一天了，差点死过去，估计得睡一大觉才能缓过来。”小伙子指着后面的跛脚男解释道。话音还没落，只见跛脚男“扑通”一声倒在了地上。

“司机，快去医院，快！”

赵步理心里冒出一个可怕的想法。虽然其他人还不知道发生了什么，但是他这次，恐怕真的捅了娄子。

* * *

车子的轮胎擦着火，把一行人送进了小县城，径直开到一栋七层小楼门口。赵步理一看，上面写着“冬城中心医院”，楼外的装修和设施也还算气派，一点不比寒城市人民医院差，倒是与周围环境有些格格不入。赵步理连行李都没有管，和小伙子架起男人下了车。二人来到医院大厅，却看不见一个人影。

“这个点儿医院应该只有急诊还开着，去急诊！”两人穿过迷宫一样的门诊走廊，发现这里到处都积着一层厚厚的灰，看起来很少有人光顾和打理。门诊很多声控灯泡也坏了，偶尔感应到声响能亮一下，忽闪忽闪的，很瘆人。

二人来到一个幽暗的角落里，这时传来一记声响，只见漆黑的拐角处，一扇门突然打开了。赵步理让小伙子背好男人，自己走进去，发现门里什么都没有。他揉了揉眼睛：“请问，有人吗？”

接着，门外的小伙子只听得赵步理“嗷”了一嗓子，屁股着火般跑出来，哆嗦着拉住小伙子就跑：“快快快，这边走。”

小伙子不明就里地跟上去，还回头看了一眼。

门里的人也吓了一跳，摸索着墙上的灯，打开之后，把脸上的面膜揭了下来。

“这孙子谁啊，神经病……哦不，闺……闺女我不是说你，外……外面来……来了个神经病，已经被我赶跑了！闺女，你给我寄的这个面……面膜特……特别舒服！”

赵步理惊魂未定，这大晚上的，真的是撞邪了。不过他很快看到了亮光，果然急诊是有人的。他冲到急诊的分诊台，看见一个脸色很差的护士，赶忙说：“有大夫吗？快，有人要抢救！”

护士本以为又是来医院借厕所的，正没好气，看到小伙子后背上的伤者，赶紧抓起了电话：“王大夫在吗？来生意了！哦不对，来病人了！”说着便招呼小伙子和跛脚男坐下。跛脚男虽然还有些意识，但已说不出话，嘴唇发白干裂，眼睛一丝神采都没有。这时候小女孩也跟了过来，趴在男人腿上哭。

不一会儿，一个高高胖胖的男大夫走出来，嘴里还塞着馒头：“哟，你们好，我是王大治，这是怎么了？”这个五大三粗、膀阔腰圆的男大夫，说话声音居然又尖又细。

赵步理突然有点想笑。

“你好王大夫，我是寒城市人民医院的赵步理，借调来贵院工作的。”

王大治惊了，赶紧几下把嘴里的馒头嚼干净，双手在有点脏的白大褂上蹭了蹭，对赵步理伸出了手：“久仰久仰您大名，呃……赵……？”

“赵步理。”

“赵大夫，我知道！这是怎么个情况啊，赵大夫……”

赵步理简单说明了下情况，然后请求王大治赶紧安排手术室。

“没问题，赵步理大夫，我马上安排！您来了我们这儿，我们医院就有主心骨了！”

“……”赵步理懒得再纠正他，一边赶忙推着病人向手术室走去，一边转头安慰小姑娘，“放心吧，你爸爸交给我了。”

“其实他不是我爸爸……我刚生下来就被爸爸妈妈扔了，叔叔捡到的我，而且叔叔经常带我出去找他们，但一直没有找到……”

赵步理心里一紧。他看了眼哭成泪人的小姑娘：“放心吧，我把他救活，然后让他带你去找你的爸爸和妈妈。”

他本想出示自己的邀请函和工作证，却发现这位叫作王大治的大夫根本没有要检查的意思，直接毕恭毕敬地带他去换了手术服。脱衣服的时候，这位王大夫甚至站在一边候着，给他递手术服的衣服和裤子。第一次被人这么伺候，赵步理居然有些不习惯。

赵步理发现，不只是外面大楼，连手术室也比自己所在的寒城市人民医院高级不少。至少，这里每个手术间是真宽敞，足足有寒城市人民医院手术间的三倍，而且腔镜的显示器、麻醉机应有尽有，并不是传言中那样破旧。

一个护士在手术室外，把一个器械包掸了半天的灰才拿进来。麻醉师也是紧赶慢赶地跑进来，怀里抱着一大堆东西：气管插管、喉镜等，踩着拖鞋的两只脚还穿着不一样颜色的袜子。听说赵步理的身份之后，他们都点头哈腰地叫着“赵老师”，尽管这些麻醉师和护士很多年纪都已不小了。

跛脚男很快被王大治抬到手术床上。护士过来剪掉了他身上的衣服，麻醉师赶忙给扎上了输液。跛脚男的意识越来越模糊，却还在不由自主地摇着头：“大夫，大夫……那个孩子她是……如果我不行了……她……”

“我知道了，大哥，你放心吧，不会有事的。”赵步理走上前去，拍了拍他。跛脚男闭上了眼睛，紧紧皱着眉头。

“赵老师，这病人血压咋这么低呢？”麻醉师的口音似乎不像冬城本地人。

赵步理仔细一看，确实，血压只有 50/30 毫米汞柱，这是休克的表现。他心中更加坚信自己的判断。

是出血，一定是出血，要尽快开进去！

“快麻醉，我们得赶快进去。”赵步理毫不犹豫地说，他的手不由自主地颤抖起来。

麻醉师犹豫了一下，但是看见赵步理焦急的表情，还是一咬牙把麻药推了进去。等病人一失去意识就立刻准备插管——麻醉药起效之后，病人的血压会进一步降低，甚至可能心脏停搏。

赵步理看着麻醉师插管，心中寻思，大概是龙森浩的那支钢笔插进去时划到了肋间的动脉上。病人拔出钢笔之后，出血就没法控制了。都怪自己没看住病人。

用笔还是有风险啊。方老，你可害死我了……

“怎么插不进去管呢！”麻醉师急了，左手用喉镜挑进病人的喉咙，右手努力地按压着喉结，努力想找到一个气管入口。

“怎么回事？”

“这个声门的位置好奇怪啊，会厌怎么也挑不起来，根本看不见声门，两次都插到食道里面去了，急死我了！”说着他看了看监护仪，“快给点肾上腺素，快！”

“肾上腺素在哪儿？”护士问。

“不知道啊，都多长时间没用过了，快去找！”麻醉师大喊。

赵步理看着越来越低的血压，心脏仿佛要冲破胸腔。这可怎么办？如果现在不进胸腔，病人马上就要失血而死，但是不麻醉又进不去。如果只用面罩来麻醉，手术中就无法暂时让肺瘪下去。况且，这里就一个麻醉师，如果麻醉师要一直扣着面罩，那就无法输血或者给药。

赵步理逼迫自己不去想病人死亡的可能性。他转过身面对着墙，努力闭上了眼睛。

一定有办法，别慌赵步理……对了！

“你们这里有中心静脉导管吗？”赵步理转过身来喊道。

“有！”

“快快快，拿来给我！我来插管！”赵步理眼中闪过一丝火热。

看来真是得拼了才行啊。方老，你坑我一次，再给你一次机会补偿我吧。

第19章 临床

病人的眼睛是雪亮的

“给我穿刺针！”

赵步理脸上的汗一下子从脑门儿里钻出来。他努力平复了一下心情，回忆起笔记中那些遥远的文字。

“呆子，加油啊！”

赵步理内心突然无端端涌出一句话。是啊，不能被林小棠那个家伙瞧扁。方老，这次成不成就看你了！

赵步理看了一眼监护仪上逐渐丢失的生命体征，咬了咬嘴唇，左手摸了下男人的喉结，在下方找到环状软骨的位置，把穿刺针毫不犹豫地插了进去，然后轻松地回抽。看得出已经进入了一个空腔，猜想那一定是气管的位置了。

他赶忙拔出针芯，只剩下一个空心的套筒插在气管里，然后一边把导丝顺着送进去，一边对麻醉师大喊：“用喉镜帮忙照一下亮，找到导丝和我说！”

“是！”麻醉师一刻也不敢怠慢，赶忙打开喉镜的灯，伸进病人的口腔。

赵步理能感受到导丝有一种突破感，抬起头看了一眼麻醉师，只见麻醉师大喊：“有了！”

赵步理赶忙继续送导丝，麻醉师从口腔里把导丝一把抓了出来，看了一眼赵步理，意会地点了下头，把气管插管的前端套上了导丝，再往里送。由于导丝已经把从口腔到气道的轨道铺好了，所以这次气管插管像坐上了快速列车一样，毫无阻碍地进入了病人的气道。

“厉害啊！”麻醉师一边忘乎所以地欢呼起来，一边快速地固定着气管插管。

赵步理也松了口气。这一招也是刚学的，当时还腹诽这个东西怎么可能用得上。

没想到困难气道这么快就出现了，而且自己居然是这里唯一能做主的医生。

“快翻身，准备消毒！没时间了！护士赶紧铺台子，什么都不用准备，点数麻利点！”

他说着便快速洗了手，上了台。

没有任何时间了，赵步理闭上眼再睁开。他拿起刀划开皮肤，电刀飞速地打开肌肉进入了胸腔。这时候王大治才刚刚上台来，他看到赵步理忘我的状态，一时间有些发呆。

赵步理一分钟就进入了胸腔，看到胸腔里的大量积血，以及那根被自己捅破的正在汩汩冒着血的血管，摇了摇头叹了口气。

“钳子。

“四号线结扎。

“再结扎。

“剪刀。

“好了，手术结束。”

王大治双手还在悬空着，惊讶地看着对面这个仿佛身上燃烧着火苗的男人，眼睛里一下子全是星星。

“赵……赵老师……”

“吸吸血吧，然后放个胸管引流。”赵步理麻利地把吸引器塞进王大治的手里，双手抱着胸等着。

“是，是的，赵老师！”王大治突然有点激动，眼眶有些湿了。

“输点血吧，先取四个单位过来。”赵步理说。

王大治和麻醉师面面相觑：“赵老师……我们这里，只有两个单位的血……而且是我们院长一直请求，市卫生院才批的，因为我们这里很久也不会用一次血，所以血站都不会给我们……”

赵步理皱了皱眉头。

“那就先取两个单位，赶紧输上，速度快点。尽快查血型，明天一早就找市里要。如果这个病人真的扛不住了，我建议咱们自己献血。尽快给他查个血型，我是B型。”

“赵老师，那肯定不行的，您是贵客，而且是来指导我们工作的，我们医院有六十个职工，我们自己想办法。”

这句话，王大治对以前来的医生也说过，但得到的无一例外都是嘲讽和奚落。此时，赵步理没有说话，而是陷入了沉思。

“赵老师，病人的血压稳定住了。血压在回升，血氧也在好转。”麻醉师看着监护仪说。

“一会儿推去监护室吧。”

王大治又低了下头，小声地说：“我们这儿监护室已经没有大夫了……”

赵步理无奈地叹了口气：“推到病房吧，今天晚上我看着。”

半晌，王大治穿着手术服，向赵步理努力鞠了个躬：“赵老师，请您收我为徒吧！您这么年轻有为，就指望您多带带我们了！”

“是啊赵老师，你只要说该做什么就行了，脏活累活我来！”

“别看我是个护士，我什么都能干，我还可以把我老公从地里叫回来帮忙！”

赵步理有些意外地看着几个人炽热的眼神，这种感觉他从来没有体验过，此刻却觉得有些熟悉，因为无论是位置还是心态，他都觉得自己可能已经成了另一个人。

方老，谢谢你。

赵步理看着监护仪从急促的嘀嘀声逐渐回归平缓，知道男人终于从鬼门关回来了。这个夜晚可以暂时画上一个句号了。

他疲惫地走进更衣室，准备换个衣服去看病人。打开包，他突然发现自己忘记了一件重要的事情。

他笑了笑。

“我说怎么这么命途多舛呢，原来是忘了它……”

他从包里掏出一样东西，眼睛笑成了月牙。

“那就拜托你保佑我啦！”

说着，赵步理把它戴在了手腕上。

* * *

赵步理睁开眼睛，耳边是机器的嘀嗒声，一时间有点恍惚。接着他意识到，是自己昨晚执意在病房里找了一张空床睡觉。经过连日的奔波和一个晚上的紧张，此刻他有种大战过后终得喘息的感觉。

他没有脱衣服，但身上盖了一床厚实的墨绿色被子，还有股奇怪的霉味。这让他有点想家，这里再也没有熟悉的被窝和那只与他相爱相杀的猫了。

接着，他发现自己的四周全是人，脸上都带着奇怪的笑，仿佛在观赏一只动物园里的猴子。

“赵老师，您醒啦！”

“赵老师，这边洗漱，早餐我们都给您备好了，您先吃完早餐再去看病人吧！”

“还有您的宿舍也已经收拾好了，昨晚都没来得及带您过去！”

赵步理看着几个人恭敬的样子，顿觉浑身都不舒服，赶忙挠着头推辞：“不用不用，叫我小赵就好。”

“赵老师，早上好啊！”赵步理一抬头，王大治硕大的身躯又出现了，还是那和他的形象完全不相符的声音。他正抱着一大锅粥，后面还有几个护士模样的人拿着碗。

赵步理一摸肚子，确实从昨晚到现在都没吃东西，但还是矜持了一把，摆了摆手。在他的强烈要求下，一行人簇拥着他去看昨晚的那位病人。

走在病房的走廊里，赵步理才发现，这里的设施丝毫不比寒城的医院差：一个屋子里有两张床，每个房间都有卫生间和淋浴，病床之间的间隔也很宽敞，落地窗外是毫无遮挡的阳光——但是，总共也没看到几个病人。

而且，从为数不多的几个病人的眼睛里，他看到的更多是疑问，和寒城医院里那些终于等到手术的病人神情完全不同。

昨晚出意外的病人被安排在最靠近护士站的单间，名义上虽是个监护室，但根本没有办法按照监护室的规格来配护士。一个护士要管整个病区，有时还要兼顾别的病区。同时，这里的监护仪虽然先进，但护士完全搞不清楚怎么使用，所以就干脆不用。最后，他们只得找了一个护士专门按照赵步理的要求记录病人的情况。

赵步理看了一眼病人，他仍然插着气管插管。由于用了一些镇静药，他还没有完全醒过来。赵步理歪着脖子看了一眼尿色，比较清亮。他耳边响起了方鸿铭的话：

“尿色正常，循环不愁。”

早上的抽血结果还没有回报，问王大治。王大治有些难为情地说：“负责做化验的同志一般得八点才来，早上要送孩子上学。他每天都要上班，而且就他一个人了，所以我们也没有办法。我一会儿去帮您催催。”

赵步理无奈地点点头，心中质疑：这家医院，到底还能不能办下去？

这个男人总算是没有大问题了，虽然面色还有些苍白，但是只要有尿，起码说明组织的灌注是比较充足的。病人又这么年轻，只是一次急性的失血性休克，问题应该不大，赵步理安慰自己。

正在这个时候，远处传来了嘈杂声。

赵步理转头一看，走廊那头出现了一个小个子男人，两撇胡子，发量略稀，戴着眼镜，表情严肃地向他走来。边上的护士见了他纷纷收起笑脸，低下头，临近的几个护士还低声打了招呼。

男人走到赵步理面前，突然笑了，伸出手来和赵步理握了个手："哎哟，赵……赵……赵老师啊，昨晚听……听说了，真是有有……有惊无险啊，也多……多亏了赵老师，我们的病……病人才能活过来，我也是刚……刚刚……刚听说，这赶紧过来跟赵……赵老师见……见一面……"

赵步理一边听一边皱起了眉头，努力保持着微笑。不得不承认，听他说话有一种断了气的感觉。这人说话虽然磕磕巴巴，声音却非常浑厚。

"没有没有，我应该做的。"赵步理连忙客套，"请问，您怎么称呼？"

王大治声音洪亮地介绍道："这是我们科，哦不对，以后应该叫咱们科的主任，王九斤王主任。王主任，这就是我和您说的那个，特别年轻有为的赵不已大夫。"

"赵步理……"

王九斤眼神微微闪烁了一下，用手摸了摸嘴角的胡子："赵……赵老师啊，那我们现……现在这个病人，您觉得没大问题吧？那您……您觉得什么时候能拔……拔掉气管插管呢？"

赵步理被问住了。他背了不少次呼吸机的拔管指征，没有一次是彻底记住的。好不容易得了本宝贝笔记，但笔记中对于呼吸机的记录少之又少。他支支吾吾道："呃，您这个问题问得很好……不过，我们还是听听麻醉科大夫的意见吧？"

"赵老师，您决定就好，您是专家，我们都不行！"突然冒出来一个圆圆胖胖的大夫，笑起来像个小佛爷一样。赵步理默默想象他戴上口罩、帽子之后的样子，可不就是昨天的麻醉师吗？

眼看锅又甩了回来，赵步理努力给自己解围："嗯，那主任您觉得能不能拔？我其实经验也不多……"

王九斤皱了皱眉，想起前两天接到的一个电话，终于把眼前这个人和电话那头的描述对应起来。他凑过去，小声提议："要……要不，赵大夫，咱……咱给他查个血……血气？"

赵步理赶忙一个劲儿地点头叫好："对对对，查血气分析好，快查个血气分析看看。"

王大治笑着和王九斤说："你看我说吧，王主任，赵大夫才不像你说的那样，人家厉害着呢！"然而王九斤的胡子都气歪了，狠狠地嘘了王大治一声，把他叫到一边去："我跟你说，这……这货我确……确定是个二百五，咱……咱们差不多维持个面上关系就行了，听……听见没有?!”

“可是王主任啊，赵大夫真的很厉害啊，你昨天晚上是没看到……”

“行……行……行了你！瞧把你……你给乐的，不……不知道自己干……干什么的了是，是不？那个病人家……家属没什么意见吧，不……不会闹吧？我……我跟你说，如……如果要闹事，你……你可得好好看……看我的眼色行事，听……听到没?!”

王大治垂头丧气地应了一声，声音很细，听起来像是一声娇嗔。

赵步理看了一眼血气分析，默默地拍了照片，发给了远在寒城的一个人。然而半天也没有回信，于是咽了下口水，转头看了看围着自己的一群人。

还是为了保险起见吧。

“毕竟这个病人之前失血太严重了，现在血氧还是稍微差一些，今天再想办法给他输两到四个单位的血。中午的时候，我再来看一下，争取今天拔管吧。”

几个小姑娘满脸崇拜地看着他，连麻醉师也不停地点着头。

“赵大夫真是我们的主心骨啊！”

“是啊，这么年轻就这么有能力，难怪来支援我们！”

赵步理很尴尬，但也知道自己说什么都没用，这里是七层，从落地窗户可以一眼眺望到县城的边界，也能看到远处起伏的草甸。这确实是他想象中山村的样子，美丽、安静，也许在草甸的中心还有一棵美好的山楂树。

现场所有人都像看神仙一样看着赵步理，除了王九斤。

如果来的真是一个有能力的大夫，那该多好啊！

王九斤摇了摇头，叹了口气。

* * *

这个时候，病房门口再次起了骚动。

“你们干什么？不能进去！”

赵步理等人循声望去，发现门口来了一大批男男女女，他们穿着各异，脸上都挂着质疑和愤怒。其中还有昨晚的大娘和小伙子，只不过小伙子拉着男人的养女站在最后，表情很是惊恐。

一群人气势汹汹地走到赵步理等人面前，昨晚的大娘站出来：“你们到底把我们小杨怎么了！”

后面的人也帮腔：“是啊，我们杨哥这么好的人，你们对他做什么了！”

“你们有没有偷偷把器官取出来去卖？给我说！”

“我们替杨哥做主，昨晚就是这个人，说自己是大夫，用笔把杨哥扎坏了，所以这钱我们一分也不掏，让黑心医院赔！”

王九斤见情况不对，下意识地去抓王大治，没想到抓了个空。王大治已经大步走了过去。

“你们说什么呢！昨天晚上我们赵大夫都没怎么睡，一直看着病人，好不容易才救回来。我跟你们说，如果不是因为赵大夫在，这个病人早就死了！”

大娘举起手里的笤帚对准王大治：“你个娘娘腔不学好！死什么死，你才死！”

“敢咒我们杨哥，大家伙揍他！”

王九斤赶忙上前打圆场，当然，主要是拉着王大治往回走，一个劲儿地给王大治使眼色，但是王大治好像根本看不懂。

二十几个人围着不足十人的医生和护士，手里都拿着笤帚、擀面杖、铁锹等家伙。后面的小伙子赶忙带着小姑娘走到她养父的床前，小姑娘握着男人的手哭了起来。

“叫你们医院院长出来好好谈谈，这事儿不能就这么算了吧？你们这属于草菅人命啊！赔钱吧！”

“你们院长呢？”

王九斤吓得赶忙使眼色。王大治会意，立刻点了点头：“这就是我们院长！我们院长跑了，现在王主任代理我们院长！”

王九斤斜着眼看王大治，往后退了两步。

“误……误会，我也是替人办事的……”

“抓住他，别让他跑了！”其中一个老大爷拿起了竹竿。

王九斤吓得往后退，一步没站稳坐在了地上，心里正咒骂着赵步理这个瘟神，这时眼前一暗，一个不算高大的身影站在了他面前。

“人是我扎的。我是这个医院新来的医生，但是我们没有错，我们正在救他，也请你们不要再闹了。赔偿不赔偿是后话，如果你们有人可以献血的话，我们会更有把……”

“狗屁！不能信他！医生都是吸血鬼！”

“这是医院，我叫赵步理，我不会走的，你们不要再打扰病人休息了！”赵步理字正腔圆地说道。大娘的气场软了一点，似乎想起了昨晚发生的事。小伙子也赶忙跑过来，小声地和乡亲们解释了昨晚的情况。

见事情有转机，赵步理松了一口气，他回身把王九斤扶起来。王九斤有些不好意思地咧了咧嘴，又瞪了王大治一眼。王大治似乎不知道发生了什么，已经撸起了袖子，一副随时准备干仗的架势。

“小杨这么好的人，你为什么要这么对他啊……”突然，一个大爷像丧尸般，朝赵步理扑了过来，王大治赶忙上前用力把大爷拉走。看着王大治一个壮汉和大爷动手，其他几个乡亲也都急红了眼，赶忙上前帮忙，几个人纠缠成一团，赵步理脸上瞬间多了几道抓痕。他没有想到这些人如此不讲道理，也没想过自己来到冬城会看到这样一幅画面，他学了这么多年医，从没想到自己会沦为一个和泼皮无赖打架的人。

正悲愤交加时，突然有人大喊：“你们都停手！”说的是冬城当地的方言。

几个当地人松开手，赵步理也气得甩了甩袖子，愤怒地看着对面的人。

是昨晚的小伙子，他瞪大了眼睛，看着赵步理：“你是……小仙女的朋友吗？”

赵步理一下被问住了。

“什么女？”

* * *

赵步理走在乡间的小路上，旁边的小伙子正拉着心事重重的小姑娘。

赵步理把已经断开的一只袖口彻底撕掉，扔在路边的垃圾堆里。

“抱歉啊赵哥，真对不住……”

赵步理没有说话，摆了摆手，身上破破烂烂的，但他还是忍不住静静地欣赏起两边的景色。这真是个美丽的地方，在医院被莫名其妙地解围之后，他们步行离开县城，又走上了一条小路。这条小路的泥土被踩得很结实，一路上坡，但是走起来格外舒服，空气里飘着些许牛粪和青草混合的味道。

路旁依稀能看到零零散散的房屋，但是进进出出的都是老人，在院落里干着像是某种手工艺的活计。像小伙子这样的年轻人，赵步理居然一个也没看到。

“赵哥，如果早知道您是小仙女的朋友，乡亲们肯定不会这样对您的。他们不是坏人，只是杨哥在我们这里，实在是个太好太好的人了，乡亲们怕他受委屈。”

赵步理想辩解几句，想想还是作罢，赌气地“哼”了一声，又突然想起什么来：“你说的小仙女是不是姓柳？”

小伙子想了想，摇摇头：“我们不知道她到底叫什么，但是她来了有两年了，村里人都管她叫小仙女。她就在那边。”小伙子指向前方。

从刚刚开始，赵步理的心就一直在怦怦跳。他们翻上了一个山坡，终于看到了山坡下的幽谷：四面群山环抱，上面是颜色均匀的草场，各色的野花点缀其中。一条十多米宽的河流把整个山谷分成两半，中间最窄的地方有一座石板桥，高过了水面。

在山谷的中间偏右侧的地方，有几所房子。

“嗯，就是那里了。”小伙子拉着小姑娘一路小跑而去。

赵步理看了看手腕上的三色麻绳手串，想了想，也跟着小伙子向山坡下奔去。

“不会这么巧吧……”

赵步理朝小房子走去，四周散养着一些牛羊，悠然自得地吃着草，不时抬头看看这位不速之客。还有些孩子在操场上嬉戏打闹，偶尔一个打滚躺在地上，几个小朋友扑上去乱作一团。

其中一个小男孩抬头看到赵步理，吃了一惊，连忙跑过来。

“哟，呆子叔叔，你怎么来了？”

“海狸?!”

来的人可不正是那个管柳晴川叫妈妈的小鬼头吗?

如果海狸在这里的话，那就说明……

赵步理抬头望去，发现在视线的尽头，房子的旁边，有一棵树冠巨大的树，树下，一个穿着白衬衫、蓝裤子的姑娘，正惊讶地歪着头，遥远地打量这位神奇的访客。

那个人正是柳晴川。

赵步理远远地挥了挥手，而且是那只没有袖子的手，三色手串在阳光下格外鲜亮。

* * *

两个人在石头上坐下。赵步理感觉风的温度刚刚好，不冷不热，太阳也温柔地抚摩着他的脸，这是独属于乡村的阳光。

“你……”

“我来这边，算是……支援乡村建设吧。”赵步理并没有主动提及自己被发配这件事，“你呢？”他不知道她是什么时候来的，但很关心她什么时候会离开。

“我来这边支教，来了两年了。”柳晴川仍然是长发，脸上没有什么妆容，也没有任何坠饰，赵步理总想目不转睛地看着她。

“所以你是老师？那海狸他……”

“他是这里的学生呀，这些孩子总是管我叫妈妈，我拿他们一点办法都没有。”她说着便笑着摇了摇头。

赵步理心里的一块石头终于放下了，他看了看手上的手串：“这次多亏你这个手串救了我一命啊，乡亲们正在揍我，也不知道为啥，看到这个就停手了。”

“因为我是他们孩子的老师啊。”柳晴川弯着眉毛笑了，“所以你可要小心，现在村子里，谁要是惹了我，乡亲们是会和他拼命的。”

赵步理挠了挠头：“那你是教什么的呢？”

“刚来的时候这里只有我一个老师，所以我自然什么都教。现在好一些了，终于培养出来几个老师，大家还能分分工。”

“那这里的生活，你还能适应吗？你看上去并不像山里出生的。”

听到赵步理这个问题，柳晴川的神色似乎有些黯淡：“开始的时候肯定向往大城市啊，你马上也会的，想那边的朋友、电影院、演唱会什么的。但是在这边，你也一样能找到自己存在的意义。”

“意义？”

“是啊，这边太需要医生了，卫生条件很不好，很多人得了病一点办法都没有。而且这边的年轻人都出去打拼了，孩子和老人们没人照看，得了疾病只能听天由命。”

“可是我看他们……都不太喜欢医院。”赵步理嘟着嘴。

柳晴川微微一笑，捋了下发丝：“其实我爸爸刚来这里的时候，也是因为看到老人和留守儿童的现象严重，才计划把这里发展成一个教育点。刚开始的时候，他也不知道被当地的乡亲们打了多少次，但是……”柳晴川深吸了一口气，“但是他没有走。他说如果连他都走了，就没有人会来了。所以，”柳晴川指了指身后的房子，“这里的墙是他带着我妈妈亲手砌起来的，连上面的画都是他自己画的。所以我虽然不在大城市，但是在这里，就好像在自己家里一样，很安心。”

赵步理看了一眼墙上的画，突然看到了一个类似标志的图案。这才想起民间有个传言，说有一个完全公益的组织在做乡村教育，而那个标志，和自己手串上的一模一样。难怪之前看见就觉得眼熟。

柳晴川转过头看着他。赵步理觉得，自己突然距离这个姑娘好近好近，好像能够感受到她的呼吸。

“他们不相信医院，不一定是他们的错，也可能是医生没有把该做的事情做好。我想，既然我爸爸能够让这里的人真正意识到，教育是孩子们唯一的希望，我相信你也可以的。

“我爸爸说，他刚来这儿的时候，乡亲们都很排外。接触久了之后，他发现这里的人其实都很善良。之所以对外乡人这么警惕，是因为之前发生过一件很严重的事故，就在县里的这家医院。”

赵步理好奇：“现在的这家医院？”

柳晴川点点头："没错，据说这家医院十年前就建成了，是政府大力支持的。很多当地的老百姓也去了这家医院工作。我爸爸说，那个时候，老人慢慢地不再去找江湖郎中或者乡医，都改去医院看病。短短几年里，医院发展得非常快，大楼也不断扩建。

"但是有一天，据说医院的领导层发生了非常激烈的争吵，不知道是什么原因。没过多久，医院就爆出了丑闻。乡亲们听了纷纷去医院讨说法，却发现院长已经跑了。乡亲们本来还半信半疑，这一下，消息就坐实了。"

赵步理不由自主地问道："这怎么可能？"

柳晴川摇了摇头："具体我也不清楚，爸爸没有说太多。他说他见过那个院长，是个一心扑在医学事业上的好人，不可能做出这种事情来。但真相也无从证实了。从那时起，所有在医院工作的乡亲都不干了。为了让医院运转下去，政府才用各种办法让其他医院的职工过来支援，我想，你应该就是这样来的吧。"

赵步理难为情地点点头，好在没有吹牛说自己是被百里挑一选来的。原来柳晴川知道的比自己多。

"在那之后，民间就流传出了个'黄大仙'的组织，自称卖的是万能药，叫'百病消'。乡亲们得了感冒、发烧、皮疹之后，试了试他的药，发现病果然能好，因此几乎再也不去医院了，对医院也恨之入骨。"

赵步理点了点头。

这个时候，海狸跑了过来，一头扑进柳晴川怀里。柳晴川一脸宠溺地看着他，丝毫不在意他身上的泥土在自己洁白衬衫上留下的黑印。

"其实我觉得不是乡亲们的问题，而是我们自己没有把工作做好。比如这些孩子，他们原本都不喜欢学校，长到一定的岁数，就会被送出去打工。但是他们和城市里的孩子没有任何不同，他们天真、可爱、自信、淘气，也一样对世界充满好奇。"

"那……你爸爸呢？"赵步理问。

柳晴川看了看天上的云："他是个倔脾气，工作狂，讨厌鬼。"

赵步理发现自己问错了问题。

"他和妈妈做了十年之约，要把最好的教育带到乡村，培养出一批能够独当一面的老师，让乡村的孩子也能获得和大城市的孩子一样好的教育。拒绝一切报道和宣传，也不要资助和捐款。但是三年前，他自己得了胃癌，走了。"

赵步理愣住了。

"没关系，我还在啊。还有一年，我会让爸爸看到我的成绩，我不会让他失望。"

柳晴川转过头来，眼眶红红的，却十分期待地看着赵步理，“所以，能不能请求你，在这里好好做医生，让老百姓打心眼儿里信任你，也算是陪陪我，好吗？”

突然远处跑来两个人，边跑边喊，赵步理和柳晴川一并甩过头去。

“赵大夫！赵大夫！大麦的爸爸醒过来了！”小伙子拉着小女孩往这边跑。

赵步理大概永远也不会忘记那个美丽的清晨，他发自内心地笑起来，笑得流出了眼泪。他走上前，抱住了那个温柔却坚强的女孩，扑鼻而来的香气，不知道是女孩的，是阳光的，还是梦想的。

那棵巨大的树下，两个人的梦想正在酒醉一般的空气中酝酿着发芽。

* * *

接下来的日子里，赵步理很快进入了角色。他收拾好自己的小房间，窗户前面放着一张书桌，推开窗就可以看到外面的青山绿水。他喜欢晚上坐在窗前打开电脑敲字。那些朋友的城市生活似乎已经吸引不了他了，无论何时，他嘴角都在微微上扬。

乡村生活像是一首诗，慢慢被写进电脑里，成为赵步理网络小说中的一部分。意外的是，他的粉丝开始多起来，留言也丰富不少。除了一个很久都没有出现的熟悉的名字。

赵步理每天都去医院。尽管病人不多，多数是外伤或者阑尾炎之类，赵步理还是会尽可能地帮助他们。遇到不懂的地方，就把资料收集好发到寒城，孙慧也会第一时间给他回复。赵步理的心里有了一个坚强的后盾。

就这样，日子一天天过去，秋天的黄色逐渐褪去，露出黑色的土地，转眼间又被白色的大雪覆盖。医院的病人眼见着多了一些，都是冲着“寒城专家赵步理”这个名号来的。医生和护士也都把赵步理当成了恩师，无论谁家母鸡下了蛋，都会给赵步理拿几个来。甚至有人隔三岔五就带姑娘来，介绍给赵步理认识，虽然他已经公开表示，自己有女朋友了。

只有小伙子知道，赵步理每隔几天就会去一趟学校，给孩子们讲讲生物和科学，和孩子们玩玩老鹰捉小鸡。

海狸也开始喜欢上了这个大哥哥，虽然少不了对他搞恶作剧。赵步理经常被辣椒呛到，被虫子吓得大叫。但是他也不生气，因为他发现，每当柳晴川看到二人闹起来，笑得就更加灿烂了。

医院里，王九斤仍然没有认可赵步理，但是王大治等人已经把他当成救星了，他的机会越来越多，正逐渐成为这家医院的核心，临床经验也迅速增长。

王九斤也很惊讶，他原以为赵步理会像之前发配过来的大夫一样，没有了那些仪器和设备，就像鸟儿没了翅膀，什么也干不了。但是赵步理不一样，他接受的培训就好像来自几十年前，只要手里有个听诊器，什么都能搞定。他还经常用到很多传说中的古老技术，许多这个时代的医生不可能会做的，他都会。

更重要的是，有赵步理帮他扛事，他自己倒是躲了个清闲，一有空就和在寒城上大学的女儿视频聊天。

从赵步理踏上这片土地时起，一晃已经过去两年了。其间赵步理也回过两趟家，但是医院丝毫没有叫他回来的意思。而他自己，似乎也爱上了这里的生活。

这段时间，寒城市人民医院，却是另一个世界。

* * *

隆冬时节。

龙森浩仍是一身黑衬衫，坐在病房楼的一个角落里优哉游哉地看书。阳光晒了进来，洒在他刚毅的侧脸上，见远处走来一个人，他皱皱眉，合上了书。

对方踩着高跟鞋走来，拉开凳子在他面前坐下。龙森浩没有看她，仍然对着窗外发呆。

“你真的不着急吗？你已经连续两周都没有做手术了。”韩冰一脸严肃地说。

龙森浩慵懒地笑了笑：“急有什么用？难道我为了达到目的，还要做昧良心的事？”

“不管怎么样，李有才现在是院里的红人，而且掌控着分配病人的权力。你就好好和他说句话吧，或者和院里的人搞好关系也行，别动不动就急眼。”

龙森浩不置可否地摇了摇头。

“昨天又和你们科护士吵架了？”

“他们抽血贴错标签。我让他们自己好好去和检验科说，他们非说再抽一管就得了。这么不负责任，难道我骂错了？”

“你……也不能一点人情世故都不懂。再这样下去，孙主任也帮不了你。你会把自己的路走死的。”韩冰眼里透着担忧。

龙森浩突然伸过手去，在韩冰的错愕中，拨了拨她眼前的刘海。

韩冰这才发现，一只小虫趴在了自己的头发上。可刚刚一瞬间的心跳加速是怎么回事？

龙森浩往后一靠，冲她笑了笑：“你的意思我懂，但是有一件事你未必懂。”

韩冰看着他。

“医疗的事情，并没有那么简单。有时候，一个人再讨厌你，也还是会信任你。因为态度和技术，总有人更在乎后者。不信你看。”

韩冰被这话弄得摸不着头脑。只见龙森浩朝远处扬了扬下巴，顺着望过去，门口正站着一个女孩。

萌萌手里拿着一套片子，向他们走来。

第20章 态度

技术是技术，面子归面子

昆城是一个沿海的小城市，正值初春，夜晚时分还有些微凉。海鲜馆子的生意都不太好，零零星星能看到一些人在里面喝着小酒攀谈，还没到大排档火爆的时候。

一个矮小的身影裹着有些单薄的大衣，手里拎着一个兜，戴着顶厚厚的毛线帽子，脸上还有一副墨镜。他好不容易才找到那家叫作“四季书院”的饭店。从外观看，这里就是一座大宅子，他知道，自己原本永远没机会踏足这种地方。

“哟，王院长这么早就到了啊，请进请进！”酒店大堂里，一个人慢悠悠地站起身，大摇大摆走了过来。

“您……您好……抱歉，我找了一会儿没有找到。”王九斤满脸堆笑，对着这个鬓角有些斑白、眼神锐利的男人点头哈腰。

“不会不会，韩院长也是刚到不久，您到的时间啊，刚刚好！”对方笑着伸出手，“程鹰，幸会幸会！”

王九斤刚要伸手，发现自己右手还提着兜，赶忙把东西换到左手，却发现程鹰已经收回了手。他拍了拍王九斤的肩膀：“跟我来吧，王院长。”说着，便带王九斤穿过一条长廊。王九斤注意到，长廊两侧都是自己叫不出名字的字画，脚下的地毯柔软厚实，他越发觉得这个地方不适合自己。硬着头皮跟着程鹰左转右绕，很快来到了一座巨大的室内盆景旁，面前是一个人的背影。

“来了啊王院长，您看我这景是好，还是不好啊？”韩雨转过头来，笑着看了一眼王九斤。

“这景好，这……这景不错。”王九斤被他看得浑身不自在，只好一个劲儿地点头。

“哦？那您说说，这到底是哪儿好啊？”韩雨不依不饶。

“我们乡……乡下人不懂，韩……韩院长您……您雅兴。”王九斤说着竖了竖大拇指，笨手笨脚的样子让旁边的程鹰忍不住偷笑。

“这景可是费了我不少银子啊，但人总得图个乐，您说是不是？”韩院长背着手。

王九斤突然想起了什么，赶忙把兜里的东西掏出来：“韩……韩院长，我……我这儿有我们冬……冬城的特……特产，是个特……特……特产品……品相最高的人……人参，您……您笑纳……”说着便双手捧着递了过去。

韩雨笑了：“岁数大了哟，补不动了。而且啊，这人参性子烈，我这身子骨啊，受不起，受不起啊。”说着便转身进了屋。

王九斤见状，赶忙咽了一口唾沫，把人参三下两下塞进兜往怀里一揣，跟着程鹰进了屋。

只见几个男人鱼贯而入，王九斤的眼睛立刻瞪圆了。

这些人他大半都认识，他们是昆城主管卫生、交通，还有财政的一些大领导。另外有两三个是当地的土财主，产业做得很大。

“坐吧王院长，您今天是主人。”

王九斤发现自己彻底进了一个局。

韩雨和几个人相互寒暄了一阵子。酒过三巡之后，他转头看向王九斤：“王院长啊，这都是咱们昆城当家做主的人，都是为咱们昆城百姓谋福利的。咱们今天坐在这儿，不为别的，就是要让您带领我们，把咱们昆城，还有咱们冬城人民的健康问题，好好解决一下！”

几个人热烈地鼓起了掌，王九斤也急忙跟着拍手。

“您看啊，这医院到现在也有十来年了吧，不是我说啊，”韩雨皱了皱眉头，“一点起色都没有，到现在，估计都没什么病人吧。”

王九斤无奈地点着头，头越点越低。

“对……那……那些病人……都吃百……百病消去了……”

“嗯，确实，对于乡亲们的普通小毛病，百病消确实帮了大忙！”旁边一个戴着金手表的人点了根烟，附和道。

韩雨笑了笑继续说：“不过我们昆城市政府决定好了，我们不能让这家医院黄了，这毕竟是您的老搭档，也是我现在的搭档大力扶持的项目，是不是啊王院长？”

王九斤不置可否地点点头。

“所以我们准备修路，一条路直接连通昆城和冬城，把最好的医护资源，还有病人资源，都给你输送过去！”

王九斤没控制住，“腾”的一下站了起来。

“您……您说的是……是真的吗……韩……韩院长？”

韩雨笑了笑：“当然是真的，这市政府的人都在这儿呢，他们决定的事，还能有假？”

王九斤激动得话都说不出来，拿起面前的白酒杯，一口干了个底朝天。

“韩院长……谢……”

“别着急啊，我可还有个条件呢。”

王九斤话说到一半咽了回去，发现周围的人都像看笑话一样看着他。

“您这个医院，我看就别办了，没什么前途，我们想改个疗养院。大城市就缺这样的疗养中心，特别是有钱人，更需要到你们那种山清水秀的地方好好养养。”

王九斤愣住了。

“当然了，你还可以是这家疗养院的院长，不过我们会请专业的经理人团队过来管理，您可以好好享享清福。到时候您也算董事会的成员，有自己的原始股份，这辈子的钱都够花了。”

“可……可是我们冬……冬城这下就没……没有医院了啊，韩院长！”王九斤有些急了。

“冬城人民现在看病还去你们医院？”

王九斤一下子被噎得说不出话来，他突然想到最近那个活跃的身影：“现在……有一些……”

“哦，就是我们医院有个大夫过去了，然后给你们那些农民包扎包扎什么的，就算是医院了？”韩雨冷笑一声，“王院长啊，这话说得好，识时务者为俊杰。我们医院有个叫李有才的大夫，你知不知道啊？他就是个明白人。”

这时，程鹰的眼底突然闪过一丝戾气。

“人家也是地方出来的大夫，我看着小伙子不错就给往上提拔了提拔。人家就知道感恩，让干什么就干什么，不要总去想着什么奉献。你做大夫的，自己都没照顾好，自己的家人都没照顾好，谈什么奉献？做大夫，你必须先让自己舒服了，你的病人才能舒服。所以现在你看人家，要房有房，要车有车，孩子上学也不用操心了，多好！”

王九斤想起自己在外地上学的女儿，表情仍然有些为难。

“您就不想通过自己的努力，让老婆孩子过得好一点？别老较劲儿什么乡镇医院，你们那儿不适合。您现在是医院的法人代表，听我的，咱们走个合同，您把医院移交出来吧，我肯定不会亏待您。说好的股份，说好的好处，一分不少。”

说着，韩雨从兜里掏出一串钥匙，把王九斤的手拽过来。

“这辆小奔驰，没多少钱，您先开着玩。”

王九斤的手有点发颤。他攥着这个烫手的山芋，放下也不是，揣上也不是：“韩……韩院长这……这怎么好意思……”

“我知道您在想什么。您这个性子吧，如果早像我们李有才一样，也不会一直在这个医院干十多年了。您的老搭档估计也劝过您来我们医院，您也不来。我估计心里还是有点梦想的，对吧？”韩雨笑了一声，“但是这个梦想吧，总得靠银子实现。您只要能想得明白，什么时候都不算晚。来，我们喝一个！”

王九斤大脑一片空白。他抓起眼前的酒杯，思绪万千，脸上的表情很苦，配上他的标准鞋拔子脸，青一块白一块的，显得十分像个小丑。

“别喝这个啊，王院长。”程鹰按下了他的手，直接把一瓶一斤的茅台摆在他的面前，做了个请的手势。

桌上一圈人都在看着王九斤，韩雨也眼含期待地看着他。

“您那些员工，到时候还可以在咱们的疗养院里工作，工资至少能翻四五番。放心吧，您的人我都不会亏待的。”

王九斤想了想，抓起前面的瓶子，深吸了一口气，闭着眼睛，一饮而尽。

韩雨看着脸一直红到脖子根的王九斤，心绪飞远。

他出身显耀，少年时便见惯了家里往来的达官贵人。但是印象里，母亲常常哭泣，似乎和父亲在一起，她并不幸福。

六岁那年，家里发生了一件翻天覆地的大事。妈妈病得很重，家里请了最好的大夫也回天乏术，说是得了一种怪病。他的父亲说这种疾病可能传染，不让他和妈妈接近。

有一天，家里来了一位奇怪的老爷爷，从周围人的反应来看，应该是位传奇的医生。他到现在都忘不了那位医生和他说的每一句话，以及道出的那个可怕的、让他到现在都咬牙切齿的真相。

于是，他在六岁那年便下定决心做一名医生。长大之后，他更是拒绝了家里安排的所有联姻，不惜和父亲决裂，只为了年轻时喜欢上的那个女孩。她高挑、出众，更是有一种男孩都无法企及的霸气。她是班里成绩最优秀的学生，所有外科的大主任都向她伸出了橄榄枝。可她最终选择了胸外科。

然而，那个一直叫自己“小萝卜头”的女孩，他的师姐，本应成为自己一生伴侣的人，居然喜欢上了一个废物男人，抛弃了自己！从此之后，他回归家庭，迅速和家中长辈安排的女孩结了婚，生下了韩冰。还记得新婚之夜，自己眼前所见全是那个自己深爱的女人的样子。在那一夜，他的心也彻底死了。

想到这里，韩雨猛灌了一杯酒，愤然走出门去。

* * *

“咦，这个东西……”赵步理紧紧贴在看片灯前，仔细盯着一张胸部的CT片子看，皱着眉头。他身后围着十几个人，有王大治、麻醉师、病房乃至手术室的护士。

“赵老师，您看这个是癌吗？”王大治似乎有些期待。

“是啊，赵大夫，我这个到底是不是癌？不管怎么着，您都给我切了吧。”一个穿着朴素的高个儿男人说。

赵步理看了他一眼，又看了看片子，心里有点拿不定主意。

眼前这个男人，由于最近痰里有血，就来医院照了个CT，结果还真的发现了问题。这个病人不是别人，正是前年被赵步理救了的那个男人杨超的亲哥哥——杨风。当时杨超奇迹般地恢复了，杨风第一次直观地感受到这个年轻人的神奇。

“你这个左肺下叶，是支气管扩张，而且非常严重。我估计肺叶已经完全没有功能了。你的咯血——也就是咳嗽带血，应该和这个关系很大。关键是，这个报废的肺里面，刚好有一个肿块，大概有鸡蛋大小，现在也不好说是肺癌还是单纯的肺炎。不管怎么样，我估计你这个肺叶得切了，否则其他肺叶更容易受影响。你去我们寒城，找我老师切吧，我给你介绍下。”

“赵大夫，我们杨家明人不说暗话，就您给我治吧。我也不去别的地方了，你就在这儿给我切了吧，去大医院又远又贵。而且我马上要开始播种了，我真是没时间。”

赵步理为难地看着王大治，希望他能帮自己说几句话。尽管这放到寒城只是个常规手术，可这家医院什么应急设备都缺，他心里一点底都没有。

“这个……咱们手术室的设备不够，我得找我们寒城的孙慧主任问问，能不能借我们一套……”

“啊，对了赵大夫。”门卫听到这句话，突然想到什么，赶忙跑了出去，不一会儿就拿着一个重重的箱子过来，“有一个叫孙慧的给你寄了这个包裹，死沉死沉的，我差点给忘了。”

打开包裹，赵步理发现这是一个手提箱，箱子上面有一张折好的纸条。

如果准备好了，就多开展一些手术吧。相信自己，你是我最得意的学生，你没有问题。

孙慧

老师……

过去挨孙慧训的那些场景都还历历在目，可赵步理突然发现，自己甚至有些忘记了老师的模样。上个月他在QQ空间里提了一句想做手术却没有合适的器械，没想到老师就给送来了。

箱子里是一套全新的胸科手术器械，各种弧度的钳子都有，和寒城医院使用的牌子完全一样。

理论上，这些手术设备不可能是医院购买的。每次医生提出采购需求，都要过好几年才可能满足。难道这些是孙主任自己出钱买的？这样一套手术设备，没有十万元恐怕是买不下来吧。

赵步理想起孙慧，嗓子里面有些堵。他把箱子合上，看着面前的病人："杨哥，你放心，交给我们吧。"

不过，确定手术日期又花了好一番工夫。村里人做手术要选吉时，手术前还要去庙里拜拜。这些习惯，赵步理都尽量配合。

王九斤偷偷找到了王大治："以后别让他这么弄了，差不多就得了。万一出事，咱们怎么办？"

不过王大治完全没有在意："王主任，你就放心吧。我知道你是怕我们累，我们不怕累，现在大家伙儿学习劲头可高了！"

王九斤又暗示了几次，可发现不只是王大治，其他的同事也都铆足了劲儿。他没有再说什么，只能暗暗希望这些人不要陷得太深。

手术这天，柳晴川也早早来了。她和杨风好好讲述了一遍自己的手术经过，也提到自己的手术是赵步理独立做的，让他不用担心。有了柳晴川这句话，乡亲们更放心了。另外赵步理发现，最近不知发生了什么，乡亲们看柳晴川的时候，眼神中多少都有些愧疚。柳晴川倒是不在意，依旧给人如沐春风的感觉。

赵步理又从网上买了几条红内裤穿上了。柳晴川知道后笑了好久，不过赵步理认为小心驶得万年船，宁可被嘲笑，也不能让病人出事。

手术开始了，王大治担任助手。手术过程非常顺利，不一会儿，肺叶的血管和气管就全部断掉了。

赵步理知道，如果在寒城，手术可以做得更快。如今大部分血管都可以在手术中用器械直接切断缝合。可在这里，他只能用最传统的方式，一道线一道线地结扎。

“给我个手套吧，大一点的，我做一个标本袋，把标本取出来，别污染了切口。”赵步理拿过手套，用剪刀剪下手指头的部分，然后用线一捆，就做成了一个廉价又好使的口袋，轻松就把标本整体取了出来。

他拿着刀，轻轻在托盘上划开肿瘤，心里咚咚直跳。几个人也都围了上来。

划开鸡蛋大小的肿瘤之后，只见一股白色的液体流了出来，是一团脓液。

“还好，不是癌，应该是个结核。太好了。”赵步理脱口而出。

“是结核啊！”

“杨哥好人有好报啊，好人有好报！”

赵步理握着孙慧送来的器械，眼眶微微有些酸胀：“是良性的，真的是太好了……”

* * *

“幸亏是癌，要不可怎么办？”

龙森浩戴着口罩和帽子，腰背挺得笔直，眉宇舒展，好像刚刚完成了一幅字画作品。他语气平淡地说完这句话，张开双手，等待护士帮助自己解开手术衣。

住院医师也附和：“是啊，如果不是癌，最后病人万一出点什么事，又得告我们。前几天就有个病人说，既然不是癌，为什么要做手术，不做手术就不会出事了。”

龙森浩摇摇头：“人心咱们管不了，咱们把自己的东西做到位就好。”

萌萌主动上去帮龙森浩解手术衣。龙森浩看着她便随口问道：“怎么样，最近在家还顺利吗？”

“挺好的，就是还有点咳嗽。”

“正常，三个月就好。”

“嗯，谢谢龙大夫。”

龙森浩又对着台上的住院医师说：“别忘了给他手术后查一套基因检测的指标，血的肿瘤基因检测也做一套。”

住院医师有些疑问地看着他：“龙大夫，那得花几万块呢。”

龙森浩低头整理着衣服：“病人来咱们这种级别的医院，有权利获得最高标准的治疗。县医院和我们一个水平，说明县医院不错。但是我们不能和县医院一个水平。县医院需要的是雪中送炭，而我们必须锦上添花。所有的缝合必须严丝合缝，所有的动作必须按照国际标准。明白？”

住院医师连连点头。

“记得，标本要用标本袋取出来。”

巡回的护士赶忙问：“国产的还是进口的？”

龙森浩推开门，头也不回地道：“进口的。”

* * *

“小张，这个放那边，这边再帮我买两盆花。”李有才指挥着运营办的一个小伙子。

小张背心都湿透了，努力把沙发床摆放到李有才满意的位置，浑身上下灰头土脸的。

“你别把那张沙发弄脏了，那是我从副院长那边讨过来的。”李有才一脸嫌弃。

“是是是，头儿，您和副院长走得这么近，那等副院长升了院长，您是不是还有机会升副院长啊？”小张一边干活一边巴结李有才。

“嘘，不该说的别乱说。这事和你没关系，和我也没关系，干好自己的活就行了。”李有才佯作恼怒。但小张工作了多年，已经能听出这马屁算是拍到位了。

“领导啊，以后有事您就和我说，反正这办公室也是您的，想来睡个觉就睡，不用像以前一样挤胸外科的休息室了。”

李有才摸着自己的沙发椅，难掩得意之情。他从这个后勤楼的三层窗户眺望出去，仿佛自己已经站在 CBD 的五十层大楼上，眺望着整座城市。

“您这么年轻，都有自己的办公室了，有几个能升这么快的？领导，我以后就跟您混了！”

“放心吧，只要我能吃上肉，就少不了你的。今年咱们运营这边肯定得找点医院的经费干点活，拉点业务。你这边主要负责对接具体的事情，有什么机会你自己看着办，我就当睁一只眼闭一只眼，明白？”

小张怎么不明白，李有才本身不是干这块的，一点经验都没有，要干活还不是得靠他。

“领导您放心，有什么业务，我到时候都一五一十地和您报备，由您来统筹分配。”

李有才使劲拍了拍小张的后背，点点头。

这时门口走过一个人。

“萌萌？”李有才突然来了精神。他好久没有在手术室见过萌萌了。

“小萌姐！”小张擦了擦汗，也打了声招呼。萌萌停下脚步，探进头来打量了一下这间办公室：“哟，这地方不错啊。”

李有才摆摆手：“我也没时间来这儿，稍微归置一下，小张待得也舒服，就当给他们改善改善工作环境。”

萌萌笑着长长地“嗯”了一声，点了几下脑袋，还没等李有才多说几句，转身就要走。

“哎，小萌姐，听说你妈妈肺里长东西了，做手术了吗？”

萌萌冷不丁被这么一问，好像吓了一跳，连忙说了声“没事”就匆匆要走。李有才却捕捉到其中的信息，赶忙跟了上去，一直赶到电梯口才追上萌萌。

“有才哥，有事？”萌萌低着头问。

“你妈妈生病了？什么问题？没事吧？”

“哦，没事没事，谢有才哥关心。”

“嗐，咱俩谁跟谁啊，有事跟哥说。肺里长东西，那不正好是我们科的事，我帮你看看？”

“哦，不用，不用了，没大事，已经做了。”萌萌一直看着电梯的数字，慌张的样子让李有才更加觉得事情不简单。

“做了？哪里做的？这么大的事你也不和我商量。”李有才责怪道。

眼见李有才刨根问底，萌萌无可奈何地转过身坦白：“我那天找你你不在，我就顺便让你们科龙大夫帮我看看片子。他看了说要做手术，我妈又说找谁都行，于是就找龙大夫顺便做了。有才哥，我怕你多想，真的是我妈太着急了。”萌萌尽力解释。

李有才的脸拉了下来，冷笑一声：“哦，原来这样啊。没事儿，找谁做都是做。我们科龙大夫那水平可是杠杠的，我毕竟人微言轻，别人也未必瞧得上。”

连李有才自己都意识到了话中的酸味。萌萌没有接话，这时电梯门开了：“谢谢有才哥，我先走了。”她匆匆想逃。

李有才走上前挡住了电梯的门：“我就不明白了，你不是不喜欢龙森浩吗，又找他做什么？”

萌萌也犯了倔脾气：“至于吗有才哥，就这点事情，您不用非跟我掰扯得清清楚楚的吧。”

“当然至于！”李有才的分贝突然拔高了，“我手术能做微创，他龙森浩行吗？我现在是运营办的主任了，他龙森浩算什么?！我对你们护士多好，你再看看他对你们什么德行！你找他不找我？”

看着李有才几乎要瞪出来的眼珠子和肥硕的身躯，萌萌忍不住冷笑出声：“没错，龙大夫是没法做微创，他对我们也确实是凶了点。但是我们都不傻，你们外科大夫到底谁手术做成什么样，我们手术室和麻醉师心里跟明镜儿似的。

龙大夫很多时候对我们凶，是因为他关心病人的治疗是不是规范。他手术做得漂亮是有目共睹的，我们护士看着都觉得赏心悦目。你呢？你是做微创，但是很多地方你都糊弄，只要病人不出现并发症你就觉得可以，至于是不是切除得彻底，你根本不管。我想，你真正在意的，是希望我们觉得你厉害，希望我们都喜欢你吧！”

李有才脑子里嗡地响了一声，半天说不出话。

“我知道，那些麻醉师给你介绍病人，说白了就是图那点钱。真轮到自己的至亲上手术台，大家还是会找孙主任和龙大夫。比如上个月吧，你们科方姨的亲哥哥做手术，也是找的龙大夫，恐怕你也不知道吧。”

李有才呆立在原地。他突然觉得自己是个笑话，那间装潢精致的办公室，就像给自己造的一个鸟笼子。他钻进去，再让别人来观赏。他甚至觉得胸口发闷，浑身发抖，手心一片冰凉。

“萌萌，你行啊。我把你当自己人，你却这么看我。行，我记住了。告诉你，我现在再怎么说也是这个医院的中层干部，你不仁可别怪我不义！”

萌萌却丝毫不怕他的威胁：“李大夫，你之前用我的账号密码干了什么，我心里可是有数的。只不过我一直也敬佩你，我觉得，你真没必要用我找谁做手术这种小事来让咱们都不痛快。否则，你搞我，你也别想有什么好下场。”

萌萌说完，绕开他走进电梯。

李有才回到病房，感觉自己仿佛从天上摔到了地上。

“李大夫，17 号床情况有点不好，龙大夫不在，要不您过去看一下？”一个病人家属走过来轻轻问道。

李有才此时的思绪完全不在病人身上。他漫不经心地来到病房，看到病人正歪在床上捂着胸口，一个劲儿说憋气。他习惯性地掀开病人被子，果然看到了病人左侧肿胀的小腿。

他看了一眼病人床头卡上，主管医师那一栏“龙森浩”三个字，又默默把被子盖上。“我知道了，你等一下。”他和病人说道。

他走过护士站。

“17 号床，你找主管大夫看看吧。”

“龙大夫说他今天下午不在，出去开会了。要不您帮着处理一下？严重吗？”

“我不知道，你找他吧。”李有才不耐烦地甩下话，就走开了。

自己的病人出了事，自己兜着吧，你不是有能耐吗?

* * *

春天的河水总是很清凉。村里的老人们说，河水是山上的冰雪融化之后直接流下来的，所以手都不敢放进去，那种冷是会钻进骨头里的。因此，春天的河水不但水量充沛，也没有小孩子进去游泳，非常适合欣赏。特别是在夜晚，满天的星斗倒映在河水中，似乎看到打碎了的银子在河里翻动着，甚至会把星光的倒影误看成浪花。

湖边,两个人围坐在用石头搭就的灶台前。下面是秸秆烧成的灰,还冒着些许热气,烘烤着上面的土豆和玉米。

“这些人怎么走得这么快。”赵步理一边啃鸡腿，一边埋怨。

由于手术成功，杨哥在手术后第三天就顺利出院了，医院的员工决定晚上一起庆祝。杨哥一家贡献了庆祝用的全部食材。赵步理也真心体会了一把食物来源于身边的那种充实和感动,享受着新鲜的食物带来的愉悦。然而不知怎的,这些人吃了没一会儿,杨家的小姑娘就过来笑眯眯地和杨哥说了句什么，不一会儿一群人就都借口有事走光了。赵步理一头雾水，不知道他们葫芦里卖的什么药。

柳晴川似乎懂了什么，只是笑着吃玉米。

“不过今天出了件事。我一进手术室就发现，病人的病变在左边，人却向左躺着。还好我看了一眼，否则就直接开进右边去了。”

柳晴川吓得被玉米呛到，咳了好久才停下来:“还有这种事？”

“我也是没想到。在我们医院，这种左右不分的事根本不可能发生，因为我们有一套非常完善的核对制度。我当时一急，就狠狠骂了他们一顿，希望他们不要怪我。”赵步理说着，有些难为情地挠了挠头。

“不会的，他们喜欢你还来不及呢。那这种情况怎么避免呢？”

“我看，光是帮他们做手术还不够，要从根本上建立一套制度。我准备把我们医务处的规章制度引进过来，在这边普及一下。每个医生都有可能因为疲劳或者一时迷糊而犯错。只要制度合理，就算某个医生或者护士犯错，病人也不会承担风险。这才是一个医院能长治久安的门路。”

看着柳晴川惊讶的表情，赵步理才发现自己无意中引用了《怪医笔记》里方鸿铭的话。还记得笔记里那一段的字迹颤抖得非常厉害，似乎作者的手一直在哆嗦。赵步理一度猜测，也许是晚年的方鸿铭患了帕金森病。

赵步理没想到，用这段话来撩妹，效果尤其好。柳晴川一脸钦佩地看着他："赵大夫，老听你说笔记，要不你给我讲一个笔记上的故事吧，最近看的就行。"柳晴川饶有兴致地说道。

"好啊。我最近读到，笔记的主人——我一般就叫他方老——他在晚年的时候，受邀去给一个垂死的女病人会诊，看完病人，在转角碰到了病人的孩子。他问孩子，为什么不进去看你妈妈呢？小朋友就说，爸爸告诉他这个病会传染，他得了也会死的。他不敢进去，但是又不舍得离开。于是方老告诉孩子，你妈妈的病不是治不好，但是家里人选择了放弃治疗。小朋友不相信自己的亲生父亲会放弃母亲，便大骂他妖言惑众。他和小朋友说，这个世界上并非所有医生都是可信的，医生这个职业，有着世界上最强大的力量，就是左右人的生死。如果他长大成为医生，一定要好好使用这种力量。

"当晚，方老就后悔了，他可能改变了一个孩子的人生轨迹，却无法对他负责、陪伴他成长。他愧疚不已，更担心孩子误入歧途。这个故事，似乎就是笔记里最后一个故事了，在那之后，方老很可能就……"

"'医生这个职业，有着世界上最强大的力量，就是左右人的生死。'这话说得好厉害，也不知道那个孩子现在在做什么。如果当上了医生，会不会是个好医生呢？"柳晴川食指点着额头思考着。

赵步理笑了笑："你呢，你怎么样？我看村民最近对你怪怪的。"

柳晴川无奈地叹了口气："其实，最近昆城教育局给了我一个支教处处长的职位，让我过去就职。"

"啊？"赵步理嘴里的鸡腿掉在地上。

"我本来还在犹豫，但是我告诉孩子们之后，他们就回去和大人说了。结果那些大人直接去昆城教育局门口拉了横幅，说我在这里教得很好，我走了之后，孩子就没人管了，总之就是不能接受我离开。结果，昆城那边的领导也很为难，这件事情就先暂时作罢了。"

赵步理一直不知该说什么。即使村民同意她走，赵步理内心也有一万个不情愿。

"你呢，打算什么时候回去？"柳晴川突然反问道。

赵步理抬头看看天："我也不知道，看领导们的意思吧，其实我也不知道如果今天孙主任让我回去，我会怎么做。"他转过头看着柳晴川，认真的样子让柳晴川感到有些陌生，"我在这个地方才真正找到最初做医生时的感觉。你可以毫无保留地为他们付出，他们也能够感受到你的真诚，并且用最真诚的方式回馈你。这种心情是在寒城从来没有过的。现在，医院刚刚进入正轨，我们也完成了第一台肺部手术，如果可以的话，我想再待一段时间，让这里真正成为冬城人信赖的医院。”

柳晴川的心怦怦跳了起来，似乎有一种奇妙的共鸣在他们两人的心中响起。

“你不走，那我也不走。”

赵步理突然问：“那如果有一天，我要走了呢？”

柳晴川明亮的眸子里面，似乎有十万星辰在同时闪动。

赵步理沉默了。他担心自己再说什么，会打破这一刻，他甚至愿意付出一切来交换，永恒的宁静。

* * *

不远处，一辆小巴缓缓停了下来，一个包从车里被扔在地上。

一个女孩和师傅俏皮地说了声“再见”，轻盈地跳到地上，伸了个懒腰。衬衫下面勾勒出她瘦削的身材，似乎风一吹就能飘起来。

“这个呆瓜，我该去哪里找呢？你在这里一定很寂寞吧。”林小棠噘了噘嘴，拨了拨自己垂肩的长发，眸子一闪一闪四处打量着，“前面居然有人烧烤，先过去蹭点吃的，顺便问问吧。”

林小棠扛起包，蹦蹦跳跳地走了过去。

第21章 师承

后半本笔记找到了！

“你们这个地方的玉米好好吃啊！”林小棠的嘴上全是玉米粒，赵步理悄悄打量她，不敢说话。两年不见，林小棠的头发长长了，却没有了以前黝黑发亮的光泽。她的脸也比之前更瘦，唯独眼睛还亮着当时的光芒，即使是在深夜的月光下，也像一池清澈的湖水。

柳晴川也不说话，眸子里的光芒忽闪忽灭。

“你们这个地方也太爽了吧，要是知道，我早就来找你玩了。”林小棠嘴里含着玉米，说话含混不清，“你怎么也在这里啊，你的病好点没？”

“我是来支教的。我……”柳晴川想解释，但是又觉得无从说起。

“对，我也是来了才发现……晴川也在这边支教。”赵步理摸摸头，“多亏了她，不然我在这儿还真难混……嘿嘿。”

林小棠嘴角闪过一丝意味深长的笑容。

柳晴川这时突然想到了什么：“对了，刚才我们说到哪里了？咱们继续看看那个星星是什么意思吧。”

“好，小棠你先吃，我们有点事正商量呢。”

“哦……”林小棠看了看两人，噘了下嘴，又转着玉米啃起来。

“你看这里……然后这里……”赵步理拿出笔记凑到柳晴川边上。柳晴川认真地点头，时不时提出一些想法，两人气氛很是默契。

“你们一起种的那棵树怎么样了，还活着吗？”林小棠突然若无其事地问道。二人惊诧地抬起了头，柳晴川看向赵步理的眼神更是带了几分怨意。

“你……你怎么知道……”赵步理结结巴巴地反问。

“我当然知道啊，这不是你告诉我的吗?!”林小棠眼睛弯弯地对赵步理坏笑。

“我没……没有啊！”赵步理急忙看柳晴川，柳晴川扭过头去。

“你们在琢磨什么呢？给我瞅瞅。”林小棠站起身，径直走到赵步理身前。看到赵步理手中拿着一个古朴的笔记本，正准备抢过来，又意识到自己沾了一手烤玉米的油渍。她左右张望了一下，索性在赵步理的衣服上蹭干净，把笔记捧了起来。

“咦，密码，我喜欢！ 43.52,126.33. ☆ ,10,2450。”林小棠抱着笔记本，在篝火旁边踱着步，月光和火光映射在她白色的上衣上，像个神出鬼没的精灵。

“这个破本子怎么都是古文呀，还前言不搭后语的，根本看不懂！”

柳晴川低声解释：“这是一种特殊的回文模式，在写的时候就故意上下行错乱。除了作者，很少有人能直接看懂。看样子应该是前人的一本日记。”

林小棠看了看柳晴川，撇撇嘴：“嗯，老师就是有文化。不像你，文盲！”

“小棠你别闹，我们现在已经知道，前半段是冬城的坐标，只要再知道星星的含义，也许就能破解后面的意思。”

见林小棠也加入了讨论，柳晴川自顾自拿起木料加进篝火。赵步理也发现了柳晴川的情绪，为难地裹了裹上衣，帮柳晴川又往烤架上放了几个鸡翅。

这时，林小棠突然“咦”了一声，口中一边念念有词一边拼命翻书，“昆？”她抬头看了看两人，见他们一脸莫名，又继续狂翻笔记，一会儿往前一会儿往后。“城？昆城？不就是我刚才经过的地方吗？”

赵步理瞪大了眼睛，一把接过笔记，却看不出个所以然。

“不就是页数加字数的组合嘛。第 43 页第 52 个字，第 126 页第 33 个字，有什么好猜的。”

赵步理一拍大腿：“可以啊小棠！我们研究好多天了，一直以为是冬城，找了半天也没找到！多亏你，哈哈哈！”赵步理笑着转头去看柳晴川，后者只是勉强挤出了一丝微笑。

“呃，晴川，你知道昆城有什么和星星相关的地方吗？”

柳晴川眉头微皱，点了点头：“昆城自古出诗人，但是很少出状元。据说当年有个状元郎横空出世时，大家都说这是文曲星转世，于是在昆城建了一个雕塑，纪念这个状元郎。我能想到的也就是这位了。”

“太好了！你们两个真是我的……”赵步理正要大喜，发现柳晴川和林小棠都转过头看向了他。林小棠笑着，柳晴川没有表情，但是都让赵步理感到了一丝杀气。

“我的意思是，今天差不多了，我们回去吧！”

“好啊，你住哪儿，给我个地方睡就行。明天我们一起去昆城找这个星星。”

“我们？”

“我们？”

柳晴川和赵步理不约而同地说。

“当然啊，难道你俩都不去，我自己去？那多不合适。老师，你要上课吧？”

“我……这个月课不多，我也可以去的。”柳晴川表情不自然地笑了笑。

“那明天早上我们出发，走吧呆子，我快冻死了！”林小棠说着便推赵步理，赵步理回头看了看柳晴川，后者对他温柔地笑了笑，努了努嘴，样子像是在说“去吧”。赵步理叹了口气，带着聒噪的林小棠离开了。

林小棠静静地闭上了眼睛，一脸幸福地拽着赵步理的衣角向前走去。

* * *

“这——”三人站在雕塑面前，不约而同地发出一声惊叹。

“这文曲星老爷子搞得也太喜庆了吧。”林小棠苦笑。

赵步理看着这个所谓的“文曲星”，看样子本应是个文官雕塑，但是被当地人整得不伦不类。胳膊上用绳子拴了一个方向盘，底下还挂了个牌子，写着“汽车菩萨”，前面还有一个香火盆子。

“这大概是当地人在考驾校之前必拜的菩萨……”柳晴川一本正经地猜测。

“那这个大……可……石，怎么卖石头的广告都挂上来了？”林小棠眯着眼睛看雕塑上的字。

赵步理顺着看过去：“对啊，这个大可石我看好多地方都在卖，是昆城特色吗？”

柳晴川轻轻笑了：“这两个字是‘奇石’……”

两个人再次仔细看了看，一起拉长音“哦”了起来，接着对视。

“文盲！”林小棠白了赵步理一眼。

“明明是你先说的。”赵步理委屈。

“好好跟柳姐姐学着点，你看人家学校弄得多好，你再看你那个医院！”

昨晚见到林小棠时，赵步理隐约觉得她哪里变了，却又说不出个所以然。此刻看着林小棠，依稀又找回两年前的身影。这个家伙在身边，总有一种特别的感觉。

赵步理懒得再和她斗嘴，掏出笔记：“既然星星找到了，那后面的10,2450……”

“走吧呆子，这边。”林小棠不知道什么时候竟然亲密地挽起了柳晴川的胳膊。

“喂，你知道怎么走吗？”赵步理在后面喊。

柳晴川向他解释:“这个‘10’应该就是十点钟方向。那么2450，要么是步数，要么就是距离。过去应该没有这么便利的测量手段，所以估计是步数……”

“你不用跟他说那么多，就让他慢慢把昆城翻个遍，总能找到。”

赵步理无奈地摇摇头，看着西北角的方向刚好有一条笔直的路，于是深呼吸一口气。

“1、2、3……”赵步理开始一步一步数。心中的圣殿就在前方，经过了这两年的寻找，笔记的后半部分的存在越发令人期待。他渴望看到那些被历史封存的真实故事，那个方鸿铭前半生的终点、后半生的起点。

林小棠和柳晴川默默地跟着他。

“500。”

“1000。”

“2000。”

“2400。”

“2450……”赵步理担心自己的步数不准确，一直关注着沿途，但是一路上都是不起眼的平房。

直到走到第2450步，一个“方府”的牌匾赫然映入眼帘，挂在一栋民房的正中，古朴素雅。他的心仿佛被重击了一下，这里，应该就是他一直寻找的地方了。

他上前敲了敲门，没有人应，于是试着推了推。

厚重的木门“吱”的一声被推开了，赵步理迈进门槛。

这是一个小小的平房，有三间，中间环抱着一个小院落。一棵上了年头的树，树下杂草丛生，看样子多年疏于打扫。赵步理走上台阶，轻轻推开正房的房门，发现房门没有上锁，一切超乎想象的顺利。

房间四四方方，非常敞亮，正午的阳光可以直接照进来，房间里面挂着各种古字画。看样子是间书房，有几排高大的柜子，上面摆放着不少叫不出名字的古籍。赵步理随手拿下来一本，被柜子上面的落灰呛得咳嗽不止。

“《中华民国医学研究》，方鸿铭藏书？”

看到书上的字，赵步理的心脏似乎突然停跳了几拍。印章上赫然是方鸿铭的篆体签章，和笔记扉页上的一模一样。

“这一面墙全部都是医学类的书籍啊！”林小棠看着书架惊呼。

“这一面，好像都是艺术、哲学和诗歌的藏书。”柳晴川在屋子另一头抚摩着书架感慨。

赵步理心中莫名地激动。这是陪伴了他几年的一位老前辈，而在这个地方，他似乎终于真正地触摸到了这个人。此刻，好像看到了他的出生、他的学习和工作、他的骄傲和无奈，甚至是他的离开，一切仿佛都发生在这间狭小朴素的书房里。

他笑了，而柳晴川在角落里看着他，也欣慰地微笑起来。

“这里好像最近有人来过。”林小棠突然说，“你看，这个桌子和茶几上的灰尘都明显是被人擦过的。”

赵步理心里咯噔一声，难不成这个笔记还有副本，这个地方已经被人捷足先登了？

这个时候，大门传来开门声。赵步理发现当自己做贼的时候，听到的任何声音都尤其响亮。

“嘘——”赵步理做了个噤声的手势，把两个女孩挡在身后，自己沉住气，迎了上去。正想让对方别开枪的时候，他看清了进门的人，手里的书都掉到了地上：“陈……陈老大夫？”

对方看了他一眼，微笑着点了点头。两个女孩也从屋里出来，林小棠看到陈飞漱，也觉得这个人有些眼熟。

“总算是摸来了呀！”来人说着把手中的菜放在一边，“今天菜买少了，没想到你们来。中午在这儿吃吧，我下厨给你们做点。”

“陈老大夫，您，您怎么在这儿……”

林小棠眼睛骨碌碌一转，赶忙凑上去：“你个呆子，还不快去帮忙！陈老大夫，我来给您打下手呗，我去洗菜，你们先聊着！”说着便嬉皮笑脸地拿起菜，去找水龙头。

柳晴川也把头发一盘，拍了拍赵步理的肩膀，去帮林小棠了。

看着两个姑娘走远，陈飞漱露出了一丝慈祥的笑容，背过手去。

“陈老师，这里真的是方老师的故居吗？您不是告诉我笔记的……”赵步理发现自己太着急要笔记了，赶忙收声。

陈飞漱果真冷哼了一声：“我就说你小子没安好心，还跑到人家祖坟挖宝来了？”

“不不不，我不是这个意思。我只是过来学习一下，学习一下。”赵步理说着便搓着手嘿嘿地笑。

陈飞漱白了他一眼：“你能有这样的耐心也实属不易。那你和我说说，你为什么一定要看笔记的后一半？”

赵步理讪讪一笑：“这不是读故事上瘾嘛。方老师有段往事一直说得含含糊糊，好像有什么难言之隐。我一直看不到后半段，心里着急……”

陈飞漱的表情严肃起来：“小子，这笔记的后半部分，多少人做梦都想看。而你居然只想看故事，有趣，有趣啊！”说着仰起头来，轻轻点了点。

“陈老师，您真的知道笔记的后一半在哪儿？”

“既然你称方鸿铭为老师，可不能再叫我老师了！”陈飞漱突然大笑起来。

赵步理迷惑：“不叫老师，那叫什么？”

“你应该叫我……师兄。”

“师兄？这怎么好……难道您是方老师的……弟子？”

方老的弟子，方老的弟子，方老……

不会吧！

赵步理的脑内闪过一道电光。

飞漱，非竖，阿衡？

“阿……阿衡！阿衡是您?!”

陈飞漱嘴角不由自主地抽动了一下。

* * *

“什么，赢了您？”

赵步理坐正了身子，嘴里的饭从鼻孔喷了出来，呛了好一阵子。林小棠捂着嘴偷笑，柳晴川赶忙抽了张纸巾递给赵步理。

“开什么玩笑，您一个大专家，我怎么可能赢得了您！”

“你还没问比什么，怎么知道赢不了？”

赵步理按着脑袋垂头丧气地想了想说：“要不，我把我这两个朋友算上，看看能不能多一点胜算？”

“没问题。”陈飞漱爽朗地答应下来。

“好，您说说怎么比。”

“先说好，如果你赢了，你把笔记拿走，我们老死不相往来；如果我赢了……”

赵步理连忙说：“您开条件，怎么都行！”

“你就踏踏实实在我这儿待上三个月吧。”

“这……成！”赵步理硬着头皮答应下来。三个月，县医院的小王虽然人看起来木讷，但是手下功夫还不错，经过最近这段时间的锻炼，一些基本的外科操作都没问题了。就算真的有问题，自己叫个车回去倒也不难。

陈飞漱把一行人带到后院。这里的排布有点像个练武场，陈列着各种奇形怪状的东西。

陈飞漱走到一个筒子状的东西前。这个筒是泥土砌出来的，直径大概二十厘米，垂直地扎进地里。最奇怪的是，筒上面有一根管状物，被爬山虎遮盖得看不出是什么。

赵步理凑过去一看，筒里有很多玻璃球。

“陈老……哦不，师兄，”赵步理还是觉得这个称谓怪怪的，“是要把这些球夹出来吗？”赵步理心中暗喜。这种夹黄豆、夹钢球的技术，他都培训过很多轮，早已练得滚瓜烂熟。赵步理偷偷打量陈飞漱的手，那双手正在微微颤抖，似乎有些帕金森前兆。

陈飞漱注意到赵步理的眼神，没好气地“哼”了一声，指着筒上面说：“快去，帮把手，把上面的草收拾收拾。”

赵步理应了一声，赶忙上去把爬山虎拽下来，露出了下面一根满是暗红色铁锈的管道，看上去是根水管子。

赵步理正研究时，水管里突然喷出一股激流，险些溅他一身。扭头一看，是陈飞漱在转动水龙头的开关。看来这老家伙也不是什么正经人，转念一想，方老的徒弟，能是正经人才怪。

“这是方老师设计的，这是你的器械。”陈飞漱说着扔过来一个东西，赵步理一把接住，是一个同样生满铁锈的长镊子。

“很简单，把里面所有的球夹出来放到这个碗里，就成功了。”陈飞漱说着，拿出一个非常小的瓷碗，“我可先提醒你，要让这个碗放下这么多球，你也得琢磨琢磨。”

赵步理大概明白了，这个挑战看似简单，但是要从湍急的水流中找到光滑玻璃球的最佳着力点，再把球夹起来，摆放到碗里合适的位置，确实非常考验手感。

“只比谁先完成是吗，师……师兄？”赵步理跃跃欲试。

“那倒不一定，你不是说把你的朋友带上吗？不如就让你和你的朋友一起来当评委，你们三个每人一票，投给你或者我，谁票多谁就赢，如何？”

赵步理心中大喜。只要他们不管三七二十一，硬说赵步理胜出，那不就赢了。反正也是陈老自己定下的规矩，他只能自己认了。话说回来，会不会是陈老故意放水，让自己名正言顺地拿到后一半笔记？想到这儿，他简直忍不住要笑出声。

“哈哈哈，陈老，您放心，我一定公平公正地支持您，不会偏向呆子的！”一阵银铃般的笑声之后，是林小棠清亮甜美的嗓音。

“嗯，我也中立，赵大夫还需要多磨炼磨炼。”柳晴川也无视赵步理快要吐血的表情，找了个石凳坐好，微笑着看着正中的石筒。

“你们……”赵步理无语，只好硬着头皮站在筒前。

不就是几个弹球嘛，还能难得住我不成!

结果，他花了五分多钟才夹住第一颗弹球。弹球本身就非常光滑，铁镊子夹上去更是毫无摩擦力。更重要的是，他无数次夹起弹球，又无数次被水流冲走。

陈飞漱坐在一边的摇椅上静静地看，偶尔呷一口茶。赵步理脸上的汗滴滴答答掉下来，费了九牛二虎之力，终于把一颗弹球夹到了碗里——确切地说，不是夹过去的，而是掉在了碗里。

长时间夹住镊子的手已经感到肌肉酸胀，小臂也开始脱力，不由自主地颤抖。一想到还有三十多颗弹球要夹，还要把它们码放成最佳形状，赵步理对陈飞漱发起牢骚："这简直是水枪啊，不可能完成的。师兄，您是不是搞错了，要不……您试试？"

其实赵步理心里打着小算盘：只要陈飞漱也完不成，自己就能名正言顺地赢下这局，然后拿到笔记赶快开溜。

陈飞漱没有说话，笑了笑，用有些颤抖的手接过铁镊子，又哆哆嗦嗦地伸进了湍急的水流，眼睛却始终瞧着赵步理，甚至没有看一眼弹球。突然他的手停止了抖动，从水中缓缓抽出，只见一颗圆润的弹球在镊子尖纹丝不动，任凭水怎么冲打也不受影响。

哐当。

镊子轻轻地把弹球放在了碗中，陈飞漱紧接着夹出了第二颗，第三颗……第十颗……并迅速码放出了一个很规则的形状，把弹球堆成了一座小山。

“我……认输。”赵步理佩服得五体投地。眼前这个老头儿看似不正经，没想到是如此高人。

“你这三个月，是我的人了。”

赵步理哭丧着脸。林小棠和柳晴川对视了一下，笑了。林小棠低声骂道：“呆子，身在福中不知福！”

柳晴川摇了摇头：“像赵大夫这样，单纯一点，也挺好。”

陈飞漱放下镊子，转身进了屋：“一会儿打扫一下房间，你们可以住左边那一间。一天三顿饭归你做。”

“哦——”眼见煮熟的鸭子飞了，赵步理耷拉着肩膀挪去了厨房。

“明天我要带你去见一个人，这个人你可能听说过。”赵步理的身后突然响起陈飞漱的声音，他转过身，看到陈飞漱又坐在摇椅上，优哉游哉地呷着茶叶，“这个人叫江河。”

“江河？”赵步理大呼出声。

“江河！是江河啊，呆子！”林小棠像只看到肉的小狗一样跳了起来，疯狂地拍打赵步理。

柳晴川看着这两个人激动的样子，疑惑地眨眨眼。

* * *

听说江河要来，赵步理一大早就购买了全套的食材，从中午开始就闷在厨房里洗洗切切。要说赵步理最得意的，莫过于和厨师老爸学的几手做菜功夫，终于有机会拿出来亮亮相了。

江河，他可是胸外科界的传奇，就连大师兄每次说起这个人的时候，眼里都会难得闪现出亮光。

如果大师兄知道我要见到江河了，要羡慕得流口水吧。

赵步理一边美滋滋地想着，一边熟练地一个棒槌把鱼拍晕，刮起了鱼鳞：“比做饭，本少爷可没有要怕的。”

“喂，呆子，你帮我看下这个意大利面味道好不好。”

门口扑进来一个人，端着一大盘面。

“赵大夫，我刚弄了几个寿司，你看江大夫会喜欢吗？”

门口又款款走进来一个人，两个女孩互相看了看手中的东西，又拿起对方做的尝了尝，纷纷露出满足的神情。

“呆子，你刚才自言自语什么呢，什么没有要怕的？”

“没……没什么……”赵步理讪讪道。

“赵大夫，你以前见过江大夫吗？”

“没有……”赵步理摇摇头。

“我觉得，能做出那么溜的手术，一定是个特别帅气的家伙。”林小棠情不自禁地双手交叉顶着下巴，仰着头满眼星星。

赵步理也认为，这样的人，一定是一位或儒雅、或干练、或冷酷的人……

* * *

赵步理、林小棠和柳晴川三人站在门口，呆若木鸡地看着主座上的人。旁边的陈飞漱正一个劲儿地给他倒酒。

中间的人五十多岁的年纪，黑白参半的头发已经不太茂盛。戴着一副黑框眼镜，肥嘟嘟的脸上满是油光，胡楂显然几个星期没有好好刮过了。他一只手端着酒杯，另一只手抓着赵步理精心炸过的鸡腿，张嘴吃鸡的时候满嘴黄牙。脸红得发紫，甚至能够感受到这个红色顺着脖子根爬到了把衣服撑得鼓鼓的肚皮上。

“这些医院，全是糊涂蛋！”

男人骂骂咧咧，已经喝得左右摇晃，但还是一杯一杯接过陈飞漱递过来的酒。每次陈飞漱倒酒的时候，他倒是一脸恭敬，一转身又变成了一个撒泼的酒鬼，冲着桌上无数假想敌开炮，什么领导、医保、病人、厂商……全是他开炮的对象，赵步理甚至从中听到了几个熟悉的名字。

这就是“江河”吗……

“来来来，步理你坐，你先吃，我陪他再喝会儿！”陈飞漱对赵步理挤了挤眼睛。赵步理近来才发现，陈飞漱的肚子里没少装坏水，一旦挤眼睛，那必定又要使坏了。

赵步理坐在一旁，男人眯眼打量着他：“这小子，呵呵，我觉得和这姑娘是两口子吧，哈哈！”男人指着柳晴川大笑起来。

林小棠刚要嚷嚷，转念一想，忍住了，她凑到男人旁边：“大叔，您看人的眼光真准，要不，我敬您一个，您给我也找个对象？”说着便一口把杯里的白酒干了，恶狠狠地盯着男人。

男人会意，连忙尴尬地笑笑：“和你也合适，你们年轻人的事我不掺和……”说着又把杯中的酒干了，陈飞漱飞快地再给他倒满。

陈飞漱看男人喝得差不多了，瞄了瞄赵步理，又看了看男人：“小江啊，听说你明天后天在这边走几个穴，要不你把这小子带上呗，给你打打下手？”

男人警觉起来，推开正准备倒酒的陈飞漱。

“老陈，我说这酒怎么越喝越不对味了呢，原来你在这儿等着我呢？我早定下规矩了，不行不行。”男人撂下酒杯，摇摇头。

林小棠小声哼哼：“算了吧，我看这个酒鬼连医院的路都摸不过去，还做手术，吓死个人了。”

男人优哉游哉地吃起了黄瓜：“你个小丫头还和我玩激将法，太嫩了吧。”

柳晴川帮男人杯子里续了点热水，又给他夹了一筷子菜。

“没用没用，你们玩软的玩硬的都没用，我说了不行，就是不行。”

林小棠偷偷翻了个白眼，但再转过头来的时候，把赵步理吓了一跳。他从来没在她脸上见过这么温良的表情。

“大叔——”林小棠踮着小碎步晃到江河身边，轻轻蹲了下来，一副人畜无害的样子，“我这里有一块好宝贝，您给看看成色呗。”林小棠随手从怀里掏出一块石头来，轻轻放在江河的手中。

江河两手把玩着石头，放在灯下端详了一番：“难得的一块南红玉啊，瞧这风化纹、这包浆，啧啧——正所谓‘朝自守持纤掌透，夜来月照红绦空’！好玉，好玉啊！”江河迷离的眼睛微微亮了起来。

林小棠甜甜地笑了，只是赵步理觉得，这表情无比诡异。

“叔叔好文采，我身边就没有一个懂行的。不过不知道怎么回事，我一直觉得它是个假货，为啥我越戴越觉得手腕疼呢？”

江河赶紧摆摆手：“哎，这你可就找对行家了。这南红玛瑙啊，本身就是清凉之物，体寒之人最好不要戴。你小姑娘家家的，赶明儿叔叔给你找块和田玉，那是最适合不过了。”

林小棠面露崇拜：“哦，原来还有这讲究啊，我真是开了眼界了。那这么说，这块玉，适合像叔叔这样的……阳刚之人戴才好吧……”

赵步理听得一阵反胃。

“这玉确实不错，你开个价吧小姑娘，多少都依你！”江河一边把南红玉还给林小棠，一边嚼肉灌酒。

“嗯，其实钱倒不必了，您看，要不抽空带这个家伙……去玩玩？我这儿可还有不少宝贝……”

咣！

只见江河一手把筷子摔在桌子上：“我就知道你这个小家伙没安什么好心眼儿，哼。”他撇撇嘴，“放弃吧，小姑娘，我一看就知道你不是什么省油的小家伙。”

林小棠站起身，黑着脸坐回座位。赵步理虽然觉得她的诡计落空有些可惜，却也不由得笑出了声，结果结结实实吃了林小棠一记白眼。

“老陈，你今天这酒真是不错，给我几瓶带走呗？活到我这把年纪，也就好这一口了。”

“那江伯伯您多喝点，这是我家里存的，还有一些。”柳晴川淡淡地说。

江河狐疑地看了她一眼：“你也是为这个小子求情的？我说小姑娘，我看你还是挺善良的……”林小棠闻言瞪住了江河，但江河假装没看到，“我劝你也趁早放弃这个想法，咱们踏踏实实吃顿饭。你这个酒还有多少，你出个价。只要你不是帮他求情，要多少钱我都接受。”说罢赶紧又拿起瓶子倒了一整杯，连嘬了好几口，生怕柳晴川一不高兴，连眼前的酒都给收走。

“这是我爸爸以前自己酿的酒，也有年头了……”柳晴川神色有些伤感，赵步理看在眼里，当然知道这酒喝一瓶少一瓶，“江伯伯，这些酒我都免费送给您，您带他一次就好，他很努力也很优秀的，您不会后……”

“行啦行啦，说了不行就是不行，喝酒喝酒，来干一个！”

“江伯伯……”

“够了！”赵步理突然喝道，江河不留神呛了一口酒，咳个不停。

“我们孙主任手术那么牛，我用不着跟这个醉鬼学。你们不要再为我求他了，这顿饭就当我请他吧。”

柳晴川和林小棠赶忙着急地向他使眼色，又和江河解释他平时不这样，一定是喝多了。陈飞漱也从旁劝二人冷静。眼下还有一丝成功的希望，赵步理这货的情商就不能有一次不欠费？

“你说孙主任，孙主任是哪位？”江河突然皱了皱眉。

“我老师是大名鼎鼎的孙慧主任，不比你差，用不着跟你学手术。”赵步理显然还在气头上，他看不得两个女孩子被人这样奚落。

“没事的，小江，都喝多了，别跟孩子一般见识。听说你女儿最近在国外读书呢？”

“我带你去。”

“什么？”众人纷纷惊讶。

江河重重地叹了一口气：“我带你去，明天早上六点，咱们去昆城做八台手术。别睡懒觉，然后记得……叫我起床……嗝！”

江河摇摇晃晃地站起身，看得出他个子其实很高大，只是被埋在了一堆赘肉里。陈飞漱扶着他往旁边的房间走去。两人路过赵步理时，赵步理突然感到一股扑面而来的压迫感。这个貌似油腻的男人，眼神却特别锐利。

“就……这么成了？”林小棠有些纳闷，“我们三个智商正常的人费这么大劲儿都没成功，你一个呆子随便发个脾气就搞定了？这个人有病吧。”

“江大夫确实是一个很特别的人，可能只有赵大夫这样特别的人，才能和他灵魂契合吧。”柳晴川开始收拾桌上的狼藉。

“嗯，你这三个月，就跟他混吧。”陈飞漱依旧喝着茶，看起来对这个结果并不惊讶。

“不是吧，跟这个家伙三个月？”

“不想要笔记了？”

“陈师兄，晚安。”

陈飞漱摇摇头叹息：“不过算起来，这个家伙应该叫……师叔才对。”

“好吧……江师叔。”赵步理认命。

“不，”陈飞漱用一根手指摇了摇，“我的意思是，他应该喊你师叔。”

第22章 规范

江河牌“人血”馒头

赵步理坐在角落里，穿着刷手衣，斜眼看着那个家伙和护士谈笑风生开荤车。

一大早喊了这个人无数次，才把他从床上叫起来。结果他竟然还有起床气，对着赵步理骂骂咧咧了一早上。说是带自己来学习，到了之后就跑得不见人影，丢下赵步理一个人在手术室傻站了两个多钟头。最奇怪的是，每个人来了都要问他同一个问题。

“江大夫的箱子呢？”

赵步理不停地追问，才知道所谓的“箱子”到底为何物。

直到快中午，这个家伙才不知道从哪儿冒了出来。这次，赵步理正经打量了一遍这位叫作“江大夫”的家伙。他穿着不知从哪里顺来的白大褂，没有系扣，走起路来有些外八字，而且一颠一颠的，像个保龄球。脸上堆着笑，看起来有几分慈眉善目。

果然，江河手里拎着一个四四方方的黑箱子。一群人看到这位大师来了，又是作揖又是问好，和之前背地里谈起他时完全不是一个态度。

赵步理知道，这个箱子，每次来的时候是空的，走的时候就会被装满。

于是赵步理看向江河的眼神更加不屑了。

哼，财迷。

“小子，你怎么还不上台？”

“啊，我也要上吗？”赵步理诧异地指指自己。

“废话。”江河说完便和漂亮护士聊起天来，对男护士则爱答不理，长得胖胖的女护士他也不瞧一眼。

哼，色鬼！

这是一台常规的肺手术，赵步理以前上过不少类似的。他按照寒城医院的方式消好毒，和护士一起铺好无菌单，站在一边等着江河发号施令。昆城医院的麻醉师和护士都惊讶地看着他，似乎从来没见江河带徒弟来过。

“随便开个小口，八厘米以内，爱开在哪个肋间就开在哪个肋间。快点，这次我有八台手术，你可别拖我后腿。”江河随口甩了一句。

赵步理硬着头皮带着本地医院的一个小大夫就开了胸，然后转过头瞄了瞄江河，发现他的眼睛根本不往这边看。

“口子开大了！”赵步理暗自吃惊，他看都没看，怎么知道自己开大了？

“别烧了，都煳了！”

赵步理这才意识到，他光凭电刀烧灼的声音，就能判断出自己在处理哪一部分组织。难道真的是个大师？赵步理心里莫名生出一点自己都不敢相信的崇拜。转念一想，不过是被昨晚他的表现恶心到而已。在业界，他依然是大家心目中的传奇呀。

等赵步理进了胸腔，江河随便洗了几下手就穿衣服晃过来，走到赵步理的面前，扶着胸腔镜：“继续。”

赵步理继续处理病人的肺血管。

“太慢了！”

赵步理鼓起勇气，加了加速。

“太慢了，太慢了！这个地方是气管，旁边什么都没有，你有什么可磨叽的。”江河一个劲儿地摇头。

赵步理有些不好意思：“大师，不能再快了，再快，我怕弄出血了给您惹麻烦……”

“添什么麻烦，都不是事儿，如果你觉得你要弄出血的话，你就说，我可要弄出血了啊，快帮我打120就好了呀！”江河一本正经地开着玩笑。

“我……很弱的，江大夫……”

“弱个屁，你这个操作，几个回合我就知道你不是什么地摊货。我听那个老家伙说了，他还跟你比试过，你难道不知道那个老家伙作弊了吗？这块儿什么重要的血管都没有，不要磨洋工了！”

作弊？

太过分了！！虽然不知道江河是怎么知道的，总之回去再跟他算账。

“你能不能快点啊，哥哥？！”

“好。”赵步理鼓起勇气，用电刀切开纤维条索，推，再暴露出一些纤维条索，切断，就这样飞速把下肺的静脉处理干净了。

江河轻轻地点了点头：“这里慢点！”

赵步理吓了一跳，赶忙放慢手下的速度，开始轻轻推血管。

“哎呀，你这要不就坐火箭，要不就骑乌龟的，你看着！”江河一把抢过电刀，甚至不需要赵步理帮助他暴露视野，便一只手拿着吸引器和镊子，另一只手如同拿着毛笔般，在病人的胸腔中恣意挥洒。

他时而用刀背，时而用刀锋，每一次划过似乎都没有接触组织，但组织却应声而开，有时候处理得快如疾风，有时又无比轻柔。

动脉的表面有一层鞘膜，手术的关键就是把这层鞘膜打开。赵步理之前学习到的是两个人分别用镊子提起来，再烫出一个洞，从洞中逐渐沿着血管的方向切开，把血管的鞘膜彻底打开。但是江河连镊子夹都不用，就直接烫了过去。

“江老师，您真厉害。要是我老师处理这里，应该会用镊子挑起来慢慢烫的。”

江河的嘴角抽动了一下，手底下也微微顿了顿。他没有搭理赵步理，继续操作。

“江老师，您是不是不认识我们主任？”

江河咽了口唾沫：“废这么多话干什么！”

“而且江老师，您这个到底是看腔镜做还是看切口做？感觉您好多时候是用开胸手术的器械，但是又看着显示器，您这个是什么路数？”

“废话，我们都是野战军，当然都是野路子。能把手术做下来就是好路子！我看你就是在大牌医院待太久了，被教得一板一眼。大夫嘛，就不应该是学校能教出来的，你得有自己的风格，懂不懂？”

眼前的江河哪里像个科班出身的大夫，更像是个江湖中人，豪气、不拘小节。然而做起手术来，又像诗仙一样飘逸。虽然走的完全不是正常路数，却刀刀命中。

江河看着对面的赵步理：“喂喂，你倒是说话啊！”

“您不是让我不要废话吗？”

“废话！你不废话，我怎么骂你废话？这样多憋屈。”

赵步理无奈地耷拉着脑袋。

“喂，”江河口罩上面的眉头皱了皱，眼睛眯成了一条缝，“你看看，和你老师比，咱的手术做得怎么样？”

赵步理想了想：“风格不太一样。我觉得我老师做得比较稳妥，您这个我学不来。”

“你怎么知道你就学不来？我和你说啊，你老师就是太在意技术的规范性了，其实技术这玩意儿，人和人都不一样。就说这个写字吧，这么简单的事，一个人写就是一个模样，两人的笔迹几乎不会完全一样。手术更是这样，能把问题解决的动作都是好动作！”

似乎有几分道理。

“最重要的是，解剖啊，是你对组织关系的了解，你烫的地方前后、左右、深浅各有什么重要的血管和神经，在你的脑子里必须明确，你才知道该快的地方快、该慢的地方慢。至于其他的都不重要啊，不重要。”

赵步理突然醒悟。他一直学习的那本笔记只看了上半册后发现，确实很少提及技术，大部分记载的都是对解剖关系的描述。

笔记中那些关于解剖的部分，似乎在赵步理眼前拼凑成一个完整的肺模型。再看眼前这个胸腔，赵步理甚至觉得可以透过那些组织，看到它们背后的血管和神经。

赵步理下意识地用吸引器帮忙扒了一下，扒的位置刚好把需要电刀切断的地方拉出一个恰当的张力。

“咦？”

江河皱了皱眉头，看了眼愣神的赵步理。只是一个小动作、一两个回合，面前这个年轻人的想法和天赋就全都暴露在江河的眼皮底下。

老家伙，果然没看错人啊。

“罢了罢了，你的徒弟自己教不好，我来替你收下了。”江河嘟囔了一句。

“您说啥？没听清。”赵步理正看着手术出神。

“没什么。”江河庆幸自己戴着口罩，能恣意地看着面前的小鬼坏笑。他并不知道，口罩遮不住这么大的一张脸，他歪斜的嘴角都露出来了。

* * *

手术结束时已经是傍晚。江河告诉赵步理，第二天还安排了几台手术，接着吩咐昆城医院的一个小头目帮赵步理安排了住宿，再让他第二天手术后送赵步理回去。

赵步理内心一阵感动。如果告诉父母师兄们，自己正和名气这么大的外科手术大师一起工作，恐怕都没人相信吧。

“江老师，那个医生说晚上想一起吃饭，需要我到时候叫您吗？”

“不用，他知道我的，这顿饭是家属掏钱请的，我从来不跟家属吃饭。”江河不耐烦地说。

“家属怎么了，不是挺好的？”赵步理不解。

“那你是还年轻，跟这帮人说话我都要折寿，让干的不干，不让干的瞎帮倒忙！”

“那也不能一棒子……”赵步理刚开口，立刻被江河打断了：“有完没完，吃饭就快去！”

赵步理赶忙摆摆手逃走，刚转过身脚下就绊了一个趔趄。

“哼，小兔崽子。”

赵步理不知道江河去了哪里逍遥，自己一个人在全是生人的桌子上埋头吃饭。起初大家还互相客气，家属和科室主任也不停地称赞江主任水平之高。只是有些护士不知为何，互相传递了奇怪的眼神。酒过三巡，家属就借故先行埋单离开了，桌上只剩昆城医院自己科室的外科医生、麻醉医生和一些护士。他们和赵步理攀谈起来。

“小帅哥，你是江主任的徒弟吗？”一个护士试探地问。

“不是不是，我和江主任昨天才认识，他带我出来见见世面。”赵步理客气地回答道。

护士点点头，眼神似乎明白了什么，其他护士好像也松了一口气。

“嗐，我还以为你是他的宝贝徒弟呢。我跟你说啊，这个人，真是大大的坏蛋。小伙子，你可小心别被他卖了。”

一桌子人纷纷原形毕露。

“江大师今天箱子又装满了呗？”

“可不嘛，哪次不是得排七八个他才肯来。这么大岁数了，钱还没个够，没老婆没孩子的，就知道做做做，钱钱钱，又带不进棺材！”

“不过也得感谢江老师吧，他要不来，手术怎么做？”赵步理怯生生地问。

旁边的护士一把抓住他的手：“小伙子啊，我看你也不是外人，听阿姨说两句。江大师的技术确实牛，这我们承认。可是他对人态度太差了，看见病人家属就骂。他走了，我们经常要给他擦屁股。一大堆投诉，扣的可是我们科里的钱啊！”

“可不是嘛，而且当大夫的哪个不是菩萨心肠，我看就他不是！眼睛里只有钱，这么多年从来没请我们吃过一顿饭。”

“小伙子啊，这家伙铁石心肠。上半年，他手术的一个病人死了，他连一滴眼泪都没有，还说是我们没看好才死的，和他没关系。要不是因为他真有两下子，我们早找别人了，真是受够他了。”

听着众人的数落，赵步理很想帮江河辩解几句，但是发现自己对江河几乎一无所知。况且就目前他的感受而言，江河确实不像什么好人。

“这个家伙认钱认到什么地步，你就看吧。给他塞红包的人，手术中用的那些特别贵的耗材从来都不计，然后计在那些不给红包的人头上！”

赵步理突然想起，今天光注意看手术了，一点都没注意护士们说的这些。

这样的人渣医生，和阿衡会是朋友吗？阿衡跟方老混了那么多年，为什么会和这样的人在一起？不可能，一定是哪个地方搞错了。

“小伙子，你明天擦亮眼好好看看，我们绝对没冤枉这个人。他的手术你看看就是了，可千万别做和他一样的大夫，你还年轻。”科室主任语重心长地说。

赵步理将信将疑地点点头。他突然觉得自己像个笑话，才刚和父母打过电话，说自己跟了个好老师，甚至期盼着这个老师真肯收他为徒，那该多好。

赵步理暗暗下定决心，明天做完手术之后，就此一别，互相留点好的念想吧。

失落的赵步理回到宿舍，本来想找人分享白天手术的激动，看了看手机，只有两个熟悉的问候。他咬了咬牙，分别回了一个“太累了，晚安”，就关掉手机睡了。

* * *

赵步理一早爬起来，还是只赶上查房的尾巴。没想到这个家伙这么早爬起来查房，和昨天那个睡不醒的家伙简直判若两人。

刚走进病房，赵步理就听到一阵鸡飞狗跳：病人在咳嗽、喊疼、求饶，江河则正在大发脾气。昨晚那些议论他的医生、护士都闭紧了嘴，一声不敢吭。

赵步理蹑手蹑脚地进去，发现病房里有三个病人，两个都用手捂着伤口龇牙咧嘴，旁边的家属紧张又畏惧地看着眼前这尊大神。

江河看到赵步理来了，绷紧的脸上绽开笑容。

“哟，小家伙起床啦。来，给这个人排排痰。”江河指了指墙角的第三个病人，后者像一只待宰的小猪，战战兢兢。

赵步理小心翼翼地走到床边，用寒城医院护士的方式给病人叩后背，让病人咳痰。但是病人努力了半天，也没咳出一口痰来。赵步理发现他根本不敢看江河，甚至在无意识地往后躲。

“你这怎么行？看我的！”江河一把将赵步理拉到身后，像一只罗刹般扑向病人，一只手搂住病人的后背，另一只手的大拇指直接对准病人的喉咙按了下去。赵步理当然知道这是刺激气管让病人被动咳嗽，但是外人看来，还以为江河要把病人掐死呢。果不其然，病人应声咳了出来，不用听诊器都能听到他嗓子里“呼噜呼噜”的痰声。

“哎哟，这怎么受得了啊？”旁边传来一个弱弱的女人声音，赵步理回头看去，是一个穿着朴素的中年妇女，脸上全是关切，“他觉得疼，身体又虚，都没有补东西了，也没有吊盐水，等身体好了再咳嗽就好啦。”

江河转过头来，对中年女人怒目相向：“你是他什么人？”

“老婆嘛。”

“痰咳不出来会死人的，你知道不知道?！忙帮不上，还在这儿说风凉话！”

“不是，医生，这个我知道，但是他已经咳了的，现在他……”

“废什么话！”江河怒吼的声音满楼道都听得到。赵步理也吓了一跳，他从来没见过江河，不，从来没见过正常人类发这么大的火。

“医生，你总得考虑病人的感受嘛……”

“什么时候了还谈感受！你们三个，全都给我下地，不许在床上躺着，家属都给我出去！”说完，江河一把拽过赵步理，推着他走了出去。

出门之后，江河立刻轻松了很多，身后的病房里传来小声咒骂，但是江河丝毫不以为意。

“今天还有四台手术，做完了我开车送你回去。”江河对赵步理说完之后，又转头吩咐科主任，“小黄，这些病人你都得给我看好了，不然要出事。”赵步理感觉到，他和自己说话的时候语气温和，和科主任说话时却很冰冷。

“你看吧，家属就没有一个脑子正常的。你先上台，我早上起猛了，找个地方睡会儿去。”

赵步理还没来得及拒绝,江河已经走远。他没有意识到,自己已经成为风暴的中心。

刚刷好手还没进屋子，就听到屋子里面的护士和麻醉师们在窃窃私语。

“这小孩不会是……江河的儿子吧？”

“听说江河他们家是闺女啊，怎么又冒出一个儿子来。”

赵步理一进屋，话题戛然而止。他只装没听到，麻利地铺好了手术单。不一会儿，江河进来了，问了一下病人是谁介绍的、哪里人。赵步理见江河仿佛在脑海里搜索了一番，然后冲赵步理做了一个开枪的手势。

“开！”

赵步理有些尴尬地接过手术刀，划开了皮肤，和对面一个小大夫一起做起了这台手术。这小大夫也刚来这家医院,大学毕业不久,昨晚吃饭的时候和赵步理互留了电话。他的基本功并不扎实，只能勉强帮着赵步理扶扶胸腔镜和钳子。

“我在隔壁那屋同时开，慢慢弄，别着急。对了，昨天欠下来的耗材记几个给这个病人。”说着江河便伸了个懒腰，去了另一间屋。

“自己不上，那咱们医院请他干啥？”他刚走，器械护士就边给赵步理递器械边翻起了白眼。

“请问一下……”赵步理怯怯地打断了他们的对话，“刚才江老师说，把昨天欠下的耗材记几个给他是什么意思？”

器械护士冷哼了一声：“比如一个手术，每个人需要用三颗钉子，昨天有个 VIP 给他红包了，就没收费。但是东西用了得付钱呀，这个病人肯定没什么后门，就记在他的头上了。只能自认倒霉咯。”

赵步理头皮发麻。居然还有这样的操作，那自己现在算什么，助纣为虐？眼前这个病人什么耗材都还没用呢，就增加了四颗钉子，一两万元就没了？

赵步理越想越气愤，怎么可以这样？他又想起方鸿铭说过的“权力”二字，医生怎么可以滥用这样的权力，有选择地让给自己好处的病人受益，这不是公然受贿吗？

“那我……省一点。”赵步理和护士说。

他心想，自己如果省一点耗材，起码不用再进一步增加病人的经济负担。由于心里一直惦记着耗材，这次手术做得比以前坎坷得多，进度也很缓慢。但凡血管，赵步理都会选择用线结扎。

“噗。”

赵步理正在艰难地用线结扎一个血管，但是线滑脱了，一小股血飙了出来。

“快去叫江主任！”赵步理用钳子努力夹住血管，但没有用吸引器。笔记里曾经记录过，这个时候越用吸引器，血管的口子可能被拉扯得越大。夹住之后，流血立刻停止了。

江河快步进来，看了一眼显示屏，又看了一眼赵步理手里的夹子，转头就走：“自己试试，不要紧。”

“江主任，要不还是你来吧，我怕万一出事……”

“不要紧，随便弄。我那边也正在做手术呢，咱们今天得赶紧做完，晚上还有事。”

虽然有些感激江河的信任，但赵步理内心更多的是不解。这难道不是一条人命吗？江河跟自己才做过一天手术，就放心交给他处理，难道就为了尽快赶回去？这到底是江河心大，还是他根本就不在意这些病人的安全？

赵步理越想越气愤，只能更加小心地重新缝合了血管。他知道，现在这个病人只能靠他了，他做得好或者不好，都将直接影响到这个病人，乃至其整个家庭未来几年、几十年的命运。他不能再有任何闪失了。

赵步理没有再刻意节省耗材，始终以安全为第一。好在后半程手术还算顺利，赵步理轻呼了一口气，转头让护士请江主任过来看一下。

“江主任那边三台手术都已经做完了，说在车里等你呢！”

赵步理扔下器械，赶忙跑到停车场，果然看到江河在车里打呼噜。他把车门打开，又故意重重地摔上。

江河在驾驶座位上跳了起来，太阳镜也歪了，露出一只眼睛，迷离地到处瞄。

“妈呀，啥事？”

赵步理平静地说：“没事，就是想让您过去看一下。”

江河伸个懒腰：“我还以为什么事呢。你弄完就好了，也不早了，咱走吧，这样你还能回去吃个晚饭。”

“江老师！”赵步理有些恼火。

“还有啥事？”

“还是去看一下吧，您不看，我不放心关胸。万一病人出事怎么办？”

“哦，对了……那个耗材他们记在你那个病人头上了，是吧？”

赵步理有些不可思议地看着江河：“您不关心病人肿瘤有没有切干净，不关心病人出血多不多，生命体征平不平稳，居然关心他有没有被记上别人用的耗材钱。江老师，我没想到您是这样的人！”

“那你觉得我应该是个怎样的人？上车吧，我饿了。”

* * *

赵步理坐在副驾驶座位上，转头看着窗外，一言不发。

“喂喂，好歹带你出来做手术，也稍微赞扬几句呗，咱这手术做得怎么样，你说？”

“很好。”赵步理回答道。

“你就不能走点心，我自己夸自己多尴尬。应该你赞扬，然后我很不好意思地客气一下。”

“好，您手术做得很好。”

“真没意思，你这个家伙，”江河一边扶着方向盘一边摇头撇嘴，“过两天，我另一个地方还有几台猛刀，到时候带你一道去开。”江河倒是说得理所当然，根本没给赵步理反驳的余地。

“我过阵子可能还有事，到时候再说吧。”赵步理仍然不温不火地回答。

“有啥可忙的？和我做手术，我都让你自己做，不比跟着你老师成长得快?!”

赵步理像被触了逆鳞一样坐正，转头：“我老师做手术很规范的。”

“有啥规范不规范的，规范还不是人定的，手术做得漂亮才是王道。而且在外面开刀，就是比你们那边自在一些，没那么多条条框框。”

赵步理突然想起了笔记中方鸿铭建立医务处的初衷：“条条框框很多时候也是必需的。”

“必需啥啊？你看你昨天做的那台女病人的手术，我的耗材就没给她记，记在你今天的那个病人头上了。怎么样，咱这说啥就是啥，你知道这叫什么吗？这叫劫富济贫！”说着便得意地捏捏下巴。

赵步理听过护士的那些话，暗想：谁不知道你是收了那个女人的红包，才没给她记耗材的。接着便从后视镜里看了看放在后排座椅上的黑箱子。

“你怎么不说话？聊聊天嘛，要不我一个人开车多闷。怎么样，有没有考虑做我徒弟？”江河装作漫不经心地问道。

“不用了，谢谢。”

“什么？”江河险些方向盘没握稳，“你小子可真牛，现在想拜我江河为师的人能堆成山，而且我本来也说过绝对不收徒的，这不就是看你骨骼清奇嘛！”

“虽然您技术是最牛的，但是您对病人的方式我实在不能接受。”

“你说什么？”江河大笑道，“你说我技术是最牛的？你也觉得牛呗，来详细说说怎么个牛法。”

赵步理无语。本来要对这个家伙公然发难，没想到他居然不在意，只听到了对于技术的那句评价。他干脆装哑巴不说话了。

车上放着一张合影，是江河和一个年轻女孩的，看起来十七八岁的样子，非常漂亮，而且还有些眼熟。

“哎呀刚说一半就不说了，真没意思，我在外面开野刀，能碰到一个有天赋的苗子不容易，而且都说我开刀漂亮，其实只有真正的行家才能看懂我的刀漂亮在哪里，憋屈死我了。你说你在意什么态度，态度能当饭吃？你没看我熊他们之后，他们都可听话了？哈哈！这些人都是傻子。”江河居然笑了起来。

赵步理看他自大的样子，想起那些护士的话，追问：“那他们说最近您手术的一个病人死了，您也是这样对家属说的？”

“是啊，我做那么多手术，死个人有什么了不起的。都是他们没有给我看好，死了能怪我吗？我难道还要给他上坟？”江河明显有些生气。

赵步理看到江河这副样子，顿时怒火中烧。自己心心念念、引以为傲的这段和江河来开野刀的经历，却让他发现，这个世界上居然有如此恶劣可怕的医生。这样的医生和屠夫没有任何差别，除了懂得如何用手里那把刀以外，他们心里没有任何善意。

“停车！放我下去！”

江河吓了一跳,这时候手机突然响了,江河把手机夹在肩膀上。赵步理还在朝他吼：“我说放我下去！我自己回去！”

“大哥，开着车呢，发什么神经！哦没事我没说你，你说，嗯，什么？好吧，我知道了。”

江河一个急刹车。“下车吧，回头见。”

“走好。”赵步理奇怪江河怎么突然认㞞了，不过还是赶忙跳下车，摔上车门，头也不回地向前走。

江河意味深长地叹了一口气，摇摇头，猛踩油门，一个极限的掉头便飞一般地消失在长长的道路上。

“人渣！神经病！坏人！烂人！大坏蛋！小心眼儿！财迷！色魔！”赵步理踢着路上的石子，一句一句地咒骂。他失望透顶，想赶紧回去告诉别人，这个医生究竟有多可怕。刚打开手机，突然发现有一条短信，是昨天一起手术的大夫发来的。

“赵大夫，昨天你做手术的那个女病人目前很不好，刚刚说胸闷，之后就晕倒了，现在还在监护室。我们已经开始按压了，如果您和江主任在一起，麻烦和他说一声。”

赵步理的心像被一只大手狠狠地捏了一下，半天都没有喘足一口气。

他赶紧转身，看向江河离开的方向，转弯处还留着黑色的轮胎印子。

* * *

太阳已经过了最毒辣的时候，正慢慢往地平线上滑。陈飞漱坐在摇椅上品着茶，吹着凉风很是惬意。

柳晴川端来切好的水果坐在一边，林小棠光着脚，在葡萄藤下面好奇地看着蜜蜂采蜜。

“陈老师，您说他们两个人能合得来吗？”柳晴川问道。

“那还真不一定。这小子虽然人傻了点，本事还是过硬的，估计几个回合下来，那个不可一世的家伙就能确定自己的接班人了吧。”

“如果江大夫真的收了步理为徒，那是江大夫的福气，还是说，我们应该同情江大夫呢？”林小棠坏笑道，“赵步理那个二货脑子，江大夫还不气死！”

陈飞漱轻轻摇摇头：“那是这两个人的缘分，咱们就好好看戏吧。这三个月，对赵步理来说应该是最难得的契机了，江河虽然以前说过绝不收徒弟，但是我太了解他了，他决定做的事情，绝对不会轻易放下。”

林小棠赶忙扑过来：“陈老师，说起来您为什么和江河大师这么熟啊？”

“什么狗屁大师，在我面前还不是个小兔崽子。”陈飞漱慈祥地摇了摇手里的扇子。

柳晴川递上来一块西瓜：“那江大夫以前就和您认识？”

陈飞漱闭上了眼睛：“闲来无事，我就和你们说说江河吧。”

“我以前也是干普胸外科的，不过后来我干腻了。那个时候，急诊科是最考验人的岗位，所以我就到了急诊科。有一天，两个小伙子来急诊科轮转，其中一个刚来就把我的兰花踢烂了一盆，被我臭骂了一顿。另一个小伙子倒是很客气，第二天就帮我买了几盆新的。”

“那个客气的小伙子就是江河吧！”

“不，踢烂花盆的那个才是。但是后来他每天轮转都很认真。有一天他给我拿来一盆花，说是从那些踢烂的盆里拿走了一株，自己找了个盆又栽活了。那个时候我才注意到他，他比任何人都机敏，虽然考试成绩比另一个小伙子差得远，但是上手非常快，悟性极高。

“他们毕业的时候，我因为急诊科没人干活，就动了个私心，忽悠他来报急诊跟我干，我答应收他为徒。没想到他天真地同意了。这一点我这些年来也于心有愧。想来如果没有我，他可能会比现在过得更舒服。”

“但是他现在也很厉害啊，都名满天下了。”柳晴川不解道。

“他最后选择做我的徒弟。我们两个经常会在急诊做一些小手术，比如阑尾炎、胆囊炎、气胸什么的。你不知道，但凡他看过的手术，第一次做就有模有样，第二次做就不比我差了。我当时每天都在后悔，一直跟其他科主任推荐他，想让他重新回外科。不知道怎的，他偏说急诊有意思，不愿意走。他当时好像刚结婚，所以心思也没放在这上面。

“出事的那一次，也是一个夏天。我急诊看了一个胸腔长着巨大肿瘤的人，化验后是一种曲菌病，一直咯血不停。我和江河反复跟胸外科主任说了好多次，但是那边都说床位满了不收。”

“曲菌病是什么？”

“是一种很麻烦的疾病，你可以理解为胸腔里长了一团巨大的蘑菇，这个蘑菇会导致很严重的炎症，让胸腔严重粘连。这个病做手术很凶险，一不留神就会出血而死。”

“我知道了，那您和江河就在急诊给他做了？”

“你只猜对了一半，是江河自己在急诊做了。没有准备血，没有人帮忙，就找了个护士给他递钳子，用最破的那种手电照亮。大主任用几千毫升的血都啃不下来的硬骨头，他一个小屁孩就给拿下了。”

“这不是很好吗？应该重用才对啊！”林小棠叫道。

“也不尽然。”柳晴川叹了口气，“木秀于林……风必摧之。”

“说得没错，”陈飞漱同样也长叹了一口气，“后面也是怪我不好，我和科主任、院长当面沟通了这个事情，想让江河去胸外科，这样的技术在急诊绝对会被埋没。我没想到那两个家伙当时答应得好好的，结果却没了下文。”

“这我能理解，不就是领导自己都不会做，才开始妒忌吗？那为啥江河最后离开寒城医院了？”林小棠赶忙问。

“因为后面发生了一件更麻烦的事。江河做完那台手术之后，也有点飘飘然了，到处给人展示他的战利品——带着病人到处炫耀。别人说他是寒城青年一代第一刀，他也照单全收。我警告过他这样不好，但是他那个时候血气方刚，哪里听得进去？终于有一天，他和伙伴们去喝酒庆祝，结果酒喝大了，第二天早上起来，被扫黄的警察从KTV里抓了出来，还是我去保释出来的。”

两个女孩面面相觑，她们实在想不出这么一个油腻的大叔会有这样一段往事。

“我问了他是和谁去的，他一直不说，只说是自己脑子一热犯了错误。为了这事，他工作也丢了，刚结了没几年的婚也离了，很多年都杳无音信。偶尔来找我喝两杯酒，对当年的事情也绝口不提。”

“您是怀疑……之前赔您兰花的那个家伙？”林小棠突然嗅到了一丝线索。

陈飞漱微睁了一下眼睛，又轻轻地闭上了：“过去的事情，就彻底过去吧。”

“没想到江大夫也是一位有故事的男同学，我原本以为他是一直和这个社会格格不入的。”柳晴川说道。

“他原先不是这样的，对病人非常热情，态度比咱们步理还要和蔼。也可能是医生这个职业干太久了吧，总会患上一种病，就是恐惧。你们知道吗，包括赵步理在内，一般医生看到病床上的病人是人。可你知道对他来说，看到的那些病人是什么吗？”

两个女孩疑惑地看着缓缓坐起的陈飞漱。

* * *

“我看到的那些病人，背后全都是死人。你知道吗，那些不咳痰的、不禁食的……那些不懂原则捣乱的家属，每个人身后，都有很多死掉的病人。”

江河平静地说道，坐在旁边副驾驶座位上的赵步理蜷缩成了一团，没精打采地看着窗外，眼中全然失去了神采。

“你的善良如果不带有一点锋芒，将一无是处。打起精神来吧。”

赵步理眼里的泪水克制不住地往下流，偶尔吸一下鼻涕，一句话都不说。

“我猜，这是你第一次做手术的病人死了吧。其实你想一想，也没有那么糟糕。首先，这不是你的病人，是我的病人。其次，她也没有死在你面前，你未来要经历的，恐怕比这个要糟糕多了。”

赵步理紧紧闭上眼睛。

“江老师，对不起，让你失望了。”赵步理说。

江河开车有一个习惯，每当他开到大卡车后面，就会仔细观察大卡车的动向，车的轨迹是不是稳定。如果确认情况安全，就一脚油门迅速超过，再继续平稳行驶。

江河摇摇头：“你看，这手术和开车一样，我从来都只相信自己，不会把命运放在别人的手里。万一这个卡车司机睡着了，或者喝醉酒，那我不是倒霉了吗？而病人自己就像这个卡车司机，也会因为各种原因偏离轨道。我们唯一能做的，就是把一切危险提前告诉他们。如果你说得太客气，通常没用。”

“但是她还这么年轻，才四十二岁，女儿才十六岁……”

“这都不是事儿，比这麻烦的事多了去了。做外科大夫，总得经历经历。好了，我们到了，走，我带你吃大餐去！”

赵步理揉揉眼睛，回头看了一眼，之前的黑色箱子居然不见了。

“您箱子呢？”

“哦，估计放在后备厢了，你管这么多干啥，下车吃饭去！”江河头也不回地呵斥道。

赵步理心里一惊，只好下了车，摇摇晃晃地走进这家……

“五毛钱的大馒头？”

“快吃快吃，愣着干什么。”说着江河啃了一大口馒头。

赵步理觉得有些不可思议。中国的顶级胸外科专家，最喜欢的大餐竟然是啃馒头喝粥。不过他嚼着馒头，竟然觉得有些充实。自己不但体验过外科手术带来的成就感、满足感，也第一次经历了自己亲自完成手术的病人，在术后的第一天因为心肌梗死而离开这个世界。

* * *

收到大夫的短信后，他赶紧找车回到了昆城医院。来到监护室门口，却因为没有人带领被拦在了门外。监护室门口坐着一个男人和一个女孩子，赵步理上前攀谈，发现他们正是那个女人的丈夫和孩子。

即使现在，赵步理闭上眼睛仍能看见那个丈夫塌陷的眼窝。最让他不敢回忆的，是那个十六岁的女孩。她穿着校服背着书包，蹦蹦跳跳的，全然没有母亲病危的焦急之色。赵步理趁女孩去洗手间时悄悄问男人，男人用沙哑的声音回答道："孩子还小，没和她说得太明白。孩子说，这是她长这么大第一次坐飞机，正开心地和她姥姥分享呢，我不知道怎么和她说，我……我想等一会儿再和她说，万一有奇迹呢……"

赵步理每每想到这一幕，眼睛就酸胀得难受，自责和窝囊一股脑儿地涌上来。

"小伙子，你刚才说你也是医生，我问你，我媳妇这个病，如果不做手术还能活几年？"

赵步理诚实地回答，怎么也有个三五年吧。

"要是不做就好了，不做就好了啊，孩子这么小哪能没有妈妈……"男人捂着头埋在自己腿上，在那一刻，赵步理多想给这个男人跪下，多想和面前这个男人说，手术是我做的，你打我一顿也好……

但是他没有，他知道他没有资格承受这一切。

他就在外面呆坐着，期待着江河出来，告诉他抢救成功了，有惊无险。哪怕是让赵步理努力赞美他，什么都可以，什么都无所谓，只要病人能够活着。

但是江河走出来，看了一眼赵步理，便把家属拉到一边，说了一阵子话，还往家属手里塞了一张纸条，然后给赵步理做了个手势，带着他一起走了。

赵步理回头看那个男人，那么老实、诚恳的一个工人，也许他是家里的顶梁柱，但此刻他就像一个失去了整个世界的孩子，那么无力，耷拉着肩膀，眼神涣散，手里捏着一张纸条。

等走远了，赵步理最后听到男人咬着牙说："孩子啊，你别着急，你听爸爸和你说啊。"

然后是几秒钟的叹息。

"以后妈妈不在了，就剩你和爸爸两个人了……"

赵步理不记得是什么时候，自己手中的馒头上全是咸咸的泪水，他毫不犹豫地把馒头全部塞进嘴里，一时间五味杂陈。

"怎么样，好吃吧？"

赵步理说不清这句话的真实意思。但是对他来说，眼前这一口馒头是有生以来最独一无二的食物，苦涩、痛苦，却让他坚强起来。

“以后还想不想吃这个？”江河问道。

“不想吃，也不会再吃。”

“说不会再吃有点过了，我现在都还在吃。”江河夹了一筷子咸菜。

“术前严格评估心功能，胸闷的时候记得排查心肌酶谱，尽量缩短手术时间和创伤。术后第一时间开始抗凝，注意下地活动，首次排便要注意……”赵步理泣不成声，嘴里全是馒头，脸上全是泪水。

江河深深地叹了一口气，但欣慰地笑了笑。

“那这馒头，就没白吃。这家馒头店我最喜欢了，什么山珍海味，也比不上这五毛一个的大馒头实在。”

江河看赵步理仍然念叨着停不下来，靠过去一把抓起赵步理的领口：“孩子，我不和你废话了，你是我见过的天赋最好的。善良和逃避屁用没有，你给我好好把手下的活儿磨好了，死了人你给我往自己肩膀上扛着，一个都不许丢下。你放弃了，这些人就白死了，明白？”

赵步理看着眼前这个油腻的男人，居然成了他曾经梦想成为的样子。

“这话那个老鬼曾经送给过我，我也原封不动地送给你。吃饱了，咱们就走了。”

“我吃饱了，咱们走吧，江老师。”

“难道你不应该叫一声师父？”

“陈老师和我说过，按照辈分，您应该叫我师叔。”

“什么？”

* * *

赵步理回到方家祖宅已经是深夜了。有些疲惫，心里却烧着一团火。脑子里还在反复回放这八台手术的场景。虽然只是八台手术，却给他打开了一扇新的大门。

他从未见过如此做手术的，尽管做手术的这个家伙有些烦人。

赵步理拖着喝得烂醉的江河走进祖宅，本想对他表示下感谢，但是这个家伙一路上骂骂咧咧个没完，赵步理干脆找了个躺椅，把他摔了上去。

“轻轻轻……轻点！呼——”

江河睡了过去，呼声震天。

“这家伙，真是死沉，这么大人了为啥就不能有个正形儿……”

赵步理默默比较了一下，无论是大师兄还是二师兄，都比这个家伙更像大夫。眼前这个昏睡过去的沧桑中年男人，似乎只有在手术台上才能焕发出让人艳羡的光彩，一旦下了手术台，就成了街边没人认领的落魄流浪汉。

“回来啦？”

赵步理一转头，发现陈飞漱慢悠悠地背着手从屋里走了出来，穿着一件单衣，尽管夏天的昆城深夜有些微凉。

“这个，拿着吧。”

赵步理不敢相信自己的眼睛，陈飞漱拿出了一本册子，上面的封面他再熟悉不过了，和自己手里的《怪医笔记》一模一样。

“陈老？您这……那测试……”

“哎，没事，本来就该是你的。年轻人嘛，多练习，总会赶上我们这些老家伙的！”

“难道真的不是您使诈？”

“你还想不想要？”

“想，谢谢陈老，我错了。”

赵步理立刻认㞞，低头接过笔记，翻开看了看，还是他熟悉的那些错乱的文字。和上册不同的是，下册的绘图明显增加了，比上册好理解了许多。看起来，大部分讲的应该都是手术的技巧。

“看来上册是理论，这册才是实践啊，哈哈哈！”赵步理抱着笔记转着圈跳了起来，陈飞漱看着他，慈祥地点了点头。

突然，急促的脚步声传来，赵步理应声回头。

“我给你打了好多电话，你死哪里去了？柳姐姐都要急死了！”

赵步理发现林小棠怒气冲冲地跑过来，才意识到自己的手机已经停电关机了好久。

“怎么，发生什么了？”

“柳姐姐！”

这时候，柳晴川也闻声赶了出来，眼中满是惊慌神色。

“怎么了晴川，你没事吧？”

“我没事，是海狸，海狸他爸妈出事了！他们两口子出门办事，回来的路上出了车祸，两人现在都伤得很重，已经送到冬城医院了！”柳晴川急得眼圈都红了。

“好，咱们马上回去！”

“你一个人可以吗？要不要把这个酒鬼带上，多少帮帮忙？”林小棠不假思索地问道。赵步理看了看手中的笔记，咬咬牙：“我可以。”

林小棠急道："可是这大晚上的，怎么去呀，我赶紧叫我老爸派车过来！"

"来不及了，咱们去街上找辆车吧。"

这时后面"咚"的一声巨响，接着有个人像猪一样哼哧了几声。赵步理回过头，发现江河正倒在地上。

"让这个家伙带你们过去。"陈飞漱不紧不慢地说。

林小棠撇了撇嘴："他都这个样子了，我们是不是还得找个人照顾他啊……"

"不用。"陈飞漱狡黠地一笑，"他虽然废了，但是他有个宝贝啊。"

* * *

随着一声巨大的引擎轰鸣，一辆保时捷跑车发动起来。

"这是江河的车，这样开走，他不会生气吗？"

"陈老，您这么大岁数，开车真的没有问题吗？"

"是啊，江河一个人在老宅子，会不会出事？要不要我们等他……"林小棠话还没有说完，陈飞漱重重地咳嗽了两声。

"呵呵，坐好了。"

几个人还没有来得及反应，陈飞漱便一脚油门踩到底，车上后排的三个人被直直按在了车座的后背上。赵步理吓得抓紧了林小棠的衣服。

"妈呀！陈老，您慢点！"

深夜的冬城，路上的灯没几个是亮的。落后的经济使得市政府也被迫节省一切开支，所以这家位于市中心的原定做成梧桐树来招金凤凰的中心医院，也成了食之无味、弃之可惜的鸡肋。大笔投资收不回来，导致市政府常年处于财政赤字状态。

一辆红色小跑车开进了医院，擦着地面一个急刹车，甩了个尾巴停在医院的台阶前。

赵步理推开门，刚踏出去便跪在地上要吐，发现面前的台阶上居然站满了人，生生地又咽了回去。林小棠和柳晴川也脸色煞白地出来，只有陈飞漱仍然哼着六七十年代的小曲儿，优哉游哉地下了车。

"是赵大夫来了！"

"赵大夫！大家伙儿快看，赵大夫回来了！"

赵步理有些紧张，下意识地回头，林小棠赶忙小声提醒他："快进去看看情况啊，傻子！慌什么！头抬高，胸挺直，你可是医生啊！"

赵步理憨憨地笑了一下，转过头，迈着大步向前走去。

另一边的柳晴川看着两人，不自知地笑了笑。

“病人什么情况？”

“赵大夫！男病人除了右上肢骨折之外，生命体征平稳。另一个病人是四十七岁的女性，当时应该是坐在后座上，没有系安全带，直接被甩到了车前排。意识丧失，血压低，75/34 毫米汞柱。目前没有明确的外伤创面，CT 提示肋骨多处骨折，胸腔大量积液，临床还是首先考虑肋骨骨折伴有胸腔出血！”

胖胖的王大治这时不知从哪儿钻了出来：“病人现在在哪儿？”

旁边的护士递来一件白大褂：“病人在手术室。我们一直在联系您，如果您还不来的话，王九斤主任只能自己上了。”

赵步理边走边把外套脱掉：“白大褂不用了，咱们直接进手术室。”

后面的林小棠看着他远去，突然转过头来：“柳姐姐，我也进去帮忙。放心吧，海狸妈妈不会有事的。”

“谢谢，谢谢，真的不知道怎么感激你们……”柳晴川心系着手术室里的病人，一时不知道该说什么。

“没事的柳姐姐，这个呆子没问题的，我完全相信他。他除了人呆一点，其他的都很棒！”

柳晴川突然有些怅然若失。她低下头，眼眶突然湿润起来：“遇到赵大夫是我这辈子最幸运的事情。但是我觉得，他比我更幸运。因为，有一个人，比他自己还要相信他。”

林小棠一愣：“哈！我吗？我哪有，这个呆子总有一天会让大家知道他的才华。我只是眼光比较好罢了。不过他幸运是真的，有我们两个宇宙超级美少女陪着，真是不知道他走了多大的狗屎运！”

柳晴川“扑哧”笑了出来，渐渐忘掉了紧张。

林小棠却边笑边流下泪来。

第23章 神药

正义之贼

赵步理仿佛被卷入了一个巨大的旋涡。他昏昏沉沉地走，直到看到远处有一个亮点，亮点越来越大，原来是个出口。

“哟，他来了啊。”

“他也好意思回来！”

“这大夫，这辈子应该是玩儿完了吧，毕竟这么大的事故。”

赵步理刚刚清醒一些，看着眼前的一切又蒙了起来，但是他说不出话，似乎正被一个躯体操纵着。

“我没有错，病人，就是右肾。”

一道聚光灯打下来，赵步理就站在一群黑色的人影中间，这些人影，有的哭泣，有的难过，有的吃惊，还有的露着白牙大笑。

“但是病人右肾没有肿瘤，手术后仍然存在血尿，你怎么解释？”

身体外面那个温暖的躯壳说道：“右肾并非没有肿瘤。右肾有一个良性肿瘤，这和手术前的预判是符合的。至于手术后为何仍然有血尿，这个，我不清楚。”

哄堂大笑。

“不清楚？一句不清楚就可以撇清了？左右弄反乃医者大忌，我想，您这位名医不会不知道吧？”

“我不能证明病人为何仍然有血尿，但我能够明确的是，我没有弄错方向。”

“胡扯！”

一个妇女说道：“我是手术室的护士，我明明看到器械护士把切口画在了左侧。但是无论我们怎么劝，方大夫硬是开在了右侧！”

“没错，他手术的时候还唱歌！”

“一边做手术一边唱歌的大夫，能专心做手术吗？对生命有基本的敬畏吗？”

赵步理努力捶打这个躯壳，但是躯壳纹丝不动。赵步理想挣脱出去，看一眼这个躯壳的样子，哪怕看一下他此时的神态，是否和自己此刻的内心一样焦躁难安。

“方主任，我不知道你用了什么迷魂药，让这位大人物不向公众披露这次严重的医疗事故，甚至还帮你说话。但是你犯下的错误已经没法弥补了，你主动辞职吧，不要影响医院的名声。”一个阴翳的面孔诡笑着说道。

方老，你说话啊！我不相信！赵步理心痛得百爪挠心。

赵步理感觉身处一群人的包围中，“自己”轻轻张开嘴，居然轻蔑地笑了笑：“既然你们这般想我，我也懒得辩解什么。医院的声誉自然重要，我离开便是。”

远处有很多人在哭泣，但他们像被人捂上了嘴，说不出话。

“百年之后，自会有人了解这一切。”

赵步理仿佛从幽暗的水底被一把捞出，发出沉重的呼吸。他手里捧着笔记，眼泪不由自主地流出来。

一个人会在日记中撒谎吗？

身上的刷手服已经湿透了，不知是因为刚刚的手术，还是因为读到了笔记。

笔记的下半册中很明确地写到，方鸿铭某次给某个大人物手术时，发生了“切肾弄反左右”的事故，被医院从外科排挤到了公共卫生科。其后又私自给患儿输成人的血抗体，虽然救了一大批患儿，却被医院的领导不容，去西南联大待了一段时间后，最终辗转去了寒城市人民医院。

透过泛黄的笔记，赵步理能够感受到时空那头的悲切。他想到了自己，哪怕只是一个废柴，在被欺负、冷落，流放到这么一个穷乡僻壤来之后，也会思考自己的人生会不会永远如此了，自己是不是失去了更多可能性。而方鸿铭本是一位百年难遇的外科天才，事业在如日中天时戛然而止。站在人生的十字路口，他被迫走向那个看起来不那么光鲜的未来，让自己屈于这个世界的角落，看着同龄人一个接一个无情地把自己超越，然后哂笑自己。

赵步理明白。

有些人离开是因为失败，而有些人离开是因为太优秀。这个世界不会温柔而公平地对待所有人。

方老，你离开之后，还是成就了一番事业，而且，你成就了我……如果没有你，很多人甚至会因为我死掉。因为你，他们的生活得以继续，海狸的家庭也不会因为我这个废柴而破碎。

赵步理随手翻了翻后面的笔记，全是方鸿铭亲手画的关于手术操作的图谱。虽然很多器械现在已经不用了，但是使用的要义和诀窍是所有手术共通的。赵步理甚至觉得，以前的很多疑惑都明朗起来。

此时他无暇顾及这些。他又翻到开头，仔细研读起当时那个轰动时代的病例。

* * *

一个维新变法时代的大人物，因为肉眼可辨的血尿求诊于当时全国闻名的协和医院。自然，医院派出了彼时业界声誉最高的方鸿铭来接诊。方鸿铭在笔记中详细记录了问诊和体格检查的所有情况，这让赵步理也得以从另一个角度，去了解这位历史课本中的人物。笔记中连他的心跳、血压、肠鸣音、肛门指诊都一一记录，这样一位风云人物，也成了一个再普通不过的病人。

查体没有发现明显的问题，但是在当时最先进的 X 光机器下，发现了患者右肾有一个樱桃大小的阴影。于是，方鸿铭给大人物做了一项检查，就是膀胱镜。赵步理甚至能通过笔记感受到病人接受检查时经历的痛苦：一个直勾勾的硬镜子进入他的尿道，探查到两侧膀胱的开口，一侧尿液“其清如水”，另一侧则“血水汇入清流”。看来那个时代的病人殊为不易，连最顶尖的人物都不得不经历现在最穷的病人都不会经历的痛苦检查。

方鸿铭又做了一系列肾结石和结核的检查，排除这些病因之后，便判断病人的右肾存在肿瘤，自己主刀进行了切除。

肾脏切除之后，病人恢复得十分顺利。然而，所有人发现了另一个可怕的事实：病人的血尿仍然存在。

考虑到手术后血尿是正常现象，方鸿铭起初没太注意。但是过了几个月，血尿仍然和手术前无二致。医院内一些“别有用心”的人开始把这件事发表在新闻报纸上，引起社会一阵动荡。甚至有人认为西医是洋鬼子来骗取中国钱财、谋取中国器官、殖民中国的工具，而西医医院的医生，自然都是被洋鬼子操控、卖国求荣的人。

一时间，那位大人物的家门口也被报社的人堵得水泄不通，连其学生、当时的著名诗人也写了一篇檄文《我们病了怎么办》，气势汹汹地要求协和医院给个说法。

多日之后，大人物却走出家门，发表了著名演讲，告诉世人，他信任医院、信任医生。

"右肾是否一定该割，这是医学上的问题，我们门外汉无从判断。但是那三次诊断时，我不过受局部迷药，神志依然清楚，所以诊查的结果，我是逐层逐层看得很明白的。据那时的看法，罪在右肾，断无可疑。后来回想，或者他'罪不该死'，或者'罚不当其罪'也未可知。当时是否可以'刀下留人'，除了专家，很难知道。但是右肾有毛病，大概无可疑，说是医生孟浪，我觉得冤枉。"

后面的事情，就如赵步理在笔记中看到的经历那般。方鸿铭顶不住压力，被迫离开医院谋求生计，一切似乎就此画上了句号。

"百年之后，自会有人了解这一切。"

方老，我就是那个人！

* * *

"小兔崽子，你给我出来！我车呢?!"

楼下的一声怒吼打破了冬城医院的平静。

一个中年人气势汹汹地冲进医院，刚进来就看到绿茵茵的草坪上，一群孩子正围绕着坐在轮椅上的女病人玩耍，这个病人自然是海狸的妈妈。旁边，林小棠和柳晴川也坐在草坪上聊天。

林小棠看到江河来了，立马露出幸灾乐祸的笑容，指了指不远处正和主任们聊天的赵步理。柳晴川有些抱歉地站起来。

江河皱着眉头，径直朝赵步理走去，一把抓住他。

"车钥匙，还我！"

"不是，江老师，我们不是故意的……"

"你少来！车在哪儿呢？"

只见旁边的陈飞漱眼珠一转，赶忙咳嗽了两声，分开了两人。

"哟，小江啊，你来得正好。我们这正说举办个义诊呢，让街坊们都来医院检查检查身体，我和领导们说你自告奋勇参加，怎么这么快就来了，不符合你的作风啊！"

"什么义诊啊，我哪知道……"江河见陈飞漱眼睛微眯，知道这个家伙又准备拿以前的黑料要挟自己，于是刚想说出口的话又咽了回去。

"陈老师啊，"江河欠了欠身，"要不，咱们……借一步说话？"

陈飞漱爽朗地笑着离开了，江河转过头恶狠狠地瞪了赵步理一眼，赵步理挠了挠脑袋，一脸无辜。

两个人在远处聊了很久，回来的时候，刚刚还不可一世的江河，竟垂头丧气的。

“大家伙儿啊，难得江主任不嫌弃咱们庙小，他主动提出参与咱们这次义诊！”

负责这次义诊的志愿者和工作人员带头鼓起掌来，赵步理明显看到江河脸色很是难看。

陈飞漱慷慨激昂道：“好，那么我也参与！咱们这次一定要帮着小赵把这个体检做起来，不仅要让冬城老百姓享受到，也要让昆城那边的人知道，咱们冬城医院是响当当的大医院！”

王九斤站在一边，无奈地摇了摇头。王大治见状凑上前去：“您看人家七十多岁的老爷子，多有干劲儿啊！我看咱们医院很快就要发达了，王主任！”

王九斤的眼神颇为复杂。

这时，柳晴川推着海狸的妈妈从旁边经过，海狸在旁边跟着，看到赵步理，走过来拍了一下他的大腿：“叔叔！我妈妈这个伤口都两周了，怎么就是长不好啊？”

赵步理摸了摸他的小脑袋：“傻孩子，你妈妈这次估计伤得比较重。她身体条件太差，记得给你妈妈吃点好的。”

海狸皱着眉头，奶声奶气地说：“我让姥姥弄了那么多好吃的，妈妈每天都吃很多，明明一点也没有亏营养！”

赵步理陷入了沉思。理论上，胸外科的手术切口很少有感染。就算是外伤导致，像这次是肋骨扎破了肺，也并没有发生严重感染。但是术后一周，赵步理发现病人的切口下红肿得厉害。他赶忙拆开伤口的线，从下面挤出很多黄色恶臭的脓。连续换了两周药之后，病人的伤口仍然没有愈合的趋势。

而且，病人的白细胞数目也异常高。赵步理以为是严重感染，一直用着抗生素，但感染丝毫没有受控制的趋势。

柳晴川走过来说：“是啊，步理，我也帮阿姨弄了不少有营养的食物补身体，可是伤口怎么不见好呢？”

“这个……我也是尽力了。晴川，你可能不太懂，这个感染……”

赵步理正要解释，林小棠跳了出来，挥舞着小拳头，对着他的脑袋就是一捶。

“柳姐姐不懂关你什么事，你说了不就懂了！快给人家解决！”

赵步理揉揉脑袋，看了看眼前红白色衣服的林小棠和蓝白衣服的柳晴川：“你们两个现在……还挺……好的？”

赵步理冷不丁冒出这么一句，二女脸上都是一阵绯红。

赵步理正心里美滋滋的，突然脑袋上又是一捶。

“想什么呢你，快点啊！”

赵步理赶忙定了定心思。

《怪医笔记》中也写过这么一个病人，手术之后感染一直不见好。不过那个是有特殊情况的呀，和这个病人……

对了！

他赶忙蹲下身子，把海狸吓了一跳：“你妈妈以前有没有得过红斑狼疮，或者哮喘之类的疾病？”

海狸眨了眨水汪汪的大眼睛，摇了摇头。

“那你妈妈有没有长期吃什么药？”

海狸眼睛斜了斜，看了看后面正和柳晴川说话的母亲，悄悄凑到赵步理耳旁说了句什么，赵步理的眼神立刻严肃起来。

“这件事你怎么不早说？”

“我妈妈他们觉得，这么大手术，肯定很伤元气，所以才偷偷吃了几颗百病消。”海狸气鼓鼓地说道。

赵步理想了想：“海狸，你手里还有没有百病消？给我几颗。”

海狸重重地点了点头，从兜里掏出药丸。赵步理接过来，看到上面拙劣地印着“百病消”三个大字，旁边还有一行小字，写着“女性尊享”。

“这个百病消，难道还分型号的？”赵步理指着药问海狸。

“对啊，我这边还有给我爸爸带的药。我爸爸不是之前也住院了嘛。”

“快给我，给我！”赵步理赶忙催促。

海狸又从另一个兜里掏出了几包差不多的药，唯一不同的是，包装上写着“男性尊享”。

“海狸，你和你妈妈说，最近先别吃这个药了，就说是我说的。如果他们非要吃，你就把所有药都藏起来，说找不到了。听到没？”

海狸很少看到赵步理如此严肃的样子。他这次难得正经一回，海狸变得尤其服从。

“没问题，交给本少就好！”

赵步理端详着手里的药丸，想了想，拨通了一个电话。

“喂，是我……我马上更新，最近一直在写呢，不会断更的，你放心吧。我明白，我明白……不过现在有个急事找你帮忙……”

不知不觉又过了两周，冬城人民医院在老当益壮的陈飞漱的帮助下，有声有色地开展起了“献爱心 送温暖”大型义诊活动。

趁这次机会，赵步理发现原来冬城人民还真不少。虽然这里平时都以留守儿童和老人为主，但是医院一打出义诊送赠品的旗号，人们都忙不迭地把远方的亲戚、朋友、孩子都召唤回来，就是为了能多一口人领香皂或毛巾。

赵步理不得不佩服姜还是老的辣，陈飞漱的招数从来都是损招，但是例无虚发。

赵步理趁机做了不少胸部的癌症筛查，还真在三四个人的肺里发现了结节。如今再提起手术时，乡亲们已经没有了开始的敌意，但大部分人还是下不了决心。

最后，赵步理发现了个好方法——但凡是需要手术的病人，他都扔给柳晴川。

之后，和柳晴川聊过的病人，大多很快确立了手术意向。他们都觉得有老师作保的医生一定不会差。

最终，不仅仅是肺，还查出不少胃癌、胆囊结石的病人，也都陆陆续续收入了病房。赵步理一打听，才发现林小棠早就把江河的生平、简历、职称全挖了出来。原来此人曾经也是一个大医院的知名外科大夫，不知道什么原因自己出来单干了，专以走穴为生，被业界称为“外科猎人”。只要有钱，无论什么手术都做，而且还做得十分漂亮。据说不少医院都请他去做过手术。

于是林小棠就打着江河的旗号全面撒网，另一边又用自己挖到的黑料去威胁江河就范。就这样，冬城医院被越来越多的病人认可。

通过赵步理亲自参与制定医院流程和制度，大部分医疗程序都变得井井有条，没再出什么大纰漏，病人的满意度也越来越高。

海狸妈妈停服“百病消”之后，伤口不到一个月就彻底长好了，赵步理更加确信了自己的判断。每当海狸妈妈按捺不住，让海狸去找别人借点“百病消”的时候，海狸就装傻，然后和赵步理会心一笑。

终于，赵步理接到了他等待已久的电话。

“原来是这样啊，多谢了，小茉老师。啊放心，放心，不用寄刀片。”

* * *

寒城市人民医院，清晨。韩冰驶进停车场，刚好看到龙森浩也从车里出来。她一贯很早到医院，几乎每天早晨都会碰到同样早到的龙森浩。但是今天，她发现龙森浩似乎有些不同。

“你今天看起来心情不错，难得。有什么喜事吗？”

面对这突如其来的问候，龙森浩也没像往常那样拒人于千里之外，竟然露出一个微笑：“钱，终于取走了。”

韩冰一听也面露惊喜："真的？太好了！那是不是说明……"

龙森浩低下头："也许吧，但是至少，她能收下这笔钱，就算是看到一些希望了。"

韩冰上前拍拍龙森浩的肩膀："对了，我听说最近你那边有个病人没了，解决了没有？"

"嗯，没什么问题，和手术没什么关系。是因为术后肺栓塞没了，我们能做的也都做了。"

"可是……"韩冰有些担忧，"我听他们讲，上面开会说你们老大可能不会帮你顶，让你自己担啊，你不会有事吧？"

龙森浩笑了笑："放心吧，孙主任不是这样的人。"

"可是现在都在传，不做微创是因为孙主任不让……这到底是怎么一回事？"

龙森浩欲言又止，韩冰会意，不再追问："你今天手术不少，加油干吧，我今天从第一台陪你做到结束。"

"Yes, madam."龙森浩脸上的神情变得很柔和。

韩冰嘴角挂着笑，踩着高跟鞋扬长而去。

同一时间，韩雨坐在办公室里，拨通了电话。

"程鹰啊，最近干得不错。没有没有，都是你安排得好，今天的手术我不上了，你带着弟兄们做吧。对了，你最近替我去一趟冬城，我觉得……咱们也是时候收收网了。"

* * *

夏日的湖上碧波荡漾，一只棕灰色的小船缓缓漂到湖中央一片水草附近。烈日当空，湖面上满是碎银一样的光亮，偶尔有鱼儿在湖面上翻个肚皮一晃而过。

扑通！

"小棠啊，我说了这个鱼漂一起来你就要提竿呀！"赵步理在一边急得直跺脚。

"明明应该等鱼漂坠下去！"

"你为啥就是不听我的呢！这个小鲫鱼吃食儿都是往上拱鱼漂的，只有大鲤鱼吃食儿鱼漂才往下拽！"

"你自己不是也没钓上来几条吗！"

"那是因为我手残！你是脑残！"

"你才脑残！"

湖面上两个人你一言我一语地斗着嘴。另一个姑娘坐在船上，把脱了鞋袜的白皙双脚浸在清凉的水里，长舒了一口气。冬城的冬天很难熬，但夏天非常凉爽惬意。柳晴川在这里待久了，已经习惯了乡下的恬静安逸，现在有这么两个活宝在眼前，她感受到久违的热闹。

这几个月确实忙碌，学校的事情，赵步理医院的事情。三个人一直心心念念的湖上钓鱼今天终于成行了，但凡是三个人一起的活动，最后都会演变成林小棠和赵步理小孩似的互殴，直到柳晴川招呼他们吃饭。

“江河又干吗去了？怎么好几天都看不到人？准是提着黑箱子到处捞钱去了。”林小棠嚼着棒棒糖，端着钓竿猜道。

“估计你说得没错。如果江老师可以把心思稍微收一收，现在肯定是某个医院的大主任了。”

“哎，赵步理，等你老了会不会也当上某个科的大主任了？还是现在好啊，想干啥就干啥。”

赵步理笑笑道：“我要是老了，我就啥也不干，每天钓钓鱼、遛遛鸟就好。晴川，你呢？”

柳晴川听到自己被提及，合上手里的书，认真地想了想：“大概会去旅行吧，每天早晨在一个地方看日出，晚上在另一个地方看夕阳。”

“我要是老了……”林小棠自言自语道，“我会养两只小狗，一只叫步步，一只叫理理，每天让它们赛跑，赢的可以吃我亲手做的蛋糕。我会给孩子们做好看的小衣服，但是我可不会帮我的孩子带孩子。我会买下一家养老院，然后做院长，这样就有很多朋友，说不定还会有很多追求者。我要穿着最鲜艳的红色衣服，开着法拉利去法国的海滩裸泳……”

赵步理看着扬扬自得的林小棠，仿佛看到她五六十年后的样子，依然像现在一样热烈、鲜艳。身边的柳晴川低着头，继续看书。他不由得想，真有人会把自己五十年后的生活编排得这样真实又精彩吗？

“呆子，你想什么呢？”林小棠看到赵步理又走神发呆了，一巴掌拍到他的脑壳上。

“没什么，就是突然想……哦，不对！”赵步理仿佛看到了什么，突然向林小棠扑过去。

“啊！流氓！”林小棠一个闪身，紧接着一个飞踹，直接踢在扑空的赵步理的屁股上。只见赵步理飞出小船，像一块五花肉重重地拍在水面上。

林小棠和柳晴川二人赶忙站起身来，一串气泡之后，一个脑袋从水底浮上来。

“干吗踹我啊，你个妖女！”赵步理一把抹掉脸上的水。湖中央水很深，赵步理踩不到湖底，只好不停划着水。

“还说呢！你，你干吗突然向我扑过来?!”林小棠红着脸，气鼓鼓地问道。

“你的鱼漂起来了，我帮你拉竿啊！你以为我要干什么！”

“喂！赵大夫，你怎么掉水里了，快上来啊！”遥远的岸上，有个民妇大声叫。赵步理远远地看过去，转过头对着林小棠甩了个白眼：“回头我再收拾你！”

赵步理接过民妇的毛巾擦干了身体，换上这家男主人的衣服走了出来。两个女孩看到他出来，都扑哧笑出了声。只见赵步理身上的褂子有不少洞，裤子也是补丁无数。

“赵大夫，您千万别见怪，咱们小门小户就是这样，没什么像样的衣服，这已经是我男人最干净的衣服了。我赶紧把您的衣服晒干了，外面太阳足，有两个钟头差不多就干了。”

赵步理赶忙摆摆手：“不要紧的阿姨，穿着还挺……凉快的。”他低头看看自己，其实他相貌虽然不出众但还挺白净的，穿上一身灰色麻布的衣服，仍然遮不住大城市孩子的气质。

“赵大夫啊，我有个事请你帮忙。最近地里太忙，我真是腾不出手去医院。我家男人最近得了个怪病，去了好几趟医院，花了不少钱，还是治不好，我请您帮我看看他成吗？”民妇点头哈腰地给赵步理三人递上茶水，满面愁容。

“阿姨，您别着急，您说说就是了，现在冬城医院什么都能看！”林小棠站起来笑着说，赵步理也紧跟着点点头。

“请您进来看看。”

民妇领着赵步理走进里屋。只见一个男人正在床上躺着，头上放着一块毛巾。虽然已经进入夏天，他身上仍然裹着厚厚的被子。整个屋子里仿佛什么东西腐烂了，有股浓重的潮湿汗味。

“这大夏天为啥盖这么厚的被子？”林小棠刚问完，就被一边的柳晴川拉住了。柳晴川给了林小棠一个眼神，就拉着她走了出去。

“哎，柳姐姐，没事的……”

“还是小心点……”柳晴川忧虑地看着她。

赵步理，没有在意两人的举止，转头看向这个男人。他看上去三十七八岁，但村里人常年劳碌，外貌普遍偏老一些，赵步理猜想这个男人也不过比自己大三四岁。他满脸通红，似乎已经睡着了，又好像在做噩梦，不停地晃动着脑袋。

“赵大夫您救救他吧，我真是一点办法都没有了。每天上午还稍微好点，过了中午就开始发烧，最高的时候39℃甚至40℃也是常有的事。去了医院看，医生开始说是癌症，后来花了不少钱做了穿刺，说没有看到癌细胞，又说是结核病。结果去了结核病医院又说不像，让回来先吃一段抗结核药试试。吃了三四天了，一点都不见效，这可怎么办啊……”

赵步理叫民妇拿来了病人的所有资料，从头到尾浏览了一遍。这个男人大概在两周以前开始出现发热症状，去昆城医院做了胸片和CT，提示右肺有一个巨大的肿块，肺里其他地方也分布着一些小结节。昆城医院建议做了穿刺，却没有找到癌细胞，只能看到很多坏死的组织，因此很难诊断。这个病人被打发到了结核病医院，因为没有明确的结核证据，只能先按肺结核病进行抗结核治疗。

赵步理又详细询问了一下病症，发现这个病人属于医学上的弛张热，也就是每天的最高体温在39℃以上，白天通常在37℃左右，温差很大。

“看上去还是感染性疾病，不像肿瘤……”赵步理自言自语。

“真的吗？赵大夫，那太好了，谢天谢地。我们家就指望着我男人打工挣钱呢，他本身就是个哑巴，日子已经很难过了，要是得了癌走了，我一个人可怎么办……”民妇说着便开始抹眼泪。

赵步理走上前去，把被子轻轻掀开。男人身上没有穿什么衣服，可能觉得身上冷，迷迷糊糊地醒了过来，但是没有声音，又轻轻地闭上了眼睛。赵步理突然皱皱眉头，好像听到了什么奇怪的声音，侧过耳朵，贴在了男人的胸口。

“他以前有哮喘吗？”赵步理问。

“没听说过啊……身体一直挺好的……除了小时候喉咙就有问题说不了话以外，从来没见他比画过喘气费劲儿什么的。不过您这么一说，我也觉得最近他好像喉咙里有痰还是什么东西，一直不是很顺畅，总是呼噜呼噜的。”

赵步理再往下看去，见病人身上有很多抓痕，胳膊和腿上还有一些疙疙瘩瘩的地方。赵步理赶忙走到桌子旁边，抓起那些化验单。

“血常规……血常规……血常规……有了！”

民妇像看到大侦探破获了什么谜案一样，赶忙凑上去。

“赵大夫，你知道是什么毛病了吗？”

赵步理摇摇头：“还不确定，但是我有一个想法，可能需要做一个简单的检查验证一下。您能跟我到医院取几个盒子吗？我想留他的痰和大便做做化验。”

民妇皱了皱眉头。

“这个我们在昆城医院也化验过了，大夫说要查一个什么结核菌，但查下来说不是。”

赵步理似乎在努力回忆着什么：“不是结核菌……而是……”

“虫卵。”

* * *

几个穿着整齐的学生上了一只小船。小船在风雨里飘飘摇摇，渔夫吹着哨子摇着桨。船舱里，一个长衫男人举着书本在讲述什么。学生们十八九岁光景，刚进入大学堂接受所谓的通识教育。

随着渔夫一声嘹亮的呐喊，收网了。学生们纷纷扔下笔记，顾不得雨水冲出去看。网里有鲤鱼、鲫鱼、田螺、小河蟹，还掺杂着几十种说不清名字的小鱼。有一种被当地人叫作火柴盒的鱼，非常小，颜色很鲜艳。据说肉质很鲜美，但是在家里根本养不活。

长衫先生扔下课本，也不顾雨水打湿了衣服，捡起一条条鱼开始讲解。例如鱼的习性、食物、特点等，连渔夫在一边也听得入神。先生放下一条鱼，拿起一个田螺一样的东西，指着它说，这是海蛳螺，是非常美味的家伙。

在角落里有个男生，脑袋上戴着个斗笠，冷冷地说，这不是海蛳螺，是钉螺。海蛳螺一般会有锯齿，这个没有。

先生脸上有些挂不住，正要发作。另一个皮肤黝黑的男生站起来指着螺说，没错，赶快扔掉，这个东西是血吸虫的宿主。长衫先生赶忙扔掉手里的东西，尴尬地笑了几声，拿起另一条鱼开始讲。

黝黑的男生转头看向角落里那个不合群的家伙，对方也仰起脖子看他，然后摘下斗笠，走上前来。

“阁下准备选择生物学系吗？”黝黑的男生问道。

“医学系。”

“真巧，我也是。不过据说医学系的门槛很高，看来咱们两个要比一比了。”

“有几个名额？”

“据说只有两个。”

“那还有什么可比的，一起进咯。”男生打了个哈欠，根本不在乎其他学生看向他们时嘲笑和讥讽的眼神。

黝黑的男生有些不好意思:“你好同学，我叫汪道贤。”

“方鸿铭。”

读到这里，赵步理仿佛见到那个伟大时代开启的瞬间，也想起了那个永远离开自己的家伙。他笑了笑，如果自己可以穿越到过去，说不定可以改变那个家伙的命运。

有人闯进了赵步理的办公室。

“步理！”

赵步理抬头看，是林小棠，她气喘吁吁的，但是掩盖不住激动的面容。

“好了好了。”赵步理跟着一道走过去。

当他从病人的粪便中找到血吸虫的虫卵时，就知道自己又猜对了。病人一定是下水的时候被寄生在钉螺中的血吸虫感染了，血吸虫顺着血液走遍全身，在肺这个土壤上生根发芽，不断繁殖，才造成如此严重的感染。

这种情况下，医生在穿刺时经常会困惑，因为他们往往只能找到坏死的组织，却很难找到虫卵。原因在于，虽然大学里都有这一门课，教科书上也白纸黑字记录了这一种疾病，但是现在得这个病的人越来越少，大医院的医生，包括赵步理自己在内，根本就没见过。要不是笔记上的这段故事一直让赵步理记忆犹新，他也万万想不到会是这个病。

弛张热、过敏反应或哮喘，嗜酸性粒细胞增多，这些都提示着寄生虫的可能性。但是现在的医生，怎么能想得到呢?

用了吡喹酮之后，男人的体温很快下来了，意识也逐渐恢复正常。夫妇两人对着赵步理一通下跪，每天都送一个自家老母鸡下的鸡蛋到赵步理办公室来。赵步理一直拒绝，但是又怎么能挡住这两个可爱的人对自己的那份心意呢。

这几乎是他们最宝贵的东西了。

赵步理去病房探望的时候，发现有几个陌生人在。这些人的穿着也很破旧，而且每个都或聋或哑，就算有些人能说一些话，但都连不成句子。

“大姐，这些人……”

“恩人啊，这是我家男人的工友，抽空来看看他。”

“为啥都是聋哑人呢？”赵步理不解。

民妇摇摇头:“不知道，我老公说是个什么慈善机构搞的，专门给他们这些残疾人提供一个糊口的营生。唉，说到这儿，他已经一个月没有去上工了，等过两天好了就要去，不然这日子可怎么过啊……”

赵步理立刻掏出钱包，民妇见状赶忙跪下，求赵步理把钱包收回去。

“赵大夫，您可千万别，您要是再给我们钱，我们可就真没脸过下去了。”

赵步理想了想，就此作罢。突然，一道电光闪过脑海。

“您爱人是做什么工作的？”

“哦，他们就是给人家搓药丸的，没什么技术含量，但是多少能挣点钱。”民妇满不在乎地说。

赵步理赶忙从口袋里掏出一个药丸，交到病人的手中：“您做的是不是这个东西？”他紧张地问。

男人仔细看了看，又闻了闻，点点头。

真是踏破铁鞋无觅处，得来全不费工夫啊！赵步理有了主意。

“大姐，您爱人的衣服，要不再借我穿两天呗？”

* * *

月黑风高，赵步理在一栋楼外面的草丛里猫着。

“赵大夫，你真的决定这么做啊，会不会太危险了？”

“不入虎穴，焉得虎子！总要做这件事的，不然老百姓还要被蒙在鼓里呢。”林小棠攥紧了拳头，“放心吧，柳姐姐，不会有事的。如果我们知道了这件事，却不把它公之于众的话，那才是对不起自己的良心。你说是吧，呆子？”

赵步理撇了撇嘴：“你说得这么正义，那有个问题……谁进去？你，还是我？”

林小棠惊讶地指了指自己：“看什么看，当然是你进去啦。我得在外面保护柳姐姐，这大半夜荒郊野外的！”

“我也可以保护啊。”

“我防的就是你！你要是对柳姐姐图谋不轨怎么办？别废话，快进去。”

“我白天已经以身犯险，当这么久卧底了，这么高的智商，扮成傻子我容易吗！”

“我呸，你那是本色出演。如果被发现了，你就说你回去取东西嘛。”

“我能说话吗?!”

“那……那你比画嘛……”林小棠有点没底气。

柳晴川轻声劝道：“要不，步理，你还是别进去了，我怕你出事……”

“没事的,我们呆子最有骨气了,我支持你！如果你出事,我会帮你照顾好柳姐姐的。”

“你滚开！”

“你才滚开！”

柳晴川看着二人还在打闹，忍不住露出担忧之色。

“那……我走了。”赵步理叹了口气，弓着身子向前挪过去。

看着赵步理慢慢消失在楼里，柳晴川的心提到了嗓子眼儿：“小棠，你真的不担心步理吗？不行，心跳得好快，要不然我们报警吧。”林小棠没有说话，其实她的心里也七上八下，甚至没注意柳晴川在说什么。

她紧紧攥着手机，拿起来，又放下。

最终她还是深深地叹口气，举起了手机。

* * *

即使在月光下，这个地方看着也像鬼屋。房子附近经历过一场大火，右侧一片焦黑，想必当时火势十分凶猛。房子是木质的，有三层高，已经失去了原本别墅的样子，更像个废弃工厂改造而成的街头艺术品。

赵步理摸黑找到一扇窗户，窗户上糊了一层纸，但是没有锁死。他轻轻拉开窗框，撕掉那层黄褐色的报纸，轻轻跳了进去，蹑手蹑脚走到一半，才想起林小棠嘱咐过自己，要先往里面扔一块石头看看有没有人在。不过进都进来了，就别多此一举了吧。

林小棠那个丫头怎么有这些鬼心眼儿？

赵步理打开手机里的手电筒，走出房间。外面看起来像是客厅，屋里的装修非常古板，壁炉上还供着一尊菩萨，对面同样的位置上摆着一尊关公。

客厅里又脏又乱，烟草味混合着汗臭和发霉的臭袜子味，引得赵步理阵阵作呕。除此之外，空气中还夹杂着一股奇怪的味道，伴随着类似洗衣机转动时的隆隆声响。这时，赵步理忍不住打了个响亮的喷嚏，他吓得连忙趴在地上。等确认没人出来，才小心翼翼地站起身。

气味似乎从楼上传来。他摸着楼梯的扶手缓缓走上去，木制楼梯看起来年头也不短了，每踏出一步都发出嘎吱的声响。月光从二楼的窗户上直照进来，楼上一圈有七八个房间，赵步理随便走进了其中一间。房间不大，四周全是货架，上面到处摆放着白色的敞口盒子，里面是各种各样的药物包装盒的打印纸壳。这纸壳上面赫然印着“百病消”的商标。

地上有一台摇床，里面正搅动着什么液体，发出规律的机械声。看来，那个类似洗衣机的声音就是从这里发出的。

房间的中央是张大桌子，上面也放着类似的白色盒子。赵步理随手翻起一个，里面是蓝色的小药片。赵步理正要对这个颜色发出疑问，楼下突然传来一声巨响，像是什么东西被打翻了。他赶忙关上手电，悄悄挪到房门口，屏住呼吸偷偷向下看。

窗台上，一只猫跳了出去。

呼，吓死爷爷了。

赵步理重新回去，用手电照向白色盒子下面的标签，上面没有字，只画着一个蓝色的标签。他又翻了翻旁边的垃圾桶，确认了自己刚刚的那个想法。

那是一个被撕烂的药盒子，上面写着“西地那非”，也就是“伟哥”。

其他盒子里的药片有白色的、黄色的，根本看不出其中的成分，直到赵步理把垃圾桶翻了个底朝天。

“扑尔敏、地塞米松、西地那非、丙酸睾丸酮、莫西沙星，这……”

赵步理看着这个房间，大概明白了什么。他马不停蹄地走进第二个房间。

“扑尔敏、地塞米松、雌二醇、莫西沙星、咖啡因……”

第三个房间。

“扑尔敏、地塞米松、小儿清热颗粒、莫西沙星……”

这明明是把这些药物磨成粉末，混在一起再做成新的药片，所以“百病消”果真是百病消，不管三七二十一，把这个岁数可能得的病全都覆盖上，也根本不关心这些药物之间可能产生怎样的相互作用吧？俗话说“是药三分毒”，这些药放在一起很有可能成为更可怕的毒药。

赵步理还记得自己上学的时候学过，有些药物混在一起，是会要人命的。

这帮浑蛋！

赵步理怒火中烧。莫西沙星，对于儿童是禁用的，会对肝脏、肾造成非常严重的后果！

他突然明白过来。在冬城的这些日子里，有个奇怪的现象一直困扰着他：大部分老年妇女腿脚都不太好。上次体检的时候，陈飞濑老大夫还纳闷地问，怎么股骨头坏死的比例这么高？

如果长期把“百病消”当保健品吃，那么其中的地塞米松，也就是人们口中的激素，虽然可以起到抗炎、抗过敏等神奇效果，但副作用也非常明显，其中比较严重的就是会引起骨质疏松、股骨头坏死等。

赵步理一下明白了为什么海狸妈妈的伤口总也长不好。

他又想起那些孩子的奇怪举动，还不到青春期的孩子长出了胡子，还有陈飞濑老大夫检查出的几十个乳腺结节。

这里的男男女女都迷信这个药。

伟哥和雄激素可以让男性昂首挺胸，雌激素可以让女性乳房丰满、皮肤红润。这些在冬城营造了一个可怕的假象，每个人都用药物维持，即使知道它的副作用，也愿意醉生梦死地活着。

“百病消”，顾名思义，成分中有抗过敏的、消炎的、抗感染的、提高性功能的、保持身材的……无论是什么病，只要吃上一颗，大部分症状都能缓解。尤其激素本身就是万能药，对大部分疾病都能起到一定缓解症状的作用，所以看上去是“病”好了，实际上只是病被掩盖了而已。

而那些没有任何辨识能力的老人和孩子，那些想救命救急的病人，那些宁可放弃大医院的就医机会也要来求一颗“百病消”的可怜人，他们到底伤害了谁，要受到这种摧残?

赵步理又想到，海狸生病的时候也经常吃“百病消”，而这个药至少要卖到十几块钱一颗，因为经济条件有限，所以海狸有时会吃父母的药。也就是说，儿童吃到的未必是真正属于自己的那一款“产品”，而是对他们伤害极大的其他药物。

赵步理越想越觉得，这里太疯狂了，赶忙拿出手机，打开闪光灯把眼前的景象拍下来。

他现在只有一个心思，就是赶紧出去，把这一切公之于众。

这里不同房间负责生产一款不同型号的“百病消”，包装上也有差别。他们用不同的颜色来标注房间，在纸上利用各种颜色和数字来注明各种药物的剂量，比如激素和抗过敏药、抗生素的药量都不同。赵步理想了一下，大概猜出了缘由。

这些工人，大概都没有文化。

赵步理脑补了一下这个过程。一群食不果腹的外乡流浪汉，被车拉进了森林深处。他们为了能有一顿饱饭，只能听从包工头的命令，把一包包药片拆开、研磨成粉末，再称重、混合，制造出药片。他们不识字，不知道自己在做什么，只能看懂颜色和基本的数字，像做饭一样把这些粉末加工一下就好。

他们只知道这样才能充饥糊口，至于自己做了什么，可能会伤害到谁，他们一无所知。

或许他们会拿着这笔报酬，咬牙买上一顿猪肉，回家给自己的孩子吃，告诉孩子爸爸在外面挣了钱，会把最好吃的给他。

如果孩子生了病，这位父亲会花掉自己挣来的辛苦钱，去求工头赏几颗“百病消”。

他甚至觉得自己捡了天大的便宜。孩子吃药的时候，他们或许会有一种自豪感，是亲自给孩子治的病。

赵步理觉得自己不能再等了，立刻摸着楼梯准备下楼。这时，他才注意到还有一个房间，里面亮着灯，他想了想，快步走了进去。

里面的装潢明显和其他地方不一样，有一张书桌，还有一些书籍和文件散落在桌子上。

赵步理掏出手机，打开照明，走近看了一眼。

《肾病激素量调整方案》——黄。

赵步理很好奇，估计就是所谓的“黄大仙”的笔记本了。他打开仔细看了看，发现这是黄大仙经常写的一些记录。

“现在肾病特别多，特多，好多人用激素和一个‘兔 yi’抑制剂，病人也愿意长期用中药维持，百病消可以加点激素量，给这些人长期吃。”

天杀的，这都行！

赵步理随便扫了几眼，发现这个黄大仙文化水平也不高，经常写错字，比如免疫的“免”永远会写成“兔”，“免疫”写成“兔 yi”。他赶忙把这个本子拍了张照片。

他又看到，黄大仙在木制的桌子上，用不知道什么刀刻下了一句话。

“现代人不一定只有一种病，百病消是我们的希望。”

这是……企业文化？

赵步理转念一想，这黄大仙说的其实也……没错啊……以前上学的时候，老师总教他们用一元论解释病人的症状和问题，认为所有的症状都可以归结为一种特定的疾病。还有很多考试题和经典病例，最后用一元论解释的时候，也会让包括赵步理在内的很多医学生有一种豁然开朗、谜题揭晓的感觉。看那些内科的经典病例解析题，有时候就像在看推理小说一样刺激。

但是事实真的是这样吗……

赵步理继续翻看着笔记本。

“小周媳妇尿血去医院检查，本以为是结石，做了一堆手术最后说误诊了。大夫真是浑蛋、王八蛋，披着白大褂的狼，最后说得了 IgA 肾病。问了县里的专家，说激素要加量，看看如果以后这类病人多，考虑给这类病人单独做一个包装。”

黄大仙这句话写得纸都破了，而且字体大小不等，有种强烈的愤怒感朝赵步理涌来。

IgA 肾病……IgA 肾病……IgA 肾病……

啊?

* * *

赵步理突然感到脑海中“嗡”的一声，随后一扇门突然打开了，门里走出一个穿着长衫的中年人，他来到案头前，翻开肾病的配置方案，仔细研读起来。

肾病综合征……IgA 肾病……微小病变……

原来，这些病，不一样啊。

中年人闭上眼睛，扬起了头。

“我说我没切错，世人非说我切错，我无法辩解。穷其一生，遍访大江南北，我都不知当时梁公之病为何。尿中之血应来自右肾，但我当时并无看到左肾有血，不代表左肾确实无血，我自诩中国本土外科第一刀，除汪道贤外从未服第二人，但我的确没有败给任何人，只败给了自己的高傲。我自以为世间一切皆有道理，如疾病，即有症结在病人，除掉症结就可痊愈，却不知道这世上不知之事何其之多，肾脏的出血也不只瘤子可致。今日见，大抵是肾肿瘤，同时合并这一种肾病，当时的雷公藤怕是无效，应当使此激素即可啊，即可啊！”

赵步理看着眼前的人，可怜，可悲。

他终于理解了真正的历史，那最有可能的假设。

笔记停在了 1961 年。

原来方老大就是那个传闻中给梁启超切错肾的医生?!

方老知道自己没有切错，但是世人都不相信，特别是在那个西医被中国人当成魔鬼巫术的时代。他的确没有切错，因为后来发现，梁启超同时还患有另一种肾病，所以切完之后仍然有血尿。而这就被外界传说切错了肾。

赵步理突然有一丝感动。他记得历史记载中提到，梁启超曾经写过一封信来证明自己的病与方老没有关系，并不是属于西医的“医疗事故”。也许梁启超自己也是存疑的吧，可他为了推广西医造福百姓，硬是要挺西医一把。

这本《肾病激素量调整方案》当中的文献检索记载着：IgA 肾病，一种以血尿为主要表现的肾病，在 1068 年，被 Berger 发现，用激素即可治疗。

方老啊方老，你穷其一生所探索的真相，却和你擦肩而过。你探寻了无数种可能，世界上却没有人愿意相信一个医生的无辜，而更愿意判定他有罪。不管你是不是才华横溢、天赋异禀，也不管你是否拯救过万千性命。

我没有犯错，却被发配到这样一个穷乡僻壤，我都会觉得对生活绝望。你是那样的一个旷世奇才，当你来到一个落后的城市从零开始的时候，究竟是怎样的心情？你没有被生活打倒，反而从头开创了一番新的伟业。

只是这个世界，终究还欠你一个道歉。

哐啷啷！

楼下似乎又有东西被打翻了，随后听到楼下的几只猫“嗷嗷”叫了起来。赵步理心中咯噔一下，但是努力平静下来，仔细看起来。突然，他听到身后传来急促的脚步声，他刚要回头，就觉得后脑勺“嗡”的一下，一阵天旋地转，失去了意识。

赵步理醒来的时候，发现自己手脚被绑住了，丝毫动弹不得，而且绳子紧得似乎勒进了肉里，火辣辣的疼。知道自己大概是被绑架了，内心有一个非常坚定的声音告诉他，先不要说话。他想起之前看过的电影，话越多的人死得越快。自己知道了这么多，大概要被灭口吧。

赵步理小心地睁了一下眼睛，发现自己横躺在一辆汽车的后座上，汽车正在行驶。天似乎刚蒙蒙亮，居然已经是第二天早上了。向外看去，是一片荒郊野岭，根本辨认不出位置来。时间过了这么久，自己到底被拉到哪里去了？

不行，得想个办法脱身。

窗子半开着，清晨的冷风呼呼地往车里灌。也许是这辆车实在太破以至于四面灌风，更可能是赵步理心里实在惶恐。他无数次想打喷嚏，又努力忍住了。

转念一想，人睡觉或者昏迷的时候难道就不能打个喷嚏？不过他还是不敢。

横躺在车子的后座上，因为担心对方从后视镜里看到自己已经醒了，只能微微睁一下眼就赶紧再闭上。前面有个女人在开车，四五十岁，皮肤黝黑，表情十分严肃。

这个女人？

赵步理总觉得在哪里见过这个人，但是脑子被敲晕了还有些疼，一时间想不起来。

女人突然咳嗽了一声。赵步理不敢睁眼，他似乎能够感受到女人的视线正通过后视镜看过来，像刀子一样在他身上划拉着。

“行了，别装了，我的大医生，我刚才就看见你动了。而且就我用麻药的经验来看，你也差不多该醒了。”女人的嗓音有些沙哑，但是语气十分自负，赵步理听得全身汗毛倒竖。

自负，是这个家伙的特点，也一定是弱点，赵步理心想着，便勇敢地睁开了眼睛。

“我说大姐啊，咱们往日无怨，近日无仇，您不如高抬贵手放我一马，让我干什么都行啊。”赵步理别的不行，认㞞自认天下无敌。

“放你？你啥都看见了，放了你的话，是不是得挖你两只眼珠再砍了舌头才行？”女人戏谑的语气，让赵步理根据直觉判断，她应该不会这样做。

赵步理既然睁开了眼睛，就干脆四处打量起来。汽车奔驰在一条荒凉的省道上，前面不远处有一片大山，他们的车似乎就像是一片小小的树叶，缓缓向着深山老林飘荡而去，赵步理看了好久，也没有发现一辆过路的车，他连求救的机会都没有。

不行，不能直接激怒她。

“大姐啊，我也是碰巧过来的，也没看见啥，就算看到啥了，也当不知道，不知道还不行吗？您放我回去，我保证一个字也不会说，要不我直接回寒城，不在您的地盘出现了咋样？”

赵步理听到女人低沉地笑了起来，像是从喉咙深处发出破风箱一样的声音。

“我的大医生，您这是说笑呢？不过咱也不会干太绝，总得给你留一条活路，我可能要委屈你在我们乡里待一段时间，等……过一段时间，你再走吧。”

赵步理赶忙像拨浪鼓一样点着头。

“好的好的！我就安心待着，哪儿也不去，只要您让我活着怎么都行！”赵步理心想，等老子到了，你们还能看得住我这么一个大活人？老子爬也要爬出去，报警还能没人来救我？

“大姐，不管你是不是打算放过我，我劝你，真的别再做这些药了，你真的是在害人。”赵步理平静地说道。

“害人？你有没有搞错，亏你还是个大夫，我是在救人好不好啊。”女人嘲讽地说道，“你们这些大夫，又能干什么？一个一个的和废物没区别，自从我这个药开始卖，帮了多少人你也不好好数数。”

“我知道你的药确实能起一些作用，但是激素的副作用你知道多少？那些药放在一起会不会产生配伍禁忌[1]你又知道多少？”赵步理步步紧逼，他不再求饶了。不知道是不是柳晴川被她迷倒激怒了他，总之他再也不想退缩了。

“开玩笑，如果真有副作用，那些买了药的病人怎么不说，他们怎么还一直买，说明这药好使！而且我自己也一直吃，没觉得有副作用！”

[1] 两种或以上的药物在体外配合使用时直接发生物理性的或化学性的相互作用，会影响药物疗效或发生毒性反应。

赵步理不置可否地笑了一声。

“你笑什么？”

“我笑什么？我笑你大概就是个半路出家的大夫，或者连大夫都不是，你只看得见自己救了人，却不知道手里的武器还能伤人。你这个水平也就是大学一、二年级的医学生，眼睛里只有自己能做的，根本就没有敬畏之心。你见识太短，我也不怪你。”

赵步理话音刚落，车立刻左右晃了一下，不知道是碰到了井盖，还是女人方向盘握得不稳，但是赵步理明显觉得自己成功激怒了她，女人的肩膀上下起伏得厉害。

“我不懂？那你们大夫就懂？你们天天开错药，还不如我发药发得准！我还得提醒那帮废物改处方，你们当大夫的有什么好牛气的！”

赵步理突然愣了一下，发药的……发药的……发……药……

“你是？”赵步理突然一个激灵，他似乎认出眼前的这个人是谁了。

这个女人，平常不是这个装扮，而是戴个宽大的帽子，脸上抹得黑黑的，是个男人的模样！

* * *

她是药房的那个药剂师，或者说，发药的！

赵步理赶忙又回顾了一番那间“鬼屋”。没错，能搞到这些废弃的或者过期的药，又或者从药厂那边直接搞到原药对这个人来说应该很容易，同时她又能学习这些药在临床当中是怎么用的。于是白天在药房上班，私下却暗度陈仓，把这些药片包装一下，做出自己的“百病消”！

“你是……药房的那个老于！”赵步理挣扎着坐起来，对着前面的女人喊道。

“哟，你终于认出来了。大医生，其实我也挺佩服你的，这么一个破医院，都能被你盘活了，你也真是命好。我最近的生意也不如以前了，所以你能好好休息休息，对我也是好事，没想到你自己找上门来了。”

“你现在做的事情就是谋财害命。”赵步理在努力寻找可以令对方爆发的时刻。

“随你怎么说吧，但是真正谋财害命的，是医院！”女人咬牙切齿道，“我男人要不是相信医院，也不会沦落到死掉的地步。”

“你男人？”

“没错。当时王九斤那个窝囊废刚开始管医院，有一天我男人觉得胸口闷，就打电话给医院让他们派车来接。我知道八成是心梗犯了，先给他含了硝酸甘油，后来等了半天救护车都没到，硝酸甘油也不好使了，我男人就在我眼皮子底下咽了气。”

“你男人，平常有……心绞痛？”

女人摇摇头。

“没听说有，不过也没办法证明了，人都没了。所以你说，这个医院存在的价值是什么？我光用硝酸甘油就救了多少人，靠医院有用吗？就知道开一堆检查，也不给治疗，动不动就说是不对症，其实就是这些大夫怕担责任！”

赵步理灵光一闪，他默默感谢了下方老。

“我说，大姐，我问你个问题，你爱人当时犯病的时候，测过血压吗？”

“没有，测它干啥，他明显是心梗犯了，胸闷憋气，很典型。我一眼就能看出来，比那帮废物大夫强多了。”

“那您也一定知道硝酸甘油的作用机制了？”

女人不屑地摆了下手。

“这我哪能不知道，硝酸甘油就是软化血管、活血化瘀用的。”

赵步理听了，冷笑了两声。

“你笑什么?!”

赵步理轻轻抬起头：“我是笑你的无知。自己读了几张药品说明书，给人用了几次药，就觉得自己不只是个抓药的，还是个郎中了。这硝酸甘油不是软化血管的，而是扩张血管的，更重要的是，它扩张的是静脉，让血液储存在外周肢体当中，减少流回心脏的血量，也就是减轻心脏的负担和耗氧量，缓解症状的，这么说才对，是吧大姐？”

女人没有理睬他。

“我再问您个问题，您爱人是不是偶尔会晕倒？”

车速突然快了起来，赵步理赶忙叫了一下女人，女人这才意识到是自己油门踩得太狠了。

“是有那么两次，走着走着突然就倒在地上了，说自己突然什么都不知道了。”

赵步理叹了口气。

“大姐，我要说一件您不愿意相信和承认的事情了，您的爱人，可能是心源性猝死，大概是迷走神经功能紊乱，所以心脏突然出现不工作的状态，并不是心梗。这个时候如果能做最基本的心外按压，您爱人几乎百分之百能活过来。关键是，他发病的时候必然处于低血压状态，正是因为低血压，他经常会有晕倒的症状。这个时候您再给他吃这个药，就一下子……把他的血压给吃没了……因为它最大的副作用，或者说另一个效果就是降血压。”

“不可能！”女人爆发出一声歇斯底里的呐喊。赵步理从后视镜中看到，她的额头被汗滴沁透了，两眼飘忽不定，毫无神采，脸上再也没有刚才高高在上主宰自己命运的那种骄傲了，而是写满了恐慌。

“虽然现在我的命在你手里，但我还是要说，是你害死了自己的老公，却还自以为是救世主。其实你什么都不是，你就是一个略微懂点医学的门外汉罢了。”

女人突然沉默了，就在这时，一辆车疾驰而过。女人诧异地看了看，她之前说过，这条路上一年都不会有几辆车经过。

那辆车在视野的尽头停下来了。从车里走下来一个人，不停地挥着手臂。

女人的车速减慢了，赵步理还没看清那个人的样貌，就听见她说：

“把嘴闭严了，如果敢叫，我手里的刀第一个捅了你。”

赵步理才不管，他已经做好准备求救了。女人警惕地在离那辆车二三十米的地方把车停下，脚还是放在油门上，随时准备启动。

女人撕下一块胶带，直接贴在赵步理的嘴上，然后把赵步理拉下来，卡在后排座位的下面，让他动弹不得。接着，女人从副驾驶位上抓起一条巨大的毯子盖住赵步理。

赵步理努力挣扎着，还是努力把脑袋露了出来。他没有发声，他在等着最关键的时刻。

这时，车窗边走来一个人，身材非常魁梧，穿着正装西裤，衬衫上面还打着背带，穿着十分考究。男人留着络腮胡，嘴里叼着一根雪茄，戴着一副黑框眼镜。赵步理觉得似乎在哪里见过这个男人。

咚咚咚。

男人弯下腰，轻轻敲了敲车窗。

女人斜着眼睛，面无表情地摇开了一点车窗。

“什么事儿？”

“您好。”男人的声音低沉浑厚，让赵步理心里莫名产生了强烈的安全感，对眼前这个人的感觉越来越熟悉，心中觉得似乎这一切出现了一丝转机。没错，这荒郊野岭的，出现了一个人，不是来救自己的，难不成还是坏人的帮手吗？

“想跟您借个火，这大早上开车憋了一路，烟瘾上来真是难受啊。”

女人皱了皱眉头。

“我赶时间。”说着便把打火机扔了出去。

这时，赵步理突然发出“嗯嗯”的挣扎声。女人见状，赶忙使劲儿摇车窗，另一只脚踩上了油门。

车窗还差一点点就被摇上时，突然从外面伸出一只粗壮有力的手，把车窗卡住了，然后像抓小鸡一样，牢牢扣住了女人的脖子。

只见男人另一只手紧紧抓着车窗，猛一用力，驾驶座外面的玻璃被硬生生地拉碎了，随后，还没等女人反应过来，这只粗壮的手臂直接把女人整个人拽出了车子，重重地摔在地上。

瞬间，就看见女人躺在地上翻滚，站都站不起来了。

那双手又伸进来把车门锁打开，打开后门，一把将赵步理拽了出来，迅速给他松了绑。

“您！您是……”

男人看向他的神情十分冷漠，仿佛不曾相识便已经结了仇似的拉着脸，之前一副客气的样子荡然无存。赵步理立刻认出了这个人，两年多过去了，这个酷酷的大叔还是一如既往的霸气。

“您是林小棠的司机师傅，对吧？”

男人没有说话，只是转过身，自言自语了几句。

“林小棠她没事吧？我也不知道原来这件事这么惊险，要是知道，我肯定不会带上这个丫头！”

“你闭嘴！”

男人转过身来，恶狠狠地对赵步理说。赵步理吓得一动不敢动，也不知道自己犯了什么错。

“这大概是这丫头最后一次胡闹了，也多亏了你，要不我们很难找到她。不过，我希望以后你不要再和她有什么来往了。”

“什么?!”

“我不允许你再和她有任何来往！”

“凭什么？”

两人正争吵着，远处又飞驰而来一辆车，擦着火在路边停下。

一个身影从驾驶座上钻了出来，她穿着蓝色的裙子，修长的腿在清晨的阳光中显得有些清冷，她仿佛站在一幅田野的画卷前面，长发系着的蓝色丝带随风飘摇，让整个金黄色的田野显得美丽动人。她的脸上带着谜一样的微笑。

柳晴川也从对侧的车门下了车，眼中满是担忧的神色。

赵步理赶忙向二人跑去。

柳晴川看了看林小棠，她站在原地没有向前，反而不由自主地退了一步。

林小棠此时却笑着迎了上去。

“呆子，怎么样，吓坏了呗？来让我好好嘲笑一下。”

赵步理看着面前走过来的身影，脑海中一片空白。

他跑过去，一把将林小棠紧紧搂在怀里。

林小棠惊讶地看着他，在她的字典当中，赵步理从来不该是这样的。

“呆子，没事吧，坏人没对你做什么吧？你的清白还在吧？”林小棠声音有些颤抖。

赵步理没有说话。一瞬间，他把所有的悲伤、愤怒和恐惧全都忘记了，只想用力地记住此刻每一秒钟的感受，那清晨的田野特有的清香，还有林小棠发丝间特有的芬芳。

“呆子，我……我真不知道有这么危险……”

赵步理仍是没有说话。

林小棠笑了，笑着笑着却又流下泪来。

“你没事，太好了……”

“呆子你说话啊，你搂得太紧啦，我喘不过气来了！”林小棠轻轻推搡着，赵步理却丝毫没有松开手臂。

“小棠，我好想你。”

气氛瞬间凝固在这一刻。

“小棠，我不知道。我就是觉得要死了，但是刚刚，我满脑子想的都是，好可惜啊，好可惜我一直都不敢面对自己，㞞得像一个弱智，我……”

林小棠把他一把推开，努力擦着眼睛。

“别这样，柳姐姐也很担心你，呆子。”

“那不一样！”赵步理赶忙又一把将她拉过来，紧紧抱住。他看到远处有些沉静的柳晴川，眼神匆忙地躲开了。

林小棠听到赵步理这些话，嘴角微微扬起，也把头搭在赵步理的肩膀上，闭上了眼睛。

两个人就这样安静地抱在一起，直到林小棠拍了拍赵步理的肩膀，轻轻笑了一下，一把推开赵步理。

“呆子，你别老想这些，好好做你的事！”

赵步理看着眼前的林小棠，似乎她并没有像自己一样，沉醉在这个早晨，难道……她和自己的心情不同步？

“这可以理解为一种拒绝吗？”赵步理有些低落。

林小棠抿着嘴，不置可否地摇了摇头。

“可能，刚好错过了吧，呆子。”

“为什么错过？我被抓走你都能找得到我，为什么说错过？”

“那是因为，你一直把我放在心上……”

林小棠按了按赵步理的胸前，脸上染上一片绯红。

赵步理顺着林小棠的手指也往下看，看向自己的胸前。

胸前闪亮的挂坠，在橙红色的阳光下熠熠生辉。

难不成是因为……这个挂坠?!

当时还以为是个刀片，这难道是……

赵步理恍然大悟，怪不得林小棠能找到自己，原来是因为它啊。

“所以，就算你走到天涯海角，我都找得到你。”

林小棠眼神坚定地看着赵步理，好像在这一刻，世界上的一切都再与她无关。

这时，魁梧的男人走了过来。

“小姐，我们该走了。”

林小棠的眼神黯淡了下去。

“走吧，钱叔叔，时间也差不多了，给您添麻烦了。”

“小姐……”

“走了啊，呆子！”

“不要，小棠！不要再走了！”

赵步理一把上前，想抓住小棠，却一下子脱了手，不小心抓到了林小棠的蓝色束发带。

赵步理觉得一团毛茸茸的东西被自己扯了下来。他抬起头，吃惊地看着眼前，柳晴川也惊讶地捂着嘴，魁梧男人脸上也挂满担忧的神色。

眼前的林小棠，剃着整齐的短发，笔直地站着，身上散发着一股傲然的英气。她两手摸着自己光光的脑袋，一时间有些紧张。她静静地看着赵步理，眼神中带着惶恐和不安。

赵步理脑海中闪现过他和林小棠在一起的无数画面，似乎一切都指向了一个他认为不可能的答案，一个他也不愿意相信的答案。

“小棠，你好帅。”

赵步理一下子笑得像个傻子。

“我还是好喜欢你啊！”

林小棠扑哧笑了一下，眼泪喷薄而出，仿佛一直以来压抑的情绪一下子爆发出来，她没有擦掉自己的泪水，任其肆意流下。

“算你有品位。”林小棠抽泣了一下鼻子，笑着说。

说罢，她决然地回过头走向跑车，男人也跟着钻进驾驶座的位置。

“小棠，我回去找你！”赵步理大吼着。

林小棠停顿了一下，转过头，遥远地又看了眼这个傻乎乎的男人。

“再见了，呆子，这段时间，是我人生中，最开心的时候，谢谢你。”

林小棠小声自言自语道，她看了看柳晴川。柳晴川眼圈里满是泪水，对她温柔地摇了摇头。林小棠笑了笑，比了个大拇指。

“再见了，柳姐姐。”

车风驰电掣般地开走了，留下两个清冷落寞的身影，每个人都像是丢掉了身体当中最重要的一个零件。

清晨的阳光刚刚有了一丝暖意，似乎是因为感受到了他们的悲伤，刻意留下这份善意的馈赠。

* * *

接下来的一段时间，林间工厂被查封的消息像一颗惊雷，在冬城上方炸响。这场“轰炸”持续了几个星期都没有消散，酒馆饭店、大街小巷，就连理发馆都绕不开这个话题。

“你听说了吗？那个‘百病消’真是坑人的玩意儿啊！”

“可不嘛，黄大仙都被抓起来了。他们把医院的药片掰碎了做成新药片，卖得比医院还贵，还有一大堆副作用，真是天杀的！”

“可我们家吃了还挺管用的呀，是不是弄错了……”

“是啊，我晚上还得靠这个药那啥呢……”

“你傻啊，那是里面的激素有效，这是掺着西药当中药卖，快醒醒吧你！”

类似的讨论发生在冬城的男女老少、各行各业中，最终大家一致认为，以后得了病，还是得去医院。随着冬城医院的口碑越来越好，来医院看病的人也多了起来。冬城人民医院再也不是以前那个闹鬼的医院。虽然没有寒城市人民医院那么火爆，至少也是冬城当地百姓的首选。

更让人开心的是，适逢新一批医学院校的学生毕业，其中有些未能在一、二线城市找到心仪工作的人，也把冬城人民医院当作就业首选。赵步理一边忙着帮王九斤等人安排招聘事宜，一边仍在尽力负责好胸外科的日常手术、门诊。

得空的时候，他还是会去柳晴川的学校帮忙，给学生上一上生物课。他和柳晴川二人也经常会在校园门口的那棵大树前坐坐，看看夕阳。谁也不说话，似乎两人之间生出了不少默契。他们都很享受这种沉默的思考，丝毫不觉得尴尬。自从林小棠离开之后，赵步理的话少了，柳晴川的话更少了。

两人之间，少了一个人，却多了一条深不见底的沟壑。

赵步理经常在自己房里读书。推开窗，就可以看见一望无际的七彩花海和无边的绿色田野，美得让整个人都沉静下来了。他有时会打开电脑，身处一隅小小天地，看着眼前的一方大世界，投入地写自己的网络连载小说。他从来不关心自己写得好不好，或者读者多不多。现在，他有了一个明确的目标——坚持更新。这让习惯他断更的人都大吃一惊。

同时，他如痴如醉地翻阅着笔记的下半册。在方鸿铭的描述下，那些手术的技法总是让赵步理身临其境。

他学习了之后难免手痒，于是时不时上台帮着王大治等人做手术。王大治早就成了赵步理的“迷弟”，同时他也发现，赵步理好像每一天都在变化，和两年前刚来的时候判若两人。两年前的赵步理，是个不求有功、但求无过的人，现在的他更常说这样的话：

“我们试试吧，应该问题不大。”

* * *

时间不知不觉又过了一个月，进入了盛夏。

冬城近日来有些干旱，一直等不到一场酣畅淋漓的大雨，却等来了几位不速之客。

赵步理早上才得到消息。他面色凝重，匆匆来到医院的门口，看到一条昨夜十二点下班时还没挂上的横幅，上面赫然写着：“欢迎寒城市人民医院领导莅临”。

赵步理心中纳闷，自己现在怎么说也是这家医院的核心管理层人员，这种大事，为什么没有全院发通知？就连自己也是今天早上才被临时告知，学术报告厅马上要开一个全体员工大会，据说有很重要的消息要宣布。

他们来做什么？

走进报告厅，其他员工纷纷向他问好。赵步理正要找位子坐，看到王大治正大力地挥舞着胳膊，用细细的声音招呼自己。

“赵大夫，这边，这边！”

赵步理走过去，和王大治坐在一起。

“赵大夫，您是不是得坐台上啊？”

“是啊，赵大夫，您肯定得发言吧！”

“咦，怎么没给您准备名牌？是不是落下了，我去问问！”

赵步理赶忙制止几个年轻同事：“没事，没事，我坐在这儿挺好的。”

随着这几次招聘顺利进行，冬城人民医院越来越人丁兴旺了。一个会场坐了二三百员工，有将近一半都是近期招来的，干劲儿十足。对于赵步理这样的“重要人物”居然坐在台下，他们表示十分不解。

正在这时，门打开了，走进来一行人。为首的人即使在夏天也穿着一身灰色的西服，他迈着有力的步伐，同时不忘对两旁的员工颔首微笑。

不是别人，正是韩雨。

韩雨经过自己身边时，赵步理虽然心有所思，还是低头客套地打了个招呼。

韩雨侧目看了看他，看似露出欣慰的笑容，一只手握住他的手，另一只手拍了拍他的肩膀：“小同志，辛苦了啊！”接着，还没等赵步理反应过来，韩雨已经走上了主席台。跟着他一起上去的，还有程鹰。

两年不见，程鹰似乎又瘦了，而且是那种不健康的瘦，连脸颊都开始凹陷了。只是那如鹰隼般凌厉的眼神依旧没变，带着一种“生人勿近”的敌意。

韩雨走上台，王九斤立刻凑上前问候。韩雨只是笑着和他握了下手，就径直来到主席台正中间，在放着“韩雨”名牌的座位前落座。程鹰也顺势坐在一旁，两人像是彩排过一样，没有一丝见外，也没有一丝慌乱。

王九斤尴尬的笑容僵在脸上。这两年里，赵步理从没见王九斤这样笑过。

医院的一些中层干部也都在台上一一落座。

“大、大、大、大、大家早……早、早……早上好……”王九斤的口吃似乎比平时更严重了。

“行了行了，不用客套了，王院长。”韩雨用低沉的声音打断了王九斤准备好的稿子。王九斤咽了下口水，点点头，退到一边去。

韩雨严肃地拍了拍面前的话筒：“第三排的那个同志，你刚刚一直在和旁边人说话，没错，说的就是你，那个穿黑色短袖的男同志。”

台下的一个老员工左右看了看，用手指指了指自己，一脸疑惑。

“你出去，你不配做这个医院的员工。”

老员工难以置信地看着韩雨，又看了看台上的王九斤。他来这家医院已有五年多，从来没有人这么对他说过话。

“同样的话别让我重复第二遍，你是想让所有人都等着你？”

老员工仍盯着台上的王九斤，但是王九斤似乎刻意在回避他的眼神。

老员工愤怒地站起身，离席而去。

“还有刚刚玩手机的，交头接耳的，准备睡觉的。我点名的，明天来院长这里交辞职信。冬城医院这么好的平台，是我们院长、我们中层干部，一点一滴积累起来的，容不得你们这么把它毁了。”

台下一片肃静，就连赵步理也打起了精神。

“近些年来，冬城医院的发展有目共睹，这和我们王院长的管理是分不开的。我们作为投资方，更重要的是作为后备力量，一定要懂得创业容易守业难啊！”韩雨突然看向赵步理的方向，“我们派来的先遣部队帮助王院长打开了局面。这两年，我一直在院里呼吁、争取，我们不能只派年轻大夫过来历练。咱们冬城医院现在最需要的是资源，强大的医疗资源，而这最重要的资源，就是人！”

韩雨说到此处，下面有人带头鼓起了掌，众人也顺从地附和。

“所以，我们院里决定，未来会派副主任医师长期驻守在这里，帮助咱们冬城医院再上一层楼！我们预计的目标是，未来一年，床位使用率翻倍，大家伙的奖金翻倍！”

台下顿时响起一阵热烈的掌声，这次的掌声多少有了些欢乐的味道。

赵步理心里咯噔一下，他觉得，这一切似乎没这么简单。

“所以呢，未来我们这位程主任就要在这里和大家并肩作战了，王院长，您宣布一下吧。”韩雨看了一眼王九斤，后者唯唯诺诺地点了点头。

“经院里讨论，特……特聘请程……程……程鹰主任为我们医……医院的业务副……副院长……全……全面负责医……医疗工作……”

赵步理不由自主地攥紧了拳头。你这个窃贼！他很想站起身高喊，但是看着冬城的同事们正憧憬着美好的未来，正遐想着奖金翻倍后的生活，他又放弃了。

那就这样吧，好好过我的生活，完成对方老的那份承诺就好。

他突然觉得有些凄凉。这两年多来，无数个日日夜夜的奋斗，似乎一下子就成了别人的嫁衣，而且还是那样一个人，一个赵步理内心认为不值得托付的人。

“我不同意！”

突然，一个嘹亮的、坚定的、清脆的声音传来，所有人都看向了报告厅的后方。

一个美丽的倩影款款走来，似乎韩雨等人强大的气场对她造不成任何影响。

“你是谁，保安呢，谁让她进来的？”韩雨怒气冲冲地用不容置疑的权威发问。

但是没人搭理他，门口的保安也为难地摊着手。

“我是谁不重要，重要的是，你刚才说的，我，不同意！”

* * *

柳晴川眉目当中毫无胆怯，径直向主席台走去。

“你们还记得是谁，来这里开展的第一台肺部手术吗？

“你们还记得是谁，日日夜夜带着你们手术，去你们的家里探访病人吗？你们当中还有很多人的家人，被他免掉了医药费。

“你们还记得是谁，冒死揭发了黄大仙多年的骗局，让你们的家人再也不用吃‘百病消’那种坑人的假药吗？”

柳晴川一步一句，声音不大，但是穿透力很强，逼得所有人都低下头不作声。

“赵大夫应该做副院长才对！”

后面站起来一个胖乎乎的人，正是坐在赵步理身边的王大治，“明明是赵大夫带我们走到今天，你们养尊处优的来了就当副院长，凭什么?!”

“王院长，这是不是你的人？”

王九斤急忙把一根手指放在嘴唇上示意王大治闭嘴，但是他似乎完全看不到。

“王院长，你不是也说是赵大夫帮我们走出来了吗？我们不能让真正帮了我们大家伙儿的人寒心！”

“没错！我们家男人要是没有赵大夫，早死了！”

“要是没有赵大夫，我们到现在还不明白血糖为什么这么高，我们要赵大夫当副院长，不要你们！”

“是不是都不想干了?!”韩雨怒不可遏地吼道。

程鹰气势汹汹地走到王九斤面前，拽着他的衣服：“你给我解释解释，这是怎么回事?!”

王九斤一张鞋拔子脸笑得很难看，连连点头赔不是。台下的人看着自己的院长被外人这么教训，都一脸的愤愤不平。韩雨赶忙小声提醒道：“行了你，别多话。”

但程鹰已然怒气上头，想着马上到手的鸭子就要飞了，指着王九斤便开始骂：“你们这穷乡僻壤的人真是不识好歹，我看你女儿干脆别读书了！回来接着当她的村姑，嫁个阿猫、阿狗的养猪去算了！”

王九斤听到这话，嘴角的笑消失了，他转头看向程鹰，眼睛从一条缝逐渐瞪圆。

“瞪我干什么?!”

王九斤点了点头：“我穷，没错。我喜欢钱，也没错。但是你给我听好了，我女儿，我王九斤的女儿不是你这种下三烂能说的！”

程鹰一时语塞，他没想到这种看似跪久的人突然站起来，还真让人害怕，不知道他们急了以后能干出什么。

王九斤瞪了程鹰一眼，转头看向台下的员工：“我是个冒牌院长不假，这些年我也确实没把医院带好，但是自从赵大夫来了之后，我们的日子确实一天比一天好了，对吧，大伙儿？”

“对！”台下异口同声。

赵步理发现，这个平时卑躬屈膝、爱占小便宜、好吃懒做又一堆心眼儿的院长，此刻竟然不结巴了。

“现在，同意让赵大夫来当我们副院长的，请举手。”

台下的人齐刷刷举起了手。大家都笑着看着赵步理，旁边的人赶忙推了推他，让他上去。

赵步理擦了擦泪，站了起来，全场似乎都在等着他表态。

赵步理明白，冬城的百姓太怕被伤害了。他们在这个世界的角落，需要的是一个真正爱他们的人来帮助他们，而不是把他们当作韭菜收割。

韩雨看到场面逐渐失控，站起来冲到王九斤面前，用两个人能听到的声音说：

“你答应我的事儿呢！不是都说好了！你自己那份是不是不想要了?!”

王九斤恢复了一副泼皮的嘴脸：“我听……听不见啊韩院长，听……听不懂你说什么。”

“好，好好，好你个王九斤！不过你别忘了，你已经把医院签给我了，今天，你同意也得同意，不同意也得给我同意！”说着，韩雨便掏出一张合同一样的纸，仿佛铁证般拍在众人眼前。

台下的人开始窃窃私语，原来他们的院长早就卖了他们。

王九斤也从兜里摸出一张纸，抖了抖，叹了口气，拿起来给台下人看。

“我……我好怕您哪……不……不过不瞒您说，我……我这代……代理院长，早……早转给别人喽……主……主要是让……让同……同事们知道我……我早就不是院……院长了……这……这面子挂不住……所以您……您上次那个签字……怕……怕是不作数喽！”

“你转给谁了?!”

“我……我的老搭档……也……也是您的搭档，卓启智呗！”

韩雨顿时觉得五雷轰顶。难怪自己这次来，卓启智丝毫没有反对，甚至还有些鼓励他。

“韩院长啊，冬……冬城这个地方最近天……天气凉，我……我觉得您还是别在这……这里耽搁了……”

韩雨恶狠狠地看着王九斤，一个劲儿地点着头。

“好，很好，非常好……我们走！”

说着便背过手，眼睛冒着火离开了。

韩雨前脚还没出去，就听到有人吼了一嗓子“赵院长好”，全场立刻爆发出赵步理此生都没有感受过的热烈的掌声。

“赵院长好！”

“赵院长好！”

“赵院长好！”

此起彼伏的声音传来，赵步理在这一瞬间，享受到失而复得的快乐。或者说，他本身也没有期待任何事情，但是至少争取到了，属于自己的，也属于这些可爱的人应得的荣誉和权利。

此后，医院在赵步理的带领下，继续有声有色地开展着工作。赵步理发现自己始终干不来管理，还是甘于做一个平凡的大夫，把病人管理好，把手术做好。于是他推荐其他人担任副院长，自己便退了下来。王九斤也继续干起代理院长的工作，每天背地里骂得最多的，就是赵步理这个甩手掌柜。就算骂，别人也都知道，这位王院长，是真正把赵步理当成了自己人。

* * *

转眼到了冬天。深夜里，赵步理望着满地的白雪发呆。这时，他收到一条微信。他已经很久没有跟这个人聊过了。

> 我这边还缺个主治医师，你回来吧。我一直扛着不退休，就是等你呢，孩子。
>
> 孙慧

第24章 失误

龙森浩还了良心债

“小张，怎么昨儿又没回去啊？”

“嗯，住在这儿舒坦。”

“怎么，还和媳妇儿闹别扭？”

“唉，李处啊，这日子没法儿过了，说也说不过她，就推托说加班，躲个清静，过两天就好了。借您沙发睡一下，您别介意啊！”

李有才比之前又胖了几斤，也不过三十五岁的年纪，鬓角全都白了，发际线也后移得厉害，身上的名牌皮带和手表尤其醒目。他走过去拍了拍小张的背。

“小张啊，你这刚结婚，往后的日子还长着呢。”

小张赶忙给李有才倒了一杯茶。他知道这是李有才早上的习惯，他要在这边待到八点再回科里交班，似乎去早了就显现不出自己的特殊性。其实，在运营办也没什么事需要他做。

“小张啊，我觉得这次你就不能回去。”

“啊？”

小张一下子嘴巴张得老大。

“这刚结婚啊，最重要的是什么呢？”

“是什么？”

“头三次吵架，就看谁先吵赢。谁吵赢了，未来这一辈子大事小事谁就说了算。所以说啊，不管你做得对还是不对，男人，一定不能服软。不然这女的，真是蹬鼻子上脸，你就等着瞧吧！”

小张一张娃娃脸，戴着一副黑框眼镜，里面的小眼睛眨了眨，像鸡啄米一样地点头：“那李处，您是过来人，您说我现在该怎么办？”

“等她主动来求，不然绝对不要搭理她。你一搭理她，她就知道这么闹你肯定服软，下次还得跟你闹。”

小张讪讪地笑了笑：“这……不好吧……”

李有才想都不用想就知道，这个小张不出两个小时就会和老婆道歉，然后回家跪几下搓衣板，就和好如初了。

他倒在自己的躺椅上，沐浴着冬日清澈的阳光，有些恍然，自己刚刚结婚的时光浮现在眼前。

那个时候，李有才每个月的工资还没到账，就先给老婆看工资条，让她知道日子会越来越好，告诉她不要省钱，多去买新衣服。但是老婆每次都说，她不喜欢新衣服，现在的衣服足够穿。

每天下班，李有才也和小张一样，匆匆往家赶。他喜欢陪着老婆，住在几十平方米租来的小房子里，一起看电影，一起看书，一起畅想未来。

不过，现在一切都不一样了。他们刚换了一套一百五十平方米的房子，孩子读着寒城最好的小学。他反复和老婆说不用工作了，好好带孩子就行，但是屡次被拒绝。他每天下班也不急着回家，就算再闲，也要待到九点多才回家。

孩子的生活，他一直缺席，但是他又总觉得孩子的教育有这样那样的问题，每天和老婆之间最多的交流就是争吵。

李有才深深地叹了一口气。赵步理走的这两年多，他凭着自己的努力几乎获得了他以前梦寐以求的一切东西，但是总觉得自己的心永远也填不满。

现在赵步理回来了，他却开始烦躁起来，似乎原本被自己安排得妥妥当当的一切出现了变数。

“李处，据说你们马上就要举办手术演示了？”

“嗯，没错啊，我正联系这事呢。从场地到人员，还有那些赞助商，全都得我一个人弄，孙慧也不会，龙森浩也用不上，唉！”

“毕竟能力越大，责任越大嘛，胸外科没了您这个顶梁柱，分分钟就得垮台啊！”

“唉，要是他们也能这么想就好了。一个个的天天跟大爷一样，还不知道是谁在给他们擦屁股。”

“到时候您也参加手术演示吗？”

“那肯定得有我啊，不然我忙活这么半天，我傻啊！”

“这手术演示，是不是就是做台手术啊？”

“哪有这么简单，这手术演示啊，也是我们胸外科界很重要的一件事。我们会办一个学习班，邀请很多地方医院的人来参观学习。这些地方医院有的是病人、床位和手术室，但就是缺主刀。他们参观一圈之后，看着哪个大夫的水平高、技术好，回去就会请他过去做手术。这慢慢地名气一起来，就可以靠‘飞刀’挣钱了。”

“哟，那李处您可得好好表现，到时候一下就飞黄腾达了吧！”

李有才笑而不语。

他安排了三台手术：孙慧一台、他一台、龙森浩一台。

他知道，如果不给龙森浩安排，孙慧肯定不高兴，于是索性给龙森浩安排一个简单的手术。自己做一个难度大的，让自己堂堂正正地打败龙森浩一回，让他这辈子都被自己踩在脚下。

至于赵步理，李有才倒是不放在心上。

说到赵步理，对了。

他打开包，从包里取出一样东西——是他早上开车去接赵步理的时候，赵步理落在他车上的，他想收着回头给赵步理送过去。

“《怪医笔记》。”

李有才瞄了一眼旁边认真工作的小张，从躺椅上坐直，翻开了这本册子。

李有才的眼睛从不屑慢慢变成了惊讶，然后变成了狂喜。他疯狂地翻着册子，到处找作者，却一无所获。但是里面的内容，让李有才彻底地疯狂了。

尽管文字有些看不明白，但是这些手绘图他能看得懂。这些在外人眼里也许一文不值，可在真正懂医、懂解剖的李有才眼里，那可真是天大的宝藏。

李有才一边看，眼睛里一边放着光。他左手举着笔记，右手在空中不由自主地比画起来。

“李处，您这干啥呢，马上八点了，您还不去交班？”

坏了！

李有才看了看表，这才意识到自己看笔记太投入了以至于忘了时间。他赶忙站起身来，但想了想，又安安静静地坐下了。就这样直接还回去，李有才突然觉得有些不甘心。

“怎么了李处，今天不查房了？”

“没事，偶尔不去一次，主任那边也不会怎么着。毕竟现在科里大大小小的事还得靠我。”说罢，他走到打印机前，开始一页一页地复印起来，眼中全是诡异之色。

“李处，这什么东西，我帮您印吧。”

“没事，你忙你的。”李有才一口回绝了。

他看着眼前的笔记，脑海中浮现出那个看似吊儿郎当的身影。这次去机场接赵步理，发现他明显比以前成熟了，也稳重了，看到人的时候，眼中也懂得藏东西了，不再是个好对付的小孩子了。

老天为何对我如此不公？龙森浩根本不用当大夫也可以过上很好的生活，赵步理因为这本不知道从哪儿得来的手术秘籍，出去打了一圈酱油，居然当上了那个破医院的副院长。

而我呢？我得到今天的这一切，全都是靠我自己的努力和奋斗，全是我自己！我不要运气，我要的是实力！有了这本笔记，不用说龙森浩，就连孙慧也未必能比我强！

小张一边敲电脑，一边转头过来问：“对了李处，这边有一个医务处的申请，让我们帮忙调阅下赵步理的一些记录，比如手术例数什么的，估计是要提主治医师职称用的。我看了下，这两年都没有赵步理的记录，怎么办？医务处发了个备注，说上面想提他，是不是咱们通融通融，面子上过得去就行了？”

李有才的手不由自主地把《怪医笔记》的下半册攥得哗哗作响。

你们这些运气好的家伙，别想再从我手里偷走任何东西！

“就如实回复医务处，说是数据缺失过多。建议医务处严格按照医院的规章制度办事，这是我们自己科的，更不能徇私！”

“明白！”

李有才直勾勾地盯着印好的笔记，一页一页订好，再把赵步理的原版装进包里。

还有三个月的时间。李有才发誓，一定要把这本笔记全部拿下。刚刚看了两眼，就已经解开了他长达几年的困惑，如果全看完了，再加以实践……

李有才嘴角扬了起来。

* * *

“喂，你说的到底靠谱不靠谱啊，那个病人你检查过没有，不会是来报仇的吧？泼个硫酸什么的……”赵步理弯着腰小心问道。他的个头儿比柳晴川高上一头，所以在柳晴川面前永远低着头。

柳晴川微微一笑：“放心吧，步理，这个姑娘在我那所学校干了五年了，她什么脾性我还不了解？我爸爸生前也很喜欢她。”说到这儿，柳晴川的眉角有些低垂。

赵步理不敢再多问，二人走到办公室门口。

“请你出去，现在不是我的门诊时间。有事请到门诊挂号找我，我一定好好解答。”

“不，龙大夫，我就问一句话。”

“一句话也不行，你现在不是我的病人。”

“不是，你这个大夫怎么这个样子啊，你们孙主任我每次去找她都和和气气的，你怎么小小年纪这么大脾气！我就问一句话，让你看一眼，怎么了！”

赵步理赶忙走过去，看到龙森浩没有再回答那个叉着腰指着他的大妈，而是神色自如地看着手机。他的态度惹得大妈气急败坏地拍了下桌子，声响很大，每个人心里仿佛都怦的一下，只有龙森浩依然不动声色，眉头也没有皱一下。

“我跟你说，你这种没医德的大夫迟早被雷劈死！”

大妈气得胸口剧烈起伏，龙森浩轻轻抬起眼皮，站起身：“阿姨，我最后说一遍，这是中午休息时间，而且也不是我的门诊时间。随时随地给您看病不是我的义务，请您尊重医生。我不是图您那几块钱的挂号费，我要的是基本的尊重。”

大妈完全听不进去，继续叽叽喳喳地骂了一通，摔门走了，临走还把桌子上的病例全都扫到了地上。

赵步理赶忙上前帮忙捡病历，龙森浩也弯下腰去收拾。

“步理，回来了啊。”

“是啊，大师兄。”赵步理有些尴尬地看看门口，“您这儿没事吧……”

“正常，来这边的病人总想图省事。插队走后门的太多了，只不过在我这儿行不通就是了。”龙森浩平静地答道。

赵步理挠了挠头。

“怎么样，步理，这三年过得还好吗？”

赵步理轻轻鞠了一躬：“还好还好。另外，太感谢大师兄了，我爸那边的餐厅真是受您照顾了！”

龙森浩笑了笑：“反正去哪儿都是吃饭，干脆多拉上点朋友去你爸那边捧捧场。而且叔叔做得真好吃。”

“可是吃饭也不至于留几千块的小费啊……总之真的太……”

“别婆婆妈妈了，回来就好。听说这三年你过得很传奇，这次正好回来挑起大梁啊。”

赵步理重重地点了点头。他看龙森浩不准备接话了，有些不知道如何开口。

“怎么，还有事？”

“呃，大师兄，我想问您现在是不是还不做微创手术？”

龙森浩表情突然凝重起来，深深叹了一口气："还不到时候吧，先把开放手术做明白了再说，不着急。"

"大师兄，我这次回来，给您带了一个礼物。"

"哦？"

赵步理转身示意了一下。

"这就是我给您带回来的礼物，大师兄，这位是——"

"咦，这不是你那个女朋友吗？她当年手术的时候，我就觉得你们眉来眼去了。"

赵步理赶忙回头，发现是柳晴川走了进来，立刻尴尬地笑了笑，柳晴川的表情有点苦涩。

"不是，师兄，您误会了。晴川？"

柳晴川点点头，闪开身子。后面走进一个身材矮小的女孩，有一双小鹿般灵动的黑漆漆的大眼睛，小小的尖下巴，显得整个人有些瘦削，但是十分好看。

"你？"龙森浩突然放下手机，站起身，刚才的气场荡然无存。

"龙大夫，久违了。"女孩用有些沙哑的声音说道。

"你的声音，好像……"

"好些了，虽然和以前不一样，但是一样有磁性，对不对？"女孩微笑着看向龙森浩，眼神没有任何闪躲。

"挺好的，不过还是不如以前。"龙森浩低下头，眉宇之间尽是愧疚。

"龙大夫，您还是和以前一样耿直。既然我都认为现在的声音很特别，您给一句虚伪的奉承很困难吗？"

"不，我不能那么想。"

"是因为那么想，会让你觉得，你放下了？而你不应该放下，你应该一辈子记着，才能对得起那无聊的良心？"

女孩的眼神有一种神奇的魔力，让面前一米八的男人低着头，不敢看她，也不再高傲。

"龙大夫，"柳晴川见两人聊到尴尬之处，上前一步，"杨雪是五年前来到我们……您就理解为希望小学吧，这个地方来做老师的。刚来的时候，我们都劝她好好养着嗓子，但她凭借自己的努力，把文化课教得非常好。不能说话或者失声的时候，她就用画的，每节课的板书都是一幅画。全国各地的老师都特地来县城听她讲课，我也是近期偶然才知道杨雪的嗓子有这样的故事，不然我早就带她来了。"

杨雪笑了笑，没有说话，似乎说多了就会累的样子。

“我爸爸之前也很喜欢她，现在她不再直接给学生们上课了，而是给老师们上课，告诉老师们该如何去教书。这让好几个贫困县的老师懂得了如何更好地开展教育。这几年，好多贫困县的学生考上名牌大学，甚至是清华、北大。他们通过自己的努力改变了人生，这些都有杨雪老师的功劳。”

龙森浩听着柳晴川娓娓道来，看着眼前柔弱的女孩，似乎和记忆中那个疯狂、愤怒、抑郁、绝望的女孩判若两人。但是龙森浩的眼眶有些红。

“龙大夫，其实杨雪这次来找您……是……”柳晴川说到这儿，旁边的女孩摆了摆手。

龙森浩低下了头，有些恍惚。

“怎么，觉得我拿了你的那些钱，你心里就能好受点了？”

龙森浩摇摇头。

“觉得用钱就可以弥补内心的窟窿了？哈哈，这就有点可笑了。你知道吗，其实最可笑的，大概是我自己吧……”

杨雪突然露出了明媚却略带苦涩的微笑。

“龙大夫，这样说吧，我……原谅你了。”

龙森浩狠狠地咬着嘴唇，不断摇着头。

“或者换句话说，我现在至少活着，还活得很好，就算是损伤了一根神经，也没有失去我真正想做的事业。其实这么多年来，我一直很后悔当初和您说的那些话，这不是您刻意造成的，而且我的病也已经治愈了。我真的，真的原谅您了，龙大夫。”

龙森浩叹气：“无论如何，当初是我执意要用微创做你的胸骨后甲状腺癌的手术。当时孙主任也反对了，说是开胸最保险，但我……但是我……你的声音那么好听，你说你要去考播音主持……”龙森浩突然咬着牙，眼圈泛红，浑身的肌肉不停地颤抖。

“我知道，”杨雪笑了起来，像是这个冬天最温暖的阳光的样子，“您是不想让我胸前有个大刀口，因为我当时一听说要把胸骨锯开就哭，您又不知道怎么安慰我，还说要给我装个好看的拉锁。”

龙森浩听到这句话，竟然哽咽起来，不知道是因为获得了杨雪的原谅，还是为了当初那个单纯的自己。

“手术很成功，不是吗？我活到了现在，癌症也始终没有复发的迹象。”

“可是……我毁了你。”

“其实，我觉得您实在是有些自负得可怕。您自认为能左右我的手术方式，自认为一切意外都是自己的责任，自认为我的人生会因此毁灭。您是不是，也太看得起自己了呀？”

龙森浩完全没有了往日冰冷的形象，他眼含着泪，笑着点点头。

“对，我算个茄子。”

“就是，你算个什么茄子！你这么想就对了！”

杨雪用沙哑的声音说着，眼泪也一下子涌出来，仿佛压抑了很久的洪水突然决了堤。

“我是茄子。”

“你就是茄子，你这个自以为是的烂茄子、臭茄子、红烧茄子！”杨雪一边哭，一边笑。眼睛哭得睁不开，泪水不停地流下来。

“我之所以收了你的钱，是因为我也和你一样，欠下了一笔良心债。我大概是被你传染了，我觉得这是我的责任，而且我有义务去弥补。我要谢谢晴川，要不是她，我可能永远都不会原谅自己。”

龙森浩听得云里雾里，不过他唯一确定的事情是，她真的放下了。

他心中某个冰封的黑暗角落，终于洒进了一缕阳光。

赵步理看着二人，感慨良多，他转头看着柳晴川，后者眼角也泛着泪光。

还记得，柳晴川义无反顾地说要陪赵步理回来。他们走时，冬城的人有一多半都来了，排在最宽阔的县城主干道的两侧，挥着手送赵步理和柳晴川二人离开。

这几年的时间，两个微不足道的年轻人，给这个县城带来了太多的惊喜和改变。不只是建成了一所学校或者一个医院这么简单，还让这个地方的人了解教育，了解医学常识，他们开始能够像城市里的人一样试着改变自己，改变命运。

这两个人，对冬城人来说，是天使般的存在。

柳晴川突然转头问赵步理：“步理，我想带你去一个地方，可以吗？”

* * *

赵步理跟着柳晴川来到一个不大不小的城市，他记得每个过路人友善的面孔。他在小卖部买了一瓶水，店老板看上面有土，赶忙用身上的衣服擦了又擦，才递给赵步理。

他们走进了一个小学的校园，这里孩子很多。他们穿着有些破旧的衣服，玩着赵步理儿时的游戏。上课铃响了，柳晴川熟门熟路地领着赵步理走进一间教室。在那里，他们看到一个美丽的女孩子在黑板上飞快地画着画，而且居然把数学这门课画了出来。

她的粉笔好像是一根魔法棒，那些圆在她笔下像踩了圆规一样标准。

她很少说话，但是她的眼睛会说话。

“这是？”

赵步理看着台上的杨雪，听柳晴川讲述了一个有些悲伤的故事。

杨雪班上曾经有个孩子，家里很穷，但是非常优秀。杨雪作为班主任，虽然温柔但一向对学生要求严格，越是喜欢的学生，她要求就会越严格。

有阵子，这孩子的成绩有点下滑，于是杨雪严厉地批评了他几句。她本来希望这个孩子知耻而后勇，重新找回自己，没想到他以为老师瞧不起自己，走了极端，从三层楼上跳了下来。最后虽然没有生命危险，但腿骨折了。

“她很绝望，觉得是自己对不起那个孩子，一直想去补偿，但孩子和家长怎么也不肯原谅她。因为她是我的好朋友，我就和她讲了你的故事。”

“我的故事？我……我有什么故事……”赵步理挠挠头。

“你当然是个有故事的男同学了。我和她讲了你，和她说了你们医生的故事。医生和老师多像啊，你面对的病人和我们面对的学生一样，每个人都有所不同。用你认为最好的方式去对待所有人，不一定会获得你想要的结果。我们没必要用这些结果惩罚自己的良心，我们唯一能做的，是尽可能地让自己更完美，让我们真心想帮助的人能够不因我们的方法不当而受到伤害。”

赵步理轻轻地点点头。

“我没想到，和她说了你的故事之后，她不但释然了，还给了我另一个惊喜，所以我们这次回去，我要送给你大师兄一份礼物。”

“大……大师兄？！”

“没错，这礼物，名为……系铃人。”

* * *

杨雪带着笑走了，临走时从怀里掏出一块玉送给龙森浩。

“龙大夫，请努力温润如玉哦。”

龙森浩没有说话。

这天下午，赵步理留在办公室里。一个病人家属进来，问了龙森浩几句话。

“喝什么鸡汤，就鸡汤油最大！我不是不让你吃油腻的东西吗？”龙森浩冲着病人家属嚷嚷。

赵步理笑而不语，心想，还是熟悉的味道啊。

过了一会儿，龙森浩出去一圈回来，发现赵步理正不停翻着包。

“你找什么呢？”

“我好像丢了个本子，很有可能是二师兄来接我的时候落在他车里了。”

“很重要吗？”

“太重要了，里面有好多重要的信息，我一会儿去问问二师兄。”

龙森浩若有所思。

“对了，步理，我知道不该这么说。以前的你无所谓，现在你也是科室骨干的一分子了，平时为人处世还是要尽量低调一些，而且，要小心……”

“大师兄，”赵步理抬起头，笑出一排整齐的牙齿，“我知道该怎么做，您放心吧，我有分寸。”

龙森浩有些惊讶地看着面前的师弟，心中感慨，他真是长大了。

这时，刚才被龙森浩训斥的家属又走了进来：“龙大夫，谢谢您啊。不好意思，您写的这个字儿我没看清楚，这个清炒蘑菇是‘少’放盐还是‘不’放盐啊？还有……”

龙森浩脸“唰”地红了，看着一边正偷笑的赵步理，赶忙把家属领了出去。

赵步理捂着肚子笑了起来，发现同时笑的不止他一个。后门，一个女人也正笑得前仰后合，龙森浩回头一看，脸更红了，没好气地瞥了她一眼。

韩冰笑着走过来，她看到那个熟悉的男人，或者说男孩，正在重新走入她的生活，内心仿佛被阳光洒满了每一处曾经变得冰冷的角落。

“步理，你来，我有东西要给你。”

龙森浩装作没看见韩冰，有些尴尬地溜掉了。

“怎么了，韩老师？”

韩冰一面对赵步理，立刻丢掉了小女人的外衣，像个大姐姐一样：“我下午听那家伙说了。你知道吗，他已经有几年没有和我说这么多话了，虽然看起来很不情愿的样子。真的谢谢你们。”说着，她从兜里掏出一张卡，“我听说你女朋友的事业了，真的很不错。龙森浩那家伙，收了人家的玉，也没准备什么回礼，那就收下这张卡吧，就当是我们两个给你们希望工程的捐款。估计对你们来说也是杯水车薪，至少可以给孩子和老师们添置点东西。”

赵步理有些为难地收下这张卡。韩冰又凑了过来，对他耳语了几句。

赵步理点头记下了密码，突然号了一嗓子。

“五十万？！”

韩冰赶忙看看身边，冲他一个劲儿地嘘起来：“别嚷嚷，这钱也不是我的，就当是我替老干部做点好事积点德吧。”说着面露郁结之色。赵步理回想起自己曾经在冬城和韩雨的那次 PK，一时间也思绪万千。他收下了卡，没有再客气。

“我会交给晴川的，不过，她不是我的女朋友，我其实有喜欢的人了……”

“那……”韩冰想了想，“你们年轻人的事，我就不掺和了。不过，从女生的角度给你一点建议，如果你不喜欢一个女孩，还是要趁早告诉她，别再让她有更多幻想了，明白吗？”

赵步理反问：“那你呢，师姐？为什么这么多年……撞南墙撞出包来都不回头？”

只听到楼道里传出一声巨响。过了一会儿，一个女医生紧绷着脸，冲探头探脑围观的病人们艰难地笑了笑，揉了揉手腕便走了。

如果有好事者往里走一步，就会发现有个可怜的家伙，正龇牙咧嘴地躺在地上，不停地颤抖着。

韩冰边走边笑，她终于看到了一丝曙光。她一生的愿望就是找到真正属于自己的爱情，而不是像父母一样——他们的结合完全是功利的，而自己就是这个功利婚姻的产物。如果不是因为爱情，那宁可谁也不嫁。她无数次听到父亲醉酒之后喊着一个女人的名字，原来，父亲也曾经深爱过。

还好自己没有放弃，终于，等到了啊。

* * *

“进！”

“孙老师好。”赵步理走进门，把门顺手带上，看到孙慧正在弯着腰给花浇水。三年不见，老师的白发多了不少，连背也似乎不如以前挺直了。

“回来就好，回来就好。”

赵步理把一页纸毕恭毕敬地放在孙慧面前。

“孙老师，这是我提交的主治医师的申请。”

孙慧看了看赵步理，眼睛当中仍是透着英气。赵步理感到孙慧看自己的眼神中一如既往地温暖，心里也放松下来。

“硬指标似乎还差了一些，也不知道医务处会不会拿这个卡你，要不要我帮你……”

“不用了，孙老师，您签个字就行，我会想办法的。”赵步理笑眯眯地说。

“嗯，也是，你李师兄在运营办呢，不行你让他想想办法。这些指标上的问题，还不是一句话的事情。”

赵步理眼神有一瞬间的飘忽，但还是神采奕奕地冲孙慧笑了笑，点了点头。

孙慧一时间也有点不适应，她印象中的赵步理，还是那个什么事情都做不好，碰到事情只会挠头的家伙。

“其实……”孙慧叹了口气，在办公室的小沙发上坐下，“其实你们这三个小家伙啊，各有各的好，也各有各的毛病，但我都把你们当自己亲儿子看待。这三个人里呢，我心里最对不住的就是你了。”

赵步理被这番突如其来的话说得不知所措，但他不得不承认，心中仿佛有一根最脆弱的弦被拨动了。

他一直努力让自己相信，孙慧派他去冬城是为了他的成长，但现实是最直接的证据，摧毁了他一切虚幻的自我保护。

“这次的手术演示，对你来说有点早。但是我想好了，你来做，我给你当助手。”

赵步理下意识地往后退了一步。

“这怎么行啊，孙老师，人家是来学习观摩的，我一个小大夫，别砸了咱们医院的牌子。”

“你得相信自己。老家伙不下去，年轻人什么时候能出头？老家伙的肩膀就是让人踩的。”

“可是，还有大师兄和……”

“好啊，那听你的，当我没说。”

孙慧不再说话，也不看他，兀自玩着桌子上的一盆文竹，饶有兴致的样子。

“呃，孙老师……”

“还有事？”

“要不我试试？”

孙慧假装严肃地哼了一声。

“知道了，出去吧。”

“好！”

赵步理开心得不亦乐乎，赶忙调皮地鞠了三个躬，露出满口大白牙，一边拨浪鼓似的点着头说着谢谢，一边赶忙溜了出去，似乎怕走慢了孙慧会反悔。

“唉，这个小家伙，终于有点大人的模样了。”孙慧欣慰地笑了笑，从抽屉里掏出几盒药，拿出一片药，没就水就直接吞了下去。她挤了挤眼睛，似乎才能看清眼前的东西。

“这时候你来捣什么乱。”

孙慧冲着天花板咬了咬牙。

* * *

李有才仔细盯着屏幕，右手轻轻地把弯钳朝血管的后方探去，只见血管毫无阻力地穿了过去，然后他轻轻撑开弯钳，把血管后方的间隙撑大。

“你看啊，小豪，这种‘擀面杖法’是很久以前就有的，要的就是你尽可能把血管的两侧都往背后挖。这样，血管背后盲区没有打开的组织越少，你用直角钳或者长弯钳从后面掏的阻力就越小，就越不容易掏错了造成间隙出血。”

陈彦豪在轮转之后报考了胸外科，以后就是胸外科的住院医师了，毕业课题也是按照胸外走。虽然孙慧多次表示自己即将退休，不再带学生，他也丝毫不退缩。

陈彦豪两手恭恭敬敬地扶着镜子，一个劲儿地点头。

“师兄，您真的太牛了，好多大夫在您这个年资都做不到这种水平。还有，您缝的那一针，角度太神奇了！我注意到您缝了第一针之后，把两端的线攥在一起提起来，这样的话就把下方的组织拽起来了，避开了深处的大血管！感觉您又进步了好多啊！”

李有才仍然目不转睛地看着屏幕，没有回头。那个笔记，还真是好东西啊。

“等你再多看看，以后让你也按照模块尝试着做，胸外科的手术一点不难，好，关胸！”

“师兄，您不看看引流管孔有没有出血吗？我刚才看到好像还有点渗血……”

李有才有些不悦。

“你对出血这么胆小？我开的刀怎么会有问题？”李有才嘴上说着，手上却准备掉转陈彦豪的镜头，看看肋间是否真的有出血。

“刚才好像烫到了肋间的动脉上……”

“我什么时候烫破过？”李有才立刻回头瞪了陈彦豪一眼，不再掉转镜头，放弃了检查的想法。

“还是看看吧，二师兄。出血这个事情，自古有句老话说得好，台上不管任何人，哪怕是护士、麻醉师如果看到出血，所有人也得立刻停下，不是吗？”一句带着笑的声音传来，手术室里紧绷的气氛缓解了一些。

“哦，步理？”李有才转头看了一眼，眼睛继续盯着屏幕，手底下却若无其事地摆弄了一下肺组织。赵步理看得出，他在有意无意地展示自己对肺门的处理以及淋巴结清扫的结果。

“师兄，你这个淋巴结清扫得……”赵步理看着屏幕，歪着脖子点了点头。

李有才用吸引器不停吸着偶尔渗出的血，把清扫淋巴结的区域撑得很大。从显示屏看过去，每一处都是一个干干净净的大洞，这说明淋巴结清扫得十分彻底、干净。

“很棒啊，师兄，都是整块地清扫，这手术十分标准。”

李有才没有说话，旁边的陈彦豪却看到他嘴角得意的弧度。

“哪里哪里，常规操作罢了。”

“对了，师兄，我那个册子……”

李有才皱了皱眉：“哦，你不说我都忘了！那天顺手就放在办公室了，我下午去办公室取，明早一定给你！”

赵步理笑了笑：“师兄，我还是等着吧，这两天我怎么也联系不上你，我怕你下午又去开会了。”

李有才停下手里的活：“那行，你等我一会儿，我这儿马上弄完了。”

“没事，师兄，那个东西你要是喜欢，可以复印一份慢慢看。”

李有才顿时没有了好脸色：“我都没打开，不知道那是啥。你非要今天拿，就先去更衣室等我吧。”

面对突如其来的逐客令，赵步理丝毫没有慌乱，这时他看到秦红艳走了进来，赶紧往后站了站，给这位姑奶奶让道。

“哟，步理，好久不见哪！你看看你们科现在真是人才济济。步理，你可不知道，这阵子李大夫这手术做得可是越来越快，‘唰唰唰’地就切完了，有时候龙森浩那边还只做了一半呢，这边都关胸了，你也得好好跟你李师兄学，听见没有？”

李有才装作没听到，赵步理却像是发现了什么。

“最近这阵子越来越快？”

“可不是嘛！还经常把以前刚建院时候的老钳子找出来，说那些钳子的角度更好。我就说嘛，龙森浩老说我们器械不好用，人家李大夫怎么就能用好呢？”秦红艳扯着嗓门儿嚷嚷。

“行了，秦老师，您帮我再去拿点止血材料吧。”

“得嘞！还是跟上次似的，打开了记上费用，直接扔垃圾桶呗？”

李有才再也忍不了这个多话的女人了，他转过头狠狠瞪了她一眼。秦红艳左右看看，似乎知道自己又多嘴了，转身匆忙地走了。

赵步理把一切都看在眼里。

方老，这难道就是您设计出两本的用心吗？

“哦，对了，师兄，据说我那个提主治医师的资格审批，医务处那边还是没有通过。”

李有才面露惋惜：“真抱歉啊，师弟，这是医院定的规矩，我也没办法，只能把现有的数据提交上去。手术例数需要 200 台，你连 100 台都没够，再耐心等一年吧。得慢慢练，才更安全，是吧？”

陈彦豪站在中间，突然感受到了李有才话语里针锋相对的寒意，顿时打了个寒战，不敢插话。

“没错，师兄说得对，不过毕竟我在冬城医院也上了不少。所以呢，我就随口问了一下卓院长，卓院长给您写了张条子，让您帮忙关照一下。”说着，赵步理把一张折叠好的 A4 纸放在手术室的护理台上。

“师兄，我在男休息室洗干净等你！”赵步理调皮地戏谑了一下，准备出门，“对了，显示器的旁边明显有条红色的小河，还是看看引流管口吧。”说罢，他便踩开自动门走了。

随着自动门缓慢地关上，李有才一把夺过陈彦豪手里的胸腔镜，掉转了一百八十度。显示器里出现了引流管口的样子，果然有一根小血管，正在肆意地滋着血。

陈彦豪偷偷瞄了一眼李有才，只见他下巴把口罩拉得很长，脸上口罩没有遮挡住的区域，黑里透红的煞是难看。

“给我电刀！”李有才的眼睛里，尽是阴翳的神色。

* * *

“小棠，我下个月要去手术演示欸，你知道全国有多少人来看我做手术吗？”

“加油哦，呆子！不过你能不给自己脸上贴金吗？”

“小棠，我再过两周就去手术演示哦，真的是我做，孙主任给我当助手！”

“加油，呆子！你是最棒的！”

“小棠，我再过几天就要去手术演示了，你有空也来看看呗？”

“加油。”

赵步理经常会找林小棠有一搭没一搭地聊天，刚开始的时候，林小棠还会多回复几句，但是后面越来越短，特别是每当赵步理提出要见面的时候，对面就突然沉默下来，搞得赵步理再也不敢随便提了。

柳晴川也住在医院附近，她找了一所寒城市知名的小学做了老师，开始准备落地十年的宣传活动。赵步理有时间也会去帮忙整理材料，帮助筹备柳晴川父亲所计划的，那个乡村教师培训计划十年总结会。

在整理的过程中，赵步理才发现自己知道的还是太少。柳晴川默默地做了很多不为人知的事情，例如，赵步理经常看到她离开冬城，以为是回大城市休养，结果她是去了比冬城更加贫瘠的村落里给老师们上课。

“多一个合格的老师，孩子们就多了一分改变命运的希望。”

赵步理经常回想起韩冰的话，和柳晴川刻意保持着距离。柳晴川也完全没有给赵步理带来过困扰，她只是小心地维系着这段友情，没有越雷池分毫。

“小棠，今天我的主治医师批文下来了，明天我就要手术演示啦，这真的会改变我的命运哦！你能不能来一下，真的，求求你，别不理我啦。”跟着发了一个狗狗的表情。

赵步理发出了 QQ 信息，一直盯着电脑，等待着对面的回复。

连续三天，林小棠都没有回复过他任何信息。

赵步理正在柳晴川的学校帮忙整理材料，他有些失落地倒在椅子上。

明天就要手术演示了，他和孙慧将进行一台复杂的肺手术，需要做血管和气管的成形。李有才会独立进行一台常规的肺叶手术，而龙森浩呢，会进行一台非常简单的肺楔形切除手术。

这样的安排在赵步理看来，确实有二师兄的风格。孙慧虽然有些不悦，但是看赵步理和龙森浩都没有异议，心里的情绪也就按下不表了。

赵步理心里还是有些打鼓。这次的演示，可以让全国很多同行看到他的手术技术。如果技术获得认可，接下来就可能获得更多的手术机会。因此，要说他毫不在乎，也是骗人的。赵步理内心还是暗暗期待着这一天的到来。

但是，林小棠，你能不能，来看一眼啊？

赵步理一边复印着柳晴川需要的材料，一边唉声叹气。柳晴川在一旁看着他，心里也大概了解他的所想，面无表情地继续做着手底下的事情。

这时候，一个高大的男人莽撞地冲进了学校，环顾了一下就和赵步理的目光对视了，然后急匆匆地向他走来。

“钱……钱叔叔……”

对面的高大男子正是林小棠的司机。

“你快跟我走，小棠……小棠她快不行了……”

赵步理“腾”地站起身。

“什么叫不行了？!”

“她一直病着，可能快挺不过去了，你还是……去看她一眼吧。”男人声音哽咽了。

赵步理手中的一沓材料像雪花一样散落一地。

他感觉有一把冰锥插在心里，不敢喘气，浑身刺骨的寒冷。

“快带我过去啊！”赵步理冲着男人大吼着。

突然，他的手被一个人拉住了，那只手比他的更冷。

赵步理转过头，看到满眼噙着泪的柳晴川：“步理……她……不希望你过去……”

赵步理愤怒地甩开手：“你早就知道?！为什么不告诉我?！你什么意思?！”

赵步理眼睛圆瞪着怒吼着，柳晴川还想再伸出手，但是这时候的赵步理已经无法靠近了。

不争气的眼泪瞬间从柳晴川脸颊上流了下来。

赵步理突然有些心软，也意识到了自己的失态，但是他决然地转过身，示意了一下男人。

“我们走吧，快点！”

走了几步，赵步理突然偏过头来。

“我心里真的只有小棠，对不起，你……你值得更好的人。”

说罢，他便奔跑起来，留下一个寂寞的身影。她默默蹲下，咬着嘴唇流着泪，一页一页地把材料捡起来，收拾好。

她突然像孩子一样大哭起来。她好希望爸爸就在这里，可以抱抱她，摸着她的头，说：“孩子，你是爸爸的骄傲啊。”

如果一个人坚强太久，别人就会想当然地忘记——她也需要拥抱。

第25章

手术演示

大赢家

呆子：

见字如面，我知道你肯定还是会过来看我的，真是一点记性都没有。钱叔叔肯定也出卖了我，以后定饶不得你们两个。

呆子，我真的好羡慕柳姐姐。她至少可以和你走完一生，不管是朋友、恋人，或是夫妻，而我只能是你生命中的一个过客，毕竟我上辈子太穷了，票买到这儿，就得下车了。

高中的时候，我就确诊得了慢性粒细胞白血病。我爸爸给我找了世界上最好的医生、最好的药，宣布我治愈了，但是仍要坚持服药，不然就会复发。我当时在鬼门关已经走过一遭，现在居然不那么害怕了。因为多活的这将近十年，已经是上天对我的馈赠了。而且，上天居然还让我遇见了你，我觉得自己已经赚到了。

可是很不幸啊，还是复发了，这次神仙也救不了我。我爸爸劝我化疗，我也咬着牙做了几个周期。但是我最后还是逃跑了，我想跑到一个只有你、只有爱和正义的世界里，做一个小说中的侠客。

在冬城的那段时光是我人生中最快乐的日子。有你，有柳姐姐，还有那么多可爱的人。我们做了那么多事情，帮了那么多人，还打掉了一个假药团伙，真的是梦里才会发生的剧情。

本来我想瞒着家人，在冬城结束我的一生，每次在田野里看日落，真的太美了，我甚至想象自己有一天会歪坐在躺椅上，等待黄昏降临，让最美的星星把我带走。但还是因为怕你出事，才让钱叔叔去保护你，结果把我的行踪也暴露了。

你们每个人都是为了我好，我知道。就像我爸爸让我不要学医，所有人都说我也许一辈子也做不了医生，让我去学美术、音乐这些轻松的专业。

可是我想要学医啊，我想要了解自己的身体、自己的未来，这又有什么不好呢？

最重要的是，我至少还帮助过一些人，对不对，呆子？你告诉我，是不是有些人因为我而活了下来？我曾经问过你，作为一个医生，不能用救过多少人来衡量他的价值，一辈子至少救过一个病人，是不是就值了？

你得给我说："是！"听见没有，呆子？

如果说最遗憾的，就是你只把柳姐姐写进了小说，我真是很气啊，你哪怕给我弄个小角色，随便写两笔也好啊。

柳姐姐确实太好了，你千万不要欺负她！

就这样吧，人在死之前的样子都可丑可丑了。我再警告你啊，你千万不要过来看我，不然我变成小鬼也要缠着你。

不过，能听到一句被你喜欢，就感觉一会儿睡的这一大觉，会做一个很长很长的美梦了吧。

就这样吧。对了，好好去做手术演示，别给我丢人！

我关灯啦。

林小棠

赵步理已经泪流满面，他彷徨失措地踉跄了几步，看了看周围的两个男人。

"她已经走了吗……"

花白头发的男人摇摇头。

"还没有，不过这个孩子决定的事情，谁也拉不回来，她希望你去好好弄什么……比赛……？"

赵步理一把抓过钱叔的手机，找到林小棠的号码就拨了过去，听到对方接通，立刻不顾眼泪和鼻涕大声吼道："林小棠，你个大傻瓜！你个大傻瓜！"

"我的小说里，没有一个人是你，但每个人都是你啊！卖火龙果的小贩睡觉会吹哨！那个小护士每次出门都忘带钱包！新出场的女杀手每次吃东西前都会说：这次我只吃一点点，然后又吃撑！云冥的女儿每次都会下意识玩自己的头发！这些全是你啊！”

赵步理眼睛里泛起泪花。

“林小棠，你给我等着。”

说罢，他决绝地转身小跑起来。

走廊尽头，白色的门内，露出一条瘦削的手臂，上面的蓝色静脉清晰可见。

一行泪从她的脸颊一侧滑过，她的嘴角微微扬了起来。

攥着手机的手，缓缓地松开……

* * *

在那片灰色的田野里，林小棠和柳晴川二人都分别看向远方。

“为什么不好好休息呢，你这样消耗自己的生命，真的有意义吗？”

“了解自己，就没有意义吗？我想知道每一分钟自己身体内发生的变化，不想无知地等死。”

“了解得更多，你就安心了？”

“不，更害怕了。但是懂得了这些，我就知道了怎么更好地生活。有很多和我一样的病人，医生给了他们治愈的希望，但是他们自己并不知道这希望意味着什么，不知道治愈的机会到底有多大。但是我知道，所以我不会把自己剩余的时间都关在那个病房里，剩下的日子都在所谓的治疗当中度过。我要生活，哪怕只有一个月、一周、一天，能在田野里自由地呼吸，也远胜过病房里的半年。”

“那你和赵大夫……”

“我们是没有未来的。”林小棠转身，坚定地看着柳晴川。

“所以我是任性的、自私的，我希望和我喜欢的人度过这最后一段日子，但你是最适合他的人，你了解他的一切，你懂得如何支持他成就自己，你懂得去挖掘他这个连自己都不知道的宝藏。”

“可是从他看向你的眼神，我知道，和看我是不一样的。”

“那有什么关系？如果你知道自己想要什么，就坚定地去争取啊，结果怎样才不重要呢。不要再等待了，你和呆子，你们两个人都活得太累了。我一个快死的人还在争取，你有什么好怕的。”

柳晴川用手搂着林小棠，两个人的头靠在一起，看着前方金黄色的麦浪起伏，空气中飘浮着丰收的喜悦气氛。

“如果我走了，替我照顾好那个呆子。

“你们哪里都合适，但你们都是大傻子。

“我只是他心中的一个梦吧。梦醒了，梦碎了，就结束了。你总得给一个男孩做梦的机会，醒过来，他才明白自己真正要过的生活。”

* * *

赵步理的眼睛有点干涩，但是到医院的时候，自认为已经调整好了状态，赶忙冲到手术室，看到4号、5号、6号手术间门口都贴上了手术演示的标识。

他速速刷了手，赶忙找到孙慧的手术间，只见孙慧正带着小住院医师开皮。

“孙主任……”赵步理双手凭空举着，看着孙慧。

“麻溜儿上来吧，这正直播着呢。”

赵步理明白，在楼下学术报告厅有一面大屏幕，分了三个部分，分别直播三台手术。三台手术同时进行，大家可以看不同术者的风格，还可以和台上的人进行远程交流。

赵步理在刷手护士的帮助下，转了一圈把手术衣的带子系好，就往孙慧对面站过去。

“你来我这儿，我过对面去。”

“孙主任……这……”

“少婆婆妈妈的，别给我丢脸。”

“谢谢孙老师。”

“就当是我谢谢你吧，”孙慧突然压低了声音，“你可要帮我争口气啊……”

赵步理有些疑惑，但还是专业地和孙慧背靠背交换了位置，孙慧迈着小碎步飞快地绕到手术台病人的后背一侧，拿起了吸引器和镊子，看着胸腔里面的视野，等着赵步理操作。

赵步理心里仍是一团乱麻，他拿起电刀，站在病人面前，自己昨天晚上设计的一系列手术方案似乎在大脑中消失了。

他满脑子想的都是林小棠。

她都要走了，我还在这儿做什么手术，有什么用！

病人的切口像一个黑色的大洞，里面是病人的心脏和肺，心脏不停地跳动着，告诉台上的所有人，面前的是一个活生生的人。赵步理一动不动地站着，仿佛身体被冻结了。

“步理？步理?!”

赵步理突然惊醒，他深深地调整了一下呼吸，他用镊子夹起孙慧镊子的对侧，用电刀伸进胸腔。

* * *

学术报告厅。

“寒城市人民医院的小家伙真是一个比一个厉害哟！你看李有才大夫的腔镜做得，一点不比我们医院那些主任差。”

“可不，你看这电钩使得多熟练，不过我觉得那个龙森浩腔镜也做得挺好啊，有板有眼的。”

“好是好，不过就做个肺楔形切除术，能有啥难度，李有才做的至少是个标准的肺叶手术，真是漂亮。”

“孙主任那边怎么回事，怎么自己带着住院医师开皮了，他们科就这两个大夫吗？”

“岁数大了吧，估计招不来什么学生了，说是要退了。这么大的成形手术，不知道她能不能行啊？”

台下叽叽喳喳地讨论着，韩雨也在台下笑眯眯地看着手术，一副胸有成竹的样子。

他听说这次孙慧安排手术演示，便特别给她准备了一份超级大礼——把全国知名科室的主任医师都请了过来。这样一来，这个学习班性质就变了。本身是一个年轻大夫展示手术互相交流的舞台，结果成了对几个升不上科主任的主任医师考查的机会。

“孙主任是干不动了。这个科,还是缺个主任哟。”韩雨和一旁的几个大夫小声说着，几个人脸上的表情风云莫测。

“而且这几个小家伙真是不错，来了之后能省不少心呢。”韩雨继续吊着几个人的胃口。几个人都没有说话，似乎谁也不愿意成为先表态的那个人，毕竟行业内部人多口杂，自己表达了意愿，第二天就会传到自己科室老大的耳朵里面，落人话柄。

“韩院长，您也快高升了吧？”

韩雨转了转自己的腕表：“高不高升的不重要，在哪个岗位都是为了医院嘛，是不是？”

“但是这能者啊，就得多劳才行，要不医院也好不了，不是吗？”

韩雨笑而不语，没有再接下去。

“咦，好像……龙森浩这边要改手术方式？”

“病理居然不是良性的，而是恶性的，他要改成肺段切除术？”

“那可比肺叶切除还难啊，快看看。”

“孙主任这边好像也来了个新助手。咦，孙主任换地方了，什么意思？”

“孙主任这边来了个主刀？孙主任去当助手了？他们胸外科还有人能做这种复杂手术啊？”

“你看那个小家伙，拿着电刀，手都在抖啊，哈哈哈。”

台下哄堂大笑起来。

韩雨定睛看了看，发现是老熟人赵步理，心里就踏实了。

门口突然钻进来一个男人，鬼鬼祟祟的，他找了半天才摸到一个座位坐下。大部分来的人都互相认识，来了之后都称兄道弟地交谈着，但是看到他很陌生。

“这家伙怎么跑来了？”

“这谁啊？哪个医院的？”

“唉，一言难尽。”

只有几个老家伙似乎一眼就认了出来，遥远地和他打了个招呼。他笑了笑，四仰八叉地躺在座椅上，随手摸了支烟插在嘴里，突然看到最前排有个老熟人。

他冲韩雨轻蔑地甩了个白眼，想要点火，犹豫了一下还是放弃了。他把嘴里的烟拔出来别在耳朵上，把腿跷在前面的凳子背上，帽子盖住头顶，看上去像是睡着了一样。

龙森浩手术间。

“森浩，你决定做肺段切除术了？”韩冰问道。

“是啊，如果是个恶性的，光做楔形切除术，切缘不够。”

“龙大夫，肺段切除很难吗？”给龙森浩当助手的小住院医师问道。

“稍微有点，楔形切除术，就是不管解剖部位，直接把外面的瘤子连着一点肺组织用枪裁下来就好，而这个肺段切除，就是要把肺叶里面的某一个肺段的动脉、静脉、气管分别断掉，再裁开，这样能裁到肺段的根部，让切缘距离肿瘤的长度足够充分了。”

“要一直往深部分离到某一个肺段去……那相当于比肺叶切除术还难咯。”

“对，肺叶切除相当于从树干就砍掉，而肺段切除相当于要找到某一个果子所在的树枝，其他的都不能碰。”

“加油，森浩，病人交给我。”韩冰又配了一组输液，认真地看着他。

两人相视一笑，那一瞬间让双方都觉得，一切都回到了最开始的样子。

李有才手术间。

“什么？龙森浩改手术方式了？”

李有才怒不可遏，陈彦豪对此太熟悉了，怕他的火气大了又牵连到自己，赶忙安慰道：“没事的，再怎么也是开放手术，咱们做的是微创啊，这天差地别的，您的手术才漂亮。”

李有才觉得这话很受用，没有表态。

秦红艳却在一旁很不识趣地撇了撇嘴。

“人家龙森浩做的也是腔镜，而且口也就这么大吧。”秦红艳用大拇指和食指比画了一个六厘米左右的切口。

“什么，他也能做腔镜？”李有才觉得好像内心有什么很重要的东西被践踏了一样，立刻焦躁起来。

“不可能啊，他不会做腔镜，也从来没做过。非要炫，小心吃不了兜着走！”

李有才的手法开始慌乱起来。

“别着急，师兄，他没做过，一会儿估计得中转开胸[1]。”

李有才突然回过头瞪了他一眼：“龙森浩那边是几个孔？”

“三个孔啊，这不是胸外科的标准吗？”

李有才顿了顿，转头和陈彦豪小声说：“我们不开第二个操作孔了，就用这一个切口做吧。”

“啊，师兄，一个孔，恐怕……”

“闭嘴！”

李有才关闭了转播话筒的声音。

李有才眼里冒着火，他的动作变得有些粗重，本来之前分离得很从容确切，现在很多地方直接就用钝性分离的办法扒拉开了，一些组织上面的毛细血管被拽破，视野里面到处是渗血。

“你倒是给我吸干净啊！真够笨的！”

* * *

“啪！”

[1] 在做微创手术的过程中，由于出血等原因被迫转为传统的开胸手术。

赵步理突然左手吃痛，“嗷”了一声，发现是孙慧用止血钳重重地打在他的手背上。

“你再给我抖！”孙慧直勾勾地瞪着他。

“孙老师，我今天状态真的不行。您来吧，我心里乱极了。”

孙慧锐利的眼神一瞬间消失了，语气也柔和起来。

“孩子，别着急，我相信你没问题的，你也给自己点信心好不好？”

“孙老师……我不行……我没用……我什么都干不好，我谁都帮不了，我是个废柴……”

赵步理突然浑身颤抖起来。

“孙老师，我不值得您培养。我不想上进，您让我帮您做完手术吧，病人是无辜的，我不敢让自己再做下去了……”

赵步理哽咽着，他已经完全放弃了，整个肩膀垮了下来，他曾经拥有过的闪光在这一刻对他来说都一文不值。他只想过着最平凡的生活，在自己喜欢的人面前永远做一个废柴。

孙慧没有动，她揉了揉胸口，叹了口气。

“孩子啊，”孙慧温柔地开了口，“你说你是废柴，谁又何尝没做过废柴呢？我也曾经什么都不会，我的老师曾经指着我说，一个女人不可能成为胸外科大夫。可现在呢，我尽管不是最好的胸外科大夫，但是我……”

孙慧的眼里泛起了泪光，她抬起头，看着眼睛里面满是泪水的赵步理。

“我有最优秀的学生啊……”孙慧的声音颤抖起来。

赵步理一个劲儿地摇着头：“不是我，不是我……”

“不，是你，就是你。步理，你和他们都不一样，从他们的眼睛里，我看到的是一个医生的骄傲、自负、进取，也有贪婪。而从你的眼里，我看到的是人、是病人、是家人，还有爱人……”

孙慧越来越坚定，她努力直起了腰，虽然比赵步理还是矮上不少，但是赵步理觉得自己被浓浓的信任和温暖包围着，内心瞬间也火热起来。

“你是个废柴没错，但是只有‘废柴过’，才能成为一个真正的医生。”

赵步理一瞬间瞳孔放大了。

这……

这句话……

记得在冬城，林小棠有一天偷偷拿了个筐和绳子，趁着天还没黑，拉着赵步理跑到一个老林子里面。

“快，呆子，我们抓鸟！你撒点谷子，拿个木棍撑着这个筐，用绳子拴在木棍上，鸟进来了就抓住它们！”

“你是少年闰土吗？小棠，这明显行不通啊！”

“书上都是这么说的啊，你快点！”

两个人在林子的草丛里趴了很久很久，趴到天边的火烧云越来越红、越来越紫，火红的太阳慢慢钻进了云里。

“好美啊，这个黄昏……”夜风袭来，林小棠不禁打了个哆嗦。

赵步理赶忙脱下衣服披在她身上，一瞬间，赵步理发现自己离她很近很近。看着她被黄昏的余晖映得红扑扑又水嫩白皙的脸颊，心怦怦跳着。

“好讨厌黄昏，这么美，却会让你有一种倒计时的感觉。”林小棠噘着嘴说。

“呃，就像是洗澡水，你总想多冲一会儿热水，随着热水的温度越来越低，你总得不停地调高温度来保持热度，但是水终究会变凉。”赵步理想了想说道，觉得自己说得很有哲理。

林小棠“扑哧”一声笑了出来。

“你真有生活经验，我家的水是恒温的，你泡一天水也不会凉。”

赵步理尴尬地挠了挠头。

“不过，我家可以让水一直保持恒温，却没法让生命永不逝去啊……”林小棠突然感慨道。赵步理一时有些困惑，觉得她大概说的是家里某位正在得病的至亲吧。

“嘿嘿，小棠，我这废柴的比喻你就别往心里去啦！在你啊、晴川啊、江河老大啊这些人面前，我好像永远就只能当个废柴，啥时候才能不废柴，唉——”说着赵步理扶住了额头。

“别逗了，你只是自己心甘情愿做废柴罢了，其实不能算废柴，只是你不像别人似的，总把自己标榜得高高在上。你把自己放得很低，所以你是我心目当中真正的医生啊！”

突然，赵步理的手不由自主动了一下，不远处的筐一下子砸了下来，发出“咣当”一声，树上的鸟顿时哗啦哗啦飞走了。

“好讨厌啊你！把鸟儿都吓跑了！”

“小棠，你刚刚说什么……”

“好话不说两遍！”

赵步理笑着看着林小棠。

“从来没有人这样评价过我，我真的在努力不那么废柴，因为病人需要的是专业的，又能理解他们的医生。所以我一直在学习方老的笔记，让自己能够再优秀一点，也许很多病人的结局，就会因此而不一样了。”

林小棠摇摇头。

“其实我一直想说，你那个笔记我曾经看过，你有没有想过，笔记这种东西，一定是真的吗？”

赵步理有些不解，歪着头。

“人在日记当中，就不会说谎吗？一个很简单的例子，你写的医生杀人的小说。你在里面化身为云冥这个角色，他上天入地无所不能，有超高的智商、过人的身手，经常救村民于水火之中，他永远是个大英雄。实际上呢，这个作者，却是个废柴啊！”

真的是啊，每个传奇的人，本身都有可能是个废柴啊。

赵步理突然想起方鸿铭也被人叫作废柴。

方鸿铭再发狂言！持彼之笔记，自矜不休！自以为何方神圣！

甚远矣，彼之与汪氏道贤！胡为乎汪氏悉为之掩便埋溺！

嘻嘻，此儿底裤再落于手术台矣！

汝视之，彼方庶几将器械落入病人腹中！误割肾矣，定为彼迷糊之证再发作矣！确定无疑！

方鸿铭，彼乃废柴！

赵步理仿佛看到，眼前的方鸿铭只是笑笑，从来不去和别人争辩什么。他把所有技术整理进笔记。

嘻嘻，任凭尔曹讥笑，吾不睬矣！终将令尔曹知之，彼之死因，实乃肾病！

吾乃废柴，又当如何！

吾力效汪兄，细大不捐，长此精进，优异如汪兄指日可待！

吾乃废柴，然无一病患为吾所害！

是啊！我是个废柴，但是我真的在很努力，很努力地帮助病人啊。

赵步理突然想通了。

“小棠，你说得对。我是个废柴，但不影响我成为一个优秀的医生！”

“就是嘛，但是我的鸟儿啊……”

“你个小白痴，人家鲁迅说的抓鸟，有一个很关键的细节啊。人家说的是，大雪下了三夜……不然哪只鸟会白痴到吃你这点破谷子嘛！”

“也是哦……好吧，收队回家！”

林小棠蹦蹦跳跳离开的背影，再次模糊在赵步理的眼前。

赵步理抬起头，看着眼前有些悲伤的孙慧，郑重地点了点头。

“谢谢孙老师，我明白了。”

赵步理低下头，看进那个深不见底的切口，眼睛里绽放着光芒。孙慧一时间有些恍惚，她甚至觉得，眼前的这个年轻人身上散发着巨大的气场，仿佛变了一个人。

一个穿着白色长衫的人，在近百年前，站在自己的病人面前，笑了笑。

赵步理，站在自己的病人面前，笑了笑。

“来，给我刀。”方鸿铭说道。

“来，给我刀。”赵步理说道。

“我们开始吧！”两个人异口同声地说道。

* * *

“这个小大夫怎么突然变了个样子？”

“这也太快了吧，感觉跟瞎烫一样啊，但还真是不出血，艺高人胆大啊。”

“你们这小大夫什么年资，都有这水平了？”

“这家伙，用的器械怎么一会儿腔镜一会儿开放的，到底什么套路?!”

学术报告厅突然炸了锅，他们看到孙慧手术间的手术进程突然快了起来，赵步理的电刀在病人的胸腔里飞快地切割着，对面的孙慧也配合得十分默契。开始大家以为是传统的老大夫带学生的方法，孙慧用钳子撑开一部分需要烫的组织，由赵步理来烫开就好，结果发现，完全是赵步理在主导节奏。

角落里的男人本来已经睡着了，突然被叽叽喳喳的声音吵醒，有些没好气地看了看屏幕。屏幕上没有人，只有飞快忙碌的器械。他突然发现了什么，猛地坐直，目不转睛地盯着屏幕，看得入了神。

“嘿嘿，这个家伙！”

男人咧着嘴露出一口黄牙，继续恣意地躺了下去。

韩雨虽然不会做胸外科手术，不过听到旁边的大夫也都赞不绝口，看着孙慧手术间画风突变，不由得皱起了眉。

“看来孙主任还真是培养了不少好苗子呢。”

“可不是嘛，”韩雨顺势说道，“如果几位有兴趣，以后能省不少心呢！”

尽管赵步理坏了他不少好事，但是韩雨当然明白目前最重要的事情，是让这几个人盯上胸外科这块肥肉。

可是，为什么孙慧就是不自己做手术呢？难道真的像传言所说的一样，孙慧的眼睛出了问题？

他突然拿起话筒。

“孙主任，孙主任在吗？”

“说。”手术室传来一个冷冰冰的声音。

“我们都在看您学生，这一个个的优秀着呢，您真是教导有方啊！”

“嗯。”孙慧一边帮着赵步理手术，一边没好气地回了一声。

“但是人家大老远来，还是想看看有三十年经验老大夫的手艺嘛，您是不是也给我们展示展示？”

“不需要，看我学生就行了。”话筒里面传来不容商量的语气。

韩雨不甘吃瘪，继续用阴阳怪气的声音问道：“最近有人说孙主任身体不太好，甚至有同事反映，您按个电梯都按不对楼层，难不成真和咱们医院传闻的一样？您的眼睛出问题了？这还能做手术吗？”

突然台下传来一片喧闹声。

孙慧压抑自己的愤怒，没有回答韩雨。

“孙主任，您别不说话啊，您要是身体不舒服，可以休息休息，别这么辛苦！”韩雨说完，眼神瞟了一下旁边的几个主任，几个主任眼中也流露出微妙的情绪。

“孙主任，我这话要是说错了，您可千万别往心里去啊。您一个人生活确实太辛苦了，我觉得还是身体要紧，有空不如去国外陪陪孩子。”

孙慧突然怒不可遏地叫护士把对讲机拿近一点，对着对讲机大骂道：

“韩雨！我现在在做手术，你差不多得了，我自己的事用不着你操心！”说着，便用一只手揉起了胸口，另一只手撑着手术台不让自己倒下。

韩雨似乎感受到了孙慧的喘息，一击得逞，更是分寸不让。虽然他自己的内心说不出来地痛，但就是不肯咽下这口气。

“别啊，你的事我当然得操心，一个科主任能不能胜任，我这做副院长的必须清楚，现在看来，您这身体可能真的得歇歇了吧！”

“你到底想怎么样?!”孙慧明显被气到了。赵步理也停下手里的工作，对着对讲机说道:“韩院长，我们先手术吧，手术的时候就怕干扰。就当是为了病人，您二位先不吵了可以吗？”说罢，便轻轻和孙慧摇了摇头，交换了一下眼神。

听到赵步理把病人安全拿出来堵自己的嘴，韩雨也觉得很难再说下去。

“好吧，那你们继续。办个学习班，还不让人学技术，真是……这脾气，怪不得被人抛弃……”

“你！”孙慧的眼神当中闪过一丝不可描述的亮光，然后腿突然一下子软了，用手艰难地撑住自己的身体，顺着手术台滑到了地上。

“孙主任！”

“孙老师！”

学术报告厅里的人对韩雨此举也纷纷侧目。但毕竟是人家医院内部的事情，也不好说什么。

几个主任面面相觑，寒城市人民医院胸外科的科主任啊，等韩院长上了位如日中天之后，日子肯定要比现在被科主任压一头好过得多。

“孙老师，您先休息一下吧！”赵步理赶忙让旁边的护士扶着孙慧坐在凳子上，孙慧一手按着左胸，努力地喘着粗气，满头大汗，脸色煞白。

“我没事，你……你先做着，相信自己孩子，你们给我找点……找点硝酸甘油……”

她不停地摇着头，她累了。斗了这么多年，等了这么多年，她的骄傲和执着，似乎一瞬间被韩雨的这句话击败了。她不认为自己是个弱者，也不曾自诩败者，但是每个人心里都有一些禁忌之地，容不得他人触碰。

韩雨发现后面有沉重和缓慢的脚步声传来，他回过头，看到面前一个戴着帽子、满脸胡楂儿的男人。

“我说，这位领导……”

韩雨发现他是对自己说话，定睛细看。

“原来是你，还好意思回来！”

男人直接一步上前，一只手把韩雨从座位上拎了出来，另一只手一记右勾拳重重地砸在韩雨的脸上。只见这个身材有些肥硕的韩院长横飞出去，在地上打了好几个滚才狼狈地停下来。

“你，你居然敢打我?！”

所有人看得目瞪口呆。

男人咳嗽了几下，甩了甩手腕，有些不熟练地摆弄了一下话筒，正了正自己的衣领。

“喀喀——嗯——”

孙慧和赵步理同时都停下了。

“这个，有些误会啊。当年呢，是她抛弃的我，可不是我抛弃的她哟……说起来还真是有点丢人哪……”

“江……江河……”赵步理有点不敢相信自己的耳朵……

“这不是江大夫吗，光走穴的那个？”

“他怎么也来了?！”

“据说他当年被这个医院开除了啊，怎么好意思回来！”

此时，孙慧的眼神由惊讶渐渐转为温柔。

“你这个家伙……还真是……可恶啊……早不回来晚不回来，现在来看我笑话？”

“喀喀，那个，你说都这么大岁数了，怎么还跟小孩一样……我……我现在去手术室找你，你等我。哦对，小子！你干得不错，剩下的事就靠你了啊！”

赵步理眼前又浮现出那个邋遢的形象。但是，江河来了，他心里就踏实了，他忍不住激动地喊道：

“是！师……师娘！”

赵步理知道，这一切只能靠自己了。孙慧在一边的凳子上捂着胸口休息着，赵步理看了看她，自信地笑了下。孙慧也点点头。

“小棠，你等我。”

赵步理再探查了一下病变，病变位于气管的主干，与主气管和主肺动脉关系都非常密切，处理这种根部的肿瘤难度是很大的。因为要切除上叶，就得把上叶的血管和器官分别找出来断掉。如果找不出来，就只能做上叶和下叶的联合切除，那么没有病变的下叶也损失了，病人的生活质量会很低，而且术后的死亡风险也高。

所以赵步理需要做的，是先把整个肺上叶全切掉之后，把下叶的血管和气管再接回去，这叫作袖式切除，意思就是像截袖子一样，把肩膀裁掉一段，再把两端接在一起。

现在的病变整个焊死在了根部，怎么都找不到一个间隙进去把血管掏出来。

赵步理想了想，让助手把肺翻了过去。孙慧看着屏幕，皱了皱眉头。

“步理，你干啥？”

“我们现在什么也看不到，这样做是没希望的，不如反着做，先不处理血管，而是先把气管断了，这样就能显露出后面的血管。我们在阻断主肺动脉之后，再把血管切断，把标本切下来之后，我们就有空间干活儿了！”

赵步理嘴上坚定地说着，手上丝毫也没有慢下来。他用小刀切开气管，然后用剪刀顺着剪出了一个环，把肺掀了起来。

台下的闹剧还在进行当中，韩雨气急败坏地正在报警。

这时候，突然有人指了指屏幕。

“你看那个小伙子干什么呢？”

“他怎么先把气管断了，这是什么路子？”

“反向操作吗？这么任性？”

“哎你看，气管断了之后，还真的有点空间了啊！”

“别看他们打架了，好好看手术吧，这几台手术都做得可以啊！回去让我们那帮小子也知道知道差距。”

“你看那个！”

有人指着龙森浩的手术间。

“太漂亮了，这腔镜技术，刚才都没看出来，每一下都烫得这么稳，这是怎么练出来的啊？”

“腔镜下的缝合也很确切，感觉和腔镜公司那些专门搞培训出身的水平都差不多了，两只手跟用筷子一样。”

“这个人可以来我们这儿做手术啊！”几个人不约而同地说道。

* * *

孙慧坐在手术室角落里的凳子上，似乎是心灵感应一般地抬起了头，安静地看着走进手术室的那个人。

那个人温柔地向她走来，一如当年的少年。

她任凭那双熟悉的大手按在自己的肩膀上，看着他眼神中传来的担忧。

她的眼睛虽然有些浑浊，此刻却散发出睿智的光芒。她看到男人惊讶的眼神，用手堵了堵嘴唇，然后指指赵步理的方向，男人立刻就心领神会了，他叹了口气。

“白担心了啊……亏我还顺了个进修大夫的胸牌混进来。”

江河暗暗服气，这么多年过去了，他还是会被这个聪明的女人骗到，但他又多希望，后半辈子仍然让她骗。

一个胖胖的男人笑眯眯地看着屏幕，转头戳了戳旁边的小伙子，后者有些不好意思地说：“领导，还是您眼睛毒啊，当时您让龙森浩来我们这儿训练，想必早知道有这么一天吧。”

“你啊你，就是太心急，外科大夫就算再年轻，你也别得罪。名不见经传的穷小子，很有可能就是未来这外科的一把刀！”

“领导，我知道了，以后一定注意。”

胖男人站起身，抖抖衣服。

“领导，怎么了，不看了？”

“不看啦，差不多了，这个医院啊，看样子马上就要变天咯！”

* * *

龙森浩手术间。

“给我一支罗哌卡因。”

“嗯？”韩冰突然疑惑地看向胸腔里面。

“我说，给我一支罗哌卡因打在台上。”

“怎么，我麻醉得有问题？”韩冰赶忙检查着各种管道有没有异常。

“不是，我这边马上就结束了，我给病人打一点肋间神经阻滞麻醉，这样术后可能不会太疼。”龙森浩低着头说。

韩冰痴痴地看着眼前的这个男人，有些发呆，她心里知道，那个曾经的龙森浩……回来了！

“喂喂，快点。”龙森浩一副不耐烦的样子。

“嗯，知道了！”韩冰重重地点了下头。

这个口是心非、招人讨厌的家伙……

李有才手术间。

李有才一边手术，一边听着转播。

所以他自然也大致听到了下面的闹剧，听说了孙慧的状况，但这些都不是他最关心的事情。

“你看他这血管过得多顺畅！”

“不错，这边很快就结束了。”

让他真正开心的，是底下这些看客的评论。自己练了这么久的微创技术，终于被别人认可了！

“你看，别家医院的人也觉得咱们医院强吧，所以啊小豪，你以后有的是机会。好好练，按照正确的方式练三遍，比你按照错误的方式练三百遍要有用得多。”他说着，冲边上龙森浩手术间的方向摆摆头，陈彦豪自然会意，赶忙点头以示赞同。

“这小大夫叫啥啊，以后请来咱们这儿试试呗！”

李有才突然听到了一个很小的声音，心里立刻激动起来。

“好像叫龙什么。”

“哦对，龙森浩吧。”

李有才不敢相信自己的耳朵，他气得手有些哆嗦。

“怎么可能！”

他努力让自己平复下来，但是后面的评价让他更是心里一阵冰凉。因为他们都在说，龙森浩的手术比他这边的稳定多了，甚至有人说他很多时候都在瞎切，看上去手快，但是有效的操作很少。

“这帮乡巴佬！”

李有才精心设计出来的这场局，却帮着龙森浩出尽了风头，自己一口老血感觉就卡在喉咙里，甚是难受。

“龙森浩那边好像要关胸了。”

什么，完了？

“赵步理那边好像也要结束了，正在缝气管了。”

赵步理缝气管？孙慧都没有让我缝过气管，她每次都说这是很危险的操作，缝不好气管就崩开了，为什么让他缝?！孙慧，你偏心！

李有才越来越心急。

陈彦豪扶着镜子的手都开始抖了，因为他总觉得，李有才在以一种自杀式的方式做手术，很多地方陈彦豪都没有看清楚，李有才就已经烫了下去。

以前，李有才总会从容地先轻轻踩一下踏板，让电钩挑起的组织先凝固一下。这样一方面能测试到底是不是血管，另一方面能更确切地止血。

但是现在……

陈彦豪看着视野当中，李有才在处理最后一根血管，叫作后升支动脉，血管两边分离得还不是非常彻底，李有才就用钳子直接从后面掏了过去。

陈彦豪双手紧紧攥着镜子，突然，他感觉自己眼前一片血红。

动脉破了！

血液直接喷溅在镜子上，镜子里的视野完全消失了。

李有才的心仿佛停跳了几秒，他赶忙拿过一块纱布准备去压，但胸部的切口在这五秒钟内，几乎都被血填满了。病人的胸腔里面，似乎有一个血红色的漩涡正在不停地旋转着。

中间的是鲜红的血液，正在像喷泉一样向外汩汩地冒着，尽管吸引器不停地在吸血，胸腔里面的血液还是只增不减。

李有才把纱布直接压了下去。

好像不出了，压住了。

豆大的汗滴从李有才的额头两边渗了出来。

“不出了，不出了。”李有才喘着粗气。

“要不要叫孙主任？”秦红艳看了一眼便知道是什么情况。

“不用叫！我没问题！”李有才扭头大吼道。

秦红艳白了他一眼，手底下却没闲着。她毕竟是一个经验老到的护士，越是这种情况，越知道应该怎么做。

“你起码得让孙主任知道一下。”

“我说了，不用！”

“那我和龙森浩说一声。”

“不用！”

李有才像一只狮子一样，声嘶力竭地喊破了喉咙。他眼里充满恐惧和慌乱，吓得陈彦豪也一动不敢动。

“把转播关了！”李有才勒令旁边的护士。

秦红艳打开病历看了一眼。

“血型是O……阴？熊猫血？”

秦红艳没有被李有才唬到，但是看到病历，有些惊慌地抬起头。

“你们这个病人，是Rh阴性血啊？”

李有才这才意识到，自己之前没有注意到这一细节。理论上，Rh阴性血最多只有两个单位的储存量，不够的话只能从寒城中央血站临时调取。

他转头看了一眼吸引器的筒，里面已经瞬间出来600毫升的血了。如果再出下去的话……

李有才咽了一口唾沫，右手拿着夹纱布的钳子，紧紧地按在肺门处一动不敢动。他大脑里面飞速闪过各种孙慧使用过的方法，但那些他都只是看过，自己从来没有尝试过。

对了！

李有才突然想到，这种情况，自己曾经在那个奇怪的册子上看到过。

“给我一把血吻钳。”

萌萌早已经把血吻钳攥在手里，闻言连忙递给他。她的眼眸微微眨动着，有些不安。

李有才右手和左手交换了一下位置，好在纱布的位置没有移动，也没有继续出血，他松了一口气。

他右手拿着血吻钳，准备按照那本奇怪的笔记上的说法，从血管主干的后方掏过去。“别哆嗦了！”他朝陈彦豪吼，但这只让陈彦豪的镜子抖得更厉害。

“没用的东西！”

李有才把头顶的灯对了一下切口，但因为是小切口，仍然看不太清楚。

夹上就好了，夹完了我再缝……

李有才缓缓地把钳子伸了下去，发现自己找不到出血的位置，根本无法判断从哪个位置夹下去。

他轻轻放开了一下左手的纱布，瞬间血液便喷射了出来，但是由于自己掏血管的时候捅破了动脉，这个破孔是在血管后壁的，所以没有看到明确的破孔，瞬间这个小小的空间又充满了血。

李有才用右手把血吸干净真够笨的。

血湖又慢慢地涨了起来，李有才根本看不清下面的情况，但是他知道在笔记当中写着：

> 若出血之位历历在心，汝自当夹之。

我能看到，就在这里！

我能看到，没有问题！

他轻轻把钳子掏过去……

噗！

更多的血冒了出来！李有才赶紧把右手的钳子扔掉，钳子掉到地上，发出“咣当”

一声。李有才从台子上又抄起一块纱布，用钳子慌乱地顶了进去。

血又不出了，又顶住了。

但是，李有才的两只手，全部都用来顶着破孔。一个是处理最后一根血管时捅破的，一个是自己为了止血又捅出来的。

他瞬间感到一阵绝望。

这么多血，止不住啊，现在说不定连心脏都被我弄破了。怎么办，怎么办？

他的呼吸声慢慢地变成低吟。

病人死在手术演示台上，那我这辈子也不用干大夫了。

我这么努力，还是比不过龙森浩。不对，我连那个废柴赵步理也比不过。

真是没用啊，从小县城，一步步走到今天，还是走到头了啊。

李有才呆呆地扶着两把钳子，一动不动，对面的陈彦豪也不敢动。麻醉师和秦红艳此时却忙得不可开交。他们一边联系输血，一边联系血站紧急运血。

萌萌看着他，轻轻地叹了口气，转而又看了看台上的病人，低下了头。

李有才感受到萌萌的视线，大概明白了她的意思。但是他已经不会愤怒了，他沉浸在巨大的、由自责和无力感所带来的痛苦当中，恨不得抽自己几十个巴掌来泄恨。

病人是无辜的，就算自己的职业生涯完蛋了，能不能……有人来救救他……

李有才艰难地开口了，用苦涩的嗓音说："秦老师……求您帮忙，叫一下……"

这时，门口传来一声低沉的声音。

"我来。"

李有才转过头，发现是那个自己曾经一看到就恨的高大的身影，冷峻的面容。

突然，门口又跳出来一个身影，他还穿着刷手服，比龙森浩稍矮一些，但是腰杆也挺得笔直。

"二师兄，我也来帮你！"

"帮……帮帮他……谢谢……"李有才语塞了，转过头，两手紧紧扶着钳子。

"要挺住啊！挺住！"

* * *

韩雨怒气冲冲地夺门而出，撞上两个穿制服的人，愣了一下。

"警察同志，你们来得真快，有人动手打人，在里面！"

"您好，韩雨是吧？我们是检察院的，有点事情请您配合调查，请跟我们走一趟。这是调查令。"

韩雨眼中的恐惧一闪而逝，故作镇定地问道：“调查什么？”

“请您配合我们调查，谢谢合作。”

周围已经有同事在往这边看。韩雨努力让自己显得从容一些，整了整大衣，跟着两个人走了。他边走边回头看着这座寒城市最好的医院。十年前，病人还很少，他自己的门诊也曾经门可罗雀。自己和卓启智两人一路打拼到现在，从肝胆相照的兄弟，变得亦敌亦友，再到针锋相对，不过几年的时间。

即使是这样，这里依然是他最重要的事业。

是一切开始的地方，也许也是一切结束的地方。

韩雨冷哼一声，心中的火仍然没有熄灭，眼睛里面仍燃烧着困兽一般的执着。

* * *

龙森浩站在李有才对面。他第一时间延长了切口，用撑开器撑开，视野立刻更加清晰起来。他让李有才轻轻放开一下，李有才犹豫了一下，轻轻放开了一只手，血立马涌了出来，李有才连忙按了回去。

龙森浩摇摇头：“后壁出血，很难办，而且好像不止一个洞。你第二次夹的时候太草率了，撕出了一条很长的裂缝，这个不好缝，主要是因为在后壁，根本看不见。”

此刻，李有才垂着头，听着龙森浩教育自己，心中早没有了先前的心气儿。

韩冰也赶了过来：“我和中心血站说了，有一批 O 型 Rh 阴性血正在运过来，而且血站那边在组织这种‘熊猫血’互助组织来献血，有一个志愿者已经同意了，所以至少还有四个单位在路上。现在病人的生命体征还能维持住，你们放心做。”

秦红艳又把一批血吻钳打了上来，各种型号的各一把。萌萌赶紧把它们摆在最近的地方，准备随时递给台上。

龙森浩没说话，犹豫了一会儿，然后摇了摇头。

“步理，我刚刚看你缝血管缝得比我好，你来吧。我觉得，我现在好像更适合做助手。”

“啊，我？”赵步理正拿着吸引器踮脚看着，闻言吓了一跳。但是他想了想，还是坚定地点了点头。

赵步理和龙森浩迅速交换了位置。只见赵步理没有再去拿血吻钳，而是拿起了电刀。

“不破不立！”

李有才听到这句话，突然震了一下。这不是那本笔记里的话吗？说的是如果不去彻底地破坏，很难完美地重建。

赵步理在李有才按压的纱布两侧，把肺门完全游离开来，重点是，他找到了主肺动脉的层次，把主肺动脉的一圈完完整整地游离开来。

“直角钳。”

“血吻钳。麻醉师，我阻断了左肺动脉的主干，开始计时。”

秦红艳赶忙到手术室的触控板上按下了按钮，计时开始。

赵步理松了一口气，拍了拍李有才的手。

“师兄，放开吧。”

李有才咬了咬牙，轻轻又放开了一下。

果然，除了肺那一段有一点渗血之外，这个血管已经不再喷血了。

“若出血之位历历在心，汝自当夹之。然必当成竹在胸，幽明悉知。”赵步理默念道。李有才恍然大悟，他苦笑着说：“我真的只学到了这些技术，但是真正重要的，不是技术，而是对解剖的理解……”

“不只是这些，还有对生命的理解，每一个人都不一样。师兄，我那里还有上半本笔记，我回头拿给你。”赵步理看到手下已经没有出血了，有些放松地笑了笑。

“可以，给我看吗……”李有才脸上火辣辣的。

“当然！”赵步理昂了昂头。

阻断动脉之后，没有了大量出血，赵步理赶忙把血管剪断，把肺标本取了出来，这样的话空间就更自如了。赵步理轻松接过 5–0 的可吸收缝合线，一针针缝起来，每一步操作都是那么完美无瑕。李有才似乎看到笔记中那个形象活了过来，就站在他眼前。

李有才没有再说话。

龙森浩也看得入迷，他转头看了看韩冰，重重地点了点头。韩冰自然心领神会，也放松下来。

缝合完毕，赵步理把线头剪断，轻轻松开了血吻钳。

滴血不漏。

他重重地呼了一口气。

突然，报警声骤然响起。

韩冰赶忙看向监护仪，发现心电图是一条直线。

“停跳了，你们干什么了？”

赵步理没有回答，下意识地喊道："心脏按压！"

说罢，他直接把手伸进病人的胸腔，握在病人左心室的位置，一下一下捏了起来。仿佛一颗火热的太阳就攥在自己的手中，每按一下都能感受到生命的温热和脆弱，他紧张地看着监护仪。

怎么回事？

李有才摇摇头，他本以为一切都已经结束，没想到，仍是逃不过这一劫。

"大概是心外按压的时间太久太狠了，心脏的节律还是受了影响。"

李有才听到龙森浩的责备，退到一侧去，什么也不敢做，像一个犯错的幼儿园小朋友。

"没事，韩老师，您能准备下电除颤的设备吗？"

"电除颤……我好像很久以前见过我的老师用过……但也只见过一次……好的！"韩冰马上跑了出去，不一会儿便拿回两个消过毒的铲子状的东西。

"接！"

萌萌有些蒙地看着这个东西，好像自己从来没有用过，龙森浩也是轻轻皱皱眉头。

"这是……"

赵步理无奈地摇摇头："这是电除颤的器械，我也没有用过。快去叫 ICU，我也只能尽力试一试了。"

韩冰一动不动地盯着监护仪，监护仪上的线起起伏伏，目前还是靠赵步理的手一下一下挤压出来的按压心律，病人还是没有恢复自主心律。

"恢复了！"李有才突然大喊，一行人全部看向了监护仪。

"不对，真的是室颤！再不除颤病人要没命的！"韩冰吼道，她不禁用手捂住嘴巴。

赵步理闭上了眼睛，这一瞬间，他唯一能想到的，就只有祈祷。

方老啊，再救我们一次吧。

他抄起电铲子一样的东西，分别放在心脏的前壁和后壁上。

"离开床！充电！"

"帮我放电！"

赵步理明显感觉眼前的心脏在自己的手下震动了一下。

他扔下铲子，看向监护仪。

韩冰还保持着下意识向后闪躲的姿势，但是当她看向监护仪的时候，她的心放了下来。

“这……真的……”

“回来了啊……”

所有人松了一口气。

李有才看着眼前的两个人，服气地低下了头。他突然想到什么：

“对了，把转播打开。”

负责录制的工作人员虽然不懂医，但看到病人恢复过来，也正激动着，立刻打开了转播器。

“朋友们，刚刚是有些出血，不过……”李有才对着自己的耳麦说着，他看了看赵步理和龙森浩，温柔地笑了笑。

“不过李大夫很快就给止住了。”赵步理往前凑，笑着喊了一句。

“是啊，胸腔的出血对我们寒城市人民医院的大夫来说，不是什么大事。孙主任一直教导我们，出血是会伴随外科大夫一辈子的，如何和它相处才是最重要的。”龙森浩也凑到李有才的耳麦旁边，对着话筒说。

“你们……”

“你比我们更需要这个机会。”龙森浩用只有三个人能听到的声音小声说道，然后脱掉衣服走了。

赵步理也摘下了手套：“师兄，我还有点事，先走啦！”他看了一眼监护仪，对着李有才竖了个大拇指，飞一般地消失了。

李有才看着两人离开的身影，肩膀松了下来。

* * *

“刚刚听他们说，韩院长被检察院抓走了，不知道是犯了什么事儿啊？”另一个手术间的巡回护士这时跑过来和秦红艳八卦。

“管他什么事儿呢，这么大的领导，想抓他的把柄恐怕没那么简单。”秦红艳没好气道。

李有才听到，看了看旁边的萌萌，萌萌也理解了他的意思。

“别人抓不住他的把柄，但是不代表我没有。”李有才开始给病人关胸，眼睛里流露出决然的神情。

还好，那些夹子没有扔掉。

尾声

时间飞逝，又到了一年夏末，广场上似乎在举办什么庆典，遍地摆放着鲜花，礼炮的碎片漫天飞扬。

赵步理穿着志愿者的衣服，到处发传单。他的脖子上挂着一个金属的亮片，很简约，也很符合他干净的气质。

那张娃娃脸上多了一丝沉稳。每个来往的小朋友接过他的传单，都觉得他是一个有着明亮眼睛的大哥哥。而且，他的嘴里永远叼着一根棒棒糖，兜里还有更多的棒棒糖。当有人问起他为什么这么喜欢吃棒棒糖的时候，他只会露出一个傻乎乎的笑脸。也许，这个世界上只有一个人懂得他这样做的意义。

传单上赫然写着“十年，星火燎原”的标题。今天趁着9月1日开学典礼，柳晴川终于向外界公布了这个长达十年的乡村教师培训计划，另外也是寒城小学和几所贫困县小学达成互助联盟的启动仪式。

陈彦豪也在志愿者的行列当中，他用肩膀撞了撞赵步理。

“我说老哥啊，你和晴川姐到底怎么样了啊？”

赵步理假装没听到。

“哎我说，也差不多该过去了吧。”陈彦豪指了指赵步理胸前挂的银片。

“嗯，过去了。”赵步理笑了笑，没有辩解，继续发着传单。

“不过当时好可惜，我们都没能去见她最后一面。话说老哥，你最后赶上了没有？”

赵步理突然背过身子。

“谁愿意看她啊……真是……”

说着，又拿起了一根棒棒糖塞在嘴里。

陈彦豪望着赵步理的背影，又远远望了望在广场最前方的柳晴川，叹了口气。

陈彦豪转头，前面冒出一个熟悉的身影。

“小茉处长？”

“赵步理呢？”小茉面无表情地问陈彦豪。

“就在……咦，人呢？”陈彦豪赶忙四处看，“您有事吗？我替您转告他！”

小茉摇了摇头，转身就要走。

“哦对，小茉处长……我们二师兄真的不能当医生了吗……”

小茉停下了脚步：“能啊，是他自己选择不当了。他说自己不适合当医生了，要找一份更适合自己的工作。听说最近在某个药企混得风生水起，可能那个才更适合他吧。他要是想回来，医务处这边是不会卡他的。”小茉平静地说道。

“李有才师兄不做医生，实在太可惜了。”陈彦豪叹了口气。

“每个人都有自己的归属，现在不是也挺好的。江主任对你们咋样？”

“哪儿啊，江主任天天都见不着人……”陈彦豪随口抱怨，但是话一说出口就后悔了。

小茉的脸瞬间沉了下来：“这个家伙……我知道了。”说着便气冲冲地走了。

“小茉处长，别说是我说的！”陈彦豪远远地喊道。

他攥着手里的传单，阳光洒在身上。再过两三年，他应该也有资格晋升主治医师了吧，能独当一面的感觉，到底是什么样的呢？

这时，身旁有一个小朋友走过，他顺手递上了一张传单。

“小朋友，开学快乐！如果以后有不用的书本和衣服，记得捐给家乡的小朋友哦！”

小女孩客气地接过传单，礼貌地对着陈彦豪敬了个礼。

“嗯，我一定会的，谢谢叔叔！”

陈彦豪摸了摸她的头。

“小朋友，叫什么名字呀？”

“我叫曦曦！”

陈彦豪感觉在哪里听过这个名字。

“曦曦真乖，长大了想做什么呀？”

小女孩想了想：

“我想做一名医生，和我爸爸一样的好医生！”